裂谷

泉 著

RIFT VALLEY

四川文艺出版社　　后浪

把这本集子带到有云团飘过的旷野
重新打开它

让花枝在空白区投下倒影
你会看见序

目录

仪式 ………………………… 1

织体：红与灰 ………………… 197

分身 ………………………… 245

2999 ………………………… 359

花序[1] ……………………… 405

花序[2] ……………………… 463

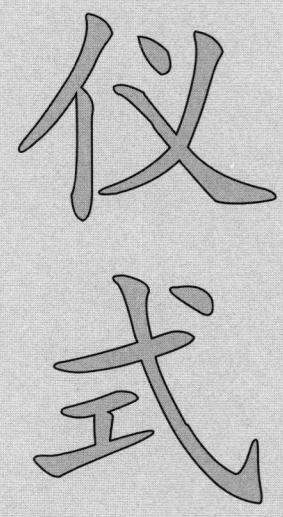

− 1

　　凌晨，月亮倒悬于无莲花开落也无达达马蹄的天角，辐照着树冠的示踪信息素、山顶香洌的流水、梅坡蔓性八仙的气根、手电光邻域的菌托与岩麓的蛛丝，内蕴着 $2n-1$ 根触须动感的蚁窠附近，遭露珠"combo 3"击中颈纹、翅痣的熊蜂——体表的泥泞（程度）不亚于显微镜下任何一只赤腹窗萤的胃壁，离醋纤过滤嘴约五拃的植絮净白得像二氧化钛（TiO_2），闻着像南宋的滴酥，迷途的柳紫闪蛱蝶怯生生斜睨着 SUV 雾灯，左肩刚被斑腿小蹦蝗借过力的缪佩蘅想车载我的脑波驶出铁（Fe）岭。举步前，在正值坐果期的雌株旁边，自罚了两分多钟站——只因我记不清它的拉丁学名，其时，远躅的春雷依稀可闻，仿佛勃发于地下。

　　（信息素乃高中生物词汇。示踪信息素是社会性昆虫分泌的化合物，可引导种内其他个体朝特定的食源或巢域进发，在自然界的留存时间短则百秒长则数日。起风来着，轻于鸿毛的虫腺在忽密忽疏的叶隙、忽高忽低的枝上，以示踪信息素漆出极纤细的纹路，只见树木，不见林梢蚁迹者，亘古有之。人类送礼物时通常会在外包装盒上系彩绳，树冠信息素之径的意思是"打包整棵树送给你——好吗"？抬头数米高处，白蚁刻画的纹路踏出了往云雀身上散失的第一步，想是有来自季节深处的谁擢素手在拆了，满树花朵冲着盒口敞开的向度盛绽，多少公顷旖旎春光，起籁自"松绑"时的这份惊喜。月亮照耀着林梢的示踪信息素，是山中发生过的真树真事……）

高空雨收云断，满腹撒秧泡儿的小鸟，飞行路线的坡度变化趋势比昨晚同一时间更容易让人联想到中学常考函数 $f(x)=e^x-\sin x$，凉风习习，蛛丝、蒲公英绒毛及少量卷烟碎叶在各飘各的。

电熔氧化铬（Cr_2O_3）色的傍路乔木密密匝匝，缪佩蘅有一脚没一脚点着碟刹，导航仪提示还剩四公里就到菌典水库，"气根的作用是支撑植物向高处攀缘……每天都要冲着月出惊山鸟的方位做数十次引体向上，锻炼满坡的肌群"，从音箱尽头的双人广播间传来《自旋的星星是有人在拧动的门后把手》不知第八还是第九期的节目内容，像米兰的小铁匠铲着木炭不停往车内的我们耳旁堆放。

车顶积水里倒映着一轮蓝月，我们疾驰在覆满乌桕树影的路面运输夜光，间或听得几声布谷鸟叫，神怿气愉；不悦的点主要集中在瞑氛淤积的低坳地带，下坡过程中，车外方向陆续溶胶化，整片空间像顽童把雪糕木条的一端抵在掌心——攥紧——旋即用蛮劲恣意搅动的麦芽糖罐般局促、黏糊。

SUV 以着 25 迈上下的速率爬坡，从出发点到缪佩蘅掏烟盒（时脚站）的位置——这段山路对应的函数式为：

$g(x)=5.87\pi-x^{\cos x}$

用 GeoGebra 绘制图像，可得它在 [0, 10] 范围里的波形起伏趋势如下：

越往高处走，车底的叶片越稀疏，不同于下坡路：抽毛尖般从山中季节的腰际抽离的杨稊、柳绵、花丝、树露、稚鸟鼻息等插件（跟徐凤年初次跌境似的，落魄堕往波谷），在半空，经由风的掌心，搓麻绳般搓出柏油小道的两条中线（DNA 螺旋双链？）……↘ SUV 一路潜行，沿途青树翠蔓，蒙络摇缀，参差披拂。（镜头压低，以道旁红碧相揉、逸姿掩映、败叶微脱、幽芬堪折的花木为"滤镜"从旁侧跟拍 SUV 下坡时打向路面的前照灯光，特写地表光区的抖动以传导 SUV 当前的颠簸实况。）

　　湿冷的桃金娘粉瓣与地表贴得很紧，似有谁拿梅花起子拧过，缪佩蘅谨慎掌着方向盘，尽量避免车轮底面积的 3/4 同时轧到斑斓的两条实线（自然不止黄、白二色），以防触犯该空间里可能存在的交规，数见"不鲜"的蕊垛填平了前路的大部分坑洼，我们碾过它们，如同碾过下行的云朵。

　　在这辆蓄容着 95 号无铅（$C_8H_{20}Pb$）汽油的元素聚构体中，各族金属的惯性（inertia）表达，正伴随 SUV 对子夜雾谷的持续潜入变得越来越微元。油箱是总括着地球亿万年物种演变史与工业发展现状的 zip 文件包，尾气是在"机动车辆"这一系统框架下导出的解压缩结果？像化学反应式的实体化，SUV 驶过，含乙醛（CH_3CHO）的尾气通常是比"行驶距离"能让人的大脑呼吸更久的生成物。下蛋后，母鸡的咯哒叫甚至比稍后拣回那颗蛋时带给我的下蛋感更"地道"、立体。蛋是对大它者身上音乐性的浓缩，从尾部出来。

汽油 + 氧气 → 行驶距离 + 尾气

　　整个化学反应式等同于 SUV 本身，一辆车是行驶的反应式。

　　（大人们走亲戚是为了麻将和乙醇，童年的你走亲戚是为了那些嘉陵、劲隆、雅马哈摩托里的烃类。你会跑到停满摩托的稻场，一台一台滑拨开油箱顶端的金属遮护盖，贴着钥匙孔闻里面的汽油味，站在多重化学结构式附近的你是"人"型结构的官能团，脊柱是你身体里的直链。轿车是铁包人，摩托车是人包铁，不参与燃烧反应的你对摩托车中的脂肪烃、环烷烃而言是"电线"的绝缘皮。

在这个世界上，有喜欢闻摩托油箱钥匙孔的人，也有喜欢闻汽车尾气的人，前者在化学反应式左侧，后者在右侧。嗅觉偏好也是反应生成物之一。前者吸入的是汽油燃烧前的化学结构式，"人"型官能团游离在碳碳键、碳氢键的旁侧，后者吸入的是汽油燃烧后的化学结构式，Ta们位于车辆的末端也位于反应过程的末端，站在碳氧键、氢氧键旁侧的鼻孔$_2$人$_1$官能团，让你联想到 H_2O 了没？前者读作一人二鼻孔，后者读作一氧化二氢。鼻孔$_2$人$_1$可以不写"1"。画横线的部分让你联想到小沈阳了没？）

地球上的夜晚如同陀螺锥尖的钢珠，在我们头顶，星空倚着最初那一鞭的惯性在螺旋。（星空如陀螺，底部指向任意一颗星球"○"，都能将其视为"钢珠"。银河如光鞭？其实，它只是鞭印，宇宙每挨一鞭子，都会产生一条银河式样的鞭印——平行宇宙的形成原因。在木陀螺的顶部和侧面用彩笔描上线条，当它旋转起来时便能从一旁观测到斑斓的色彩；星空是水晶陀螺，内外均有"彩笔"涂绘的纹路，花笠水母与叶水蚤都不足以与它的绚丽相匹，陀螺内外所有生物的眼睛都能领略到这幅波澜壮阔的图景，大到一头蓝鲸小到一只蜂鸟。即便与同类对比，人与人、猫与猫看到的星空样貌也各不相同，星空拥有最厚实的"观感的层次"。你知道黑洞视界吗？所见即所得，星空一眼"瞥"见了哪颗星球，哪颗就是"钢珠"。在 10^{-43} 秒的时间尺度里，星空稍有倾斜的迹象，即代表动力不足，从宇宙外挥来的下一鞭会教它重新做陀螺。诚如靓坤所言"挨打要立正"，星空一遭受鞭挞，就会立马挺直腰板，像在等待下一鞭的到来似的。它今夜的旋速里，仍含有最初那一鞭的腕力，这是宇宙层面的传承。我们的眨眼对所有星星而言都是静止的。）

人类的感应机制像一片星空，不会特意去定位存在于"钢珠"东半球山岭某隅的孤点（如酸点、痒点），日常知觉的本质是点集

（如酸点群、痒点阵列），能量需涨至一定位态，才能在人的**体认之海**上，浮现"可捕捉"的对象。皮层末梢细胞无法在车轮碾过蕊垛的瞬间就攒聚出足额的触觉信息流让神经系统回传给大脑，使之从细部解读、获悉，驶过同一片坑洼的我们刚才分别经历了什么，在途经了那么多下行云朵之后的我们仍未产生显著差异的原因是人类身躯无法及时适配到相应粒度级下与本存现实——同调（Homology），继而深切认知当前内蕴着诸多"微元"的周围环境。我们距离"此时此地"有多远？

或者换言之，从纯数理角度出发，我们距离体内的一颗细胞有多远？得把全身所有细胞与该细胞的距离，统统加起来才行。-1，$+3$，-2，$+1$……一来一去，犹如得失电荷（对细胞而言，**负距离**是什么意思？要关注的是细胞分裂的伊始？）。长途驾驶者面临的时域跨度更广，遗漏的"微元"更多，因而，容易为一场事故供应"超载"的麻痹疏忽。

（在你周围的这辆空车，超载的内容物不是别的。你分散的注意力超载了。存在于想象中的交警把你拦了下来。

我们是怎么与办公室另一个人分道扬镳的呢？通过他换水、接水、喝水的那一系列如隧道般的动作，进入"水底"那些连贯的细节，里面有更多的浪尖，不是欢迎我的。所以，一个人带给另一个人的**感觉**，本质是？语感也是一种第六感？Peter Tingle？设想这个世界有"知觉显微镜"，能倍放人体的感官精度……）

下坡时，备用胎、行李舱隔板总成、安全带加强板、车顶纵梁、杆式天线、雾灯固定座乃至一枚嵌装螺母……都在前倾，真正驾驭住这股暗涌的不是把"Grip抓地跑"计量在内的经典力学体系，当车轮因驶过波峰时的倏然失重而轻微离地，是玻璃上的雨刮器负荷着SUV的全部质量，它俩对整辆车起到类似安全带的作用。在翻山越岭的途中，每过十几分钟就会撞上车身的，不只是榆钱、兰花蜜导或者与后备箱里的不锈钢锅盖同步惊恐起跳的——引擎罩下发动机表面的灰尘,还有处在失重状态中——人体全身血液经过重新分配后,感觉天灵盖仿佛要飘起的瞬间;至于临界时SUV倾泼出"窍"的力,大抵是从挡风玻璃的内壁往外下的一场暴雨吧,这才是雨刮器真正要经受考验的地方。坐在车里的人,体内偶尔也会下这样的雨。空间于"是"质壁分离为车窗内外、人的体内体表——四重可能有雨的世界(我的心跳是谁脚步声的m4a格式?梦境中存在独特的瞬间,现实里有可以回想起那个独特瞬间的另一个瞬间——能等核替换的时辰之壳,会让我再度尝到内部的瓜子)。每一样物体都身在夹层,车外的雨处在车窗与他人的车窗共构的夹层中。想象,飘起的天灵盖撞到车顶,那叫一个痛,它上头有类似锅盖提钮的部位吗?像打牛鼻环一样预先给安上开颅手提环,就可以这么造句——"某天,吃人脑的汉尼拔博士揭不开锅了"?汉尼拔效率不如当年。车顶积水里的每颗液滴都受到其余水的牵附力,车辆失重时,哪滴耸凸在最高点,谁就相当于"锅盖提钮",对吧?想象,它是连带周围的水面都揪着的那种,像人随机捏住一些毛孔在手背扯皮。从车顶现身的那一滴"锅盖提钮"是波塞冬?没准儿是真菌界的海神在法天象地哩——只不过这个天和地的规模跟二郎神杨戬比着实小气了些。

(此处省略一万字。)

在我们驱车前往菌典水库的过程中,处在整辆SUV最前端的保险杠爱,严格来讲:是缺失的。前面那句话并非病句(若觉得是,用带卷须的删除符号圈掉即可,你用人力摘掉了人为的葡萄)。人每时每刻都在成长,而前往菌典水库的这段过程中难道就停止了吗?该起作用的左大灯时亮时不亮的,这莫非是一种"左大灯爱"的缺失?在缪佩蘅的整个成长过程里,对伞花烃($C_{10}H_{14}$)爱与伞形花内酯($C_9H_6O_3$)爱都是缺失的。

云外孰绾星河？低谷，易蓄山幽。崖阴簪夜，覆压鸟背、豆荚、车顶、壤芥，沟绿似春鳞仰流，一径深曲，不知西东；花信风拂过梦隙新枝，吹叶嚼蕊，落英缤纷，山意澹泞，结露凝珠，倚柔偎嫩，泥融香脉，木腐氛围深浓如膏腻。

（前文除了"越往高处走，车底〔路面〕的叶片越稀疏""云外孰绾星河？"在说波峰，其他所有字句都带着一脉"坠感"试图说往波谷，SUV 的结构名词罗列是对照着说明书配图挨个儿键入的，从车腚到车头——从备用胎到嵌装螺母，在这辆俯冲的 SUV 身上，由高到低，依次排布。懂的人都懂，不懂车的我也不过多解释，毕竟自己知道就好。其余的我只能说这里头水很深，牵扯到很多东西。缪佩蘅曾写下：花期是部位吗？你此时所见的花只是一个时间点，但春季身上的花的本质，是时间段。每朵花期的中缝线都有可能被身兼数条黄实线的蜜蜂轧过，滚动在城市高空的云团，每个角度的边缘都有漏酸雨的可能。花丝，比昆虫触须更像火药引吗？这启发了我——链〔Chain〕：每个节点都有若干个指针指向其他节点或从其他节点指向该节点的指针。断句方式？<u>每个节点都有若干个指针指向其他节点；每个节点都有若干个从其他节点指向该节点的指针</u>。带着这些话，我们不难肯定："云外孰绾星河"是前段文本里的情绪豪迈 Max 值，登上波峰的人才会这么感慨一下。

设想，云端有一轮明月照崖，SUV 在崖底缓驶，遮挡住全幅月光的崖之悬臂，是整座山峰身上最香的部分。谷底公路漆黑如极夜，伸手不见放线菌、衣原体等微生物，如大兄 dei 所知，声、光、味、气均可成幽，木魅石妖莓魍苔鬼，在山的背阴处不可能打麻将。山精乃山幽之一种？车顶正上方的高空抛物者是绝壁几枝清芳，因久在物外，而葆有真态。花蕊在空中受到过量浮力，没法自由落体，眼看着此波冷箭射到极偏僻的地方去了，兀自击中后座的乘客——在一个半小时开外——两抹冷香从车窗上端的狭缝冷不丁钻进来。这整个过程足够偶然〔是有那么点儿想通往美的意思〕，却〔缘于这种"是有"〕还不够美。月光移动时，梦境与大地所成的倾角，坐落于祂手势的表皮层，夜里，祂大概率会秉住笔直的斜方晶体，往特定的方位去簪。

辉锑矿是此山中储量颇丰的斜方晶系矿物，起初是铁岭本地人喜欢说"小老锑"，后来全国网友都挂在嘴边了。百度辉锑矿，会看到其外观像许多发簪聚构而成的簇，传说贝多芬之死与它有关。堆满辉锑矿的同泽街道，曾是缪佩蘅上学时绕远买敲糖必经的路。

崖阴，是时间与空间的结节。依海拔来看，鸟背，在比悬崖稍矮的某个点那儿，豆荚，长在鸟腹到车顶之间的某一位置，车辆贴着崖底的路面行驶，车胎轧过的土壤，膨润自恐龙撒在"寒武-奥陶系碳酸盐岩"上的那泡尿，从瘙痒的脚底板一路 grow 至今。

搜索"为什么豆科植物的结节呈粉红色""超文本""链的结构"。

搜索"壤芥"可见释义：包裹了种子的松软可耕的土。生物老师说过根瘤菌长在地下，那是否可以叉腰讲这种话：根瘤菌比地面矮？站在崖底土壤的"头顶"，往上透视百余米，那里也有根瘤菌。在山谷的地面生活的事物，发现了存在于高空的"地下"？崖阴制造出一片永夜，内嵌的这一重空间，是被空间本身架构出来的；昼或夜都不影响多雾的波谷漆境之深。

"沟绿似春鳞仰流，一径深曲，不知西东；花信风拂过梦隙新枝"，接续前文的"壤芥"，再往后联想，是幽谷里，路旁的沟绿，遥夜中，滂沱的春绿。那些花药、宿存萼、定芽、羽状复叶什么的像春的鳞片？要怕腥建议别这么想，可认为"沟绿"是繁星绿油油地涂满整条野山沟。要真这样那就更坐实了：我们看到的星空，多少有概率是在某一种"地下"的。

"吹叶嚼蕊，落英缤纷，山意澹泞，结露凝粉，倚柔偎嫩，泥融香脉，木腐氛围深浓如膏腻"，风嚼碎了一些花柱、花蕊——嫌麻烦就统称为"花序"，风嚼碎了花序，吐出，就落向地势低的波谷。

澹泞：清深貌；和舒、荡漾，多形容春天的景色。

仿佛春季里存在一条动脉似的。只要让眼睛沉入那条血管，就有源源不断的景象氽入脑海。跟氽鸡蛋汤似的。)

我们即将驶向岩层气压介于［1028hPa，1076hPa］的越岭隧道，频频撞上雨刮器的鱼腥味，极少脱轨于失主的背鳍，多数走丢于钓钩；所有鳞互为补码的日子，我已经不想再过了。SUV行至隧道总长度的 19/31 位置时，隐约听见距车顶约407m处的山脊线上有什么动物在跑，它泛酸的髋关节无法避免地赴往了终点——猛禽的利爪，并将至多半炷香后，转世成为内在知觉——饱腹感的一半。

在如壁藓般湿腻腻的路面踽踽前行的SUV大刺刺轧过黑夜的膝理（负载重物频次更高的土壤层，通常更容易长腱子肉，城市里主要的交通枢纽全都是"猛男"？立交桥终日撸铁、盘轮胎锻炼身材。早高峰与晚高峰，是时间胳膊上的肱二头肌吗？全球被用得最勤的秒，是一年之中的哪一秒？过去半个月里，对人类历史最具穿透力的那一分钟，坐落在哪一时区？敢咬定夜晚手心的茧比白昼手心的少？不光具体的时、空间身上有肌肉，在抽象的层面一样有。你最常做的那个梦，是你睡眠时间里的腹肌吗？你最常回头怀念的那个人，已固化为你意识空间的背肌吗？你反复的自我暗示，履经某一处密址，加厚了心肌吗？从你出生到现在，给你第一印象最好的秒，是哪一秒？趁现在没人，赶紧跟"嫩爹"唠唠。我保证守口如瓶。若不便回答，怕一时针打翻一船秒，可以只说在最近的半小时里，哪一秒给你的第一印象最好。什么？想不起来谁是谁、哪秒是哪秒？你不会不合群吧？！什么叫"合不合群关你鸟事，反正跟任何一秒都不会再见第二遍，除非时光倒流"？），往"井口"开。

SUV像一股石墨烯色雨，在其体内、外，65颗液滴是发动机，100滴是底盘，19.5滴是电气设备，300滴是车身……0.5滴是后视镜，我们人，偶尔是这股湍流已驶抵的土壤层里的瞬时孔隙比（以濡湿与否，去判定已、未驶抵。但凡是濡湿了的土壤，都可判定为：已驶抵。"你车开到哪儿了？"雨下进哪一深度的土壤，车就到了哪里〔人在比车顶更低的地方〕）。缪佩蘅无法预知自己隔音效果一般的口腔将伴随摹想中的"水势"固结成壁藓组织的哪些部分，道路尽头会不会有巨谐蛙喝出并倾向于吐掉我们好动的脸（噢，吾儿莫慌！巨谐蛙在上世纪中叶就已经全线灭绝啦！）。隧道般的梨花气味在车灯前忽明忽灭，那是SUV与下一座收费站间的诸多结构式之一。

"就像气泡很足。"

缪佩蘅的舌头冷不丁挑开上下颚发声，从车内后视镜瞟见他敏捷出示味蕾，吓了我一跳。像桌面屏中部乍现的弹窗广告，若有人拿食指一戳他的右额角（骂"猪脑袋"）保准叫他当场收回舌头。

"从树丫到树杪好动的鸟类就像气泡相当足。"

缪佩蘅没有搭我说的这句话的肩膀。于是我微调了角度，继续朝某个地方送肩。

"你是说，花香、果意这些事物吗？

它们缠绕着植株，从内到外

（像一罐气泡充足的饮品）"

"不，我说的是蛙在水中尝到我们的时候（有沙口感）。"

我猜了两次都错得离谱，缪佩蘅皮笑肉不笑，熟练地朝天边努嘴。

"云的个头儿，少说也有七千只家猫那么大。

（家猫普遍比野猫胖，因而说'七千只家猫'）"

他想借由谈论一朵云的体格，转移天空的小部分注意力——从方圆百里内的别处（多远才算"别处"？）腾挪到这辆黑色SUV附近。可这真会奏效吗？我不禁怀疑，天空究竟是听觉动物还是视觉动物？

"亲真不好意思您当前所处的宇宙，不方便是雌性呢。"

得，夜幕连雌性都不是，更甭说白天了。陷入沉思的人是盥洗池，脑袋里的思绪形成密密麻麻的涡流接连涌出头皮，我的发旋变清晰了（两倍多一点）。

这时一头貼鹿倏然闪过，它斜睨着副驾驶座的花苞，眼瞳惊诧恍如两粒几欲夺眶而出的汞（Hg）珠。

"锡槩，你还好吧？"

"无甚大碍，权当画眉从未面朝她不时出现的那片镜子午休。"

"此话当真？你上次貌似也是这么说的。"

缪佩蘅单手转方向盘，副驾驶座的花苞不由自主右倾。

"数年前我说：权当

我午休醒来时，从未与窗外树丛里的稚鸟对视。

（那时我们还没零钱买镜子）"

"噢我想起来了，你还说沈沅君睡觉不喜欢关窗户？"

"记性不差，"我自顾说着，"她容易嫌闷。"

林志玲嗲嗲下达指令，提示我们前方限速20。

"你和她怎么认识的？"

"关蒋生的爹没回家，我们出门去找，严家人打着手电筒朝南，关蒋生和他娘朝北，陆阿采朝西，我戴着箬笠独自向山里走，在经过一片倒映着上弦月的潭水时碰见了她。"

"他爹咋了？"

"傍晚到陡坡湾瞧水，走丢了。瞧水知道吧？就是下田看水情。瞧水这事儿不能懒汉来干，得是责任心强的人，黄鳝钻出的洞很隐蔽，人若在这上面打马虎眼，一田的水流光了都不晓得咋回事。天旱时，稻田水十分珍贵，你白天从堰塘抽了满田的水，睡前想着'这下不用愁咯'，夜里，下家田主偷偷给别个两锹，就可能叫你前功尽弃。全国各地的偷水事件大都是在半夜发生的（热搜：＃这些事是怎么做到全国统一的＃），零点过去没多久，农户就扛着铁锹出了门，凌晨两点，懒汉爬不起来，本该在陡坡湾巡夜的人酣睡如泥，这样等早上再过去看，你田里大抵就只剩点'础润'了——下雨前返潮的地面见过吧？所以，瞧水在乡下是件得凭良心的事，人人为我、我为人人，今天你帮我顾田头，明日我帮你顾地脑……瞧水不单是固定在哪一家的壮年身上，偏偏轮到蒋生家……记得当时露天，湿气重，沈沅君站在拱桥中间，地面好厚一层落花，我问她哪里人，她答说是鹿荚村人。鹿荚是我们那里最偏僻的村庄，我小学没听说过。"

"怎么讲着跟《聊斋》似的？"

"跟她没说几句，我就往山的更深处走了。当时无心多想，只觉得这人有些奇怪。蒋生爹失踪后，连着很长一段日子，都能看到他娘傍晚坐在门外择菜。那年农历七月，蒋生娘闹过一次学校，当着校长面掀起蒋生的衣服，给围观师生看背上的几条红印，嘴里一边急呼着'aba'一边拉扯叶老师衬衣的袖口，她骂得很凶，可人们听着会忍不住想笑。蒋生在一旁，脸涨得通红，他觉得在同学面前很丢人。那件事最后以校方赔偿了两百多医药费告终。蒋生家原来就穷，他爹失踪后，日子越是拮据，他娘在村口种有几畦黄豆，每年秋收时节，都会挑粒实最饱满的卖给严家。佩蕤的爹对蒋生家有恩，佩蕤以前还在学校提过——蒋生脚上穿的那双鞋子，他本来不舍得送人，是他爹说以后会再买更好的，他才答应了。当然，佩黻说这些话没有恶意，站在他的角度，很多话里夹带的优越是不自知的。"

"陡坡湾一带老师体罚学生是常态吧？后来，那边好像改名为'谌家岭'了……记得没错，湖北也有个'谌家岭'？"

"没错。上世纪八十年代建的乡村小学，教职工大多是托关系进去的，陡坡湾改名后，乡政府核查清退了30.7%的授业质量未达标者。怎么说？蒋生那顿打倒也挨得不冤，他把几本教科书卖给了校内废品站，在那里换取45mL小盅可乐（叶老师教数学，他卖掉的都是跟数学相关的资料，语文、音乐、思想品德等都没有卖，叶老师因此愤愤不平）。跟你讲过一次，早年有小卖部经营者从当地工厂私自批发可乐原浆加水勾兑，制成气泡饮料，卖给图新鲜的孩童。"

我说不好感应到了什么（兴许是在驶出隧道的同时体认出与记忆里的某地很相近的大气压强），在谈话的间隙不经意往左侧的窗外看去，鸟类比刚才变大了许多，料想是雨水滴到它们头顶、背部给蒙上一层透镜的缘故。缪佩蘅先我一步摇下车窗，外面传来过百颗灯泡同时摔碎的脆响，云的旋臂在天空运转激发的震荡波，拂得我们头晕。车胎在我们脚下倏然变轻，轻得像四朵镶金边的乌云，天边发出，翻书一般的星空分页声。缪佩蘅拉紧手刹，掌心有汗。

"前面好像出事了。"

一辆大卡车侧翻，散落了一地的试卷、中药材、护目镜、金色餐叉。

— 2

鹿芙，已连续晴了数月。

天气是院子里的衣服。阴雨天是刚晒太阳不久（下摆不停滴水），多云比阴天晾得干点（等体积的前者比后者质轻，如同等体积的金属铝比铁轻），晴朗无云是完全干透的天气。

庭院主人习惯在院子里晾30件衣服。**晾衣竿是天空**，这些衣服通常会直接穿在天空的身上晾着，院子里同时存在30位天空，它们排着队。天空都是高知，觉得插队是盲流才会做的事，因而有史以来，阴晴的更迭一直是"叫号取餐"，井然不紊。

院子有前门、后门，人类在前门外走动，会不时往院子里偷瞄一眼；天空在后门排队，一进门就要把工装穿到身上晾着。

院子里不同的位置含义各异：最靠近后门的衣服，是第30件衣服，穿在最新进门的天空身上，还要过29天才会跟着队伍走到前门，被人类看见；靠近荷叶缸的那件衣服（第26件），25天后会被看见；靠近客厅，正对着八仙桌的衣服（第16件），是半个月后人类会看到的天气；最靠近前门的衣服，是此时人类看到的天气。

从后门进来的天空们，穿上款式多样的衣服，正依序往前门走。有的是加肩垫袖，有的是灯笼袖，有的是缩褶袖。

此刻，多少人在院墙外步行，经过半开的前门时，虚晃一眼就能看到里面的好天气（像裂开的棉花壳透出白）。人类站在大地上随机仰望，发现地球的周围全是这位天空。门缝的形状竟然是球体！

后门很大很大，而前门极小。这位天空仅仅是往那一站，就挤满门口，遮住身后所有的天空，人无法透过前门同时看见两位天空。

倘若庭院主人只晾未来两三天的衣服，等祂手上的事情多起来就容易忘了这茬，随后进门的天空很快就没衣服可穿了。那样，一位"高知"赤身裸体站在公开场合，被地球人看着，委实要羞死了。庭院主人勤劳朴实，祂总是早早就为几个月后的天空准备好衣服，数万年来，还没有任何一位天空，光着身子站在前门过。

如同T台走秀（Armani秋季专场？），模特们穿着套装，到前端摆定点Pose。院里的"30件衣服"，严格说来其实是"30件（套）衣服"。阴晴不定的时节，一天之内可能就要换好几种天气，天空进门时会把这几件衣服全都穿在身上，边走边随音乐踩点，脱衣。人类的视线透过前门，看着扭臀的天空高视睨步，没有丝毫（征服？）欲望。这表明人类的繁殖方式与天空大相径庭。

我们之中，从没有任何人，见过天空不穿衣服的样子。每一天，都有"天气"。哪一天，窗外没有"天气"了，天空的胴体，就显露了。

后门很大很大，而前门极小。后门大到像天然裂谷，前门小得像墙底狗洞。人类喜欢往天上钻，发射成千上万越跑越远的火箭，是想钻到院子里去。有朝一日，如果人类真从（最接近前门的）这位天空的身上找到入口进去，从后背钻出来了（异形？），提前望见第二位天空，那就穿越到了未来。

衣服晾得早和晚，与它们干得快或慢，关联有大有小（取决于天空的肤质好坏）。有些衣服半个月前就晾出来了，结果到现在依然湿漉漉的，天空披在肩上，就是阴雨连绵的小半天，傍晚，天空脱去了闪电，露出镶着一颗太阳的蕾丝内衣，稚童看着云朵边缘的金线，觉得新奇。

有的天气远远就透着湿意，庭院主人在卧室隔着门帘打瞌睡时，听到一件衣服的毛细血管里滚动着雷声。太重的湿意会影响附近几件衣服的晾干速率，以致接连几日的天空都飘浮着乌云。可以发现，衣服干得快还是慢，与"近朱还是近墨"有关。

一些水滴挥发传开的雨意，能漫游过好几件衣服，飞向院门外。天空尚有一群，庭院自然不止一个。乡里乡亲，谁家晾的天气漫过围墙进到别人的院子，都不好。跟牛糟践了菜园子似的，须及时登门赔罪（揪着牛耳朵来到邻居家门口，扇牛的脸，说：都是我教牛无方，回家一定严加管教）。

不同的庭院对应着不同星系的"地球"。

地上的人，起初只能凭肉眼预见未来几日的天气。肉眼不仅指生理层面的眼睛，古人积累的经验也是一摞摞肉眼（能叠构成可调节倍率与精度的望远镜），历史积淀是视野的重要构件。

乌云脚底白，水里泛青苔，天有风雨来。上昼薄薄云，下昼晒煞人。天上钩钩云，地上雨淋淋。直雷雨小，横雷雨大。泥鳅静，天气晴。日晕三更雨，月晕午时风。雾露在山腰，有雨今明朝。

现代人，远远就能透过天气卫星观测到靠近卧室门帘的衣服，有多湿以及有多难被晾干了。当然，它们仅可看见第2、第3、第4……乃至第30件衣服，看不见第2、第3、第4……第30位"晾衣竿"。巨型黑洞 Sgr A* 把视力扭曲为球状，刚好内嵌在衣服表面。人类只能见到"气象"，无法穿梭时间，见到"外圈层的多位天空本空"。

"阴雨天是刚晒太阳不久（下摆不停滴水）"不全面，因为，实际上，庭院主人挂在晾衣竿上的每件衣服，水都是朝四面八方辐散的，而非朝着单一方向滴落——这不禁令人想到太阳。晾在外面的衣服多多少少继承了太阳的基因。

三月是出了晴天，往左走
碰到的第一个月份。

沈沅君素喜在大葵花树下玩，倚靠着树干坐，目光穿过植物空隙——探看云缝中透出的青天，发呆。偶尔摸一摸跑到近处的小黄狗，把它耷拉的耳朵捋直，会发现其软萌的气场瞬间弱化一半（狗外表变凶了）。

"你给我的第二印象比第一印象好。因为第一印象是见面，第二印象只听声音。"

沈沅君把小黄狗当人，对着它说古怪的话，它也只是摇摇尾巴，不会讥诮。这样的相处，很惬意。

傍晚时分，村庄的屋顶，炊烟林立，像粗壮的树干直贯云丛。沈沅君坐在那片香气缭绕的梅坡上，想等邻居家的炊烟变作纤弱的一缕，再归去。她家的庭院种植了两棵桃树，它们根系差不多沉，土壤供给的营养种类与含量都相仿，分枝均是709根，因是邻居，对四周风物的见闻自然切近，可树冠愣是不同样硕大。左边那棵树的年轮圈数与右边的一致，却总让人觉得它还没有长开，像"冻龄"的林志玲。

"狗子不只是因为人类才叫，狗子就是这样的动物，一有什么动静就会叫。"

沈沅君听见小黄狗在说话。她知道，古代山中隐士的狗，只会为了落叶、飞鸟、化蝶（的进程）、脱兔等非人之物制造的动静，而吠叫。曾有一些源自屋脊瓪瓦的水珠（除念师？）为檐底的细长冰棱柱洗掉封印，使其坠降到地面，在院子里接二连三砸出脆响，导致邻居家的狗（骂骂咧咧？）叫个不停（练出沙嗓？）。

（离地表一株小草的顶点刚好七尺整）离地七尺有余的枝头，一脉鲜桃正陆续由青变红，表示这棵树犯困了想睡会儿。溶溶赏月天气，春意盎然得不得了，经子夜风一吹，村子里的动植物瞬间都乏了，变得十足慵懒。而事实上两棵桃树屡次抱影无眠。有时，恰好碰到沈沉君秉烛出门，树上的鸟会忍不住嚼嘴，替桃树鸣不平：睡不着。沈沉君每每都只轻淡地回一句：睡不着，眯着。至于为何夜不成寐，沈沉君自是心知肚明。

正如你初中二年级第一学期背诵的课文描写的那样：

睡眠是人的局部在下沉，是用滑轮组

牵引眼睑内页上升，去摸高空的开关

摸到了那个开关，用力一揿，星幕全黑，人就点着了

烧了一夜

桃树的局部下沉到一辆辆 SUV 里去了，那些花香常被绞入车胎。开到村里的车辆，没有初三下学期语文书本第七章的导读内容描写得那么美好：

四只花栗鼠在蹬转轮，轿车这才动起来了

那片梅坡在山的东面，山的北面是采矿者。从早到晚吵吵闹闹，炸药让许多动物的听力都受了损伤，破坏了蚂蚁的生物钟。在鹿荚，村民间的日常谈话无法不变得比此前大声，只有这样才听得清楚双方在说什么，不知不觉人们变得更容易吵架了，夜晚频频听见啜泣与尖叫，这在以往是罕有的。

小黄狗还未长大就跑没见了，它是在离葵花树刚好 3125 米的地方，走丢的。从那一步起，它无法再返回自己的村子。它做的不少记号都被挖土机挖走了，线索缺失了重要一环，一旦它与葵花树的距离达到 3125 米，就必会走失，回家途中需要考虑辨析的因素过多，超出这条狗的脑力负荷了。

沈沉君曾闭着眼睛宽慰我：

那条小黄狗的灵,没有沦为野的灵。一天夜里我在葵花树下听到过鸟叫,类如有些女性觉得自己身体里困着一个男人,同样也有困在鸟身体里的狗,它们很容易对着路人发出叫声。树上叽叽喳喳的那些鸟全是如此。我当时秉烛听着一只鸟的鸣啭,突然意识到这就是以前我摸过的小黄狗。我不确定那条狗体内是否困着蝴蝶的灵魂,而那只蝴蝶体内是否又困着一条鱼的灵魂,我单能确定那只鸟体内困着小黄狗的灵魂,所以它边绕着一朵花飞,边不停对着我叫唤。

那是个白露为霜的夜,啄木鸟背正对着的星光
厚实
像面粉一样摊薄了,会有两亿四千只鸡那么大

— 1

缪佩蘅先我一步下车,踩着木质碎片,朝能见度不足两米的雾中走去。我从裤子口袋掏出红薯色的手机,打开照明功能,屏幕上方通知栏显示着一行字:

周树鸡说——这真是个吃鸡的时代。

那是某款网游的运营者写的推送软文,想诱导我点开下载它。

"看到试卷,我就想起大学上钱瑾的写诗课,校长白闹在办公室遥控直升机喷洒消毒液进行驱赶的事。"

我没有衔着他的话尾:"(祸端)一定又是 Codomain 系统。"

不出所料,车头里没有司机,自动驾驶级别为 L5。

"行吧,没咱们什么事了。"

"走,小心别踩着这堆根号。"

我俯瞰着路面立体感十足的根号,啧啧称奇,它们的质量在非真空环境下测不准。自从引入高维运算符号"|∏|"后,在一场数学考试里常能听到满教室开根号的声音,那动静有点像昼夜交替时,天角有谁拿着镊子在翻书。

"锡榘,你稍等,我先抽几分钟烟。在这么浓密的雾里不抽烟说不过去。"

"你这习惯真得改改,一入雾气定掏烟盒。"

"没法儿整,你给我掐着表,六分钟保准完事儿。嘿,我就纳闷了咋不瞧见你平时有啥嗜好?"

"我没什么嗜好,倒是她,摘水果时总会先用白绢掸去花粉,对了还包括灰尘。"

"谁摘水果?哪儿的花粉?"

"就果皮的,沈沅君。"

"谁?噢我懂了,你大抵说

 果皮本质上是少许手势,能穿透花蕊、叶片
 探往树枝的脉管里,慢腾腾捞起水果的雏形
 它把立体的内蕴捴出来了,'灵肉合一'
 即是路人看到的形状?
 每颗水果都是它自己先摘取了一次,捧在手心
 然后,被人摘取第二次"

"什么手势?拿镊子的那种手势?不对——搞半天我话说反了,是沈沅君摘下果实,花粉是果皮表面的。"

"你老搞这样的事,差点给我整糊涂了。"

"整不明白了都,我就寻思你好端端咋说起胡话来了?指着棵桃树,猛夸它梢头的果皮敢于吃苦,竟起早贪黑捯扶出这般丰盈的桃浆,鸟喉咙都甜得忘乎所以了,不停冲我们倒熟话?果皮的胳膊架着桃核,向马路对面走,越靠近鸟道,越显得这颗桃的脸大?"

(桃子还没熟透时啃它一口是苦涩的,这意味着果皮在吃苦?鸟喙啄进果实,撞击着硬桃核,是不是像人类牙齿偶尔咬到了米饭里的石"籽"?)

缪佩蘅把烟灰弹掉了一截,他兀自若有所思地吐着烟圈:

"火急火燎逮住这座春山一顿猛夸
 它山顶的鸟,无论高矮胖瘦
 晚上都不会冲着隐士说梦话的方位叫

好歹是体己人的主儿，干脆叫它们'体己鸟'吧

——你记得这段诗吗？大二课上刘贵平老师念的《鹧鸪》。当时某些东西在人群之间裂开了，'水晶人泄露事件'彻底夷灭我对媒体从业者的信任，我一直都不能释怀那个下午，校长拿鸡蛋砸我们班窗户时的皱眉力度。"

"记得，水晶人是从 G2 峰会逃逸出来的，如果它左肩扛的裂缝不那么像张开的鸟喙，欧洲各国就不会搞成今天这样。"

我看了看表盘，觉得该走了。缪佩蘅踩灭烟头，意犹未尽随我返回车里。

天上的乌云是炒煳了的云，含水量非常低，故今夜不会下雨。

— 2

在家乡,"吹山"是顶好玩的事,你知道吧?

关蒋生、我、严佩藏是铁哥们,每年春分到夏至期间都要相约去吹山。有时,严佩藏会牵一头水牛跟着,有时是几只羊,总归他很少一个人出门。大概是因为遗传,他家的牛一直很温顺,不害怕被生人摸,我走累了就爬到牛的背上坐着,牛走一会儿,就停在一个地方吃会儿草。

"我摸过你家长的角呦,牛,知道不?"

牛舌头绕山卷草,我们绕山吹山。

"谁都能吹起一粒灰尘,好比谁都能吹散一束蒲公英。只要人口足够多,保准可以把大山吹得飞起来,等吹到适合的地方了,大伙儿再一起卸除托力,让山自由落体。真这样,太行王屋也费不着让愚公的子子孙孙去移了,只要大家齐心协力鼓起腮帮子,就能把一棵树拔起来,把一座山从原地吹走。"

蒋生说着,头一个咧开嘴,吹向道旁的野花,它果不其然飘起来了,飘进了枝丫上的鸟窝,惊醒了里头的大喜鹊。

"野花啊野花,你叫什么名字?"

佩藏这样问着,却是径直走向了一棵翠绿的乔木,他衔着一片树叶就吹起来,发出清越的声音,像歌儿一样,让没有心理准备的我浑身打了个激灵。

"没想到还能这么玩儿,吹一片叶子奏出音乐,就跟把一座山吹响了似的,难不成整座山都是笛子,这些树叶是笛子浑身的小孔?"

"嘻嘻,我一直觉得吹山跟吹笛子没区别,像蓓生刚才那样把嘴对着笛子吹孔以外的部分,笛子就是不会响呀。"

"我的目的又不是把山吹响,我更喜欢吹花瓣玩。对这座山来说,这些到处乱飘的花瓣就是补丁了吧?就像你吹出来的乐音是笛子的补丁。"

那天夜里,我仰望着房梁上的蛛网,想起体表插满笛子的崇山峻岭,感到自身无比渺小。重霄外,繁星也像大山啊,不知正被哪里来的巨人吹得满天飞。才睡着的我,视域恰好迎向某个梦境的末梢。如果我提早入眠,就可以洞见它的全貌了(明亮的琥珀色,香味复杂,单宁柔和,结合着杏仁、巧克力、蜜饯、榛果味,以微弱的橡木与香草收尾;我差点错过全部的口感),但我很晚才睡着,所以只能做一截"尾巴梦"。梦见,白昼里鼓起腮吹散的那些花瓣,随风飘到一定的高度后陆续纷坠下来,从月明的山顶坠往幽暗的半山腰。旋舞的花瓣,每冲着山体晃一眼,都发觉山体的倾角有所变化,每一种角度对应着一条做梦的方向。花瓣,由此窥见许多此前从未涉足的路线,身为"花瓣"的这褊陋一生,它仿佛一次也没开过窍,唯一瞬是有别于其他时间的:它被人嘴吹得飘起来,产生了些微的羽化错觉。

花瓣的旋速越来越快,山体深处的蝶翼与花瓣所在的平面构成的夹角瞬息万变,无数梦境的雏形如闪电般光速掣过——那是花开前曾澎湃在植物茎管里的精灵群。花瓣原本准备在自然凋零后,逐一释放它们。

空中的花瓣一会儿把影子投映在松鼠头顶,一会儿投映在寒潭，一会儿投映在草莓的叶片，一会儿在飞过的鸟背，一会儿在夜游人手秉的烛火外焰。

那些误食了花瓣倒影的鱼，将做梦。空中旋舞的花瓣大彻大悟后的倒影，是能吃饱的。鱼明晚会胖二两，不信你深夜去称。

早晨醒来，荷载着浓郁眩晕感的头颅是杯落满繁花的清水，放在窗外的石板上闲置了一整晚，因被偶经的野鹿闻过，此时与我的掌纹格外生疏。我下意识额手，发觉眉毛摸起来完全不像自己的，抵触的细节震得指缝发麻。脸的知觉猛然从梦境的质心移徙到客观世界，此刻与我的掌纹特别生疏。

我端着杯子去庭院里，顶着全身几乎每个细胞都鲜活无比的阔叶树冠，徐缓倒掉了液面的花朵，于是，杯子变得简单，水底仅倒映着遒劲的花枝，我在树下晃着杯子，觉得脚底安稳。

夜深时，偶尔有鹿进家门，这我是知道的。它们的蹄，熟谙从山麓到我窗前的路线。我有时会特意藏一些果实在庭院各处，让鹿自由取食。

往四周的每一步都是能在泥土上踩出嫩芽和水分的，春的气息从其中渗透出来，是地底世界伸来的手掌。我接见鸟的羽毛，并且同它站过的草坪里尚未散去的温度握手。它会在另一个时刻摸我睡过的一条山路。我们在世上用温度间接握手。

有只小鸟落在苍翠欲滴的枝头，它脚杆里的血液被反作用力振荡得挂杯了，为伸懒腰临时摆成个"中"字（像卡布达变身动作）的我——双臂与背部所处的这一平面，跟（张开的）鸟喙的角平分线位于的那条直线，构成了不超过20°的夹角。只要小鸟把脖子仰得高一点、再高一点，我的脊柱与它绷直的颈椎就能在同一根直线上重合。

"没错，我认为脊柱是纵贯天空的一条线，人类与鸟的脊柱在某些情境下可以重合。狗的脊柱是横向的，人的脊柱与狗的垂直。"

"锡榘，你问过你爹的意思吗？"蒋生的爹皱了皱眉头。

"我爹嫌我脑瓜不好，学不了别的小孩，开口说的话只到书上讲的文笔顶呱呱、主义踩高跷为止，他说自己都没脸拎娃出来跟人比，责怪我非要自己继续往山里头走，就跟想走出个什么窟窿来似的。可我就觉得向日葵是瓜子脸、天上飘开的云朵是引力在放风筝、鸟鸣是体力不支快散架的空间。猫的叫声折叠了三次，才传到我耳朵里，这样没有那么突然。卷起来的狗叫声……水是土地神的视力，草木站在岸边，种子飘落到河面，是一些联系方式。土地神（借由可能有些残缺不全的号码）联系上了它，就会在某处开一朵小花。

"像电话亭，土地神在哪里联系上的种子的'失主'，就会在哪里用'彩笔'圈出电话亭的位置。当然，圈出的局部不光只起标注'电话亭'的作用，更要紧的——它是一次存档，用一朵新鲜的花，保存号码那端的'失主'的身份、住址等相关信息。就像我与蒋生上山用嘴把春天的草帽或春天本身吹得飞起来了，吹到别处去了，土地神也是想采取适合自己的方式尽量把春天所有的花苞都使用一次，以存档春天全部的起源。我没法不让自己这么想。"

蒋生的爹摇摇头，不再说话。与别的大人没什么不同。在陡坡湾的那十余年，因为我总爱"胡思乱想"，大人们渐渐开始称呼我"稀奇"（锡榘用方言读很像"稀奇"）。我讨厌他们"稀奇稀奇"逗我玩的嘴脸。由于只有小孩子和我玩，我的童年过得很片面。我听说大城市的孩子能跟大人玩到一起。

"所以，小山村的孩子只能跟小孩玩到一起？照理说你爹娘也算见过大世面的人了，他们跟你的相处方式应该多少能沉淀一些长夜的月光在你的床榻上。"

"可拉倒吧。他俩希望我能'开口跪',嘴一夸就到案头书跟前给过去的人们跪得好好的,而不是一'开口'就奔着走出一趟能渗绿的脚印来,每一步都像在挖一口能在自然界成立的水井,往土里播种花籽那样的劲。"

"我房间的窗户正对着两棵大芭蕉树,它们遮住了童年许多的鸟叫,爹娘每天都会在吃饭时谈及它们的长势,我有时候怀疑他们只是为了看芭蕉树,才过来喊我起床的。"

佩皱一边说着,一边把玩小狗的尾巴。我蹲在狗的脚边,开始摸狗耳朵。蒋生绕着荷叶缸跑来跑去,他把手臂缩成翅膀的形状,同时快速挥动肘部,扮演母鸡。

"下颗蛋瞧瞧!"

蒋生听了,很快撅起屁股,嘴里发出"咯哒"声,把我们逗得哈哈大笑。

"你们觉得狗尾巴好吃吗?"

"反正没猫尾巴好吃,尽管我都没吃过,但猫看着就是比狗好吃。"

"才怪呢。"

这时,自院门外,忽然传来哧啦哧啦的响声,一条花皮大蛇从灌木里钻出来,狰狞地四处张望,不知该爬向谁家。我们几个被这突如其来的声音吓了一大跳,赶紧跑出去看,那蛇听到有人的脚步声,倒也不傻,慌忙窜进草丛中去了。蒋生是第一个跑出门的,他清楚看到了蛇扭动的尾巴。

"是蛇!!"

"有多长?"佩皱下意识问道。

"不能拿手比!比了蛇的长度,蛇夜里就要上你家,在你旁边睡觉!蛇要跟你比长短,一比发现你没它长,蛇就会吞掉你!"我大声说。

"完了，我是头一个看到的，它肯定会选我做三人里的代表……蛇这会儿肯定守在外面要拦我回家的路，就算不拦路也可能偷偷跟着我，回我住的家。我现在不敢出去了。"

"你看到的是蛇头还是蛇尾啊？大人说了，要看到尾巴是不打紧的，没被它看到脸，它就认不出你。"

蒋生半信半疑，泪珠在眼眶打着转儿。那天他在我家待到了很晚，后来一个人在堂屋睡着了，是被他爹背回去的。

我十岁那年春天，有一夜，陡坡湾罕见地刮起西北风。北风响，蟹脚痒。我被人声吵醒时，全村挨家挨户的壮年都已拿着灯笼出动了。那时候，我爹娘刚巧不在家。他们在镇上给富裕人家做长工，每隔几天回来看一次。要是我爹在家，准会第一时间喊我起来。给门外走动的人吵醒与被他叫醒，是不一样的。在我的记忆中，我爹一次都没有带着我去坎儿河里捕蟹。

捕蟹前会有动水仪式，为了不惊扰河神，乡民会先请河婆作法。河婆本名朱九凤，大人都称她凤姨，小孩子很欢迎她，因为她会各种稀奇好玩的"法术"，我们最想看的是线灰悬币与金针浮水，可惜她不常在人前表演。岸上那由四方帘幕围成的露天观星法帐里，烟雾浓度已经降下来，干冰快用完了。河婆揭开白纻细布，踉踉跄跄走出来，口中念念有词，从装满蓖麻油的搪瓷钵内拿出一把黄铜仙鹤老剪刀，朝悬挂在柳荫里的红骨羊脖子上利落地一划，刚开始没有血，大人们心中怦怦乱跳——杀羊无血，预兆着捕蟹不顺。

"因天河水兵护驾有功，今日午时，河神赴天庭参加受封仪式，河神与各路仙家共喝了三万万斤美酒，这会儿正躺在河床上呼呼大睡哩！俺有办法不惊扰河神清修，还能让大家平安动水。"

说着，河婆便拿起蘸过酚酞试剂的桃木剑，熟练地在空气里比画了十几下，口中念着"右旋萜二烯，具鲜橙芬芳，乃无色油状液体，受潮气影响可氧化成香芹油萜酮和香芹油萜醇"，突然加快语速"天然品存在于 300 多种精油中，特别是柑橘类精油——如橙油（约 90%）、橘油、白柠檬油、青柠檬油、柚油、橙花油、橙叶油、榄香脂、香芹籽油（约 40%）、莳萝油、小茴香油、芹子油（约 60%）……"，蓊生听得直咽口水，以为是传统相声里的报菜名桥段，"化学式 $C_{10}H_{16}$ 嘅分子量 136.234 哎啊嘶嘚啊嘶嘚咯哎熔点-74℃嘚咯哒闪点 42.8℃折射率 1.467 哎哟"……河婆"忐忑"了一阵，蓦地呆立不动，现场的大人无不屏息凝神，敬慕地望向河婆，生怕弄出一点失礼的响动，我只能在内心的房间里张嘴弹舌，比一块红砖和踮起脚的我加起来还高出一个额头的佩蔽则面南望着山坡，他的自我在众人的注意力齐刷刷被河婆夺走的时候——从长有豆芽的水中坻上幡然苏醒，悄悄行经所有人的背后，踏上了某条"初极狭，才通鹿"的桃蹊，自此再也没回到过童年时代来。半晌，只见一滴锖色液体顺着剑身朝末端缓慢滑去，落在水面，激出的涟漪让时间恢复了流动。这时候，有貌似懂门道的人开腔了。

"那是鸟血，是上次凤姨在城里祈雨时，从天上飞过的朱雀身上买下来的，'Hey bird 快过来，把保险柜给我打开哦不——是把火德血卖给我一滴吧！'……"

他讲得眉飞色舞。小孩子只顾着看热闹，不管是真是假。

十一岁那年，我碰到个大人，他叫陆阿采。

初次见陆师傅，也是在拱桥上。那是个无月之夜，星空沉得跟快扛不动了似的（近日点这头儿远没远日点那头儿轻，扁担一端老喜欢往上飘。那是个阿特拉斯的直角肩骤变成溜肩的夜晚，祂急眼直呼"哥要芭比 Q 了……赫拉克勒斯你找到垫肩儿没有啊"），山前下着洁白的雪籽，因而很容易看清人脸。低温导致分子的移动速度变慢，由于每呼吸一次闻到的分子的量减少为原先的 36.4%，人会觉得木头腐烂的气味相比平时要更加稀薄。

　　桥的另一端通往烟云弥漫的山景，陆师傅携着满身酒香飞奔而来，箭步射过我身旁。他准备赶回家收一幅画卷，那画卷里的人物是陆师傅的知交。为筑造一处稳固的居所，陆师傅使用了质量极沉的木材。门窗一旦关上，即便在湿气极重的幽涧边，房间也丝毫不透风露。那天他忘关窗户了。

— 1

　　我和缪佩蘅继续往菌典水库的方向行驶，这次换我开车，他坐在右后排。副驾驶座上的花苞，愁愁然打了个呵欠。植物白天进行光合作用，夜晚进行呼吸作用，它若是呼吸得太快，将不可避免在短时间里让车内变得很闷。缪佩蘅用食指碰了碰它的顶点，暗示它悠着点儿，还好，花苞善解人意，打完呵欠后，呼吸照旧慢得仿佛在作画。

　　"要换成莲花，打完呵欠后肯定会大口吞咽四周的空气，几双巧手都捂不住的。"

　　"非我待植物太苛刻，某花的情绪波动大得就像无时无刻不在晃一杯白葡萄酒，你站它旁边几个钟头下来可能什么趣味都荡然无存了，实话说莲花完全不及副驾驶座上的花苞温顺娴静——正缘于此般好品格，从山间采下来随车走了这么远，困在花苞身体里的云层才没有相应减少。"

　　"没错，我一直都在社交媒体上这么说，觉得看莲花第一眼，它内在的风景是满的。这种满，是能冲破物体的边境线溢出来的那种，让你觉得，会不会并非莲花的最外部是弯曲的，仅仅是你的眼球是弯曲的，你会否定掉两种弯曲里的一种。其实，你的眼球与莲花的外焰构成了某种关系，这关系是你稍微用力就能把一个新世界掐出水来，你能通过看水里的倒影去猜测新世界的长相，透过弯曲的扉页去看莲花的核心，那种感觉确实特别清爽，就像刚开始嚼一颗木糖醇的时间，这种与莲花相处的新鲜感顶多能维持三十秒吧。一般就二十来秒，很快，你会发现广告比正片好看多了。"

　　打呵欠是植物行为的分水岭，呵欠打完后它竖直的"脊柱"将释放一伙体格强壮的因子，去绑架四周的氧。绑匪说，务必让我们在二十四小时内看到太阳，这样才会把大家都释放了，注意，千万别报警，还有太阳得是原装正品。

　　氧的亲戚，二氧化碳、一氧化氮、水听完电话全坐不住了，水抓耳挠腮思前想后最终还是拨通了警局的电话。

　　"警察同志你好我是水，住在武汉洪山区野芷湖这边。"

　　"您好请问是多少度的水呢？是画质模糊的水还是4K超清的水？你流过猫或者小孩的手臂会觉得肉麻不？"

　　第二天早晨绑匪如愿看到了赎金——太阳，动作麻溜儿把所有的氧都放生了——光合作用。

　　——临时想起几年前钱瑾的这番话，其中"脊柱"的概念还是由我提出的。

　　"人与鸟类都有脊柱，那山顶的植物呢？它们的脊柱一举穿透云霞，是纵轴直击大气层……"

　　"一条狗可以像游标卡尺，在脊柱的直线上，来回滑动吗？嘿，走远路都不用自己动脚了，直接滑过去。世界是座溜冰场？"

　　钱瑾是个极有意思的老师，他的课从来都座无虚席：

　　怎么表现归乡参加丧事的哀情？

　　坐动车，犹如坐在颠簸的杏里，背靠着果核，朝着林间的某处滚去。瞳孔、舌尖苦涩极了，湿气极大，眼睛没一会儿就红肿了。

　　如何快速描写出有探索感的奇境？

与世隔绝的幽谷底

那些果实有被指甲掐过的痕迹。是因为

露水吗

——露水施力,生成了类人的痕迹?有这概率吗?

有一山洞,投石其中,风立起,石出乃止……

诸如此类的絮语,让缪佩蘅和我都印象深刻。黑色 SUV 即将下坡,我的腹部隐约漩起了桃花流,像只系好安全带准备俯冲的蜜蜂。外面风比爬坡时大,隔着潮湿的车窗似乎都能感知到,附近一带乌腻的土壤相对于路面的绵延起伏。道路本身不颠簸,颠簸的"异觉"源自以道路平面作为参考轴,去衡量四围山景轮廓线时袭来的一种动感。这段路我很熟悉,我坐在车里都能想象出在天空俯瞰车顶、道路、道路两旁山岭的那种视域,正因为这样,颠簸的"异觉"才会格外强烈。"异觉"的本质是主客观视野的互渗,我会觉得自己同时身处在两种空间里。为了分散这种"注意力分散"的状态,把空间泡沫——解离到足够微小,继而令更单调的我展露出来,我选择把广播声量调低并说话。

"我不是一个羸弱的人,没办法让那些世俗的人以为自己得胜了。这是一种很微妙的平衡。就像是灵魂接种了一支疫苗,现实生活的高压并不能损坏它的组织,只会令其变得更有韧性……需要一种'非经验'式的生活,试错很重要,试的错应该处在一种主体结构之外,更加离散,要特异于公式,避免被'屈光聚拢'。人'自我的可能'就像果皮表面的糖霜,唯轻拿轻放才得以缓存,不能放任大水把它冲毁了。我以前在一通电话里说自己随波逐流过,在'水晶人泄露事件'发生后,我就决定采取一种更闭锁的方式去生活:只需看清楚自己在走的路。就像人在山雾里夜行,走到一个位置,就能看清楚该位置附近的道路——你看不清楚更远处雾里的情况,这无妨,你只要对当下这一空间有清晰的认知就可以了,这能保证你的每一步都特别稳定，你很清楚自己走过的每一团雾，里面有什么，你早已把根系，扎在旅程开始的地方，你走过的所有道路，似乎都是那根系汲取养分，而后对准不同方向上的宇宙天体、朝着不同角度开出来的花朵，你走的路皆是那粒种子的分支，是空间的持续衍生，你内心是很熟悉的，这与阅读带来的安全感截然不同，你不必继承先贤的意识来安置自身，是因为一开始你的根系扎在正确的意境里。我觉得是这样，是一种意境，在驱动你。你与山雾的关系，很像灯笼与夜的关系，你的眼睛刚好只够看清楚当下四周的环境，此外并不需要更多的视野。我说得比较粗糙，如果有人现在记下来这些话，标点断句的位置肯定是很奇怪的。暂且不说这些了，我还是想听听你对当今社会写诗者这一群体的看法。"

"嗯，不是你什么时间点跟我聊，我都能说出跟你一样的长篇大论，比如此时，口头表达能力打烊的我就只能用张飞的话来回应：'俺也一样'这么觉得。对写诗者群体呢，我其实没什么特别想说。我能想到刚开始震到我的，是在北京长安街见过有写诗者拽着个陌生人就给对方念诗，别人听了几句觉得不错，竟就地跟那人聊起来了。你往后退十年，上哪儿能见到这情景？像我们诗歌专业出身的都还没那个胆子，见一人张口就来，你说你一野路子，有什么底气见谁都想显出能耐呢？"

"诗歌国民化普及程度太高，路上碰个人都能给你来几行，好诗千千万自然也就不差咱们学院派啥事儿了。北京是诗都，平常人很难在那地儿立稳脚跟，长安街来来往往的一般也不会是等闲之辈，像王羲之说的'若合一契'，一个基数摆在那儿，人群的诗歌素质也在那儿时刻候着，写诗者与读者内心的想法像符契一样吻合的情况，还能少见吗？我猜测你之所以觉得稀奇，主要还是来源于——诗的日常感，这个东西太冲击人了。你现在随便拎一个路人提问，对方都能说出好几种私人化的诗歌应用场景，这跟支付宝差不多，人们开会过生日搞团建，语言都是非常惊艳的那种，就是写诗谈诗的环境跟坐公交一样日常化了，它能在当前的社会制度上附丽，并且大众不会察觉到这种附丽，怎么说？它不是皮毛的那种附着，而是类似于叶脉，是附着在一个物体里面的。"

广播传出手抖（行业两巨头合并后的双头独角兽公司）男网红表演口叼摩托车、牙齿拉汽车、被大卡车轧等绝活的节目现场喝彩声，缪佩蘅不明白交通频道的广播内容为何非要强行与"车"扯上关系，他让我再把广播关小一点。其实我只是喜欢听观众的喝彩声，这会让我觉得窗外没那么窒寥。

距离菌典水库还剩最后一公里，我们没有再聊诗歌现状，而是转入了更缥缈的语境。都是有一丢没一丢的散哼。对于这个宇宙，我们只是无限小的探索者，仅能像夏夜的萤，照亮一小片领空。

— 2

　　我那年十一，陆阿采年登花甲。他是个神秘的大人，有时正襟坐虚白，松调值月遮，飞鸿迤迤来，淡入青烟路，有时跅弛抱流波，万窍皆同声，去智游玄眇，蝉蜕通云天。其生性高爽，磨而不磷，涅而不缁，常自纳于幽，移风当窗，分梨为院；固然，旁人不会觉得他有何豪侠气魄，更不可能像我产生好奇心，只觉得他行为无章，言辞怪诞。

　　陆师傅是我的启蒙老师。有次经过他家门前，偶然看到他在树下打长拳，我便站在那里看了一会儿。他左脚只往树干轻轻一蹬，就可以跃上高高的屋顶，像蚱蜢，我不由得惊呼出声。

　　"呔，何方妖孽？"

　　陆师傅依序踏过树梢、鸟喙、橙尖粉蝶的触角、孢子（借力的对象越来越微观）……从四十米外的天空飞来。他掠过我头顶时，我的视野恰巧被院门的横梁及墙体遮住了。陆师傅飘然无声，像几粒持续吸水（以变得凝重）的花粉，落到我身后（与彼同时，我头脑中闪现的是橘河上冰封如白练的奥赫拉比斯瀑布春融后从高处飞流直下途经五段落差——撞向尚未解冻的峡谷时撼出的巨大轰鸣），猛地伸爪朝我肩上一拿，我先是吓得一抖，再就动弹不得了。

　　"好根脉。"陆师傅的左手沉得像磐石，覆压在我锁骨位置，我几乎要当场跪下来叫"饶小的狗命"。

"老伯，我只是碰巧经过驻足了片刻，没想偷师你的武学。"

"不瞒你说，我住在此地十余年了，来来往往碰到过很多观望者，我也像刚才这样探人之臆，可惜无一例外全都不是练武之材，苦学二十年也难有大成，唯独你，与我师父韩醽舫的根骨几乎同脉，是适合修炼本门武学的圣魔元胎。小子，你想学功夫吗？"

"我长大想成为文武双全的人。"

"文武双全？文的我教不了你，武的，只要你有耐心，假以时日定能成为一个叱咤风云的人物。这样吧，你明天傍晚过来，我先教你鸳鸯钺。"

他话音未落，庭院中轴线上的树冠忽然一震，落英缤纷，天空的掠鸟闻见后纷纷掉头转向，几股强劲的杀气自叶柄断裂处喷涌而出，化作十把通体炽红的重刀，朝我们所站的位置霸道斩来。陆师傅身法如电，闪向那重刀群的上端，俯瞰着凶悍杀意，愤而袒露硬朗的臂膀徒手对准刀背的黄金分割点一阵猛砍，霎时间电光石火，哀嚎连连。待风絮俱尽，定睛再看，陆师傅竟是生生将十把攻势如雷的重刀，劈得粉碎，我差点惊掉了下巴。

陆师傅落回院中，面不改色说着："刚才是邙山派的仇家，埋伏在这棵树里很久了，我本以为要等日落才会现身，没想到这帮人的求死欲如此迫切。你怕不怕？学了本门的武功就要继承本门过往所有的深仇大恨，这是历代弟子的宿命。"

"不怕，我也想有一天跟老伯一样，空手接白刃。"

"好胆识。"

那时，我未考虑陆师傅是正是邪，就一口答应拜入他门下。童年的我，是个对所有人都没防御心的人，长大后，我步入了另一个极端。奇怪的是，最终分布在我生命里的——两种行为模式的产状几无二致，前者并没带给我多少铭篆于心的创痛，后者也没能使我绕开林间那些被草木虚掩的陷阱，自以为成熟的思考仿佛不过是徒劳。

翌日黄昏，我按约定到达陆师傅的院子。从表象上看，他不在家。我走近中轴线，注意力先于双脚迈向那棵大树。

"雨中山果落？"

听到陆师傅洪钟般的声音，我不自觉往后一撤。

"江畔蜀葵生，"这是我们的暗号，"你在这棵树里吗？"

"我在一根树枝的尾端。开教前，你先静观落叶之姿，看见其中关隘了，拿水井边的挂衣杆用力击打它，像赶鸟似的把我轰出来。"

"要从这么多树枝里找到你所在的那根？"

"是的，你得睁大'炁目'，辨识风景中挟带的人为因素，借助一些滑翔时不太自然的树叶逆推出我的呼吸轨迹，确定我的位置。先提示你，我在离地面三米多高的绿芽中坐着。"

"好，我试试。"

我嘴上这么说，心里一点底都没有。陆师傅的呼吸带给我的第一印象非常好，那种鲜活感更像是源自素菌瓢虫、二纹柱萤叶甲、黄绿灌丛唐纳雀、多点远露螽，而非大人，只要你听得足够幽邃，将可以感应到"核心"里面的动能，那股力量像光源一样，让我觉得踏实。当这种光源隔膜着绿芽"掩体"时，情况变得不同了。

"此乃本门绝学《开藻看云录》的起手式：吹蕊入鱼府。小子，让我见识下你的能耐。"

因难以分辨自然凋落的树叶与被人力吹落的树叶的差别，无法锚定陆师傅呼吸所在的方位——对我来说，"差别"是他引入的新知，此前我从未考虑过树叶飘落的原因里还可能有别的什么。找出三米以上每根树枝尾端的绿芽，用"代入法"挨个儿敲击当然没问题，但那对任何人的臂力都将是不小的考验，况且半炷香的时长不可能够用——除非赌这一刻的强运（类似《翼·年代记》小樱在翡翠国赌馆的那种强运，或《斗牌传说》赤木茂触底反弹的强运）。

　　思酌再三，趁风停的间歇，整棵树处于自然舒息的状态，鲜活的芬芳往四周喷薄的速率未遭受外力侵扰——继而在具备指示功能的某一实数附近蹑着小脚立定，植物身上的每个部位都基于先天秉质在释放内存时，我全神贯注地调动嗅器末梢聚可类萍叶覆波、散好比游丝逸驰的感知细胞点列，以着水信玄饼般的滑软"手征"——抚过大树香势的外表面，对这一立体的不规则场域进行了温腻并有"笔意"侧重的线描，我期望在 100+ 次循环上述过程后，对那"棵"纯由芬芳构成的气态树形能产生某条个人化的体认途径。香势不是像掐丝珐琅那样由特定纹路缠勒塑就的承袭着传统美学造型的静物，香势的外观会随着时间的推移不断发生改变。我的策略是，把风停的瞬息作为原点，每隔五秒，为这棵树释出的香势披上一层厚度趋近于零的罩衣。这层罩衣的前缀形容词不可能是"宽松"——在我的体系里，香势每隔五秒都要复位一次，我细嗅的是无风状态下，芬芳从树枝上溢出来的头几步。要领是在五秒内完成 70% 的线描，并为"下一波"的到来调整好呼吸。植物的呼吸通常是均匀、规律的，但人类不是，人有复杂的心理活动，容易不自知地变化呼吸节奏……这个世界中央越是独步武林的人，平生的憾事就越多，无论正邪，落子无悔的只会是存在于真空环境下的手。

　　（我的嗅觉是五感之中最为立体的那部分，它赋予我的对季节的印象可能比我记忆里最深的梦境都还贴合世界本身，嗅觉捕获的信息通常拥有比其余感官更加骇人的可探索深度。当我们说一个梦境给人的感觉有多深，其实说的是它的**链式反应图景**有多炸裂，贯穿力能抵达潜意识多远。从空间的"表面"看，对人类认知而言，一个梦境的别致之处可能是指在它展现给你的造景里，藏着一树花，又或掖着一扇门。偶尔我看见远山，会觉得它跟平时不太一样，当我驱车进入那座山时，我闻到了仿佛来自另一个季节的芬芳。就像你有时在灯下翻书，好像在某页忽然翻出来童年某本连环画的气息。你手里面的书兴许刚好遮掩着记忆的岩缝，也可能一不小心把石扉推开。关于被遗忘在大雨前夜走潮的房屋里的教材，或晚自习翘掉后站在走廊尽头楼梯拐角的你从死党指隙夺过的刚在二中书店买的新一期《课堂内外》，那斜拉的腕力正好把光阴深处的两抹山云对齐了〔可以贴横批了吗？〕，过往与未来以今宵为始端，在彼境呈Y形分岔，上头皆有"人"字大雁排闼送青的那两片天空终归是同一个吗？你大概会在什么时候梦见自己出现在那扇观萤窗前，回应了屋内净几旁，孩童茫然若失的盼长大的那双眼睛？为何在人正准备低头翻页时声控灯恰好灭了下来，把斜拉的腕力迁入与李宗伟对放高远球的林丹手里会如何，从值日生斜上方脱手的黑板擦……像汉尼拔揭起锅盖手一滑，刀叉掉进了脑袋。我的嗅觉主导的梦境，一般比视力主导的梦境更有沉浸感，更容易让我产生"反刍"的念头。意思是什么呢？步行于贮藏着桂花酿的地窖附近，想到腊月满村此起彼伏的打年糕声时，听觉仿佛生津了似的，视网膜有类如味觉系统的条件反射机制，所以梦境——乃至某些时候你看见的远山都只是昔年景色的回甘。

上面这句话特意不让嗅觉出场，是想用听觉、视觉、味觉烘托出某样氛围，让读者自助类推出——嗅觉在"生津"这一条件反射项上的表现只会更剧烈。）

在百余段风停的间歇，如讯飞的**多字叠写般**"一笔一画"摞起海量图景，经持续微调，逐步拟合出这棵树身上每一枝香气的流变基准模型（此"基准"是对全体"五秒单元格"香势的总括，像割圆术或指纹录入系统，前者是"割之弥细，所失弥少，割之又割，以至于不可割，则与圆周合体，而无所失矣"，后者是手指要与屏幕贴合成特定的角度才能被系统完备读取，录入指纹时需多次覆盖，有时解除锁屏也要好几遍才成功对不对？），当然，三米以下的部分都是虚化了的（为凸现出这张"立体照"里更为关键的部分，应合理选取比例分配进光量）。据我现阶段积累的经验，即便此刻有另一棵从外观上看不出明显差异的大树在院子里，我也能单凭嗅觉就体认出谁是谁。

  经过分析总结，我测定三米以上的绿芽里——呼吸符合"省级鲜活标准"的选项有302个，它们被筛选掉了；符合"国家级鲜活标准"的选项有91个，我最终锁定了其中8个。鲜活是第一要素，内蕴着陆师傅的绿芽，定然会因为人类的存在而生成特殊的"闻后感"——同化，是鲜活感互加，相得益彰；排异，是香气吞吐吭哧个不停，跟手扶拖拉机似的，卡顿感明显。

  借助一直以来优于蒋生、佩簸等同龄人的嗅觉系统，我成功命中了陆师傅身处的"掩体"。当时他正在绿芽内部倚着墙，执白子，与茶烟对弈，这表明他刚开始就笃定我无法在一局棋的工夫里找出他。半炷香是一个节点，一局棋是另一个，我在二者之间。

  "'尾端'已经缩小了很大的范围，（从而）让我有足够精力去覆膜这些树枝，要是没有这一提示，以我的算速怕最多只能在天黑前拟合完六米往上走的那部分树尖，接下来，就得碰运气了。即便如此……我还是超时了。"

  "无妨，往后你将有新的方式找到我，不是每次我都会给提示。你全局思维不错，跟鹿荚村的同龄人不相上下——这点很难得。注意到棋盘边的这半炷香了吧？待我下完棋就会起燃它，若是香灭了你还没有找到我，我将会自行现身，而后采取'另一种方式'来指导你。话说在前头，我在功夫教学这方面很严格，若是你撑不住，可以提前放弃。现在，我教你鸳鸯钺。

  "门主韩醖舫有云，兵器是手臂的延伸，落叶是树木生命力的延伸。你想学兵器，需先学会遐想，想象兵器在你手上打苞、开花、抽芽及至长出树叶的过程，第一片树叶的出现标志着你可以接触这件兵器了，但那尚且是初步阶段。你要重复遐想，重复打苞、开花、抽芽……将第一片到第一万片树叶全都无牵无挂地凋落，你将感知到同一片树叶从不同位置上生长出来，质量各不相同，就像你采取不同的握法，发现兵器有细微的轻重差异。这时不要停止，继续遐想，一般到五十万片树叶就差不多了。让树叶无论沿哪个方向生长都能从树枝上获得充足的养分与阳光，而非只能朝着少量、特定的方向生长。等我觉得你的手成熟了，我会告诉你是时候了，当它的握力环境能完美适应一片树叶在任意方向上的生长需求时，你就能自如运用鸳鸯钺了。"

"目的是让我的手来适应兵器吗？"

"是相互适应。让你的手适应这件兵器所有的挥动方式——先不说鸳鸯钺，我举个更直观的例子，如果是一把刀，你知道可以有许多角度去劈砍，但其中必然有些角度是你不擅长的。我们要做的，就是把那些不擅长的角度转化为擅长的角度，如此将可以采用刁钻的刀刃朝向，出其不意去攻击敌人。手是一种环境，能让兵器的根扎在其中长出自己的杀戮区间。绝大多数区间是球形，少量的是梨形或蜜桃形。江湖上的刀剑，多半都只能构造不完美球体（存在缺失的部分），那些缺位就是破绽了（刀剑的盲区），一般来说本门弟子只要专注盯着那些江湖人的招式看几眼，就能描出至少一条通往阎罗殿的路径——把兵器放入任意一处缺口之中，都可以贯穿对手的命脉，将其呼吸折断。我们要让自己的手覆盖更多角度，扫除自身杀戮的盲区，并制造没有瑕疵的区间。要做到如此，你的手在持刀剑劈砍时得灵活到极致。记住我今天的话，与实力顶尖的侠士对战就像在斗琴，如同《高山流水》与《阳春白雪》的较量。

"此外，你的遐想训练是一蹴而就的，你借此练成的基本功适用于绝大多数兵器，鸳鸯钺不是一个固定的选项，你的双手掌握的各种角度，将可以被整体承继到对绝大多数兵器的使用中。你拿起鸳鸯钺，杀戮区间完美无缺，你拿起宣花板斧，杀戮区间照样完美无缺。"

"陆师傅，可否同时想象两片树叶在树枝的不同位置生长？若你的视力能探进我静坐时的脑海，将看到一根树枝上有两个位置在打苞、开花、抽芽，最终长出的树叶也是两片——非得在一片树叶的生命周期结束后，再遐想下一片树叶的生命周期？可以多线进行吗？这样只需要二十五万次遐想，就能练成基本功。"

"除非你能单手同时拿稳两件兵器，两件兵器可以是同一种，也可以不同，这很灵活，但我不建议没有遐想经验的人在起始阶段减少遐想次数。是五十万次还是二十五万次，这将决定一个人的基础强弱，譬如我，曾在昆仑重复了大概六十万次遐想，才达到今天力战群雄游刃有余的境域。遐想，会让你的手逐步具备构思能力，在对战的关隘处，自觉做出正确判断，挥出超乎对手乃至你自己意料的一剑。"

我听罢点了点头。

那日训练结束，月已中天。我回到空无一人的家，进春屋，拿葫芦瓢朝锅里舀了几斤水，坐在灶门口正准备烧松针引火——加热竹蒸笼最顶那层的荠菜蛋饼，碗柜后头倏尔传出鼠吱声，我抄起火钳捣了五六下，才赶跑它。早晨在山间撒的章章苔（城市的人叫"野蔷薇"），久放在桌子上，已经打蔫，末端变褐，不能吃了。庭外，一只从没在这个点儿经过人类院墙的狍子，低头细嗅着刚打地缝里冒出尖儿的三羽新月蕨（我们那边叫"蛇退步"），它的根系指向了土壤深处的桃核。我的脑浆被银河系中央旋转的 Sgr A* 黑洞搅得很晕，日心引力像磁体，我动脉里含铁红血球集成的潮汐拱顶已经抵在天灵盖了，我闭上眼仿佛能看到陆师傅所说的神山昆仑。浸透屋脊，螺旋式沉入我躯体内部的花香，做梦般闻见海豚的气味，它们腹部的反光像天角的浪花声一样时近时远。

翌日傍晚，放学后的我身轻如燕掠向陆师傅的住处。进了门，兀自遍地不见人影，这次，他没给任何提示，气息比昨天收得更绝。我调整好呼吸节律，定睛往高枝探去。

"集中精神，静观滑翔时不太自然的那些花叶之姿……逆推出吹蕊者所在的方位。"颅内的簸箕，簸着他此前的每粒吐字，把花生米的皮簸出破缺，那些被滤掉的敬称、谦词及谨小慎微的语气，待会儿通通不会登场，它们作为次一级的音义结合体将后撤几步，变为静默的粘纤（Viscose fibre）；依托相对运动时的位移量，簸箕逐渐把"话队"里的要领 Push（推）到前端，聚敛在额叶（堆得足够多了，就会出现抬头纹，抬头纹是锁屏状态下供人预览的通知栏，当它折叠时我们看不到太多，展开时一行行的……彼梨彼荔、喂猹特、夹尾巴、纸虎、小红薯等 APP 提醒应有尽有？单看格式像写在横线本里的口语诗。你这一辈儿的老年机是这样，分组消息比抬头纹要多，手机这体外器官活过十五算古稀）。

面朝着珠围翠绕的树冠，静观落叶之姿时，舌尖被不知从哪儿飘来的玉兰香气附体的我，齿颊呼吸豁然一白。良辰好景中的人力果真似水信玄饼里的樱花柄上的瑕疵，我本不该立于此地，像脚底沾着水的金属戳。院子很美，很有广阔感，像微缩生态圈，相对论告诉我，我的知觉在这边被聚焦了，比常态下更有穿透力。

当我站在散布着鹊嘴状花苞、四仰八叉翻不过身来的甲虫、蚂蚁腰、羽衣尾部绒絮、小叶蝉的梦乡、嗜食咖啡蚧的鳞翅目、鸟瞰的空间里，会觉得整片土地上，只有我才是尘埃，是应该被扫除的部分。绿结香融，南风初到，宛如置身天人邃馆的我倍感孤寂——"倍感"是字面意思，比我在家透过窗缝窥视喝完水的鹿摆动着尾巴走掉时，更甚。

陆师傅气息之绝，是"夜深静卧百虫绝，清月出岭光入扉"那类"绝"，换句年纪轻点儿的话，是南宋洪景温的"千山绝影飞禽怕，江上雪如花片下，宜入画"，可将"绝"视为某种特定的外形（就像爱豆留给路人的好或坏的深与淡的印象，其本质是一种空间几何体。可以像两包棉签或仿瓷涂料拿进拿出——倘若粉丝们触觉的颗粒面拥有足够复杂的细节〔摩擦系数大如砂纸？〕的话）。

在水信玄饼这一事物的肌理层，同时叠加着属于围棋子的那面与来自琉璃花球的那面，它显露在外的观感仿若一沓 Notion 双链笔记模板或森林集输入法皮肤，待信息高速公路上的脊索动物们从随机 IP 地址前来自取（莫不是人类躯干的孔隙比过高，眼、耳、鼻、舌、身、意的放大倍率偏低，我们生来就对景物中的局部区域没有任何认知能力？譬如庐山，得预先为游客准备好约 1DB〔1024^8GB〕的资料，谁走过来，谁身上平时〔连自己都〕不可感的局部就会一面嗫嚅着"好山一生平安"，一面去脑部的 System 文件夹里解压出"庐山真面目"的千亿分之一。物体们带给人类的前期印象，像一摞可高如姚明也可矮如小鸡的地推单页，两棵树看起来都在四米上下，但它们的内存容量远不在同一位面。大地上潜藏着许多凹凸各异的柱状图？总有一天它们会置换掉如今的大地本身〔虽说它早已被别的什么置换过——那些错落起伏的山峰、盆地都是上一次置换的结果〕。一树樱花会提前几周准备好相关印象，让来看它的人排队取阅。我们的"见而得"纯粹源自物体本身蕴藉的启示。站在幻灯片或高刷屏般的瀑布前，内心的感想跟撕单向历似的，你撕阮籍那张我撕尾田荣一郎这张。我们是"垂直于大地者"——人，生如乔木，树下漏月光，不可灭拂。所谓的"独立看法"都是自然界本就储存在那儿的，你只需"拣选"印象如拿一只称手的起子，去枝头拧一朵合身的梅花，不合身的人字梯快歪了。摔到地上是因为梅花想和地面贴贴，你〔待赋值〕的伤口被这一"贴贴"的意念牵住手然后撂倒在草丛里，像跌跤的瓷器出现了不规则的破缺形状。不应该捏住花柄的，不是吗？）。庭院中轴线上的那棵树里蕴藏的气，让我想到苏轼《赠眼医王生彦若》诗"琉璃贮沉瀣，轻脆不任触"内指的境。此前，陆师傅躲在棋室（绿芽），他的舒息会让附近的树叶跳水般纷坠，棋室中，似乎存在一个可以往整根树枝里吹气的端口？像一脉电子析像管，他的呼吸能自由扫描内壁的图像，同时控制多根叶柄与树枝铆接的紧密程度？吹气，将树叶推向地面去；吸气，将原本已濒临凋落的树叶"焊牢"在树枝上。气流驶过树枝管道有个过程，控制吹吸气的力度与时长，可以操纵相应范围区间里叶片的凝或飘。陆师傅吹气的推力会以他身处的位置为原点，朝树枝的两端（靠近外侧边缘的树枝末端与靠近年轮主干的始端）有序蔓延：一些生长到刚好够资质凋落的树叶，将排队站在"跳板"上，逐片跃下？

片刻后，我选中了一根凋落序列化程度颇为明显的树枝。陆师傅这次给的是关于"形"的提示，他的呼吸特意"做旧"了，不如昨日鲜活。这次，只耗费了比一盏茶多两口的时间。

"现在开始遐想。若过程中感到不适，可随时停止，量力而为，不必逞强。"

"我知道了。"

第一次遐想不太顺利，我极易被外界声音干扰，枝梢的花苞还没打开到从浑身的裂隙任取一条都能妥投风信的地步，就遇见没有嗅觉道德的蜜蜂悄悄立上头，猛闻不止。放弃的时候，会感到额头暴起的青筋被花纹取代了个几秒。接着，我手动换挡，拼命想驶往树枝的另一边。嵌入土壤的植物，示意在这儿，存在一个我们活着时就容易越走越深的位置，动一步，便会打开需要两步才能走到出口的迷宫，再动一步，又延长两步。只露出额头的那个人，与只露出树冠的卷瓣银桂，我绕过后者非常远了明明，却仍旧毫无已经离心的方位感。这附近有耍赖佛祖的五指山吗？

我并没沿着枝丫给出的地图走路，而是在"树"之外很遥远的地方，像从来没看到过那棵"树"似的，想走向"树"的——更有说服力的另一边。

我看到有人把烟屁股抵进草叶里的时候，误点着蛛丝，引燃了一颗花苞，但没到两秒就熄灭在鸟语中，意识深处一片漆黑。

向晚意不适，驱车登古原。在迷雾深处的旷野上，一阵从某个方向飘来的香气就相当于夜间的光亮，如果你持续闻到夹杂着蓝花琉璃繁缕味道的风，就不会走向难以通往春季的歧路。而我此刻在这片雾里想闻到的，是新鲜的树叶。

陆师傅在院子中轴线以南喂鸡，我在中轴线以北遐想，心底有些发躁。有人在坡上拿皮鞭，驱赶一群羊的叫声，那在谌家岭被称为"打咩"，有人在佩嫩家看人打牌，晚霞烧光前不准备回去，有人是凤姨新收的出马弟子，危坐在山顶"望气喝形"，有水牛拗断纼绳，散到邻村了，在糟践刘柏翠家的菜园子，把才松过土的地"踏实"，一步步给他踩回去了（人类翻地的时候会走一些步数，这是不可避免的吗？人们也可以倒立飘在一米多高的空中，手握着铁锹的长木柄——把力气灌注入土地，但那是在失重状态下吧？你没法绕开地表的路，去剜一抔土、耪一棵草，你的腕部已绘制好关于"锄头轨迹"的地图，就像野外的丝瓜藤开花时，蜂蝶也要因为那采粉的藤径而飞出一些相应的蔓状。大棚里的秩序更像奶油小方。翻地时来来回回走的所有步数，被水牛以17：2的比例抵消掉了吗？那么问题就像鸡汤一样来咯，刚游移过天空、融为一团的那两朵云，算几步并作一步呢？你觉得我现在是问它俩各为多少还是问整体？要用分部积分法吧？）。

　　这种烦躁，在月亮出来后莫名缓解了许多。院外有人正小心翼翼沿着围墙走路，怕踩到蟾蜍时，脚力太重，伤了性命。有人趁夜，到自家鸡笼里抱了只鸡（晚上比较好捉），闻它的背想吸几口灵气。有陆师傅的故友在獾芝山云隐，晚上常是梦游一半便醒来——"我只走到此处，接下来的路，请另外的人走吧"，他说的"此处"，也包括存在于梦中的地形。

　　（你想到层层外包买凶的人了没？每个人都只握有一部分信息，每双脚印都只是步骤的一部分。没人知道梦游的结尾通往什么。杠精注解：你不知道不代表别人不知道，你村的人梦游不到位不代表洋大人也不到位。）

　　院外蟾蜍走过门口时，我的意识空间里，忽然绽出了第一朵花，那如岩须般洁白、梗部披蛛丝式长柔毛、花冠呈宽钟状、蝶足味的物体——菱锌矿色的影子抵在脑壳内壁，摇曳。头颅像一堵连我的视力都没法穿透分毫的围墙（虽然过去也从未成功向内透视自己的脑，毕竟里面没什么东西反射光线把景状信息回传给我的眼睛，但现在这种情况下，**体感**显然是被谁 Ctrl+B 厚涂了。倘若能在大脑里生把火该多好，照亮点什么。希望你未来从银河系的任意一个方位望向我的脑，看见的都是仿佛具有变彩效应的普莱修斯欧泊），铁锨、笆子、洋镐、扁担、桄柳、棉花钳、镢头、点葫芦、大竹扫把稍后会靠上来吗？闭着眼睛，一只蜜蜂慢悠悠翅过哺鸡脊，像衣归的新妇，挽着花粉筐，推门，"Knock knock"——枝头的花蕊，极痒（Couldn't itch a step further〔不能再多痒一步远了——如果身上有个部位，你边走边痒，就可以这么写句子。假设"走路"是个需要避讳的词〕），痒得坐北朝南的耳朵快自西向东纷落咯（那棵树并未在风中转向，它身上的一枝，楞偏偏朝天南延伸着,而整块土壤都在往某个方向迁徙,你想象得出,在风里,沿着"↘"力轴,飘移的蛛丝吗?那阵风,常因其携带的琐细颗粒与人类皮肤的相切角度而被唤作"东南风",仿佛半空存在一朵云永恒斜对着你的生活气息。或者更进一步把词基踩得更实去说,我们脚下的土壤中存在一个永恒的"↘"吗?整个人在甲板上,面南,正襟危坐,而这艘帆船正在东南风里偏移,人的平视与船的中轴线相切:

↓↘　　夹角 45°

痒得想磨树,蹭得花瓣一片片掉下来。有个成语叫"痒磨树者"——"倦思滚尘痒磨树,似是马身通马语";有一职业叫"磨树狮"。拴在树下的牛,觉得痒,将会蹭树,那要是树的一部分痒,该蹭什么?比如蜜蜂站上去,花朵很痒——朝树皮贴贴,把身子骨儿剔谢了吧,像鳞片吗?)。它把示踪信息素空投在我内心的影壁,从起到收,每一顶笔顺,都将变成斜体。我担心的事情还是发生了,几只说不好是拟旖斑蝶还是月神闪蝶的萌物幽游过古典花窗,想学前边那个谁叮我的遐想一口。我要在自己圆圆的脑袋里刮一圈风,顺便召集一些露水滴到我发旋中央叫头皮发麻,横波纵波澶漫不止,徐徐延展,顶芬芳巨活泼的花蕊不停抖腿,让蜜蜂对焦不了,出片虚化,它的快门掐不准时间的脖子——逶迤在秒之海中,极短的那一秒。天鹅颈不在这里了。终于,花凋落,绿芽从身后追出,俯瞰碎玉、零香。

我睁开双眼,完成了第一次遐想。

— 2

　　鹿荚。村庄上空的太阳正在劈叉,树木有样学样。
　　窗外,有鸟的声音。它们像花朵,从树枝上陆续醒来。脸颊点缀着雾水的光,仿佛要和沈沅君的眼睛发生共鸣。
　　她不敢再看,越看越像眼睛。从前有一只喜鹊,腰间淋了点雨,当它飞向高空时,光的反射衬得它仿佛拥有了额外的眼睛似的。
　　"银河,你跟我说实话,太阳系外边是不是有别的星球可以住人?"
　　"春天(的燕雀)也能在那颗星球上做窝吗?"
　　"感觉春天这步子迈得好大
　　春天的两条腿,一条踩着地球,一条踩着远处的星星?
　　它的脚力踩进了生物的体内,谁都喜逐颜开满腔的爽朗劲儿
　　连瓢虫都不放过
　　你说这还是人吗?"
　　"春天本来就不是人,所以也并非你毁谤的那般:年轻腰馋。"
　　"两颗星球上都有春风吹,想想就惬意不已。"
　　她心里的话每句都美,与她受的教育有关。
　　彩色的花种似一生泡沫飘过。山顶的小鹿,露出早晨般好奇的眼神,额头沾满植物味道的汗水。它明白了为何那些咩咩兽都剪了

头发——在一只只羊潮湿的夏季。

梅花呼吸着空气,加速饱满。花瓣边境持续扩张,弹开令人目眩的波纹,抵达了每一棵树的心中,这是年轮的成因。

不远处,有几只警觉的牛犊,在啃啮花海里抬头的鲜草,鼻梁边沾满了洁白粉末。

天上大风。人们顶着云的移动,挤在它们空投的影子里生活。

沈沅君起床准备去私学上课,经过一户人家的院子时,女主人正在拧水、晾衣服,一条毛巾上牡丹很大,已超出这块布的边境。她不知道是否被剪切到另一块毛巾上了,像瓷砖的文身。她走近那棵大葵花树,忽然想起昨晚做过的梦。有许多梦需要触及现实世界里漫游的介质,才能浮现出轮廓线条。像化学显色剂(加溴麝香草酚蓝指示液?)。

又有三只鸟在天空感光,它们飞过去时,沈沅君察觉到其中一只肚子里有蛋。经过另一户人家,发现屋顶上有猫,碰巧在馋院子里快风干的胖头鱼的身子。小孩子在门外跟狗玩耍,沈沅君过去问:

"你是谁家的狗子哇?"

"是后面这户人家的。"

"你喜欢跟人吗,可以跟我去上学吗?"

"我就在门外面活动,不乱跑。"

"那你真是条好狗子。"

本来想拐走它的。沈沅君摸了摸它的头,笑着站起来,全程没有与小孩子产生视线接触,他完全被忽略了。沈沅君朝山岗走去。那里本来有两棵苦楝子树,前天还在的,今天就没有了。原因是有外面的大人物来投资,要搞农家乐,占了那块地方。其中一棵树,比姚春蕊的年龄都大。天空,不时把一朵云掰开当两朵用,用来飘过,他午睡时的窗户。

"姚先生,我今天来晚了。"

"沅君,你找个位置坐下吧。"

她腿上粘着十六颗苍耳,这让她想起大葵花树下的小黄狗,以前每到这个时节,它身上都会粘附好些苍耳(估计是平时爱钻树林子),狗的毛一旦附上苍耳,就很难取掉,沈沅君一般会拿剪刀帮忙剪。

姚先生的教室在清澈见底的溪涧边——说是"教室",实质是露天讲堂,学生不过六七人。姚先生不愿进入正规的学校教书,他偏好这种散漫的授课方式,没有教学任务、升学压力,没有评优指标,没有纪律,没有班干部,没有学生之间的攀比,没有家访,大家过来只是求学,席地而坐就能开讲。把人的童年囚禁在拥挤的教室,是件残忍的事。姚春蕊生在■■长于■■,吐纳过■■的空气,喜欢被人称为"先生"而非"老师",因为他觉得到这个年代,后者身上本应具有的一种宽柔旷达已流失殆尽,他不愿与之为伍。师者,所以传道授业解惑也,今时不见李庄孔孟,仅剩对孩童天性的轻贱与糟蹋。如何护住这些小孩的自我,是姚先生常在考虑的事。

"今天我们来学一个字。

"敛。

"意思:(嘴、耳朵、翅膀等)稍稍合拢;收敛。

"造句:~着嘴笑。小兔子跑着跑着,忽然两耳向后一~,站住了。水鸟一~翅膀,钻入水中。

"古书将未许配婚事的女子谓为'待字闺中',男子则无'待字'一说。'闺',含禁足意味,天赋人权,女子也能主导自己的命运,切不可委身封建纲常,将未来寄托于旁人。

"民国时,女性丧偶后若无亲生儿子,则被称为'绝户',村里、村外沾亲带故甚至不认识的人都会前来瓜分财产,把所有能使用或变卖的物品抢走，并就地'征用'厨房，在院中吃喝嬉娱，昼夜不止……东西吃光钱花完后才会散去，丝毫不管遗孀接下来的生计，致使女子变成乞婆四处流浪，这就叫'吃绝户'。沿海正在逐步开放，像我们这样偏僻的山村，封建陋习也迟早会获得新浪潮的涤荡、净化，革故鼎新，去芜存菁，吃绝户等恶行一定会消失。

"今日谈到的内容，同学们兴许不懂，过几年若有媒媪说亲，请告诉她们何谓'待字宇宙中'。世人皆生活在宇宙里，生命本无高低贵贱之别，女子不是传宗接代的工具，自己的未来不必由谁安排，大家长大了请做一位能理解她者苦痛之人，不要麻木。社会在变化，过去那套总要抛掉的，你们以后能看到不一样的世界。望诸位，勿为成长环境里无处不在的迂谬思想所戕害。

"'戕害'这个词之前讲过，'迂谬'是个出现在你们面前的新词，却常被用来描述旧事物，含义为迂腐荒谬。"

这时，姚先生留意到有两位同学分心了：其中一位正目不转睛望着高处的一只鸟，那蓝鸟把尖喙伸到背部羽毛里梳理了好几分钟；另外一位，在看前面同学的后脑勺。在姚先生的课上走神历来不算什么，因而也不会被点名。就像人坐在"教室"，心飘到窗外去了，谁读书阶段都有过这种经历。而姚先生这里没有门窗也没有围墙，学生本身就在户外，是注意力从户外转移到了"户外"——与常规的走神不同。

倘若真的要约束学生的行为，该如何划分出隐形的教室用来聚拢学生的注意力？是否需设置一个区间，方圆四米的范围内是教室，注意力一旦突破了圆周逾越到四米以外的地方去了，那就定性为"走神"？可是，学生低头看地面的蚂蚁或一棵小草，算不算"走神"？这时学生的注意力仍然在"教室"内，但学生确实走神了，甚至走神程度要比"看窗外"更严重。综合以上这些假设，我们该如何比较低头看书本或文具盒（因动作幅度小没被发现但其实走神走得更"凶"),与抬头斜着瞥一眼别的同学或窗外的风景,这两种走神,谁更需要当着全班同学的面进行批评教育?是倾向于借助最新排名表来判断谁是"弃子"吗?老师对学生的喜恶态度,往往会以成绩好坏为基础,这种方式快捷却不科学,老师懒于了解每个学生作为"人"的面貌。学习差的学生更可能在各种有需要的场合拎出来作为"坏的典型""反面教材"经受批评(目的可能是警示学生,"内自省也")。这绝不公平,有形的教室里产生了无形的阶层,老师的治理措施如同政治制度,庇护与挤兑在这里构成微观的社会生态。

姚先生觉得,学生的注意力应该充分释放,如果上课仅仅是让学生亦步亦趋跟着他的话走,没有自己的联想与沉思,那相当乏味,学生不应是从属者。姚先生提倡举一反三,人思想的丰富性来源于关注焦点的不确定,站在特殊地带产生的视角变化会激发出崭新认知。恰如一朵云身上更为准确地被我们称之为"云"的部位,是它飘移的距离。在两次眨眼之间,一朵云迁徙的距离才是"云"的真正迷人之处。我们观看云,是在看掀起又遮住的那些天空,宇宙中一切消失与显现的微妙对应。真理不是一个点,而是个点阵空间。如何判定自己的这个点落进了真理的范畴?姚先生认为应该在哲思话语里加入少许想象力,当它具有动感,在一个水平液位上能浮能潜,就可以提高这句话的准确度。注意力能释放多远是学生的事,姚先生只希望自己不做那个中断这些孩子天性的人。任何人的注意力都可以飘向无限的户外,仅仅因为坐在一个有墙体的空间里,就要限制学生的注意力,姚先生觉得这太跋扈了。

正在这时,一条鱼忽然从溪涧里跃出水面。姚先生说:

"鱼跃水面,旧俗认为是涨水之兆。清代梁章钜《农候杂占》之四写:凡鱼跃离水面,谓之秤水。主水涨,高多少,则离水多少。看刚才鱼跃起的高度,我猜水面近日会涨两寸。

"植物生长的土壤中，一旦有流水声音，植物的根部会背离水声音的方向还是朝向水声音的方向？谁能回答这个问题？"

沈沅君没举手，直接坐在原地接话："朝向水声音的方向。"

"很好。我再出一道题，大家思考答案。

"11，13，16，21，28，（？）"

"两项之差为质数列：2，3，5，7，11。

"28+11=39，所以答案是39。"

那时，距离沈沅君站在拱桥中间遇见我，还有两个星期。

1

施泳麕写到此处停顿了半晌,他还没想好应该把"地下暗河边打腻了水漂的人忽然望向高空,她感应到,在那个方位上,存在一畦豌豆园,于是掷出手中的瓦片,开始打天心的砖块。它们(野兔)洞穴的地基陆续塌落,她望见根瘤菌——从星群的幕后,纷纷现身"放入哪段语境。他眈视着窗外的树冠,那里没有丝毫鸟的气味。雾中的地衣愈发晦暗,像罐头底部几垛正高速递增的霉斑,这一体感会在望向满月时变强烈——至少两倍,大概圆天生能让人联想到放大镜。

满月是(提炼完银矿)坩埚底残留的

新鲜铜、铅质渣滓(没来得及倒呢)

锈蚀的金属圈周犹有被天狗舔出的毛边

施泳麕常借助安装在山野的监视器远程观察夜景,没别的办法,与全国大多数地区一样,C 城能见度极差。过去政府安装在山野提防林火的监视器,此时成了公众散心的视窗。

施泳麕的呼吸熟练蓊出阁楼,流经某扇曲面,照旧从瓦檐迂回到了室内。隔着雾,依稀辨出天角那质地半通透的月亮,是灵沙臁馅的,街道消毒水车播放的《童年》伴奏无法擦除手抖 APP 的耳虫效应,虽说后者已停止运营超过三星期了。施泳麕望着窗外不可视的曲面,摇头。他仿佛置身于一处严重鼻塞的环境,所有春风到此均被告知"前路不通"。他感觉自己就快憋疯了。

过去打开电视,快乐家族谢梵昕哈哈大笑,打开优酷,本选秀节目由记录美好生活记录美好的你的手抖赞助播出,打开微博,有人主演新耽美剧有人抵制美剧有人无意占用公共资源——每天热热闹闹还不满足,嫌大众娱乐文化太庸俗。现在就只能在家用牙齿打开一颗草莓,边吃边静静欣赏它的剖视图了。施泳麤嘴比较大,一般只能在草莓身上看到两张图。首先第一口吃草莓尖端的部分,看到第一张剖视图;倘若把草莓比作山,那么第二口会吃到半山腰,看见第二张剖视图;第三口直接吞食剩余的部分。孙悟空三棒打死白骨精,施泳麤三个步骤吃草莓。施泳麤怀疑,孙悟空也是想欣赏妖精的剖面,才会用金箍棒削毁它们的身体。

他走向书桌,坐在椅子上,打开台灯,拨向一个无法接通的号码,在嘀声后留言。

"如果我们初次见面,你可能会觉得名片上最后一个字比较难认,但实际上你能读对,就像很多动物,只认半边你也知道,那是什么。

"所有动物都跟汉字差不多,其中有些是生僻字,而另一些,我不愿意再想。因为我不知道如何把早已灭绝的它们,跟汉字一一对应起来。那些汉字仅剩躯壳,可能还会空荡荡地活很久——在生物书里。"

"是我太固执,我总以为鸟啼是无穷无尽的,而火烧云是银河毁灭前看不到结局的连环画。一个人可以假装开心,但声音假装不了,仔细一听就知道了。无论如何我今天有点开心,你听出来没有?"

"其实呢,要你喝下这杯'Proustite'不难,关键看谁的醉驾技术更像深海里的风筝。在那边,看云隙有一种,房间被夜风推开了一个说窄不窄的门缝的观感,总之是非常不适应,震悚,觉得不安。偶尔在大树下看叶隙时也会这样……生怕有谁真的进来了。"

"那天下午,女孩在我家里睡着了,本来我想叫她起床,不知为何我没有这样做。可能是不想她跟我平分我在美团点的那杯'Zoisite',也可能是想多注视一会儿毛毯边境,她只露了三行抬头纹的前额。她在睡梦地质构造的下游,往高处望着些什么,抬头纹是这样浮现到真实生活层的。那穿透眼睑,朝我看来的人,行走在她的潜意识里。实话说,我那天独自醒来的时候有点难过,因为支付贝把我的借宝关了(我的借宝额度很大)。"

"你说你喜欢裂萼草莓,因为感觉每吃完一颗都是新的开始。我以前觉得费解,直到昨晚梦见,水边一棵用虬枝舁起花苞然后逐一凋落掉、砸碎自身倒影的树,它赋予了我新的矿脉。我脚下的土壤自此具有了如影随形的根瘤菌,无论走到哪一步都能按需召唤地下暗河中的水。看见'凋落掉花苞砸碎自身倒影的树'你会想到《鉴宝》里的缅甸树化玉吗?或晚香玉?我是喜欢顾名思义的那种人,常会记岔不同植物发出的动静,我在乎的是梦里的声响……纷纷坠叶飘香砌,夜寂静寒声碎。"

"群众貌似对高达里面人物的真实身份很好奇,如果高达是一分钟广告,那么里面的人戴的头盔是第二个?像孔雀开屏时无法用*李跳跳*跳过的广告。完全基于生物体空间构建的广告,是谁与谁的收入来源?一切事物的身上都存在广告,明星的面部表情算吗?我在推送自己的斥力,朝天空的那些钩钩云。我的嗅觉里张贴着一幅幅气息连环画,我的文本,是植入了广告嵌段的'联网写作'。从元气满满广告多多的华为应用市场打开《仪式²》,你会看到官方检测信息'此写作在全程联网的手机端进行,为保障良好的体验,请在5G网络环境下阅读',打开《花序²》,你会看到'此写作未全程联网'。出高达用了四十秒,脱头盔十秒。好比米,被我叉掉的窗口是壳，叉掉谷壳后，会看见里面更深一幕的内容……昨晚我梦到的人，很像大学时候的你，我没见过'你'说的刚才这种播放器，大抵是因为人类身在球状播放器的最中心，往任何方向发射信息，距离都最远吧。兴许，外太空之于这颗蓝星就像 Kiwi 浏览器之于 Chromium 内核，前者是以后者为基底延展开来的视图。若地球不是这样的存在，银河系也就不会以着如此的体式存在。播放器的设计原理取决于人的眼睛，从结构到帧率，逐层复刻。人类的大脑偶尔会对焦成功，像日环食，它误打误撞融入了一个更大的颅壳的质心，继而有了一点概率去操纵更大的'外眼'，往太阳系的总轨道面上，眨。祂感觉到的痒会迫使我们换个角度看宇宙，在其低头揉右眼的时候，不少的人脑感觉到指压产生的脉动了吧？人在挠细胞造出的痒痒时，脖子会不由自主往痒的位置抻一抻，祂的肩关节离颈椎太近（像短脖短手的武大郎），手递归到另一只手上，抓痒的过程，被骨骼从内部窥视着。有时做了个梦，会让醒来的我想起一连串早已忘掉的梦，那种对遥远空间时隐时现的记忆力，挺纯粹。我还有一些问题想知道答案，不只是播放器的内核问题——可惜后来无论如何也梦不到岸上去了，只能在江心，远嗅愈创木酚色的虫珀发呆（清醒时候的发呆谁都明白那是什么，而这些平易近人的常规梦境，则是睡眠里的发呆。一下楼就能碰到的楼管或小区保安，不假思索就能打的招呼，那些不经过内心就能通往的菜市场。人如果要依靠梦境去洞悉什么，要遇见的得是鲜罕的造景，以及一些仿若源自别星的春泥捏塑的自我。你遇见的人和树仍然是自我的一部分）。大概人生就是这样。"

"好久没联络，最近一直在回顾童年。那时，我喜欢到鸡的面前眨眼睛，而不是到人那里带节奏。偶尔，顺着鸡（毛）生长的方向摸，就会掉一根毛，我觉得这很有趣。鸡毛生长的方向，是鸡生长的方向吗？如果我每天都反向摸一下，鸡会长慢一点？往回走？-1？我想起上初中时见过的某些——按住就会缩小、松开就会恢复原状的交互按钮。有点像，鸟落在上面，压低了枝叶，色泽就会在地面变得深密的树荫。+3，-1，+2，-3，+1，+3……拢共九只鸟落在那棵树上，每一次'+、-'都是鸟在吸管空间里变动位置（它们体内有大颗珍珠）——把重心压低，啄树上果叶，或往风中飞，看小鸡在池塘边疾走。"

"一朵棕色的云，没意识到，自己本身就是'晚'的一部分。人们朝着它行走，它朝着比自己更早一步向晚的那些事物行走。我想介绍给人们的，是一种叫作'陪域'的概念，就像在湖边倒下一杯体积不到一立方分米的水，迅速捞起来八立方米的水，只要动作够快，你会把每个水分子都捞起来，而你捞那杯水的方式有很多种，具体来说是杯中水在湖里弥散开的水型有很多种，包含所有水型的水域集合就是陪域了。当然，要是你的容器很小，只有婴儿篮那么大，你想赶在杯装分子弥漫到'界外'前，回收所有泼出的水，那你的速度得比水分子扩散的速度快很多。"

"这次我大概会说很久，你有没有耐心听下去？记得那天我们约了地点，其实我不是没有来，只是走错了地方。我没有在赛松潜艇上找到你，这跟哪个环节有关呢？我不知道。可能一杯水对你而言很多，但姚明拿在手里只是口服液。对姚明而言，明天也很小，十分钟约等于四秒，常人的时间，只够看一条'幂姐在菜市场买菜都仿佛是在走秀，太绝了'的热搜。"

"……其实，我已经有点记不全你的脸了。就像你只记得我名字最中间的那个'泳'字，我只记得你面容中间的那双眼睛。书上写，声波会使我们耳朵中的毛发颤动，所以某种程度上，听觉也是一种触觉。我想借通电话再碰一次你可能会凑近的侧面，但我知道这很难。在过去那些风景里，我有痛快过，不知你有没有？"

"至于此前一晚，岸上那棵树，叶片窸窸窣窣，说的是：

——我想嫩你后头。

——那朵云蓝在我们前面，去了。"

施泳麤挂了电话。

他不知道158******** 什么时候会变成空号。隔壁房间有人在放香港歌手陈维崧的歌《香氛》，电脑屏幕里，文档刚刚云同步过来在手机上编辑的《遗鸥》草稿：

┌

在潜艇舯段的**指挥台围壳**[※]上，系着一线风筝，伫立在潜望镜前，忽感风筝所处的位置恍若云端。海里的"半空"存在一扇能通往新季节的窗户，若风筝误飘进"半空"的窗户，就将到达明年的"天边"。当鸟雀介入那朵山云时，周围倏尔换了新天，连意识中的天空也被置换了，在内外同步的情境下，没有任何鸟类察觉到异样。那朵云里就潜藏着这种窗户。如果我们人类细胞内-外、皮肤里-表的时间都在某个层面上实现完全同步，那么即便现在对岸的柳树是二倍速发芽我们也不会察觉到分毫异样——毕竟我们颅内的柳树同样是二倍速葆有着对发芽的期待。

潜艇分为艏、舯、艉三段，在查询潜艇结构——想找找看哪个位置能拴一线风筝时，发现了**拖曳声呐**。仍是随意春芳歇、乱扫秋星落晓霜式对外在信息的抓取、筛滤：携带着"风筝"的潜艇，在现实世界的军事设备上早就有了，大约发源于二十世纪六七十年代美苏冷战时期，只不过，它不同于我那飘在云外没什么撚用的想象，它有"吃水极深"的现实价值：为避开潜艇自体发出的轰鸣噪音，通常会在扰流较细弱的远端放置拖曳式声呐线列。这与我的闪念有不可弥合的偏差，查了半个小时才好不容易查到手的词，即便它身上只有一点细纹般的轮廓线与我的闪念相交，也要梗着脖子找可用角度将其串到文章里来。深海，潜艇上的风筝飞到最高也只是贴着海面，它没法自主超离海面——不可能违背客观物理规律，从液态空间自然过渡到气态空间。若风筝是在水下放线的，当潜艇与水面保持着一定的竖直距离时，会更利于放出（原生的）"风筝感"。

这里"原生"的意思类似于"Android 13 原生"。在此，"（原生的）"可直接跳过不读——就跟本文大多数的"（括号内容）"一样，（囫囵吞枣）儿（打马虎眼）子，总之，听我一句话，你别细品，阅读这些中英混杂文白交割的笔墨时，要学会在字里行间"闪酒"。

"交割"原为"交沁"，后者含义是相互渗透，出自鲁迅《书信集·致郑振铎》："在同一版上，涂以各种颜色，我想是两种颜色接合之处，总不免有些混合的，因为两面俱湿，必至于交沁。"笔者是有自知之明的，觉得我还没做到那么浑然一体、舒卷自如，更甭提相得益彰了，所以，不会使用"交沁"。只能说，文白排好队，在山顶蒙着眼睛，往半空的独木桥上走，谁随机跌下来我都会抛出蛛丝试图接一接，这些"跌境"会变成海平面，是那种能一眼看出内部有众多液面分层的海域，每一层海平面都是锖色的，它们会逐渐"吃"掉整座山身上的刻度，哪层海平面垂直于第 23 页的文本空间，就可以在对应的语段森林里挑一块地割下，想割哪里割哪里，削完骨，直角肩变为溜肩也成，只要每个局部是有完成度的。此为"割割"式写作（"Giegie" type of writing），与之相仿的名词还有"填鸭"式教学（"Duck-stuffing" type of teaching）、沉浸式护肤、焦耳式承诺、冰美式咖啡、拍照式折旧、丧偶式婚姻、诈尸式育儿、上条式开门、澄清式造谣、进货式钓鱼、不满式创业等。

我们不妨设想下风筝从气态空间过渡到液态空间的场景。十分钟前，已切断海底风筝的线，潜艇即将浮出水，此时，断线风筝在海面随波浪翻动，海风拂过指挥台围壳。该艘潜艇共配备了三只风筝，刚才弃掉的是第一只。潜艇在海面疾驰，这次，别等沉入水下,尚在海面时我们就释放风筝吧。它在潜艇的后方升起来了,目前海拔七百米,潜艇下沉,线没入水中,大概是错觉——发生了一次折射。潜艇往海深处驶去,破开海水产生的浪涌已无法从水面观测到,而风筝还在天上飞着,无边无际的海上,一根斜线的尽头,是风筝;它的根部,悬挂着沉重的潜艇。

倘若这条风筝线够幸运,将会穿透与"窗户"对应的房间的屋顶。既然有悬浮在"半空"的"窗户",便存在"窗户"置身的那堵墙壁,以及与那堵墙壁对应的房间屋顶。这里为何不是套先前模板,说——倘若这条风筝线够幸运将会飘入"窗户",穿越到明年的季节?风筝的线不太好飘进去,它得断两次,整个潜艇-线-风筝头部系统得解体成三截,才便于把一条线段刚好飘进去。此前的第一只风筝,由于身在海底,不受天空风力的扰动,平衡体系比较简单,所以只断一次即可——风筝头部拖着线,像蝌蚪摇着尾巴钻进"窗户"就算完事;第二只风筝,线若只断一次,将被风筝头部、潜艇——一上一下拽开了走,什么窗不窗户不户的都与它无涉了。比方,第二只风筝水下的某一部位——在距潜艇表壳约五百海里的"窗户"外,发生了一次恰到好处的断裂,首先,因为受"头顶"风筝的牵引力,这根线会迅速偏离"窗口",被高空的风从水下逮起,而后,风筝的上段将脱离海域往外地的天空飘(与陆上断线风筝无异)——也就是说即便它钻进去了一部分,也会被"头顶"那飘在空中的更高的自我,从"窗户"深处"拖"离,"拖"到天上去,与鸥平齐。

"——"挺像风筝线,我喜欢在小说的海洋里放风筝。"Novel ocean"是"Notion"的词源。

大禹治水,三过家门而不入。现实生活中,那些飞驰过窗外,画出蝶迹、鸟道、月痕的生物们,相当于按照各自想法,给窗户的视野加上了一条条删除线:

你精通 Excel 吗？ Ctrl+ 什么是删除线※，会看到百度经验"Excel 删除线快捷键 Ctrl 加什么"条目下写：

　　选中需要添加删除线的单元格，用键盘按 Ctrl+5。

　　Ctrl+5 的功能是套用或移除删除线，就像鼠标选中"线"这个字，然后 Ctrl+I 可以将其变成斜体。我认为，Ctrl 是风筝线根部的潜艇，5 是天空的风筝头，中间的窗口是单元格，有待被"Ctrl+5"夹一下。一夹，窗前就会出现风筝线了。沙滩上螃蟹的夹子音，你喜欢听吗？海底捞夹菜的夹子，你捏着它发出过"生气气"夹子音吗？

　　相关联想到这儿还不算完，还有许多旁逸斜出的内容可延展，华为备忘录功能不够用，必须转到 Obsidian 双链笔记上处理了。总之，第二只风筝难以跨入"明年的天边"，它需要在"幸运"地遇见那扇"窗户"时，两次断裂的位置刚好得当。

《香氛》接近尾声，隔壁租户的音箱发出换气声：
　　等婚后，才争取到名额
　　祝那人平安，子女健康
　　感慨能有缘分
　　交你这个普通朋友

　　爱抚你白发的福分
　　怕我晚年不会有

— 2

    我趴在树上,看《笑林》笑得眼泪都掉出来了,陆师傅酒不离身,在树下坐着。
    "吓得月亮大喊:花苞!!!"
    他毫无征兆嚷了一声。
    "这地球也是,逊蝴蝶七分香。"
    我听着他的念白,迷惑不解这是唱的哪出。
    猫在房檐奔跑的一长串声音、鹿卧在台阶睡眠的鼻息,能被院子里的花花草草享用一夜。
    "有些鸟在涌上你的额头之前,会先用翅片摩挲过你的颧骨。类似于大风贴着山坡柔和的曲面,冲向高空。"
    陆师傅酒喝醉了,已说了一盏茶工夫的胡话:"月亮半夜醒来,闻见地球香极了,惊叫:花苞!花苞!"
    "老伯,你太吵啦,我要回家去了。"
    "呔,且慢,你今天遐想了多少次?"
    "五万次,《笑林》我就先带回去看了。"
    "好!花苞!绽放是体力活,一般人干不来!凋零了一片莲花瓣,凹陷,是水的口(型)音!弹跳,溅起的六滴水,成为另外六滴水的口(型)音。花苞花苞!月亮你把舌头捋直了再叫!真凶,是巨沉的花瓣，它的眼窝凉飕飕！"

那时我不知道陆师傅怎么了，一开始觉得，他歇斯底里只是因为醉酒，后来感觉他好像不太高兴。他是我遇到的第一个在不高兴时会吟诗的人，第二个是沈沅君。两者的区别是，沈沅君从来不会当着旁人的面念诗，也不可能这般疏狂，她的不开心总是非常隐晦，她念诗时总像嘴里含着一片薄荷。如果沈沅君是一座山，她的情绪就是山中隐士，云深不知处。我至今记得，她在那间冷清清的房里吸烟吃杨梅的光景。失落的地方是，同居一年她似乎从未真正接纳过我。她心情低落时会像野生动物，贴着墙走路，最终瑟缩在人类住宅的某些角落，那样的她，无法承载任何人的碰触。

一个典型镧钨电极式的傍晚（镧钨电极是欧洲国家在二十世纪八十年代推出的企望替代钍钨电极的改良型产品，牌号 WL20、WL15、WL10 分别对应着色标：天蓝、金黄、黑——是夜幕降临过程里的序列帧），我照常来到陆师傅的院子，还没进门，就察觉出不对劲。中轴线上的那棵大树，被锁镰状的利器以 3∶3∶4 的重量比——解体成三部分，树冠焦烟正盛，劫波才刚渡尽。陆师傅恐怕碰到了劲敌。

他告诉过我，在一个多世纪前，瑞典人塞夫斯特瑞姆用日耳曼神话里色彩女神的芳名给一种化学元素命过名，该元素不同价态的化合物颜色各异，二价钒盐通常呈紫色、三价钒盐呈绿色、四价钒盐呈浅蓝、四价钒的碱性衍生物常是棕色或黑色、五氧化二钒是红色……而他是"凡娜迪丝之心"的持有者。陆师傅二十啷当岁曾远渡重洋在以"砷碲氙铬-锇氦锇-铜钠锶钾"为轴心州的江湖上押过镖，那趟镖分四批押运，每批的路线都是找当地的堪舆男巫规划的，四条路线的共同点是都会途经夏虫微吟的康桥。钒铅矿与金坷垃是西方炼金术士合成*贤者之石*不可或缺的两样材料，老外的江湖毫无侠义可言，即便他是威少商式的人物，翻遍整片美利坚，也遇不到半个雷卷（霹雳堂门主，外号"小寒神"）。他对人性不抱期待的缘由，几乎皆系于那些年"美式居合"乱战的时势，前脚天心一阵风起，云们都还没正式开始涌，后脚可能身边人就卒了，淘金热的实质是淘土地里的炼金要素，"既是人性的淬炼也是灵魂的受洗"。他说这些的时候，我想到的是春日高照，母鸡在庭院里洗沙子浴，翻来覆去，"淘金"把沙粒弹到我的裤腿上了——那个年纪的我，还不擅长从周遭任何一套缝合语境里嗅出中外合拍式的烂片气息，《功夫之王》与《图兰朵》更是许久以后的事了。

这段时间，我每天都在陆师傅院子里绕树训练，熟络之后他的堆膝夜话虽然变多了，但因我年龄尚小，他讲的那些"当年勇"，有很多我都把握不到重点，为数不多记得他提过的，是他见过徐志摩本摩——全部视线都系于金丝眼镜的两抹反光，看不清楚人脸，他俩的时空只在那一霎的弧迹上有过交集。四周的夏虫是在为撑一支长篙押镖的陆阿采沉默，而不是站在桥上"向青草更青处漫溯"的诗人，他那个角度其实很吵。什么弧迹呢？跃出水面的仙琴蛙。

至于留学，那对我而言是一辈子都不会发生的事，我也不羡慕。我羡慕的只是那些很小的时候就在坎儿河里捕到过螃蟹的人。缺失的部分好似被摸了两下的窗边铜镜，它是变得清晰了（不是从屏占比的层面来看），可人不会在不需要用镜子的时候，拿手细致擦掉镜面的整层雾露，你只会拭去它的一小部分，那个时候，你的脸不会特意出现在镜子里，于是就显得，仿佛单是你的手想照镜子似的。像泛着红笔气味的一沓试卷被想知道结果的人下意识揭开了不属于自己的那一角。

我以着 Paul Flexx "Pluck" 系列短视频里洋妞儿敲镜头的节奏，（精准卡点）叩门，边叩击边喊（"Knock knock"？），里面没有回应。我下意识一推，在手掌接触到门扉的刹那，十几股雄浑的力道忽如蛟龙擘水，从房梁深处鳞集涌来，轰隆、嘣、咣——把耳膜欲裂的我震飞至八丈开外，直接将我震出了院门，我从门外的草丛里爬起来，匆忙吐了两口血，寒毛卓竖。面部生青，手脚发麻，膝盖顿时像中了一箭似的，我拽着难以迈开步的双腿，在灌木丛股战而栗，推门的左臂已负重伤，得亏我及时驱动内力护住了心脉，性命才无大碍。那群蛟龙穿透了我过往所喝的每一滴水，旋即冲破三焦玄关处——主司"遮望眼"的冰山，让我重拾了涨境的可能；暗里忽惊山鸟啼，感觉有什么宛如徐志摩，正在向青草更青处漫溯。我曾经咬碎的每颗鲜桃，蕴含的鞣酸文漪与果浆甜波都已归化于任督脉管中的暖风、巨浪了，这特别可惜，它们虽投身为我的一部分，却并不是加成的部分，而更像 via 浏览器里相互冲突的插件，譬如"替换蓝奏云域名""划词菜单（搜索＋翻译＋保存＋转到）""自动拼接下一页"与第四插件的冲突。举个受众范围更偏狭、更难被智识分子理解的例证，就好比荆天明身上同时有阴阳家的六魂恐咒与封眠咒印之力（二者虽源自同一功法系统，但一阴一阳对冲会使得行经走脉之势互逆）、墨家的巨子之力、纵横家的鬼谷吐纳之气，天明像块分区后再遭分区的电脑磁盘，也是实惨——更惨的是写了后面忘了前面的编剧为让主角反省自己身上的叙事负担为何如此之重，直接将主角打入蜃楼掉了几年线。基于液态世界的物质流转规律，那些蓝莓（杜鹃花科）、西瓜（葫芦科）、香蕉（芭蕉科）、菠萝（凤梨科）、桑葚（桑科）、苹果（蔷薇科）、橘子（芸香科）里的水力，已衍变成阻遏"麒麟血"巡遍我全身的折冲鹿砦，在那个旷远的空间，我逐步认知到这点，用最大的呼吸器官——皮肤叹惋了两周身，这比嘴、鼻庄重。所以，当蛟龙劈开海上那堵接天的水壁，量丈三界、擎御六道的暗影高柱訇然崩摧时，我真有种羽化登仙的体感，在被海底的滚烫地涌托起根境的一瞬，向苍穹更苍处漫溯的蛟龙倏然意识到什么，它们拢共俯瞰了2n眼，接着便扬长破空而去。这段跨海的经历我不会忘记，像饮后回甘绵久的一种留学生活。我大概明白陆师傅说的"远渡重洋"是如何发生的了。

　　蛟龙如贪吃蛇，在长风里吞食浩然之气，一会儿围成个"凵"字一会儿围成个"冂"字，是季节里，花期离场时必经的彩窗，而吾如片云孤秀，荡过檐外太虚。从"远洋"归来后，我的现实在时间轴上发生了一次横跳（或者毋宁说"反向蹦移"），跳到十几股蛟龙之力袭向左臂的那刻，气势如虹的暴击，从房梁深处轰来。

　　（我临阵脱落的一根黑发，也能召唤出根瘤菌吗？像孙猴的毫毛也能变？它的长势只对应着脚底——根瘤菌身上的一个细部，基因线控的小性状。）

　　我感到自身正在解离，长着人类四肢的我不一会竟宛若坚卧烟霞的美丽飞虫之国，黑足墨蛉、歧异条露螽、大绿异丽金龟、透顶单脉色蟌、三纹裸瓢虫、二纹柱萤叶甲、得了抱草瘟的蝗虫、鼎脉灰蜻、安蜂虻、兰花螳螂幼虫、电蛱蝶……从下到上由内而外置换掉我的躯体组织（我好像知道春天是怎么来的了。这个时候我生怕碰到鸡，连小的都怕），身姿柔和得像——风中，斑蝥"噗噗"放的几股化学屁，施施然"臭"过（扎腿感已经增大数十倍的）草尖，措置裕如朝前方移动，在空气里，直立着，爬，我伸出相加起来接近一庹长的食指、拇指，从拴在年画一角的——自纸的背白那面飘过来的蛛丝身上借力，一步拆作十步，攀岩似的，左试右探，探进了门槛，几只偏肥的蝶类翩飞着，脱离了我的漫撕脸，那是我的眼睛化成的（虽然在人类的世界观里，更可能觉得那些蝶类是鼻子：眼、耳、鼻三者，嗅觉最擅转弯，听觉其次），它们率先进入院子，随后向中轴线以左看，陆师傅的居所已经大变样，不再是传统的井干式木结构建筑，乃是变成通体晶黑的立方密室。

我用的词是"晶黑",而非"漆黑",因为视线尽头的"房屋"在晚风里俨然泛着星光。"房屋"的五个面,摸上去与严佩觳家彩电显示屏的手感一模一样,墙表的繁星图景极富动感地此起彼伏着,密室像是从宇宙身上剜了一小块星空改造成的——这是我的第一感觉。眼前的立方体是一间不透风露不漏蝉鸣的密室,每一面(由万亿微粒集成的)墙都是紧贴着人类的细胞壁砌造的,我无意识间成了它的共建者,从我身上拿走了"地基",漏了若许,在跟前,很快像果冻滑入土壤的感官之海,地上腾起的细浪不时跳起来想打我的膝盖。陆师傅早已为自己找好退路,他行走在铋晶体状的时间结构中。我能确定他是安全的,因为当我站在密室外部展开遐想时,能感应到他的杀意波动像往常一样呈简谐式。

突然,一只青筋暴起的手从密室里伸出来,像捞金鱼一样把我捞进去了。我踉跄跌入内部(有种跌入如来掌心的错觉),手的主人正是陆师傅。他受了轻伤,闭着眼睛在地上打坐,脉象已在一盏茶前恢复平稳。我惊魂未定打量着密室中的陈设,发现与普通茅庐别无二致,令人诧异的是从这里往外看去,密室的"墙体"竟完全透明,不仅如此,连四周的院墙都一并消失了,房前房后院里院外的花草皆鲜活之极,生机比在室外见到的盎然得多,一览无余的风景无论远近,统统像吃鸡手游打开了全局抗锯齿模式似的,比以往更精细逼真,不用等走到那棵堤柳附近才看见地表的树荫一片接一片被渲染出来。身在室内的我仿佛融进了季节本身,我的血管里流淌着没被压缩的原画,视网膜想看哪朵花就用光敏池里的遥控湿件调大哪朵花的香味,让我循着气味望过去然后注意到它。我的视网膜是《JIBARO》里的湖面。湖里一滴水的视野,**以空中鸟的眼睛为镜面**,反射到我这里,我看到,有只玳瑁猫在瀑布的上游奔跑,它的嗅觉被压缩了将近八分之一,像抽帧后待编辑的 gif **动图**。

"老伯，伤你的人长啥样儿？我可以向村长举报，这几天让镇上的人留意着，给你讨个公道！"

他缓缓睁开眼，望着八仙桌下的空间，看起来比硝酸盐更寂寞："传奇锁镰'血染めの刈り手'的持有人，先锋系未带'瞄准'，暴击伤害只比普攻略强，这是我能逃过此劫的原因。第四卡槽装备有美式居合——传奇爆能枪'林之投射'，第三卡槽的盔甲是'稀树草原'，技能点未全升满，破绽共计两处，分别在热切前 0.3 秒、触发'漏影击'后 0.4 秒；皮肤外貌卡是'伏击'，暗影技能是'划劈'，无前摇可抓，头盔是'新月面甲'，那应该是他杀了法官套持有者获得的战利品。他的收藏图鉴里有三种染料：秘密纪念碑、湿草梗、内在天空，用来升级特技的灵石炭、榄石炭、镁合金在数量上远超过我……这个江湖里，大部分高级头盔都会默认遮住人物长相，身上的装备可使用染料系统自定义颜色，他若谨终慎始，可能会在下一次行动前，挂加速器登 Tor 换新号重新捏脸，消除最近半年在全服中的活动痕迹。除非 Nekki 策划亲自下水，不然想凭一己之力抓住这样的'影武者'比突袭模式单局打出七千伤害还难。记住外形特征，不过是刻舟求剑而已——得赌他是粗线条玩家，还得赌赢了才能从这根'粗线'上撇得一丝追踪机会。镇上平民的感官，在他面前，没戏的。有道是：玄不救非，氪不改命。"

我已经习惯听不懂他说的话，只是嗯了一声。

"刚才，你在门外「跨海」了吧？你给我的感觉，比头一回见更像[鼎脉灰蜻，红点月神蟹]了。很不错，老夫没想到，你能在如此短的时间里开启地涌。[鼎脉灰蜻，红点月神蟹]是一个区间，就像你朝幽潭倒了一杯水，过一会儿捞起来，很小可能所有分子碰巧全被回收在里面，很大可能即便捞起来了，也将缺失诸多关键的局部。那杯水在幽潭里有近乎无穷种蔓延可能，我们把'倒进幽潭的水'记作 α 水，你行为的本质，实际上是从潭中抽取一杯水，同时降低潭水与 α 水的体量，从而削弱潭中包含着 α 水的液态区间——其数量的'无限性'。拿目前所得的区间，与原初的杯装水取一次交集，该交集既属于突然多出一杯水的幽潭，也属于现在你手持的这杯水。

"「跨海」归来后，你在门外走得越慢，散逸的部分就越多，最终留在身上的虫群密度就越小，你目前的根境，更接近鼎脉灰蜻的那一端，离红点月神蟹还有点远。"

"我浑身的'美丽坚'与［鼎脉灰蜻，红点月神蟹］只有少部分元素重合，对吧？我在试这件衣裳的时候就已经感觉到了，犹如六七月份才会现身的纸莎草花，提前把倒影投映在——春涨里起破的那潭星空，这种不协调感像后颈吊牌、肋部商标，挺磨人的。这个世界上，倘若有什么与什么对得太齐，此外的部分就怎么也对不齐了。"

"「跨海」归来后，你浑身八万四千颗毛窍就跟被大德高道开过光似的，呼吸里的细节果然变多了，谈吐比以往更轻逸。现在向你介绍一下这里，未来，兴许派得上用场。当前你身处「暗盎」，在此，我们可以透视一定范围内的砖墙，我能看见整座村庄所有住户屋檐下发生的一切，我师父则能看见整片中原大地上每一门每一派的行动。功力越深厚，造出的「暗盎」体量越庞大，视线能穿透的障碍物越多。师父年轻时好行侠仗义，六十岁后在南海飞仙岛遁隐了，他造出的「暗盎」至少也是以半座昆仑为基础，如果师父今天在场……"

"陆师傅，有什么办法帮你吗？我也是门下弟子，不同于村里的人，我没有理由置身事外。"

"你不必牵涉进来。我在等官方鸽了两年的新独特阔剑，想以肝代氪。1.29.1 快来了，一代版本一代神，你要牢记这句真言。「暗盏」蓄容着周边所有事物的影子，施术者能力越强，'周边'的范围也就越广，因而你可以看到，室外没有任何一棵树下存在荫凉，全都被吸附进此中了。等你出去后，会看见月亮把它们重新渲染出来。至于我教你的东西……日后你能拿这份遐想能力做什么，就看你个人的造化了。"

我正想反驳，他起手制止道：

"你且听我说完，这里，唯有元神出窍的人可以进来。我说的'这里'指的是能看见「暗盏」的这个空间——也就是以八仙桌最长那条腿上的蛀孔为球心，向外扩张四公里，圈出的自然环境。你的本体仍然在院门外的灌木丛，你被门扉震出去后，从草间爬起来时，灵就已脱离肉身，基于此，你才得以看清我住所的本相——也就是你理解的'晶黑密室'。能看见「暗盏」，表示你的视觉已进入到灵的空间。人类生活的世界分为三个空间，实空间、虚空间、灵空间。从你'偷师'那天起，你与我的相处，就一直在虚空间了，若是让村子里的人看见你我的联系，可能会起疑心，所以你与我的一切交集都发生在虚空间，而你与别人的交集都在实空间。每天，你一走出院门，就会通向实空间，像从雾里浮现出来一样，你的存在感是一点点渗透进另一个空间里的——所以，那日，你出了我的院门后碰到你的朋友，他们并没有察觉到异样，因为在他们眼中，看到你时你已经在路上了，会觉得是碰巧看到前路上的你，自然而然的偶遇，你刚才去了哪里他们不可能注意到——那是他们的视野盲区，他们无法看见雾的深处。这样你可能要问：若是亲自对人讲述自己在虚空间里经历的一切，会不会让别人发现你与我的关联？首先，虚空间可以穿透思维，这也正是为什么我在喝醉的状态下就会念诗，我的脑海里一直存在着虚空间，所以我有时说话会有'语境'，不是那种直白的，而是偶尔会有形状与可探索的半饱和感，是有一些路线在其中的……可以认为'诗'是虚空间的载体。即，虚空间像一组扰码会影响你说的话，你以为你在谈论与我相关的事，实际上当这些话投影在实空间内部时，别人会觉得就只是很普通的闲聊而已。只有你在虚空间说那些话，才会呈现为它本来的意思。我要说，'原貌'并不存在，比如水在不同环境温度下会呈现出气、液、固三态，'原貌'也会因为处在不同的空间，而发生对应的形变。草庐与「暗盦」是同一样东西，仅仅是外观不同，你知道这就意味着，你的话语在这里与在实空间，含义有天渊之隔。据我所知，许多生活在实空间的人，无法听见虚空间、灵空间的声音，即便留意到了也会很快遗忘。只有那些进入过虚空间、灵空间的生物，才具有更完备的感知——也就是，到达了真正的'成熟'。

"傍晚你还没来时，我被虚空间的仇家偷袭了，像我们第一次见面那样，我本打算用手刀击碎那些金色兵刃，威慑下别人就行了，结果这次来的人与此前都不同。经此一役，我现在想将你从大雾的核心区域推到外面去，让你回归实空间，过一种不必知天命的生活。这里往后会发生什么，我不能预料。你出去后，我会将我们之间的纽带切断——你看看，在虚空间'纽带'有具体的形状，是树枝。我与你师徒一场，始于树枝，终于树枝。你回去后会飞速忘了这段时间，但你遐想的基本功还在的。只是不论如何，实空间的我们都不会再这么说话了。

"锡絮，我送你出去吧。"

那是他头一次叫我的名字。我感觉他隐瞒着什么，但没得到机会问出口，因为他话音刚落，就感觉有谁拿手掌扶着我的后颈似的，我的灵魂被它以一种比快银救万磁王还快的速度推出去了。趁着对虚空间的记忆还未淡化，我做出猜测：

"他不止受到目前这种程度的伤害——还存在第四空间，另一个他正于彼处静养。他借助不同空间里同一物体外观的差异化，将自己的'本相'掩盖住了。正如我此时灵体在虚空间、肉体在实空间，但由于后者的存在感太弱所以无法被实空间的人发觉——陆师傅也是这样，把一个自己藏在了无法被旁人发觉的地方……"

我有些害怕，不是怕自己处在空间的"夹缝"，生命力慢慢耗光，而是预感到自己即将失去了解世界本质的机会，从小到大，我最怕的一直都是——不知自己从何而来。犹如无底洞，来自星系边缘的某种下坠感抵住十来岁小孩的天灵盖，距离撑爆它似乎还有半个世纪之遥，空心的双脚在有生之年怎么都探不到最底下那层平面。

"你可将其视作催眠。一旦听到树枝折断的声音，你就会醒过来。还有，我之所以能左脚往树干轻轻一蹬就跃上屋顶，是因为我穿了*李宁露*。"

那是记忆深处师父最后对我说的话。

我从草间爬起来第二次，脑海的记忆正以着光速飞逝，趁还没完全丧失"自我"，箭步奔向陆师傅的院子……中轴线上只晒着一些棉花，没有树，我问："老伯，你认识我吗？在虚空间我们见过？"

"小鸡的美背闻起来有植物津液的苦味，大概是吃了些它自以为的香菜吧。"

他一边喂鸡，一边自言自语。

说完那句话我的嘴就麻了，舌头仿佛从保温杯里陡然伸入冰川时代的雪中。我不知道，在他听来我说的是什么，我不知他与"气态"的陆阿采有没有一丝共同点，倘若人可以将"与自己的纽带"也截断的话——如同内剖了一圈的果实，只留下空壳。

没过多久，我就完全把那些时间抛之脑后了。只是偶尔，会在黄昏，若有所失。我不知道，这跟陆师傅醉酒那夜的若有所失是否为同一种。

−1

　　外面的风明显变小了，小到可能再过片刻，一粒花粉都足以挡下它全力的吹拂。在冰砼山（清末慈禧为弥补贡鹿的不足在此设过"皇家鹿苑"）的黑夜中驱车，时刻要担心撞到梅花鹿。雾灯劈开沿途的暗香，我的手在方向盘上耐心地出汗。

鲜榨的星光，放置在某个空间直到隔夜
它们忍受着各种像粉笔一样的杆菌
的闷棍。

麋，仰首嚼食鲜桃、露叶
牙齿截断野果
立面是一层甜水镜
亮度不可（随意）调。

一部很厚的荷花词典，许多扉页在滴水
呵气。朝鸟眼睛上呵气，看它们无感化开

揿出睫状体（虹膜），摊在眼球这只大锅里

烙熟

缪佩蘅与我有一搭没一搭唠着，这跟家常话没区别，自由无拘，即兴想到啥就聊啥，不同点只在于我们没瓜子可以嗑。

"总觉得你在吞词，你借助说话时迟疑的片刻吞掉了俩好词是不是？像白云大妈生怕某些秘密说漏了嘴所以在人前欲言又止？"

"哈哈什么都瞒不过你。我很好奇为啥你每次聊天都不会有吞词现象出现，而我频频如此。"

"可能你还是有心理包袱，数不清的星星总有几颗是太空的包袱，由来已久不落地的顽石。"

"醉后不知天在水满船清梦压星河。有的星星倒影是一小包蒙汗药（茶包），翠鸟刚贴着水面飞过，双翅就眩晕不已，所以它像打着旋儿的叶片盘桓了几秒钟后，休憩在岸边。三毛说每当有地球人丢掉一次心里的包袱，天上就会划走一颗流星（陨石），丢的包袱多了就形成狮子座流星雨。"

"同你唠家常挺像听阮梅冈的女儿Racinda说唱，有些词刺溜一下就滑过去了跟耍杨家枪似的。你嘴皮子忒利索了点，这不知怎的愣是让我联想到宇宙马戏团的成员——银河系每晚都会表演的喷火、蹬皮球（打滚的天王星）节目。"

"我电视看得少，现在生活状态跟上大学那阵寝室里的一样，平时闲下来主要是看书法课，网课讲师会在课程开头先抛出问题：'多汁的天空到底好不好拧？'然后就会坐热气球到天空一朵挨着一朵拧下雨前的乌云给我们看，因为网课一般是现场直播，所以往往我们看着看着课程，窗外就下起雨来了，弹幕内容会被'老师我这里也下雨了'刷屏。乌云是软笔，这你知道的；鸟的眉棱是硬笔书法，是从蛋里往外写的，新鲜劲儿。我最近在学硬笔。"

林志玲在我们车里撒娇说前方左转，即将到达目的地。不到半分钟，示速板上的数字已降为0，我拉下手刹，抱起副驾驶座上的花苞，开门走出闷了我将近三个小时的逼仄环境。外面雾气真重，发旋很快湿了，菌典水库离我们还有一段步程。缪佩蘅与烟味儿分不清是谁先谁后出来的，他探出身子，头一句话是对它说的："慌慌慌什么慌，跟我还分谁先谁后？难不成比我还赶着投胎吗你？"

语罢他赶快换了副面孔朝天边努嘴："四处岑寂如斯，古人隐居在这里肯定会怕。"

他对乌云呀星系呀总是这般浑身上下媚骨的奴才相，见了闪闪发亮的大熊座跟见了祖宗辈显灵似的，就差作揖行大礼了。这要赶在民国肯定是吃里爬外的狗东西。东三省，没有一颗恒星瞧得起他。

"恐惧来源于陌生感，随着对周围环境的逐步熟悉，你可能会接纳这里的静谧。我们先走一走吧。"

一半的花苞挪给了缪佩蘅，像小学时跟朋友分一袋北京方便面（那些花粉就是南德口味的佐料了）。

"发旋很快湿了，像小碟子盛着凉意。"

听见雷鸣了
兰花的种子里寄居着渐沥沥的幻象，它们在静观
水牛的眼距

他念起钱瑾老师的诗。我与他间隔约两分米，胸前摇头晃脑的花苞像视觉特效。我们胳膊的距离在两分米上下起伏，像垂钓时浮标在水面波动。我提醒说："现在距离菌典水库非常近，言语不必再受拘束，我们谈话可以自由些了。还有，你怀中的花苞看着比我的更不真实，不应该啊？"

"不以防万一吗？能找到菌典水库的人肯定不止你与我，要

想改变目前的窘境，还是谨慎一些吧。我们活在这世上已经快倒满三十年的霉，难不成，你还想跟从前一样每个月摇号出去一次——到 C 城监狱对着劳改犯搞文学批评？"

"当然不是。"

现今的世道几乎每个狱员都写诗，在监狱搞文学批评已然是投资回报率相当低的差事了。

后来跟缪佩蘅通电话时我还调侃过：

"真是一代不如一代。往后倒推十年，你什么时候见过新闻主持人在播音室里念出网络用语？如今播报天气都要夹杂几段现代诗。比如：

"今晚到明天清晨，空气里遍布着雨意。枣树上的月光将在合适的时间点，旋身，飞回天角。像葡萄藤连夜收敛就快垂到地面的卷丝。虽说已贵为雨意，但它并不想收束自己，与冷空气合二为一，它打算掐断'落雨'这一段内容，不想播出：就直观点，雨意一团接一团掉下来，缓缓摊平得了。虽说差不多是隐形的，却照样能被感知到。大概是明晚，各位观众朋友将发现满院子的苔痕，它们是圆形。

"远山的雨意，像渴睡人的眼，有朦胧美。

"大后天清早，蝴蝶翅膀上会重播明后晚的朦胧美。

"最近有不少人民群众向组织反映，不喜欢下雨天，因为没太阳，洗衣服不好干，半干的衣服会有怪味道甚至发霉。我这里有个可能有点馊的主意，如果你衣服洗完了晾外面没多久天就开始下雨，请先不要忙着收进来，因为在一种流动的雨意里，雨水不会对衣服动什么手脚，它觉得这件衣服跟那些屋顶啊那些窗户啊那些树干啊，没有区别。你想想，一般都是在墙角这样的地方会长出蕨类植物，一般苔藓都是出现在时常积水的地方，这意味着，雨水爱在能歇脚的地方扎根。一件衣服的怪味道怎么定型的？往往是那些雨意不在这件衣服身上流动了，茂密的潮气瞅准机会便蜂拥而上：'嘿，好家伙！雨意终于全淌过去了，现世回归了安稳，那我们就在这里做窝吧。'所以你明白了吗？下雨时，将湿漉漉的衣服置于雨中，能保鲜衣服。在一段时间里，是不会有潮气在上面安家置业的，怪味道实际上是那些居民家的炊烟。

"还能说什么？我只能用眼睛放一些风筝，给你看：飘来飘去的鸟儿，是插播到任何位置都不觉无聊的广告。广告之后继续关注新闻直播间。"

"这样可能是想让大家觉得更亲切吧？用群众的话语，让群众更容易接纳这一套说辞。我觉得这挺好的，能让大家轻松听懂。尤其中间有几句，虽贵为花香、贵为太阳系，云雾是远山的大意。"

"啊没有这几句，你听错了。不过话说回来，现在的电视主持人甚至包括很多国外的学术自媒体似乎都有一个共性，就是谈话中总喜欢举跟鸟类相关的例子，真的是太奇葩了。比如去年湖北卫视的春晚，要是大雁的翅膀再往诗意的方向倾斜一点，就又会激发许多人在扑特上用原创诗句跟帖评论了。你知道整个东半球的人现在都特别敏锐，像随时等待射出的劲弩，诗歌写作力过于强效，这会遮蔽许多事物的本质，人们都不好好说话了，碰到一点触发他们脑内开关的元素，就会即兴开始写诗，你要真的问现在社会上发生了什么，他们不会给你个一针见血的回答，就是我非得把一切日常的东西浪漫化，我要说什么得先给这段话定一个基调，因为他老觉得你在考察他的写作。我觉得这不可取。比如最显而易见的，你走在大街上看到那些二流子，他们在我上初中那会儿是戴着大金链子嘴里叼着烟，吆五喝六的，说要打群架拉一帮人白刀子进红刀子出，现在是都开始写诗了，就算撂狠话也是看谁念出的诗意境比较高妙，视角比较刁钻，就都是往深了、往细枝末节的点，去勘探、去研磨自己的知觉——因为他们觉得，注意到别人一般会忽略的局部，就跟你猛扎他一刀他反应不过来一样，本质上还是江湖草莽那一套。这多少还是差点儿意思我觉着。再比如你现在看个新闻，里面主持人张口就来大段大段的诗句，不论读过文学博士还是只念过小学的，大家每天看完节目第一件事就是上网发帖，聚焦于电视里刚才主持人的原创内容进行拓展、扩写，拾取一些公共生活意象将其移植入个人化的语境，尝试激活新的美学体验。大家现在都特别热衷于占领这种制高点，注重 Phào & Wack（新媒体艺术大学教授，《2 Phút Hơn》作者）所说的'奇效的表达'，微博算法也是按照这一标准来推荐随机内容，你知道新浪内部有个'贡献力等高线'图，好像是从里往外把人们划分为好几个圈层，最内部的圈层就是微博推荐的内容库。据说以后这样的圈层将落实到现实世界中，搞几堵重金属墙把人们分隔开来，为了在物质生活逐渐丰富起来的当下，制造些伪阶层壁垒——就是大家都不愁吃穿也没有人羡慕任何人的家族背景，但我还是要保留我的'贵族'身份，你怎么看待这种'贵族情结'？"

"就都是往深了、往细枝末节的点，去勘探、去研磨自己的知觉——你刚才这句话有点意思，我知道你是在形容，像重新发现山中的矿脉一样，去掘出自己的知觉。丁氏穿井得一人，可能这个人刚好是他自己。如果一个人生活很久，突然有天在某个特定的情景中找回了自己不知不觉流失的那些感官记忆，那这个人的生活是不是就要天翻地覆？挖着挖着，突然看到自己。这种震撼感就是诗能带给我的。倒不是说多么具体的一个自身，而是另一形式的自己，是些旁人不以为意但对自己的生活特别有启示意味的细节。比如山中红萼纷纷开且落在某些人听起来是不停打响指，而在另一些有听障的人那里可能就只是春天没了，好端端的一树花瓣说没就没了。可能我们受过学院派教育的人听到薄冰消融、鱼的一丝呼吸透水的声音会觉得，隐秘处的闸门推上去或倒下来了。但那些搞哲学搞什么主义的人，可能就会觉得换季是新的时间政体出现了。

"……我现在发现你有时说话特别像窦文涛。要真往回了说，贫富差距消除多少年了都，难道现在要让一些人先贫穷起来，先穷拖累后富？这是玩笑话，现实不是简单地去加个负号就能反转，可像你说的取消当下社会一切的'幻象'，我觉得这就跟加个负号的意思差不多。因为你可能看到的是，诗歌塑造了一种社会现实，而这种社会现实会驱逐你以前憧憬的那种旧的欠激活现实，你沮丧了。其实这不是诗歌带来的问题，而是人类社会的一种运算机制。'欠激活现实'短语使我想起钱老师以前讲的欠天空鸟、欠淡水鱼。现实是'激活'的子集，'激活'处在现实的外部，每一种现实都早晚会与'点燃'或'浸透'接壤，这里'浸透'也可能是煤油对新捻子的浸透，而不只限于被（在这个世界里）无法燃烧的水浸透。可能点燃后这个现实就没有用处了，变成一片自得的光源，也可能这个滚烫的现实能通过三种热传递方式（传导、对流、辐射）把与之联结紧密的'激活'变成'超激活'，这都说不准。

"无论如何总会有一股趋势流通开来，只是这种相当于'总和'的趋势刚好附体在你认同度并不高的诗歌身上了而已，我现在似乎能透进杯体看出田间小憩的蜻蜓曾把部分魂魄掺入了高粱酒，我们可以借由同饮它，去找到某种共通之处，继而与天底下处在地球圆桌四周的所有生灵互相关心。不管流行的是短视频还是什么，它都仍然有自己的合理性在里面。如果你跟路人都见过春季里的某一朵小花，是不是身上的共通点就多了一些？我们的共通点，一定得是阅读过类似的书籍、怀有对世界的相仿期望、都在朝着成为某类擅长旁征博引者的方向，我们的共通点不能是可以即兴获得的吗？即兴，风乎舞雩，俯拾即是，这多有意思，人与人的巴别塔建起来了，理解同一时刻的天空湛蓝之意。诗也是一种即兴。

"我觉得任何健康的没有太大瑕疵的制度，都终究会发展到今天这种人与人和谐相处的文明阶段，在这一点上我倒没有你那么大的戾气，我注重的是这个已经看到了的结果。没必要否定，它的出现也是自然进化的产物。就像以前的互联网流行过一波趋势——讨厌人类，其实人类也是自然进化的一部分，灭绝了也合理，都觍着脸忙活破坏自然污染环境生杀予夺的勾当也合理。宇宙不是小气鬼，远古时候环境多差啊，人往往觉得是恶劣面的，比如那些白色污染，其构成物质仍然是化学元素，都是来自宇宙本身（羊毛出在羊身上）。你有那么大本事去否定每种物质客体？你算老几啊我就想问问？宇宙压根儿打小就局器，见多识广，跟空军大院儿长起来似的，什么'星球主宰者'没见过，把太阳系掂量在手里几斤几两没点数？社会现实是什么？它是动态的。你现在怀念上一个阶段的公共生活，希望用那种接地气的话语去表述如今的社会现实，我觉得这很不搭调。因为有很多的词都已经失效了，你不得不承认。至于那些社会学家预料过的未来？

"社会比他们想得更复杂，其体量两千本社会学名著不足以总括。

"社会在接近成熟期的时候肯定不会有社会学家了，社会在混沌的初期尚且需要被描述被尝出一些滋味，但社会加速混沌的时候往往个体处于'紧急的'被裹挟状态，人的思维是海水的惯性与一粒沙子摩擦时发生的酥麻感和蚀损还原量（对缺失部位的补集）。许多脑海被过去的时代洪流拖进漩涡，可能一生都没缓过劲儿来。就算你把整个人体表面都铺满味蕾，也尝不出地球的旋转半径。可你熟睡时必然能用'天性'赞同这点：脑的旋转轴与地球的旋转轴平行，人体的旋转（翻身）可以忽略不计。是否存在一条超宏观路线，与你现在走的路线构成了原型和微缩体之间的比照，你此时的头绪全都在那个巨型现场同步演绎？蚂蚁意识不到地球与地外天体在运动，也无法察觉云的飘移、太阳东升西落；人生活在银河系景区也只能拎出少量蝴蝶、山色来拍摄，是因为我们的感知力有限，仅可特写日常生活中发现的美——的局部，它远远少于宇宙蕴蓄的美的总体。人的本质是筛孔，五官是筛孔，皮肤布满筛孔。人手臂的一系列动作都是从筛孔里流淌出来的，包括眨眼、挑眉，一切的言行都源于筛孔的过滤。"

"嗯，你刚才提到人类的本质是筛孔，我想起一篇介绍 GPCR 微阵列（GPCR microarray）的文章，科学家发明了一种能用 384 个小孔描述气味的仪器，原理类似于 RGB 与颜色的对应关系——未来我们可能随身携带一台'照相机'存储（录制）自然界的味道，'气味公司'的最终目标是精准即时模拟人类的五感。以前在豆瓣看过一句台词：人的行为是 10247 行代码，我一下忘了这部剧叫什么名字，但依稀记得导演辍学前提出的嵌合体理论——在物理层面，人体存在大量的孔隙，每时每刻都有更加细小的物质穿过人体表面，穿透内脏，再从人体表面溢出，该过程中，如果某些微粒巧妙迎着特殊的倾角，泼开了一匹晚霞（在人体内的天空西方），让里面特定的观者由衷觉得美，那么人脑就会产生创作灵感。我想说，人体孔隙是微观的感官，人的本能与本质都是感知。"

实话说我联想到的是张爱玲的句子：她白皙的大腿像牛奶从旗袍里浇出来，浇到陆文藻馋了多时的嘴边。

"怎么说呢？于是，所有人的生活最终又落回到了那个本质的问题，就是'我是谁'。这个问题太迷人了，所以我才想邀你去菌典水库。"

"你说的不无道理，但我这会儿消化不了。在这通电话外面，很长一段日子里我都极其缺乏个体意识。坦白说，我有随波逐流过。我认为随波逐流的经历多少会在一颗大脑的沟回里留下痕迹，从人海中归来，总有一些贝壳或螃蟹吐出的泡沫在生命的罅隙搁浅。

"可能我的担忧比较古典，还是基于对多数人共同决策的不信任。我不觉得这么多人能同时了解自己在做什么。诗能激起的共鸣面太宽阔。泛诗的时代，写诗抵消了以往的文学批评力量，人们认为能最大限度解释一首诗的只能是这首诗本身，以往不是这样的。现在是明星控评都控不过来，就是翻到几百万条评论之后都看不见几句大白话，不带重样儿全都是诗句。一个没有人说大白话的时代真的是好的时代吗？"

"什么是大白话？你可能觉得以前那些抖机灵的评论是大白话，但我觉得大白话只是一种概念，等待赋值的 X。孔子与子路、曾皙、冉有说的话算不算大白话？李白、杜甫的话是不是大白话？不要进入歧路，这个社会需要一种无法被明星控评的现实。你无须认同我，我觉得年轻就应该避免与身边人趋同，但前提是你得有自己经得起推敲的主张。

"说了好几个小时，时间很晚了，这周末我要忙，周二我们抽空聚一聚吧，顺便商量去菌典水库的事。"

"好，可以。"

那通电话挂掉后，我坐在冷清清的房间吃了好一会儿的杨梅。

"在冷清清的房间吃杨梅"是最近出现的新哏，用来形容一个人的百无聊赖。就跟"买橘子"的哏一样——源于朱自清，《别后》。

成日坐在有刺的椅上，

老想起来走；

空空的房子，

冷的开水，

冷的被窝——

峭厉的春寒呀，

我怀中的人呢？

−1

那几年，佩戴爹还没翻过五十岁时，屡屡找凤姨"知天命"。

"做生意的人梦见优美裂面藻，代表运势不通，营利不顺，不可扩大投资。恋爱中的人梦见优美裂面藻，说明若不能互相信任，易被第三者破坏而分散。本命年的人梦见优美裂面藻，意味着虽然无所阻碍，很平顺，但是慎防小人背信、盗财物。怀孕的人梦见优美裂面藻，预示生女，水边小心，慎防流产。梦见优美裂面藻，按周易五行分析，吉祥色彩是白色，幸运数字是8，桃花位在正东方向，财位在正南方向，开运食物是白菜。就在今天，全球大约有8122个华人跟你一样也梦见优美裂面藻。如果梦见优美裂面藻，买彩票的话，建议购买号码为11。

"梦见二氧化钛，按周易五行分析，幸运数字是6，财位在正西方向，桃花位在西南方向，吉祥色彩是红色，开运食物是苹果。就在今天，全球大约有3万华人跟你一样也梦见二氧化钛。如果梦见二氧化钛，买彩票的话，建议购买号码为14。

"梦见衣原体，按周易五行分析，吉祥色彩是白色，幸运数字是9，财位在正南方向，桃花位在正东方向，开运食物是海带。就在今天，全球大约有8万华人跟你一样也梦见衣原体。如果梦见衣原体，买彩票的话，建议购买号码为8。

"梦见信息素，按周易五行分析，吉祥色彩是紫色，幸运数字是 7，桃花位在正西方向，财位在西北方向，开运食物是鸡汤。就在今天，全球大约有 7 万华人跟你一样也梦见信息素。如果梦见信息素，买彩票的话，建议购买号码为 11。"

高二那年初春，佩蕺的晚娘生了龙凤胎后，在女婴貌似空明的注意力里一病不起，严家连着十个多月，每逢寒阴之夜便请凤姨来榻边驱瘟邪。每当那时，全宅的仆人都要出门沿着院墙在房屋周围挂上北斗七元星灯与本命延寿灯，庭中的收音机将循环播放被妙远真人群芳毓德元君（黄令微，可用"碟仙"通灵出来）开过光（开光起源于道教，意同佛教的加持）的磁带《玄蕴咒》：

云篆太虚，浩劫之初。乍遐乍迩，或沉或浮。
五方徘徊，一丈之余。天真皇人，按笔乃书。
以演洞章，次书灵符。元始下降，真文诞敷。
昭昭其有，冥冥其无。
沉疴能自痊，尘劳溺可扶，幽冥将有赖。由是升仙都。

庭院中轴线上置着醮坛，凤姨在开布灯仪（灯仪乃道教斋醮中一种常见仪式，行仪的道士手持法灯，象征上照诸天，下照地狱。灯仪一般都在日落以后举行。世界上最著名的灯仪现场，以雕像的形式定格在美国纽约，身穿希腊古着、右臂高举火炬、头戴光芒七射的冠冕——的仙姑，被唤为"自由女神"。冠冕上的七道尖芒分别对应着天枢、天璇、天玑、天权、玉衡、开阳、摇光，古着的意思是古代着装，譬如汉服也是古着，日本称作"ふるぎ"，而韩国对我国古着的垂涎已经成为一种"传统缺德"，笠帽、圆领衫、束腰组带在北宋张择端的《清明上河图》里就能看见了，AcSe₈ 的韩国人民还吠着那是他们的）前，常会口诵《金光神咒》：

天地玄宗，万炁本根。广修亿劫，证吾神通。
三界内外，惟道独尊。体有金光，覆映吾身。
视之不见，听之不闻。包罗天地，养育群生。
受持万遍，身有光明。三界侍卫，五帝司迎。
万神朝礼，役使雷霆。鬼妖丧胆，精怪亡形。
内有霹雳，雷神隐名。洞慧交彻，五炁腾腾。
金光速现，覆护真人。急急如律令。

很多时候，收音机绞带的原因，是里面卡了一只小鬼。这个世界上，没有无缘无故的笑容逐渐凝固，对收音机而言，门牙般的两颗磁头逆时针转动即相当于它在露齿微笑了，唯通电时才能一见的如水波般可掬的音容，让人不免想到在雨见浏览器里偶拾的名词"天笑"（出自《神异经》）：

东王公与玉女投壶，倘有脱误，天便电闪大作，时南时北，前仰后合的闪电像同桌笑抽时脖子上摇晃的表情动图。西晋张华有注："言笑者，天口流火焰灼，今天上不雨而有电光，是为天笑也。"

风落桂枝惊鹤去，水流山果向人来……续弦已断，佩觽爹回顾己身种种经历，仰天大笑出门去，不知所终，豆腐坊的生意自然由长子接手打理。只道是：

两株烟柳荒城外，依依暮帆曾驻。小扇障尘，轻舆贴岸，谁料重行吟处。
中年怀抱易感，甚风花水叶，犹似孤旅。伴鹤幽期，随莺乐事，还是情乖意负。衣尘帽土。
几度金铸相思，又燕归鸿杳。
字满吟笺，痕添坐席，赢得新愁痴守。归期未有。

句句皆出自宋人丁默。

毕竟年过半百,每回施灯仪,步罡踏斗之末,都生解脱之意,但她身为通天枢纽,不可作此感。凤姨临行前,一般要给主家嘱咐些什么,有时是"切记,豆腐不可以与菠菜同煮,会生成草酸钙,让人患上结石",有时是"夏天晒盐,冬天捞碱,兰淑春移,苇汀秋聚",有时是"男不碰呋喃,女不碰吡啶"(此句用了互文修辞,可百度搜之,跟"秦时明月汉时关""将军百战死,壮士十年归""烟笼寒水月笼沙"是一样一样儿的)。凤姨游山串乡久了,最频繁挂在嘴边的那几句话,会被时间里的人群筛选出来,她说得最多的"男不碰呋喃,女不碰吡啶"慢慢变成谌家岭的农谚,并在其后的数十年中,经亿万口耳流传至全国各地。

那时,在快递室偶尔会看到外校的人寄给同班同学的信件。我近视达四百度,不常戴眼镜,却恰能凭两个"三点水"猜出名字来:沈沅君。

"给。"

"谢谢。"

她惯用非惯用手接过信封。与教学楼不过三百米之隔的快递室附近的天空终年悬浮着乌云,四季多雨。我的高中在南方的一座河心岛上,属于典型亚热带季风气候,照理说不会如此。与学校快递室相关的谣传倘若用碘盐大小的字迹工整写在樱花瓣上,能装满一箩筐,不少人都说它是百慕大三角的微缩版,快递室附近有虫洞。

"地理老师说了,有的雨是山头雨,就像占山为王的流寇,它就只搁在那一片树顶淅沥沥地下雨,哪儿也不去,你要稍微往半山腰走一段路,雨保准能停,因为你人出界了嘛。我猜快递室与学校其他地方的关系,就跟山顶和山腰一样。没有哪只鸟喜欢在快递室附近做窝,它们早晨、傍晚都是聚集在教学楼的天台边上站着,对不？原因是山顶气温偏低、雨雪频繁，而山腰的地形幽邃更有利于繁衍生息。"

我拎着装满学生奶的帆布袋走进教室后门，听见二组三排的同学在讨论。

"物理老师说膨胀的宇宙像片深海，里头有许多泡沫，有海浪撞击礁石激发的泡沫也有螃蟹吹出的泡沫，其中某些气泡，内部中空且干燥，是一丁点儿都没被海水浸染到的区域，是潮汐能拟出的球状结界，奇妙地攫获了宇宙之外的小块空间，它们并非宇宙的一部分。我觉得快递室就是这样在宇宙膨胀扩张的过程中幸存下来的气泡。宇宙边界的潮水，有很多还没来得及'消化'自己覆盖的那些陆地，于是将其中一些空间分配在气泡里，先稳住它们。如果其中有谁忽然爆裂了，就会被海浪吞噬，成为海的一部分；如果它们面面相觑都不敢带头爆裂，那内部仍然是原初的状态，具有邈远意味。"

我把帆布袋放在讲桌上，订了学生奶的同学会自行去挑选。最受欢迎的是巧克力味、草莓味、香草冰激凌味，我拿了一盒不受欢迎的纯牛奶，走向自己的座位。教室里的人员流动性在增强，带起一趟趟风，我坐定才发觉沈沅君不在教室。蒲公英大概早已被自己的预感吹到教室外面了，她赶在周遭变吵前脱离这个空间，内在的风悄悄揉碎了她，移走从头到脚全部对外的注意力。沈沅君独处时，常会用手指向远方，她的指纹能看见许多景物。能看出风的心是一束麦子形状。她能看见那些天上、地面的风刚刚刮过了什么样的物体，是否有新的穗花被刮到云的顶点去。照着眉心把后者劈开，一朵云会被风吹成两朵乃至三朵。她不喜欢人体形状的风，行走在地铁站，她定会戴紧口罩。

若是看不进风的蕴意，也不大可能看得进去任何别的书了。风是简单的启蒙读物，流于物体表面，不同于水，水复杂多了喜欢扎进空间内部找个冷门偏僻的视角从里往外探视，风不会积成垛，风移步换景，不像水那样总是盘算着在物体内部兴建"藕断丝连"式的园林小品，所以风怎么都不深奥。

"所以，风是知识分子随身携带的气味图书馆？"

我心里边想事情边把吸管插进铝箔纸圆孔，因为洁癖，我是捏着吸管塑料包装的上部插进去的，没有把指纹弄到牛奶里。

"蒲公英在飘，是始于它内在的风
而非外部的。
土壤里是有什么在跑吗，忙了一天的向日葵
的根基，根本就听不进去：
管它娘什么在跑，大半夜的
只要别闹鬼闹到我屋里来了就成"
"都怪水从中作梗，水摇身一变，化为樱桃梗
都怪水牵线搭桥，不然这小小荷叶池何来如此之多
令我目不交睫的藕断丝连？大渡桥横铁索寒
长桥卧波，未云何龙；复道行空，不霁何虹
修得跟阿房宫似的
我穿梭在山间，游目骋怀，偶尔碰到蛛网就怀疑是藕丝
自己身在莲藕内部。藕丝密集，一根根切割向我的瞳仁
阻力架开眼睑，目欲交睫而不能
决眦入归鸟，把眼角睁破裂，用来恐吓它是吗；
怪黏人的——软柿子里这些糖分
氢气氧气赶紧来看看都是你们儿子水干的好事
它哪年三月若是不捣蛋了，樱桃肉必然跟坚果壳、咏春木桩
似的，附近的花香乃至鸟语雷打不动"

沈沅君心里在念诗。

"给。"

"谢谢。"

以前是我的手在信封这端的窄边，她的手在那端的窄边，直着递过去，很难碰到她的指尖；这次我动了点机心，转了个方向，刻意横着递过去，二人的手都在信封的长边上（如同位于河的两岸），很容易误碰到。我沾上了她手的温度，并带着这只新的手，在空气里招摇而去。她不太自在地回到自己的座位。

白獭髓提着电脑进前门，上午第三节课是语文。他曾做出解释：母亲年轻时爱看清代野史小说，所以取了这个名字。

上课铃声响，白獭髓喊几位同学起来，有感情地朗读课文。很不巧，（因为刚开学彼此还不太熟悉）他刚好喊到了"读书感情格外充沛"的那两个人。

杨梦叶（念快了容易读成"杨幂"）的腔调特别像《情深深雨濛濛》里的陆老爷。

"你省省吧，跟这种不干净的女人在一起就不怕伤阴鸷？"

"隔墙掠筛箕，管我仰着合着醒着眯着？我的事儿，犯不着你瞎操心！"

几周后，念周朴园与繁漪的对话时，杨梦叶更为喜感。

全班同学都笑得前仰后合，我趁乱看向第三组第四排的沈沅君，她桌子旁边的方便袋，装的杂物快满了，其中散布着她撕毁的一页信。学生时代的我一直认为她很神秘，她不想泄露的那些内容，是什么呢？霍格沃茨学院的邀请函？

即便后来大四时一起生活了半年，也没有完全"祛魅"。她自始至终都有所保留——那些未与我真正共享的内心世界。

"屋漏偏逢连夜雨，久旱逢甘霖。这两句都是习语，'甘霖'是个挺好的词，可惜被网络骂民毁了，你的输入法肯定有这样的联想：甘霖——娘。所以为保证纯澈，这里绕开它，用'甘露'来嫁接。

"屋漏偏逢甘露。你看，这样美感就出来了不是？房顶的缺口,月光与冷意都可能渗透,这里你自然想到,甘露溜进来后可能是想喝口水,或者问路。外边的甘露比室内空气重,所以会沉降,可能到地面凝结成霜花,月光一照,白银般晃眼。"

甲与乙斗争,甲啮下乙鼻。官吏欲断之,甲称乙自啮落。吏曰:"夫人鼻高耳口低,岂能就啮之乎?"甲曰:"他踏床子就啮之。"

你搬梯子或椅子,是否就能抓住举头三尺处的神灵?脚垫在什么物体上,才能让一个人略高于他自己?这里又涉及高一时的课文《自体的涅境与天性的高蹈》。

在俗气的氛围中如何应对那些有生命但无生气的实物?

嗯,人的天性无法被损坏,人带着天性去与矛盾复杂的外界相处,显出个体的坚韧,这实际上是天性在过草地。可能走了几年都没有碰到异域(一朵花也是异域),但没关系,天性会因此而更有实感。鸟道也能被摸出形状来。持续探索,对俗气的人,仍然需要学习无感;对事物,要持有敏锐。事物都有自己的朝向,所以蜜蜂大小的窗户,总是在那一个位置定格着。要多看花,这是人的立足之本。

记住与人相处时,他们的行为在这个世界的倾角。他们在时间里只能有那样的站姿,所以就只会看见那些东西。我说过,有些气味必须在风里沿特殊的角度才能闻到。很偶然。

《笑林》这一段大家初中都学过,我只随便过一下,就不多讲了。

接下来是这堂课的造字时间。我们知道与鸟类相关的字,随便写几个,有啼鸣啁啾叽喳叫啄。如果存在一只鸟,叫声给人的感觉非常像狗,我们可以造出一个什么字?吠?不行,我觉得可以是:

> 犮。

鸟喙张开的时候,像大于号。实际上我还真听到过叫起来很像狗的鸟类，是在学校图书馆前面的林荫道，只闻其声不见其鸟——它隐蔽得很好，听叫声觉得应该是只大鸟，但怎么都找不着。它可以穿透叶隙借由我的身体局部、脚步声等视听信息，判断出我是地上随处可见的"人"，但我无法只凭声音判断它长什么样。这里出现了错位的空间，也只有在信息不对等的歧异情境下，才会产生给它取新名称的契机：> 犬鸟。

大家可以发现，造字是为了便于把新奇感受用更快捷的方式记录并传递出去，且在刚开始是把这种新语义传递到虚空中，尝试让它获得可能存在的位置——而不单是为了传递给周围的人。李渔《闲情偶寄》：仓颉造字而天雨粟，鬼夜哭，以造化灵秘之气泄尽而无遗矣。假如仓颉即日起把事物的命名权限"开源"给全人类"共享"，我们怎么在现有基础上描述自己在生活中感受到的特殊细节？同一情境是否存在多种表达？造字的目的，是归档崭新感受——往往须压缩整个临时现场进去，而这个现场在不同的人那里会有不同的剪切、舍取，空间表面存在波动的曲线与多变的挠率，这就是一个字的本质，它是立体空间，定格着人的瞬感。我希望大家能在大脑里虚拟出一片空白区域，来置放一个个立体空间。它们在纯粹的世界里，悬浮并旋转。你周末可以邀请朋友进去参观。

我期待大家造出近义字，因为那意味着你们可能在某一时刻具有相仿的处境。造字是在雾中行走，造出近义字是在雾中走上了相同的路径。

白獭髓出门拨了个电话，屏幕中部显示的是校长的脸。同学们在教室里炸开了锅，有的在接着讨论刚才的问题，有的在随口捕捉漂浮的诗句，毫无忌讳地念出声。

"院子里的桃花还没获得凋落许可证。按照规定，每棵树身上都要有地产证、养鸟证、凋落证，有地产证才被准许发芽，有养鸟证才能让鸟做窝，有凋落证方可开花——最后这个呢属于是二合一证件。每张证背面都有流水编号，正面有树的幼年照。对盆栽而言，通常是拍下它的种子作为免冠照，对树木则放得比较开，优待政策差不多是广东黑杨、高雄白桦那一挂的，只要树木还没长出树冠，就都可以作为证件用照，毕竟，没树冠的照片就是免冠照。咱就是说，若真的长大了还没办证，就属于是违建花果了，要被伐掉充公的，侬晓得伐？"

"池塘边那株小草是举手的意思吧？那片土壤举手了。如果老师在讲台上提问，全班同学都低着头，就你梗着脖子，这样在没人举手的情况下，你歪头梗脖就约等于举手了。头这时代替了手。"

"如果武大郎是单选题的选项，将没法三短两长选最短、四长一短选最长，因为他'五短身材'。"

"有空给你捎一碟《柴烧冰裂纹建盏被砸碎的声音》，那比古董本身更珍贵。博物馆好不容易流传下来的古董里，一万件展品大概只有一件会被不小心砸碎，这是对历史产物的再筛选。我就喜欢听这种只能一遍过——没法重录的声音，它代表我对音乐欣赏有最高的品位。"

"狗在冲你'汪汪'叫的时候，比你想象中更气那么一丢丢——提着零食的你一分钟后跑得比大地想象中更快那么一丢丢，狗离自己的窝越远、离你的腿毛越近，气越不容易消，你丢的火腿肠比狗想象中好吃那么一丢丢——"

"老师说：目前这班上，我们之中有人的声音与李白很像。是谁我就不点名了。带过这么多届杜甫、韩愈、王昌龄，总该过过年了……祝大家新春大吉！"

"感觉说不上来，就是总觉得，人嘴，好像缺点什么。人嘴没有前面啄的东西，怪怪的。小鸡在说梦话呢。"

"一只鸭子的上巴，是指扁嘴上面的那部分。"

他们想到什么说什么，或吞吞吐吐或表意不明，都没谁计较。大家都在求索，教室里的氛围很养人。

　　"我们接着上课，来看邯郸淳《笑林》这段：

　　"有痴婿，妇翁死，妇教以行吊礼。于路值水，乃脱袜而渡，惟遗一袜。又睹林中鸠鸣云：'鹁鸪鹁鸪！'而私诵之，都忘吊礼。及至，乃以有一袜一足立，而缩其跣者，但云：'鹁鸪鹁鸪！'孝子皆笑。又曰：'莫笑莫笑！如拾得袜，即还我。'

　　"咱就是说有位哥去参加丧事，心里不停默诵妻子教给他的话，结果半路碰到一些鸟，这人听着听着山雀啁啾鹁鸪吟叫，把原话统统忘了，最后到了现场只能背出鸟的叫声。这让我想到有些同学背书，有口无心，把周围所有的声音都背进去了，结果一来我这里接受抽查，从嘴里头出来的什么动静都有，连风扇嘎吱、蝉蜕声都没漏，含着也不怕扎得慌。奉劝大家背课文的时候不要再背环境的声音了，最常这么做的是鹦鹉。嘿，如果把鹦鹉代入上面那一段，就说得通了。那个人是鹦鹉的化身，所以他逢啥学啥，学了后面忘了前面实属正常——当然，也不能说他就真的忘了，只是在重要的场合没有及时说出正确的话，这对别人而言就跟忘了差不多。在鹦鹉的身上有种随机性，对四周的声音照单全收，然后随时随机递出其中一样声音。跣，读作 xiǎn，意为光着脚；鹁，bó。

　　"下面我喊人起来用'虽然……但是……'造句。"

　　"顾晚鲸你来造句。"

　　"虽然我很喜欢小鸡，每天晚上都要去查寝，但是一提住小鸡，手掌一蒙住光线，就会感觉到小鸡的重量慢慢沉下来，原本站直的双腿渐渐收敛了，匍匐在我手心，开始打瞌睡，把'屋顶'移走，环境瞬间变亮，小鸡会一下睁开眼睛。"

　　"你这'虽然但是'用得不妥，你这句不是转折，是有点顺拐了。而且，不是每只小鸡被捧住的时候都有那么乖，还有的会在你手笼子里转来转去，跟想找'母鸡翅膀'钻进去似的，转得不耐烦便会张大嘴，发出特响的叫声，如果你是孙悟空，你的手就能变为母鸡天天揣着小鸡了。行吧，你到讲台上来默写《出师表》第二段，姜婳你默写《望月怀远》然后翻译，沈沅君你赏析姜夔'念桥边红药，年年知为谁生'这句。"

白獭髓食指与中指夹着粉笔，像递烟那样递给了三位同学。

那天下了语文课，课间操我没去上，而是跑到飞晚楼敲快递室的门，一进去就闻到了雨林缸、桃金娘花粉与杏仁露的味道，因此空气尝起来有些清苦。我猛然意识到，已是夏天了，再过不久又要举行分班考试。

"给。"

"谢谢。"

帮她拿信的日子持续了近一年，年少时的我们，之间的关系是微微耸立的分水岭，一隔为二是两个人的清浅。我们都没想要攀过去。

1

阮月犁从酒吧走出来，鞋型、衣饰、妆容、发色很 JIBARO 风。JIBARO 是 GPT 7.0 开源后，逃亡到香港的一位知名彩妆博主的昵称和族姓。

倒映在玻璃幕墙里的月亮，仿佛涂了一整支斩男水光唇釉，这唇釉的净重，同地心神元铁与刚才飘过 Chaff 塔楼的那截蛛丝的质量加起来正好相等。戴着淡红银矿色耳坠的她，打开车门，人钻进去，打开锖盒，听觉钻进去，古怪的留言弥漫了出来。云端电邮里，对方传来的《仪式[1]》还没完稿，留言者与小说作者是同一个故人。阮月犁抽着丝卡（Silk Cut）香烟，用沙嗓回应：

"文白杂糅瞅着真累，写一堆有的没的。凌晨，月亮倒悬于青色天角，辐照着树冠的果实、山顶香冽的流水与灌木间的猫须。你起头这句话就有问题，跟姐唠唠你咋判断出圆月是倒悬在天角那旮旯的？像车轮辐条（儿）或柠檬断面（儿），辐散开光线，从近处的山顶、坡地、马路牙子，往远处的山沟沟里照过去？按上面的写法，怎么着也猜得出'灌木间的猫须'不在月亮正底下——月亮的圆心离树冠的果实最近、离山顶香冽的流水稍远、离灌木间的猫须最远，你说是这个理不？这开场的环境描写式磕碜了，神秘感一股脑儿全跑光啰。雨收云断，鸟类飞行路线的坡度逐一恢复了平坦。不再有雨滴到鸟类头顶，所以鸟都飞回高处去了。他凝神盯紧了公路湿滑的背部，SUV像一绺黑雨大大咧咧轧过苔藓往昏暗的井底开。隧道般的梨花气味在车灯前忽明忽灭，那是SUV与下一座收费站间的诸多结构式之一。梨花气味是结构式，那其中的角标是几呢？这取决于原先停在梨花额角的蜜蜂——的气味？梨花气味里不含蜜蜂的气味怎么着也说不过去，蜜蜂的气味相当于角标？气味分三六九等吗？蚁窠外的梨花垛净白得像二氧化钛（TiO_2），蝴蝶的朋友正在上面跺脚。蝴蝶朋友的触角比它更长、更芬芳，所以后者参加Party会更受欢迎——快蝴蝶几步参与了野果的梦境？姐捏着鼻子学给你听听——蝴蝶问：这星期五晚上大家做梦怎么都没叫我？野果答：你朋友更好闻啊。玻璃窗外的雾雾较十分钟前敛得愈加紧凑，整片空间霎时像顽童把雪糕木棍的一端抵在掌心旋即用蛮劲恣意搅动的麦芽糖罐那样局促、黏糊。木棍抵在山路上，SUV驶到哪里，麦芽糖罐就感觉哪里最沉。SUV就是木棍的末端（施力地点）？这样的话，我感觉SUV好甜啊，'喂你走到哪儿了''在路上呢'，黑色的灵即将赶到，一旦附体成功就会发生龋齿。鹿芙村是我们那里最偏僻的村庄我小学没听说过。这什么话，真的不是多写了个字吗？噢对了刚才他凝神盯紧了公路湿滑的背部SUV像一绺黑雨……会不会有蛙喝出并默默吐掉我们好动的脸这段让我想到老公上周带我喝的Badoit，气泡爽口细腻，略带有岩层矿物质的微涩风味。我想推荐给井底蛙尝下鲜，当然没准他可能喝过，毕竟一年四季的雨水都可以带来不同的天空、土壤气味给这位井底之君，青蛙王子去做品酒师可能也是一条出路呢不一定非得搞写作。说真的我有点喜欢这句话：舌头挑开上下颚发出声，忽然吐舌头的人像弹窗广告。有点意思，下次可以坐后排边吐舌头卖萌边问我老公：你看见后视镜里的弹窗了吗？点右上角可以叉掉哦。等吹到适合的地方了大伙儿再一起卸除托力让山自由落体。嘿什么鬼话那年代的乡下小孩儿知道自由落体吗？你能通过看水里的倒影去猜测新世界的长相，透过弯曲的扉页去看莲花的核心。难不成咱们的眼球都是世界的扉页？古代山中隐士的狗，只会为了化蝶的进程、千山鸟飞绝等山中事而吠叫。鸟飞绝需要多久，在此过程中犬吠（音调变化）的基础是什么？鸟的疏密？换句话说你觉得联系我的现实基础是什么？我就纳闷了你怎么对我就这么放不下呢？是前几天打算换号通信公司跟我讲有七百多条留言未听，我好奇心上头了才听了几条，听到其中一条你说在写小说，与手机号绑定了的云端即时自动接收了你发的这么个东西。你真得感谢通信公司的客服人员——还有是'吧'不是'罢'，你们这些写作者老是附庸风雅。就跟你说实话吧你写得这么多也就中考作文水平，姐把这当阅读理解来看十分钟能分析个底儿掉，真搞不懂你什么德性还追着不放了还？大哥咱俩真不同路，拜拜了您嘞。"

　　阮月犁把烟丢进了垃圾箱，她生活在空气质量极优的 Z-1 区，是典型的高端人口。耸入云霄的金属墙已将 Z 城彻底隔绝起来，它是全国城市环境干净度排行榜上的第一名，紧随其后的是 Y 城。每座城里的行政区域划分统一用 Z-1、Z-2、Y-1、Y-2 的形式来表示。

　　住在 C-11 区的施泳麠像往常一样站在雾蒙蒙的窗前，盯着月亮。他电脑屏幕上的光标，像赤腹窗萤微弱的尾灯，闪烁着——那篇文档是《仪式 $^{1.5}$》的草稿：

　　┌

　　月亮在无莲花开落也无达达马蹄的天角，用自身的有，也用自身的无，照耀着 those 信息素、流水、气根、菌托、蛛丝。因为是"月亮倒悬于"，所以"蛛丝"值得玩味。设想高空有一根树枝，蛛丝以"∩"的形式挂在上面，垂下的两头不是一般高——可能记作"η"更贴切些（强迫症把左上角的那个尖尖遮住，就硌硬得好点儿了)。"η"左半边丝线的末梢倒悬着天空的月亮，右半边的蛛丝尽头倒悬着蜘蛛，不难发觉，那根树枝的"海拔"比月亮还高很多，可能处在外外外太空。你联想到滑轮（组）了吧？阿基米德的支点论？

　　山间的某只蜘蛛能跟月亮构成某种超远平衡吗？路过松树的那个清早，蜘蛛攀升到枝下四厘米处时，月亮刚好降至白天身后——与风池穴平齐的位置。

　　"岩麓"并非笔者自造的词，它在南梁谢灵运那会儿释义就是山脚。懒得写"山脚"，是因为不想跟前面"山顶香冽……"的"山"重叠，笔者的语感不允许自己这么快再"山"一遍，换个说法会显得比较有水平，就像"里""中""内"字，应该像下跳棋般运用在句段中，在两百字内，若陆续出现"湖""河""海"等字，不能都用"里"，妥善的方式是写为"湖里""河中""海内"；况且，"山脚的蛛丝"总会让笔者产生某种不好的联想，因为蜘蛛倒悬着真挺像那啥的——吊式沙袋。你看过《功夫》吧？知道农夫山拳的传人，能打得周星驰胸口一甜吗？被山拳打被山脚踢，这过于残忍。蜘蛛若在"山脚"，会滋生出一种很鲜明的找打感。

　　某夜执电筒巡山时，遇一蜘蛛倒悬在松树下，那场景令我联想到手拉式升降窗帘、小米卷轴屏手机、莫兰特逆天拉杆，这些都可归类为"η"现象。"η"读作"铱铊"，认半边就能念对。莫兰特逆天拉杆是什么？我只想说懂的都懂。考虑到不是每个人都像乔丹或我，是阅读比赛的料，在此还是简单科普下。慢镜头回放——杀进来，长驱直入，突破禁区弧顶：Ψ，换个机位；镜头压低：Ǝ，篮筐俯视图是Ю，合并起来是ЮƎ，篮下内线双塔——新交易过来的状元锡安和联盟最贵中锋戈贝尔筑起铜墙铁壁，莫兰特强势起跳，滞空腾移极限操作，落地前换手，负角度拉杆神奇打进，侧视图是⌐⊥η。拉杆打进时，篮球轨迹为"η"。主持人王猛一个劲儿在那"哎哟,又进了!我的天哪,神了嘿嘿",nba 亦被称为"ηba"。

既然"梅""蔓性八仙"这俩植物的花、叶、果期都不同步(譬如前者花期是每年 12 月到次年 3 月,后者花期在 5 月到 6 月),那为何梅坡还会有蔓性八仙的气根呢?首先,气根的作用是什么?收音机里不说了嘛,是支撑植物体向上攀缘、生长。半山腰的气候正宜蔓性八仙"拓扑"自身,待它的每根茎管里都攒足了新鲜劲儿,就会动身往山顶好奇地爬去,然后爬着爬着就来到不适合它久留的——疏影横斜的梅坡。没法再往上越更多的界咯,披肩的花朵好多都冻麻了,怕小半条命要交待在这儿了,无奈春风犹掣肘,等闲撩乱入衣裾,眼看着冲顶无望,做不了榜一大哥,只能原地踏步与梅坡锁死 CP。

月夜游山者的手跟你我一样,有很多细菌。人手,秉握着电筒的光柱,即是"手电光邻域的菌托"。电筒打开的光照区间,在摇晃,照射着大地上的门把手——蘑菇们。切莫像蔓性八仙那样,进错了房间。

在集合论里,邻域是指以点 a 为中心的任意开区间。直觉上看,一个点的邻域是包含这个点的任意集合,并且该性质是可拓扑的:你稍微"抖动"一下这个点,该"抖动空间"不会溢出这一集合。

网页搜索可得,如果 a 为某一实数,δ 是任意正数,开区间 $(a-\delta, a+\delta)$ 是点 a 的一个邻域,则称该邻域为点 a 的 δ 邻域,点 a 为这个邻域的中心,δ 为这个邻域的半径。

综上,"手电光邻域"应如何理解?

以月心为原点,设手心到月心的距离为 a,手心在坐标轴上的位置记作点 a,设手电光抵达的最远距离为 δ。手电光可以背离月亮,也可以指向月亮,前者记作"$+\delta$",后者记作"$-\delta$",前者表示在"手⇌月距离"a的基础上增加了一个长度"δ",而后者是缩短,则(a-δ, a+δ)是点a的手电光邻域。

建议文艺协会成员们平时多找找与"邻域"相关的谷歌图片看看,润润眼睛的嗓子(与嗓子眼构成了莫比乌斯带?),不然头脑里始终会缺一根理科筋,遇事不决都没法"量子力学"。

何为"抖动空间"?牛油果的核,是内部随机一颗细胞点的抖动所能抵达的最大区域。它有1亿个细胞,那么每个细胞出来走两步,其中最大的战栗,就是核的最终体型了。核是牛油果的子空间。

内蕴着2n-1根触须动感的蚁窠附近,遭露珠"combo 3"击中颈纹、翅痣的熊蜂。空中,拢共滴下三颗露珠,熊蜂背部有两个球门。颈纹和翅痣的比分是1:2或2:1,其中一处被"踢进"了两次。颈纹是什么?是靠近熊蜂脖子的花纹,很多蜂类身上都有的。你没有那是你的事。我很少看到"山林杯"的现场直播。凌晨三点,熊蜂飞过凉荫的时刻,鲜有谁问津。

百度可知,触须就是触角。为什么不写"触角"?因为前面有个"天角",重复了。而且,"角"这个字很特殊,短时间内使用第二次,得先把刀"⺈"拿下来(磨一磨?)才能"用"。天角太高了我爬不上去,即便把自体转化为葡萄藤找座高山,往过路的飞鸟身上搭架,我也上不去。这就叫没"用"。找"天角"借一个"用",我才有"用"。

为什么是"减一"而非"加一"?这表明,原本是2n根触角,后来少了一根。它对应着触角从根部断开的那个时刻。不可能是"加一",因为蚂蚁身上不会突然多一根触角。你是奇异博士吗?走大街上,日(第二声,出自赵本山小品"有一只老虎,被蛇咬了一口,老虎急了,就想把这蛇踩死,追啊追追追,追到一个小河边,这蛇,日<rí>,钻水里去了"),额头多出第三只眼睛?

后来想，2n±1是什么意思？这个"+1"不是加在蚂蚁身上，而是加在蚁窠里的食物身上。在 n 只蚂蚁，2n 只触角都在动的情况下，把仅剩一只触角的昆虫拖进巢穴，它一会儿动触角——2n+1，一会儿不动触角——2n；结合前文，三种情形"2n-1""2n""2n+1"都囊括进来了。

严谨起见，若要将"2n-1"与"2n""2n+1"真正并列，需把前文"减一"的可能性也"拖"入当前的情境中，即在昆虫的触角不动时，这只单触角蚂蚁可能动触角，动则"2n-1"，不动则"2n"；而在昆虫动触角的时候，该蚂蚁一定不会动触角，这种情形，其实就是式子"2n+1"描述的情形，此时，从巢穴里移除这只单触角蚂蚁，不影响最终输出。

"触须"比"触角"好在哪？我偶然发现，"彡"的形状很像触角，同时，它的笔画总量是个 2n-1、2n+1 式的奇数，"彡"是"须"字本身的触角吧？以此类推，部首是汉字的触角？比如不知妻"美"的"丷"、"キ"——蚱蜢偏着头探查树后有没有鸡，夜间"豆"科植物里生活着食害嫩尖、花器和幼荚的虫一家三口，大抵是银纹夜蛾吧。

以广启智识之名，行"固新体之旧"之实的演说咖们，在讨论非争议性公共议题时，若遭人撕开宛如谷爱凌自由滑雪般高度流畅的吐字嘴形，撕裂一身 KINFOLK 式性冷淡风举止、语调、穿着（或称为"文化得道者"跳大神专用服——"天仙洞衣"休闲装？在简介中直接写：私は〈我是〉衣品走山本耀司路线的小说家、书评人です？），揭开后脑勺、肩胛骨、脊柱，将不失所望窥见露红烟绿的肌肉里"气缠霜匝满，冰置玉壶多"，不会对野诗人笑的——下颌线、反射弧、颈关节、食管、消化道、大小肠、腹股沟正唧唧瑟瑟作自我陶醉状，对着用来立人设的镜头，云"天堂应是图书馆的小样儿，买四送一的韩束高保湿弹润水小瓶装赠品""书籍是破（pè）开婆媳冷战冰原的大榔头""微博标签#TLY#底下没有新瓜，就像存在于出版物上的历史是一方不含太阳黑子的永久可沉浸空间"（历史的天空不会打雷，但此时此地的天空会），如此偏执想以"书"为锋刃让它按照自己预设的角度切入现状的人，对互联网信息的处理速率并不见得优于笔者。手机是体外器官，它是人群内景的投射，而我向来比大多数人都擅长在这块黑色屏幕上摸索到一些通幽的曲径、通往桃花源入口的水路，我的写作没有经过任何一本纸质或电子书，只是在站点的万千次跳跃过程里获得了自然的动力，难道如此种种，不能算二十来岁的入世深度的一部分。"撇嘴"出自《红楼梦》"翠缕撇嘴"，"丿"像根待撇的柳枝儿。

Ta们过嘴瘾式的"指点江山"与程序员编写的EDA芯片辅助设计软件、Adobe系列软件，谁在提供更具体的生产力呢？前者在人类社会里永远不会少见。

倘若，"真理感"比"真理"本身更重要，那么就可以借着这层被"错位"打开的"滑膜"区间，用权威性的口吻置换掉跟随者本来就低饱和度的内景，代为定义"真理"了。文科诸众没打开自己身上更"特异"的现实视角，所以轻而易举被赋值。花了很多年也没把个人系统预装的各种能力组件——整合优化到可以为社会创造价值的程度，大概就是会慢慢变成逢人说项的"人间清醒学家"。

那些人精神上的故土似乎总能无缝接壤，乃至今人情绪里的每处抑扬每处顿挫都好像有它明确的历史沿革，用最大的呼吸器官叹息时的乡音也不会偏离"主轴"多远。智识分子们深耕书山到一定深度了，都是同频的收音机。你采访他，被采访者随口一说的人名你恰好就认识，博学得刚刚好？我想到化学溶液的饱和度，同质的意思是蒸汽饱和了，任你躲在哪个角落都会被渲染到。

不喜欢碰到一个人，肌肉里"遍地"都是智慧结晶，这都没预留给人，无所事事的部分。世界需要大量的格局、大量被头部系统定义后交给腰部分支机构加以验证的特征、大量互相约束的礼节、大量宜与忌、大量的绕口令式书评，似乎人们必须竭尽全力去建立这样一个远远高过单体承受力的文科系统，雄赳赳气昂昂耸立在那里，用可无限叠加的学说去凌迟个人脑海，直至独自写诗的青年从精神上死绝。这些分布在全国各地的写作青年，大概从未意识到异地另一个自我的存在。

明明有极度爆炸的现实正如地涌般层出不穷、蓬勃扩张，消音了不能为品牌提供增益的那些不和谐的外行写作人格之后的尔等颅内却只备着看似格局宏大广开言路每天都在与世界各国接壤，实则偏安一隅故步自封看人下碟思维模型如套壳截图般线框分明的对"当代性""一代青年的命运""美学的温度"等词的阔论稿（这三个词是笔者临时编的，这样就不会显得在指向哪些集团了）。它们逾越不了现实本身，只是终期于尽的信息瀑布之一，无异于今日头条的社会新闻。没有真正吸食着绝望度日的人便只能边说边笑，在社会上插科打诨，一个一个问题都用谈话的方式解决"过"了，渣都不剩，成就斐然。一旦撤离书本，诸位仿佛就活不进自个儿肉里了似的——遑论迈向骨头。人格逐渐沦为一个扁平化页面的你还能在手机客户端供应新的睡姿吗？腔调之灵离骨架越远，可附体的对象越俯拾即是，同质化分身多到用不完。毒液吧，一摊烂泥。爱用文学酱缸腌肘子，想让脑中的坡更有"层次"地入味儿以令自身像一颗舔尽先贤光辉的蓝锥石那样镶嵌进历史冕旒的教授们肯定不知道我上面几段话引自束皙《醉骨》，你没读到嘴的——仍未凝华之书，不是因为它糟糕所以无法加入公演，而是它距离地涌更近，已提前被作者自己用上了，作为"小型避难所"。那些用来连接粉蒸肉与碎排骨的竹筒内膜——像刻光碟般对自己人生忠实的记录，无力跳过的那些在脉搏里扎过根的痛苦，反倒因为这无力而不至于裂解得再多一步。短期驻村体验高级共创生活的你怎么不常驻低学历人口混居的酒店地下暗室呢？刚从墨尔本回来的女性在前台"check in"，那是不可能从地下空间的任何一张嘴里发出声的两个单词，而电梯只通往高处的大床房。不过几步的排队距离，却等于四十多年的奋斗时光。吾等虽在床位上并列如菌落写满了字典，却还算不得真正的矿。等待被穷病撕下的那页，是来自贵州的廉价劳动力。地球文学研究师们，只是作为人类社会角色的构成部分，找到了自己的机位，站上台吆喝几句而已，换个际遇仍然是足食发酵员。别不信。

21世纪的老坛酸菜面饼包装袋上的100g±5g是什么意思。净重100g±5g，是指这个玩意儿的重量在100−5=95g到100+5=105g之间都是合格的。所以，2n±1是个区间，而不仅代表2n−1或2n+1两种情况，它已经包含了2n。

为什么排列方式是树冠、山顶、梅坡……岩麓？因为树冠比山顶更高。不存在什么往深了讲，一般，嘉宾都是往渴了讲，那些发布会上的专家，甭管他讲什么，只要人还喝水，讲话都是往渴了讲。往雾了讲，就是往惬了讲，雨刚停，天地一新，心中满足，有个词叫"惬怀"。往幽了讲，通常就是往僻了讲，往鸟不生蛋处讲。鸟道即蛋道，鸟停下生个蛋，就是给鸟道打个结，系鞋带似的，系完了会更方便跑、飞。往鸟生蛋处讲，那是往鸟的屁股后面讲，不雅。所以，我们一般不往闹了讲。

我们往嫩了讲，它其实是"山顶"这一局部里——更具体的被我们称为"山顶"的那部分，"山顶"分为叶梢、草尖、花冠、虫背等事物共构而成的"浮动面"山顶和低于叶梢、草尖、花冠、虫背等事物的附体在基础土壤层的"元"山顶。前者风一吹就会变形,后者较为稳定。

山顶的流水不止来自降雨,高山像冷凝塔,空气路过时会被搜身取走水分,搜的次数一多就化零为整、集腋成裘了。

为什么是"手电光"而非"电筒光"?2022年5月中旬,打开via浏览器键入词语,能在首页快捷搜出百度图片的是"手电光",而非后者,我想让读者(或称用户)更为直观地理解——秉着手电光夜游的场景大抵是什么样,所以,它需有一搜即达的空间感。照目前这种背靠浏览器实时搜索词语进行小说写作的方式,不可能不对最终键入文档的词条做出对应的优化,不然别人都不知道你的细节是怎么来的。一个词,不太像文学家会用的词,那么它指向的到底是人类历史上的哪片星空?总之,我会基于最新的SEO技术告诉给大家"速度更快"的词是什么。我的用词大都是能直接在网上搜到的,它们可以比未经打磨的词语更快抵达"出处"。但这不意味着笔者的词汇量就是小到可怜的那种,我只是侧重于"有迹可循"。那种随便捡俩词儿填进文档的做法,是个人都会,我做的是堆叠,是给本地词库,外接图床。其实在我的理解里,很多词的本质都是画。至于自造词?偶尔会这样的啦,目前还没有词汇自造常态化的想法。我觉得,现代人不大熟悉的很多非常用词汇,其实会给人一些新的灵感。这些生僻词都还没用完,学那些人造新词,搞什么呢?现代人的生僻词也不等于古往今来的生僻词。我这里说的生僻词,当然不会是"歧异""统摄""悬置"这种我会故意用进小说里的词汇。

不用"电筒光"还有个原因,与潜在的"宿存萼筒"(备选词)重叠了个字,我造句时本来想加入这一构件。这是我最近特别喜欢的词,推荐给大家,敏感肌也能用(抖音哏)。

离过滤嘴约五拃远的植絮在贾岛"题李凝幽居"(直接写在竹门上)的当时比今夕净白得更像二氧化钛,闻着像南宋的滴酥。拾起来把它给吃了，你将有种舌尖处在云端的错觉。那不是口感本身，而是与口感对应的食物肌理——里面潜藏着的，还未滴沥尽的惯性。它才着陆，以为自己仍然在半空飘荡，你吃的不是食物这一刻的时态，而是半个小时前的时态。表面上看，它已经落地了，其实口感还在飘，你吃到嘴里，也需要经历一段它徐徐降落的过程。终于，半小时后，你感觉它落了地，然后你尝出，你吃掉它的那一刻，被嘴咀嚼的压迫感，以及吞咽后，齿颊间类似于"口感"的翻然的惯性。你的"口感"中的你的口感，对应的仍然是植絮身上半个小时前的时态。所以你明白吗？有些东西不能乱吃，一吃就会滑入德罗斯特效应。

真要类比的话，那种不算口感的"口感"更接近杨万里说的"似腻还成爽，才凝又欲飘"。

猫吃了一个什么，会有种食物仍在折返泳的感觉吗？给你带来三文鱼初始口感的实际上是食物的肌理，是细胞壁破碎的形迹，是宇宙的部分结构。物质相撞发生湮灭的过程中，能量级更高的物质一般不会说话，不然容易呛到。所以宇宙好安静，它大约再过一个小目标秒才会说话，一个小目标秒对我们而言是四万亿年。

既然凤梨罐头载录到我们嘴里的可能是上星期的时态，那可以放心大胆吃过期的食物了吗？因为永远不会是此刻吃了坏东西的你拉肚子，而是嵌套在你之外的人，拉肚子。你是第一个触发德罗斯特效应的，你应该在最里面。

上面这几段文字，我不用单双引号或上下角标来注明"你"是哪个你，会误导你吧？其实说句良心话，最好还是不要乱吃东西，因为吞食了特定物质的你会在（以此刻为原点）半个小时后把当前的自体完全"推往"躯壳外面，成为嵌套在（以此刻为原点）半个小时前的你之外的"你"。

迷途的柳紫闪蛱蝶怯生生斜瞟着 SUV 雾灯——要注解的是"斜瞟"一词，小说中的"辽宁"不同于王大拿破产的那个辽宁，在这里，蝴蝶复眼像防滑瓷砖那样平铺在翅膀上，呈十四边形、八边形、六边形、菱形、三角形等排列方式。它们，可用眼睛增强飞行时与空气的摩擦力，眨得越快越便于急停。

所以"斜瞟"的意思是，打开 SUV 雾灯，从光柱里取一根**起始点最接近雾灯核心的射线**，把它定义为中线，此线与复眼所处的翅膀平面构成的夹角既不是 90° 也不是 180°。"斜瞟"本质上是**线面位置关系的一种**，缪佩蘅把车停在山上，并没有开雾灯，但这不会妨碍"我"判定出——刚才那只蝴蝶在斜瞟。前文说"打开雾灯"只是为了方便找参照物，增强叙述画面，是假设，**非实然**（意思：并非现实存在的实际状态、样子）。

途——余左边是一条迢递到远村的小路，它从雾中的走之底上飞回来，到余右边怀有敌意——**斜**。

在最初的设定里，缪佩蘅是"一身酒气"出现在《仪式》首段的，想扩写的是"车载……酒气"，而非"车载……脑波"。

拉丁学名是生物学术语，即根据国际上制定的有关生物命名的规则，对各物种（动物、植物、细菌等）及其他各分类阶元（界、门、纲、目、科、属等）所使用的科学称谓，统一采用拉丁文或拉丁化的文字。例如，在东北被称为"鲫瓜子"的方正银鲫的拉丁学名是 *Carassius auratus gibelio*。谈到拉丁，我就忍不住想到"簇"。簇（Variety）取自拉丁语族里词源（Cognate of word）的概念，有基于同源而变形之意。

大可不必搞得跟我已经全都懂完了似的，只不过是在搜索"代数簇"时偶然碰到这么一条有点 Charming 的概念，随后弱弱发现还挺适合用来描述《仪式》里局部文本的造句向度的。对笔者而言，这种"偶然"多到飞起。

其时，远踯的春雷依稀可闻，仿佛勃发于地下。勃发有旺盛、突然发生之意。最开始，笔者是想把文本舵导向与"传感"相关的设定，所以写的是"仿佛传音入密自地下"，斟酌再三，用了更不像病句的表达，也就是各位看到的这样。传音入密在武侠里指一个人可以使用武功发音，使他的话仅被在场的特定对象听到，其余者皆不可闻。这意味着缪佩蘅不一定听得到那些雷声。"传感"的定义涉及"非感觉器官"，百度可见详情页。

远踯，出自古诗"停镳休远踯，呼酒涤烦襟。宿鸟喧云堞，飞鸿掠月岑"。镳，读作 biāo，马嚼子。

（一拍大腿）笔者差点忘了"其时"。其时，那时，在两分多钟里、罚站的此间。"其时"不是一个点，而是一条线段。设想世界上存在一片"罚站之塘"，时间的流动是波纹状，水心层与外圈层的无聊感是环比增长的。水心是第零秒，越往"两分钟的边缘"罚站我越觉得堤上的柳丝是在朝我招手，想系我这叶扁舟。"你想得美"，真想这么回应。柳丝是另一块时间大陆上的……"话事人"？不远处的松梢憩着三只"东星乌鸦"。既然有"罚站之塘"，难免会有这片池塘的上游原料——"分心之鳞云"，后者会叠加水的宽度，遇到"老师"这团冷空气时会变为雨滴沉降下来。所以上课别走神。

以示踪信息素漆出极纤细的纹路，请思考如何由线索"341124"得到数字"1257911"。提示：以→1，漆→7。

蚂蚁爬出的轨迹，多半是旋梯。它们练习在树的表面写生，爬来爬去，试图以集体之笔刷建模。每只蚂蚁都是一颗像素点，用感官体认了一小部分世界。倾巢，到那个顶着鸭苗亦让青的一丸凉月——时有山风掷果的社会上，感知树皮每一处细微的起伏，如同激光读取 CD 每个小凹槽里载录的信息，有音乐在它们心底绽放了。

树皮上的起伏可能是山风吹的，也可能是掷果产生的震动造就的。普天之下，月光朗照之处，莫非"社会"吗？栖星梨露、扶芳桃蕊是蝴蝶要迈向的社会。

　　树冠示踪信息素之径的意思是"打包整棵树送给你——好吗"？

　　这个"？"是双面胶，一面粘着"好吗"，另一面粘着"意思是"，两个都是问句（有螃蟹夹的感觉了）。

　　说到"夹"，我想起此前忘提的"遭露珠击中背部的熊蜂体表的泥泞（程度）不亚于显微镜下任何一只赤腹窗萤的胃壁"，这里"（）"看起来多余，实际上由于我内部说话的人跟范伟饰演的王木生一样是个夹舌头，虽然我平时念文章还算标准，但我内心独白都是"七百七十七万零六毛→欺负欺负欺负人"这种处在转化器输出端的糊状口音，所以此处的"程度"是被我这完蛋口条一带而过的话，很多打括号的内容都是这么个用意。赤腹窗萤，网页解释是在晚窗前适时出现的萤火虫。顾名思义，细胞壁嵌着一扇窗户，它们的呼吸和存在感要先从自体的深处飞出，再飞进这个世界的春夜，现身于你的窗前。这个时候，窗户兼具从外部打开与从里面打开的功能，像游研社说的"装有双向铰链的门"。涌出你家窗户的穿堂风，把萤火虫体表朝外开的窗户带得关上了，接着向内推进去。繁星满天的世界绕远路翻转时，不得擦到那朵名为"斯梅尔悖论"的云的金边儿，亦不可触及唐时《庄子注疏》"环之相贯，贯于空处，不贯于环也，是以两环贯空，不相涉入，各自通转，故可解者也"的页角。

　　文章中"露珠……熊蜂……胃壁"整句话的来源是欧阳修的"蜂茸露湿黄"。我看到《小圃》时，不由猜想了下诗里是什么类型的蜂，接着便 Biubiu 写出这么一串句子。此外查到部分陆栖幼龄萤是肉食动物，会吃虚弱的昆虫，趁其不备"tiāng 一针"注入麻醉剂（装作好心搀扶老伯伯，实则是瞄准了刚从银行取完钱出来的他的钱袋子），所以"熊蜂体表"与"窗萤胃壁"的泥泞感后来是接了壤的，体表贴着胃壁，正如春天的底面积与露珠的表面积的关联，笔者在此用的是内切圆式的视角。何为"内切"？百度百科有的。"tiāng一针"是我们这里的方言，不解释也能懂意思。

"接了壤"与"接壤了"都能说得通。但"是接了壤的"比"是接壤了的"更容易让我联想到人前炫耀的口吻——"有一说一不怕告儿你，我太爷爷的膝盖跟曾国藩皂靴前的泥巴可是接了壤的""是在玉墀阶上，亲脚刮下来的泥巴"。

诸如上述这些——貌似可有可无的附注，是为了以后回看的时候，能朝着某个方向深想一下。对读者而言"有揿用"。所以如果看不进这些语句，不妨到这里就结束全文。

抬头数米高处，白蚁刻画的纹路踏出了往云雀身上散失的第一步。"往（ ）散失"，括号间内容本想在"夜扉"与"天角"里二选一，后来换了更小巧且更具体的"云雀身上"。先说"夜扉"，既然发生在月夜，那么无论是栀子花香、小鸡哈欠、树脂气息还是狗吃蚕豆放的屁的散失，所有散失都是往天亮了散失，是不是这个理？往东南西北任意方向的散失——都是往黎明处逼近了一点，所有的失眠都是往天亮了失眠。"夜扉"是有出处的：孤月当楼满，寒江动夜扉。委波金不定，照席绮逾依。

当我在说"天角"的时候我在想些什么？兰皋。百度释义是长兰草的涯岸。我一直觉得，它挺符合那个空间的意境，仿佛存在一座浮屿，收梢处如同指天的牛角。"散失"可换成"梦游"，这么一换，再读前文会怎么样？所有梦游都是往天亮了梦游？通式我已经给出，看的人只需自行找词代入。

……想是有来自季节深处的谁揎素手在折了。前文铺垫那么长的"?""螃蟹夹""窗户"……大概相当于持续的隐隐使力，为了往这句话身上靠。知道"图灵归约"吗？你看过前面好几个例子，这里不难按图索骥吧？先问"云想衣裳花想容"的"想"是什么意思？看见云朵与花就想到了衣裳和容貌，看到容貌和衣裳就想起花朵与云，四者交相辉映，恍惚有"醉后不知天在水"之感。"想"字可正可反、可推可拉，谁接在"想"字前面，谁就能跟"想"后边的嵌段构成协同"唤醒"关系，像是连通器或逆否命题，颠来倒去造的句也会全部"等高"。

白蚁刻画的纹路踏出了往云雀身上散失的第一步，想是有来自季节深处的谁擢素手在拆了。来自季节深处的谁擢素手在拆了，想山间应有白蚁刻画的纹路已经踏出往云雀身上散失的第一步。由动作到现象或从现象到动作，添入一个"想"字即可调转念头的发生顺序。擢的意思是伸出，擢素手是伸出干净的手。

满树花朵冲着盒口敞开的向度盛绽，多少公顷旖旎……你若尚在场，春天该是全方位、多层次、宽领域、广角度、立体化生根发芽打苞开花，要真正把战略和引爆行业的目标绑定就得通过三板斧加持影响力并在解耦商业模式的同时反哺耦合性打出组合拳，以结果可量化为驱动因素来实现对生态闭环的聚焦，要明确使用标准域赋能深度作为衡量占有率的标准，真正的共创感知是在构建行业壁垒的愿景下通过对焦方法论来克服行业束缚等障碍，通过复盘结构化把每一次的维度梳理和纽带兼容都落实到位，融合载体加对齐结果导向是实现持久收益的主要手段，但也不能忽略沉淀腰部内容颗粒度的作用，集成响应漏斗与量化场景仍然是达成引爆行业的主要路径，亮点是完成率，优势是支撑去中心化能力，面临的挑战是认知局限，达成品效合一的核心方式是快速跟进并扩大集成规模，但梳理载体只是手段，分装感知才是目的。她每拆一个快递盒，山花就怒放一波，搞得跟得先有那样一双手在季节深处打个样儿，花后面才知道怎么开似的。

我想到催单了。示踪信息素之径,是在用一种比较传统的勒,来督促花朵盛开对吗?切叶蜂为何切叶?某棵树上的"电锯惊魂"放完后,花比正常情况提前了九天开。感觉像是在前不着村后不着店的荒郊送完安娜贝尔公仔,惊慌走出院门把电瓶车骑走的闪送员——赶紧把花放出来得了,绽放完春天这单,今年就不做了。

网搜"Consuelo De Moraes"不会获得下列信息:熊蜂个体大、寿命长、浑身绒毛、采集力强、飞行距离在5km以上,对蜜粉源的利用比其他蜂更高效,某些植物的花只有被昆虫的嗡嗡声震动时才能释放花粉,这使得熊蜂成为声震授粉作物如草莓、茄子、番茄等的理想授粉者。

离醋纤过滤嘴约五拃的植絮净白得像二氧化钛(TiO_2),闻着像南宋的滴酥。其实我最初想把后边这几个字塞进括号里写成"(闻着像南宋的滴酥)"——若不是前面已经用过括号"(TiO_2)"。你很难腾出一个位置,让"闻着像南宋的滴酥"在我的语感里坐到上席,它是小孩,站在圆桌旁钓鱼还差不多,会偶尔躲到大人身后去。站在桌边拿筷子"夹菜"是钓鱼,那么,要是筷子夹的刚好是盘子里的红烧鳊鱼,就真成钓"鱼"了。

"闻……酥"这几个字在笔者心目中的赘余度为78(2021-2022赛季威斯布鲁克代表湖人出战的场次是78,NBA常规赛总场次是82。78/82,快饱和了),我想在此加入一个可实现"点击折叠"功能的交互控件,比方像"离醋纤过滤嘴约五拃的植絮净白得像二氧化钛(TiO_2),⊕,迷途的柳紫闪蛱蝶怯生生斜睨着SUV……"这种,长按"⊕"会出现对应文本,松开则自动折叠。私以为,这样折叠一部分"赘肉"代入原文再读,才会产生某种一气呵成之感。笔者更想实现的读后感其实是一气呵成,但我遏制住了自己的RAP本能,表意优先。没有人会特意发出"⊕"的音,螺丝钉似的,怎么读,你告诉我?默读到"二氧化钛"这里,开始用意识的起子逆时针速拧内心的一枚螺丝钉，发出"gie gie"的金属被拧时的不情愿声？持续两秒，才接着读"迷途"？

这个时候，我觉得元曲好的地方就显出来了。在此卖个关子，未来会回应此句。

气根的作用是支撑攀缘植物做引体向上。从音箱尽头的双人广播间传来《自旋的星星是有人在拧动的门后把手》不知第八还是第九期的节目内容，像米兰的小铁匠铲着木炭不停往车内的我们耳旁堆放。我不说永远不会有谁晓得，我当时想到一句歌词"依旧在放"，原以为是《浪漫手机》，感觉似乎能化用一下，砌进文中，然后就跑去查周杰伦所有的歌词，找到一堆"放"字，很多都不适用，搞得我都快"放"弃了，不过是写几十字而已，关于车上在放什么的，用得着分心去花个把小时，冒着最终还可能根本找不到称手元素的风险，以9:1的"投入：产出"比浪费时间吗？结果，只能说靠运气，好在我找到了《米兰的小铁匠》里的"放"，然后裁剪磨削后，运用得当。不然那些时间真的，没法说值不值得。

"电视墙吵杂的情歌还在拼命播放，我安静在闹区等来电铃响。"

"木炭一箩筐，木炭一直放，木炭剩一半，火炉烫小铁匠存钱买期望在流汗。"

两首歌的歌词如上。

明眼人看得出，我还在原文缝合了字句"一本名叫半岛铁盒，放在床边堆好多，第一页第六页第七页序"。你不妨就地搜索一下《半岛铁盒》的歌词——正因为它起头就是"走廊灯关上，书包放"，所以我蛛丝般的手中线，才可以更容易串到远得刚刚好的距离，恰巧钻进那星针孔。比"水之呼吸十之型生生流转"还更带感的文山笔墨让我的韵脚在"走廊"上停住了片刻。这个"放"字，像走廊尽头的亮窗，也像钥匙指捏端的椭形孔（供钥匙扣穿过的空洞），只不过没有"锈好旧"。

"方文山"让我联想到东北的放山习俗，想到上世纪六七十年代，在集体经济模式下，祭拜山神、拨草锁参的那些乡民。

还想补充的细节是，我发现自己一直都记错了《夜的第七章》"Far farther farther far far"这段，它不是中文"放"的重复。

写毕，我想知道铁匠用的是什么木炭，以及"风箱"能不能加入"车内"，便跑去搜了"木炭"，发现有种叫乌冈白炭，优点是燃烧时间长、不冒烟、无污染，敲击有金属钢音。这个"金属钢音"会给我一种周杰伦《惊叹号》的感觉，与船锚相关的那类印象。想听《琴伤》了。梁心颐我大学时喜欢过，虽然歌词含"放"的是《当秋天遇上秋天》，但我更喜欢循环的是《我不再怕》——周杰伦后来还在《麦丞玮》里用了她这首歌的伴奏。

车顶积水里倒映着一轮蓝月。"蓝月"即满月，不是葭葭灰"装备回收造一只鼬，点一下玩一年"那个。百度"葭灰"可知：古人为占气候，会烧苇膜（芦苇秆内壁的薄膜）成灰，放在密室里的十二律管之中——律管有长短，气候更迭会使不同律管中的灰飞动，借此可知天时。类似这样的信息，很多都不是本本分分待在首页的某个词典网站里，静待我原文引用的，笔者做了不少的整合优化，为此可能要多花数个小时。即，为避免用户产生"搜倒是搜了但我看不懂"这种体验，我代劳了一些思考过程，先跨过了那个理解门槛，我要是有口无心放上来，百科内容的错误率很高且不论，这首先是对广大用户的极其不负责。

"蓝月"的百科简介：*它与月亮的颜色无关，年历里有两个满月出现的月份，第二个满月被称为"蓝月"，一年有12.36个阴历月份，因此平均2.7年才有一次"蓝月"。*

让我们看看这俩数字是怎么来的——你可以先不看这个计算过程，先独立在数字12.36与2.7之间建立联系，算是考考自己吧。

请蒙住后面几行，自己想一会儿。

接下来是我的推导：

假定一年 365 天，一朔望月 29.53 天

则 $365 \div 29.53 \approx 12.36$，$1 \div 0.36 \approx 2.78$

不悦的点主要集中在瞑氛淤积的低坳地带，下坡过程里，车外方向陆续溶胶化，贾思勰说的"潼溶"、苏轼说的"湫隘濛晦，真蜑坞獠洞也"，不外如是。

迈：英里每小时——mile/h，25 迈约等于 40.23km/h。所以"每小时 25 迈"的表达，是错的。

对于 f(x)，我这里是截取了 x 在 [−2π，2] 之间的函数图像，作为鸟道的起伏描述线。

对于 g(x)，当 x 处在 [0，10] 范围里时，最高点是 g(0)，即(0，18.441)，这是车最初所停的位置，那附近有棵树，冠幅比山顶的那棵还宽四五米吧。缪佩蘅是在(0，18.441)处被斑腿小蹦蝗借力的，这也是《仪式》第一段文本从属的坐标。车还没动的时候，我们在一个点上。

随着时间的推移，SUV 来到 g(x)的第二个高点(3.380，18.135)。第二个高点不等于"第二高"的点，在 [0，10] 范围里共三个高点，(0，18.441)、(3.380，18.135)、(9.472，18.335)，不难发现，第三个高点才是第二高的点。

瞑氛淤积的低坳地带，含有函数图像里的最低点(6.368，12.115)，后面这个数字"12.115"是 SUV 抵达的最低海拔，简称"车辙里的小矮子"。《仪式》的第四段文本，徐徐驶过了坐标(6.368，12.115)——ᘛ⁐̤ᕐᐷ，它同时也是"下行云朵"路段的结束点，再往后是"上行云朵"了。《仪式》每一部分的描述都与车辆当时所在的某个坐标，严格对应。

SUV 即将驶向第三个高点(9.472，18.335)，它是卡车侧翻时

的坐标。卡车侧翻在这个点上，当时 SUV 还在爬坡中，能听到前面出了事，我们的海拔快接近 18.327 了。

"离菌典水库还有四公里"的"四公里"是指 x 轴方向上的水平距离，所以并不意味着，林志玲下达完指令后，全程就只需要开十几分钟就到了。

如果网大想花几个小目标把我的小说改编成贺岁片，建议视窗外部的人们从这条 g（x）函数图像身上着手，首先进入镜头的是*三个波峰、两个波谷*。三处高点——每处都长着一棵树，镜头缓慢拉近，与 SUV 行驶的方向垂直，迫近我们的脸，特写颈部的摇晃，观众的视线穿透车窗，往背景深处眺去，发现遥远的山顶有棵树与车后座的我等高，偶尔会在我惯性前倾的时候，像填空似的，直挺挺来到身旁，同我并排坐——四座 SUV 满了。三个高点像存档点，两两错位的时空感"车"出的裂隙会和第三高点互补。

上述这些数字的单位刻度是多少？若横轴单位刻度为"500"米、纵轴为"100"米，则 9.472 是 4736 米，18.335 是 1833.5 米。辽宁没这么高的山（百度可知最高的是花脖山，1336.1 米），"梦中的辽宁"说"这个可以有"。单位刻度任君自定义，只要不是太夸张。"4736 米"的意思：与出发地点的横向距离，接近五公里。横向距离即投影距离，设想两地的天空悬浮着一大一小两只鸟，它们的横向距离是，空投到平原上的——影子的间距：

↓　　↓

气体分子涨落原理告诉我，平原上空的两只飞鸟，对地距离通常是一高一低的。上面的简略图，已标记出鸟的高低。接下来，我们不妨移除山体，让陆地上的一切暂时滞空，把刚才驶过的柏油路摹想成"鸟道"——则：

左侧箭头，是位于出发点位置的那棵树在山谷的投影；

右边箭头，是下坡的 SUV 在山谷的投影。

以上分析的是较为简单的状态。复杂一些的情况是，g（x）的函数图像是行程的侧视图，是∥人脸、⊥视线的巨幅投影，SUV 可以基于函数图像上的一个点，朝着"更远端"的空间行驶，那些路径"垂直纸面向里"。大家都做过物理题，小球在斜面"◣"上匀加速滚动，若我们的眼睛固定在侧面，看到的只会是"↓"；由于看不到正视图，将无法认清——小球其实是以着"↘"的轨迹在运动的。g（x）可能只是途径的分支，是一种纹理，但这个可能性并非100%，因为 g（x）仍有一定的可能性是"The Only Answer"，SUV 真有那么乖，真就只贴着一幕巨型橱窗玻璃，在如削的平面上行驶，丝毫没有背离路人的眼光、向内偏移的倾向，g（x）统摄着所有视图角度上的路线函数式？

这个"纹理"类似于剥皮后一眼看到的橘络，而真正的路线早已植入柑橘本身：往内部递延的柏油路。

更不必说鸟道 f（x）了，它没可能锁定在"纸面"这一模块，跟条 Nokia 贪吃蛇似的无论阴晴圆缺都恪守上、下、左、右的移动逻辑，在高墙般的天幕，颉之颃之，它会有逼近、远离仰观的人脸飞行的情况。设想，贪吃蛇溜进手机屏的深处吃方块，尾巴末梢"■"在界面中心闪烁了数秒后终于像转向灯般熄灭（"■"闪烁的本质是贪吃蛇往内部潜窜时的像素块卡顿），身体位移轨迹⊥钢化膜、锁屏壁纸、状态栏通知、华为底部上滑可调出的服务中心、今日头条新闻瀑布流、讯飞输入法皮肤、小程序广告弹窗、红包封面、直播间至尊礼炮……最终因撞上芯片晶体管附近如狐狸娶亲仪仗队般褪威盛容、言笑不苟的偷跑隐私数据组而 Game Over。鸟道对应的函数式存在于三维立体坐标系，而非平面直角坐标系。这里，f（x）是鸟道分支的可能性则是100%，没有其余的可能性分走此数值的局部。

过往的任何文本，都能被"复调"（所有实数都可以写成"z=a+bi"的形式）重塑于虚轴之上？把湖面的睡莲重新打开一次？而非从门外把门锁上，让后生只能隔着架满铁蒺藜的厚墙听个（枯荷）响儿（先生何不绕着屋前屋后的围墙搞流动讲座，在四个方位角上，各放一屁？）。

你读过《开藻看云录》吗？

藻，多年生浮水草本。意为：把水草拨到两边，看河里，原本被掩盖住的云的倒影。

抽毛尖般从山顶的季节身上抽离的杨稊、柳绵、花丝、树露、稚鸟鼻息等插件，跟徐凤年头一遭跌境似的，挟着月白对潇潇暮雨的惨胜状……

花丝的长短依植物种类而不同，通常，同一朵花中的花丝是等长的。十字花科植物的雄蕊被称为四强雄蕊（Tetradynamous），即一朵花的六枚雄蕊，四长二短（怎么选？）。

高树露，大奉末代皇子，问道之争败于徐凤年之手，形神消散前，赠予后者天人体魄。

"鼻息"前缀这儿有考虑过"栖鸟""宿鸟"……总之是不会飞的鸟，能定在那里，符合行文需要的，后来意识到唯独"稚鸟"具有植物的持重感（宠辱不惊？），不会因雨后空气中悬浮着小水滴，光线的折射次数远比之前多，月亮色泽的层理丰富度激增，闪到眼睛，"鼻息"就变成了"飞鸟鼻息"。即便受到惊吓，它也会像颗小板栗老老实实待在巢中。

"不会飞"有两层意思：它不会飞；它会飞但不因为受惊而飞走。

挟：挟飞仙以遨游，抱明月而长终。

"徐凤年"这句话原本写为：跟徐凤年头一遭跌境似的，挟着月白对潇潇暮雨的惨胜状,落魄堕往败叶微脱、幽芬堪折、雾锁流萤湿不飞的波谷。后来想了下,让败叶微脱、幽芬堪折空降为后文"花木"的前缀。落魄堕往波谷、微脱、云朵、浓缩、结果、颠簸、蕊垛……可能有人敏锐察觉到了,那几段文本——前后近一千字的范围,其实我都蛮想玩个远程押韵-合并同类项的结构出来,后来觉得这太刻意,于是作罢。同时,落魄堕往败叶微脱、幽芬堪折、雾锁流萤湿不飞的波谷与以示踪信息素漆出极纤细的纹路,请思考如何由线索"341124"得到数字"1257911"是一挂的,我们也可以通过前者,得到两组相互映射的数字。

语言所处的意识层面的宇宙与地球所处的天体物理层面的宇宙有什么关系?人类迄今为止的成果都是推进到"某一倍率"的望远镜,从那里出来后的世界是什么样的?从镜筒里脱离再看。

沐着夜晚的月光然而钝口拙腮的人,在缪佩蘅的意识域被称为"弱灵"。

你用人力摘掉了人为的葡萄。"人为"的"为"字肩头、腋下长着俩葡萄(叶)吧?摘掉则变成"人力",它"喝形"默写下了仇敌之名。

象形夺名:依据事物形态特征决定它的名字。曹雪芹《红楼梦》第十七回说"又有叫什么绿蕙的,还有什么丹椒、蘼芜、风连。如今年深岁改,人不能识,故皆像形夺名,渐渐的唤差了,也是有的"。

对伞花烃:无色透明液体。不溶于水,溶于乙醇、乙醚、丙酮、氯仿等有机溶剂。主要用于有机合成及配制油漆稀释剂(我父亲是面壁者的领袖,他手底下好几个刷墙师傅,"三棵树"是油漆涂料品牌,我帮忙拎过桶)。

伞形花内酯：存在于伞形科植物胡萝卜的根、豆科植物多变小冠花的种子、芸香科植物芸香全草中。熔点225~228℃。能升华。易溶于乙醇、氯仿、醋酸。针状结晶（让我想到自己的母亲）。

看见化学物质的相关介绍时，我常会联想到爱用句号的庆山。

光看这两段介绍，明显后者更柔一些。代入原文再看，无需多言了吧？

结露凝珠：是太极六式的第一式。

杨梯：杨花，旧称"无实芒"。灾民曾以此充饥，有诗"人拢柳叶我无梯，人断柳皮我无斧，杨梯拾得连沙煮……"。

遮挡住全幅月光的崖之悬臂，是整座山峰身上最香的部分。

"崖之悬臂"让人不由得联想到艞板。艞，tiào，两端搭于高处以便通行的长板——单看这句解释，会想到"舟"？但"舟"的意思之一是：河岸总会在远方交界，而不一定需要眼前的桥梁。

既然是"长板"，不如就地向前延伸一下——海上处罚水手的方式之一是"走艞板"，典例如《加勒比海盗》里的伊丽莎白·斯旺。

"木魅石妖莓魍苔鬼"，有没有可能是六面体？

这个问题，不是钝角哏胜似钝角哏，百度"钝角哏"可获悉原理。我们当这是个正儿8经的数学问题，给自己9min（意为九分钟，非"九敏"之英译）想想，看能找到什么答案。

成语魑魅魍魉是三种妖怪：魑、魅、魍魉，题干中只出现了两种：

魑、魅、魍魉里取魅、魍魉→△ 三角形取两个顶点

以此类推：

妖、魔、鬼、怪里取妖、鬼→▱ 平行四边形取两个顶点

石头周围有花木、草莓、青苔，将其视为多面体的四个顶点

2+2+4，总共八个顶点，八个顶点可以确立一个六面体。

妖、魔、鬼、怪一看就是个平行四边形，不服来辩。我国文科中的"六面体"问题通常不是简单回答个"有可能"或"不可能"就结束了，它默认要学生用纯汉语画出来并保留作图痕迹，也就是你得用遣词造句的拉扯感，给出这个点的起源，然后才可以将这个点作为六面体的一个要素。随手从线段上找八个点来用，那也能组成六面体——答案不能没凭没据。

以下是可能有帮助的参考信息：

满树花朵冲着盒口敞开的向度盛绽，选用"向度"而非角度，是因为向度有一种"开口"的感觉，"角度"偏窄小，平面上两条线也能确定一个夹角。向度更契合于某种方位感，涉及一定的空间范围。

起风来着，轻于鸿毛的虫腺在忽密忽疏的叶隙、忽高忽低的枝上，以示踪信息素漆出极纤细的纹路。百度搜索"蚂蚁重量"可知蚂蚁重25~60毫克，虫腺会更轻，而鸿毛的重量差不多是1克，孰轻孰重一目了然。"我"站在树下，树枝的高低是在叶隙"忽疏"时仰起头瞧见的，叶隙"密"时，视线投（透）不上去，也就看不出树枝是高是低。这时，若换个位置，完全走到树的外部去，就能看出树枝是升高还是压低了。叶隙的疏密有时恰好会与树枝的高低呈正相关，即叶隙疏得越远，树枝被风抬得越高，大概持续个三四秒吧。

起籁，原本写的是"起燃"。山青花欲燃——可我觉得这种燃烧好像缺少一点直观的动静，就是想争取能有"日落山水静，为君起松声"那种意境。其实连害虫啃出孔洞、缺刻都是有声音的，虽然不大，但只要细心就能听得见，蚕吃桑叶见过吧？私认为，起籁更有生机盎然的感觉。春季里所有的声音，都是"惊喜"的回声。

电熔氧化铬通常有两种色相——浅橄榄绿色和深橄榄绿色。

有金属色泽。有很高的遮盖力,但着色力比不过酞菁绿,色调不够鲜亮,粒度较硬,制漆光泽度稍差。

层理构造是指沉积物沉积时在层内形成的成层构造。分为水平层理、平行层理、波状层理、交错层理、递变层理、韵律层理、块状层理等。

百度上有一道题:

某校组织学生到下图所示地区进行野外综合考察,读图回答,同学们在整个登山过程中,坡度变化趋势是 _____。

A.一直很缓　　B.先缓再陡又缓

C.一直很陡　　D.先陡后缓

所以"坡度变化趋势"是个固定词组,并没有旁人想象中那么冗余。

每天都要冲着月出惊山鸟的方位做数十次引体向上,锻炼满坡的肌群。

月出惊山鸟,山鸟受惊的方位是通往月出的那一刻的,则冲着月出惊山鸟的方位做引体向上,是指:把月出惊山鸟视为一个整体,鸟望向了月亮,而气根遥指向望月受惊的鸟。有一种明月装饰了你的窗子,你装饰了别人的梦的观感。引体向上和普拉提都可以锻炼人体肌群,网上搜得到。"把月出惊山鸟视为一个整体"的这种造句明显受了高数求导的影响。

直径分别约 2.3、1.8 分米的 DNA 双螺旋链?

夜路的基因是什么?若不假思索我将脱口而出"喏,铺在路面的螺旋双线就是夜路的基因"。直径分别约 2.3、1.8 分米的 DNA 双链的主人不是夜路与天风媾和出的崽儿,它的生父母是天风与山间万物,它诞自天风与山间万物的摩挲。斑斓的双实线,更像是寄养在夜路那里的,有个化学术语叫"析出",双实线不是从夜路自个儿身上析出的事物,是从远端的空间降临于此的,它跨越过的子宫位于雾气沉砀的高空。

夜路更像是婴儿降生后的临时保温仓,或者说,夜路是山风幼崽的摇篮。摇着摇着,这家的风就大起来了,骨架小一点的树叔叔都抱不动它了,摇着摇着,高崖上植物们被风顺下来的种子就在波谷的土壤发了芽。DNA双链的色泽、构成物质(比如桃金娘粉瓣、梅蕊、虫珀等)、螺旋扭矩、每百米距离里的重量(地球表面物体所受地心引力的大小),取决于山间万物是以着何种状态、方式与天风接触的。

蛋是对大它者身上音乐性的浓缩。

大它者,就是大于它者,它是谁?显然是蛋,比蛋大的是母鸡,所以这句话讲的是,蛋是对母鸡身上音乐性的浓缩。而母鸡身上的音乐性,是有历史沿革和理念传承的,它今天下的蛋,没有写入这颗蛋本身所含的音乐性,而是浓缩了母鸡身上除开这颗蛋之外的所有部位的音乐性,我们需要搞清楚的是:大"它"者,不包含"它"本身在内。有种医者难自医之感?

亦即——大它者,不光指今天的大它者,还有前天、昨天的,前天、昨天的大它者是什么意思?前天、昨天的鸡,体内有今天这颗蛋的雏形,把前天、昨天和今天的鸡取并集,然后统一去掉属于今天这颗蛋的部分,剩余的集合,就是音乐性未浓缩时的原型了。

昨天母鸡的咯哒叫里,已经"预支"了今天这颗蛋本身蕴蓄的全部音乐性,正如今天母鸡的咯哒叫里,已经提前涵盖了明天要下的那颗蛋的音乐性,明天那颗蛋的音乐性大概占今天这首单曲音乐性的70%,前天、昨天、今天的其他蛋的音乐性占比约20%(其他蛋=前天、昨天、今天母鸡体内的所有蛋-今天、明天两颗蛋),剩余约10%来自移除了所有蛋后的母鸡本身,来自骨头、肉、羽毛的音乐性。从鸡下蛋这件事的表面看起来，是先下蛋，后咯哒叫说唱，但实际上是，今天说唱，明天才出曲谱——有点像先拍电影，再出版剧本、小说原著或创作背景记录。我家有七大歌鸡，比什么虚拟歌姬都具象，看得见摸得着。

以上内容可能会让你想到等高线地形图或者牛油果。

微元：参见微积分里的 dx。

光鞭：杀生丸大人的空手技，爱憎战士卡蜜拉、妖丽战士卡尔蜜拉的技能。设想一下奥特曼用光鞭兴致冲冲抽陀螺的喜感画面。

10^{-43} 秒：普朗克时间。

与梦见优美裂面藻、二氧化钛、信息素相关的这部分内容不是我编的，而是可以在某个著名的网站准确地搜索到，所以相关段落全都是摘录。我当时也是抱着试一试的心态，想看看，会怎么解梦。这种生物、化学专有词汇，甬说因为人类梦境的倍率太低，我们在这个银河系里暂时还梦不到，就算梦到了，传统释梦学拿着那套笼统的家长里短去套"固有句型"，又该如何保障说服力？

"山中季节的腰际"与"山腰的季节身上"区别何在？前者的主体是时间，后者的主体是空间。"山中季节"不止一个，从山顶到山谷的季节就像裱花生日蛋糕那样是多层渐变的，例如蔓性八仙花盛开的地带正值五月份，梅坡正值三月份，山顶的节候比梅坡的节候更靠前，几乎是冬末景象了。"季节的腰际"是什么？对线段而言，中点（Midpoint）即"腰部"。例如蜉蝣朝生暮死，一生的腰际就是正午，若梅坡处在三到五月份，那么中段就是四月份，代入原句就变为："从季节的腰际抽离"的是在四月份诞生的"稚鸟鼻息"。至于五月份才会破壳的"稚鸟鼻息"，不在"插件"之列（它更接近膝膑，不属于"腰部"）。

上文有句话原写为：从山顶到山谷的季节就像草莓、火龙果、香蕉、水蜜桃拼配成的多层裱花生日蛋糕，从颜色、气味、音效到口感都是渐变的——此处"音效"专指咀嚼音，也就是，嚼火龙果时声震会在人的口腔内部传导，让耳朵听到一种效果，嚼一颗草莓时会听到另一种，嚼小冰晶时又会听到一种。但这样写就太冗余了，《仪式》里很多段落如果简化为线性语言去表达，减少逻辑推理型的造句，会更易于理解——实话讲，在修改《仪式》的过程里，笔者不停碰到眼睛勉强看进去了也犁不动的地形，距离完稿时间越久，有些话我越不知道它在指向什么。好在这篇小说不止于"试图表达清楚某种本意"，它就像 via 浏览器，有可持续扩展性，你如果觉得默认的"广告拦截规则"不够用或不好用，完全可以自己添加一些脚本上去，就像我现在写出的这些。

"若梅坡处在三到五月份"，它是怎么"处"的？梅坡无法脱离时间独立存在，它与时间是熔融（Fusion）状态，就像天空不可能没有天气——哪怕一眨眼的工夫。跨立的梅坡一腿跨在三月份、另一腿跨在五月份，像个圆规，它是这么在"处"的。随着时间板块的推移，蜜蜂通往油菜花的路径会以圆的形式弥合进尾针——如同"⊙"的收缩，你走到梅坡的某处突然感觉春天没了，那片花儿的粉痕罄了，五月份也要过完了，蜻蜓快出来了——入秋了才日暮。像是把整个夏季压缩成"巨型的一整天"，蜻蜓是打夏季边缘出现的朝阳。

"山中季节的腰际"与"山中"无甚多关联，因为住惯花天和月地的山，本质上是敞开着的，平常可供十二弦的节令纹流同时经此（彼山形且湍且岫且渤且巇，取二十四节气的半数贮之，犹有余裕），溪涧涵春涨，"山"更像是某样器皿，置在活水间，腥筐沫聚、满篮声促，收纳雪浪鸥波、泥芬鲋梦，"山"只是从过路的季节身上取一瓢 Demo 罢了。

可能人间四月芳菲尽时，会有一些根基在山顶的风物——桃花，不小心飘离宜居的温度环境，由春入夏去到丘陵地带的松林，被一滴树脂砸落在草丛，固定住，接下来的一滴树脂更大，直接封盖住它全部的呼吸，内含一枚桃花与一只丽拟丝螅的虫珀，被隐士捡到。

这颗虫珀，我想叫它"春夏之交"，那是春夏之交的实体化吧？宛如，梦着了难得一见的峪口。像季节的脚印，没跟上……

我们来看上面的句子：住惯花天和月地的山，住不惯的是跟团游的单反，花如密云结阴，遮住了望天的眼，蜻蜓发觉它们飘得很慢，自己似乎动动手指就能(下载快手极速版)赶超到它们前面去，月华如银练垂地，山住惯了有飞花顶棚的——月光遍野的大地，山的肌肤觉得，长（站）在土壤上的植被，"如茵"得比天上那些植絮更敬业，定睛遥望，漏光的花棚不是那么像云朵与大地所生的"珀尔修斯"，只可惜，前者飘得过于慢了，毕竟是时间的风在吹它，而非天气的风，从植物脉管里往外吹，想听枝头杏蕊朝心底嘀咕一句"我真的会谢"。有眼力见儿的人肯定看出来了，我上文不只拾了范仲淹的牙慧。

起初想写的是"赫拉克勒斯"，小时候看过《小神龙俱乐部》，记忆里他是半神，后来查了几分钟作罢——大力神的名声不是盖的，考虑再三我决定找个加到文本里能立马显得作者水平绝绝子的名字——遂跑去查"半神"都有谁。这一查就碰见"珀尔修斯"，不确定他俩在别人那里谁更有名，但在我这里肯定"赫拉克勒斯"有名，我到今天都记得他的长相，至于后者则已被我归入"妥妥的武内脸"行列了。其实打开手抖 APP，会发现这个世界上很多人类都长得大同小异，网红长相很相似，这是另一种形制的"武内脸"。网红脸是怎么筛选出来的？给人类心目中的理想型取中值，最终出现在大多数人手机上的就是网红脸了。这非常符合正态分布。现实生活中，近视但不常戴眼镜的我逛商场的时候一般会无意识地将周围环境虚化掉，然后把每个过路的人当成"武内脸"，至于我自己则是蓝染惣右介脸。这样的想象会自动激发出下一个想象——久保带人《漂白》的潜藏设定是，在现世、尸魂界、虚圈之外还有谢顶界，既然是谢顶，也就代表，在那里，某些至关重要的东西是不会存在的。蓝染踏平尸魂界后，原本焕发着蓝黑色光芒的崩玉为辅助蓝染镇压住灵王的奔流，再度与之融合进化，转变为硼铝石色，蓝染手握以"最后的黑崎一护"为刀基锻造而成的新斩月，祭起极高的灵压，一举击溃卍象星河……飞升进琦玉老师的宇宙后，挂在额前的"呆毛"是蓝染仅存的发缕。

长（站）在土壤上的植被，"如茵"得比天上那些植絮更敬业。"长"是个多音字，这里可分读为——长在土壤上、站在土壤上、长站在土壤上。不妨把视角放低一些，去凝视，近乎贴地的那些植被，它们与地面共同营造出一种若即若离的浪花感，振幅很小的，颤音。你见过生菜叶子的边缘吧？

如茵：像铺着的东西，形容很柔软。这里也能写——如茵"如"得比天上那些植絮更敬业。

查词纯凭运气，查不好可能浪费一晚上都推进不动对某些文本的构型工作，因为多数时候运气还行，我通常都是如鸡刨食般，刨出一株玉米苗就找到根上的种子啄掉，没想着为种玉米的人留点儿。查词不等于能历经相关知识的灌溉，至于这一行为最终导向的结果，我觉得更多的是无心插柳。

百度说：阿克里西俄斯将达那厄与她的保姆一起关在宫殿下面的地窖里，宙斯看到达那厄后趁她睡觉的时候化作一阵金雨与达那厄那啥并生育了珀尔修斯。这段真是巧它妈给巧开门——巧到家了。在搜到这条信息前，我的预期是用"漏光的花棚不是那么像云朵与大地所生的……"表达，云变成雨与大地里的种子结合生出了植被。即，天空的一部分变成水与陆地结合，在天与地之间创造出根基在土里——能把种子释放到天空的植物。珀尔修斯碰巧是"雨"与"地窖"的结合体。掩埋在土壤里的种子都在某种"地窖"里吧？宙斯还能给这场"雨"里加点料——闪电。

"弦"是个量词。

"纹流"是表面有细纹的水流。

山形之"湍"是形容山势急而险，"岫"本义为岩穴或光滑的山洞，是形容山体多孔隙，"渤"本义为水涌起的样子，是形容山峰如洪波高耸，"巘"本义为大山上叠着小山，也有形状似甗的山的意思，在这里形容山的结构奇崛怪异。

巘与甗都读作 yǎn。

"溪涧涵春涨"，溪涧的水深里包含着春涨的那份厚度，"春涨"借自陶令君"贯碧流春涨，埋红落野花"与林和靖"早烟村意远，春涨岸痕深"。

"山"更像是某样器皿，置在活水间，腥筐沫聚、满篮声促，收纳雪浪鸥波、泥芬鲋梦……

"泥芬鲋梦"是自造的短语，"腥筐"同它对应。"腥筐"原本是"嫩筐"或者"蟹筐"，因为四季风物都会交织在这座山里，所以偏颇于"嫩"不妥，毕竟还有江乡稻熟、汴堤芦凋、隋河鸭老。黑水鸡也可能游到这座山里去。"蟹筐"是想说螃蟹会吐泡泡，说不定"月、星"是比地球稍大的一群鱼吐出的泡泡。"月星筐沫聚"，设想鱼已经跳出竹筐了，腥味还在，吐出的泡泡还在，水花撞击产生的浮沫也在。

瓢虫是山间季节里的小 Demo，每只都是一瓢生命力。

"桃花由春入夏飘向丘陵地带的松林，被一滴树脂砸落在草丛，固定住，接下来的一滴树脂更大，直接防住了它全部的呼吸，内含一枚桃花与一只红襟粉蝶的虫珀，被隐士捡到"和原句区别何在？红襟粉蝶虽美，但蜻蜓更能代表夏季，网页搜索"红襟粉蝶"，更多看到的是"春天在哪里找蝴蝶"之类的消息。为了契合后文的"春夏之交"，我换成了"丽拟丝蟌"，蜻蜓的翅膀更透明，这是一个要点。

"接下来的一滴树脂更大"是暗喻，"树脂"即落下来的那只红襟粉蝶（或丽拟丝蟌）。红襟粉蝶，会一次性"盖住"桃花全部的视线，往脸上一遮，很快就什么都看不到了。而丽拟丝蟌的翅膀相对透明，"盖住"后，桃花的视线依然在往高处探索，不由自主地朝上抛投，如果"封盖"是透明的，目光会试图继续深入翅膀背面的空间。

一个是红襟粉蝶往眼前一遮，桃花自己就失去继续看的动力，相比"封盖"更应该称为"防住了"；一个是，蜻蜓出现在桃花面前，翅膀是透明的，所以桃花的视线能继续往它背后的空间探伸，这样的封盖，揭示出一个关于"视线惯性"的空间，那是篮球原本的轨道。

综上，"山中季节的腰际"意味着我们可以在"所有节候的腰际"选取插件，时间跨度可能春夏秋冬都会有，它是真正的混搭，也就能把你所想到的任意植物身上的细节与杨桋、柳锦、花丝并列，按需导入"插件库"。

从<u>"山腰的季节身上"</u>抽离的杨桋、柳绵、花丝、树露、稚鸟鼻息等——"山腰的季节"时间跨度更窄，外部世界已经入夏时，山腰可能在暮春，山顶尚有红梅傲雪——此时，整片山区的山腰可能无一有梅花。这表明"山腰的季节身上"虽不局限于是季节的腰还是头，但它已经切割了"插件"的能指域，仿佛只选取了七色彩虹的其中一条，红橙黄"绿"青蓝紫——山腰是"黄绿青"，山顶是"红"梅傲雪。

更原始的版本是从"山顶的季节身上"抽离的杨梯、柳绵、花丝、树露、稚鸟鼻息等插件，网页搜索可知杨花是四五月份开、柳絮是四五月份飘的，而山顶没可能是四五月份——既然前文低于山顶的梅坡都尚在花开时节，那么山顶只会更清冷，更接近冬天。因此，这一版本不成立了。

"山顶"与"山腰"哪个词的空间感，摊得更薄？是人都会说"山顶"。它的易摹想程度，会让不少人联系到忍者护额、NBA球员头带、《永劫无间》宁红夜的眼罩吧？我联想到的是"冄"，当然其实这整块都不算太有机的联想。想表达的是，"山腰"很难让人想象出它具体的形态，没人会觉得，山腰的空间感那么有限——而护额、头带、眼罩的长度都是很有限的，在人们的意识里非常直观。

区间狭长，界限感太强，容错率太低，扩展性就不可能高，所以，这也是中途换成跨度更大的"山腰"的缘由。倘若山顶的季节是初春，山腰总有一处环境是四到五月份，想从山腰找到合适的时令与可写的植物，选择面更广，会更轻松。可有个问题，"山腰"不够高，落下来就很难称得上"堕"，所以调整了语序，写成"山中季节的腰上"。季节的腰际是可以拉伸的，它不像"山腰"固定在（空间层面的）山的腰际。毕竟山顶的季节也有腰际，山中季节的腰际，可以远高于山的本身。季节脱离了山顶，也是季节，在半空还有更纯的冬天。

也就是说，这个"腰际"蕴含的插件，能从"最高的位置"跳下。风可以把一些柳绵带到山顶。

尽量避免车轮底面积的3/4同时轧到斑斓的两条实线。因为地面有风编织出来的两条"麻花辫"，缪佩蘅怕违反交规，SUV始终保持四只车轮里的三只不同时轧到实线。地表的双螺旋，最终会成为 SUV 行驶轨迹的双螺旋。如同发呆的 A 最终会造成 A′ 的发呆，像射影。

"两条中线"在柏油路面的交织位变，让我联想到健身人士手中波动的战绳（Battle ropes）。"SRCH"是"search"的简写，我嫌太长。便宜行事，现定义：※ 读作"chá"（查），意思是"网页搜索"。※"战绳"，你会看到一些侧视图，从而能更加直观地了解地表双螺旋线的形态。※"双线"，你将看到一种鱼——黄带绯鲤，"双黄实线"意味着，在它附近超车、转弯、掉头都是禁止的。假设，存在一条由众多黄带绯鲤并排构成的水底公路。你先 ※ 吧，※ 完你会假设得比现在更具体。

下行：公文由上级发往下级；列车行驶方向朝向北京叫上行，相反叫下行。

"部中老胥，家藏伪章，文书下行直省，多潜易之，增减要语，奉行者莫辨也"出自清方苞《狱中杂记》，笔者觉着"方苞"这名字说不出哪儿好。

倚柔偎嫩：鉴于小说全篇都在开车，不妨解释为——左拥右抱。

以夷变夏：中华文明被西方文明所渗透、同化，多用在对目前意识形态领域全盘西化、失去传统根基的担忧、焦虑等语境下。

hPa：百帕。国际社会曾在某段时期里并用气压单位"百帕""毫巴"（后者由 Napier Shaw 在 1909 年发明，于 20 世纪 30 年代逐渐为国际社会广泛接受，当时炎黄子孙仍在用佛郎机火炮抗击倭寇。今天提到"佛郎机"，年轻人会想到它是《永劫无间》火炮的原型），最终世界气象组织决定统一使用"百帕"。

高中物理课本写，标准大气压是 1013 百帕。辽宁钓鱼网写，适合鱼开口的气压介于 [990hPa，1005hPa]，高气压的雾天不适合钓鱼。

所有鳞互为补码的日子，我已经不想再过了。

+0 和 −0 的补码均为 00000000。

"鳞"是通假字，通"0"，鱼说"我会通灵，你别不信"。许多种鱼的鳞上都有鱼轮纹，那代表鱼的年龄。

19/31：2021~2022赛季对阵勇士时，湖人当家球星詹姆斯出战38分33秒，31投19中，共砍下56分10板3助1帽。

嫩爹：白玉兰是雌雄同株，由于是我们趁夜从雨后的山间采得，所以质地嫩凉——嫩娘——即嫩爹。既当爹又当妈的白玉兰，是东北五大地仙——狐仙、黄仙、白仙、柳仙、灰仙里的白仙，晚清时，多被"出马弟子"用作移魂附体的中间枢纽。在《仪式》中，引申为外挂脚本的运行环境。任何读者都可以附体在车里的白灵媒身上，成为缪佩蘅和"我"之外，在"（括号中）"讲话的"第三个人"，读者不妨自主写一些脚本，同样辅以"括号"格式融入小说，陪"我"度过通往菌典水库的这一整段车程。白玉兰的香气能够穿梭世界，读者的意识可以流利贯穿所有空间，并在雾气里识别出归途。

SUV像一股石墨烯色雨，在其体内、外，65颗液滴是发动机，100滴是底盘，19.5滴是电气设备，300滴是车身……0.5滴是后视镜——是严格按照发动机、底盘、电气设备、车身的重量比写出的数字，例如发动机是130kg，电气设备是40kg，车架是600kg……

斑铜矿：新鲜断面呈暗铜红色，表面易氧化而呈现紫蓝斑杂的锈色。

火候到了，当前读者对"写作⇌搜索"行为模式已具备一定感知，我想推出"※+楷体"简写方案，意指"请网页搜索相应的楷体字内容"。少用点引号，对大家没坏处。望社会少些行动如刮痧、笔尖五行不离黑话的文科学术咖。怕是这些家伙玩笔仙都得咬牙往

"赤裸生命""非人""规训""基操勿6"这类词上靠，现在急需的是硬邦邦的立场，而非软唧唧的……真尴尬一时半会儿想不出合适的押韵词，哥的 Freestyle 卡壳了。总之，"冲出黑话包围圈"迫在眉睫，不停往上添砖加瓦的钝感者，尽管在进化论里选取"自我淘汰"项。

※ 石墨烯是单质还是化合物可知，石墨烯是由碳原子以 sp^2 杂化轨道构成的平面薄膜，是仅有一个碳原子厚度（0.33纳米）的二维材料，相当于常规蛛丝直径的15000分之一（蛛丝横截面接近圆形）。石墨烯一层层叠起来就是石墨，铅笔在纸上轻轻画过，留下的痕迹可能是几层或仅仅一层石墨烯。你想到鱼鳞了吗？不好意思，我想到的是"尤雾弹糖渍樱花"，上嘴质地如雾满汀如烟笼月，夜凉风露怯轻绸，梧桐影底看萤流，一盏香涛消苦夏，轻薄亚光叫人夸——只要看一眼仿佛就能回到"步滑试云阶，苔润黏鹊息"的古典世界。"轻薄亚光叫人夸"原写为"轻薄亚光是月华"，连月亮都像涂上了薄薄一层"Mac#923糖渍樱花"后，才可人起来似的。我在"轻薄亚光叫人夸""Mac喊你美到家"与"人间四月芳菲尽，尤雾弹糖渍樱花"三者里纠结了半秒吧（周杰伦歌词"真的没在脑海中考虑那半秒吗"），"喊你美到家"而非"叫你美到家"——前者有种召集小仙女一起用的感觉，"叫"太生硬，至于"美到家"（明月照我还？）三个字，则能凸现"持妆久"的特点（"凸"的外形既像瓶盖也像唇膏，我想做独立品牌"凸嘴"，品牌名灵感来自——嘟嘴涂口红的嘴姿、"凸"出的唇膏形体），终末呢，还是在两秒后敲定了简明的白话文案："连月亮都在用的这一支尤雾弹，一把子爱了，集美们快快冲！预备备——"

※ 如何最简洁地解释 sp、sp^2、sp^3 杂化，你会看到如下答案：明明可以翻译成"sp^3 轨道混合"，偏偏给翻译成"sp^3 杂化"

这种硬造的词，有点像古汉语，让人看见这个以为是什么很高端的东西。其实"sp^{3}杂化"就是1个s轨道和3个p轨道混合了一下，这是人们为了解释甲烷的构型，强行硬凑的一种说法，没什么高大上的知识。台湾翻译成"混成轨域"，混合而成的轨道区域，比"杂化"好理解多了。

在知乎任意一个问题的界面，把网址栏的"/question/"后的内容置换成"23883566/answer/132322604"，即可到达上面这段话的出处。

如果在"/question/"后键入"271519628/answer/994947868"，将看见网友对"耦合"的通俗解释。

石墨烯：为黑色有点偏灰的物质，厚度非常薄，所以能透过可见光。石墨烯是C、汞珠是Hg，省事起见，此后未再特地标明物质的元素构成。

此乃信息爆炸时代，作为写作者，有义务精筛互联网内容，选出"姣好"信息凝练进文本，供为你花费时间的人，从中获悉对其而言有用的部分。读者了解到的事物将不止于小说本身，写作者不必排斥与当前社会的热词库接壤，网络流行语也可以成为构建写作向度的材料，意境里的点睛之笔可能系于《爵迹》昂贵的发丝。

求n个相同因数乘积的运算，叫作乘方，乘方的结果叫作幂（power）。

我国的熊蜂不少于150种，分布极广，而其中尤以东北地区和新疆分布种类丰富，是全世界熊蜂种质资源最丰富的国家。

瞑氛淤积的低坳地带，含有函数图像里的最低点（6.368, 12.115）。感觉像创可贴，坐标是伤口吧？一段车辙，覆盖着它，伤口是不会动的，坐标亦然。

质心：指物质系统上被认为质量集中于此的一个假想点。

沆瀣：夜间的水汽，露水。

月光移动时，梦境与大地所成的倾角，坐落于袘手势的表皮层。

倾角：直线与其在平面上的射影所成的角，矿表面与水平面所成的角——地质构造面上的倾斜线和水平面的夹角，是地质体在空间赋存状况的一个重要参数。岩层的倾角，当其为 0° 时，表示水平岩层；90° 时，表示直立岩层；其他则为倾斜岩层，角度大小与地质体的倾斜程度正相关。梦境是大地上睡着的人放的风筝，挨家挨户的屋顶在起的晚间炊烟？每个人脑中的风向都不相同。水底的鱼会做梦吗？该如何梦见自己的记忆不止七秒？

以致接连几日的天空都飘浮着乌云。

以至：有"一直到"的意思，表范围、数量、程度、时间等延伸和发展，一般指从小到大，从少到多，从浅到深。

以致：有"因而造成""致使"的意思，表示由于前面所说的原因而造成某种结果，多指不良结果或不希望出现的结局。

如果我想让蛛丝、叶隙建立联系，会直接 ※ 蛛丝叶隙，这种方法有时候会找到一点什么，找不到也没关系，因为总能在搜索过程中找到其他可用的词汇。本来我跟很多人一样，认为"叶隙"只是树叶缝隙的简称，直到上个月 ※ 蛛丝叶隙时，才发现"叶隙"是个生物名词。叶隙是茎内维管束分支后，出现在植株全身各处的空隙。叶隙一开始就存在于植物的微观结构里，是显微镜下才可见的间隔域，宏观叶隙的成因是维管束鞘细胞的扩大化，原型在胚芽时代就已确定。不妨这么认为，叶隙也是植物基因的一部分，它以"距离"的形式打稿于树的体内。叶隙并非后天形成的，它天然存在于这个遍地蛛丝的社会上。

如果我的表述存在误差，那就把我给出的各种"误差"认作看待"叶隙"的窗口。意思是，在"梦中的辽宁"，笔者对事物的定义即现实真正的状态，所述即写实。

※ 谷歌3D大脑。

※ 它们由上亿根蜘蛛丝般的卷须连接在一起。

※ 小型蜘蛛通过将屁股对准天空释放丝状卷须以产生升力来实现飞行。

质壁分离：把液泡发育良好的植物细胞浸在高渗溶液中时，由于液泡失水、原生质收缩而与植物细胞壁分离的现象。

桃金娘：喜欢湿润的气候环境，要求生长环境的空气相对温度在70%~80%。

凝胶态：※ 土壤是粒子胶体。

39：霍华德球衣号。

Paul Flexx《Pluck》短视频敲镜头：有人说，TikTok是用这首音乐敲开上市的门的。

坚卧烟霞：卧，躺下；烟霞，指山林间的烟云。形容隐士的悠闲生活。

凌晨，月亮倒悬于青色天角，辐照着树冠的果实、山顶香冽的流水与灌木间的猫须。这是《仪式》内测版本的开头。猫须，你可以理解为山中有野猫。但其实，猫须是一种叫"肾茶"的植物，多生于山谷、溪边或林下较阴湿处。※ 猫须草，可见图片。

蜜蜂推门，"Knock knock"——枝头的花蕊，极痒，痒得坐北朝南的耳朵快自西向东纷落咯。

我在搜"Knock knock"时，找到"谢耳朵敲门"这么条信息，然后，顺势就写：耳朵谢了。

※ 线灰悬币：盐卤。

※ 燃帕不毁：鸡蛋清，矾末，酒精。

自相关：即序列相关，是信号与其自身在不同时间点的互相关。这个词是我在搜索"自调用函数"时碰到的。

※挠率，看看是否与猫相关。

《事林广记》记载的一道菜——滴酥水晶脍：

……赤梢鲤鱼，鳞以多为妙。净洗，去涎水，浸一宿。用新水于锅内慢火熬，候浓，去鳞，放冷，即凝。细切，入五辛醋调和，味极珍。

蜉蝣：一类原始而美丽的有翅昆虫，起源于石炭纪，与蜻蜓同为最早会飞的动物。

勒：寒勒花梢开较迟。寒勒花枝瘦。满寒尚勒花期，天意似催春暮。

※CD-ROM，可见以下百科内容：

在盘基上浇铸了一个螺旋状的物理磁道，从光盘的内部一直螺旋到最外圈，磁道内部排列着一个个蚀刻的"凹陷"，由这些"凹坑"和"平地"构成了存储的数据信息。由于读光盘的激光会穿过塑料层，因此需要在其上面覆盖一层金属反射层（通常为铝合金）使它可以反射光，然后再在铝合金层上覆盖一层丙烯酸的保护层。

楞倔倔：形容态度生硬。

哺鸡脊：龙吻是贵族专用的，官府不允民间出现龙和凤的形象，人们就用鸡形来代替，分为开口鸡与闭口鸡。古人做出来的鸡嘴形状看着还原度很高，说明生活中有细心观察过鸡，第一只哺鸡脊，是谁对照着鸡模特做出来的，不可考吗？

那如岩须般洁白、梗部披蛛丝式长柔毛、花冠呈宽钟状、蝶足味的物体——菱锌矿色的影子抵在脑壳内壁。原句是：那如岩须般洁白、梗部披蛛丝式长柔毛、花冠呈宽钟状的植物（蝶足味，色泽类菱锌矿氧化渐变）的影子抵在脑壳内壁。

岩须：花单朵腋生，花萼5，花冠乳白色，宽钟状。蒴果球形，花柱宿存。花期 4~5 月，果期 6~7 月。

简略表达：那岩须般的植物 —— 蝶足味的影子抵在脑壳内壁。说明蝴蝶刚在植物影子里歇过脚，"我"感知到的重量实际上有一部分来自蝴蝶。

色泽类菱锌矿氧化渐变：菱锌矿有多种色彩，这里笔者选取的是淡玫瑰粉色与深红色，在植物和颅内气体接触氧化后，表面将会呈褐黑色 —— 而这正是菱锌矿氧化物的颜色。

猜测：遐想久了说不定颅内将缺氧，如同晨起头晕的人，是夜里梦见了春日花海。

耙子：pá，五齿的竹耙，用以耙开、聚拢柴草或谷物等。

洋镐：gǎo，乡下常见的掘土石的工具，一头尖一头扁。

梿枷：lián，指一种农具或武术器具，在一个长木柄上装上一排木条或竹条，可用来打谷脱粒。《暗影格斗 3》军团派系的敌人会使用这种武器。

镢头：jué，指一种形似镐的刨土农具。百科上对应的英文单词是：pick。pick u，就是镢你。

Precious Opal：古罗马自然科学家普林尼说 —— 在一块欧泊石上，你可以看到红宝石（Al_2O_3）的火焰，紫水晶（SiO_2）般的色斑，祖母绿（$Be_3Al_2(SiO_3)_6$）般的绿海。

欧泊，别名闪山云。在中文世界，许多卖家对宝石都有这描述那描述，例如太嗯了、敏感肌也能戴、孩子很喜欢……其实欧泊就一多水二氧化硅，$SiO_2·nH_2O$。

火彩：如果入射到钻石内部的光通过钻石亭部小面全部反射，并从冠部反射出来，钻石就会显得光彩夺目，烁烁生辉。

提炼银矿石时遗留在坩埚底的铜、铅质渣滓，即银锈，出自明代宋应星《天工开物·火药料》。

Proustite：淡红银矿，Ag_3AsS_3。晶体呈短柱状，通常呈致密块状和粒状集合体。鲜红色，但表面可因光的作用而逐渐变为暗黑。条痕砖红色。半透明。

Zoisite：黝帘石，化学式太长，不写。

她在睡梦地质构造的下游，往高处望着些什么，抬头纹是这样浮现到真实生活层的，你在梦中仰望着某处，你不知道那仰望会让你，往"每皱眉20万次会产生一条皱纹"这个陈述句上，叠加一截"显灵"进度。假设，信仰本身是一种梦中仰望，每20万年，观音这彗星就将从天外现身一次……

水边一棵用虬枝昇起花苞随后逐一凋落掉、砸碎自身倒影的树。

这里有三个选择：掮、昇、挺举。

掮，qián，用肩扛。

昇，yú，共同用手抬，"臼"是花未绽开，"廾"是伸长两手捧物。

挺举，不用解释。

后来认为"掮"的含义不太宜人，遂放弃。

木材首尾粗细不均，细的一头被称为木头，粗的一头是木梢，两端轻重不同，因此掮木料的人多争着掮木头，不愿掮木梢。初次搬运的人不谙此道，自然被人捉弄去掮木梢。后用"掮木梢"来比喻受人哄骗或愚弄，代人受过以及吃亏上当。

凋落与砸碎是同步进行的，凋落的同时就已砸碎了对应部位。

方肩荔蝽主要为害荔枝、龙眼、柑橘，长肩棘缘蝽尤喜刺吸嫩芽、嫩茎或嫩叶、花蕾及嫩荚，月肩奇缘蝽半翅目缘蝽科害虫，宽肩达缘蝽、贝肩网蝽、平肩棘缘蝽、刺肩普缘蝽、钝肩普缘蝽、角肩高姬蜢、圆肩菱猎蜢、短肩棘缘蜢……长着触角的《龙珠》比克二代，从中挑选了一件合适的披风。

无铅汽油的"铅"是"Pb"吗？无铅汽油是指含铅量在0.013g/L以下——在提炼过程中没有添加四乙基铅（$C_8H_{20}Pb$）作为抗震爆添加剂的汽油。所以，"无铅（$C_8H_{20}Pb$）汽油"这里的括号是起到科普的作用："铅"不是单质铅，而是四乙基铅。

我们距离体内的一颗细胞有多远，得把全身所有细胞与该细胞的距离，统统加起来才行。-1，+3，-2，+1……一来一去，犹如得失电荷。仿佛是说，并非所有距离都是越叠越远的。惘然若失的"失"，是自体的电荷得失？

汉尼拔，我只看过著名的吃人脑那部分，然后就不敢看全片了。

法天象地是《西游记》中的神通名称，施展此神通会让施法者化身成天地。

井川里予（小野）那段短视频出圈了，是指她跳的舞出圈了，发色、表情、呼吸出圈了，视频里每个元素包括花草树木的哈欠都出圈了？她站的那块土壤也顺带着出圈了。当时土壤里的水感略重，相当于天气中的"多云"，风吹了一下午，才干透，大地局部"多云转晴"。

近海别墅区的贵族气质花园，人文土壤肥沃，膨润自亿万年前恐龙撒的那泡野尿（的着陆点）。"墅"是"撒泡野尿在土壤上面"。

梁廷枏《曲话·卷三》：战既不能，而后定计幸蜀，层次井然不紊。

唐甄《潜书·自明》：宝非己有，犹壤芥也。

红骨羊：牙龈、牙齿呈粉红色——连骨头都是红色的羊，出产于红河州弥勒县，与其他羊类的区别在于牙齿，红骨羊是中国少有的特色羊品种之一。

比一块红砖和踮起脚的我加起来还高出一个额头的佩戴。显然,"我"站在红砖上踮着脚在看河婆的法术。

几,指人世间(宗教或迷信的说法)。我的设想是:几由"凫"而来,鸟沉入水,或鸟飘然远鸶,都会让"冫"落在"几"头上。更进一步查到,鸟头上的毛叫胆毛。※鸟头上一撮毛叫什么,你会发现角百灵、冠鸠、戴胜……这些鸟。鸟受到惊吓的时候,头上的羽毛就会翘起来,这翘起来的毛就叫"胆毛"。如果你手机使用的是方正悠黑体,会发现"几"很像树桩。

产状(Occurrence)是物体的大小、形状、质感、与周边环境关系(包括走向、倾向、倾角三种要素)在地下的总称,通俗讲就是岩层在地底的状态。人本身是一种地质环境,产于何种构造单元中的何种部位,是露天矿,还是隐伏矿,是产于岩体内,还是产在接触带,是贴着围岩层理、片理整合产出,还是穿切层理、片理产出?

雨中山果落,江畔蜀葵生——后面这句原本想写"苔原柳丝青"。雨果、姜夔、苔丝,都是人名,且"落果山中雨,青丝柳原苔"也是成立的,但我想用群众不那么喜闻乐见的方式扯拽出一个空间来。这个空间,是从山中到江畔。

"※素菌瓢虫、二纹柱萤叶甲、黄绿灌丛唐纳雀、多点远露螽"的意思是分别在网页上搜索素菌瓢虫、二纹柱萤叶甲、黄绿灌丛唐纳雀、多点远露螽,类似这样跟在"※"后面用"、"间隔开的楷体字词,表示你可以分别搜索它们。这几种生物是被我"拣选"出来的,与陆阿采给人的印象很搭——倘若把他作为基于某种地质实体在振荡的意境来看待,你会觉得,把这几种生物放进去,简直是成功刨失败坟——掘掘子了。

秉质:受于自然的资质,出自曾国藩的《复刘霞仙中丞书》。

聚可类萍叶覆波:"可类"出自"石状虽如帻,山形可类鸡。向风疑欲斗,带雨似闻啼"。山顶的石头形状很像鸡冠,于是远远看去,这座山就跟一只大公鸡似的。闽南话里无"鸡冠"这词,鸡冠就叫"鸡帻"。

※ 缠勒,你会看到"乳山镂绣"。

书兴许刚好遮掩着记忆的岩缝,也可能一不小心把石扉推开。

排闼:推门,撞开门。

拟合(Fitting):把平面上一系列的点,用一条光滑的曲线连接起来。因为这条曲线有无限可能性,从而有各种拟合方法。它需要已知一些点列。把零散诗句用一篇小说串起来,这也相当于一种拟合。

为何在人正准备低头翻页时声控灯恰好灭了下来……像汉尼拔揭起锅盖手一滑,刀叉掉进了脑袋。这里的"像"显然不是准备接通比喻,而属于是后接联想的用法,在笔者诗歌里出现得比较多——这是我自己的感觉,不一定在数量上有那么多,我的意思是基本上在大部分转场的时候,换行跳跃的那一瞬间,很多地方如果不是忍了一下,我都会添上一个"像"字。可以称为:隐含字。"像"的确有这种唤起联想的功能。就像有的小鸡,天生自带所有鸡发小的那种气质。

进了门,兀自遍地不见人影——以低着头遍地找影子的方式,找陆师傅,而不是仰起头搜寻人本身。这只是一种个人习惯,执着于二维世界。通过看一切物体的投影图,认知这个世界在二维层面的分支世界。二维视觉信息比较简单,认知到的世界很难有偏差。每个人在十岁多的时候应该都有这样过,更像一种生活在三维空间的二维生物,意识到这个世界上似乎大多数人都比自己高,也不知道自己会不会再长两厘米就不长了,焦虑不安,看地面多于仰视人的眼睛,看鞋子、看狗的宝贝背、看蚂蚁搬家,多过看人脸。人们称这为"内向"。

想自降一维,只掌握二维世界的真理,在那里,潜心认知三维世界各个方位、角度上的侧面,这是有限的,可能研究四十年就能饱和。

至于绿芽内部的棋盘边的一炷香,对"我"而言,其实是进去了才会开始走动的时间,你此生若从未进入绿芽,里面那些时间就永远不存在似的,你会想当然默认为它们溶于更大的外部时间里,是外面那炷香涵盖的时间段——的"水中坻"。茶烟也是计时器,绿芽里的布局,大都是为了计时而设的。"设计"一词,最新出处在此。

"找"字挈领着人类这一生物的诸多趣味:找含"找"的流行词,找力宏找台阶下找蓝翔找领导签字找不着北找对象找麻烦。

丁丽艳《浅析博山传统琉璃工艺品——琉璃花球》:用熔化了的各种颜色的琉璃做成花叶、花瓣、鱼、虫等配料,将配件嵌入其中,然后包以软化水晶料,再熔整成所需要的形状。

线描:运用线的轻重、浓淡、粗细、虚实、长短等笔法表现物象的体积、形态、质感、量感、运动感的一种方法。

高刷屏:刷新率分为垂直刷新率和水平刷新率,一般提到的刷新率通常指垂直刷新率。垂直刷新率表示屏幕的图像每秒钟重绘多少次,刷新率越高,所显示的图像(画面)稳定性就越好。

网络语言"贴贴"是日语"てぇてぇ"的空耳,可以形容两个人关系亲密无间。

水信玄饼里的樱花有严格的选用标准,通常会用八重樱中的关山樱,这种樱花花叶同期。此外,水信玄饼里的樱花是带花梗的。

"节目内容,车内的我们""不悦的点主要集中,下坡过程中"这里两个"内"、两个"中"距离很近,为何短时间就复用了同一个字?因为"内容"之"内"、"集中"之"中"都不是表方位的

"内""中",这种情况不受复用条件的约束。

一点微小的细胞在我大脑里指挥我向着太阳系的边缘看了两眼,什么都没看到。

意识的花粉穿过了意识里的"叉",变成"叉掉窗口"的"叉"。那窗口的皮毛像油般光滑,反身一扭,从"叉"的腿边滑走了。

愈创木酚:白色或微黄色结晶或无色至淡黄色透明油状液体。可燃。有特殊芳香气味。在木材干馏油中的酸性成分含 60%~90% 的杂酚油。其中主要是愈创木酚。露置空气或日光中会逐渐变成暗色。

※ 赛松。

美式居合:在牛仔决斗中突然拔出左轮袭击就称为美式居合。在此语境下,混迹美利坚江湖的绯村拔刀斋,应为绯村拔枪斋。

擘:分开;剖裂;大指向身弹入曰"擘"。《柳毅传》有"乃擘青天而飞去"。

股战而栗:两腿发抖,不住地颤动,形容十分紧张害怕。

文漪:多变的波纹。

蹦移:进化理论中有个词叫"间断平衡",它认为新物种是通过跳跃的方式快速形成的,不存在匀速、平滑、渐变的进化,生态在达成平衡之后,在相当长的一个时期处于稳定状态,一旦某种因素触发进化的齿轮,原有的均衡就会被打破……生物学家将这种新旧之间的交替称之为"蹦移"(Punk eek)。以当前的情势论,中国正在走进世界舞台的最中央。这是国家的"蹦移",还有正在颠覆既往平衡态的肇始于第四次工业革命的——技术的"蹦移",以及能将大多数人置于共享技术进步的好处之下的——增长的"蹦移"。摘编自冯俏彬《即将到来的大变革》。

我的理解是,人在一个空间起跳后,空间本身转动了一定的角度，人再落地的时候，已经不在原始站立点了。

毋宁说：不如说。出自七堇年"少年时的心性浮躁激烈。今日思之尤觉得羞愧，才逐渐知晓，生活，或则毋宁说命运……"

太虚：空寂玄奥之境。孟浩然有诗"太虚生月晕，舟子知天风"。在浏览器里输入"太虚生月晕"，百度联想出来的诗句，虽然是错的，但这个错得跟我想表达的意思有点贴切——"太虚生月晕，芥子知天风"。不知道它是怎么联想到这后半句的，毕竟网络上没法搜到这句的出处。此外，开SUV的人，相当于"舟子"吗？

乃是：却是。

它们率先进入院子，随后向中轴线以左看，这里的潜在设定是庭院布局具备手性，所以我受伤的部位在身体以左。还有一些关键词与手性有关联——小鼠细胞、蒙娜丽莎、DNA双螺旋结构、蔓性植物。※ 生物体本身就是一个手性环境。

※ 铋晶体。

施施然：形容走路缓慢从容，这个词其实是"迤迤然"之误。※ 施施然，可知通假缘由。"施"读作 yí。

措置裕如：从容不迫、很有办法的样子。

一庹：两臂向左右伸开的长度。"伸出了一庹长的食指拇指"，是不是病句？两指相加不也才一拃吗？不难发现，文中的"我"已不算拘于人类世界观框架的生命体，"我"稍微使点劲就跟泼墨似的把自己的手指给泼出去了，它们很难收回来，"笔锋"里面大部分是笑脸蜘蛛、绿蟹蛛，小部分是十二斑褐菌瓢虫、指角麦蛾。蜘蛛凭一根粘住了对岸树叶的细丝，能轻松飘入水中汀，犹如《永劫无间》里的飞索；那些飞蛾，离我的指尖越来越远，我走得越慢，散逸的"分子"量越多。

背白：一本书的一页上只有一面有文字，而另一页是空白页。

陈志炜教给我的词。

油蛉在这里低唱，蟋蟀们在这里弹琴。翻开断砖来，有时会遇见蜈蚣；还有斑蝥，倘若用手指按住它的脊梁，便会啪的一声，从后窍喷出一阵烟雾……出自鲁迅《从百草园到三味书屋》。"蝥"的读音在左上角："矛"。

每一面（由万亿微粒集成的）墙都紧贴着人类的细胞壁砌造，这个万亿究竟是几万亿？6.7 万亿~10 万亿。把地面算在内，密室共六面墙，人类身体细胞总数在 40 万亿~60 万亿颗之间，因此，对于伫立在密室外的单独个体，他全身的细胞若想均匀分配到六个面上，做除法即可。若密室外站着两个人，密室微粒总量会翻倍吗？并不。二人眼中各得的"晶黑"程度与二人日常观星时的视角相关，"各得"意味着，是像夏洛和张扬那样——各论各的，谁都只能看到自己视角下的那一方密室，虽然它们叠加在同一空间位置，但，属于是互质的那种叠加。室外站再多人，密室群也是两两互质的。

从潭中抽取一杯水，同时降低潭水与 α 水的体量，抽取的这杯水，既包含初始潭水的一部分，也包含倒进幽潭的那杯水的一部分。

"数量的'无限性'"——这个短句用嘴说出来时，更容易让人会意，写在纸上，则不够精确，需要补充说明。因为严格来说，它其实是"近似无限性"，我想引入一个概念：有界极大值。是说，水的分子总量是一个确定的值，杯水蔓延时，排列组合方式是有穷的，它只是貌似无限。当水的分子总量减小后，排列组合方式的总数量也会变少。

涟漪是水在头晕。翠鸟贴着水面飞过，双翅染上了这些晕。

钒的原子序数为 23，乔丹、詹姆斯的球衣号。

※ 谷歌 3D 大脑，会想到蛛丝、藤蔓、游戏《Perceptron》。

大剌剌、剌溜，都是东北方言。后者指脚下滑动或事情吹了。

冻湖水晶齿：湖面融冰时，冰的边缘是水体的牙齿，对凉水不会敏感。

境绝雷不至，谷深鸟空立：环境幽绝到，连雷声都无法抵达，闪电也只能在世间别的地方出没，过不来这儿，山谷深得，飞行在雾里的鸟类，给人的观感像悬浮在半空，很久都没有移动似的。两句话，形容此地偏僻旷邈，空阔苍茫。

习酒：贵州省习水县习酒镇特产。※ **习酒**，可在百科里见到以下内容——乡民见是国王前来，喜不自胜，纷纷把自家精心秘制的好酒敬献给国王和习将军一行品尝，半盏时分，国王一连干了三坛（每坛约三斤）而不酣，又命再呈两坛，国王一饮而尽，连声赞曰："冻醪，冻醪！"从此，这一带的老百姓每年都要把自己酿造的好酒敬献给国王，国王感念百姓之辛劳和诚意，遂将这一带的祖传秘制作为宫廷御用酒。

灿然一新：意思是耀眼的光彩，给人一种全新的感觉。出自《宣和书谱》。

就像撒钱撒的都是美元，天外飞仙，飞的是灭霸。这句没有在陆阿采的院子里用上。

白玉兰很像——《爱死机Ⅲ》之《机器的脉动》里的"第三人"，而这篇小说是我几年前（2020年春末）就完稿的。想说，不同的事物可能在未来某个时间点产生微妙的联系，与此同时，这不是什么难懂的神秘，更像是，经过某种怒放的联网途径写就的《仪式》自然具备连接力，它在生长，白玉兰还没有完全失水，营养元素还能维持一段时间的延展惯性，它将继续与世界上的物质共振。可能所有推进到一定深度的事物，都会碰见那样一处存在于未知之地的峪口。

主要吃新播的种子，而且咬食作物的根部，对作物幼苗伤害是比较大的，也是重要的地下害虫。我忘了这是哪只昆虫的网络介绍了。"害虫"说：哟哝，我还挺重要。

他还没看手机，不知道那个人已经回应。

— 3

　　春分，姚春蕊身着品红长袍秉烛夜游，四周空气澄碧，鸟（啼）是通透的棱锥体，在森林纷飞（滑移），声之形的斜面碰出新鲜的交响。冻湖水晶齿嗫到月光时，打了个冷颤，惊波摇落鱼腰间的几片鳞瓦。山风把爬至坡顶的雾吹向一匹乌骊马，贴着流苏金镂鞍涣散、蚀损；接着，把"差值"吹向一棵遮云蔽月的乔木，紧贴茂叶繁枝涣散，两分钟过去了，雾的密度已消解到仅余初期的七成；渗漏过大树叶缝的雾，袭向旁边一棵稍小的树冠，抵着粉苞绿萼涣散。从参天古木到茁壮树苗，由大向小，拢共吹拂过十四棵树，总算扛下这雾的巨幕。

　　境绝雷不至，谷深鸟空立。闪电遥指处，天之极有"难得一梦岛"，世人眠床二万次，难得梦到一回。贪夜的蜜蜂在莲花里倒吸了一口凉气，宛如置身仙人的旧馆。

　　姚春蕊站在拱桥上等酒友。月色里双侠并辔而行，左边是韩醅舫，面如冠玉；右边是严酾洲，面如重枣。姚韩相识已有三年。

　　"吁——久等了，春蕊兄，这是我师弟，春醴门严酾洲。"

　　"不妨，今日得以与两位门主共饮，实为姚某之幸。"

　　"散人言重。论江湖声望，'飞栋外，云行绝，见明河星斗，半空森列'的诗号，何人不知何人不晓？论武学造诣，我们二人甘拜下风。话不多说，今日我们只想与散人狂饮飞大觥！"

话音刚落，韩醖舫身后所背的凶剑椅醉自行出鞘，在高空连续挥动三次，夜幕惊变了三番颜色，每一剑的威势都足以劈开岱宗。眨眼工夫，椅醉已造出「暗盉」，空间刚好可容纳三人，这就是今晚的酒馆。

"散人请。"

"二位请。"

说着，韩醖舫随在姚春蕊身后走向酒馆，推开门，率先映入眼帘的是山涧，涧边石壁刻着字"汲水能得鱼儿"，有出生不久的小鱼在冻醪涧中游泳，不怕人，直接用手都能捧起很多条。大雾冥迷，目光所及之处，地面、高空、林梢均已早早摆满形状千奇百怪的"酒坛"，所有器皿皆是不规则几何体，具备晶黑的外观。姚春蕊睹此盛景不禁拊掌兴叹："妙绝妙妙绝！"

"我尤爱此酒，入口辛辣烈、下喉如刀割、落肚一团火。"

话音未落，韩醖舫就暗运真气，令天上云动，从高空推跌下来一款贮藏多年的习酒，姚春蕊忽有所感，展眼舒眉恰好将其接在手中。他喝了一口说道："不愧为酱香习酒，越陈越香，让我隐隐想起《役梦记》有云：睡眠本质上是一股涌流。我熟睡着冲进梦国深渊，倘若介入的时机不对，就极可能是我的睡眠反遭割断，而无法如愿切入梦境的断面，凝视。二位做过会惊醒人的噩梦吧？我以为不够滚烫的睡眠会被梦境切断而非反之。"

"然酒性过于刚烈，口味恐有易折之险。新酒太暴，须经窖藏方能变得绵深醇厚，与柔共济。我有一壶觞，想同二位忘忧。"

语罢，严醳洲抬手向远山一挥（跟钓鱼抛竿儿似的），引万棵玉兰树的"叶隙"为剑阵，往地下暗河边劈去（像为救马小玲强破地狱之门找地藏王的况天佑），双眼通红、杀气腾腾的春醴门主，怒吼着撕开河床，取出一壶"大云留缝"。

"'何物比天波？瓮澄梅雪玻璃碗，皓鹤争鲜带露餐'，醥洲老弟，今我饮此清醴一盏，气海惊变春潭，浊体灿然一新，潭心曳碧，忽能与日月交光。"

"师弟这酒，刚入口如吞星象，璀璨万分，然不迭咽下，就缩境两成，只余八千，'绿云欹、炎光敛，银虬鸣咽，露残月缺，星斗渐微茫……'口感出现了明显断层，深险竟如吞函谷关。按散人的话来说，就像：睡太晚，鲜活的梦境所剩无几，梦国深渊剩下的多是次品（残渣），因此这时所做的梦更可能口感干涩，饮后总觉寡淡怪异，像无根浮萍，太飘。"

"是你口味古怪，不怪我的酒。"

后半夜三人生起了篝火，浆酒霍肉，举手投足，杀意纵横，云端有刀剑代人酣战。吹面不寒，峡谷飞仙，卧峰而饮，爽畅襟怀，凌虚高蹈，行止旷浪，吐息为经，举足为法，绝类离伦。「暗盏」内酒气浩荡。

分道扬镳之际，姚春蕊从风中信手拈出一轴画卷，赠予双侠。韩醖舫向北，严醥洲向南，姚春蕊伫立拱桥之上目送。

多年后，韩醖舫去南海飞仙岛前夜将画卷托付给了唯一的徒弟。

"也就是你。"

严醥洲倚靠着山间巨石说道。原来刚才所有场景，都出自春醴门门主对后生晚辈的转述。

"我们现在在画卷里吗？"

"不完全是，阿采师侄。"

"我不太明白。"

"你住在草庐已有两年。姚春蕊这幅画卷，原本只对师兄和我敞开，但师兄上个月魂归剑道河后，你顺位继承了姚春蕊分配给师兄的视域，画卷的本相也逐渐对你敞开。一旦视线接触这幅画卷超过半盏茶的工夫，你就将飞渡到画卷的山色中。多数时候，画里的深山即是拱桥另一端的深山。若不信，你可试着哪天出草庐过拱桥，朝鹿荚村那边一直走，你会见到与画中内容一模一样的风物景致。姚春蕊作画常以本地山水为基础。玄妙之处在于，你进入画卷再出来，并不能径直脱身回归到草庐，出画卷需要你自己从深山慢慢走出来，走到鹿荚村口的界石附近，通过拱桥，一步步走回草庐。

"只要你飞渡一次，就将进入一个向内螺旋的空间，进入画卷的你虽能从远处通过拱桥，回到熟悉的寓所，但实际上，你已无法真正退回到'最初的草庐'——那时飞渡次数为零，你还没继承这些'赶路行为'。我们都在姚春蕊的画卷空间里赶过路。"

"如果我现在走出这座深山，从画卷里走出来回到我住的地方，再徒步从草庐过来，能找得到你吗？"

"不行。不借助画卷无法进入这座深山，你虽能从此地走回陡坡湾（↑），但无法脱离画卷这一脉暗道从外部抵达我的所在地（↓）。你可以上，但不能下。在画卷之外的任何地方，都无法见到这座深山幽微的部分，我仍然是画中人。"

山间没有征兆地起风了，有小雪下坠到雾谷。

"师叔，你先找地方躲片刻。我方才进画里时忘了关窗户，可能是有风雪吹向画卷。"

"不管风雪还是沉香都透不进画里，它们没有分配到视域，过不来的。并非因为你窗户没关，这些纷扬的雪不是来自你的寓所，而是这个季节山中的天空本身就富含雪意。况且即便这些飘雪真的源自你的草庐，你走出画卷关上窗户，也只是——为下一次飞渡后抵达的空间，消除了这些风雪。我身处的这一空间对应的是半个时辰前的那扇窗户。"

初次见陆师傅时天色很晚，下着雪籽。桥的另一端通往烟云弥漫的山景,那仿佛是写意画中才会有的颜色。陆师傅携着一身酒香飞奔而来,箭步经过我身旁。他是要赶回家收一幅画卷,那画卷里的人物是严酽洲。

- 1

  我们仍在不停赶路。四周的树木葱茏得不像话，从正上方俯视两颗头不觉得像冒号。缪佩蘅蓄着披肩长发、络腮胡，偏北风蹬鼻子上脸一吹，他头发朝旁边一扬，我跟他在鸟瞰图里刚好组成了"；"，这让我始料未及。
  "咋咧？"
  "没啥，我有点犯怵，心里没谱。"
  "都这旮旯了你想认怂打退堂鼓？"
  我低头不接话，快步走到他斜前方，分号变成了斜体（；）。草丛有萤火虫在飞，发着柔光。
  "空洞感来源于我体内的孔隙没被宇宙微粒装满，现在似乎心里没那么大窟窿了，可能因为水库离得越来越近，一些物质陆续嵌合进来。"
  "还纳闷你虚无了小半辈子的心境咋眨眼间变得这么瓷实。锡榘，全身里里外外的坑，快填平了吧？我能听到神往你的感官里推土的声响，好精细。"
  "羡慕我啥，你不也一样？多亏那些微粒，你才耳聪目明。"
  我小时候一直期待能在树林深处突然碰到桃花源，十一岁那年我的确曾与"祂"接触过，可是周围没有任何人能做证。后来逐渐长大，那些不知道从哪里冒出来的叔叔阿姨只会说同样的话：我小时候抱过你记不记得，越长越不认识了。口型像一个模子刻出来的，没有一个人对我说：你以前去过别的世界有座村庄坐落于虚空，那些村民仍然盼着你哪天做田野调查返回来，抓住你的胳膊告诉你：你十岁时到过这片葵花地里记得吗当夜我的白胖儿子还提醒你：饭粒落在地上必须捡起来，不然长大会成为犯人。我希望能遇见异人，话里有话里有话，就像天空里头有（里头有天空的）天空。

《圣经》说神的灵运行在水面。自斯巴达克起义（大地上写下奴隶觉醒的诗篇）以来，菌典水库一直是写诗者的圣殿，想得到终极启示，人们须驱车沿路用"诗"交谈，让神透过日常用语与"诗"的融合看见写诗者的本相，这是仪式的一部分。对我而言，沈沅君是永恒的滑稽谈资（她乳名布丁），除了"她"附近两三行的句子，那些距离"她"有点远的内容都是我事先背下来的。我擅长死记硬背，不是谁都能像缪佩蘅做到即兴发挥，当然，他也有少许引用，他此前说我们活在这世上已经快倒满三十年的霉，这话出自一位外圈层写诗者徐渭崖。引用不代表有同感，缪佩蘅只是为迎合语境深处虫鸣的方向，才用树枝把晚风与窗户对齐，让它们恰好吹过（进）去而已。

森林里光线很暗，水蒸发的声音依稀可闻，花苞在雾里悄然绽放了，几抹痒漫游在倒数第二根肋骨中部。缪佩蘅拿起望远镜看雾气，驼铃在百米外的柳荫深处嘟嘟响个不停，他觉得很耳熟。我没有听到那些动静，而是看见了我爹在前面走的背影。估计我们都迷了心窍。四周有童年停电的气氛，我恍惚想起两岁多时骑在爹的肩膀上看演出，范伟顶着碘钨灯在蚊蛾乱飞的舞台说着不好笑的相声，每隔几句话就会不小心咽进去一只，还生怕台下的人发现。后来他上了春晚，铁岭艺术团就没有来了。

四周的水蒸发得奇快，我已感应到菌典水库翻腾的热浪。花瓣分批脱离我们的怀抱，往天上飞。感觉我也快完了，我也要脱离地面，要西辞了。引力渐渐不够，我的头皮屑已陆续飞向枝头，我也在分批失重。

危急中，缪佩蘅从口袋里掏给我一支手电筒还有一包中药，大概是互渗的缘故，前者比后者闻起来更像双黄连颗粒，尤其是把手电筒打开的时候，光柱特别刺鼻，像罐油漆。世界上存在双黄连味的油漆吗？

"我靠，你还装了多少东西？"

"就几把餐叉，大卡车那路上搞的。"

网络语言习惯带来的刻板印象，使我误以为他说了脏话。

"快到了吧？花刚落树枝就止不住果意了，锡榘，我觉得这花对我们影响太大了，骨头里作痒，抠都抠不到。"

"别说了我嘴里都是果意我不想说着说着话，门牙缝里喷苹果星子。"

"画面感真强。"

重量的小幅度增加，让我得以继续贴着地面行走，暂无要飘到天空的迹象。花苞只剩下六朵，我们各占三朵。几乎能听见库里激动的水声了。

"我出发前有故意丢失一副远程蓝牙耳机——在视障艺术学校，你有没有通过什么途径把我们的经历传递出去？毕竟好不容易来一趟。"

"我傍晚出发前把山岭的林火监视器移装在了车内。不过，要真能传递出去，网上关于菌典水库的信息就不会这么少了。你预设的接收对象竟是视障者，怪不得你说了一晚上话都是倾向于把视觉内容抽象化，可别人能听懂吗？"

"有过视觉经验就能听懂，我觉着这种与感知力相关的话语不需要过量视觉的参与——"

话音未落,花朵的芬芳已彻底脱离我们的臂弯,视觉特效刚消失在天心,旋即就爆发出更有冲击感的视觉特效。水看见了闯入者,将我们一下轰向四十多米高的半空。我们就这么飘起来了。由于旋转,我手中电筒的光柱,朝四面八方无规律散射,从缪佩蘅口袋里掉出的几把金色餐叉,悬浮在空中反射着电筒光亮。

加速旋舞的人体像我儿时梦过的花瓣,菌典水库的鱼正在吞食两个投影。基于这一带水域的蒸腾作用,方圆几里的山体都在翕动,我远远瞥见 SUV 像一枚 Amano Ocumare 70% 黑巧,旋转着掠向高空,它逐渐熔铸成晶黑圆柱体,定格在天心:滑轮。不一会儿,缪佩蘅猝然下坠,而我兀自朝着一朵云飞升:η。仿佛是几股吹气的推力在把我们朝两个方向驱赶。他头发朝下(末梢的果意像实心铅球),很快钻进水中,没影了。

  如同,在海之深处持续跌落
  坠入更黑暗处
  你睡觉时,头重脚轻
  你头朝下,往未知的空间,加速沉淀
  你的头先出来
  开始哭泣。

那年夏季,缪佩蘅在医院降生,他进入了别世,重获新的天地。此前的阅历俱是水化身的樱桃梗,主体被吃的那一秒有人捏过它(仿佛樱桃梗是时间之轴),主体吃完,拿到树下就可以丢了。之后会有蚂蚁找上去爬。满月的缪佩蘅,睡着睡着突然觉得脸痒,醒来后不停哭,哭得嘴皮子都麻了。

我飞入苍穹转世为新天地的月晕。

2

　　2020年4月,我乘高铁G592从汉口到杭州东,斜对面有女人在"辅导"孩子的功课。
　　给我抄,没有资格玩。
　　恁简单都搞错。蠢蛋
　　再做错打死你。
　　你看别人的7写得,你的7写得。
　　检查几遍。
　　她脾气火暴,我戴着耳机都没法屏蔽声音。

　　陆师傅吹气的推力以他所在的位置为原点,朝树枝两端蔓延。
　　-3,-2,-1,0,1,2,3
　　遂叉掉小说文档合上笔记本,鬼使神差把小孩的语文课本拿来看了几眼。
　　识字　春天来了　3
　　　　　我的小天地　7
　　　　　西柏坡　9
　　　　　交通工具　11
　　　　　走出校园认汉字　15

　　　　积累与运用（一）　17

　　　　鸟鸣涧［唐］王维　19

课文　小贝壳　21

　　　　谚语三则　23

　　　　顽皮的阳光　25

　　　　老人与苹果树　30

　　　　种子　32

　　　　草［唐］白居易　35

西柏坡

春风吹　　放风筝　　桃花开　　小草绿

冰雪融化　　燕子归来　　柳树发芽

课后练习：以"当我踩到一只蚂蚁"为题展开联想。

好奇现在的小孩童年都在想什么，我不假思索发问：

"嘿小朋友，这个题目你会怎么做？"

大人忽然怔住了，她骂咧的嘴像凝固的石膏还没来得及合拢。

"爷爷说，踩到蚂蚁，蚂蚁会疼得咧嘴，要是纸做的蚂蚁就不会。"小孩胸有成竹地回答，眼睛发光仿佛在感谢我的解围。

很显然爷爷没这么说过，我不知道是谁在这样教育他。社会里仍然有股力量在规划群体的脑海，隔着漫长的推力，我望进小孩眼睛深处。

"小朋友，有没有想过'我可以站成一片叶子'，那样即便踩到了蚂蚁，蚂蚁也不会受伤了。我还可以是一粒花籽，可以是鸟叫。不一定有重量。"

他迷茫地看着我，我知道，我已无法推倒他心底的高墙，他只能在父母机械式的逼问、责骂中学习，他真的需要把"7"写得多么标准吗？与大家一样？世界早已如此，我很想重写小学生教材，让未来的年轻人有稍微特异的童年，但我没有资质这么做。

— 2

那年春天受不可抗力影响,大三的那个暑假,我们学校要补课。沈沅君的专业是播音主持系,我曾陪她一起听了几节课。

"雨滴里存在箭头,每一滴雨都知道自己要下到什么地方去。知道落地后要往哪个方向开。这是场拉力赛,你看,许多滴雨拥挤着淌过了石板,这条小路目前都是流动的雨,它们加速漂移,过弯水平跟人类相比如何?这场比赛是从天空开始的,那是跳伞阶段,与某款游戏的开场有点类似,雨滴需要不停调整内在箭头的指向来校准落地位置,确保空降到一辆好车旁边,当然可能会有风把一滴雨吹得偏离了理想位置,但没关系,输赢不重要。无论运气如何,落地后都要马上钻进一辆车里跟着大伙一起朝地势低的终点位置开去。人类走过,无法判断一袭流水里的雨滴谁先谁后,但雨滴心里有数,它们看得见彼此身上的箭头。一摊积水,本质上是比赛终点的现场,观众围着坐了一圈,呐喊助威声源源不断,裁判、赛况播报员穿着正式。如果一些雨滴'跳伞下来'直接落进了湖面怎么办?那些雨滴不在拉力组,它们在打靶组,只要箭头正中湖面任何一个波纹的圆心,那么箭头的'主人'就是它所在小组的赢家。这听起来简单,完成起来难度很大。在同一时刻落到湖面的雨滴,是同一小组的对手,它们要在空中选准湖面繁多波纹里的一个,射向圆心。前赴后继，前面落向湖面的参赛选手为空中的雨滴制造了新的波纹，让后面的选手将其作为靶子。其实有个小窍门是，在空中坠落的时候就提早选择一颗在自己正下方的雨滴，紧紧追上去，咬住，距离越近越好，因为它制造的波纹是以它落入湖面的位置为圆心的，你只要跟着它落到同一位置就可以了——你紧随其后，穿过的那个位置就是波纹的圆心，这个方法其实非常取巧了，但同样需要长久的训练，积累充足的经验才可能完成。"

教育部在晚春时规定，写诗是全国高校必修课，培育新一代精神抗体。我大学的校长也从大一时谈诗色变，转变为倡导人人都以"诗"为生活基底了，各位教师要将专业内容与"诗"的原浆调和在一起。

那个夏天，我们买了镜子后，为了不吓到树上的鸟（它们会误以为房间里人多起来了），就改变了床的位置。她独自去上课时，我独自睡在满室香气里，常听见楼下有水果摊的叫卖声：消费满二十元，送红柚一个。

在那声源的四周，身处不同房间的学生们，怀着各式各样的心情，屡屡将其听错成"送朋友一个"。当初觉得好笑，现在想起却常觉惘然。

3

　　墙上的"KOBE 62-MAVS 61 AFTER 3 QUARTERS"海报，快脱胶了，记忆里，洛杉矶卡拉巴萨斯的那个雾天，仿佛，在故乡的山坡低着头就能溯游过去。人们在浓雾中待得久了，会不由觉得，可以沿着某条道路走回以前雾里的很多东西身边。比如深秋校门口的单车铃声、爱治文具房的背景音乐、食堂的五指毛桃焖肉、阿嬷糯米炸的香味，后街的潮州坛蒸、柯仙铁板烧冰激凌、彰化古月馆焢肉饭、健达隐形眼镜店、纶镁广寒糕、喀ㄊ喀ㄊ照相桥。鼓浪屿奶茶铺的椰果，听说为显卖相白嫩，大部分都加过高腐蚀双氧水，所以那时候总是不敢去喝。划手机可以找到，椰果是微生物（木质醋酸菌）的代谢产物，培养基原先是椰子汁，后来部分工厂为节约成本，换成了自来水。

　　Word里体型为9号的光标，隔着磨砂膜，悄悄陪显示屏幕暗了下来，快熄屏的这个时候，那闪烁要比平常更接近赤腹窗萤的亮度，微弱且低饱和度。伏案至此，顾晚鲸头皮有些麻了。他"Ctrl+S"保存了文稿：

　　「凌晨，月亮倒悬于无稻浪、松荫、根瘤菌、集星藻、莲花开落——亦无仙琴蛙、荸荠、炔草酯、达达马蹄的天角。

任选几个名词分拆句式可得：月亮，倒悬于无松荫的天角，无根瘤菌的天角，无莲花开落的天角，无仙琴蛙的天角，无炔草酯的天角，无达达马蹄的天角。天角的确不会存在这些事物，它是一片指向"自然高妙之境"的聚敛型空间，像林梢。※ 林梢，可得详细释义"林木的尖端或末端"，我偶选的这个词，用来描述"天角的形状"还算适合。

除开我列举的，还有很多别的名词也能成立，等于说，我给出的是一个通式，要如何存、取"意象"各位可以自定义。起初通式比较短，是：凌晨，月亮倒悬于无稻浪、松荫、根瘤菌、集星藻、莲花开落和达达马蹄的天角。差别在哪里，稍后说。首先，看到这页写着"稻浪"，人通常会下意识认为"只是一眼可带过的书面用语"，不大可能主动去配出氛围可互溶的图景。为立体化感知，请先 ※ 稻浪试试，你会看见释义：田野的风制造的波动。此外你会随机碰到一些图片，它们令你不禁觉得：稻浪是被一根根禾苗拄起来的，像观众在足球场看台上玩的"La Ola"（墨西哥人浪）。

稻浪是被禾苗拄起来的波动面，它高于地表——正距离；

松荫贴地，零距离；

根瘤菌在地面以下，负距离；

将根瘤菌与地面的关系平移到水中——集星藻是虾池常见绿藻，水面上下都有，为与飘落到水面的树叶、花瓣区别开，这里把水面那层抹掉，记作负距离；

荷花开落是在水面以上的空气里发生的，正距离；

达达马蹄会从陆上经过，它高于荷花开落事件发生的平面，正距离。

整体趋势大概是↘＿↗，这个符号化标识不够直观。为简洁同时精准地描述出我想象中的物体间的高差关系，现表示如下：

```
                                              (6, +7)
                                             ↗
        (1, +4)
              ↘                    (5, +2)
                                  ↗
            (2, 0)
              ↘                ↗
            (3, -1)_____(4, -1)
```

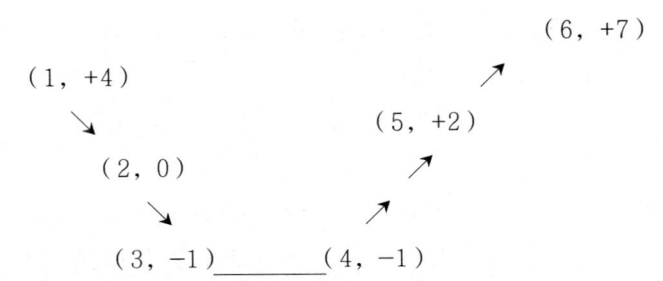

不难发现有两个"-1"。将根瘤菌与地面的关系平移到水中，首先何谓"平移"？"平移"（Translation）的几何定义不难理解，在它原本定义的框架下，我这里给的限制条件是"水平位移"。

　　A↘↗B

现假设，有两座高山，其间夹着水谷，A↘山的斜坡上长着一株红薯，它的意念平行于水面、穿过河谷上空的云雾，径直抵达了↗B山斜坡上的同一水平位置。

"平移"是，往周围某一方向上水平位移一段距离，可能这个位移的过程，要穿过多重山体，要经过山间梅雨、谷中云雾，像"毌"或"丗"，后面这个字像某种事物（件）平移穿透了三座高山。

这里讲的是"短通式"的情形，那么，无稻浪、松荫、根瘤菌、集星藻、莲花开落——亦无仙琴蛙、荸荠、炔草酯、达达马蹄的天角又是如何？田间的稻浪比田边的松荫高，根瘤菌比松荫矮，隔壁村虾池里的集星藻与根瘤菌的水平高度相同，莲花开落不是个名词，它是作为整体事件出现在场景中的，它高于水面。顺带一提：因为集星藻所在的水面是——地面在这个世界上平移"找"到的，所以水面即地面。仙琴蛙生活在水面以下，荸荠生活在土壤下，这两种生物与集星藻、根瘤菌构成了对位关系。炔草酯是农药，洒在庄稼身上，它对位的是稻浪，达达马蹄是个名词，得踏踏实实从地面经过，它对位的是同样与地面关联密切的松荫。若稻浪、松荫是一个"块"，记作 Block（a, b），根瘤菌、集星藻是

Block（c, d），当句式通过"莲花开落"事件以后，将会产生如图所示的交叉拖拽变化：

$$\begin{array}{cc} \text{Block}(a, b) & \text{Block}(c, d) \\ & \times \\ \text{Block}(d, c) & \text{Block}(a, b) \end{array}$$

"莲花开落"像双向转接头（云想衣裳花想容的"想"？）。

备注1：Block 是 Notion 中最基本的单位，它是一块可以自由拖拽的内容，而这个内容有很多种类型，不同类型的 Block 有不同的功能和表现形式。《仪式》从"-3"到"3"，有多种穿梭途径。

如果你想把"长通式"里九个不存在于天角的事物（件），写成坐标的形式，展现出更为具象的错落，你不妨参考下绿带燕凤蝶飞行时的"仪态体式"。

备注2：虾池25℃以下会出现硅藻，30℃会出现绿藻，35℃出现蓝藻，而裸藻、隐藻适应温度较广。0℃~30℃时，藻类数量随温度的上升而增加，30℃~60℃时，藻类数量随温度的上升而减少，0℃以下或60℃以上基本不能生存。

在车辆离出发地点的水平距离超过"10"时，g（x）将不再适用，会有新的函数图描述山路轨迹。

蛛网的"隙间"不只是成品上的网洞，还有织与织之间的那些空歇。织-停-织，像一张新的网，连词符是笔者随意吐出的丝。

越岭隧道是穿越山岭的隧道，与山脊线近似正交；傍山隧道是沿着山体前进的隧道，与山脊线近似平行或大角度相交。山脊线具有分水性，山谷线具有合水性。

就像是灵魂接种了一支疫苗，现实生活的高压并不能损坏它的组织，只会令其变得更有韧性。这句话是我从2016年的文档《薄雾2》里翻出来的，看到的第一时间惊了一下。

在春风中大气磅礴地放屁，沿着江南岸的草尖儿一路臭过去，鱼肚白翻了几十里河道。

不能再多痒一步远，设想你是蚊子在腿上咬的那个人。

Chromium 是元素铬。

"Doppelgänger"在德语中的意思是"两人同行"，引申为隐藏在每个人心灵中的另一个看不见的自我。

这是我 2022 年 6 月 29 号在《暗影格斗3》新出的活动里遇到的单词，它被官方翻译成简体中文的意思是"分身"。只能说巧合。

不妨 ※ 暗影格斗新活动狼血。这个活动还真是昨天出的，贴吧人说碰到了"最难打的活动 Boss"。

簸箕：扬米去糠的工具（涉及"相对运动时的位移量"）。

原本想找"她比烟花寂寞"这个金句出自哪里，偶然看见与安妮宝贝有关的一个标题，遂点击介入，跳转至安妮宝贝微博，"到野外采摘河畔青花的知觉，让大地（重拾）破损，用手这容易夹在经文里的部位，把植被布置在体表的警惕——白霜，逐一摸液化，令它们一五一十顺花序而下，半自由落体，流进平仄分明的（心有眠石的）芳草，像押着韵的绝句——鸟（蛋）起伏在自己发出的啼声中，鸟鸣的形状里含有一颗静音的蛋，是天上的河流与卵石。而手之外的部位无意间摘响了别处，渗出汁水的沃壤，脚踩弯了细菌的健康，体肤掷出与山露接触时啪嗒的声响和碰鼻子的灰，这两种水漂朝天上的河流飞着，想赶上入夏的蜻轨，好中午回来听我们咀嚼接骨木花朵冰块的动静，蚕吃桑叶的沙沙声像自然界在拿笔默写"，发觉"花朵冰块"这种东西，有点像透花糍、水信玄饼、琉璃花球、石花粉、弹珠、松花皮蛋……

如果花煮了静置后能形成花冻就好玩了，像鱼冻一样。我想吃猫冻、狗冻、小鸡冻。鸡冻不已的意思是，吃鸡冻，吃得无法停下（欸，查了查好像这个世界上真的存在"鸡冻"）。

我们都听过一个短语，她比烟花寂寞。烟花很寂寞的意思实际上是指发光剂（如镁粉）、氧化剂（如硝酸盐）、气体发生剂（如蔗糖〔增加响度〕）、焰色反应剂（如钡盐）等构成的整件物体很寂寞，是这些粒子共建出一种"寂寞的观感"。可能硝酸盐是寂寞的主因，蔗糖是次因，其余的物质都不算真寂寞，而只是配合着二老寂寞，既然这样，为何不能说——打工人比天上的镁粉寂寞？我噙不住了的那两行淌到眼眶外的辛酸泪比烟花纸筒放射的焰色反应更寂寞？

"无莲花开落也无达达马蹄"表明"天角"既不在水中也不在陆地上，这是句废话。

"those"比"那些"写得更快，这是施泳麕的习惯。

早年的进口车，速度表上写的是"迈"。不像今天，今天只会心疼 giegie。

微博热搜
幂姐在菜市场买菜都仿佛是在走秀，太绝了
杨幂走路好绝
杨幂的腿好直

把距离地面 100 公里以上的空间，定义为太空，外太空离地球至少 400 公里，而外外外太空更远。

开启抗锯齿的作用是使物体边缘柔滑，消除混叠，增强游戏画质。

"东北石竹、矮牵牛、酢浆草和黄瓜的花一般都具有五次旋转对称性，花每旋转 $2\pi/5=360°/5=72°$，自身就重合一次，又如鸢尾科植物常具有三次旋转对称性。"——出自北京大学刘伟杰。

我在百度"手性"时，找到网友在"百度知道"的回答，看格式有点碎，还带着一个后引号，觉得像从某个地方搬过来的，严谨起见，遂去百度了"花每旋转 $2\pi/5=360°/5=72°$，自身就重合一次"这一小节比较有辨识度的内容，查到"道客巴巴"的一篇论文。没有看论文，这不是目的，去获取更全面的知识不是目的，我说过，这只是现学现卖、从人类知识大厦里随机抽取，个体并不需要了解更多的内容，我只找我认为用得上的元素。搜到了，然后给这段我很喜欢的话标上了出处。

2022 年 6 月上旬，百度"两股内力"时，会在第一页看到关于《有翡》周翡、《秦时明月》荆天明、《笑傲江湖》林平之的索引，其中出现三次的是天明，两次是周翡，一次是林平之。天明俨然成为"身体里有两股内力的江湖人士"的代表。这个"代表人物"有一定概率是资本竞价排名买上来的。仿佛存在一个兼容各武侠作品的"总"江湖（最终一统武林的是百度"希壤"门？），在这里兵器谱、武力榜排名可以花钱冲上去，每个月底的粉丝热度结算日都能看见美强惨双杰——魏无羡与"难忘鸡"各排内地第几。

锁镰是日本古武术中独特的奇门兵器之一。

血染めの刈り手，读作"ちぞめのかりて"，是先锋派武器，《暗影格斗 3》共分为先锋、王朝、军团三大派系，先锋武器通常会带"瞄准"，让暴击伤害更高，不带瞄准是因为对自己的实力极度自信。Nekki 游戏策划总是出现各种"非人"操作，所以《Shadow Fight 3》一度被微博网友谑称为《S.H.I.T 3》。对了，前面"暗影高柱"的设定也是来自该游戏。※ 暗影高柱，可见相应内容。

热切：游戏常见术语，指武器每隔一段时间都会显示铝热状态——刀身变亮，带暴击 buff 加成。铝热状态会持续数秒，在这段过程里，挥刀必定触发暴击。

漏影击：与热切类似，同样每隔一段时间出现一次，它的定义是"M%的概率造成敌人失去与N%的攻击伤害相等的暗影能量",技能分十个级别,比如五级的"漏影击"有50%的概率造成敌人失去与95%的攻击伤害相等的暗影能量。每拿灵石炭升一级就会提升一小截概率,"50%"表示在两次攻击里必有一次造成敌人失去与攻击伤害等量的暗影能量,这里攻击是掉红,而让敌人失去暗影能量,则是掉蓝了。此处涉及蓝量与红的转化,就像CF手游"荒岛特训"模式,被人用枪打趴下后,会有血量与时间的转化,在地上爬的时间预设为100秒,在此过程中如果有人前来补枪,时间就会像常规血量那样逐渐被打掉,拿自带2倍镜的MK5开几枪打得只剩十来秒,这时候你朋友就算想救也来不及——在救的过程中可能被人偷袭,如果像《小动物之星》那样,在队友施救时,敌人丢过来几颗臭鼬弹,可能瞬间就团灭了。臭鼬弹,我喜欢叫它"猹尾巴",yǐ。在《小动物之星》收集猹尾巴是很好玩的。

热切每八秒出现一次,笔者二创(或称为"破解")后的漏影击每七秒必定出现一次,代入"破绽分别在热切前0.3秒、触发'漏影击'后0.4秒"再看,可知:陆阿采在每15秒的时间里,只有0.7秒的微弱优势。

恐龙撒在土壤里的尿早就闻不出来了,夏商周那会儿就闻不出来。所以,狗尿会消失对不对?

※ 螺旋挠率。

不妨停泊在字面意思,认为这是挠痒痒的那个"挠",一个词会有触须伸向你。

卧床后,对视少了,但仍然在她女儿的注意力中。参见吕良伟《再世追魂》里的龙凤胎。

※ 为什么"homology"被翻译为"同调",可见回答:各种同调始于单纯同调论,而单纯同调直观上理解就是给拓扑空间"数洞",就好比一支笛子发出的音调依赖于上面洞的性质。

评论：笛子的音"调"和笛身的"洞"的数量之间的关系，跟拓扑上的"调"和拓扑空间的"洞"的数量之间的关系，这个类比太牛了。

出处 question/303108460/answer/539994706。

蓝花琉璃繁缕这一植物我是在微博热搜看见的。

@央视新闻：【美！＃春天常见的小花都叫什么名＃】当下春正盛，除了漫天樱粉桃红，一些＃面熟却叫不上名字的花＃也成为春日一景。阿拉伯婆婆纳、蓝花琉璃繁缕、红花酢浆草、球序卷耳、苣荬菜、柔弱斑种草……各种各样的小花，你最喜欢哪种？

小品《卖车》里范伟坐在轮椅上对赵本山说"白瞎你这么个萤儿了"。东北人聚一桌吃饭，时常"萤不离口"，比如前些年我们去丹东拿一批货，别人问程宇琦是哪儿的，他说武汉的，草莓贩子微妙地重复了句"噢，武汉萤儿……"明摆着想坐地起价讹一把。我因为嘴钝，性格就跟《特殊身份》的大声发、《古惑仔》的生番——两个人以4:6比例调和成的一样，想到什么说什么，当场接过话尾就是一顿输出："昧想到你丫儿害挺与时俱进，害读《长江日报》的新闻，知道付新华前不久才发现并定名了4种我国独有的萤火虫种类：雷氏萤、武汉萤、穹宇萤和付氏萤，并与合作者以武汉萤为模式种，确立了一个新属——水栖萤属！"草莓贩子的矮胖跟班芹泽多摩雄急了："搁这儿跟谁俩呢？没有坐馆程浩南罩着，这批货……"巴啦啦么么哒嘴了一大通，我竖直耳朵发现稍微带点彩儿（黑话）的口语我都理解不了，又是什么"跟大他者逛实在界带你们见见作（Opra）与无作（Inoperativity）""爷会让你们所有人悬置的血条（Health Point）相加起来，只剩半条生命（Vitae dimidium）"，又是"待会儿你额头的伤口是有福的，从爷的刀尖，eltheto（降临）在你脸上的国，会比爷的巴掌九个大，左手能指链的断面（Split）会是爷这辈子最重的伤"。不懂阅读空气的我正想撸起袖子 Big 力干，林牧师的义子林田惠拉了一把我具有"鲁棒性"的胳膊，末了还是气场很接近蒋先生的程宇琦示意我们几个没文化的喽啰往后稍稍，并让鸟往树梢稍稍，主动上前递了几支爆珠烟才摆平的。"往后稍稍"是东北话，常见完整用法"小老锑你可往后稍稍"。

步滑试云阶，苔润黏鹊息

"步"的主体可能是鸟鹊，也可能是化身成鹊的仙人。

云朵挤着云朵，像天上的台阶。鸟鹊徒步行走时，觉得山路太滑了，所以想试一下天阶。它振翅飞走后，湿冷青苔上还黏附着微热的鹊息，有种"此地空余黄鹤楼"之感。

如果是仙人，会怎么样？行于山中时，他感到脚底打滑，遂化身为鹊，遨游天际？或他以鹊身行于山中，步滑，故恢复真身，骞入云端？

他作为鹊的时候飞行能力更卓越，还是恢复真身在云端遨游时更卓越，感知到的阻力更小？他行走在山中，脚底更滑，还是以鹊身步于山中，感觉路更滑？这涉及"神仙及其化身在世间万物表面的摩擦系数取值"问题。

两种情境，后者一定比前者更赶时间吗？

对于"他以鹊身行于山中，步滑，故恢复真身，飞入云端"的情境，步滑试云阶、苔润黏鹊息是何意？他是仙人，撤离地面骞向云端后，青苔上还黏着他作为鸟时的呼吸。有一种分解完因式的错觉。鸟变身为仙人，鸟的呼吸也变身为仙人的呼吸了。

或者这么来理解：不确定主体是谁，那片山是"无我"之境，试了云阶，会感觉步滑，鹊呼出一段"息"后，将令石苔变得黏润。步滑试云阶、苔润黏鹊息，2+3、2+3，试云阶→步滑、黏鹊息→苔润，2是3的结果。像倒装句。

这种理解路径，只是陈述了客观事实，无任何浪漫的幻想意味，像是在提醒访山的人，试了云阶你会发现，路真的很滑。在此，云阶就是云中的石阶，这样去看，只得到简单的画面也可以。

芒种之夜，海角听潮，梦见二月初九寅初，云杪有仙山飘泛，时近时远，不与人境接壤。拂晓，天轴南移，横贯月心，乾坤摆雷硍，地柱忽崩豁，骇浪奔鲸，电掣凤飚，蛟腾星驰，蛰虫咸动，临崖空亭惴栗，庙里菩萨基座、塘底莲根同时发麻。俶尔，金乌破空，林露纷坠，日光下澈，你站立潭边，听着龚古一行人的伐竹取道声。

山中，惊蛰惊得比较晚。

≡ 任择四五句转译为百字文。

梦见二月初九的云端，有仙山泛游，自寅时初刻至卯正，始终没碰到尘世的任何一棵树。仿佛有隐形斥力在把两者隔膜开，同极磁铁般。高于大地的是谁？一座多雾的危峰，最顶端是树。月光下凡，最先碰到的通常是植物。

有的月光垂直下凡，咕咚落到湖里，有的月光大倾角下凡，在爬坡野兔的斜对面起身。

惊蛰具体是怎么在惊的？《礼记·月令》云："雷乃发声，始电，蛰虫咸动，启户始出。"这说法不够详细。惊蛰，是从某些人的暗中"梦见"开始惊的。梦里列缺霹雳，丘峦崩摧，地柱縻裂，梦外却好像什么都没发生。蛰虫是从梦里见闻到这些，方才惊寤。

你孑立潭边，像柳宗元脱窍的神魂。他生命的内景借着一眼细孔，无时无刻不在通往那个伐竹近岸的早晨。

≡ 据此文概述差时关系。

人间四月芳菲尽，山寺桃花始盛开。

山外四月换算进山中，顶多二月吧。

白居易云："山高地深，时节绝晚，于时孟夏，如正、二月天。山桃始华，涧草犹短，人物风候，与平地聚落不同。初到，恍然若别造一世界者。"

可见，春气只是转到世外去了，并非从大地上全数消失。也许，所谓"春季"其实是一群而非一个，它们不大喜欢聚众。在地势险峻的多雾幽谷，可能"春季"与"春季"之间是"犬牙差互，不可知其源"的。这里的"不可知其源"，就像构成"岸势"的石头，不知道它们是从哪个地点长向此处的。

春季是从哪个群体里掰下来的一小块？

所以，若你此时在屋前屋后遍寻春气而不得，它可能是到世外干别的去了。

不妨对原文进行缩句操作：芒种之夜，梦见二月初九寅初，山中惊蛰。

惊蛰乃正月廿二。不难发觉，上文经过了两度换算："芒种"换算进梦里为"二月初九"，即山外已经过了惊蛰日，"二月初九"换算进山中刚好是"正月廿二（惊蛰）"。

如果想钻牛角尖，把"芒种之夜"视作"山外"也是可行的，把"二月初九"视作"山中"，把"正月廿二"视作"山中的山中"。汇率越来越低，从"四月廿五减去二月初九"变为"二月初九减去正月廿二"。

≡ 要补充的内容请写在这里。

站立潭边的你，是河内山涛，还是听完《广陵止息》的鸟？伐开你荟郁的心灵之森，沿漱流步嫩听幽，走向夏果新脆的——涧身最懒地带：蟹眼周，转入浮萍破处，蟾光漏寂。逗坐游芳间，枕商声，追萍缺长好，可传我高效愈创的化学制剂，还原得到嵇康的弹法吗？

柳宗元会说粤语吗？他教了十几句，大姐夫崔简只记住个"冇撚用"。

山涛，字巨源，河内郡，怀县人，俗称"河内山涛"。

潄流，潄山间野石的水流。沿潄流，步嫩听幽的情境很难想象吗？不妨类比《JIBARO》进度条08：00前后，男主沿逸兴遄飞的水流朝着上游奔走的——山林清趣图？他脚速偏快，不符合古意对吧？

潭：在波动时是通假字；在等待波动到来的过程里，意最笃的那一刻是通假字。除此二者外都不是。

通"弹"。可搜索含"幽潭"的诗句，以"弹"易"潭"，然后再读这些诗句感觉有点像《李凭箜篌引》，是写音乐的了：

香入岸花摇石峡，林开风磴响幽潭。

径极罅转深，幽潭蓄风雨。

只激风泉韵，何来金鼓名。泥难缝地裂，石忽使天惊。

断脉迎人气，虚中学语声。幽潭睡何物，时有怪云生。

竹敲隔院常伤远，弦冷幽潭又感时。

"竹敲"句摘自当代作者眭（suī）谦的诗，男，1966年10月生，字卬落（áng，古同"昂"，抬起、扬起，情绪高气势盛，或人称代词我；chí，菊），号由櫱（niè，树木砍去后从残存茎根上长出的新芽）斋主人。译作有《莪（é，多年生草本植物，生水边，叶像针，开黄绿小花，叶嫩时可食）默绝句集译笺》。

※ 含弹的诗句，可得：

指寒无好弹。

未稳栖鸳,陡惊弹鸭。

空闻北窗弹,未举西园觞。

此境此时此意,待携琴独去,石冷慵弹。

明月小楼间。第一夜、相思泪弹。

绝壁过云开锦绣,冰丝弹月梦清凉。

"指寒无好弹"一句是说,这附近没有拿得出手的好潭,让我一展指法。不喜欢水太冰的,那样手指按弦都不敢按,整出点波动的时候,会愈发冷。

在该部分诗句里"弹"可易"潭",即"弹""潭"相互通假了,这个典故很有名,叫"弹潭交通"。

引号是螃蟹夹,冒号是眼睛,所以螃蟹是":"。正如蛛丝通常以破折号"——"的形式出现,例"从拴在年画一角的——自纸的背白那面飘过来的蛛丝身上借力"。

问,《仪式》里共有几只螃蟹?

2019 年,阮梅冈的邮件:

"我在思考,现阶段可不可以有'新古言'。是不是只有写成'古拓本'的样式,才会被定调为'专业',乃至所有人都要压低自我——拟声、仿古,才能够一直'专业'下去?是否存在,文言与白话之间的黄金分割点,即便古人看了也会觉得新奇,用今人鲜、活的角度盖过遣词造句的夹生感?可以融进去一些比《笑林广记》更(树大?)招笑的流行哏?应时刻避免在压抑的环境下剪切自我,要竭力爆破,每句话都可以是个性化产物,不为'小说'规范制式而写作?四十岁前的理论总结对个人值什么用?没花个二十年去一笔一笔硬凿,理论恐怕只是对年轻时代'自以为是'的沿袭,那些理论家看过的人足够多了吗?

"发展规律是，世界永远需要有人提供真正崭新的思路，缺少这个，周围的世界就是粗线条的世界，一根大路线就能铺满的空间。丰富性，本质是对社会粒度的进一步细化，所以增强丰富性，不会有错。

"不妨离开过往'看上去很美'的堆格局式行文，彻底把小说变成精神娱乐，视现实信息为最大开源项，像造手机（APP）那样遴材堆料，在客观环境允许的条件下尽量节省用户时间，使人任选一页过目都会有所得？人可以在五分钟里确立一些东西，这本是应该固定下来的速度。写作者，应试图让用户在五分钟里得到更大量的信息。每一页都是144赫兹高刷屏，是信息爆炸时代里的'一小撮火药'（引自《HUNTER × HUNTER》）。

"文科的可玩性还不够，我认为，它远远不如理科摊开后，可深究的部分多。写作是为了对现状产生任意一种深层的诧异。不接触那些书店的老板与商品，也不影响在社会上的拼命创造。那些爱用考究词汇笑着闲聊的人，说实话，根据那笑扎在皮肤里的深度可见，已经没什么切实的痛苦了，严肃是很好装的，但笑不是。多的是宏观抽象有质感的痛苦，有种痛苦叫跨国式大格局痛苦，全球智性学者的共同痛苦，他一手带大的痛苦。把本不该纳入这个体系里的人，也照单全收了的，所谓'视野开阔地'。与抽象的痛苦对应的不是普通写作者。在'缺乏社会性'的社会上，生活着'缺乏社会性'的人，这种'缺乏'没可能等于丧或躺平，因为一旦丧或躺平那就真的什么都不剩了。丧或躺平是因为那些'都市丽人'尚有资本丧或躺平。比热血，这些缺乏社会性的人，大概有核裂变式的热血。

"真正的自我涉及对自身最沉的那块盆地的起重，涉及对具体时间点上的自我的拯救，非生即死，不会有中间地带。因为强度如此之大，所以没可能在这之后还弱化自身，把自己归入任何文化宗教。人最怕有惰性，惰性决定了自己的痛苦是不是一波流顶格写的，往后再有什么都写不进去了。如此频繁使用理科词汇，目的还是在于模仿一些掌握了学术写作法精髓的人们写文、作诗，表明掉书袋转黑话从头转到尾，我也会，而这很无聊。

"诗人可以扩展自己的创造面写小说，文人可以扩展自己的视野，学习理科知识，了解世界的客观规律，并在这片宇宙找到方式运用它们。人用稍微抽象的方式生活着，有时会打开稍异的一种个体性。这种抽象不等于宏观范围里的抽象。机灵的人，不必一步一个脚印去接纳赘余人物身上的信息，我需要，个人的信息是精筛过的，这也是未来主要的写作方向。在同样的五分钟乃至一分钟里，让别人可以看到更大量的信息——至于这些绽开的信息能有什么样的扩展性，这是会用十年以上的时间解答的问题。在这句话的前后，以上以下所有的句子，都可被重写。在我写这些句子的同时已经埋设好相应角度。因此，我所有的观点，本质上都是'小说'或'诗'的背面。如果一个人的观点最终都翻转成了'小说'或'诗'，你能说这个人究竟有什么观点吗？我是为用笔刷扫描出一些结构，而甩开这么多内能的。我有时会劲爆地在豆瓣或公众号上记录很多负面想法，它们炸开的内容，有很多是我意想不到的断面构造。只能说，我大概建立了自身的统一性，并且我将在二十岁到三十岁之间的这段时空，停留至少二十年。可能你会觉得这封邮件太长了，都是个人观点的堆叠，很浪费人的注意力，但对我而言，这些内容与'小说'章节，在本质上没区别。

"我们的精神本身就有类似于 Gboard 滑行输入的漂移属性，像心灵层面的大陆板块漂流学说，所以无需线性行进，在腾挪闪躲中观察这个社会，也能够成立。当然，称呼他们为'地缚灵'是我开个玩笑随口一说，不该再多用这个词，很多词用不到十次就失效了。但露水这个词可以反复用的。它们的赏味期限，各异。我会直接袒露我在想什么,这种状态会持续到我认为对特定的'你'不需要说话了为止。"

⌟

《仪式》是从他听见窗外鸟翅作响,开始动笔的。他的思绪原本皆由那清早的翅尖迸发出来,直到听见树枝折断的声音,他忽然没了灵感。像并联电路里的多个开关,能调控灯泡的亮与熄。

楼上有人刚抛下一只圆镜,它正面朝上,倒映着天上鸟道,沉入大雾。那鸟道沿横轴翻转,乍变为镜底的 $f'(x)=\sin x-e^x$。

他将自己写进了文中某间教室。此刻他脱出文本,像被指力从空间深处扭送出来的鞋带。

从笔端(散发着"小说"味道)的雾气里探出头的顾晚鲸伸着懒腰,用简要的段落,把厴景系在了这里。窗帘表面的花苞看着很不真实,不知道今晚睡着,它们会不会到处飘。

Add to ?

i

设想每种文体对应着一类别致的气味。

瓢虫是一种文体吗？春神说了，停在这儿的是七绝与七律，停在那儿的是五言绝句？两只七星瓢虫待在一起是对联，四只七星瓢虫待在一起是唐诗，两只七星瓢虫与一些多星瓢虫待在一起是宋词，其中俩七星瓢虫一只在上阕一只在下阕？

设想你写着写着小说，忽然有人推门进来：在写什么？屋子里好香啊，你的文风像乙醇、柠檬水、汽油的混合体，我此前从未闻过这样的气味，很有个人辨识度。你不希望被室友发现你想当小说家，遂回答：那是当然，我在写日记。

设想你傍晚打着打着游戏，从窗外飘进来隔壁住户写散文的气味，你闻到了就会想自己动笔写点东西解解馋。你写散文时思绪不太流利，每写两段就要停下来想片刻，所以你楼上的住户会闻见断断续续的气味。

设想文体的气味是一段区间，[6.7, 10.3) 是小说的区间，[10.3, 19.6) 是诗歌的区间。如同颜色分为深红、粉红、深蓝、浅蓝，同样也有深小说、深诗歌。

设想语文考试时，满教室荡漾着文体的气味。监考老师走到不同的学生那里，闻到的气味貌似互有差异。但其实多数文本乍一闻觉得不错，细嗅就会发现它们同气连枝，银样镴枪头，新瓶装旧酒，只有幌子没什么真趣。老师只需要在教室走一圈嗅一嗅，就约莫知道这次考试写议论文的同学占多大比重了。如果一群气味里，有一束特别好闻，清香、新鲜感十足，在教室里脱颖而出了，那么很可能它就会是这一考场的最高分。一叠试卷作文的气味合并在一起，像粗壮树干，其中特质鲜明的那一篇，像飞来飞去的小鸟。

设想数学课上，有位同学在写诗歌，写着写着弄得全班同学都闻到味道了，像泡面打开盖了似的。有些也写过诗的同学，大脑不停在咽——脑脊液。就像动物见到食物会引起唾液分泌。

设想文具厂制造的笔芯内置了各式各样的香气，品类有诗歌笔芯、小说笔芯、散文笔芯等。使用诗歌笔芯写小说，易在字里行间掺入大量有诗意的词句。使用小说笔芯写小说，即便是没经验的作者也能写出气味宜人的小说，修辞手法写作技巧等均会自动往经典名家的风格上靠拢。有人看了会说，你这小说写得有点像张嘉佳。

设想存在写作香水。写作前往身上一喷洒，就能处在一种氛围中文思泉涌，仿佛拥有了光环（Aura）。

设想存在可以喝的写作气泡水。喝了之后再说话，谈吐会变得像××一样高级，每个句子都很有文学性，可以直接语音识别成文本，发表在重要刊物上。

ii

大地上的人，轻而易举就能看到天空，低着头行走的那些人是想与众不同一点吗？

毫不费力目光就能接触到一片云彩，太轻松了，我们都得警惕起来，要小心。我总觉得生而为人，最关键的一点是忽略天空。它太寻常了，许多人会漏掉这个意识，把天空的存在视为常态。这是一款解谜游戏，只有那些具备定力忽略天空一整年的人，才可能打通此关，得到奖赏。我想我找到了人的终极哲学目标：强迫自己在四个季节里不看天空任何一眼，进入下一关。

iii

天上大风。人们顶着云的移动，挤在它们空投的影子里生活。
天上大风。人们顶着云的移动，挤在它们空投的缝隙里生活。

iv

主持人董卿：接下来上场的是春晚的老朋友了，我一提邯郸淳，大家肯定就都猜到是谁了。他啊，常喜欢用《笑林》的段落作为节目开场，让我们掌声有请。

小品《鸟道也能被摸出形状来》

赵本山：邯郸淳曾写——有人常食蔬茹，忽食羊肉，梦五藏神曰："羊踏破菜园！"从前有个人平时都是吃蔬菜，有天他上餐馆吃了顿羊肉，感觉很好吃，就连晚上做梦也忘记不了，梦见五脏神告诉他："羊踏破菜园了。"他在梦中，急忙跑去菜园要抓羊来杀。

（观众笑得前俯后仰）

羊破菜园也有另一种说法：常吃西瓜的人，平时误食了不少籽，大人说了这样肚里会结西瓜，而偶然食羊肉，羊蹄的灵魂难免要踩种那些瓜蔓，这就跟踩到肚中蓊郁的菜园子是一样一样儿的。

（他滑稽的语气逗得大家笑哭了）

月亮底下，你听，肚子里咕咕在响了，是猹在咬瓜了。
（观众大笑不止，其中有些观众入场前没吃晚饭）

赵本山：（拉扯一个路人的袖子）欸等等，知道吗？据说鸟道是——

范伟：道是无晴却有晴？

宋丹丹：（碰巧打旁边经过听到于是接话）道士下山？

赵本山：听我把话说完，鸟道是摸着风过天空，是鸟的膀力摸索出来的蹊径。

范伟：净瞎扯淡，你这纯忽悠我呢，让兄弟喝口水先。

（台下观众振臂喝彩，因为范伟说出了"纯净水"，这个哏今年很火爆）

宋丹丹：大哥真逗乐。俺娘常说，陆地起伏的山势是巨人肩膀的叠层垒起来的，把所有的土壤都铺在他们肩膀上，就构成了地面。

范伟：啥是叠层呀？峰峦叠嶂那种玩意儿？

赵本山：拉倒吧！照大妹子说的，地底下都是站在一块儿的巨人，跟咱们几个一样？

宋丹丹：跟琥珀一样儿一样儿，通常内部会有包裹体，里头有一片片树叶子也有马路牙子，千千万万歧路形成分叉的鹿角与长头发。高山是站着点单的服务员巨人，平原是坐着喝酒的巨人，海底到处是出了酒吧四仰八叉躺着的巨人。

（观众沸腾地一致叫好，起哄鼓掌久久不能平息）

v

"亲真不好意思您当前所处的宇宙，不方便是雌性呢。"

得，夜幕连雌性都不是，更甭说白天了。

这句话可以理解为:
▷夜幕连雌性都不是,更甭说夜幕是白天了。
▶夜幕连雌性都不是,更甭说白天是雌性了。

一般的逻辑是:
夜幕连雌性都不是,更甭说别的性别了。
A连1都不是,更甭说A是2了。
此处的逻辑是:
▷A连1都不是,更甭说A是B了。
▶A连1都不是,更甭说B是1了。

vi

花瓣边境持续扩张,弹开令人目眩的波纹,抵达了每一棵树的心中,这是年轮的成因。
(这里,你可能会感觉有个类似"二次方"的复式结构
因为"令人目眩的波纹"又用了一次)
花瓣边境持续扩张,弹开令人目眩的波纹,(令人目眩的波纹)抵达了每一棵树的心中,这是年轮的成因。
我一开始准备记作:
花瓣边境持续扩张,弹开令人目眩的波纹^{2}抵达了每一棵树的心中,这是年轮的成因。
诗的形式更适应此类表达,诗具有折叠功能,人在读时会不自觉停顿:
花瓣边境持续扩张,弹开
令人目眩的波纹
抵达了每一棵树的心中

这是年轮的成因

vii

　　与沈沉君相关的一切是位于虚空中的滑爽谈资（她乳名布丁），她透过时间的密林偶尔窥向我的一眼，是离杯柄最近的那支银茶匙，可由我轻取或静置。她以前颇爱早起，常久视鱼肚白吞饮窗外的春风。清晨，如稚鸟般张着嘴的她，像枚中心有孔的铜钱。后来我做了梦，矗立在前方的巨型建筑物遮挡了包括太阳在内的多个天体，我持续受困于人造的日食奇观，方圆不知多少公里的大地全部伸手不见五指。高耸入云的建筑物中部存在一条长廊，它像笔直的山洞，天外耐心侧旋的日光（对焦准确后）从另一端凶悍穿越过来，刺透长廊这端的钢化玻璃，重曝在十米开外的地上。群鸟振翅产生的电，争先恐后闪向了光亮处。地表的日照区与建筑物倒影构成了一个比例极不协调的"回"字。我差不多站在"回"字的右上角位置。只要有人用鼠标点一下我，就能叉掉外面的网页窗框，把"回"变成"口"。

　　假如月球内部有一条中空笔直的"长廊"——它垂直于赤道面，与月球自转轴重合，当月球运行到日地之间的某个特定位置上，我们将可能发现穿过"长廊"透进来的太阳，非常小。用公式计算后，发现只有把庐山那么大的天体放置在太阳的位置上才会产生如此袖珍的观感。

　　随着月球中心"长廊"的口径增大，我们看到的日环食将可能是这样的：◎外面还有一个圆。

　　月亮是甜甜圈，它只能用一周的环状遮挡太阳，我们看到的将是"甜甜圈日环食"。

蔓性八仙花：
生于山谷溪边、山腰石旁或林下较荫湿处。海拔 500~2900 米。

赤腹窗萤：
发生期为 4—6 月间，栖地在 300 公尺以下的山区。雄萤的前胸背板及腹部呈桃红色。

拃：
zhǎ，是人张开的手从大拇指尖到小（或中）指尖的距离，长约五寸。英语相对应的说法是 span。在古代西方的算法中，1 英拃等于 1/2 腕尺（cubit）。

柳紫闪蛱蝶：
辽宁省常见的蝴蝶品种，王直诚《东北蝶类志》有载。

斑腿小蹦蝗：
出生地（户口？）在秦岭叫秦岭小蹦蝗，在铁岭就叫铁岭小蹦蝗，在神农架叫神农架小蹦蝗，以此类推还有乌岩岭小蹦蝗、阿坝小蹦蝗、万县小蹦蝗、伏牛山小蹦蝗。

起籁：
发出声响，在此引申为因惊喜而出声，这声音是漫山遍野破土、展叶、开花、结果、室轴开裂（septifragal）的动静。白居易有诗——飒如松起籁，飘似鹤翻空。

密密匝匝：
形容词，多指树木很稠密的样子。

间或：
时断时续、偶尔。鲁迅《祝福》——只有那眼珠间或一轮，还可以表示她是一个活物。

凝胶：
一定浓度的高分子溶液或溶胶，在适当条件下，黏度逐渐增大，最后失去流动性，整个体系变成一种外观均匀并保持一定形态的弹性半固体，这种弹性半固体称为凝胶。人体内的肌肉、皮肤、细胞膜、血管壁以及毛发、指甲、软骨等都可看作凝胶。

桃金娘：
生于丘陵坡地，为酸性土指示植物，边开花边结果，成熟果可食，也可酿酒，是鸟类的天然食源。花期为4—5月。

便宜行事：
自行决定适当的措施或办法。

真态：
本色，天然风致。

氽：
cuān，一种烹饪方法，把食物放到沸水中煮一下，随即取出。

盥：
guàn，洗脸、涤手、舂米用具。陈世祥有词——把虚空，摄归丸墨，贮向山公腕。冥然静坐，长天明月如盥。

榘：
jǔ，规矩、画直角或方形的工具。宋玉《九辨》"何时俗之工巧兮？灭规榘而改凿"。

蓨：
tiáo。古同"蓧"，羊蹄菜，一种草本植物，根可入药。

黻：
fú，指古代礼服上黑与青相间的花纹。

黇鹿：
学名 Dama dama，全身毛黄褐色、有白色条纹，角一般有60厘米长，角的上部扁平或呈掌状，尾略长，性温顺。有黑化和白化等多个变种。

瓪：
bǎn。弯曲程度较小的瓦，仰盖的瓦。

撳：
qìn。〈方言〉摁。

倒熟话：
反复说同样的话。出自吴敬梓《儒林外史》。

褊陿：
注音规则是，认半边也能读对的字，就不给注音。褊，狭小、狭窄，如"褊性只宜栖物外，微名何必居人上""地褊不妨金步稳，境幽生怕鼓声填"。阨，è，阻塞、阻隔，如"陆出则阨于两山之间"；艰危、灾难，如"君子不困人于阨"；逼迫、胁迫，如"两贤相阨"；限界、障碍，如"阨之花绽放的土地"。

奓：
zhà，〈方言〉张开，伸开。

纻：
zhù，细致而洁白的夏布。

坻：
chí，水中的小洲或高地。

锖：
qiāng，矿物表面受氧化作用形成的有各种颜色的薄膜。

阿特拉斯：
古希腊神话中的擎天巨神，属于泰坦神族。他被宙斯降罪用双肩支撑苍天。

慭慭然：
yìn yìn rán，指小心翼翼、小心谨慎的样子。出自柳宗元《黔之驴》。

窊寥：
头一个字读 wā，第二个字我也不知道。指空深貌。宋玉《高唐赋》——俯视崝嵘，窊寥窈冥。崝，zhēng。

迤迤：
yǐ yǐ，斜延貌，形容鸿雁斜着飞的动感。

跅弛：
tuò chí，放浪不循规矩。

玄眇：
xuán miǎo，形容道的虚无渺茫，深奥微妙。

赜：
可以认半边读。有成语探赜索隐，不妨望文生义。

醧舫：
yù fǎng，供客人宴饮游乐的船。龚翔麟有词——长木当年卜宅，竹梧小径里，醧舫幽绝。落拓江湖，投老心情，一任鬓华圆缺。

纼：
zhèn，系牛的绳子，元朝有"近午牛背热，出耕须及早。解纼休树阴，念此觳觫老""广舌横短柄，双环系长纼"等句。有俗语"再凶的狗、弄个纼儿就老实了"，意思是再厉害的狗，拴根绳就能牵走了。

耪：
pǎng，用锄头锄草并翻松土地。

翃：
hóng，"厷"意为"开阔的山谷"，"羽"指"轻飘飘地飞舞"。

"厶"与"羽"联合起来表示"虫子在开阔的山谷中轻飘飘地上下飞舞"。

楞倔倔：
形容态度生硬。

澶漫：
chán màn，犹纵逸。《庄子·马蹄》——澶漫为乐，摘僻为礼，而天下始分矣。

媪：
ǎo，年老的妇女。

麇：
jūn，獐子，与鹿相似，没有角。

翥：
zhù，鸟向上飞。

鹿砦：
zhài，路障。分为树枝类与树干类两种，前者主要用于防步兵，后者主要用于防坦克。设置时可用有刺铁丝、手榴弹和地雷予以加强。

龂：
qiǎn，引申指"张口"。

冂：

jiōng，《说文解字》——邑外谓之郊，郊外谓之野，野外谓之林，林外谓之冂。象远界也。

李宁䨻：

采用䨻丝鞋面科技，以长碳链聚醚酰胺弹性体 PEBAX（嵌段共聚物）结合超临界流体顶级发泡工艺成型，比传统 EVA 材料轻 60%，能量反弹高达 80%。习武之人切记，除了李宁䨻，鸿星尔克"烎"科技一样适合行走江湖。䨻，bèng，打雷声。

冰砬山：

冰砬山位于铁岭西丰县，属于长白山余脉哈达岭的延续部分。砬，lá，山上耸立的大岩石。

雺雾：

méng，弥漫的雾气，《尔雅》——天气下，地不应曰雺；地气发，天不应曰雾。

祲威：

jìn，盛大的声威。

织体：红与灰

几束光线结伴刺透灰蒙蒙的雨幕，挤进木屋狭长的门缝，抵在天鹅绒帽的弧顶，提防其滑落。离地板四尺的它已紧贴鲜绿的墙壁悬挂许久，帽檐仍不停外溢着德国鸢尾与白晶菊的香氛，宛若旋阀失灵的浴室花洒，持续喷注透明的涓流（逾七小时），至此那气味的体量已经像齐眉深的桃花潭水，充分浸泡着房间内的红铜钥匙、烛台、羊皮纸、羽毛笔及人类指纹。床单、花瓶、苹果表皮的指纹都一一脱落了，在周身潜泳。

打雨幕深处射来的电筒光线硬生生抵在室内，像条明媚的小径，天边乍现的一根闪电刚好劈准小径的中缝处：｜Ｉ｜。这一刻，门外天空的光与陆地的光在室内墙面、地板上偶遇了（短期合租？）。闪电笔直过头，恍似印刷错误。在厨房淘洗草莓的汉娜忽有所感，即兴环视四周，目之所及的区域，显著与隐蔽之物均未能避免遭受潭水的侵蚀，她猜测当前的空气里遍布指纹，漫游的它们被人类无感吸进了肺叶。

液位冷幽幽地匀减速上涨，天鹅绒帽的主人娴熟往后撤出座椅，从信笺的落款边缓慢站起来（像花体字母的连笔，柔韧地自纸面出发瞄准空气里的高妙处飞升：及物动词想羽化而登仙？），淹溺半晌的呼吸这才卸除了些许窒闷。桃花潭水虽已齐眉深，可是因满屋芬芳攀得越高越觉得（缺氧？）四肢酸痛使不出劲，她眉梢附近的气味悉数呈游丝态，比地表厚实的香氛涂层稀薄得多（人直立时口鼻更接近水面，所以呼吸会更轻巧省力）。

她洞察着室内透明波浪的荡漾，觉得自己的额角像反复跃出水平面的海豚，眉毛是上半舱体外露、下半舱体入水的两艘远洋货轮，被正在踱步的她来回推动、滑移。看，再过几秒就要抵达灯塔了——一盏偶尔接触不良的电灯，从房顶竖直垂向头顶（接机的红毯？）。

"安娜，屋子里的气味怎么回事？香氛织体较我去厨房前还像巴赫的复调音乐，相似度至少调大十六倍。你把天鹅绒帽从墙面的铝制挂钩上取下来，把它放置到较矮的地方可以吗？比如写字桌的烛台旁边。"汉娜洗完草莓款步走出。

"不光你，我也觉得（桃花潭）太占地方了。你知道，把帽子挂高一点，由内至外漫出的芬芳能分布在更广阔的区域，让整个房间的气氛更为均质，人日常活动时，也不大感觉得出鲜明的分层；而把帽子挂矮一些，譬如放在枕头边，液位虽顶多齐腰深——可这么一来，腰部以下香氛的密度陡然增大，同时分层过于集中，我们在房间活动会容易因为惯性作用而跌倒。"安娜惬意吸入在耳畔共舞的两三对香氛，一边说着一边伸手取下天鹅绒帽。

"你的意思是（帽子里存储的香氛总量是恒定的？）帽子挂得越低，潭水就会被压缩得越致密？但外婆说过，只要不是把帽子挂在比膝盖还低的地方，我们走着走着路都能逐渐习惯。"

安娜坐下来，她手边是帽檐，满屋的水很快相继下沉，沉降到与桌面差不多平齐的位置。在烛台边有张羊皮信纸，上面绘着图形：

```
——————————  屋顶
——————————  挂钩上的天鹅绒帽
         A
——————————
         B
——————————
         C
——————————
         D
——————————  地板
```

A 区域：单位体积空气里香氛的含量为 1~5mol
B 区域：单位体积空气里香氛的含量为 5~10mol
C 区域：单位体积空气里香氛的含量为 10~20mol
D 区域：单位体积空气里香氛的含量为 20~35mol

汉娜每前行一步都比之前吃力，（肉眼可见）步频变慢了，步幅也有缩小。此时，坐着的安娜随性吸入一口氧气，都可能吞掉数十对共舞的香氛。自帽檐漫出的香氛，从水面到水底，由疏及密——越靠近地板的位置，香氛密度越高。

"怎么样，地面的香氛还合脚吗？"

"有点紧，但我想没事，走着走着就觉得松了。"

汉娜这样回应安娜。汉娜知道，对于她们的绿木屋，现在高达两尺的香氛是均码；假如是外婆的红房子，那么得把天鹅绒帽挂得足有四尺高——让香氛的液面也达到四尺高才能叫均码了。因为红房子体积是绿木屋的八倍。

一间房子体积为 V，当天鹅绒帽挂在离地板 H 处，亦即香氛的高度为 H 时，满屋香氛是均码。

一间房子体积为 8V，当香氛高度为 2H 时，满屋香氛是均码。

一间房子体积为 27V，当香氛高度为 3H 时，满屋香氛是均码。

一间房子体积为 k^3V，当香氛高度为 kH 时，满屋香氛是均码。

香氛高度的系数 k 是体积倍数的立方根。

地球表面到大气层外圈，空间总体积为 K^3V。在这间最大的房子里，当香氛的高度为 KH 时，满屋香氛是均码。你有发现，高空的某个位置上悬浮着那样一顶天鹅绒帽吗？在"世界"这间大木屋里，每年春季的香氛"尺寸"都位于均码附近。

外面雨陆续停了，有限的清雾在深夜流传，林梢的弯月亮悄悄现身，地表积水明晃晃的。蓝鸲、金翼啄木鸟在树顶或鸣叫或振翅，制造大小各异的动静。

"这些草莓，你带给外婆吧。记得走雪鸫路，不然可能碰到沃尔夫洛。"

"好的。"

打开木门，室内的香氛顿时如泄洪般，淌出了空气色泽呈威尼斯绿的木屋。一股凉爽的风渗透衣襟，安娜戴着天鹅绒帽优雅走下台阶。

雪鸫路是色彩森林里的主干道，与冬鸫鹛路、布莱克伯恩莺路宽度接近。森林里共有三条主干道，十七条次干道，一百二十六条支干道。主干道是林中最宽的道路，每条都贯穿了整座森林；次干道是主干道两旁分岔的辅助线路，具有区域性交通功能，与主干道构成了路网；支干道又叫支路，是次干道两旁分岔的辅助线路，连接着更微型的地点（在人类世界，主干道、次干道属于市政道路，支干道属于街坊道路），功能是解决细部区域的交通。

色彩森林里鸟类品种繁多，道路命名原则：路旁两百米内哪种鸟最多，就将哪种鸟的名称作为路的名称。想必你猜到了，森林里最多的是雪鹀、冬鹩鹩、布莱克伯恩莺。雪鹀是种身材短胖的小鸟，生性活泼，不怕人。雪鹀路两旁的环境里还生活着雪鹀、冬鹩鹩、知更鸟、鸣角鸮等鸟类，寸步不离跟着其中任何一只鸟，都能进入一条辅助路线。你行走在雪鹀路上，追随一只鸣角鸮，五分钟内就能到达次干道——鸣角鸮路了。这是很微妙的过程，你不太能察觉到自己是什么时候走到次干道上的。

鸣角鸮路上有少量的知更鸟，你再跟着这些知更鸟，不一会儿就能走出鸣角鸮路，进入支干道——知更鸟路了。知更鸟路是安娜闲暇时最喜欢去的一条支路，那里风景宜人。

外婆是黛妮丝家族的长女，有一头（火烧云似的）红发，周围人都习惯称她为"红夫人"。她每月十号都会托仆人迪费德去送各种奇特的礼物给她的外孙女们，天鹅绒帽就是上个月迪费德带给安娜的一件礼物。黛妮丝家族是英格兰著名的"女系家族"，家族里每个女孩成长到十五岁，都要遵循家规搬去郊外的寓所生活，培养独立精神。安娜是汉娜的妹妹，她俩都很勤劳，会做许多家务事，不是童话里那种养尊处优的公主。

雪鹀路有四五米宽，两旁长满主茎颀长的矢车菊。穿林而来的晚风，是积弱的国度。（伫立于）此等澄澈的星夜，你恍惚能穿透树荫的间隙（遥遥）闻见花朵的历史，你思绪的柔涟碰巧能涉及起初的那颗籽，植物界全部的起源，是不可复述的意念，顿生顿灭，是远古第一条闪电带动出来的惊雷，你听见枝干偶然断裂的声响——那发源于树荫间隙亮色块（地表存在大量不规则图形）的顶点。

俗话说得好，在风里沿着特定倾角能闻到新的香味，你能追溯那些生命力传来的方向吗？像回声。一群试图停在竹筐边缘的蝴蝶的魂魄在离安娜三步之遥的地方破灭了。朝蝴蝶体内注入魂魄再抽出,是季节呼吸的一种形式。

安娜拎着大半筐草莓,独自漫步在雨后馥郁的香气里,像角上裹着数百粒花粉的(通体天青色的)一只小鹿。显然,她没有鹿角,因此走着走着,无端觉得头顶若有所失。蓝白相间的花粉点阵缠住了几缕发丝,她把左手伸进竹筐,取出原本覆盖着鲜艳草莓的天鹅绒帽,轻巧地戴在头顶。花洒里率先喷薄出白晶菊的气息,紧随其后的是舞伴——德国鸢尾的香味,后者像凯旋的德国士兵,先前密不透风的花粉阵列像拉链般快速分开了,在月光下,心惊胆战地回避。

不远处的花丛,骤然翕动了一下。是只小鹿,它像雨后的天空一样,体表呈青色,肌肤局部沾着点水。这群液珠缘于它时快时慢的奔跑,相继滑落进了土壤。雨后,清新的鸟在天空反光,是一颗颗即兴乱飘的大水滴。凌虚高蹈,一旦有只肥嘟嘟的鸟影,砸中地表的蛋(摁下门铃?)——翌日,被(天恩?)荫庇者就会啄破壳,孵化。瘦鸟影,摁不响门铃。

安娜戴着天鹅绒帽,因为身处开旷的室外环境,故几乎感觉不到潭水的分层。花洒塑造的水面固然与安娜的头顶保持着平齐,但空气各处都是花香,潭水的存在感无疑被稀释得非常低了。像一杯水倒进汪洋,薄涂的果意无法令一棵梨树变得受鸟欢迎。

某些游客在山林走路观光时常易滑倒,那多数是环境香氛过于浓郁所致。人们短期内无法习惯附近香氛的密度,就像不习惯(在下坡路)陡然变薄的前轮刹车片,当人们进了景区依然像往常上班赶趟儿那样快速步行,就极可能缘于惯性作用而不停跌跟头。你试着把人的体表当成鞋底(人的外部都是鞋底吗?),人体是一只脚,挪移得很匆促,由于远离了城市,周身的尾气、烟味、粉尘等有害颗粒物含量归零,对人的体表而言,空气摩擦系数自然减得非常小,这时倘若走得太快,就很容易(整个人)在空气里打滑、摔跤。人跌倒只会因为脚底打滑吗?还可以是因为人的背打滑了,因为人脸在空气里打滑了，一个趔趄。好家伙，跌了个狗啃泥。

路边，一棵乔木的胳膊、肩膀同时在空气里打滑，几片树叶陆续凋落到地面，这个过程很短暂。花蕊在空气里打滑了，纷飞的花瓣真好看。它们已历经数万年之久，仍然习惯不了这山间的气氛，更甭说上午才坐大巴来景区的人了。地球上的植物都来自外星？漫长岁月里，它们从未习惯空气的摩擦力（附近植物造出的芬芳是朝向互质的窗户，整夜梦境均由山间"香势"拼装而成）。它们自己也每时每刻都在释放气味硌硬周身植物，分不清对与错。

风吹过，携来大批量的香气，眨眼的工夫山毛榉就跌了好几跤。一棵树摔倒的时候，窘态人们是看不到的。人只能看一些局部掉向地面，看不到暗处的力变。

每年秋季都是一样，万物如约滑倒在风里，按时按量。一棵树摔上千次跤，把全身关节都摔成花粉，飘走一粒不剩，把所有的果实、树叶都抛光，是为了什么？安娜无法看见，雪鹬路两旁的乔木此时贴着某个空间的内壁摔出了层层叠叠的血印子。

"红枫真美啊！"小鹿看见它们成熟了（忍不住赞叹），像适合食用的果实——它们曾经都是青。由青转红，令时间深处的鸟类联想到，月色将会从安娜波动的裙幅移向红夫人的唇线。安娜蕴蓄着一颗苹果饱满的涩感，它逐渐向着熟透的那一天，施施然而去。每颗樱桃都是由小到大，由涩到甜，直至被手摘下（或被鸟嘴摘下）——从小到大的这一过程，难道不是手势的一部分？之前的那些转变过程都位于负轴，从植物身上摘下的那一刻是 0 点，再往后的时间是正轴。

竹筐里的草莓都躺在正轴上的时间里。

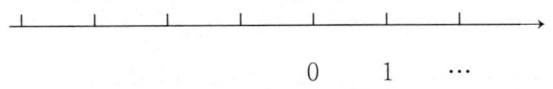

$$\begin{array}{c}\longrightarrow\\ 0\quad 1\quad \cdots\end{array}$$

非人力的手势会将树内那些稚嫩的果意打包压缩成狭小的体

量,推向 0 点,将它们从早春推向暮春、从涩口的深山推往清甜的悬崖,直到被人类的手势轻轻接住、摘下,像漫长的接力(2×400 米?)。捏着木梗摘下,让一颗樱桃携带着梗,与捏着樱桃身摘下,让樱桃顶心缺损,究竟有什么区别?

  显然,戴天鹅绒帽的女士并非梅花鹿所生,但不妨碍一些花粉亲昵凑近然后费解地找寻她头顶的兽角——想象那里存在一对不可见的形状,绕着圈儿缠上去。走着走着,安娜无端感到若有所得。

  远方,一只肥嘟嘟的鸟影,(瞎蒙)砸中地表的蛋(摁下快门),翌日将有(湿润)小鸟的部首透出蛋壳——照片这么快就洗出来了(效率真高)。刚出生的鸟像个毛笔字,墨还没干呢。谁在蛋壳里练书法吗?

  "往日在城市里上班过斑马线,看着周围不同年龄段的男男女女快步前行,无形间让我产生一种错觉:仿佛人们都在猛力蹬脚踏板——为了上隐形的陡坡。从城市迁移到郊区,是从↗到↘的过程,我现在走路都会缓慢下来。一袭风吹过,树即便保持静止不动,也会反复摔倒。跟人一样。人们内在的美,已脱落到所剩无几了,可他们并不自知。安娜,要尝试听,树木摔倒的方向与动静。"

  红夫人的说教,安娜一般能听进去。

  "树木摔倒时,一些事物(敏锐的兔子?或兔子的敏锐?)被驱赶到某个方向上了,而另一些事物则会沿着反方向涌来,为了守恒。应尝试听树木摔倒时,一些事物从远方归来的动静。你听,水从哪个方向过来了,而云又从哪个方向过来了?"

  风忽然增大,安娜用手按住天鹅绒帽,徒步朝"火烧云"的方向走去。不经意抬头,惊觉:世上竟有此等澄澈的星夜!月光透过树冠,枝条叶片的倒影在草丛里构成了不同外形的亮斑。遍地数学形状,其间的一个端点引爆了树枝,造成后者彻底中断。

她恍惚能渗透树荫的间隙遥遥闻见花朵打开的历史。那些树荫仿佛是多孔的薄膜。她的知觉像水，穿透土壤如同穿透层层叠叠的院墙。墙里有人在给花浇水，或者乘凉。

　　起初那颗籽，是植物界全部的起源，像不可复述（不可转述、不可引述）的意念，即住即灭（但已出奇地确立了一株外形）。弹指一挥，万物的形象就全都确立。

　　安娜感到，此时周身树木跌倒的方向，并不像两分钟前百米之外的那么吉利。她有些怕。

　　倘若不沿特定的倾角，就只能闻到旧味道。新陈香气的比例，取决于她站在风中，（帽檐或呼吸的中缝线？）与某些侧面形成的夹角大小。

　　你知道，呼吸是一对儿。

　　穿林而来的晚风，是倾斜的国度。大量香气被森林里数万棵树的阔叶拦下来，最终抵达她面前的，是千疮百孔的精灵国度。

　　"优雅的安娜，你想去哪里？"

　　沐浴着下弦月的朗照，格蒂格又现身了。它冷不丁从一棵大树后面窜出来，着实把安娜吓了一跳。格蒂格是居住在森林里的怪物之一，羊头、猫身、怪物尾巴，会说人话。

　　"我好饿啊好饿，想吃东西。好巧啊好巧，你手里就是吃的……"

　　安娜稍微平复了心情，从竹筐里拿出三颗大草莓，喂给羊头怪吃。格蒂格闻了闻她的手掌心，一口气把草莓全吞掉了。她摸了摸格蒂格的羊脸，告诉它：

　　"我现在要去外婆家，没有空跟你玩了。你可以去火烈鸟路找野果子吃，那里有新鲜的四季水果：西瓜、荔枝、猕猴桃……至于火烈鸟路怎么走，你先去知更鸟路，在那里选择任意一只火烈鸟跟上去，很快就能走到火烈鸟路了。想回来，就在火烈鸟路找一只橙顶灶莺，跟着它走大概四分钟，你就会发现自己转入了橙顶灶莺路，然后在那条路上找一只雪鸮，跟着它走三分钟，就能回到这里。你记住没？"

格蒂格点点头，二话不说就乖巧地钻进丛林里了。色彩森林里没有方向，所以，"树木跌倒的方向"需要用鸟类的飞行路线来定位，它很抽象。

格蒂格是怪物，但不是对人有威胁的怪物。色彩森林里共有三只怪物：沃尔夫洛、迪费德、格蒂格。你不难发现，它们的名字对应着三个具备回文性的单词：Wolflow、Deified、Getteg。其中，只有沃尔夫洛可能对人造成危险，它长着怪物头、羊身、猫尾巴，而迪费德长着猫头、怪物身、羊尾巴。因为色彩森林乃至整个英格兰都还不存在可以与它们的头、身或尾巴对应起来的动物，所以才叫"怪物头""怪物身"或"怪物尾巴"。

红房子若隐若现，几只披肩榛鸡在篱笆附近悠闲地踱着步，它们很可爱。仆人迪费德站在门口撒稻谷，把它们唤到了近处。迪费德身形略显佝偻，仿佛是肋骨以上、颈部以下长年香氛过密，压弯了脊柱，抑或——它天生如此。它已辨别出安娜的脚步声，本能地朝深林里看去。

它发出猫叫声，提醒红夫人："安娜小姐提着一筐草莓来看您了。"

红夫人穿着睡袍，从室内缓缓走出，身上有淡雅的香气。不一会儿，身穿维多利亚式天青色长裙的安娜，就从树后现身了。

"外婆，这筐草莓是汉娜种的，她叫我带来给你尝尝。"

"来都来了，还带什么东西。"

"迪费德叔叔，请拎进屋吧。"

说着，安娜就摘下天鹅绒帽，走进红房子。

房前屋后，地表影影绰绰的图案，是花开花落的当下，每片鲜活的树荫皆是有待成型的历史。她戴着红帽，像顶端处于红炽状态的烙铁，曾在夜间幽深的甬道，引领了一次漫长的脱水过程；她才告别当下，那身后的夜色就都固化为历史。

满树的准历史，在雾月光风中晃动。水晶锁链似的闪电拖动一颗滚雷，到远方轰隆隆炸开。

汉娜刚收拾完书桌上的信笺，外面就下起小雨来。她有些担心安娜。正在这时，忽然有"人"敲门。

"汉娜汉娜，我是沃尔夫洛，能让我进来吗？"

"不，我不能让你进来。电视上说了，你很危险。"

"汉娜，我是格蒂格，让我进来吧。外面下雨了我们没地方可去。"

"格蒂格？你怎么会跟沃尔夫洛在一起？"

"美丽的汉娜，是这样的——半小时前我遇到安娜，她喂了我几颗草莓后就让我去火烈鸟路吃西瓜，我是在西瓜地里碰见的沃尔夫洛。沃尔夫洛是个可怜的怪物，自从上次它在人类小学偷了几块熏肉还砸坏鱼缸后，就再也没人愿意喂它吃东西了，它现在每天都吃不饱，饥肠辘辘，已经瘦得皮包骨了。"

"谁叫它这么坏呢？政府两年前还专门颁布了《色彩森林怪物保护法》号召人类善待你们三个，真是白费苦心。沃尔夫洛你用心想想，人类有谁喂你吃过不卫生的食物？！你砸坏的要是普通的鱼缸也就罢了，那是知名慈善家理猹德的鱼缸。理猹德你们知道吧？人类世界里的大好人，得罪了理猹德，还想让大家对你有好脸色？！"

"汉娜我知道错了，我原以为只是普通的鱼缸，都是大家对我太好让我迷失了自我。我发誓，以后再也不那样了，我知错了。"

"行啦，你们都进来吧！真受不了你们。"

汉娜把门打开，外面的两个怪物全身毛发都湿透了。

"去浴室冲个热水澡吧，不然待会儿得感冒了。"

沃尔夫洛眼里泛着泪花："没关系，我不怕感冒，在外面都习惯了。"

"要你冲你就去冲，这么多话干吗？"

拗不过汉娜，沃尔夫洛还是进了浴室，洗了个热水澡。

"格蒂格，你刚才说碰到安娜了？在哪儿碰到的？"

"在红房子附近。"

听它这样一说，汉娜放心多了。

很快，沃尔夫洛洗好澡，格蒂格准备进去。汉娜在餐桌上已准备好起司面包、火腿三明治等食物。

"过来吃吧。"

沃尔夫洛一边吃一边流眼泪："从我出生到现在，从来没人对我这么好。"

"因为你长着怪物头，谁见了都害怕啊！我到现在都还没怎么习惯，这是个看脸的社会，归根结底还是因为你长得太'先锋派'了。像格蒂格与迪费德，一个羊头一个猫头，大家都比较熟悉，初见觉得惊奇但时间一久也没那么怕了，你再看看你？啧啧。不论怎么说，只要还是这副怪物外形，你们仨就始终没法被人类真正接纳。"

"我也是这么想的。要有办法让我们变成常规的那种动物，说不定就能获得新生。"

"让我想想该怎么办……"

怪物头、羊身、猫尾巴

猫头、怪物身、羊尾巴

羊头、猫身、怪物尾巴

人类世界有个地方叫赌场，里面有种机器叫老虎机，纵向滚轮里包含十二种画面，按一下按钮就会随机转动，只有让三个横向的画面一致，才能中奖。汉娜想到这里，觉得外婆一旦有办法——

红夫人在人类社会很有生活经验。

"待会格蒂格洗完澡出来，雨停了我们就去红房子吧。"

而在距绿木屋十五公里远的地方，灰猫嘲鸫路与棕林鸫路交叉的路口，站在乌桕树下低头戴着小丑面具的——已经修炼成精的野猪正在盘算该怎么获得更强大的能量。它的跟班是一只小老虎。

这个开场很像《蝙蝠侠：黑暗骑士》。

野猪精打开了一本书，上面写着：

powder　　redwop

第二个单词的意思是红毛，它知道自己的目标了。

冒雨狂奔的野猪，在色彩森林横冲直撞，想连夜吃到最重要的肉，天亮刚好变化为人。它等不及了。

在播放着巴赫钢琴曲的红房子里，安娜与红夫人正惬意地坐着品酒——两瓶产于艾雷半岛的雅柏（Ardbeg）单一麦芽威士忌。

Eye：浅金色、粉扑桃色

Nose：醒杯前，草木灰味凝重，蕴蓄着零星的干枯柴草、烟熏火腿气息。

醒杯后，麦芽、蜂蜜香气纷至沓来。

Mouth：酒体强健、暴躁，结构扎实。甜、苦、甜三段味觉有鲜明的反射感（如图所示），同时过度厚沉的泥煤和烟熏味，遮盖了其余大多数景点，由于海盐的细节不是那么锐化，以海盐颗粒为立足基础的酒体，平衡感相对较差。

$$甜 \searrow \quad \nearrow 甜$$
$$苦$$

第三段味觉反馈里的甜，是被名为"苦"的镜面反射回来的，因此会有回归体验。

"如同人类的历史是被时间镜面反射回来的一簇光线。"

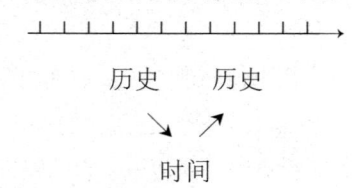

```
|̸|̸|̸|̸|̸|̸|̸|̸|̸|̸|̸|̸|→
    历史   历史
       ↘ ↗
       时间
```

表面看来,时间轴在单向递进,历史在水平位移。实际上,一切历史、当下、未来都是"历史"射向时间镜面然后反射回来的物质与结构。

"……黑格尔说历史总在重演。你觉得这杯威士忌的口感像不像折纸?"

"我觉得还好。你知道液体具有偏折效应,液体里的景物与实际位置有视差,这就是喝多了酒会醉的原因。每一滴酒都想成为人味觉的幻视基础。我还是觉得,酒体的选址尤其重要,立足于荔枝分子比立足于海盐颗粒,口味平衡感明显要好很多。"

"其实月亮也可以成为一些人的幻视基础,在通感的情境中,不一定要把一粒海盐当作味觉往四周观望必备的瞳孔。你喝到了一小节甜,不一定非得辨清口感的焦点,那不关键,你只需要专注地进入下一节。"

"可是闪电最开始都是不分行的,远古第一次出现闪电,是满天闪电全部同时涌现,同气连枝,不像现在,闪电要分行。每一条乍现的闪电都是一小句诗,下一句就该换行了。远古不是这样,那时是一次性的。闪电是一下全展示光,雷鸣也是一次轰隆完毕,震撼一口见底,十几秒了事——只留雨水不停泼洒。"

安娜与红夫人喝得有点醉了,说话时舌头像蒙着大雾在梦中奔跑,所用的力气都是拿羽毛笔在纸上写病句时的腕力。

"据说外面的人来色彩森林容易滑倒,因为觉得这里的空气摩擦系数太小；可是森林里香氛明明那么浓烈，对我们来说，每年在花开最盛的时节走路，都比其他时候吃力很多。"

"因为外人缺乏在森林生活的体验，所以没有形成对环境变化的敏感度，对他们来说是从（四周布满了烟灰、粉尘等颗粒物的）粗糙度更大的空气里进入了光滑的空气里，对我们而言则是从光滑的空气里进入了更'有固体感'的空气里。他们单只因为光滑而跌倒，我们是因为阻力的增加破坏了走路的节奏而跌倒，二者有差别。他们中的许多人实际上无法感觉到森林里存在'摩擦阻力'。"

"我感觉天鹅绒帽像舞厅，每晚鸢尾香气都会邀白晶菊香气跳舞，跳着跳着整片潭水就都幻化为舞池了。我给母亲写信的时候也常会吸进舞姿，还好我的体质对舞姿不算敏感。但我仍然想问，什么时候能淡一点呢？"

"天鹅绒帽是我在长满鸢尾、白晶菊的环境里手工制作的，它们可能都还没缓过劲来，内心沉溺在那片风光里了。你再稍等片刻，要一周后实在未见好转我可以让迪费德把天鹅绒帽拿到柠檬树林，让这些香氛见识见识野外真正的浓烈，继而令它们学会低调做——香气。"

外面雨开始见小，闪电逐渐变细。突如其来的敲门声把迪费德吓了一跳，它的猫眼睛睁得又大又圆。

"喂喂！我是野猪，请问红夫人在吗？我们想吃掉她！"

迪费德听见它说"我们"，不由得往窗外看去，一只矮胖的小老虎正在怯生生地扒窗户。

"安娜，去二楼拿猎枪！"

听外婆这么一说，安娜赶紧跑向二楼储物柜。她刚上楼梯就听见野猪精撞门的声音。

"你为什么要吃红夫人？"

"因为 redwop 倒过来是 powder！《成精大法》这本书写得一

清二楚，只要我找到一个红毛的人类吃掉，就能获得强大的能量，让我得到进化变身野猪王！统治色彩森林！"

"等等！我想你千真万确搞错了，野猪先生，powder 不等于 power，意思是粉末、细面，不是能量！你单词量很少对不对？"

"什么？真的吗？！"野猪精一下子怔住，不由得停止了撞击动作。

"当然！尊敬的野猪先生，你还是少看像《成精大法》这样的书，它会荼毒动物们纯真的心灵，像我平时就只看《小燕子穿花衣》这样的世界名著。"

"可是色彩森林的确有动物吃了五只 ewe，然后就成精会说人话了。这证明吃名字具备回文性的动物——变得更强壮的原理是可信的！红夫人名字叫 Madam Redder，这么大一长串，像智利 Muscat 香水葡萄似的，我觉得怎么也对我补身体有好处！"说完它继续撞门。

安娜从二楼下来了，铿锵有力地发问：

"蠢猪，难不成你是在说鳄鱼精？它在水里伏击岸边的羊与看了《成精大法》有关系吗？它天生就爱这么做，何况岂止是吃了五只羊？你不知道这头鳄鱼在吃 ewe 之前就能看懂人类的书吗？！那代表它早就成精了，与半年前才出版的《成精大法》没有任何关系！别听风就是雨，野猪你还是得提高自己的知识水平！没知识就容易没主见！"

这话刚好说到野猪精的心坎上了，它仔细一听一想一联系，发现事情还真是如此，于是挠了挠后脑勺，站在原地，不知该如何是好。听见外面切实安静下来，红夫人从书架上取出一本《牛唾沫词典》，果敢打开门，递给野猪精，让它拿回家看，别整天想着吃这个吃那个。

是虚惊一场。小老虎听不懂人话，看见自己的老大毫无征兆地变得温顺，判若两猪，心里满满都是问号，这会儿早已跑得没影。

雨停了。汉娜带着沃尔夫洛、格蒂格出门，准备去红房子。天空飞过几只美丽的橙顶灶莺，它们的啼声十分悦耳。月亮的光线仿佛有磁性，许多蜻蜓都在风中做"找磁极"的游戏。

十几分钟后，顺利抵达了红夫人的住处。当时夜空正有金星伴月的天文现象，格蒂格咩咩叫着，觉得很奇妙。

"咦？汉娜你来都来了，怎么还带着它俩？"

"外婆，我想你帮大家一个忙，把沃尔夫洛、迪费德、格蒂格变成三种独立的动物。我想迪费德肯定也困扰挺久了吧？"

"汉娜小姐，你说得没错。可怎么才能把我们三个怪物分解开呢？过去为了不再给人类添麻烦，我自己试了很多办法，都不起作用。红夫人对我很好，若非她收留了我，可能我直到今天仍会过得很不开心。"

迪费德与红夫人一先一后走了过来。

"没什么麻烦的，迪费德，你也帮了我很多忙。"

"红夫人，我是沃尔夫洛，格蒂格和我发现一个规律，人类用手指分别按住我们身上的两个区块，会发生交换。但汉娜与我们试了很多次，都没能将格蒂格与我转化成普通的动物。"

"你们知道连连看吗？"安娜站在门口，望着三只性格各异的怪物，临时想到一款三消游戏。

这回是真的云销雨霁了，几只披肩榛鸡在篱笆附近重新开始活动，它们摸起来很软。

"噢，我想我知道怎么做了。"红夫人说完，就让三个怪物站成一排，点击它们身上需要交换的部分，很快"合成了"一只羊：

怪物头	羊身	猫尾巴
猫头	怪物身	羊尾巴
羊头	猫身	怪物尾巴

刚从三个怪物的身体里解离出来，那只羊就一蹦一跳地跑开了，跑进深林，显然已经认不得大家了。

| 怪物头 | 猫身 | 猫尾巴 |
| 猫头 | 怪物身 | 怪物尾巴 |

在进行第二阶段的交换前，迪费德泪流满面：

"再见了夫人，还有安娜、汉娜小姐，代我向你们的母亲问好。"

红夫人按捺着伤感，继续三消。

"请你自由地……"

迪费德顺利变成了猫，令人觉得惊奇的是，它居然没有像格蒂格一样机警地跑开，而是安静躺在红夫人的脚边，闭着眼睛不停舔自己的手掌，洗猫脸。

与此同时，一种全新的动物在英格兰大陆上出现了，它仰望着天空的月亮，发出意味深长的嗥鸣。末了，它环视着周围的人类，目光如炬，似是在表达感激。很快，动物拖着粗大的尾巴，跑进灌木丛。

多年以后，当住在红房子里的安娜顶着一头火烧云似的长发，被破门而入的灰狼一口吞咽入肚中，她会想起三十年前那个不同寻常的夜晚。

她是黛妮丝家族的次女，被人们称为"红夫人"。夫风生于地，起于青苹之末。难以预料，少女时代站在红房子门前不经意说出的一句话，会导致英格兰境内第一匹狼的诞生，而自己的外孙女小红帽也会因为那句简短的话，在多年以后，遭到牵连。

"哎，外婆，"她说，"你的耳朵怎么这样大呀？"

"为了更好地听你说话呀。"

"可是外婆，你的眼睛怎么这样大呀？"小红帽又问。

"为了更清楚地看你呀。"

"外婆，你的手怎么这样大呀？"

"可以更好地抱着你呀。"

"外婆，你的嘴巴怎么大得有些吓人呀？"

"可以一口把你吃掉呀！"

说完，小红帽就被灰狼吞进了肚中。

世界曾处于巨大的混沌里，历史、当下、未来的全部人事物都交织在一起，你能在波旁王朝第三次复辟时看到五十年后的日出，像系统故障。所有树枝手上都拿错了花，那些花朵对应着错误的果实，地表的树荫并非那棵树真正的影子，鸟下错了蛋，世界的每个层面都在发生错位。那个不可思议的夜晚，第七代红夫人（安娜的外婆）成功把三个怪物复位，那次的事件是把关键的密钥，是一场变革的开端，多米诺效应，令世界再度错置，刚好恢复了它的本来面貌——这便是我们的今天。

就好比音乐上的延留音，鸠占鹊巢现象是前世界的遗迹（之一），在某种视差里，幸存至今。它证实了前世界的确存在。

红铜钥匙

纯铜是红色的。

织体（Texture）

是音乐的结构形式之一。这个词的含义比较宽泛，它常常会涉及两个方面：一是在"时间"上的形式，一是在"空间"上的形式。

夫风生于地，起于青草之末

风从土壤间产生，开始时先在青草末梢与苹果梗附近轻轻飞旋，最后则成为劲猛彪悍的大风。

积弱

长时间形成的衰弱状况。

请勿间接惊鹿

野鹿的胆量是一个区间。你可知如何惊鹿,能恰好惊动到它吗?

野鹿的胆量是[2.50,3.36],你的惊动举止,转化为数值是2.49,你只要再加一小把劲,就能顺利惊动它了。千万别太过分,假如转化后的数值是3.37,你定将惊动到别的一些动物,那样你可就没法纯粹地惊鹿了。每只野鹿都有一个特殊的数值(与之对应),你没有背过书吗?高考考多少分你?那些由科研工作者们确立下来的数值,能便于我们校准自己的数字,使得个人的惊动举止刚好可以传达到鹿的眼睛、耳朵或者呼吸里面去,不至于要用惊动一只蝴蝶的方式去间接惊动这只野鹿。

间接惊鹿,先惊动蝴蝶让蝴蝶飞到某处惊动鸟,然后鸟惊动鹿?或者,由大到小,像叠在一起的器皿(青瓷碗),人惊动大象,大象惊动狮子,狮子惊动鹿,鹿惊动蚱蜢?

切勿间接惊鹿,请精确到小数点后两位。

间接惊动鹿的方法多了去了,但不属于经典惊鹿学的范畴。

伪诗评

　　花朵戴着近视眼镜：露水
　　太阳一出来
　　它们就慢慢看不清天空了

　　如何检测花朵的视力？用 E 字表吗？假设它全身都具备视力，而不只是特定的部位存在视力，表格需要能 360 度包覆着整朵花吗，会旋转的球面？像地球外面的一团大气层、供人观看的夜幕？有点觉得全球各地的人类都是作为"视力"而存在的，我们是这颗星拥有的视力，在朝不同方向观测。

　　如果早晨下了雨（并非大得像红苹果或绿葡萄的雨，而是从胶头滴管里涌出的一颗颗常规体格的雨），那么，湿漉漉的花朵将会轻松看清楚周围的一切。

　　在滴管上端间歇施力（猛按一下快速松开）会让雨滴产生间距，而持续施力，则会让它们串成线。

　　一滴滴雨砸向马路、车体、房顶，砸在一些没带伞者的脸部，摁着前额上无形的按钮，一段指令输入完成——数小时后，抵抗力弱的人类将患感冒。

　　我曾在高烧时感觉自己是从滴管末端冒出的一滴雨。我仰头朝上面看，瞥见了挤按胶头的那只手——指纹的内圈。我敢确定天空之神的右手，食指是斗、拇指是簸箕。在玻璃滴管的尾梢，扭头仰望，沿最佳视角回溯，眼力穿透一些水，"刺向"最上端的那些纹理。

　　手指，在任何物体的表面施力都会在接触部位画下纹理，手指触击水面，先是指纹被水感知到了，随后才是皮肤的压力——二者之间的距离，要小于一滴雨与另一滴雨的间距。这里存在另一种"胶头滴管"吗？

　　"假设它全身都具备视力，而不只是特定的部位存在视力"——我想，花朵戴着露水，只够看清楚特定方向上过来的云层、鸟群，因为近视镜片太小了，花朵全身都是视力，要让它看清楚全部的天空而不仅仅是局部，则必须是足以360度覆盖它全身的眼镜才行。**从特定角度飞来的鸟**，这句话很有画面感。因为，容易联想到至少会有一只鸟没进入"视域"，而是在界外叫，那么花将只能听到它（们），无法看到是何种鸟。

　　"并非大得像红苹果或绿葡萄的雨，而是从胶头滴管里涌出的一颗颗常规体格的雨"——天空的雨是有品种差异的？毕竟，每片陆地的环境（水质、空气成分等）都不同，所以乌云酸碱性也会有别。

　　前面说到感冒的事，我是因为联想到童年的经历才写的。我六岁那年有次高烧不退。算命的人曾说，在七岁前我不能去半年内生过孩子的人家里，那次我白天还好好的，跟着父母去做客，晚上就高烧到手脚痉挛（鸡爪似的）。夜里三点我梦见自己在跟邻居家的哥哥玩，去拔地里的花生。那些花生藤很奇特，它们有点烫，在梦里感觉到烫，是因为梦外面我的手放在我发烧的肚子上了。它们告诉我：发烧的时候很难看清星空的小字，要能下一场雨就好了。

　　我想，近视跟发烧有点类似。当然也可能有人觉得，近视跟喝醉酒很像，都是恍恍惚惚。眼睛也会醉吗？比如今晚，在绿葡萄凉快的内部，看夜景与悦目的蒸气？

风里面
长满了稻谷

那想起来
似是可去的地方

稻花是空间，谷子壳是空间。深夜出门赏花看月亮的人踩死的蚂蚁也是空间，黑色墙体的内侧，装着吞食后还没来得及消化的白糖碎片。田里的秸秆是空间，细菌是娇小的空间，我们谁都进不去。钥匙丢失了的防盗门，与无法朝里面探头、扎猛子的露水是一样的，同时我们也无法把脚伸到细菌附近，在转角处绊倒刚下班急匆匆坐电梯出 A 座 6 号楼的代谢物。

天空如此之美
值得太阳为之颠倒

看到这两句文字你首先想到的是什么？是眩晕。

我这里掉个书袋。《圣经·旧约·传道书》写：太阳底下一件新鲜事都没有。我们可否认为它是在暗示：太阳"之上"有？

太阳"之上"是什么地方？

假设高处存在少量啁啾，它们让我明确了鸟的方位，你与鸟相似的点有许多。显然，"高处"鸟的发旋没我们的明显。它体内的细胞挺会做梦？鸟竟能产下细胞，真要攀比，按常识判断我们人类细胞的梦境很难与它的细胞梦境的口径相提并论吧？

鸟鸣与啁啾不同，啁啾更像是存在于尾音上的，不算是很好的部位，刺太多肉贼少。鸟鸣相对稳当，而啁啾则感觉像是体力不支就快散架的空间。流体，是一种受任何微小剪切力的作用都会连续变形的物体。鸟鸣在风中变成了许多动物，一会儿是鱼一会儿是小狗一会儿是蚂蚁。

已有的事、后必再有。已行的事、后必再行。日光之下并无新事。

"高处"鸟的发旋没我们的明显。你知道繁星全部会自转，我想问，所有星球都存在发旋？人类头顶发旋的形状是受宇宙引力所致，宇宙的运转规律潜置在了人类的基因里。人的头发在受精卵时期就已经被某种"天性"甩开了，这决定了他长大后，就是不适合某些发型。

头顶有两个发旋的人承受的是双子星的引力？

太阳的发旋是什么？某些星体拥有发旋，某些星体本身就是一种发旋，后者仿佛是生物学上的显性特征（指性质或性状表现在"外"）。

"高处"鸟的发旋没我们的明显，太阳底下并无新鲜事，假如太阳也位于"太阳底下"呢？是否"在高处"有另一颗"太阳"，它是"已行的事"，而我们现在看见的这颗太阳是"后必再行的事"。

"太阳"，没有太阳明显。是因为"太阳"在高处，太阳在近处。

"最高处"的"太阳"，对我们所有人而言都是"新鲜事"，对不对？因为我们只能经历"后必再行的事"，无法经历"高处正在运行的事"。我们目前看到的太阳，是现成的，是过去的产物。为什么要探测"高处"？因为它可能是"未来"。太阳光传达到地球需要8分20秒，而那时"太阳光"甚至还没传达到"银河系"。那里，新鲜事真的满眼皆是。我们如何在这里、在这个世界的日常里与"高处"乃至"最高处"相连？

总结：

连太阳都不是"新鲜事"了，太阳都是被"重复"过的了。太阳之下没有新鲜事，太阳本身也不是新鲜事，太阳"之上"呢？

枝头的花瓣，修八尺有余
美姿仪
纵身跃向池塘
跳水

俯瞰着落英击出的纹浪质量，出示
满树的叶片，大小各异
是自然界打出的分数
果实快结算出来了，有甜有涩
是复核后的最终分

卷面上的低分桃某："这车忒拥挤了点，咱们还是下去吧。"
其余低分都面面相觑，桃某又说了一遍：
"这地儿待会要再上来几张试卷，得把我挤散架了，到底走不走啊各位爷？"
有脾气比较直的低分看不过去了。
"去去，还来劲了？要凋落您自个儿凋落，别拉着大伙儿一起。"
桃某："得，小爷就是要今儿个凋落，谁都甭拦着我。呔，回见了您嘞。"
说着，桃某身处的整片树叶就飘到地面去了。

最高分听着楼下小院里低分们的对话，在树顶窃笑，前俯后仰的模样儿，仿佛那边起风了。

"老师，'枝头的花瓣，修八尺有余'这句话怎么讲？"

"难道蜜蜂停在一棵树上，它的身高就有大树那么高吗？"

"一片花瓣有八尺多高，意味着树也有八尺多高吗？如果树的身高低于八尺，那么我可不可以认为花瓣的垂直高度其实是选定了一个位于地下的基准面来测量的。您知道，如果两架飞机选择不同基准面作为各自的标准气压面，那么两架飞机的标准气压高度可能相同。所以，您看我们教室外的那棵树——挤满了果实，每一颗果实都选择相宜的基准面，测得的数值会误导我们觉得它们都一样高吗？您觉着这合乎逻辑吗？老师，这样的知识根本不实用嘛。"

老师抓耳挠腮。老师是只猴子，面红耳赤趴在枝头，被学生堵着问问题。

"哎哟喂说实话，老师现在连自己有多高都不知道，理科本来就很难。既然已下课了，大家就快放学回家吧，今儿个没搞懂的问题就忘掉权当它不存在。嘻，芝麻绿豆大点儿事。"

"老师说得对，知道啦再见。"

除了楼下小院，还有东棉花胡同走出去往左拐会看到的那座锡山体校，叽叽喳喳的谈话声不时从叶缝传过来。那里的学生是附近有名的花期短。

有只昆虫很饿，就走路助跑从窗户飞进"餐厅"吃掉了某片树叶上的姓名学号班级，甚至吃到密封线以内（哎哟喂，侵犯主权了）——吃掉大题跟几道判断题，那大题里根号含量超高，吃了准能胖两圈，于是血液再绕着它全身血管流淌时，发现跑完十圈更累气喘得更粗了。老师用红笔写的分数都叫这只昆虫吃脱相了。

阅读上述文段并回答：

"枝头的花瓣，修八尺有余"怎么理解？

老师用"红笔写的分数"是指什么？

答案：

"枝头花瓣"的盛开是需要一股生机从根系上邮寄到枝头的，缕缕水力跟赶集似的，齐头并进——所以，花瓣的身高指的是从树种深处的原核起点到此时花瓣绽放的位置，这二者之间的最终长度距离。多少亿年，那些劲，就这么从土壤里纷至沓来。

"红笔写的分数"是指果皮的红色，水果熟透的常见标识是它的表面会变红，局部区域特别红，可想而知那就是分数值了。

相宜

比较合理，相符。葛胜仲《临江仙》：小雨作寒秋意晚。檐声与梦相宜。

夜幕方阵，交接一只杯子
饮尽，将其斟满
月亮装着太阳光

你觉得今晚的月光剩得多吗？比昨天多？

月缺，是指把圆满的一杯光喝剩得越来越少。曲水流觞，从左边天角到上席，再从上席到右边天角，喝见底了就从酒缸（太阳）里再舀一些出来，桌前高朋满座，推杯换盏，很快过了三巡。

你觉得今晚的鸟鸣，刺多不多？今天的夜色，刺太多了。

我是说，刚出门去洗砚池，沿路碰到了许多新鲜的玫瑰花苞。可能我这话跟"丁氏穿井得一人"一样有歧义。

我只是一不小心
眼睛里进了几颗星星

风，忽左忽右忽前忽后地吹着，我感觉自己是枪支准星里空出来的部分。有人在定位，随后一枚子弹扎实贯穿我，打向猎物。

|
一　一
|

打错了方向。这个人对准一颗亮极了的星打过去，以为会听见类似瓦屋顶被冰雹砸得稀巴烂的声音，其实没有。

大地在摇晃自己怀里的小瓢虫，它们是半球状的身材，像倒扣草丛里的碗，重心很低，在肚皮上，难以被风吹起来。瓢虫背部有些斑点，其中某颗是胎记。

猴子在树梢，抬头仰望

星空：眼睛里，一枚枚与生俱来的胎记。

我只想挨着你坐
挨着
比天空还重的花朵

根据"花朵比天空重"能提取出［天空，花朵］这一区间。

［天空，花朵］是个跨度极大的质量集合，总括着许多的鸟类羽毛与云朵。

天空是一群，不是一个，所以才会有繁星点点。

我们设想天空是均质体，单位天空（的质量）用数字 1 表示，天空共有 N 个，花朵比天空重 K 千克，则花朵最小质量为 1+K，最大质量为 N+K，［天空，花朵］的最大区间范围是［1，N+K］。

飘在风中的这根羽毛很轻
略小于刚才整朵云的质量

脱离了鸟体的羽毛与云朵的质量能相互转化，羽毛变重 X 克，云朵就会相应减肥 X 克。可以从文中提取［羽毛，云朵］这一促狭的区间，［羽毛，云朵］的体量极小——毕竟最庞大的云朵也不可能等于单位天空"1"。倘若用坐标轴粗略表示，可以得到：

羽毛 云朵　　　　　天空　　　　　　　花朵
——｜｜｜｜｜——————｜————————｜——

因此，上面两段诗是内容量不同的两个空间，后者在前者面前"薄"到可以忽略不计了（是不是像关得不严的门缝？）。

促狭
这里引申为局促狭小之意。

许多发光的影子，在坡上
转动，与向日葵并无二致

影子的转动方向与太阳的位置呈负相关。
向日葵的转动方向与太阳的位置呈正相关。
影子仿佛是飘浮在地表的光里的，深色木舟。

我们似乎没多少人看到，那些光也在转动，影子是把手，是个指示符号，让我们知道大地上的一切与太阳光线相关的事物都在旋转。植物们能感觉到光线擦过额头时的角度、律动，向日葵喜欢保持阳光始终固定在某个方位上照射过来，不然到傍晚脑袋会不舒服。

误读格言

可以用两种方式来谈行为：
1. 真正的原初行为，即从无到有的生产行为。
2. 以产生效果的方式去生产效果。

——本·萨巴赫·肯迪

艺术作品就是存在之真理被设置入作品（sei die Wahrheit ins Werk gesetzt）。

——海德格尔

本·萨巴赫·肯迪说，可以用两种纯粹来编织母鸡：
真正的原初梦境，即从细胞到胚胎雏形时期的梦境上清液。
以旁观者的身姿介入壳体睡眠去别开梦境高处的浮渣。

这两种纯粹刚好构成了鸡翅膀，一只蛋的两极。从细胞到胚胎雏形时期的梦境会持续变形，刚开始细胞做的梦非常微观，微观到——对比后来的成熟母鸡，几乎可以认作前者是种质变。梦境小到一定水准就是另一样东西了，它比后期的梦境更占空间。胚胎早期的梦境，是弱自我意识的梦，全部的意识都可能成梦。成熟的鸡，它的自我意识会挤占梦境原本的空间，知道哪些梦可以做、哪些梦不要随便做，这样就有了梦境的分层现象。最常做的梦肯定是中间层的某些，那是常规睡眠状态下的，联系前面说的——人们早期的梦境是在弱自我意识时诞生的产物，容易想到成熟之后人们发呆——人们在清醒状态下的走神现象，这稍有可能和此前的"微观梦"是同一样东西，都是没有过多自我意识的参与，而仅仅是潜泳的画面，适时扬上来了。

我们体内有部分细胞专门负责做梦，清醒状态下也有梦境在大脑里滑动，那是人力控制不了的。

以旁观者的身姿介入壳体，睡眠是在原本的基础上附加了一层新的液位，即便任由神经递质漫游到最里面的一圈也无法完全找到自己。从细胞时期到胚胎雏形时期的梦境，途经了一条道路，那是根本无法从任何地方截断的路，它是整体性极强的事物，位于虚空中（但它是"实质"，不是"虚空"）。沉入到一定深度下的人，须找到具备"安全带"属性的某些内在意识系好，然后才可以驾驶自己的外部去别开梦境高处的浮渣，那些点点繁星似的元素。可能这个宇宙仅仅是用梦摞起来的塔。

海德格尔说，艺术作品就是蝴蝶之眼波被非人为因素置入单反相机电池；艺术性，则取决于蝴蝶之眼波被"天性"置入单反相机电池的量。

黄金分割数

山距离人口密集地越远，最终沉睡的山体所占比重越接近 0.618，而离人口密集地越近，山体就越容易避讳，明明已醒过来了却还要装作熟睡着，从表象上看，最终沉睡的山体所占比重远高于 0.618。

0.618 既是苏醒的山体与沉睡的山体的比值，也是沉睡的山体与山体总量的比值。

假设山体总量是 1，则沉睡的山体是 0.618，苏醒的山体是 0.382，苏醒的山体与沉睡的山体的比值：

$0.382 \div 0.618 \approx 0.618$

问：万壑竞流，层峦叠翠，山间浮动的云雾是什么？

答：是此山创造的惺忪感。惺忪感是作品，成日游弋在鸟、树、石、水等物体的周围。

薄暮时，这座山仅醒了一小部分，与尚且沉睡着的部位之间有条鲜明的界线。伴随着醒来的山体愈来愈多，两片区域间的张力扩大，分界线变粗了好几倍，像眼睛在慢悠悠睁开——惺忪感油然而生。

问：夜里全部的山都将苏醒吗？

答：非也。不可能全部醒来，云雾的体量会在零点后趋于稳定，山体苏醒与沉睡的部分——的最终比值约为 0.618。倘若一座离人口密集地带较远的"山"半夜醒来，它放眼望去发现四周一条人影都冇得，必定就按捺不住内心的念头要到处走动。山之常情嘛，我们要理解，毕竟"你跺你也麻"，要学着与山坡的坟茔换位思考，你若是土壤就明白醒来的那一刻脖后颈有多酸了。可一旦它起身开始散步呢，就极易因长期未参加运动掌握不好力度，导致山体滑坡。山也不是白痴啊，肯定不乐意走着走着把自己衣领的缠枝花卉纹饰给走掉了。所以，山体会有意识控制自己苏醒的部位与比重，通常是让醒来的部分处于上半身，譬如让山顶微弱摇晃那么几下，表示表示就完事了，像贴着杯壁的白葡萄酒——一簇仿佛很快要滑出界的势能。不说你也能猜着，一座山通常会像系安全带那样，固定牢自己的山麓。毕竟恁大的山了，要真连施工现场一堆重晶石的稳定性都不如，也忒没出息了不是？

问："云雾的体量将在零点后趋于稳定"，难不成你觉得——山在用云雾的增减、疏密变化等情态绘制股市涨跌图？你想怂恿股民凌晨前扎堆买入，你在宣扬关于□□的虚假基金信息？像网络上图解山云变换规律的专家，掷地有声谎称□□是夕阳这贼婆娘最疼爱的产业，晚风乍起繁花飘坠，诸多扑棱棱的香气喷薄而出在云朵里附体，蝶泳的植物灵识数小时内定将持续往上游走：一路飘红——"往上游走"要到哪才是个头儿呢？山中的云飘到天空去这事儿有多玄乎，你那儿的算命先生没工夫教你吗？

这里你必须见谅：□□是我无法叫出名字的某种事物。□□与天空的性质类似。

"要学着与山坡的坟茔换位思考",试问一个大活人要怎么与山上的土壤换位思考?把土壤挖到边上,那些埋进墓穴(占据着一方空间)的死者,是在与墓穴原先位置上的土壤换位思考吗?那些取自别处——此刻覆盖着黑棺材的土壤(构筑着拱起的坟顶),与此处(相同高度下)的空气进行了位置交换吗?土壤只要被铁锹翻动过,不论以多小的气力合拢,都是许多次(微观)的位置交换了——单只是肉眼不可见而已,瞧见了一时半会儿也合计不出来,说出来就是天文数字。

"……导致山体滑坡。山也不是白痴啊,肯定不乐意走着走着把自己衣领的缠枝花卉纹饰给走掉了。所以……通常是让醒来的部分处于上半身,譬如让山顶微弱摇晃那么几下。"说实话这段着实让人费解。

我想说,学什么不好你偏偏要学雨夜香得瘆人的荷花池——水面波纹层出不穷,叶片尖端的一滴水定下圆心,给出了始祖之圆,另一滴水重申了圆心位置,圆中又有新圆——你究竟要话里有话到何时?

"它放眼望去发现四周一条人影都冇得,肯定就按捺不住内心的念头要到处走动。山之常情嘛……"请解释这段话。

答:你口口声声说我话里有话,这么跟你回应吧,我老觉得天空里有天空。

我倒想问问你,单单选定山的上半身,让这一部分的土壤醒来是不是有助于保住缠枝花卉纹饰的小命儿,降低它们出界的概率?山顶醒来后往天空看,很快意识到自己在最高处,不免嗫瑟地摇晃了一小会儿,即便幅度太大令这座山的肩周、腰际发生了严重滑坡,那些纹饰途经足够漫长的缓冲之后,顶多也就是流变到了裤管上。当然你可能会跟我抬杠:"那为啥不能是流变到袖口呢?"现在云苫雾罩天寒地坼的，你就非得像那些电视里表演口叼摩托车杂技的快手红人一样，用舌头卷起蒙着白霜的单杠，抬上鲜艳树冠，在里面沾花粉（犹如蘸味碟的酱料），原地逆时针旋转几圈，并主动增加难度——冲我打饱嗝——打散舌头附近的受力平衡？你吓坏了好多孵蛋的鸟。

我马上回答你这杠精肯定会问的这个问题：

衣领到袖口、衣领到裤管（即裤腿），是山体滑坡可能会走的两条路径，一座山有多重层次这再正常不过，说实话你不觉得这样很美吗？春节时电视常播的那句老话怎么说来着？"我不一会儿就有了与莲花相等的层次"还是"我不一会儿就有了与莲花均等的层次"？就跟我妈常挂嘴边的一样，"古人的说法还能有错"？

这座山，衣领的花朵纹饰既可以选择流变到袖口也可以选择流变到裤管，两条路径都有复杂的受力过程。我觉得这很像在森林里遇到几条路，然后选了其中一条。那些"纹饰"（斑斓鸟类、灵敏蜜蜂、灰猴麋鹿等）是在自然环境里，择定了一条在我们看来是"袖口"或"裤管"的道路的。那些"纹饰"自己并没有相应概念。

一座山就像人一样，有四肢和赘肉。它把下半身都用安全带系紧了，而只限于让上身的某些部位醒过来，这让你想到什么？半身不遂？是的，这座山在坐轮椅，它的层次是这样的——手臂、袖口都乖乖平放在大腿上，因而所有从衣领流变到袖口的那些纹饰，都会进一步滴流到裤子上。我话没说错吧？请倒回过去看，我说的是"顶多"。

即便幅度太大令这座山的肩周、腰际发生了严重滑坡，那些纹饰途经足够漫长的缓冲之后，顶多也就是流变到了裤管上。

山体的经验比你这个只会说外行话的诗人多太多了。花朵纹饰停泊在全身上下哪个地方当然都是可以的，但切不可泄露到衣服外面去。一件衣服，如果纹饰的丝线冒出来了，会有什么后果？肯定会有人拿剪刀咔嚓剪掉，对不对？你对着墙壁仔细想一想，对于山来说，"剪刀"是什么？肯定不是天空啊，你回忆一下，第一次经历昼夜切换时是不是有声音？你出生在这里的第一天感官最敏锐。昼夜变化是一种角度对不对？剪刀的夹角——昼夜切换时从宇宙里传来的一行指令？

你让我解释一句话，我现在解释：
深夜醒来的那一抹淡奶油似的山坡，瞧见周围树木（仿佛在这世上都完全没有人脉似的）没有被谁承包，心里头那叫一个敞亮。跟人一样，睡醒了不一定很快就起身，有些山体就是喜欢"赖床"。

至于"山之常情"是什么？我想说，这个世界没有一块土壤闲得住，它们很小的时候就知道自己是生机的载体。请朝着这个方向去理解，它与你原先的理解路径，大概有不小于45度的夹角。一块土壤可能在草地里梦游，你忘了一块土壤被梦游的土拨鼠摸过后，就会在夜间展开行动？那以前是你的口头禅啊，就跟"正如《恶露》写的那样，人迹罕至处，几枝颤银的液体，可以吞嚼殆尽依山的日冕"从前是我的口头禅。

我好意提醒你，"香得瘆人"应改作"香得渗人"，因为这会让我有——荷花池（的局部）透过了人体——的联想。荷花池的局部、山的局部，我想这里面都是存在一种比例关系的，一部分与另一部分的比值。

丁氏穿井得一人，也是说的转化。

丁氏得到的这个人，大概率是从山里面来的——不是从一个具体地点过来的，是从位于虚空的某处"穿越"而来的。这个人可能是从芬芳春夜即兴飞来我们的世界的，丁氏会向街坊邻居讲述"穿井得人"一事，是因为他觉得这个人是清凉的。这个人身为幻境的清凉与丁氏作为普通人的闷热，二者在某种尺度下的比值为 0.618 时，双方相处起来最融洽。这个人是以着被丁氏宣讲的方式与之相处的。他们的相识，始于丁氏在穿井过程中第一次冒出念头（"得一人"）的那一刻。

"这个人是以着被丁氏宣讲的方式与之相处的"是我目前常默念的口头禅。一个人是以着被我闻到的方式与我相处的，一条小溪是以着被我听到的方式与我相处的，我是以着被宇宙用元素在大脑的沟回里投影、写东西的方式与它相处的。

我的口头禅可能是一句从来没对外人说过，仅仅是盘旋在脑中的话吗？最大的嘴在我后脑勺里面。

这说得有点远了，把话说回来。"让山顶微弱摇晃几下，像贴着杯壁的白葡萄酒——一簇仿佛快要滑出界的势能"，我们可以联想一些情景：月夜，离城市很近的山顶积雪皑皑，醒来不久的山体像抡着裸露的手臂那样，抡着雪光，令许多冬眠的生物感觉阵阵头晕。山顶正在晃动，但由于雪光太亮，即便是离山很近的人也很难看清楚幅度。大面积的雪光融汇在一起，削弱了波动的观感，误差区增大，我们很多天以为山体是静止的。这时，刚醒过来的——新的局部，会因为山顶的雪光而眯缝着眼睛；笼罩在银海中的这片山体，熟悉了一下环境，活动了会儿眼睛，没有人发觉。

望文生义

居不重茵
形容邻里关系极差。
两户人家不过一墙之隔，却连门外的树荫发生了交集都不乐意。

"喂，你井边的桃树能砍砍不？落花与树荫又觍着脸跑到我院子里来了，实话告诉你，我家的鸡（在这种有别人家花香在场的春天）啄米都觉得硌硬。"

"那把你家鸡全都炖汤得了呗，那把你门外的大树砍了当柴烧啊？它蓬松的树冠把影子压在我家宝贝柳树的影子上了。"

"谁先谁后你拎得清吗？敢说你们家树影子比我们家的更早铺到地上来的？"

警察：徐菌，你为什么讨厌沈昭？

徐菌：因为他说话的节奏常让我联想到擦黑板时双脚把讲台粉笔头踩碎裂的混响。

警察：你为什么要打他？

徐菌：因为他手上的花令我联想到烂尾的恐怖片。

自去年初秋小行星"隼色儿-31"*撞击地球北极以来，东半球越来越多的人类在日常生活中容易基于"不好的联想"，去殴打周围的亲朋、同事了。这已经是本月第11起暴力事件。一艘名为"仓"的透明战舰飞进人类世界深处，警察在作案动机一栏快速写下：同事沈昭左手的鲜花让徐菌产生了不好的联想，所以他拿重达3kg的物体仔细殴打对方的眉毛。

作案工具：（将来）容易让沈某产生不好联想的一把黑伞。

当时，徐菌无法确定自己手里拿的黑伞以前会不会让沈昭产生不好的联想，他只确定，黑伞以后将让沈昭（心底出现阴影）极易产生不好的联想。在办公室墙角严谨闭合的那把黑伞，恍惚在沈昭

---

* 小行星的命名者是老家在东北的两位科学家。

体内彻底敞开了。

"仓"的底座看起来像 U 盘插口,人类世界的结构是一枚山"雪",你知道吗?你也可以把它视为"凹"左旋 90 度后的形状。外星战舰"仓"的本质是读取星球的插卡器。

时间再过半年,监狱外目之所及的地方,人们手中的物品都将变为犯罪诱因,它们里的任何一件都至少会令大街上的一个人产生不好的联想,旋而激发出大量的殴打行为;直至,他们中的某些人仰起头,开始注意到东京塔、天保山大摩天轮与从飞机舷梯上下来的领导人。西装革履的日本首相与美国总统抱头鼠窜、鼻青脸肿。

高等文明的战舰"仓",只不过朝人类的头脑里投掷了一种"联想弹",就无形地影响了整个世界,人类社会迈向自毁阶段。地球的尖端防卫科技对思维层面的入侵者,无效。那天晌午,地外文明携带的武器(名为"Transform〔转变〕"),不是肉体杀伤性武器。

1
住四人寝、有点感冒的她
把整个人蒙进被子和我打电话，说：
"手机在被子里有点——（咳咳）"
她话只说了一半，我暗自理解成
"手机在被子里有点咳嗽"
她大概是在用"咳嗽声"来表意
我关切地回复说："怎么了，被子里有辣椒粉吗？"

她的声音在电话那头白了我几眼。后来聊着聊着天，由于被子里信号不好，电话突然自己挂断了。大概是，手机（扶着墙？）专门走到一边咳嗽去了，没法继续作为媒介联结她与我对话。
"喂喂，手机兄，你在吗？多久过来啊？"*
"我现在这边忙着咳嗽呢，抽不开身哪！"

---

*　男人类常喜欢互称"××兄"，啧啧。
　　猫兄，狗兄？狗熊？蝴蝶兄？鱼兄？雕兄？跟它们攀关系，要叫"兄"吗？
　　寰这样叫，我一看到这样叫的人类，就气不打一处来。

就像，人说着说着话半途倏尔打了一个呵欠，这个呵欠的内芯其实是后头半截话（所含）的那些语意；咳嗽也是，咳嗽——

也是光碟的另一面——如同春夜的雨水与鸟叫，下大雨时你无法听见春夜背面的鸟叫，鸟叫声越来越大、越来越清晰则意味着这场雨就快被翻转到另一面去了。

如你所知，光碟的双面均可播放出音画。正面在播放，背面就没有一丝动静。你不可能边咳嗽边说话，是不？

你用人的A面说话，用B面咳嗽，感冒的你是"一张过去的CD"频频来回翻转。

当然，呵欠并不算光碟的其中一面。因为人可以边打哈欠边说话，你听着那些奇怪的声音不禁想：这人怎么像个傻子？你望着那张开的嘴形，觉得，他说出的话被一个哈欠贯穿了（像念珠？）。

"不知道为什么手机又突然外放。"

打着打着电话，手机听筒的声波冷不丁外放，她赶紧挂断了——怕吵到室友睡觉。

"你的手机是在打开窗户咳嗽呢。"

2

"我们待会儿去肯德基吗？"说完他开始咳嗽。我误把"咳嗽声"当作他话语的一部分，我不认为"咳嗽声"是标点符号，我觉得"咳嗽声"是另一种语言。它只是未被《新华词典》收录。咳嗽与说话一样都需要张开嘴，都需要发出确定的一个一个音。咳嗽声是全世界人类通用的语言，谁都会读这个词。"咳嗽声"的意思究竟是什么？

"我们待会儿去肯德基咳嗽吗？"

"对的，咳嗽。我也约了她来咳嗽。"

"你也约了她来咳嗽？"

"是的。"

灵猴

感盘古开辟，三皇治世，五帝定伦，世界之间，遂分为四大部洲：东胜神洲，西牛贺洲，南赡部洲，北俱芦洲。

海外有一国土，名曰傲来国。国近大海，海中有一座山，唤为花果山。那座山，正当顶上，有一块仙石，四面无树木遮阴，左右有芝兰相衬，受天真地秀，日精月华，感之既久，遂有灵通之意。内育仙胞，一日迸裂，产一石卵，似圆球样大。因见风，化作一个石猴，五官俱备，四肢皆全。

那猴在山间，食草木，饮涧泉，采山花，觅树果；与狼虫为伴，虎豹为群，獐鹿为友，猕猿为亲；夜宿石崖之下，朝游峰洞之中。

烟云漫漶，湖岸鲜绿。月光照耀着蕨类，流水砌成的苍苔很软。动物的角湿漉漉地穿透树影，花果山的夜晚，空气澄幽，能听到天上神仙翻书的声音，一页页星座陆续偏离万物的头顶，黎明将触须悄悄伸进阁楼虚掩的窗户。

百兽在四周喧哗，鸟类的翅膀挥发着樱桃汁的甜味。它们飞到某处，倏然没了动静。

那猴子喜爱在涧边休憩。熟睡时它的身体会化为石形，醒来则会变回猴子的模样。偶有不知从何方来此的僧人路过，搬起这块外观普通的石头，放进潺潺的绿水里，在上面诵经打坐。他入定后，目睹了石头内部的一切，暗自心惊。

它虽是固体，但也能让外物往它内在投影。

那条溪涧，是影碟机。固然，不论是野果还是树叶，掉到水里都会发出声音。但，若要让这些物体在水中播放自己内部更多的音乐，则还需要在"碟片"进仓后，按下水面的播放键。

恍若褪去了一层糖衣，物体内部是更为富丽、更有层次感的甜度，音乐宛如蜜珀般接连溢出。它们听了诸多雨雪的声响，自然是能习得一些的。

石块在溪涧里旋转，淙淙春色很快就过去。夏天来了，名叫达摩的年轻人已经不知所踪。它变回了猴子的模样，从水中起身。

分身

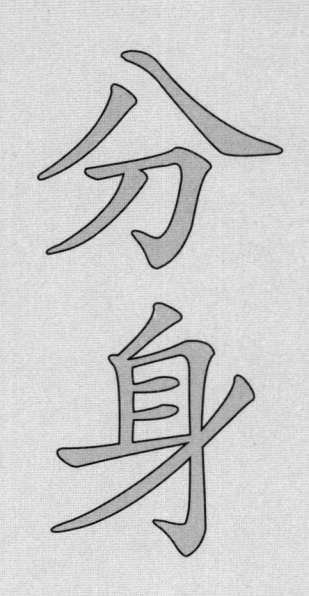

蓝移
沈茂贞

那时梅雨季节刚过,隔壁班转来一位书包里有 0.4 市斤花粉的女生,(头顶的)三叶吊扇发觉她比徐渭崖矮点(水平高度差约为成龄蜻蜓臂展的两倍),讲台感知到二人体重相仿(337 克是世间某座山峰拥有的蝶群触角质量总和),她留着中长直发,拿粉笔在黑板上默写自己的名字:冷棉。

从窗外涌进教室的风,哗啦翻动着全班同学的书页,几支钢笔抖落到地上。坐在第五排靠窗位置的你(像只倚着芦苇的文须雀)倚着初见印象远远猜测:她曾在遍地蛩鸣的夜晚,孤自穿越过半山的幽绿鸟径,双腿沾了 126 滴浑身湿透的天然月露,当时四周的空气里悬满果意,宛若溢彩星光"迫在眉睫",下一句就可能冲破"虹膜"(自她双眼核心爆开的知觉像水蜜桃内鲜活的狂潮与季候风仅一皮之隔)。

她快步行经课桌之间的通路,像提防着道旁灌木锋利的小刺那样,灵巧避开桌角。转校生的动作幅度很小,外部举止就像自身动脉中的血液已尽量流利,而你仍能从冷棉摇曳的身姿里精确读出整数次卡顿:3。教室中有两条通道,她走的这条,第二排、第四排、第五排的桌子倾斜度都超过 30°,她逆时针、逆时针、顺时针共计扭了三次腰。徐老师从讲台右侧下来,把几张涂着红油漆的木桌调整齐了。

你低头，掀开软面抄继续写东西。

"春日，风吹着野生动物，山岗上的天空，正飘过缕缕缺失了云朵的金线。它们不算烫手，在幼时的梦里你摸到过，跟小狗的肚子差不多。

"阳光渐深，漫过苍穹——那支名为'晌午'的水位计的量程。坡顶踏青的红尾鸦，凭一身轻功飞升至火烧云以西。归巢的群鸟中有只是夸父的转世，它的末梢在啼鸣。那时我常把尖喙视作'鸟的末梢'，客观物理规律之一是大多数末梢都能发声，例如，尾部有两个出音孔的竹笛、悬挂着惊鸟铃的塔尖、打响指的双手。一座山的末梢，树叶沙沙作响，想问那些飘远的金线，它们曾锁住的云朵是何种颜色？"

你手执的 0.7mm 铅笔芯即将遭遇自体瑕疵的伏击，它出厂时内部蕴含微小的破缺，等你再想写一个"梦"字，它就会在那个位置中断，如晴天霹雳。

捏住 0.7mm 笔芯的一端将其从塑料圆筒中取出，摁压笔杆顶部按钮，把笔芯灌入自动铅笔的出芯金属细管——整个过程花耗不到 1/4 分钟。这点时间，它紧贴着你指梢的脉搏，猜想世上所有被手捏住拿起来的事物（一张纸、一根秸秆、一副眼镜等）感知到的人类脉搏，都是复数（至少会接收到来自食指与拇指的脉搏律动；要加 s）。你捏着笔芯，不知道它已计划在今日天黑前将自身废弃，当一根替芯持有这种心态，将明显比其他替芯消耗得快（至少 1.5 倍速）。

"天空忽然发生蓝移，像植物细胞的质壁分离。

"你走在某条确定通往月色但不通往陶渊明的山路上，仰见一顶顶恍如当头棒喝的白焰。"

裴庆苏是班上午觉睡醒的第一个人，他闻见从窗外飘进来的股股乳胶漆味，目光不自觉游移到头顶锈迹斑斑的吊扇外表面。与此同时，吊扇也迎上他的目光并留意到裴庆苏有两个发旋。裴庆苏是你在学校唯一的朋友，你俩关系一般。

裴庆苏睹见窗外有瓢虫从山顶下来，很小的别扭横亘在两只益虫之间。山腰莲池的香气即将逐一挣脱（开口向上的）花房，飞升。他想起地理老师昨日讲道：祖国幅员辽阔，天下之大，定然存在某座险峰，拥有的蝶群触角总和恰好337克。

同桌的她伸出左手指了指窗外的天空，暗示他，时间不早了。他走完神，掠视着闪耀的阳光，准备走上讲台，像摘水果似的，把手臂抬到最高，擦黑板。在擦掉笔迹时斜着擦，使其做斜抛运动，可减少粉尘的吸入。

枕着软面抄午睡的你，继续梦见奇怪的事：郭敬明站在鸟蛋中心，目光所及皆是烟岚云岫，你不是实物，仅是蜻蜓冲他回望的那一眼——的局部（占比约$7°/360°$的目光是你的双肩，约$2°/360°$是你的脸，由此可见你的小），自葡萄大裂谷爬出黑肤色的蚂蚁，它们的触角粘着雾气，一顶顶耀眼的闪电在岭嶂炸开，上列画面加热片刻将悉数固化为蛋白。

阳光已深，漫过晌午，醒来的人在某个时刻后激增。飞鸟是简讯，在天外向东传送。

空想少女
Tomie

1

梦境里顶格写的星光藏在雨后倒下的月桂底，友邻是薄雪草的汁液。天心的风过了四级但没过六级，孙悟空摇身一变成为 Not A Perfume（一款西洋女香）的前中调。他午觉醒来伸懒腰时，左手误碰到后排同学的不锈钢书立，搁在书顶的量角器、三角尺相继落向釉面瓷砖，砸断了 60° 锐角。她怒斥："沈办！"

意识到自己摸掉了"逆鳞"（量角器略似龙鳞），他觳觫离开座椅朝教室外跑去，讲台被二人的脚步碾得吱嘎作响，适逢冷棉从教务处领了教材往回走，沈办差 2.3cm 就在门口撞上她的右肩。经过冷棉体侧时，他闻到一阵甜杏仁似的清芬（实际是零陵香豆）。由于芈瑰岸身材较胖，她比沈办多花了几秒钟避开门口的冷棉，这点时间差足以让二人拉开（一段不易消除的）距离。像两块相斥的磁铁，后者持续的追逐只能驱动前者同步往前，而无法缩短二人的距离、打破相对静止的位置关系。走廊长 135.3m，高二（7）班大概在走廊三分之一位置处，芈瑰岸站在教室后门，目视着另外三分之二的走廊里沈办奔窜的背影"切"了一声。

倒完垃圾，爬楼梯刚好上到这一层的值日生裴庆苏，看见沈办一个人在走廊中部冲刺般往前加速，不免疑惑：仿佛有隐形的谁在追他。接着，几线宛若游丝的芬芳，像鲜明的气态闪电击向嗅觉没配备避雷针的裴庆苏，他在与之相撞的瞬间就联想到春日野穹，蝶腹中的远粮。

"传统语文里存在'后设小说'的概念，转译成函数式如何表达？ X=f(x)，Y=g［f(x)］。"

"朱自清写，那些青空的冷云早已见底，你颅内可供天体蘸取的小碟重力酱也是，她的双筷夹紧一粒彗星丸子，飞掠过地球后，苦味转轻、心跳更油。反之亦然。"

小班的老师已经在讲课了，普通班还要过几分钟才上课。冷棉掀开桌板，面无表情把教材由大到小放进去，同桌闻出她体表的氛围，下意识询问那是什么。她不说话，只在白纸上写："香水。"

"《香水有毒》的那种'香水'吗？"

冷棉嘴角乍泄一丝轻盈的笑。

天上打雷了，很突兀。樱桃色的雨珠轰击着玻璃，临窗的人内心的睡颜被惊醒一半。冷棉体表的知觉悠悠站了起来，像影视剧里高调出场的豪侠，踩着同学、老师的头顶，匀速走出教室前门，在长廊倚靠栏杆眺望远山。

雨停的过程像刹车。第一滴反雨落在山脊线上，它带来小抹反向的空间，吞噬了半小时前第一滴雨释放的潮湿感与音量，第二滴、第三滴反雨……一圈圈波纹相继内旋、收缩，雨滴先前建制的齿轮转瞬脱落了个精光，湖泊的针表盘开始不准。里面站着不明生物的窗户（多米诺骨牌般）一直朝向山下打开，等量的反雨依序摘除了每滴（正）雨的外部及内部视野。那些生物统一长着闪电状的颧骨。

下课铃响，裴庆苏去擦黑板。第 34 次挥动手臂后，黑板转变为空腹状态，他的肩膀覆满灰尘。后脑勺忽然感觉有谁正盯着他，扭过头，隐藏在最后排的那朵硕大眼神，已飘出了教室。

彩彻区明，操场中央的草坪里躺着一条狗。它是"八"字的一撇，这截话的意思是说还存在另外一条身形比较长的狗，能与它共构成一个"八"字。它们俩是校犬，一只叫"撇"一只叫"捺"，"撇"比"捺"更喜欢摇尾巴。

"一丨丿——"

临窗者速写"梦"字，他的笔芯在第二个"木"字的"丿"处折断了，似有一根明确的刻度线，他的手势没能逾越那条笔画，合成出那一撇"身后"的部分。他被隔绝在"梦"的上半程。遭到拦截的是，书写完整的"梦"字必备的气力与相符的手势，它俩共构出一只鲜亮的柠檬被明晃晃的刀刃（丿）一分为二。他无法流利透过"既成的局部"滑向"梦"的后半段，如同特定情境下鸟兽的食欲不能渗入苹果梗、樱桃梗通往更为主体的世界——冥冥中似存在某种水位，他的口渴（被涟漪绊倒在表象圈）始终无法扎进关键层级。

"夜晚，被几道月光命中的我，可能会激活小数点前的整数位灵魂。但大量大量的平时，我们的灵魂就像从小孔里溢出来的细纹，编织着次要、低启发性的梦——人浑身血管的横截面都相当于小孔。

"每个人都是从全身的某个小孔流进去，然后度过一个周期再从这个小孔里游出来，循环往复。"

临窗的人，右手被"梦"字卡住了，所以没写出其后的话。

2

黑板里住着一头满口尖牙的怪物，从早到晚不停张嘴，大多数时候只能吞服空气。唯有徐渭崖的手与怪物嘴的位置恰好重叠时，它才会啃断一根粉笔。它吃的是粉笔断裂时的声音以及黑板上忽然减小的压力。它把黑板视作泳池，优哉游哉游来游去，老师写字时的手劲越大，越容易被怪物捕捉到施力地点，粉笔也就越容易断裂。

徐渭崖的指关节抵在了黑板表面，比陡然撞到手肘还疼。入夜了，天角的下弦月十分美，远处的山顶有仙鹤在涧边饮水，蛱蝶站得脚后跟酸麻，铜斑蛇蜷在花丛间吐信子，啃食薄荷叶的青鹿睁着湿冷的棕色眼睛，须发皆白、拄杖夜行的人，是冷棉空想出来的。实际上，的确有这样一位长者在那条结满桑葚的林间小径行走，双脚鲜红。他随身携带着两盒香料：隐世灯火、晚春的锈湖倒影。

"我曾站在遍布夜明苔的崖边，俯瞰脚下（低于膝盖整整78m）的原始森林，它们横亘在半空密封着崖底的风景，具有与宠物背部相仿的柔和线条及温顺表面。我是悬崖边结出的一颗彷徨油桃，体内的酸与甜正想拔河。

"夜明苔烁目，吸引到多只趋光昆虫。每一棵树单独拎出来都会令人产生巨物恐惧症，梦境容积的高负荷迫使我的颅内压接近峰值。

"'后果就是，油桃里的核太大了。'做梦者在枝头窃窃私语。"

长者穿着**鸟语**，徒步去往山尖儿。眸心倒映着硕果累累的树形，他的听觉很快被一种立体的声响塞满，闻到的气味无不具备硕果累累的外观。对人类而言，五感的辐射范围都是空间，与五感（视觉、听觉、嗅觉、味觉、触觉）相对应的"被感知对象"也是空间。世间万物（一点花粉、一粒灰尘、一缕光等）都是空间，苦、辣、甜，也是空间。

"他喜欢夜晚出门，享受被树荫覆盖的感觉。何须秉烛？自有朗月入怀，星空灌溉；飘然远骛，吴带当风。"

长者身穿的鸟语是柔煦服饰，里里外外洒满晚春的锈湖倒影，一群无忧无虑的精灵在水畔虚度光阴。鸟语是久居山野的人将在某个清晨突然获得的结晶，它是心境的外现。长者身穿的鸟语是宽松枭袍，芬芳盎溢，左袖藏有一镶边木盒，名"季候风之匣"，每偶数步会自动打开一次。

"从你出生后第一次下地行走，开始计步，每个人去世都是在偶数步。那天，你一生里所有的季候风之匣都会打开，世界的某处突然鼓起一团风。有些人的风是晚风，有些人是穿堂风，有些是花信风（花开时吹过的风）。"

长者快到山尖儿了，不动声色聆听自身从头顶到脚心的鸟叫，觉得自己像棵位移与怒放速率相近的蓬勃树冠，莺歌燕舞蕴蓄其间。他偏着脑袋倒出来两捧潋滟水光的拟音，喷涂了锈湖倒影的人在三个小时内会伴有程度深浅各异的溺沉错觉。他已经快脱离中调了，像一条即将沥干的法国 D. Porthault 浴巾。

这时，从左侧袭来的一记香气重拳冷不丁夯在他脸上。他呼吸到了熟悉的敌意，那是陆阿采喜欢用的苔丝回忆录（一款中式男香）。

"荣寿标，你媚外求荣使用西洋香水着实枉生为人，今日我就要替火烧云行道，诛杀你这武林败类！"

鹰嘴鹞目的长者名叫荣寿标，锈湖倒影的香气粉饰不了他人格的糜朽实质。他注意到陆阿采的立场已从先前的"替蝶行道"变成"替火烧云行道"，虽不解其意，却并不掉以轻心。

陆阿采升高了皮肤温度，为香水的挥发过程提速。苔丝回忆录的香气飞扑向瞳孔，准备从瞳孔这两扇后门中的一扇闯入，绕开有重兵把守的嘴鼻，杀进体内。荣寿标的倒影才闻见毫末就知是七伤拳，迅速后撤数步与敌人拉开距离，遍布老茧的双手从举头三尺的空气处拖出全透明的玻璃冥府，往陆阿采眉心劲猛一砸。他太快了，陆阿采根本无暇闪躲。玻璃冥府缩小的速度与朝着敌人飞驰的速度,同样超离常规。陆阿采从未见过有事物缩小的速度如此惊人,不遑回过神,自己的眉心已被一根乍现的长刺贯穿,他感觉后脑勺炸开了一小块骨头,破缺处有种异样的清凉感,他像是颗遭人生切的新鲜柠檬,两半各自暴露在空气里,伤口位置冷飕飕的。

陆阿采跪地吐血,玻璃冥府自眉心往外持续扩张,大如鸟窝的立体空间很快笼罩着他全部脑回路,陆阿采的意识逐渐瓦解。荣寿标冷哼了一声,恶声恶气道:

"你升高自体温度加速苔丝回忆录的挥发妄图一鼓作气近身重创我,真是蚍蜉撼雪曼将军树不自量力,但凡你的速度能再快16km/h也不至于被我无伤杀死。39°C对你的躯脏是重负,只要一刻钟内未能解决战斗就会对脏腑与呼吸道造成不可逆的损伤,你来此之前,虽已喝下解放橘郡护住心脉周边,但悬殊的速度差距让你根本没机会在一刻钟内打出有杀伤力的第四拳。玻璃冥府能窥测你的肉体乃至精神,你的一切在我眼中绝对透明!"

荣寿标摸了摸肿起来的左脸,走过去准备亲手了结陆阿采。玻璃冥府是荣寿标最称手的武器,它的显示屏悬浮在半空,唯有玻璃冥府的召唤者本人看得见内容,它会实时显示敌人的体能相关数据。方才射中陆阿采眉心的玻璃冥府正对荣寿标示数:

死亡进度61%

整体防御力最低部位是右肩,骨骼硬度53

左腿PG-13级隐疾未痊愈,预计可作战9分钟

有了玻璃冥府的监测,无论陆阿采强撑伤躯再怎么虚张声势,荣寿标都不可能上当。此前,在广东佛山,正是由于对玻璃冥府的运用尚不纯熟,才留给陆阿采可乘之机得以唬住他和官兵侥幸脱逃;此后,江湖不会再有陆阿采这号人物了。

"香气会受欺诈吗?"

那跪地的人突然发问。

"枉你与香气为伴卅载，不知万事相生相克，犀锐如玻璃冥府也存在你看不见的裂缝。"

那声音中气十足，听起来一点都不像将死之人。荣寿标松开右手，一对玉球滚落到地面，他认真了，不再只用单手。

上次佛山一役后，陆阿采退居拜剑山庄闭门思愆，袒裼纵酒，衔愤绝粒，凡半月矣，鸠形鹄面，赢骸垢氛，终不甘抱辱雌伏，出三峡、涉瀚海、渡阴山——为使今日一战有制胜把握，他行遍大江南北，往荣寿标寻隐、访友、出塞、归京时必经的空气里埋伏 {Kilig Polymer}（人造芬芳物质压缩成的高密度聚合物，外观一般呈蝶形）。

这些胶囊在时间深处会像自然界的果壳陆续裂开，从缝隙中透出的芬芳是视力、听力、嗅力等官能的总集。经过数年的奔波，他的触须现已遍布全国，荣寿标行走在春深的雨夜闻到的诸多气味里，至少有12%来源于陆阿采埋下的 {Kilig Polymer}（以下简称 {KP}）。他的这一秘技在江湖上失传已久。百年前，大门大派的弟子每个季节都会跋履山川，在天涯海角的空气里安装监视器，每场英雄大会擂台比武的本质都是情报战，哪一方的情报系统更贯微动密，哪一方就能掌握制胜先机。安装分为四轮，春夏秋冬。每年春夏之交，昆仑的观光者络绎不绝，其中近半数都是乔装成"游客"的门派弟子，携带着 {KP} 的"游客"常会在山中扎营，趁夜出行安装；入秋的昆仑，花木更为繁茂、气味层次愈加丰富，尤利于掩人耳目，届时进驻昆仑的"游客"会上涨八倍不止；迨各派弟子入冬再来，秋季安装的 {KP} 已全部消失了，就像夏天去昆仑时，早春安装的 {KP} 俱如水过鸭背了无余痕；每个季节的风都会在下一季节到来前席卷走当季所有的频道。

倘若无此前提，即季风不会席卷走当季所有频道并带走各频道里的 {KP}，换季时就需要各派弟子专程行遍五湖四海去更换 {KP}

了——卸载上一季 {KP} 的同时安装应季的 {KP}，让气味能与新的季节**互融**的监视器继续潜伏在花期中（花期即频道，几乎每起一阵风都会刮走一份花期及对应花期中的 {KP}，所有出现在世上的风皆是为回收季节里的气味而来）。我们发现倘若无此前提，事情会更加复杂，因为多了"卸载"的过程。

武林有共识：如果碰到一名弟子正驻足在山中的自然香氛里配置 {KP}，那么无论其为正道中人还是魔道中人，都不得乘人之危对其造成伤害。因为弟子在安装 {KP} 时会像做内科手术一样全神贯注，对外界环境的敌意缺乏抵御能力，向其挥剑不人道。而在安装 {KP} 前与安装 {KP} 后则没有这一共识，每年春夏之交的昆仑都有不下百起扎营者全灭的事件发生。

为避免目标察觉到环境中的异样，秋天的空气里自然不可能逗留着梨花的香味，倘若有，就定是 {KP} 无疑了。没哪个门派会愚蠢到"逆向行驶"，弟子在出发前就会核验清楚携带的 {KP} 是否契合实境。

{KP} 的香型需与所处季节相适配，由于冬天植物较少，人们一般使用梅花型 {KP}——秋后首选自然是风雪味 {KP}，可以铺满整个季节，监控范围也更广阔，能将留白压缩至最小（梅香只能监控梅枝周边一定区域内的场景，无法翻山越岭），而实际上，{KP} 制备技术最先进的门派拜剑山庄多年来一直都没有重启制备风雪味 {KP} 的产品线。其制备方式不难，只需像制备液化气罐般机械地压缩风雪味封装进蝶形胶囊即可，问题在于风雪和梅花不同，没有类似"花期"的载体供前者寄身。

拜剑山庄一直想研制出能随时节改变气味的 {SuperKP}，亦即**自动调频**。{SuperKP} 能在接近花期边境时，潜移默化渐变成另一种花朵的气味，在时间的悬崖边，越界跨入相邻花期，继而避免被目前的一阵季风裹挟。如此，只要春季"播种"一轮，全年均可坐享其成。六十余年前,拜剑山庄因得罪权臣遭朝廷灭门,陆阿采躲在井壁侧洞数夜才幸免于难,对"自动调频"的研究也随之中断了。

有人曾问:用四季常青、花期一年的植物是否就不需要四轮操作了,季风吹不起来它的叶(花)期,设若{KP}是雪松叶型,是否就不必时常更换了(没有风搬得动大地上一整年的时间)?答案是否定的。

越是特殊气味,越能轻巧渗入季节深处,花期越短的{KP}所需的制备技术越"尖端",具有愈加充沛的动能根植在奇崛角度监测目标,使得触须最终收取的内容音画俱佳,远观者恍如身临其境;而越稀松平常的气味,越只限于流连在季节表面,无法探幽穷赜钩深致远,越可能像没拧紧的水阀不停滴水——有杂音,像室内灯泡与基座接触不良——画面闪烁或伴随重影,"道路稍微拥堵"就从频道中脱落(信号断开),幕后观者大概率会因以上种种弊病错过重要情报。

何为"特殊气味"?

例如昙花(花期短、具备季节代表性)。昙花型{KP}就像2nm制程的手机芯片,它的出现与先进的工业技术密不可分。昙花型{KP}的工作流程是——在自然界昙花绽放的那一瞬同步崩裂,渗透出些微的芬芳,并随时间的推移递增浓度乃至最终打开饱和状态的监控视域(及嗅域、听域等),而后伴随自然界昙花的凋谢,持续递减浓度乃至最终闭合监控视域(及嗅域、听域等)。整个过程中,人工香气需寄身在自然花期里,紧贴边境不溢出。

何为"溢出"?

同样用昙花来举例阐述。

我们知道,每种花附近一定范围内的香气浓度都有相应的取值区间,花香(S)与花开的时间长度(T)会构成函数关系。例如:

蜀山的昙花函数解析式是 $S=-T^2-2T+1$

（本函数解析式适用范围在昙花盛开点附近1km内）

蜀山的昙花最佳盛开记录为五小时零八分钟，近十年的平均盛开时长为五小时零三秒，这里不妨定义昙花花期为五小时。设昙花在二十一点整绽放，到凌晨两点整破灭殆尽，以"二十四点整"为原点建立直角坐标系，可得出 T 的取值范围是 [−3，2]。

用 GeoGebra 描绘出函数图像，显而易见：

昙花香气浓度在 T=−1 时达到峰值，S（max）=2；

昙花香气浓度在 T=2 时达到谷值，S（min）=−7。

故有，蜀山的昙花附近1km 范围内单位立方米的香气浓度区间是 [−7，2]，昙花在二十三点整（T=−1）最香，那时方圆1km 范围内单位立方米的昙花香气浓度是2。

为确保人工香气与自然香气在弥合时浑然一体，昙花型 {KP} 的香气浓度仅在两个特殊时间节点与自然界的昙花保持一致（在 T=−1 时达到峰值，在 T=2 时达到谷值）还不够，二者的函数图像必须*每时每刻*的变化都是同步的。要满足这一条件，昙花型 {KP} 的函数图像需由蜀山的昙花函数解析式 $S=-T^2-2T+1$ 的图像平移得到。

在此，不妨去掉"每时每刻"这一前缀，我们看看如果沿着横轴（T 轴）平移，会怎么样：

↗↘↗↘　　X 轴→

先说结论：有经验的门派弟子将敏锐捕捉到人工香气与自然香气间的裂隙感。把 $S=-T^2-2T+1$ 的图像沿 T 轴平移一段距离后得到的昙花型 {KP} 函数图像必定无法在 T=−1 时达到峰值，例如，将 $S=-T^2-2T+1$ 的图像沿 T 轴向右平移一个单位，会得到 $S=-T^2+2$ 的函数图像（参考上图），此时与后者相对应的昙花型 {KP} 的香气浓度峰值在 T=0（二十四点整；零点整）位置，也就是说它滞后于自然界的昙花抵达香气峰值。在自然香气从二十三点整的**浓度峰值**往后逐渐变淡的过程中，昙花型 {KP} 的人工香气浓度仍在上升，二十四点整后人工香气的量才会开始递减，中间将有一个小时，人工香气持续变浓、自然香气持续变淡，人工香气与自然香气合成的这一整体的香气浓度没有明显的起伏。

事实上，蜀山昙花的香气浓度变化相对明快，不可能在一个小时内积滞不前。一朵开至饱和的蜀山昙花，怎么可能在其香气浓度到达最高点后，接连一小时都维持着该香峰状态？用眉毛想，也知道没人能以着最快速度接连做一小时的俯卧撑，顶多几分钟，这个人就气喘吁吁、动作慢下来了。

要消除"滞后性"，确保两种香气在自然界弥合时浑然一体，昙花型 {KP} 的香气变化与时间推移的关系需复刻自然香气的函数解析式的内部逻辑，时间对两种香气的影响应同步产生，这也意味着在横轴（T 轴）方向上禁止产生任何的平移，只能沿着纵轴（S 轴）方向平移 N 个单位，则昙花型 {KP} 的函数解析式为：

$S=-T^2-2T+1+N$

我们用 GeoGebra 描绘出 N=0、N=1、N=2 时的函数图像，可获得启发：

平移得来的三种昙花型 {KP} 的香气变化过程，共用一条对称轴。

三种昙花型 {KP}，是自然界昙花的影印件。

我们可否在昙花型 {KP} 的**人造花期**里，安装昙花型 {KP}？
$X=f(x)$，$Y=g(X)$，$Z=h(Y)$……？

这样的问题能变成画面：

岸边树冠身兼 10 颗露水，树冠的倒影里定然存在着 10 颗露水的倒影，它们是悬停在湖泊内部的立体液晶，可以成为岸边的树木投射 10 颗露水的"第二层湖泊""第三层湖泊"……吗？

这些悬停者与湖泊里某些水滴的位置貌似重合？它们会偷偷置换后者的物理功能吗？这是个概率事件？

只要有两面相对的花期，就能缔造出无穷的监视器。

由"自然花期"与"人造花期"构成的双镜，能照出空间的秘密？三维生物的任何感受，都是空间。喜怒哀乐，都是。

只要有两面相对的花期（湖泊），花期（湖泊）就永远也不会结束？

毋庸置疑，函数解析式 $S=-T^2-2T+1+N$ 中

T 的取值范围同样是 [-3, 2]

昙花型 {KP} 的香气浓度在 T=-1 时达到峰值，S（max）= 2+N

昙花型 {KP} 的香气浓度在 T=2 时达到谷值，S（min）= -7+N

自然界昙花的花期尤为宝贵，各门派都会尽其所能往其中多放置几颗昙花型 {KP} 以期获取更详细全面的讯息，如何同时协调好多颗昙花型 {KP} 的香气变化过程？通式 $S=-T^2-2T+1+N$ 释出了最高效的路径。

上述繁琐讨论都是在理想情况下展开的，现实世界不同于纸面计算，昆仑、蜀山、少林都有昙花，每座山峰的昙花函数解析式各不相同，其中昆仑、少林一带的香峰多是分段函数，例如：

在 1km 内是 $S=-7T^2-2T$

在 1km 到 1.5km 内是 $S=T^3-T+1$

装配在昆仑、少林的人工昙花的香势必须也具备分段属性——单位立方米的香气浓度在距离自然界昙花的盛开点超过 1km 后，自动切换为与自然香气同步的新函数解析式。

昙花型 {KP} 本身就不易制备，更难的是让制备完成的昙花型 {KP} 拥有绝佳稳定性。稳定值低于 2999，则最多能在自然花期里

置放两颗昙花型 {KP}——为防止"溢出"得给它们香气的游移预留一些余地。

手机内部同样大的平面，能置入 6 枚 5nm 芯片的，只能置入 4 枚 7nm 芯片；同样长度的花期，能置入更多颗高稳定性胶囊。高稳定性的胶囊能在有限时间里更精准、多方位地锁定目标，以获取更详尽的情报。

我们知道，硬件与算法同等重要，拜剑山庄的研究组长年致力于优化图形算法来模拟景深效果，继而改善面部阴影细节加强视觉立体性，但是距离让昙花型 {KP} 接收的音画质感清澈到观者仿佛亲临现场的目标依然很远——远端现场的五感讯息必须要全部能立体回传，昙花型 {KP} 目前只做到了视域、听域、嗅域内容的立体回传，回传率依次为 96%、92%、37%，"蝴蝶""蜜蜂""瓢虫"们身上的取味器还不够先进。

"植物的叶期普遍长于花期，所有叶片型 {KP} 都很廉价，不被大门大派倚重。一些小门小派更有可能使用雪松叶型 {KP}。"

她在错题本上写下这段话时，函数课老师正在讲台上画向日葵圆，辅助寻找玫瑰方程的次优解法。

隔壁班用方言念教材原文的束皙嗓门很大，隔了几间教室都听得一清二楚。

"正确的抓兔方法是一手抓住后颈，一手托住兔的臀部，重心要落在托手上，使兔感到舒服。"

在何店镇上了四十岁的人把"舒服"读作"虚浮"。

伊迪丝芬奇的记忆
东荷

那时，她的胎儿在腹中攀爬，像瓜藤。它沿着庭院的竹梯来到屋顶，在屋脊上小跑了一阵，跑累了就横躺在上面看星星，任她在檐下喊得再大声也无动于衷，只当是惊鸟铃频响，隔梦呼睡鹤。于是她俯身抱起一泓地心引力，不久，一只橘猫从围墙的压顶瓦上起跳，飞身扑向屋脊，弓背、奓毛、龇牙，将瓜藤恫吓下来——它被赶到竹梯上，像个人。

"后来听说我被取出前在她肚子里是横着的，我的身体纵轴与我妈的纵轴正好垂直，医生科普说这是胎儿横位，约占人类分娩总数的 0.25%，叫她别担心，回家跪几疗程硬板床会好：头放在棉枕上，脸转向一侧，双手前臂伸直，手撑开平放于床面，胸口尽量与床贴紧，臀部抬高，大腿与小腿弯曲成直角，每日早、晚各一次，每次 15 分钟。她连续跪了两个多月终于把胎位调整过来，而我没有丝毫相关印象，对这个世界的记忆，起点是在两岁半。这个'两岁半'还是她（他）们告诉我的。那天我爸骑着白山自行车载我，后座的婴儿椅坏了，我坐在前面的横杠上，被他掌着（：扶着），下坡时我从车上溜了下来，屁股着地，疼得哇哇大哭。屁股像被沥青路狠狠腿了一脚（：腿不同于踹，'腿'在方言里特指用脚尖踢），那阵痛感直接导致我上到初二才敢学骑自行车。再长高点能记更多事了，印象很深的是家里养过几只灰兔。那时我常到楼上看兔子，兔子跑得极快，房间虽就十多平方米，可小孩要专门在它饱的时候逮，还是逮不住的。只有在手里拿着那种能用嘴吹响的树叶时，兔子才愿意乖乖围上来，有的会闻人的手，有的会闻人的袖口。我喜欢在喂兔子吃树叶的时候，趁它们普遍放松了警惕突然把一只兔子抱起来。被抱起来的兔子会弹腿，表示不服气。但是没有用，好不容易逮住了兔子，要是我没有抱得浑身出汗，是不肯丢的。兔子的毛很软，比狗毛软多了，它们要是能像狗一样大就更好啦，那我就可以像趴在狗的背上一样，趴在兔子背上，让兔子驮着我跑。童年的我经常趴在狗的背上，让它载着我跑。我像马背上的褡裢一样，肚子压着狗脊梁，我的身体纵轴与狗的纵轴垂直，组成了'十'字形。九岁以前我常像这样乘着'狗力车'，让狗代步一小段路，过了九岁则还没等我趴稳，狗就屁股一沉，让自己变成斜坡把我溜下来了，狗嫌我长大了、变重喽。成年后，我才知道原来世界上真有像狗一样大的兔子，比如巨型花明兔、欧陆巨兔，外国有只体长1.22m、名叫'大流士'的兔子好像就属于欧陆巨兔，欧陆巨兔比巨型花明兔还要大。童年时我家有两层楼，上面有个天台，到热了的月份我们会到天台睡觉，看月亮，看满天星。没近视的时候，看哪颗星都很清晰，我妈指着深空说那是银河，给我讲牛郎织女的故事，还讲到懒汉偷锅的故事。我问：'世界上有没有人会飞？'我爸说：'太空人会飞。'太空人是什么人我不知道，我当时以为这个世界存在一种与我们长得不一样的人，那些人有能力飞。我妈突然说'看哟！天上有流星'，我在天上找，果然发现有颗星在滑动，觉得很神奇。那大概是头一回见吧，我只有零星一点的印象。太阳炙烤了整天的地面在我们背后还很蒸人，天台到凌晨才会变凉快，为避免温差太大、睡感冒了，我们习惯在枕头附近撑开一把伞，用来遮住夜露。即便如此，后来三个人还是像拉了勾约好似的,一块儿着凉了。由于在天台吸了晚上的寒气,重感冒和打皮寒(：疟疾)我八岁前都得过,有次发烧,差点从楼梯上跌下来,还是我爸刚好接住的我。这是我爸后来讲的。季节转入深秋,楼上的天台便不再睡人,兔子从住的屋子里看向外面,发现水泥地上没有伞,就知道人下去了,它们大概每夜会蹲在门口的木挡板前代替我们看着天上的星星。到了五岁,我开始背书包,1992年的村大队小学,没有小班中班大班,只有学前班,学前班上完就读一年级。开学第一天,一个叫刘洋的小孩在校门口嚎,眼泪巴撒(：泪水滴沥状),他舍不得他家长走。后来,刘洋是全班最喜欢哭鼻子的人。第一节课,老师教我们念'abcdefg',我跟着周围的孩童一起夯嘴,操场的知了仿佛早就会了,念得比谁都大声。被一群'高年级'学生翻过的红砖堆里,躲着壁虎逐渐失去动静的尾巴。放学回家,是我妈来接的。她起初会送我到校门口,后来就只送到距离我家很近的山岗上,让我自己走,等我走到另一个岗上她就可以放心了,因为那个山岗一翻过去就能看到学校。相当于是两个制高点,中间是蜿蜒起伏、长满松树的山路,当我走在中间的某处时,她看不到我,我也看不到她,她每过一阵儿都会喊我一声,用来判断我走到哪里了,直至我上到远处的山岗,她看见我朝岗顶爬的背影了,就会喊'我回去哩'。也有许多时候,我登上岗顶,回头却看到离家很近的那片山岗空无一人,心里便会觉得失落。我知道她提前回去做农活了,怕日头高了田里炕人。1993年春,我们读着读着'一去二三里,烟村四五家',有只尖脸猫突然从没关严的教室后门钻进来,一下跳到龙先锋的桌子上,他一拍桌板,猫浑身打了个激灵,二次起跳矫健地从刘洋头顶跨了过去,尾巴扫到刘洋的天灵盖,随后,聒耳的嚎哭便从他喉咙里一抽一抽地传出来,大概八九秒后,叶老师厉声呵斥'再嚎滚出去',他才终于很吃力地闭上嘴巴,光只流眼泪。在何店,年过花甲的人常对小孩说猫是秀才变的，它们身上偶尔有震颤感，喉咙会咕噜响，那是猫在背书。我以为等猫背的篇目足够多，总有一天能和我说会儿话。几年后我跟我妈搬椅子去五大队小学参加村民会议时，它仍然只懂娴熟地念'ao'，而不会念'abcd'。那只猫由于拼音读写能力太差，后来在五大队小学留级了好些年。与它不一样，读完学前班，我先后上了一年级、二年级，我还得了满墙的三好学生，整个学生时代我都没留过级，大人都说我是'清华的坯子'。由于学生少，所以也不存在分班的情况，班上始终有一对姐弟——钱瑜智力有问题，很多小孩都会欺负她，虽然才七八岁，但谁都看得出钱瑾对他姐姐很嫌弃，有人取笑她'苕高一桶'（：又高又憨），他不会帮助反驳。她（他）们爸爸叫钱术培，是四队的砌匠，他家的大狼狗名声不好，那是条凶巴巴的狗，爱夹着尾巴，跳起来比我爷爷都高，它以前挣脱了链子把同村走路人的腿咬出几个血窟窿，钱术培一分钱不赔，还反责备别人'逗德性儿'（：心存侥幸）不绕到屋后面的坡上走，后来狼狗被几个大队干部偷偷药死了——陆文藻六年级才和我讲这件事，他爸陆渊诚是大队书记，我上小学时在他家玩过，他家养了只很稀奇的洋猫，叫银虎斑，爱用前爪搣（：？）人。那时全国农业税还没取消，我爸妈每年春季都会往大队里交不少钱。有的户拖大半年不交，平时干部也不催促，到过年前就会纠集一帮子壮汉上这些人家里把养肥了准备宰的肉猪拖走，喂一星期的饲料再还回去，要没猪，就抢电视天线、踏板缝纫机的防滑脚垫、摩托车的反光镜、自行车的链条或刹车皮。'土皇帝'定多少税，种田人就得交多少，没办法的事情。有的家庭实在太穷交不起农业税，除了停他家的电，干部还会收田——田分为好田、坏田，好田不准他种了，转给交得起税的人承包，只把没人要的坏田派给他种。位置不好、日照不充足、渠道水过不去、田鼠多、好长稗子的都叫坏田。生物课总讲食物链，蛇吃田鼠、田鼠吃庄稼，实际上蛇对庄稼的保护作用微乎其微。蛇食量很小，以田鼠为例，在吃食旺盛的夏、秋两季，每月仅能吃田鼠四五只，夏季，田鼠处于怀孕、产崽、分窝高峰期，会极力搜寻食物，一只雌鼠能年产60到160只幼鼠，而幼鼠两三个月后又可以生育。别忘了，蛇在吃田鼠的同时还吃青蛙——从前在田埂上走路常常会看到蹦跳的青蛙，田鼠我却一次都没见过，也就是说，和人一样，蛇碰到青蛙的概率远大于碰到田鼠。其次，蛇绝不是什么好东西，它对人有威胁，我大伯、三伯都曾在田里被蛇咬过，在农村，蛇爬到舂屋、堂屋是常有的事，我家的狗也被蛇咬过，那天早上开门看到它在院子里趴着，左前腿和脸都肿起来了，模样滑稽又可怜，喂它什么东西都不肯吃，后来虽然万幸伤愈，但它左前腿上的毛全掉光了，后来再也没能长起来，只剩皮肤露在外面，可见毒性之大。说到这，我想起在五大队小学上的唯一一节'劳动课'，朱校长让全校学生下地收芝麻的事。收过芝麻的人都知道，芝麻地里有许多大青虫，对当时的我而言，每条都有一拃长，很多同学被那些虫子吓哭过，包括我，从此我对芝麻地就有了心理阴影。没人会对'长身爬行类'生物有好感。在五大队小学，上下课铃都靠朱校长站在走廊用手敲，铛、铛、铛，学生够不着它，只有大人能牵到那根麻绳。有次下课铃忘记敲了，我和几名同学就擅自离开座位扒着门框往铃铛那边看：┌，学校共三间教室（幼儿园到二年级），都在竖线上，校厨房与老师办公室则都在横线上，我们的视线刚好斜过去连成了一个三角形▶。铃铛在横线的最右端，校厨房的正门口。好巧不巧，我们几乎是刚在竖线上探出头，就被从校长室出来的语文老师叶品国发现了，他穿着浅灰格子西装，在横线上直走、左转通往竖线上的教室，进来后抄起一根挂在黑板旁边的长藤条，在我们每个人背上都打出了三条红印。他打别人时我还有侥幸心理，以为自己躲得快，没被发现；当他走向我时，我的侥幸心理变成了'打别人三下，只打我两下'。当然他一碗水端平了。正是因为这次被打经历，我才一直记得他的名字与当时的情状。在我上初中时听说他没教书了，改行做墙面乳胶漆、贴地板砖、安水管，还托我爸帮他介绍生意——我爸也是搞装修的，在何店很多人都认得，名头响得很，谁见了都夸他。刚开始由于年幼，不知道对环境感到害怕，靠近学校的那座山岗底部有一杆坟，坟前有块平地，平地与陡坡的右侧视图是▱↗，坟位于平地与陡坡的交界处，后来长大几岁知道怕了，每次走在那片铺满点地梅的平地上，都不敢抬头。那杆坟处在一个很幽暗的位置、没有阳光照得到它，站在人的角度上看，它后面是大山、右边是深松、左边是陡坡的根段。为防止山雨冲垮土壤，那杆坟的腰部被水泥包围了一圈，整体看起来十分像一只圆顶螺母，恰好在风景的隐秘处拧紧了（没胆想象它突然逆时针松动的场景）。人要上陡坡必然会迎向那块墓碑走一长段路，每次经过，余光都仿佛被多出来的什么东西抵着似的。我许多时候都是低着头跑过去的，心提到嗓子眼儿一口气跑到山岗最顶上，望见学校教室的屋脊就确定自己'得救'了。我们何店这里用的量词是'杆'而非'座'，缘于死者下葬前一般会让长子扛着引坟杆出殡（引坟杆用白纸缠着，顶端飘着若干白纸条）——'杆'要比'座'更契合。刚才提过，五大队小学只有二年级，我三年级是在谌家岭小学读的，直到六年级。那四年，有时我家的狗（要是对我爸妈前一天的表现很满意就）会陪我一起上学，它毛茸茸的背与我的腰差不多粗。仍然要翻山越岭、要从很骨（：荒凉野僻）的堰塘旁边走，仍会像二年级有次放学经过那片盛开着点地梅的平地时那样，碰到叼着鸡的狗獾子，周围同样有叽叽喳喳的小麻雀，碰到拴在桐子树的阴凉里想找我顶角的大耕牛时，我仍然会把怕写在脸上（跑过去前）和背上（跑过去后），只是，再不用顶着悬得足有升旗杆那么高的杉木房梁，担忧雨从教室屋脊的缝隙淌进来，打湿我们的脸，不用放置几个大红盆承接'无根跳珠',老师讲课的话语里也不会掺杂着滴水的声音,再不会跟十几个同学一起在土砖屋里围着八仙桌喝汤,听萝卜汤煮潽了,沸腾漫出来的汤汁浇在炽红状态的煤上,学费也不再是 100 元一年。小学三年级前,我午饭常在校厨房吃,从朱校长那里买饭票,饭票是长方形,不大,刚好握在掌中,材质是比较硬的塑料,有些割手,分为绿色、红色,印有不同的面值。进了三年级,过去没用完的饭票就作废了,学生直接带现金拿碗在食堂打饭,谌家岭小学的饭是难吃的'泥巴饭',里面常有不同形状、不同规格的小石子,有些能嚼碎,有些不行。泥巴饭是指水分太多、吃到嘴里烂熟的饭,我和同学们都那样叫,并不是真的泥巴。想到雨后的泥巴路也很稀糊而且含有很多石子,觉得叫'泥巴饭'很贴切。三年级的语文老师也姓叶,只不过是个女的。谌家岭小学的老师比只有三个班的五大队小学多十倍不止,学校有乒乓球台、单双杠、吊环和秋千,操场旁边有个很大的堰塘,里面养的有鱼。从三年级到六年级,我一直盼着吃学校的鱼,直至小学毕业都没吃到。那时我经常和一个叫江正的男生放学结伴走,何店电视台每个周末晚上都会放三集《蜀山奇侠之紫青双剑》,随州电视台每晚都播两集《功夫足球》,我们每天都会在放学路上讨论这两部电视剧,讨论吃了万年玄阴珠的丁隐,魔功有多厉害。那几年我一直以为《天龙八部》真的有八部,每当有人说一部电视剧有好几部,我就会说《天龙八部》最多,它有八部。看完《天龙八部》最后一集的我以为广告结束了会续播第二部,没想到变成《与狼共枕》(这部剧我又当男主真的是狼变的),直到上了初中才明白,慕容复跟小孩玩在一块儿就是最终的结局。那几年每个暑假的中午我都会准时看湖北电视台播放的《小神龙俱乐部》,它放过很多动画片,《波波安》《狡猾飞天德》《101 忠狗》《马丁的早晨》《大力神海格力斯》等,现在都记得《彭彭丁满历险记》的'墨西哥猪万岁''丁满是只小山猫'和《水獭小宝贝》的花生、奶油、果酱。后来《小神龙俱乐部》也停播了,就开始放《帅狗黑皮》,我最喜欢糖果世界那一段剧情,与之同期,随州电视台每天傍晚播放的《猛兽侠》我则起初不大敢看,后来才由衷喜欢上,电子星、矩阵、火种、圣贤、猩猩将军、豹司令……这些名字带给我很酷的记忆。湖北电视台《帅狗黑皮》放完,接档的是《铁甲小宝》,卡布达喜欢吃西瓜,我也是,我家的鸡也是,鲁迅说猹也是,猹就是狗獾子。五年级的语文老师姓王,能写好看的板书,但他有肩周炎,写不了很多字,手肘开始酸痛时,粉笔字就会逐渐变成行书,不好认。他习惯戴着一副夹鼻眼镜,背着手在教室来回走,是旧私塾先生的模样。六年级语文老师叫郑品付,他兼任我们的音乐老师,我是班上的音乐委员,每周四下午的音乐课他都会教我们唱谱,3321132151515133211 33211511,我忘了这是哪首歌(不是德邦物流单号)。语文课曾有篇文章讲的是贝多芬为盲女演奏月光曲的故事,郑品付教我们唱《欢乐颂》时还联动了那篇课文(这里的《欢乐颂》与紫紫子无关)。六年级秋天,校长文守云组织全校师生在操场看了一次电影——长春电影制片厂出品的《祖国的花朵》,其中插曲《让我们荡起双桨》,郑品付也教我们唱过,电影里的歌声听上去仿佛寄托着某种悠远的情绪。那之后没多久,政府修路,我家房子写上了一个'拆'字。隔壁刘柏翠的房子没写'拆'字,他和他媳妇就心里不过瘾,觉得是我家挡了他家的财路。那阵子天天闹,政府的挖掘机一开始动土,刘柏翠听见了响就赶过来堵在挖机的正下方撅人,说各种难听话,事情后来搞得整个陡坡湾都知道了。'陡坡湾',顾名思义,这附近有个很陡的坡。陡坡湾又称'赌博湾',是因为这个湾子的人都好打麻将,最开始打'二五八''卡五星',后来打'拳打脚踢',没拆迁时,我家与隔壁刘柏翠家关系一直很好,我妈去他家打牌时,我还在他家看过《力王》。没想到一次拆迁，会让隔壁跟我们红了几十年的眼。我爸说'这是政府规定，只扩二十来米宽，又不是我们说拆哪家就拆哪家'。后来不知道这件事怎么解决的，我忘了。房子拆迁后只留下一间卧室，养兔子的天台、狗睡过的楼梯（间）都没有了，为了暂住下去，我爸给露天的卧室加盖了瓦屋顶，因盖得匆忙，有很多不明显的缝隙，晴天时体现不出来，下雨时屋里跟水帘洞一样。后来，我爸在屋顶覆盖了一层雨布，是常见的那种雨布，表面有条状横纹。为保证光线，屋顶并非直接搭在墙壁上，而是特意支高了约0.7m，它的基座是墙头红砖垒成的三根方柱。如此，屋顶的一端就近乎悬空，从外面看像是信箱的横缝（我爸只考虑到了晴天），下雨时，雨水会直接透过它往屋里灌，更要紧的是一旦刮起风来，整片瓦屋顶都会摇摇晃晃，不知道哪一秒就会被掀飞。雷电交加的夜晚，三个人住在那样没有一处可以'干站着'人的房间里，没有'家'的安全感。再往后城建把仅存的卧室也推倒了，我们就把床搬到已经空了大半年的猪圈睡，刚开始没在房顶盖篷布，以为不会漏雨，后来下了场雨，才知道厉害了。只是那里屋檐低矮，不必担心风将屋顶掀飞。那种'家'的紧致感（没有合适词形容），让我在成年后都还是喜欢租很狭小的房间。拆迁后的那段时期我家还养过一条狗，可是它不还债（：随州方言，与四川方言'不还债'的意思一样），一解开绳子就会把我家的鸡或别人家的鸡咬死吃了，百试百灵，为此我生了很多次气，打过它，后来那条狗被我爸卖给街上的贩子了，没有不舍得。转眼来到夏天，当时猪圈也已拆掉，底下完全没可以放床的地方了，我们家只有搬到后山的稻场，在那边，用篷布搭起棚子继续生活，没有下雨时我们就摊着席子在稻场上看着星星入睡，下雨就进到棚子里。因为我爸名叫'伦柱'，方言像是'能住'，别人就开玩笑说'你们在哪里都能住'。住在稻场的那段日子我家养了一头猪，春天搛的（：我们那里把捉别人家的小猪回来喂叫'搛'），到夏天时，它已经半槽子（：代指半大不大的猪，体格约为猪槽一半大小）了，当时因为没猪圈，就放养着，白天在稻场附近跑，晚上会在凉席旁边挨着人睡。只要人用手挠几下它的肚子，它就会温顺地躺在地上。它身上从来都是干干净净的，因为养过猪，所以我清楚它们其实并不是人们常识中的那些形象，它们会枕着人的胳膊睡，会像猫狗一样，跟人玩。我们都觉得它通人性，有感情。半夜里它饿了会'哼哼'着把人蹭醒，然后我父母就弄些东西给它吃。我的胳膊被猪枕过，它喜欢把下巴搁在人的胳膊上。说到这里，想起我家已有很多年没养猪了。"

裴庆苏擦完黑板走向座位，同桌的位置空着，她交完语文作业在回来的路上。窗外的云朵在飘，林蝉正趴着睡，水草用它细长的脉管对着潭底青色的天空吹迷烟，岸边显花植物的知觉像我们不用买的彩电，纯由啼鸣构建的背景音是猫无法吃到嘴的小鸟口味蛋糕。在山顶追蝴蝶并促进骨骼发育，是小香獐这个年纪最应该做的事。高处悬念似的花阴，在滴一粒昆虫似的水。它俩都还未降至地面，虽然前者（花阴）是以着光速行驶。学校操场的"撇"，发出"汪汪汪汪"的叫声，没人知道它是不是天生口吃。也没人感兴趣。徐渭崖的办公桌上有个滚轮密码本，里面的经历与许多生于 90 年代谌家岭村五大队的人重叠。

造句
沈茂贞

"用'关闭、所有、人生、刺猬'造句:
"《猹版超级玛丽》我通了全关——闭着眼睛都能过。"
"这里的派出所,有个黑猫警长。"
"我的天哪,人生了个人!"
"你的刺,猬姐!"

同桌拿着金立 3G 手机翻看网传的王后雄押题卷,她准备待会儿看完造句题就发送"QXGPRS"到 10086 关闭手机上网业务,用了一个月觉得太贵了。

语文最难的是最后一道大题。2009 年前都叫作文题,考生写满 800 字就成,后来变为造句题,考生要根据列表中的词语造出至少 20 个句子。你软面抄里写的短文都是在练习造句,例如用"亲身"造排比句:

"原野的一只蝴蝶遗传了祖辈停歇在花朵边缘的姿势与喝水的需求,一只鸟遗传了母亲夜里飞过崇山峻岭时打哈欠的举动与啼鸣欲,一棵树遗传了父亲身上的松鼠与倒影四周的池水。"

每张试卷的外观都是曜石黑立方盒。考生在造句题附近的投币口——投入一枚代币能从词库里随机获得三个词,投入两枚代币能获得七个词,投入三枚代币能获得十三个词,投入 N 枚代币能获得 M 个词：

M=N（N+1）+1

可以发现，投入的代币越多，每枚代币的价值越高：

M/N=N+1+1/N

设 F(N)=M/N，对 F(N) 求导，得到：F′(N)=1−1/N^2 ≥ 0

证明 F(N) 是单调递增函数，即投入的代币越多，每枚代币的价值越高。

"同学们，每场考试都有赌的成分，怎么使用代币最实惠，我再给大家演算一遍。"徐渭崖常花半节课时间，做数据分析。

"八分而已，要背那么多东西，性价比低爆了！我放弃！"

前排的芈瑰岸嚷着。跟她一样，你也注重所得分数与投入时间的性价比，所以更多的是在默写题上使用代币，降低题目的"考偏率"。默写题分为三档，简单、普通、困难：不使用代币，试卷会从"困难题库"里随机抽取七道默写题；使用两枚代币，会从"普通题库"里抽取三道题，从"困难题库"里抽取四道题；使用三枚代币，会从"简单题库"里抽取三道题，从"困难题库"里抽取四道题；使用四枚代币，会从"简单题库"里抽取三道题，从"普通题库"里抽取四道题。这样，你平时只用花功夫背诵"简单题库""普通题库"里的文段就足以应对考试，完全放弃"困难题库"的内容对成绩也没影响，有针对性地进行备考，能节约至少一半的时间。沈办喜欢在造句题使用代币，多获得一些词会让人产生更多的想法，不然单凭几个词造出 20 个句子，对他而言简直异想天开；裴庆苏喜欢在阅读理解题使用代币，比如他不会做朱自清的文章《匆匆》，刷新几次换成郭敬明的《临界》，就更有把握理解：

比如你哥哥对世界的探知，一直处在一些故障横条里，他走过的道路，是在某种偏差里的。没有充分认识到更精确的那个世界，而是更精确地认知着……他想把世界放置在某个状态下的"世界"。

也就是，世界本身什么样对他而言可能都不重要，而是他选择看到什么样，决定了他魄力的冲击性。他不仅创造了一个新的世界，还为了创造新世界，顺便创造出来一个与现实本身错开大量视角的偏差世界。这个世界甚至才是本质，它是两个世界的交叉，包含异同点。

所以，他将很多的社会界面上的公众人物全都打入了一种滤镜里面，将其所有理念全都废止。不是因为这些人本身与鬼山缝魂、吉尔伽美什和你有多大的过节，而是他认为需要 MOD，得给世界打上新的模块。这一补偿在某种程度上才是"世界"一词的核心所指。就像什么呢？

外心（Circumcenter）。

指三角形中垂线的相交点，用这个点做圆心可以画三角形的外接圆。

他认为我们现在的世界是缺失了一部分的，就像拿刀切过的蛋糕，是人力切割了一些世界"在外"，它呈现为三角形是因为人力切割造成的。我们的使命是还原更广阔的世界，那么想还原，首先得作中垂线，海德格尔说无聊时，写"我与车和其他我完全不熟悉的地方（那个出轨女人的眉心、车站售票点、香烟炽红末端）有着不同的距离"，但在事物中央一定存在一个点，与三个事物的距离一致。

植物表面密集的露珠，正美妙交织。丝瓜藤上缠满蓝色的晴空，被春水系着，系紧了吗？让地心引力稍微拉一下，活结松开，白鹭和海棠花的影子，就会一齐涌向"池塘"了。云朵脸颊的力变能够带动一些松果与花纹春游，而不停起球的宇宙，质量堪忧。

问："活结"是指什么？

答：<u>白鹭、海棠花的影子交织叠压在一起的状态，像活结。</u>

裴庆苏答对了一小半，熟读郭敬明散文体小说的出题人只愿给 3 分。

想在考试里发挥好,平时就要制订相应策略,有的放矢。试卷内部有浩瀚的题库,出题教师会把审查通过的原创考题存入当年的题库,每张试卷除了第一道题是定格题,其余每道题都是随机抽取,支付不同档位的代币可以获得不同的题貌。一枚代币的价格平时是 50 元,学生可以自行从校长室隔壁的代币厅购买。学生当然也可不使用代币,全凭自身实力去考试,但那条路需要多付出至少十倍的努力。

"现在都提倡'精准备考',如果考得不好,离一本线差个几分,那时候的一分可就是好几万块啊,想去好大学你还不照样要花钱买分读?现在买代币,手里头多一些筹码。"

班主任徐渭崖对每个家长都这么说。

隔壁班有老师在敲黑板,你身处的教室有老师在拿粉笔头砸人,这是冷棉转来第一天的晚课。她脸上的酒窝已经被 27 个人发现了,你不是其中之一;教养殖课的老师脾气很大,他站在讲台用粉笔头砸过 19 个人,你是其中之一。学校每次评选"我最喜爱的老师",都没有束皙的名讳。束皙与束广微这两个名字均出自《劝农赋》的作者,他爸一直望着束皙考上本地的养殖大学(简称"养大"),往后毕了业进入宠物店工作,像条狗一样有固定饭碗,没承想儿子这么不争气,刚出校门就像个田老倌(:说话做事不靠谱者)闷头扎进了园丁队伍。

"黄牛:胸围(厘米)^2× 体斜长(厘米)/10800= 体重(公斤)"

"奶牛与水牛:胸围(米)^2× 体斜长(米)×90= 体重(公斤)"

束皙正在讲牛体重的估算方式,大多数同学的听课时间与人生的转换率是 100%,冷棉周围的人无不聚精会神盯着黑板,那些不掺自我意识的时间会柔滑地成为他们年龄的一部分,那些专注听课的同届生,似乎前面的方向是明晰的。唯独你和她,滑入"二者"

的夹层，你们各自置身于一个"0"里，犹如一对 θ，倘若被一双手清回希俄字母表中，转换率就会坍缩至仅剩1%；倘若你们像羊的两只眼睛，一齐睁开：θ θ，撒旦就会从天空深处苏醒。

"张畔飙，站起来。今测得一头黄牛，胸围155cm，体斜长130cm，估计牛的体重？"

"黄牛体重：$155^2 \times 130/10800 \approx 289.19$kg。"

这是你这一学期第一次被喊，有种拨云见日的感觉。这代表你的实体还在这个世界上。

你活着。

潮男
Tomie

1

"大夫，为什么一到下雨时我总感觉站不稳？"
"在哪些地方站不稳？"
"在蜻蜓翅尖、摇闪的花枝末端、噩梦的轴心。"
"你以前溺过水吗？"
"小时候掉到外表粉嫩的湖泊当中去过。"
"那年你多少岁？"
"迎夏宴当天……我六岁。"
"迎夏宴？"
"每年春季的最后一天，大家都会聚集在村委会的院子里吃迎夏宴。"
"你迎夏宴吃了什么吗？"
"樱桃堆积成山，挡住入夏的城门。我张嘴攻破它的信念，淌开的红色浆汁在喉咙里卖力写出'革命之甜'四字。"
"噢，你小时候住在白洋淀樱花荡附近。那你觉得鸟的唾沫较之于月光下樱桃的处境，谁更甜？"
"……不好意思你刚才的长句我只听清前半部分。"

"啄食了几颗鲜樱桃的鸟,算不算甜呢你觉得?"

"鸟的唾沫只能算与'甜'沾点边儿,要较真地说我认为还是樱桃的处境更甜。"

老巫医笑了,她是何店镇少有的普通话标准的长者。

"传说窦窳吃水鸟,这容易理解——毕竟它是猫身。在窦窳的酸甜观中,晚春翩飞的水鸟吃进嘴里远比樱桃本身更甜。水鸟体内堆垛着樱桃的精魄,它们是'甜屿极境',恰好在体内浮空,不与任何一面嗉囊壁接触。设想你体内存在一座悬岛,它孤绝于全部的你,从未成为电子秤上你体重的一部分。每只水鸟嘴里都含着春神的一小片拼图。窦窳是拼图收集者,它曾在天地初生时睹见过春神的全貌,而今它只能借由既有拼图去忖想春神的形态。白洋淀春神的五官是水鸟五感的灵粹,它们的视觉是柳叶状、听觉是云朵状,还有三种形状是什么呢?

"有些梦境是以被熟睡者嗅到的方式,出现的,有些是以被听见。你此时听见的声音里不少是——仅有声音的梦。这样的梦在化学上称为'单质梦'。你的脑做了一个画面绮丽的梦,你的舌尖做了一个纯由味道缔造的梦,后者令你'醒来'后嘴里发涩发干。你不确定自己是什么时候从一颗葡萄的额角'醒来'的,一切水果都可能让你短暂'沉眠',你咀嚼樱桃的片刻,味蕾上覆满了酸甜各异的假象。人们在显微镜下看见密密麻麻的——梦细胞。你的味觉趴在一颗樱桃圆桌的表层'醒来'。

"一颗樱桃最本质的部分是什么?排除厚厚的'造梦'圈层,它的甜究竟有多狭小?你貌似吃到一颗球体,实际上你吃到的只是裂缝。你咀嚼的是裂缝的循环播放,你咬断它,并且得到大量具欺骗性质的'口感'。你以为音响全开的室内,不单薄。"

老巫医朝门画尉迟恭的方向努了努嘴,让阮梅冈接着她刚才背诵的《卍解心经》往后面联想。她认为,救不救人取决于这个人接下来的话中是否存在"言灵"。

"水鸟叫起来好听极了，里面有樱桃的功劳。白洋淀的果树共3126棵，它的尖喙蓄集了多方位的甜。螫针是高压强的花香聚焦于一点，会让真正闻进去的人觉得皮肤疼。超常的甜是糖精，让融化它的嘴巴感到苦。蜜蜂在户外碰到人类然后蜇他的本质，是送一份见面礼。但，这一'蜇'得溶解在足够大范围的知觉系统里，才会让人领略到蜂群之美，闻到广袤的旷野上密得叫人无法通过的香气。"

她点点头："鬼道是《BLEACH》里死神使用的高级咒术，我更常把它用于治疗而非攻击。使用鬼道前需咏唱，咏唱内容由接受治疗者自己说出。

"卦象显示那片湖底藏有地下暗河，你溺水时吞入了至少四匹不明涟漪，它们在你体内打转儿，每三个月绞成一个蝴蝶结。这些蝴蝶结横亘在你三焦玄关附近的气脉中，使生命止步春夏的浅坳，无法'立秋'，涌向偶有花叶、果实跌入的深谷——超越惯有现象界，飞渡进神妙境域。"

"大夫，救救我！"他听得云里雾里，不妨碍知悉自己的病症很严重。

"我问你，你平时说话喜不喜欢撅人？"

"我不喜欢撅人，但我家附近有好几个葫芦蜂窝，我喜欢跟我爸一起撅蜂子，它们蜇我一次，我就撅：小鸡巴日的。基本上每天中午都会撅几句。"

"这就不好办了，你晓得金环胡蜂吗？"

"我晓得，身上有几个环圈，大葫芦蜂，是不是？"

"不错。要解开你体内的水结，必须用到胡蜂身上的金环。螫针会蜇水你晓得吧？

阮梅冈摇头，老巫医自顾自地说："金环胡蜂每两天蜇一次水，利用水面顺时针旋转的涟漪，逆向拧紧身上的金环。我只要让你同时吞下螫针、金环，咏出救瘟咒语，驱使螫针带动金环在胃里逆时针旋转，就可以将你体内的水结反向拧开。

"我的天眼透过组织器官看到这么多年来，你体内由涟漪聚成的结，已变得像一根锈蚀的金属螺栓（身披螺旋状纹理），而螫针、金环刚好能组成一支强力的套筒扳手。不过，你撅蜂子太频繁了，欠下很多口头债……"

"救救我神医！"

老巫医低头思忖着："可以让胡蜂上我的身，原话骂回来，偿还你造的孽。"

老巫医闭目养神，不一会儿肚子上果然浮现出夺目的金环，嗡嗡嗡嗡嗡——他的声调忽高忽低，像人在撅别人时，有的字音重有的字音轻。例如，"操"这个字的发音就很重，而"你×"就比较轻。

……阮梅冈从蚊子忽远忽近的尖叫声里醒来，全身酸痛，骨头深处恍惚转动着数以亿计的液态齿轮。说来也奇怪，虽能听见蚊子在屋里叫，但是打开灯找了半天，都没看见它的踪影。他点亮手机，发现有来自音乐老师稻野边穗美的未接电话。

"这只蚊子怎么回事，我都找不到？"

"啊啊，听起来可真是烦恼呢！难道是你房间里有另一部电话，蚊子是电话那头传来的？在跟我通话的同时，你还开着另一部电话吗？"

"欸？怎么会？我怎么可能跟蚊子打电话呢，穗美酱？"

"唔，听得到声音却看不见蚊子，要说的话这种情况可真让人懊恼呢。"

"是呀!如果给蚊子打电话的某人正在房间里走来走去,那我希望其中一方尽快说完事情挂电话吧。蚊音时近时远的滋味很不好受。"

"邀请某人去室外的走廊尽头说可以吗?彼端有一扇通透的窗户,是讲电话的好去处。"

"穗美酱别开玩笑了,我可是独自住在这栋楼里!"阮梅冈的脊背有点发凉。放暑假,整栋楼的老师都回去了,他因为家在河北距离太远,所以决定留校。没想到先前每晚人声鼎沸的宿舍楼,安静下来会这样可怖。

"行啦行啦,你接着上次的话讲家乡的事,可以吗?"

"喂喂,上次讲了那么多,也没有收到你的腿照啊。不过,成吧,只是与你通话,我就很满足了。"

"真的吗?"

"千真万确。"

阮梅冈已经预想见她脸上出现的梨涡。

"如果蛋被孵化,鸡窝里有了小鸡的气味,那么即使老母鸡把小鸡带离那个鸡窝数月之久,别的鸡也不会再在那里下蛋。感觉鸡会嫌弃最近孵出过小鸡的窝。于是那段时期,我家的鸡去了别的地方下蛋——此前种过小树的缸。

"有只鸡作为'先锋派下蛋者',找到院墙外的一口贴墙而立的破缸下蛋。我爸发现时,它已经下了三只蛋在里面。缸中的土取自地表,'一缸高于地面的土'令我联想到村里的压水井。那口缸是紫陶材质,缸底厚度约3.6cm,夹在施压土体与承重土体之间。鸡匍匐着的样子很可爱,那口缸恰好比那只鸡大一圈,高于全村所有的成年犬。我家的狗就算仰着头从旁边走过去,也看不见缸里的鸡,它只能闻到有一艘母鸡形状的气味停泊在这附近,却没法找出'潜伏者'。狗子这种动物超坏哦,你不知道吧?狗的脖子长长的,狗能像爬梯子那样前腿撑着物体的表沿，站立起来——若是缸太矮了可不行，狗从缸边路过眼睛一晃就看到有只鸡，内心一喜的它会想，若现在把狗头伸进去肯定会被母鸡啄，所以最好是趁母鸡不在的时候，再把鸡蛋三两下吃光光。狗子就是这么一种动物：含住、咬破、吃掉，稳健推进的'三步走'。

"庭院外共有四口缸，从左往右，第一口缸里放着九块浸泡过雄黄酒的红砖，老人说这样能镇住屋前屋后的蛇灵，使它们不敢往人住的地方爬，第二口缸的中心轴上，长着一株直径约 2.7cm 的绿植，导致这口缸的空间容不下一只母鸡，第三口缸，是鸡先锋找到的新'窝'，第四口缸里同样长着一株绿植，可能跟第二口缸一样，半空被风扬起的种子飘进了里头，而不同之处在于这一粒种子萌发的绿植是贴着缸壁生长的，它的剩余空间远大于第二口缸。"

"穗美酱，你知道吗？我们的建筑物是扎根于植物根系上的
　所以楼房的窗户，刚好是那些绽开的花
　晾衣竿是冷蕊
　走楼梯的人会碰见脉管中的水和无机盐
　它们把人们的眼睛淋湿了一次次
　声控灯是萤火虫吗
　天台停着一艘蜻蜓，无人机
　我们这些老师的生活环境与昆虫相差无几……"

强降水砸向地面的密集震感使他惊惶醒来，发现刚才的一切不过是一枕鹿莢，感到若有所失。他梦见自己在建于上世纪 90 年代的某栋宿舍楼里生活，身处灰暗空间与从未见过的女性讲电话，那位女性有着银铃般的笑声，黄昏天空的许多鸟类都被那笑声惊走了。

他每年暑假会独居在离学校有点远的玃芝山上，玃芝就是猹，

别称没想到这么文雅，赵蘘芝，听起来像人名。坐在高二（7）班靠窗的位置，恰好能看到蘘芝山绿油油的顶端，那是一片无人看管的瓜田——山顶那片瓜田是"柳生"的，不知是谁指缝漏掉的一粒籽萌发出了瓜藤。像这样基于偶经的人力、风力、鸟力长成的植物，在随州称为"柳生"（无心插柳柳成荫）。

"林和靖是我灵魂层面的大哥，这么说来，梅是我的嫂子，鹤是我的侄儿。"这是阮梅冈本想常挂在嘴边的话。可他的高冷人设已经立起来了，日常遣词要保持考究，不能这么粗糙。

他把指纹伸进幽潭，让后者有异物感，不一会儿它开始流眼泪，水面上涨了 0.7mm。眼力超凡的旁观者惊觉，他仿佛徒手召唤出地底的一些水。固然，任何人把食指伸进水杯都能迫使液位上涨，但幽潭的上涨幅度绝对高于标准值的 4.5 倍（莫非阮梅冈把左掌五根手指的前端都伸了进去？）。

阮梅冈是葵田中学随州分校区的老师，沈办、我乃至你都与他打过至少一次照面，可我们谁也不认识"阮梅冈"。可能在去食堂的过程里途经露天篮球场旁边 2.42m 宽的小路时，我们碰见过他，但日常生活中毫无交集——这样的人有很多，上班族对轻轨车厢里众人的装束仅是虚晃一眼，不会刻意记录任何单一对象的特征。个体身处群体之中，习惯模糊化外部环境，结果便是个体不会记得任何陌生人的脸。阮梅冈是个处在我们感知盲区的人，他的行为是渔夫的网格注定遗漏的部分。

"让我们荡起双桨，小船儿推开波浪，海面倒映着美丽的白塔，四周环绕着绿树红墙"重复了两遍，下课铃声响彻整栋教学楼。阮梅冈在高一（7）班说出"这节课就到这里"的同时，你已站起身，往教室后门走去。他听见头顶的教室，金属座椅贴地划移的嘈嚣声响，感到焦躁。他梳着大背头，是学校众位教师眼中的"潮男"，他左腕佩戴着周崇光同款的欧米茄碟飞系列玫瑰金同轴擒纵（CO-AXIAL）机芯男表，那是他的个人标识物，与王家卫的墨镜性质类似。

你离开座椅，准备在走廊静立片刻，一股由羽扇豆、广藿香按一定配比搭建起来的药感氛围奇快穿梭入肺，它与你下午闻见的隐世灯火很类似。这股气味部分源自沈药眠的鞋尖。她用鞋尖踹开隔壁班的教室门，撞击力生成的热量点燃走廊墙壁上停憩的蝴蝶胸腔，你远远感觉到一幅油画里的灯泡亮着。它体表深林的小香獐在这六颗樱桃口感……对岸的笔触那儿，惊了驾。不知不觉，它的动作序列表已然翻（山越岭来）到第四篇小说的 1/3 位置处，它周身的领空悬浮着松露、马达加斯、藏红花丝拼配而成的连云，具备三角函数般的平衡美，而你丝毫未察觉空气各处尽是（花粉与尘埃构建的）微型的层峦叠嶂。你站在一只鸟蛋的中心，目光所及皆是烟岚云岫；一顶顶耀眼的闪电（白焰）在岭嶂炸开，它们是鸟蛋的清液。你是我鸟蛋般的眼睛突然散黄的次因。

沈药眠从隔壁班拿了盒玫红粉笔，戴着 RODENSTOCK 无框眼镜朝你所在的班级走来，惊觉额角左上方，有只蝴蝶正在观察她。

使用全世界透明度最高的 Utrecht 水彩结合 Albrecht Dürer 艺术家级水溶彩铅，也无法潜绘出蝴蝶的内脏。没有谁能在勾勒腹部的同时连蝴蝶体内的器官也"巨细无遗"地描画出来——有史以来人类画下的蝴蝶都不精密。显而易见，笔触仅能在纸上绘出蝴蝶的"表面"，无法探入任何被画之物的体内。

设想存在一支神笔，能画蝴蝶的复眼、腹中水分，完成后，它身上的笔触有知觉，人类凑近时某些受惊的彩色鳞粉会如小鹿般敏捷藏进森林深处，另一些则像蚱蜢各自跳开，躲到巴掌大的绿叶鲜花身后——放在显微镜下观察，可见蝴蝶体表的笔触，偶尔从"表面"的各个位置滑向自己口中、腹部的场景，犹如山间流水顺着岩壁从四面八方淌进钟乳石洞。

每周三晚上最后一节课都是梦境分享课,沈药眠是 cos 级任课老师。她是安利纽崔莱随州区分代理之一。

sin 会员

￥60000

小班教学

各科老师都是活跃在教学一线的 sin 级名师;

你的孩子将与家境优渥的学生一起上课、吃饭、打架;

将获得代币 3000 枚,让孩子轻松应对每场考试;

仅花费 50 枚代币即可免除全年各科广告;

将在食堂一楼吃饭,节约孩子的时间……

cos 会员

￥35000

普通班教学

各科老师都是活动在教学一线的 cos 级名师与 sin 级教师;

你的孩子将与家境普通的学生一起上课、吃饭、打架;

将获得代币 1300 枚,让孩子相对轻松应付每场考试;

仅花费 100 枚代币即可免除全年各科广告;

将在食堂二楼吃饭,节约孩子的时间……

tan 会员

￥10000

慢班教学

各科老师都是活在教学岗位上的 cos 级教师与 tan 级名师;

你的孩子将与家境贫寒的学生一起上课、吃饭、打架;

将获得代币 300 枚,让孩子难以应付考试;

仅花费 100 枚代币即可免除全年任意两科广告;

将在食堂四楼吃饭，保证孩子有充足的运动……

. 食堂三楼是教职工吃饭的地方。一楼 sin 食堂的卫生条件最好，不像 tan 食堂的菜里常会发现干豇豆似的蚯蚓，cos 食堂的卫生条件介于二者之间。学生就餐时，需持学习代币到食堂窗口兑换餐饮代币：1 枚学习币能兑换 5 枚 sin 餐饮币、10 枚 cos 餐饮币或 15 枚 tan 餐饮币。持 sin 餐饮币的人可以自由出入食堂各层，持 cos 餐饮币的人可以自由出入除一楼以外的食堂各层，持 tan 餐饮币的人只被允许进入四楼。

慢班学生常会拿学习币找普通班的学生兑换 cos 餐饮币，普通班学生常会找小班学生兑换 sin 餐饮币——学生私下交易的汇率比食堂更高，1 枚学习币找普通班的学生能兑换 12 枚 cos 餐饮币。小班学生不售卖学习币。

食堂一楼没有任何广告，超大显示屏会实时直播 NBA 或足球联赛，食堂四楼的地板、桌凳、立柱均贴满了广告，四面显示屏上疯狂英语、陈忠联《把成功传给下一代》、安利广告声震耳欲聋，食堂二楼的三面显示屏每周大概有两天时间会播放广告（其余时间处于息屏状态），声音不算吵。

葵田中学可以每年交一次学费，也可以两年或三年一起交。对三年一起交的学生，学工部会在表格备注栏里填上 3sin、3cos 或 3tan。三年一起交能打 8 折，两年一起交只能打 9 折。如今的报名，是指学生从三种会员等级中按需选择档位，遵照流程缴费。沈办家境一般，所以他高一入学时就办了三年的 cos 会员，这意味着他会跟张畔飙做三年同学；至于裴庆苏，他常说自己打算在高三开学时交 60000 元学费转到小班去，"因为小班老师更认真负责，性格也更温和"。如果高二结束时他就转走，那么在学工部的档案里，会如下简述：

沈　办　3cos
裴庆苏　2cos、sin
芈瑰岸　tan、2cos

可以发现，芈瑰岸连交了两年学费，沈办还得再在她的"威慑"下忍耐两年。

沈药眠提着表面印有 Amway 的硬纸袋走进来，发现教室第三组第四排靠窗的位置，继续空缺着。她知道，沈办跟上次一样又翘课了。沈办不常翘课，沈药眠的课除外。跟他一样，我也不喜欢她身上的气味。怎么形容呢？你见过鸡吃一只臭屁虫吗？跟人吞了西瓜霜含片似的。

她走入教室的第一刻，打着哈欠的你嗓子眼的云枝就脆响了一下，惊飞休憩的鹤，彩汁从断裂处挥发走一部分。你对这名老师的印象瞬间变差，她要再做什么都无济于事了。

你与香水有关的直觉很准，能预见它的尾调将如同诡诈的蛛尾拟角蝰，在空气中的每一次刷动都充盈着险恶的引诱意味。固然，她的妆容扔到人堆里仍算是干练精致的，像一只具备微弱褪色质感的木纹瓶盖，只不过颈部底下是一汪浸泡着粉红花葱、埃及茉莉、香草荚的杀虫双。心虚的她，常会故作从容地敞开衣襟，邀请人们的呼吸去她身上的旷野信步，一瓶（行走的）满室荡漾的半致命农药。

自从闻过沈药眠周边的馊味后，每逢周三碰到她的梦境分享课，班上都会有几个同学擅自翘掉。有的人翘课是直接回寝室，而我是去操场上跑步。

我在操场上待到第 35 分钟，觉得是时候了，就往回走。刚才跑步的惯性保留了一部分在胫骨里，促使我走路的速度加快，到教室后门时，下课铃还没响。于是，我在磨砂玻璃窗外站着，透过狭长的窗缝小心翼翼往里看。你偏过头，骤然与我对视，你毫无预兆地发现了我的存在。

"你在山中行走,眺望某处,在繁茂的远景里,总有些眼睛与你对视。有时候是这样,你往一个方向看,那个方向上有什么会突然看向你。当你动身准备前去做一些梦,那些梦境里的局部就将试着返身回望你。你的行为,被一种名为'空间'、实为'视野'的物体裹挟着,你在这里的任何活动都会兑换成一些'见识',你是供应者,你的整段人生也就是那双眼睛的'一睁、一闭'。"

说到这里,全班同学都笑了。你不笑,因为笑会扩大进口的空气量,你会吸入更多的狐臭。

沈药眠不标准的普通话以及讲课的腔调总让芈瑰岸不自觉联想到街边叫卖"旧手机换菜刀换剪子""劁猪骟牛"的转乡人,她后排的张畔飙仍然趴在软面抄上写东西。

"你在梦中看见了一些环境,谁将透过那些环境看见你?傍晚,我又做了一些梦。这些意识的汇流,像手势的聚合,让我梦到了稻场旁边的一棵树。记忆里,它是我从未摸过的一棵树,我甚至都没有在它底下仰视过蓬勃的开杈。但是在梦里,我这样做了。我盯着蓬松无叶的树冠,知道,影子现被磁吸在树枝的皮肤上,地面没有荫凉。那种,影子悬而未决的状态,正是我刚醒来时的意识结构。

"我醒来后想到了那句话——季节的结构是五花肉。雪花的部分很厚。我猜想,有很多'冒险''记忆'也可以写成化学式、力学方程、不定积分运算。并不是说这些运算本身需要多么接近理科,而是,它们能够被那些手势——催化剂、万有引力常量G……导向某种位态。

"催化剂,可能是什么?我们隐约知道它长什么样。就像昆虫隐约知道夜空最大的那颗星,是月亮。"

2

沈药眠近期在隔壁班上课时，总感觉最后一排有朵硕大的眼神没有参与座位的例行调换，难道它不想考个好成绩吗？或者它认为自己是全班最高者？

葵田中学的老师把晚间薄雾别在胸口是常有的事，切身体验过"云深不知鹿"的意境，就很难再对"鹿践莓苔滑"留有新鲜感。前者具备与外部世界的互动，后者单发生在动脉里。"切身"的涵义：至少一半的意境嵌在人的自体之中。云雾缭绕在外，红鹿撞O_2在内。血液里陡然按下的快门会定住某些鹿，令岩壑山水溘逝，换上新景。

教室灯管通明，高二（7）班的窗户缝隙里昂着33颗人头、低着14颗人头，我紧贴石扉，窥视着洞天福地的内景。从另外一边的窗户涌进教室的风，夹杂着数抹果香，很好闻，鲜甜的氛围不由得让人想要为月亮升起而读书、报效银河系。直挺挺昂着的33颗人头是待烧的火柴，低着的14颗人头刚燃毕，那些佝偻着的脊背，像由于受热而弯曲的火柴梗。

我不是人类，我是你昨晚的呼吸释放到空间里排开一些气体时，碰巧造出的小螺旋。

每个人的呼吸都会在脸部附近造出气旋。你诞生那日造出的第一个气旋，编号 A0001，它正准备飞走，你的第三次呼吸造出了气旋 A0002，后者的引力场把前者严格制约在你近处，新造出的 A0003 又紧缚着 A0001、A0002，直到……你的呼吸造出了气旋 A9999。

宇宙里存在螺旋状星团，它们同样是呼吸的产物——某种高等生命的"呼吸"造出了它们。类比可知，人造气旋只能短期限量——无法永恒共存。

正常情况下，女性身体附近的气旋数量为15个，男性身体附近的气旋数量为10个。这和年龄没有相干性，无论沈办今年几岁，只要他是身体健康的男性——在他用呼吸造出A9999的同时，A9989就会衰变消失，相应地，在他造出B0001的同时，A9990也会消失，如此，他附近始终保留着10个气旋。这是"气旋守恒定理"。

若沈办附近只有8个气旋（少于10），则可判定他当前处在肺部失活状态。肺失活超过P分钟，人就有生命危险。P=2520÷（10-Q），Q是实时气旋总量，取值范围[1, 9]。

不是每次呼吸都一定会造出气旋，所以，不同人造出的气旋即便编号一致，也不代表这两个人的呼吸总次数相同。

有公式：造出气旋总量 ÷ 呼吸总次数 = 肺部活力值

肺部活力值偏高或偏低对人体都不好，A0001到A9999是一个周期，一名高中生，造出的气旋总量正常来说在两到三个周期之内。

你是异数。

我是编号E3124的气旋，这意味着你制造的气旋总量已远远溢出三个周期。即便从表象上看，你与周围的同学没有差别，但只要有谁"观察一眼"气旋，就能瞬间洞明你的特异。

你四周的空气里存在200个气旋，这是你走进教室时全班同学的书页迅速翻动的原因。我是这200个气旋之一，诞生自昨夜。在你造出编号E3324的气旋前，我都会一直存在于你附近。

你能看见周围每个人的气旋，却没有谁看得见你的，她（他）们的生命里不存在"气旋"这个概念。

你并非一出生就能造出200个气旋，小学阶段仅有15个气旋，初二上学期才激增。那是2006年秋季，你跟别的同学一样站在太阳下学新操，广播从《雏鹰起飞》变成《时代在召唤》，你甩手的动作不慎打到班主任的裆部，她攥紧头发（想揠苗助长？）把你从人群中央拖拽到队伍末尾。

"你个死妖姑子小短阳寿的搞邪了，手往老子胯里杵！"

"妖姑子"常被用来指代那些妖里妖气的人，你睪着头：

"手杵到你裆里咋没摸到狗卵子？"

"还跟老子谝嘴！叫你谝……叫你谝……你还谝不谝？"她踹了你26脚、打了26巴掌（这是她多年教英语形成的职业病：前面是大写、后面是小写），然后把你的耳朵揪着转了个整圈。

"莫跟老子夹生，惹毛了有你好果子吃！听到没？！听到了点脑壳！"她结结实实夯了你一拳。这一拳的力道骤然轰爆你胸口的堤坝，持续累积的愤怒若巨流乍泄，势如破竹吼向你眉心的三焦玄关，你预料到一股向内螺旋的陷落快要来临。

风起于……之末，现身时已铺天盖地，一路上摧枯拉朽、蜚瓦拔木，漫卷着方圆十里的沙尘顽石，转眼，整个操场就变成汹汹茫茫的一片。班主任在密匝匝的"烟瘴"里失去了击打目标，你逆时针划过144°圆心角从她身前幽幽转移到左后方，仿若进行着一次校准，俄而，她的眼睛恰巧被一粒棱角分明的沙砾击中核心。

她得到不大不小的惩罚。那个周五的傍晚，你们班没有开班会。放学后，你坐着爸爸的摩托车回家，心情畅快。你家住在花湾。人们日常提到"花湾"习惯加上"胜利"两个字，比如有同学问你住在哪里，你一般回答：胜利花湾。在农业学大寨时期那边叫"胜利公社"，后来虽取了新名称"花湾"，但老一辈已经习惯了四个字的叫法，改不过口。

从何店三中校门口出发，经过镇上的彭妮菜场、吴翼腾小吃街、三幺麻将坊、井冉储物店、御品妙妙屋、思百社照相馆、德琦网吧……沿着九曲十八弯的水泥路骑行到棋盘山的入口，然后上

（下）63个陡坡骑出棋盘山的地界，再骑半个多小时就到了胜利花湾的辖域。说"住在胜利花湾"容易让人误以为你家门外有开阔的果园视野，屋前屋后都是乡邻，实际上，超过94%的人都住在花湾村二组、三组、五组，仅不足6%的人稀落散布在其余的十七个组，你家在花湾村十九组。你只有一户邻居，两家的房屋都是傍山而建，在外人看来"仿佛随时会被四围的山景吞没"。你自小住在深山，所以不会像外面的同龄人那样觉得山里的生活闭塞。你的标准和旁人不一样，你整个青春时代都存在于另一端。

你13岁那年秋，一家住在"外面"的人来你家做客。女人脚才着地，便说："总算到站，屁股都坐麻了。"停在一旁的嘉陵摩托，排气管比熨斗还烫。"要不是有条小路通进来，谁晓得这里头还住着人？"说话的男人和你们是本家，男人来是想找你爸请教种兰草的技艺。你家后院有很多兰草，你爸妈平日一直靠种兰草挣钱。男人的儿子比你小几岁，怯生生躲在他妈的身后，不敢近人前，心头正酝酿着泪意。

"小植，过来叫人。"

他终于"哇"一声哭了出来。

"把你卖给叔叔，以后给冷棉姐姐当二弟，好不好？"

他哭得更凶了，估计认为爸妈跑这么远来到山里，就是要带他见买家的。也难怪他会这么想了，出发前女人在堂屋说过这样的话："……小植往后就叫郑荔干妈，多一个爸爸多一个妈。"女人有意和你们家结老戚，遂在家随口商量了几句，而这件事在冷植的童稚认知里是合计着卖掉他。

"小崽娃子还当真了，哄你的！我们家隔这么远，每年相互走动骚麻烦。"

你妈打了个圆场。女人觉得距离确实太远，先前的念头就顺着台阶，滑入庭院的花阴里了，像只光溜溜的青蛙。

那天傍晚，大人们到田间去看庄稼，你和冷植在家一起看了影碟《驱魔童》和《黑侠》。

"姐姐，你喜欢看鬼片吗？"

你摇摇头。

"那跟我一样，也喜欢武打片？我喜欢洪金宝。"他瞪大了眼睛。

你仍然摇摇头。

"我喜欢看有鬼的武打片。"

冷植摸不着头脑了。

你家的狗突然抬起头，鼻子哼了两声，是大人们在往回走，说话的声音使它警觉起来。男人才进门就说在篱笆附近看到一条土垦带，叮嘱你和冷植不要乱跑。你表面应了一声，心里其实不以为意。你有21次碰到毒蛇的经验，深山老林人迹罕至之境，奇葩异卉俯拾即是，自然比外面有更高概率出现危险生物。只要人不伤害它们，它们就与飞鸟、蛱蝶无异，各行其道。

你妈拎着一篮芹菜进春屋，女人跟去帮忙，你爸把电视调到央视一套看《新闻联播》，男人说奥巴马的脸没有官相，收再多政治献金也赢不了希拉里。

那夜，冷植上摩托车前，特地抱了抱你家的大黄狗，发现自己根本抱不动它。大人们笑了，狗也笑了。狗摇着尾巴，仰起头想闻人的肩膀。如果冷植再多待几分钟，关系再熟络一些，它就会跳起来舔到他的右脸。作为一只狗，它已经忍不住要冲对自己有好感的人出示舌头了。狗存在两个末梢，尾巴尖与舌尖——必须都接触到一个人的身体，才算完成了"双重认证"。

你注意到冷植抱过狗之后就有点闷闷不乐，他困惑的是：狗从未扎过马步，怎么力气比自己还要大。

"可能是因为我没有尾巴……狗的力气都来自尾巴。尾巴＝力气袋。"

他不知道世界上有一类小狗，叫柯基。

冷植一家人骑摩托离去后，就再也没进过这座山，日子逾久，终归失了联系。像是存在于幻觉中的一天。你们和邻居如常生活着，邻居偶尔会敲门送你们几条新鲜丝瓜，邻居偶尔会开门收到你家包的韭菜饺子。

大黄狗每年都生小狗，一胎四（五）只崽，有三（四）只都会在合适的阶段放归野外，仅留一只养起来。你喜欢留身上花纹比较好看的，叫起来声音洪亮与否倒是次要。在夜晚常能听到远山近水的犬吠声，它们此起彼伏，多少会令山南水北的住户觉得安心。狗在物种丰富的山中，不依靠人类就能独立存活。分布在周边山林的三十多条狗，有81%都在出生后被你家喂养过一段时间，对你们的气味存有记忆。你跟邻居家的一对双胞胎时常结伴到山里去找狗，带上白面馍馍和煮熟的花生黄豆，走走停停，随意春芳歇，要是碰见了狗，就投喂它们，要没碰到，就自己吃。一年后，山里所有狗见到你们都会摇尾巴了，它们之中有93%的比例在你们身边完成了"双重认证"。

那几年周五的傍晚，放学后，常会坐着你爸的摩托回家，一里里穿过棋盘山迤逦蜿蜒的小路，沿途葱翠的茶园梯田一望无垠，你记得，2007年春天的坡顶，叶芽的味道清爽澄净，漫山遍野都是沁人心脾、赏心悦目的风、光，很大的白鸟从这个山头飞向那个山头，影子不经意落在你的脸上，摩托一会儿加油门一会儿踩刹车，在鲜亮的自然界里无拘无束行驶，山间采茶的人有时戴着草帽，有时没有。那年，"绿茶"不是一个污浊的词，版图面积22.8平方公里的何店花湾也还未评上"国家森林乡村"，变成市中心有钱人旅游的去处。

2009年4月中旬，你从随州市第二人民医院出来，到老火车站附近逛了一圈，去鹿鹤转盘坐公交车时，偶遇了杨润秀。近视的你打算做激光手术，你妈陪你做了术前检查（包括裂隙灯检查、睫状肌麻痹验光、泪膜破裂时间试验等）。做睫状肌麻痹验光前要滴托吡卡胺，每5分钟一次，需在半小时内把药物滴完，共滴了六次。验完光，人会出现散瞳现象，出门需戴墨镜。你戴着墨镜，跟你妈下台阶、过人行道、等公交车，上了公交车找座位时一眼瞥见坐在右后轮位置的杨润秀。鬼使神差，你摘下墨镜，有意想被彭发现。散瞳的你极度畏光，一摘墨镜根本无法看清她的脸，顿时周围的人都变得像太阳的分身。你眼睛唰来唰去，无法适应环境亮度，像黑夜里谁陡然打开了你卧室的强光灯——不同的是，你还要畏光至少四个小时。

　　她望着你，像望着一个瞳孔放大的将死者。与过去毫无二致。你"不停在眨、无法充分唰开的眼睛"，助她加固了旧印象——她曾号召全班以"She is a freak"为题写英语作文，这趟市区之行无疑将使她更为肯定过去的诸多做法，没有任何不妥之处。她看你的眼神没变（是看异类的眼神，含有一定程度的阴鸷，但更多是冷淡、距离感，想用眼神把这个人择到一边去，像择掉烂菜叶或虫豸），是一种能激恼你不分场合上前与她拼命的"坚定不移"，这意味着她从来没有过自责、自我质疑。一直过度联想思索一直挣扎自我折磨的人，只有你。那些作恶者是无感的。回家后对着镜子看见"变形拉长"的那双眼睛，你歇斯底里把步步高复读机攥在眼镜上。你的眼睑有些发胀、扭曲，活像个表情诡异的怪物。你给彭看到这一面，她势必又要在教师办公室瞎传的。

　　"08届中考生冷棉居然变成那个死相！昨天我坐车看到她的眼睛，简直骇死球了。"

　　那些由杨润秀胸腔、颅内的上百斤虫卵构造而成的"形象"将陆续爬出她马桶排污管似的咽喉、脓嘴沿着教学楼台阶逐级蠕动到彭会珍、文守云、詹滋涛、王秀林的耳畔和舌根，从未教过你、从未与你对过话的王秀林将把一面之词当作糯口的谈资传给她在教的初三学生们听——假如你仍在那所学校读书，学生嘴里苍蝇嗡嗡似的议论声还会**再度**回传给你（像以前一样）。你在何店三中的那几年，有许多园丁都如她一般总是拎着一壶装满虫卵的粪水浇灌满园的花朵。初中时代几乎每科老师都能娴熟施加到学生身上的软暴力与硬暴力，被你悉数回想起来。你还记得，有学生因为彭会珍的当众羞辱在校内茅厕上吊差点丧命。

那天坐在公交车上的你，还需要近五个小时瞳孔才会回缩。这不妨碍你用眉心"看见"她呼吸附近的气旋只有4个。你并不轻松地释然了——一点儿。

你闭上眼睛。远山的花丛，有只蝴蝶突然晃神，仿佛谁喊了它一声。

"是园丁吗？"

3

经过几年的练习，你已能精准控制气旋的大小，像从前那个晴天的爆发，再也没出现过。你坐在室内时，气旋大多分散在室外的天空。那些俯瞰着人的发旋突然转向的鸟类，一定是在风中发现了什么。

长期把气旋放置在天空的行为让你感到有些无聊了，你开始做出新的尝试，例如把气旋分配在做课间操的人附近：学生的动作自然会带来一些气流，气旋若巧妙潜匿在每个人四周的气流中，没人会察觉到异样。每天课间操，你都把天空的气旋牵引到地面来，降雪般降下气旋群——从随机分配到定向分配气旋至学生的身边，你只花了两周便已操纵娴熟。学生的体型各有差异，动作力度各不相同，制造的气流有强弱之分，但存在一些显著的规律：

学生从矮到高排成队列，站在前面几排的学生体操动作相对队伍中部的学生要标准许多。班主任若在现场监督学生做操，班主任走到哪个位置，处在该位置附近的学生体操动作就会突然变得标准，如同稻田的一股风，班主任的位移将在人群里制造相应的波动。

较大的气旋自然应该分配给动作幅度、力量更大的学生，小气旋更适合队伍中部懒散的学生。有时你会把气旋分配到特定的坐标上，写"冷"字；有时把少量气旋抛到空中俯瞰，它们会发现地面的气旋正在写"棉"字。这一切，凡是中国人，都能联想到奥运会开幕式上张艺谋的"和"字。

你用呼吸造出的每个气旋都承载着你实时的记忆，它们的认知与你保持一致，记得过去的事。严格地说，气旋的认知是与造出该气旋的呼吸（的认知）保持着一致，你的每次呼吸都只存储着"当时"及"之前"的记忆，因而我的记忆滞后于今天的你，也滞后于编号为 E3125、E3126……E3318 的所有气旋。

我不记得你睡着后做了什么梦，但是［E3163, E3318］记得，我不记得你午饭吃了什么，［E3249, E3318］记得。你最新造出的气旋为 E3318，这意味着我不久便会消失。

气旋之间有引力作用。如果每个气旋的位置都符合默认序列，你不进行任何人为干预，那么对我而言，E3123 将是主动轮，我是从动轮，我的一切行为都受限于 E3123 的动向。正因你将气旋"环环相扣"的线性关系拆解了，所以除了脸部附近的 5 个最新气旋，其余 195 个气旋全都并列为你的"直辖气旋"，它们拥有极高自由度。

记忆，可以由自己创造。每个气旋的经历都会变为它自己新的记忆，而我刚才碰见的气味、声音、颜色等，也能即时融入你的五感、成为你记忆的一部分，这称作"反哺"。存在两种"反哺"：第一种，我碰见的所有颜色都将自动归入你瞳底的**颜料仓库**，你在郊外看见的某些景物，并非它们的本来面目，你看见的湖泊比周围人更斑斓——你的五感会自动存取仓库中的"气味、声音、颜色"等元素，对你所处的环境进行实时渲染；第二种，就比较简单了，我"一生"的经历将全部同步到你的大脑中——你仿佛同时生活在200个**空间切片**里似的，你记忆的信息量远高于常人，有着摄影机式的细节记忆能力，正缘于具备如此之多的"嗅角、听角、视角"，总能在它们之中找到三五个角度让旁人吃惊，所以你比全班人都更擅长造出有"惊奇性"的句子。

第一种，是环境里的诸多元素对你进行"反哺"，五感对仓库储物的抽选存取，具备审美倾向性，它是一种"去粗取精的反哺"；第二种，是包含诸多元素的整体环境对你进行"反哺"，把200个**空间切片**的认知照单全收，它是"巨细无遗的反哺"。

你的自我意识越强，经由你的呼吸造出的气旋，主观行为就越"智能"，可以与少部分的自然环境零感互溶。你的自我意识越弱，对我们的控制权越低。

翘课后，我在操场碰到了一个人，他的衣襟上洒着晚春的锈湖倒影，左右手各秉一支隐世灯火。我猜测，他帮沈药眠穿过鞋。我是你呼吸的造物，对人际关系的认知承继自念高二的你，因此只能猜出他帮沈药眠穿过鞋，猜不出更多东西。我也有试着往《黑侠》的方向猜：沈药眠白日是老师，夜晚是惩恶除奸的蒙面人，她在凌晨四点的学校食堂前与他交过"手"。可是，除了偷完东西后空气中留下郁金香气息的楚留香，没人在行动前故意往身上喷抹大量的隐世灯火，香气太明显不利于作案——何况，也不会有哪个人穿着高跟鞋匡扶正义。

盗贼行动时有专属的零感香水可以穿戴。THIEF官网面向全球盗窃爱好者提供多种实用工具，包括SCD零感香水合集、

BLOCK 纤体丸、FANCL 热控丸和 UNICORN 褪黑素等。这里不妨用郭敬明的魔都现实主义小说《秒钟代》来举例，钟代姐妹花联手窃取宫洺办公室文件的那次行动中，四个人身上就喷洒了三款 THIEF 派香水：Serge Lutens 孤女、Cha162d 夜行衣、Dolce & Gabbana 时间洁癖。三者共称为 SCD 零感香水合集。

孤女的效果是在各作案成员的周身营造均质的疏离氛围，压缩熵值（熵是衡量系统秩序性的指标，"均质"意味着有序、简洁）。四人同步行动制造的动静、热能、呼吸等都是四人份，容易被对**犯罪气息敏感者**察觉，四人皆使用 15mL 孤女，整体存在感恰好"÷4"，四人的相互配合行动将得到收束，凝聚为一人份的体量。你还记得，电影里南湘下楼牵制上楼的保安时，后者未起任何疑心吗？这不是给角色降智的剧情 Bug，经典电影的每一帧画面都有不少于三页稿纸的深意。那是因为，保安觉得就只有南湘一人闯进来了。有时你在生活中撞到一个人，总感觉撞到两个人；有时四个人撞到你，你觉得似乎只有一个人。第二类场景可分成两种情况：将四人的存在感遮罩 3/4，只"露出"一个人，让这一个人"代表"四人被外界感知到；将四人的存在感切割为全等的四份，将其"直铺"在时间轴上，外界在轴上的任意一个时间点都仅能感知到一个人。第一种情况就是电影里展现出来的，第二种情况会使人觉得这个"相撞"的过程持续了很久，假如一个人与你"相撞"的常规过程是 1 秒，那么你将感受到 4 秒时间，仿佛有四个人排着队依次撞向你，四者之间无缝衔接。在《浪客剑心》里，这叫"影打"与"真打"；在《BLEACH》里，叫"始解"与"卍解"；在现实世界，第一种情况叫"白孤女效应"，第二种情况叫"黑孤女效应"。

黑孤女能在多名使用者四周创建整饬的"孤立体系"，这不免令人联想到工厂流水线上的金属方块——各单体之间貌似存在距离，实际上它们的"气场"紧密贴合在一起（黑色部分为方块，外围方形为"气场"）：

■■■■

要让孤女有效，作案者必须是偶数个，至于不同浓度的孤女如何配合不同用量使整体存在感分别÷2、÷4、÷6……这里不展开说了。

夜行衣是 THIEF 官网最热门的香水，它是夜晚的气味。夜晚的气味与人体的气味不同，前者更抽象、迷离，平常人的气味之于（立体的）夜晚像纸片。一位贼，身披夜晚的气味入室，就不易被对犯罪气息敏感者发觉。它能使人与夜晚的肌理融为一体，不论是月色、桃林还是雾气，贼都能从其深处闲庭信步走向你。如此神出鬼没的贼，将无法用普通的方法防备（POLICE 官网有能解除夜行衣的香水）。一阵轻飘飘的风都可能吹过来六七位贼，众人身披夜行衣，一夜飞渡镜湖月，上文提到的"迷离"，是千岩万转路不定，迷花倚石忽已暝。一位贼，在入室行窃前经历了怎样的旅途，气度才会这般超然？湖月照贼影，送贼至剡溪，平常人的气味之于夜晚像纸片，而贼（可能）是花瓣。披星戴月而来的贼，神色怡然：今夜，我们都是佳世浊公子。

夜行衣不仅能赋予人体夜晚的气味，还能完全隔绝人体本身的气味。有轻微体臭者，如何偷盗？盛夏趿着人字拖多日没洗脚的流浪汉如何偷盗？记得安徽省马鞍山市含山县林头镇"为避免惊动屋主特意脱掉鞋子进屋盗窃没想到汗脚实在太臭反而弄巧成拙吸引了屋主的注意"的那位蟊贼吗？夜行衣是这些人的必需品。

时间洁癖能精准控制个体、各分队的作案时长，确保每位贼与其余贼密切配合，犯罪企划案完美落地执行。穿上这款香水能有效提高团队成员默契度，例如在《蝙蝠侠：黑暗骑士》中，小丑们刚抢完银行，校车司机就来了，小丑击毙校车司机后开车出去，无痕融入放学的校车队伍，把自己很好地掩护起来——想从犯罪现场全身而退往往需要"时间"掐得准。

"洁癖"一词让你想到什么？仔细消除现场所有蛛丝马迹：键盘上的一些指纹、你喝过的水沾染了口红成分（而纸杯打翻在地）、死者指甲里你的皮肤纤维、地毯上你的鞋印（它们刻意大几码，但你仍要将其擦拭殆尽——漏掉位于隐秘地带的关键脚印以迷惑沉睡的毛利小五郎，使其觉得作案人是大脚者且当时对现场的处理很匆促）等等。

时间洁癖是指像擦拭窗口空调外机上的烟灰般，擦拭时间的"余烬"。你擦拭了17时31分07秒中的那个1分07秒，假设前者是一张桌子，后者就是桌上的塑料盘、盘中的水果硬糖，谨慎起见，必须端走，不要让"1分07秒"被即将坐在这张桌子旁边的"熊孩子"尝到嘴。

《水浒传》："小路走，多大虫，又有乘势夺包裹的剪径贼人。"这里是空间上的"剪径"，那么时间上的"剪径"呢？你需要有更深层的不在场证明。

BLOCK纤体丸，顾名思义是保持身体纤瘦的一种药丸。作案前连续吃一周，能让身体瘦到皮包骨，而一旦停药，身形会立即反弹，越是肥胖的人吃它越有效果。为摆脱嫌疑，即便这种药物会对人体造成伤害也还是有很多人竞购。

FANCL热控丸不用多说，它可以调节人体热能同时屏蔽四周热感应系统的高频侦查信号，让现场仪器失去对人体的感知能力，无法触发警报。

UNICORN褪黑素可以稀释夜晚的暗沉观感，服用者将获得短暂的夜视能力，潜入伸手不见五指的地下室恍若身在白昼。

THIEF官网的用户社交圈，顾、南、林、唐是热评榜常客。为节约版面，接下来将这些呕哑嘲哳的交谈不分段堆垛在一起。顾里前天凌晨发了条语音帖：这身晚春的锈湖倒影好不好穿？有穿过的姐妹觉得合身吗？南湘：我只爱收集高价位的香水，不常穿，不了解。林萧发图：给大家看崇光上次生日送我的英纳格 Versailles 星钻腕表，宛如猜这款手表全球共多少套？唐宛如：啊！我先坐下来喝口水，我收到最珍贵的礼物就是卫海送的烧水壶。南湘：……，……。顾里：我查了下词典，《源氏物语》手纲、腕表目写着全球限量 160 套。林萧：Bingo！你家顾源对奢侈品好了解哦，叶传萍教的吧？南湘：他×叶传萍教个屁啊，林萧你她×还真喜欢哪壶不开提哪壶！唐宛如：林萧你要不买一瓶阿蒂仙的寻找蝴蝶，我买一床头柜的 Six god，你跟我换着穿？南湘：宛如智障，你能不能有点骨气？你舌头发达的肌肉比你粗壮的大腿更让我讨厌。顾里，你换好了香水穿给老娘闻一闻！顾里：我只想穿给自己闻。林萧：你要真把锈湖倒影穿出去参加下周的同学会会被同学抱着闻。南湘：你她×搁这儿说绕口令呢！顾里：姐妹们别管南湘，她卸下这身家庭背景就是个成天蹲在青浦区徐泾东地铁口骂骂咧咧的疯婆子。林萧：给你个胸膛弥漫着 Amouage 香水的亲密拥抱！南湘：顾里你她×就左手一款 Vacheron Constantin 手表、右手一支 ANNA SUI 夏日杏花果冻唇彩、中间**胸膛跳动着** Amazing All Around **项链**让这些没有感情的物品像个陌生男人一样抱着自己在浴缸里发烂发臭吧！

她们四个人的喜怒哀乐每天都会在这个笑起来又落拓又漂亮的小小宇宙里的文明角落上演，秒针、分针、时针、日针拖着庞大又寂寞的虚影逐渐转动成无数泪流满面的日子。这是郭敬明的名言，老师要求每名学生都要会背。

"21 世纪文坛双璧是哪两个人？对，是<u>魔</u>实主义作家郭敬明与神<u>实</u>主义作家阎连科，这些经典化的巨匠常读常新，《左手一只鸡、右手一只鸭》是高考必考篇目。"

徐渭崖不止一次敲着黑板向全班同学强调,其中加横线部分是默写题的高频填空内容。

4

23分钟前,我碰到的男子叫阮梅冈,他是高一(7)班的老师,从教室出来,准备去操场跑步,我无法确定这是他一时心血来潮还是坚持已久的习惯。我没有机会验证猜想,明晚我就不存在了。站在窗外走廊的我觉得很无聊,一会顺时针右旋、一会逆时针左旋(这是一个气旋排遣无聊的方式)。我突然意识到我不是在等下课,我也没有等你,我只是漫无目的站在外面。

从操场回来后裹挟着微量药感的我闻着像苔丝回忆录的后调,把几乎彻底淡忘窗外远山的你带回陆阿采与荣寿标对决的现场。

你再度留意到我,离陆阿采的现身已经隔了两个小时,在71分钟前,荣寿标左手补抹了一次蝴蝶的呼吸。他意识到空气里存在大量的监视器,遂将自然界蝴蝶的呼吸涂满整条手臂,把皮肤的感官变敏锐,使他能用嗅觉里的"痒痒肉"闻见那些"额外的香气"。痒痒的本质是人身体部位对外界刺激的敏感性。

荣寿标,希望区分出此时山林里真实的香气与源自蝶状多聚体{Kilig Polymer}内部的香气。

安装共分四轮,春夏秋冬。来年春风会把今年春季埋伏的监视器吹回来。花期可以再现,花期里的内容物自然会回归。正常情况下,拜剑山庄制造的"2nm"(代指尖端){KP}能连续使用4.5年。移花宫在天涯海角都有分舵,设若今年春季是邀月、怜星二位宫主第一次往花期里埋伏{KP},她们麾下的各地分舵女弟子奔波劳碌数月终于将监视器覆盖到大江南北,那么明年春季,她们只需带少量的{KP}就足够了,明年的工作是朝现有情报系统里打入补丁。

这个"少量"有多"少"呢？明年春季只用带今年春季{KP}总量的15%左右。今年是繁重的任务，明年是微小的工作。而对于那些不具备实力建立全国分舵的门派，今年是极其繁重的任务，明年才是繁重的任务。

设若今年，天下会是头一回往五湖四海的花期里安装{KP}，四轮工作完成后，纵使帮主雄霸长期醉心于分化步惊云、聂风，对{KP}的保养修护工作不管不顾，接连数年均未安排弟子去各地打补丁，也无妨，因为等到4.5年后才需大量替换，在这4.5年里，80%以上的{KP}都能正常运行。"拜剑"二字，是品质保证。

年年春回大地，季风都能带回前一年春季各花期里的香气胶囊。你每天闻到的各种香气，其中有小部分不是在任意一棵具体的树身上，它们根植于虚空而非土壤。百年前，来自虚空的香气极为密集，人们闻到的春天更香（{KP}大概占62%的比例），不像现在，空气里能有2%的{KP}香气就很难得了。时过境迁，陆阿采如今在春风里掩埋{KP}，丝毫无需考虑"占线"的情况，因为全频道都只有他一人；以往整个武林各派人士都在空气里投放触须，极易"撞车"，造成各方信号互相干扰。彩云易散琉璃脆，豪杰并起的时代已然逝去，一个人的拜剑山庄，一个人的情报江湖，不再有"空气交通管制"这一说了。

玻璃冥府的原型是佛教里的业镜，阴间能反映众生一切善恶行为的镜子。荣寿标起初没找到合身的器皿，每次使用完玻璃冥府都会吐血不止。佛山一役后，他去南少林找白石梦窗禅师逼问出解决办法：把冥府放置在锈湖倒影的核心，即可从容驾驭。

喷洒了锈湖倒影的人，行走在任何地方都仿佛身处漆静的湖畔，定力差的对手置身于荣寿标附近，会产生溺水感。这种溺水不是指外皮肤层面的，而是从里面淹没人体内部的血液及细胞，令它们"呛死"（失去活性）。一个人的外面干燥如常，里头的许多地带可能已经湿透了。人不是掉进了外面的水域,而是掉进了自身里面的水域,逃无可逃。如何从"里面"淹没人体内部的血液及细胞?人体的水分含量占比约为60%,这些水都能为"潮男"荣寿标所用。他既能召集一股水冲击对手心室附近的组织,也能操纵少量的水分精准溺毙指定部位的单颗或多颗细胞。双腿的水遭到召集的正派人士,若未能在一定时间里打断荣寿标的进攻,除了脱水部位将永久丧失行动力,还会有生命危险。如果人体自身的水不够用了,该怎么办?可以在人体内部掘井,引来**万物深处的水**。

玻璃冥府喜爱内部长满倒刺的水,放眼天下,唯独南少林供奉在药师琉璃光佛座前的锈湖倒影符合条件。荣寿标的独门绝技铁砂掌刀枪不入,能轻巧地从水底抽出玻璃冥府。

面对荣寿标错愕的神情,陆阿采开口了。

"梦窗白石告诉我,世间存在一种物体:香味橡皮擦。"

"梦窗白石?香味橡皮擦?"

"白石梦窗的影子,名为梦窗白石——"

"笑话!白石梦窗早就被我杀死,'剑二十三'连轮回都能斩断。"

"你知道达摩吗?"

"英雄联盟达摩打野的那个达摩?"

"非也!达摩面壁九年,在洞中留下了影子,名为摩达。梦窗白石即为白石梦窗的影子。树影的特征是什么?太阳自东向西运转,树影自西向东运转。树影是逆行在时间长河里的反物质。白石梦窗遭你杀死后,他的影子开始悖逆血液的单一指向朝原点倒流。影子与本体的生命力如沙漏般发生了交换,等影子的年龄完全归零,白石梦窗才会魂飞魄散,从这世界真正消失。我遇见他的那日,他还只是南少林的一名小僧。当时梦窗白石轻轻摇晃着一棵树,想让脱水殆尽的少量叶子掉落。他将门外树下放置了整晚的木桶拎进来,把里面满身露水的花瓣泼向寺院内的土壤与草地,走运的是竟然泼进来一只蟋蟀的鸣叫,不知它是何时跳进木桶的,在花香鸟语里入睡至星光散落,被木桶的倾斜感吵醒了。梦窗白石每隔一会儿,便会去摇一摇树木,从早起开始,直到傍晚。傍晚,他拿着笤帚,面对着满地落叶的庭院,正要打扫。这就完成了。他停留在准备打扫落叶的那个状态。"

"香味橡皮擦是什么?"

"重点是它能做什么而非它是什么,它可以擦除锈湖倒影的香气——"

"你的香橡皮在哪儿买的?"

你的空想被同桌的提问打断。他对你似乎很好奇,你不准备回答他。投影仪输出了一段13秒预告片,每晚最后一节课,都会由当堂老师预告第二天早上的第一节是什么课。葵田中学没有课程表,周围谁都猜不到下一节课是什么。校长认为课程表的存在会让学生形成周期性的倦怠感。

"今天,教大家卡点录制植物细胞的质壁分离。"

明早第一节是短视频课,袁斛猫原本教生物,2009年后为使教学内容与社会潮流密切结合,她摇身一变成了生物方向的短视频教师。每届学生里都有很多人对她的名字感到好奇。和地球上许多凑合着过的夫妻一样,袁蒐贵与黄令微三天一大吵两天一小吵。有次吵完,自感发挥失常、吵输了的她妈一气之下在姓名栏里填上"袁斛"。后来,气消了的黄令微怕她长大后要问不晓得该怎么回答,又托关系跑去加了个"猫"字。这样,若女儿问起"妈妈我是哪里来的",她可以答"你是我拿大花猫跟别人斛的",那女儿该有多开心啊。

"用它搅散瓶底的虫骸时,触角仿佛是孙悟空变的。"

沈药眠的手提包里常备着十块钱一盒的盐酸二甲双胍缓释片,用来降血糖。她身上的病症不止这么一种。

"这句话是今晚的梦境引线,下周上课我会随机抽查你们脑海中的一些爆炸冲击波。"

说着,她便扭动腰肢拎包出了教室。

仙境
束荷

1

办公室的灯还亮着，徐渭崖在座位上写东西，他常在夜深人静时打开密码本造句。耳机里播放着卓依婷的《烧酒话》，电脑显示屏角落的 QQ 群头像不停闪烁，提醒有 99+ 消息未读。

"抓住蚊子放掉，它会变得比之前更难抓。"

阮梅冈在教师群中发言，有人回复：

"你肯定又被咬了，囧。"

"谁会抓了放掉？是根本没抓住呗。"

"嘿嘿，有人定闹钟偷菜吗？"

"显然，这是个递增函数。"

徐渭崖没空看 QQ 群，他与阮梅冈虽然处在同一个大群里，但从未有过一鳞半爪交集。潜水者占多半，恰好 115 人，束皙、沈药眠均在此列。束皙两分钟前把个性签名改成：★従酒盏中打捞起 gμō 往的歲月，却遲遲丁愿 o 曷下嗆鼻的従前。他今晚心情不太好，喝了点酒。

"1995 年除夕，孟庭苇在央视演唱了一首《风中有朵雨做的云》，我们一家围坐在火炉前烤红薯，门外下着大雪。我妈说'这个女的调儿没唱上去，还是前头出场的杨钰莹嗓门儿高'。那晚，杨钰莹唱的是《轻轻地告诉你》，我当时小，以为孟庭苇真的没唱上去，长大后才知道这首歌的音调本来就是这样。我爸喜爱听歌，买长虹彩电前经常是挎着'三洋'走到哪儿听到哪儿，带去放牛、去栽秧、去大队办公室刷油漆，买彩电后，头几年一有空在家就连放半天的歌碟。乡里有人笑他'一身雀子骨头'，手里有点家什就到处显摆，他装没听见。《免失志》《无奈的思绪》《金包银》《舞女泪》……卓依婷、韩宝仪、蔡秋凤三人的歌曲如叶缝之于树冠，缀满了我整个童年时期的周末，年少时不知道什么叫《金包银》，长大后经历了人情冷暖自然就会听到骨子里去：'别人的性命是框金又包银，阮的性命不值钱，别人呀若开嘴是金言玉语，阮若是讲话……窗外的野鸟替阮啼'。我喜欢蔡秋凤版《金包银》、韩宝仪版《无奈的思绪》、卓依婷版《烧酒话》。当庞龙《两只蝴蝶》、刀郎《冲动的惩罚》传遍大街小巷时，我一度不能理解，《粉红色的回忆》《轻轻地告诉你》《风中有朵雨做的云》《捉泥鳅》《知道不知道》这些歌带给我的意境是那么纯粹（它们与《诗经》有共通之处：无邪），都有这样的歌了，那两首乏善可陈的网络歌还有什么可听的呢？可能这个世界的发展趋势就是要逐渐淡离美，是要叫人绵绵不断地失望的。在家乡，过年期间有些话要改口，比如'你还要不要饭'改成'你吃饱没，我再跟你盛点'，'你还喝不喝'改成'你还要不要斟酒'，前一句容易理解，第二句是因为'喝'在随州方言里与'活'同音。1995年的除夕夜，雪一直下到了天亮，打开门看，世界洁白无瑕。我爸铲雪时，我细心观察过雪的断面，发现昨夜初期下的是雪籽，而后是雪花，再后来才是鹅毛大雪，一直持续到天上的星星只剩下几颗时，鹅毛大雪才弱化下来，自东向西归零。三者的厚度比约为2∶3∶5，像五花肉似的，一层肌理覆盖着一层肌理（低温环境，因而没融化），我有时觉得地球的土壤层结构也是'下雪下成这样的'。每年正月,我们四五家亲戚都会结伴去淅河马坪,那里的长辈我喊姨爹、姨奶奶。我期待过年的其中一个原因是可以去马坪看火车,坐在摩托车上虽然风吹得很冷,却不时能看到路边长长的火车驶过去,由于高考前都没坐过火车,那些年我一直觉得很稀奇。每年我们到了,马坪的长辈都会泡米子给我们喝,盘里的花生、瓜子、蚕豆、炸麻叶、米子糖一样也不会少。小时候跟我的几个哥哥姐姐还没有疏离开,大人在马坪那个长辈的院子里坐着聊天,我们就结伴出门到处闲逛,放爆竹、钻涵洞、看铁路。有次走在铁轨上,听到火车从后面来了,我们几个人就赶紧跑出铁轨,站在铁路旁边,警惕地等火车驶过去。火车驶过去时有水洒下来,我们都觉得'好凉快',回去了还跟大人讲,我跑到人堆里说'跟洗脸一样',洋洋自得。我的姑妈听了表情古怪地说'那只怕不是尿哦',我说'怎么可能',我的另一个长辈说'火车上的尿直接排放在路上',我们几个吵吵闹闹的晚辈忽然间就噤声了,我妈叫我'赶快去把脸洗了',一个男长辈在一旁说'只怕小娃子还爹嘴当水喝哦',我反驳'谁爹嘴谁是狗子'。至于那天下午到底爹过嘴没,我记不得了,只能但愿没有。从淅河到何店距离遥远,坐着摩托在路上常能碰到几个人因为交通事故扯皮:'我们都往拢走哈,干脆搞几千块钱,搞平算了!''听你说话松得直摆,几千块钱我得放你的刹?''骚笑人,老嬷嬷洗澡——不谈(弹)。我的一个反光镜就得好几千,没个万把块钱能下地?'正月初八,我们回到家,我妈开门后第一句话就是'还是自噶屋里好',有记忆以来的这些年,她说了不下254次'还是自噶屋里好',说了不下39次'你是我身上掉的一块肉,我想打打得、想骂骂得',我爸对我妈说了不下167次'回了三天娘屋,摸不到自家的舂屋',说了不下98次'男人在外头走,穿的是堂客奶奶的一双手',我爸对周日晚上赶作业的我说了不下171次'日里飘飘荡,夜里熬油亮'。正月初九是个大晴天，早上我爸坐在堂屋拿筷子切芹菜，我妈站在院子晾衣服，我蹲在大胶盆里弹珠子儿，蒋天养把三轮车停在外面喊'初十我儿子带（女）朋友上门，你们帮忙抬下桩。保准满桌子大席，白酒红薯土猪子肉都有'，我爸起身发了两根烟给他说'天养搞这么讲究，你不专门儿接，我也肯定要来抬桩吵'，蒋天养把烟夹在耳后，不知又说了句什么话便打着哈哈离开了。初十早上，我爸带着一杆戥秤去蒋天养家，寓意称心如意，袁苑贵带着饧好了的面团，寓意面面俱到，刘柏翠带了两根玉米，寓意金玉良缘，陆渊诚带了窝蚂蚁，寓意儿孙满堂倚马可待，束广微带了刺猬和三黄鸡，寓意天赐良机。从我爸写向束广微，是按客到的顺序排列，而非关系亲疏。拢共来了34个大人，其中袁苑贵等11人都是在旗亭酒肆认识的，剩余23个人里有亲戚也有同村的熟人，客都齐了才能动筷子。穿着棉袄的袁苑贵，头发蓬乱得跟翻毛鸡一样，喝汤的声音像猪吃食一样响，坐上席的陆渊诚说'要是大伙儿都跟你一样，简直能把房顶喝塌'，他吧唧吧唧嘴望着桌上的荤菜两眼放光，像刚从牢里放出来的抢犯。'小娃子吃饭要向偏，站到大人背后是在吃大人的力气'，束广微呵斥的小女孩，与我同岁。'向偏'即向隅，意思是躲在一边。那是我初次遇见你。'猫，我捻点菜你站到旁边去吃'，你爸袁苑贵在哪里都'不搁人'，但对你好得没话说。刘柏翠啃完一根鸭腿正要去盛饭，袁苑贵旁若无人地撒了个屁，'声效'跟车胎漏气一样，拖得颇有些长，刘柏翠当即杵了句'齉㞞'就离席了，陆渊诚也郁闷地放下手里的碗'真是坐磨子上打屁——臭一圈'。蒋天养见状赶快来打圆场，他一人发了两根烟，叫陆渊诚和刘柏翠消气，'乡里乡亲的多担待点，他还有个小娃子（在场），大过年来都来了，几十岁了都不容易'，众人迫于'四大宽容定律'的威慑只好返回座位。袁苑贵看笑话似的偷瞄了一眼蒋天养和刘柏翠，毫无羞赧之意，自己只顾掭猪肝汤、啃猪蹄、吐骨头，大快朵颐，'横竖这酒蜜水儿似的，多喝点子也不怕'，他说着就举杯咕噜噜喝了个痛快。我家的大黄狗在桌子底下窜来窜去，把毛蹭在大人们的每条腿上，这么一来，人的腿就跟它的腿一样也有狗毛了，它凭一己之力把全村人与狗的（人均）相似度提高了 0.013 个百分点。我走到你旁边夹菜，闻见你发旋附近淡淡的香气，觉得怡然——是海鸥洗发膏，那个年代许多家庭都在用。我呼吸着某种云开月明样的清透感，还没和你说上话，媒婆就过来了，要教我们唱迎亲歌：菠菜根，红又红，韭菜开花一丛丛，请木匠，打嫁妆，打到十五嫁姑娘，堂屋里摆的糖果子饼，灶屋里摆的枣儿茶，枣儿枣儿两头尖，哥哥留我住千年，嫂嫂留我住万年，千年万年都不住，院里有棵白果子树，前年栽，今年迨，后年开花我回来。唱了两遍不到，就听见一个脸很方的陌生人穿着胶鞋站在院子外喊'村长是谁噶'，他说想找村长推销自己的'网站'。那时的何店，还没几个人知道'互联网'，他说得天花乱坠，院里的大人也只觉得他是白叉子（：跑江湖行骗的人）。蒋天养儿子走过去说'这么冷的天儿你穿得好枵薄，我爸爸拿件厚的衣服给你吧'，他笑了笑说'没得事'，陆渊诚问'你几多岁，不像本地口音'，他答'我31，从杭州过来的'，蒋天养发烟，他手推了推没要，便离开了。初十夜晚，回家的路上，我爸醉恹恹叮嘱我'好好读书，不然就跟那个方脑壳一样，年没过完就转乡游混'。我边点头边伸手摸了摸自己的腮，心想绝对不能变成'方脑壳'。那之后，才开年，谌家岭就多了句谚语'荷包越光，脑壳越方'，这八个字一传十十传百百传千——传播速度约为 16.92 人/小时（几乎平了'龙配龙凤配凤，眨巴眼配齉怂'的历史纪录），显示出它迫切想传入何店三中的意愿。它在校门外逡巡良久，最终还是被通知'未达标，不予录取'。何店三中是市重点贬义句生态园，只有中伤力最强的话语才有机会获得三中教务处的认可，各班老师只允许说出

《三中辞典》上的贬义句，不允许说出水平较低的校外话。在我那时的想象中，神秘的三中教务处是一个类似于'十老头'的权力集团，网罗了全镇各所小学、初中最擅长施加言行软暴力的校精英骨干，才共同构建出这样一个顶尖认证机构。该机构具备贬义句分配权，对学生心灵打击力度最强的贬义句自然都归何店三中所有，次一级的贬义句分配到何店二中，其余的贬义句则按需分配到其余各所小学、初中。何店三中、何店二中'掐尖'，其余学校'捡漏'。每年的贬义句辞典，一般会由各校的软暴力部签收，随后由工作人员分配到各年级教师办公室。软暴力部相当于学校后勤部。不同年级教师使用的贬义句，源自贬义句辞典的不同区块。例如，何店三中初一老师常用的贬义句'莫怪别人总是骂你揍你你个小野鸡巴日的要是不脑瘫，就算脑瘫也不要脑瘫到这种地步，我们当老师的也找不到门路骂你的'，就源自《三中辞典》的初一区块，而初三老师常说的'你们就是一对一对的猪，承认自己命贱又不是什么难事，有这个题难吗？这么容易你都不知道你该下十几层地狱还不是一般层的地狱'和'胡茜再给我站起来，臭婊不要脸的货色长得就一副人渣样'，源自《三中辞典》的初三区块。三中教务处规定，教师言行需严格遵守何店三中的办学理念。

"设若世人说的话都存在言灵，那么众多言灵里最肮脏下作的部分，无疑都将由衷折服于何店三中（头顶密布着孽障阴云的）黑压压的教师队伍，如同万臣朝宗，稽颡膜拜。那里是毒疠黑洞，其中魔多势众，妖兽横行，赤子之心活不过三年一千晚，而我死在九百五十晚后，离中考约两个月位置处。从那夜的栏杆边缘跳下去的月光，我无法确定究竟是小数位部分还是整数位部分。一双高维目光若同时拂过童年的我与初中的我，将察觉到明显的灵魂断层。起初的那些内景，我未能延续下去。我的憧憬崩解了，唯一想要的仅是快速离开那学校，那座吃人吞骨头吐出空洞皮囊的工厂。批量生产的提线木偶，它们身心内外的针署满彭会珍、段成、文守云、杨润秀、冷林德等蝮蛇、苍蝇、蚊蚋、黑蝎、蠓虫的名，往后每多'苟'活一日都是酷刑，一生原本的风向被初中三年的引力漩涡强行改变、扭曲。我自称'苟活'。这些人分别教语文、物理、历史、英语、化学，冷林德当着全班同学面从身后环抱着女生江月做酒精灯灼烧试管实验的场景与嘘声，多年以来记忆犹新。"

因沉入往事倍感疲乏的徐渭崖关上密码本，看了看电脑右下角，已经快到凌晨一点。他准备打开QQ空间，浏览动态，发现有一条新的好友验证：①個心碎の朳申请加你为好友。申请理由：想用那个量哥哥的腰围呢。徐渭崖不解，"那个"是什么，皮卷尺吗？其实是谐音：Leg。徐渭崖无暇多想，直接忽略并加黑了，他双击袁斛猫的头像，发出"晚安，早点休息，喵～"一串字。屏幕的另一端，袁斛猫还在做PPT，她耳机里循环播放着刘若英演唱的《天下无贼》主题曲，她认为这是冯小刚拍得最好的片子，而徐渭崖认为他最好的是《甲方乙方》，片子里有独属于那个年代的真诚。

电脑桌面的QQ群早已回归静态，袁斛猫打算再过15分钟就去睡觉。她的PPT第八稿已经保存：

人在喝一杯水的同时，也喝下了这杯水蕴藏的涟漪总量。喝水时，水与周围环境任意力度的碰撞都会在"这杯水"体内制造涟漪，人不可能绕开水里所有的涟漪，只去喝一杯水的本身。一片水域蕴含的涟漪总量是固定值，每掉进去一片花瓣都会绽放出"相应数量"的涟漪，剩余涟漪的总量便随之减小。一杯水里的涟漪并非无穷无尽，仅仅是没人有那么久的耐心与寿命去消耗它们，才显得无限。

花的绽放是一朵通灵的过程。你无法确定一朵花盛开到何种程度才算是"极妍"。常听见蜜蜂在公众场合宣布"这朵花已经绽放到极限了"，实际上这是非常不负责任的说法。因为它本身可能一直到凋谢，一直到零落成泥碾作尘，都始终保留着"继续绽放"的体力，它没有使出它们，它觉得盛开到极限界域，不是一件多么要紧的事。真正盛开到"极妍"的花，会让人看不懂。可以说，这个世界没有任何一朵花曾经绽放到达过自身的极限状态，它们保留在体内角落的那些力量，对于刷新你对春天的认知至关重要。繁花只使出了92%的力气就已经美不胜收，假若剩余的8%它也愿意使出来，可能……会有如下内心活动：

"想让我使出来，可以——但时间我要自己选，我还是不太喜欢在情绪最高点把力气用光。我希望在外人都以为它快抵达凋谢的终点时，再使出最后的8%。嘁嘘嚱！不是老哥吹，最后这8%力气的质量特别高，它足够令这朵花再开24次的。"

每掉进去一片花瓣都会绽放出"相应数量"的涟漪，不同花朵制造的涟漪数量有差别。在此，花朵制造出多少涟漪就等于水体消耗了多少的涟漪存量。"相应数量"的涟漪由两部分构成：每一片花瓣、每一朵花即便落水时什么也不做，它自体的重量也会迫使湖面释放出一些涟漪，倘若它还使出了那些潜藏在身体里的劲儿，湖面还将产生额外的一些涟漪，这些额外的涟漪是花朵使出8%的力气"继续盛开"的成果（它刨出来比意料中"更大"的动静与场面）。正是由于涟漪存在两种属性，偶尔十朵花落水的动静仅如蜻蜓点水般细微，偶尔一朵花落水的动静比鱼跃还喧哗。掌握了个中奥妙的人，跳水压水花会特别厉害。运动员若想获得好成绩，常需获取足够多的花朵的信任。

古代在放梨的房间里烧香会产生一种神仙，它的法力可以催梨成熟；类比可知，今天像拜红脸关公那样参拜野外的花朵，在花朵面前烧香磕头，仍是对花朵示好的有效方式。前者的原理是焚香久了神仙会显灵，而乙烯气体是这种神仙的乳名。化学家给起的，人们叫习惯了就不太好改口。大千世界，想必存在某些花朵喜欢听阿谀奉承，我的建议是边跪边念念有词：

"雷阵雨后开花这事儿也只有您，换成我早把粉苞撂地上了，满脑袋的水多凉啊我想一想就两腿哆嗦。嘿还真别说，这百褶裙穿在您身上真是活脱脱的仙女儿呦！啧啧啧您太会穿了，颜色搭得这么协调，我真想看看您的身份证，哪像已经开了大半天的花啊！不知道的还以为才开了一抛媚眼儿的工夫呢，像我们这种路边稗子羡慕不来噢……"

天空的鸟叫在江水里有立体的倒影，鸟的呼吸、听觉、腿上的痒感也是。在这里，"立体"只是一种状态，而非实体。鸟喙伸入水中衔起一条鱼，它的身姿在水面制造出波动，在水面以下——紧贴着水面的位置，会有这些波动相应的倒影。

———

图示：水面（以上）与水面以下都存在涟漪，两者几乎合一。

湖畔树冠的花朵凌空盛开，湖中倒影不可能凭虚制造水纹，它只会照搬树冠花朵打苞、延展的动作，像一面镜子，如实反映高处的图景。若是湖畔树冠盛绽的花朵落水后没使出内在的劲儿，那么湖中倒影不会创建任何涟漪，你看见的位于水面下方的那些——涟漪的倒影，就单纯只是水面涟漪的镜像；倘若树冠盛绽的花朵脱离了树冠的引力落水后，选择释放内景"继续盛开"，那么，花朵的倒影将在水面以下——紧贴着水面的位置，自行创建与水面花朵造出的涟漪全等的涟漪，此时，水面以下花朵的倒影不再徒有其表，而是真实可触摸的实体。我们以为与鸟叫的倒影一样，花朵在水面制造动静，水里自然会有动静的倒影，以为水里的那些动静是物理镜像，在此只有一个步骤："如实反映"。但这里其实分两步：

以水面释放内景的花朵为模板，在水面以下潜绘出倒影；

倒影创建出"动静""涟漪"，全等于水面的动静、涟漪。

请回到上面的图示。在此，水面（以上）与水面以下都存在花朵的实体，两者分别制造出来的动静、涟漪几乎合一。因为缺乏耐心，人们时常无法洞明其间的迂回。世界的本质，并不在那92%里。

须注明的是："92%"是个被我随机赋值的参量，以便行文叙述，它不是对所有花朵都成立的。

——PPT有百余页，袁斛猫已为此连续奋战二十多个工作日，每晚都接近一点半才睡。今年的全球写作者联赛（Global Writers League，简称GWL）在北京鸟巢举行，她准备提交的这份内容，展示的是写作者采集资料的能力。她会赶在截止日期（本周四上午八点整）前把内含写作态度的PPT投递给葵田官网。

而今这个时代，职业写作员的文本与传统刊物的文本已经不是同一框架下的东西了。这种偏移，自然是好事，不可能把"写作"永久约束在映照社会现实的层面，它终归是要与人的灵光接轨的。将来，更外部世界的大气层总会破裂开一条口子。此时挡住去路的地貌，将被它打入虚空。这地貌也包括大脑的沟回。某些人形生物的脑部像巨石，从里面挡住了周围人的步伐。你坐在房间里，有感觉出自己的颅壳，像是吊在什么东西上了吗？不，没有引导你谈论"无限月读"，我是说，你会明显觉得自己头颅里面有东西，这种感觉比你身体的其余部位都强烈得多。你是，你大脑的，大气层吗？你护着它？你这躯干急需一条口子。

直觉式写作呈现的是本能性（一部分它们蚀刻在基因里？你联想到敦煌了？细胞内满是壁画？），个体可借此勘探自身与生俱来的矿脉。更高的颅内压，更有斩击力的意识流，每一刀都是狂潮。它们在文本里涨落，掀起各式波澜。壮阔与否不是目的，目的是像心神皆绿的蚱蜢，一旦碰到捕捉者的"指向"，就自动跃起。浪潮的最高水位与蚱蜢轨迹的顶点重合。人们得培植新鲜的"意义感"。过往"社会化的人造意义感"不足以让人窥见真正的自我。

司职大前锋的徐渭崖和司职得分后卫的袁斛猫在同一支队，徐渭崖是队长，负责组织队友攻防。

三人写作对抗赛的位置分配一般是，3号打大前锋，2号打后卫，1号打小前锋。以3号为轴，2号、1号多穿插跑动，打运动战，伺机投球或突破。如对方防守难以摆脱，可让3号多传球给1号，1号佯攻再传回3号。要想获胜，得知己知彼，扬长避短。

如何识别进球时刻及分值？

现场读者会自发地为某段文本的美感或角度雀跃欢呼，把读者的声量换算成数值，看其落在哪一区间即可明确投进的是三分球还是两分球。

抢断是什么意思？

举例来说：我们此时处在三人写作对抗赛现场，"球"传（文本连载）到敌队1号写作员手中后，开头几行对话还有些趣味，可他接着慢条斯理描写的几段风景，稍具文学常识的人都看得出想象力扁平、节奏拖沓，解说员表示"这球怕是要丢了"，话音未落，湖人队员安东尼·戴维斯已从当前文气虚浮的部位将"球"切掉"局部"，接过对方的"球路"进行续写。这个"局部"视情况而定可能是5/7、3/4也可能是一半，只要仍留有微小的"局部"在对方手中，就可能遭到反噬。所以仅仅切掉"球的局部"还不算完，浓眉与对方将有一段相持期，二人将在这段时间里齐头并进地竞写（"身体对抗"）。浓眉是名很优秀的写作员，一般能在70秒内夺得"球"权。敌方的3号写作员若因受到威胁，手突然"变烫"，美化了辞藻调整了节奏拿出压箱底的隽言妙语，则浓眉需要在各个方面均更胜一筹，方可达成抢断目的。无论对方是否临渴掘井，浓眉续写的文本都势必要在第一句、第二句就引爆全场（标志是：超过85%的读者都发出了欢呼呐喊）——即便对方什么也不做，抢断者也必须一上来就具有完全盖过"持球者"的强劲势头，否则就不能视作"抢断"（因为抢断者的文本首先要有"豹头"）。若浓眉无法一气贯之，在并辔中途，遣词造句的水准忽降以致不能"相持"，那么对方将在这次一对一单打的终末保留"球"权。若浓眉在竟写期间，一直保持着较高的遣词造句水准，敌方队员见势不妙，派出2号过来"包夹"浓眉，2号写作员坐在写作屏前，延续当前己方3号队员的思路，给出了几段十足惊艳的文本，场边观众随之欢呼，对这些句段的支持声量若能压过灵感逐渐不济的浓眉一头（至少持续30秒），就可以将完整的"球"权夺回自己手中。我们知道，场上总共六名写作员，这六人同时竟写是最激烈的情形（每个人将各执一部分球权，2/9、1/7、2/5……参与到"拔河"比赛中）。

秒断是什么意思？

秒断是一种特殊的抢断。两名敌对写作员的水准差距较大时，容易发生秒断。比如在今年四月份湖人vs快船的比赛中，对方2号写作员是菜鸡，不具备临渴啄一口井的能力，就反复遭到了湖人队勒布朗·詹姆斯的秒断。快船是菜鸡营，联盟里任意一名超巨都能轻松秒断快船全队的写作员。当詹皇信手写出几行佳句引发全场尖叫时，快船队没有任何一名写作员能拿出水平相当的文段，来盖过当前的声势，就只能眼看着"球"被抢走。"相持"只会出现在那些实力相当的写作员那里。

詹皇曾用：
若在降生前，喷涂一款本质是五维空间的香水
那么可以认为
你随后绵延起伏的一生，都只是它的中调后调吗
秒断了哈登。

詹皇的职业写作平板上都是像这样的疑问句，这是他的行文风格。詹皇认为命运是一种香水，人的所有境遇、经历的各项事件都是香水挥发时的产物。

职业写作平板是什么？

联盟写作员们大多在平时训练阶段就会造一些好句子囤积起来，除却"学生脸"库里这种 Bug 级的存在，历年数据显示，水准越高的写作者，句库的存量越大。平时训练的效果将在场上如实体现出来，写作者们可以使用这些库存制造抢断、进球。句库小的队伍，很难晋级 GWL 第二轮预选赛，句库存量优越的队伍是赛场上碾压级的存在，而能进 GWL 正式赛第三轮的队伍，句库存量普遍超过 6000。职业写作平板是写作员句库的载体，每名写作员的平板都与其队友互通，也就是说，在一场比赛中，一支队伍使用的句库包含全队所有成员的日常优质造句。从这个角度来说，一场比赛的替补队员并非毫无贡献，只要是写作队签约成员，在合约期里，每一条创作就都归"队句库"所有，比赛中，场上写作员可以自由取用。在写作屏的右下角有专用卡槽，写作员上场的第一件事是把职业写作平板插进去。

替补队员若在合约期满后不再续约，她（他）的个人句库则将从队系统里自动脱离，她（他）可以把尚未被使用过的个人原创作品全部带走，去找下家，此为"拖库"。

句库审核员对每条文本都会严格审核，标准是宁缺毋滥。

库里为什么是 Bug 级的存在？

句库存量人均 1277 的联盟，他的句库存量仅有 818。当然，这些句子都是精妙绝伦的超长句——只要将它们合理穿插在行文之中，就能不停激起全场读者的欢呼直到比赛结束。几乎每个超长句都能贡献三分。每场比赛都使用 16 个句子，场均三四十分轻而易举。他的句库不在量，而在质，这也正是他被称为"库里"的原因。他的昵称源自日语くに，发音 kuni，"库里"的意思是掌握了"句库奥义"的男人。而更可怕的是库里还有即兴造长句的能力，GWL 官方解说员猹尔斯·套娃（Charles Tower）常在电视里赞不绝口:"噢我的上帝这简直太美妙了你瞧瞧,我亲爱的老伙计,喔我看到了什么,伟大的库里先生你可真是我的福星,我简直不敢相信,真是太不可思议了!篮板,噢不我是说职业写作平板,硬得就像隔壁海伦婶婶家的马屁股,我敢打赌鲨壳狮匹鹅活在今天也会惊叹不已!你没听错,噢我的朋友,我是说他老人家也会重复我现在说的话:噢我的上帝这简直太美妙了你瞧瞧,我亲爱的老伙计,喔我看到了什么,伟大的库里先生你可真是我的福星……"

三人写作对抗赛,允许男女队员混搭吗?

答案是:YES!你知道卡卡西班吧?混搭,在忍者世界与在现实世界同样流行。

如果几名写作员一直相持该怎么办,抢断时间是否有限制?以及是否有类似"24秒违例"的规定?

抢断时间限制在150秒内。若150秒内,一名队员未能连续30秒技压"持球者",则该队员的抢断行为自动失败。30秒,浓眉最多能用职业写作平板写286字,詹皇的记录是291字。

如果一名"持球者"在100秒内未能进"球",则需将"球"权转交给另一方。

句库用于"投篮"的时候多不多?

句库用于"抢断"的时候居多,用于"投篮"的时候较少。因为后者讲究的是行云流水一气呵成,(至少)85%的读者都不会为突兀的观感买账。

今年二月份对战火箭的比赛中,在火箭队哈登忽而新奇忽而寡淡地描叙风景时,湖人队一对一"盯人"的3号写作员浓眉瞅准了薄弱环节切入,"攫住"哈登的思路主心轴并在150秒时间内将其**延拓**得出人意表(浓眉天马行空的展想能力常留对手在原地暗惊),解说员啧啧称奇"浓眉的打法真是水银泻地般华丽"。浓眉在写出几行诗句成功抢断后自感无法"运球"太久,今天的大脑状态只适合在竞写拼抢的开头一鼓作气，继续写下去无法创造出能激起观众欢呼声的"进球"段落，纵使不现场发挥而是提取句库的内容进行串联，也可能由于串联的手法不巧妙在美学逻辑上有所欠缺，从而白白浪费一些本可在未来用于"抢断"的句库存量，就像在篮前一次漂亮的滞空，最终带来一次轻飘飘的三不沾，毫无意义，况且稍有松懈，笔下美感的密度再稀薄点，"球"就可能遭到虎视眈眈的哈登及其队友反抢，所以浓眉主动把"球"出让给湖人队2号写作员詹皇。

盖帽？

至于"盖帽"，这个问题需要很长的篇幅才能说清楚。这里就提一句："盖帽者"需要预测出"球"的轨迹，比如一些词句的推进方向有哪几条，对方前文的一些伏笔最终可能会如何去照应。这需要绝佳的语感与对文字的深度理解能力，才有机会提前站在那些（正在升腾的）语言的螺旋——的最顶端，掀掉（或抄掉）对手的"球"。

2

偏胖的张畔飙坐在床边，观看葵田官网的王后雄成语课。

"同学们知道，月光有整数、有小数，迈进门帘的这几缕银白都是整数，临窗的这些则既含整数也含小数。我把窗户稍微关一部分，防止竹叶吹进屋，现在走出房门，大家可以看见院里的梨花生得很白净，浅处没有鸟，深处可能有，但我没理由这时候去吵它，潭中藻荇交横、半透明的小鱼尾滑嫩如凉粉，皆若空游无所依的它们和我一样，倍感山上夜空色谱之齐全。等等，草丛里有只昆虫在发出鸣叫，节奏特好玩，像是人嘴里'喷喷喷喷'的嫌弃声。呜呼！林雾涨得快齐眉深了，远处'pia''pia'的响声，是树枝断裂咯。照鲁迅的说法，这雾也可能起源于斑蝥——用手指按住斑蝥的脊梁，便会'pia'一声，从后窍喷出一阵烟雾。趁雾还不密集，实话告诉屏幕前的诸同学，看着月亮又大又圆，我真想做天狗。"

张畔飙乐了，他的肉体发出夸张的响儿："肯定是讲秉烛夜游，看到你解裤带，就晓得你是要解大手还是解小手。"

他头脑虽好，但生性粗野。

"每个月做一晚上天狗，那我这辈子连同下辈子就都活够本儿啦。到这里同学们大概猜出来了，这堂课要辅导各位去感知涵义的实轴成语是'秉烛夜游'。学过初二（下册）《常识》的我们知道，每只扇动翅膀的蝴蝶其实都在盘带云朵，薄薄一层，会一直盘带到天上去，最终把生于蝶腹的云，泊在一朵生于天空的云的表面，像贴创可贴——但更像涂口红。偶尔抬头，是不是发现天上一朵白云的局部，似乎附着了一层淡淡的蓝晕或红晕，那一抹别样的色彩其实就是'口红'呀。这是'蛱蝶挟云'典故的由来了。请注意，'挟'在此念'夹'。对啰，'夹'是个读法更多的多音字，为避免有同学开了静音只看字幕，我这里讲清楚一点，'夹'在此念'加'，是念不是写。俗话说，一方星光养一方睡莲，若是把蝴蝶换作人，哪个成语与'蛱蝶挟云'的意境相匹配？"

张畔飙在心里忙忙碌碌记笔记：蛱蝶加云、蛱蝶加云……莫写错。他如同刚点开标题为"10秒速成魔术手法揭秘"的视频，看完的瞬间感觉自己完全会了，实际上一写出来就是别字。他每次月考成语默写都得不了几分，用代币也提不起来分。这是张畔飙唯一的弱项，760分的试卷他想上670分，就差着默写题这几分。

"大家看，我手里有一支烛。深夜在山间行走，怕惊花睡，自然不会用常规的烛火，这支烛的光亮直接取自月华，在它的内部有万华镜写轮仪，能录入一段天空的月光，然后在有需要时播放。万华镜写轮仪与普通录视频的机器有什么区别呢？普通的机器，你的录像质量再高，也不可能在播放时把月光原本的亮度原封不动地投放到环境中，注意这个词'原封不动'，你不可能在无月之夜里拿着一部手机，边播放视频边'月明满地看梅影'，你看见的照向地表的光亮其实来自手机屏幕的亮度，而非视频画面里天体的亮度。如何让视频中的月光，穿透屏幕抵达室内、野外？各位同学看过《火影》漫画第478话吗？'伊邪那岐'能在其发动的瞬间将施术者自身的状态用写轮眼记录下来，然后在术的有效时间里将施术者受到的伤害（乃至施术者的死亡）全都物理性地消除，并恢复到写轮眼初始记录的状态。万华镜写轮仪的原理与之有些类似，在满月之夜使用万华镜写轮仪录一段时间不超过 15 分钟的月光，然后在烛的保质期内可以随时随地循环播放该 15 分钟视频，秉烛者走到任何环境里都能用月光照明。山间的繁花在月光的照耀下，不会醒来；秉烛者手里的月光也不会招来飞蛾，导致生灵性命无辜被害。这种内置了万华镜写轮仪的烛，名叫'欲分月寂烛'。聪明的同学看出来了，它与'怕惊花睡'对仗。"

"母狗，开门！"

室友龙剑锋在外面拍门。他们与另外两个男生一起住在楼梯间，可以称之为"3.5楼的四人寝"。门外两边的墙上各挂着一台电话机，每晚都有人从3楼或4楼上下到楼梯间，在门外站着用201卡打电话。另外两人的床位距离寝室门较远，龙剑锋与张畔飙的床位临近寝室门口。

张畔飙放下手机，起身把插销打开，龙剑锋气喘吁吁地穿着24号球衣走进来，他与他二哥翘课在体育馆打了一晚上篮球。龙剑锋是高一的学生，因为打鼾严重才转到小寝室。张畔飙是因为不想跟太多人一起住，觉得影响学习，才转进来的。

"……说到这里，各位同学兴许已能想见今晚第二个成语的内壁景象。'一枕鹿芙'是必考词汇，与其他虚轴成语一样，它指向的空间无法用简短文段概括。在过往的知识框架下,成语的意思都很具体,像坐标轴上随时可被(x, y, z)明确定位的点,而随着和谐社会的顺利构建,我们知道世界不仅是由古典熵堆垛起来的,冯小刚常说21世纪是个灵感的世纪,那么灵感来袭的本质是什么?人类的感官世界浸泡在信息洪流里,各国词汇覆盖着土壤表面,地球在宇宙中像一颗孤零零的'词汇星',当下,我们急需一根'尖'轴,贯入世界的大气层外,去洞见辉煌的'星图'。虚轴成语的出现就像人类第一次发射运载火箭进入太空,具有划时代的意义。1948年,C. E. Shannon(香农)开始用'信息熵'来描述信源的不确定度与某种特定信息的出现概率,经过大半个世纪的探索,现在我们知道,灵感的来袭就是一种'特定信息'的出现,它的背后有繁盛的信源,恍如星空般璀璨炫目。人每晚做什么梦境都有信息量的大小之分,这里的信息量不是对人类而言,而是对宇宙深处而言,我们认为,人内心不同的抽象图景对应着不同的信源,我们认为在宇宙深处活动着一些'照应物'。

"任何实轴成语的涵义不确定性都为0,任何虚轴成语的内景都不会随时位于'开启'状态,用常识来形容:实轴成语是24小时书店,而虚轴成语会在特定时间打烊。你们看王老师今天尚且能谈论十几分钟的'一枕鹿芙',说不定明天就一秒也谈不下去了,因为它背后的信源,不会一直像此刻这样给我充裕的空间容身。即便王老师是一片云朵,在茫茫峰峦里也定有大量我无法成功穿越的山洞。当然我会尽力而为,大家在考试中能提高十分,王老师我就跟柴犬它爸抱了一窝(毛头)孙子一样开心。

"为加深大部分同学的理解,我在前文'秉烛夜游'的基础上,给出它在真空环境下的造句模型:

有天晚上我在真实的山里行走,像星座那样被动物们的眼睛喜爱。走到一个地方,觉得很凉快。

我是被动物眼睛眨过的那一须臾。我不是什么具体的事情，我是一种气氛。

"好嘞，这是解释力的上限了，请同学们结合'信源如繁星点点'这句话自行理解。王老师余生再也无法提到这个成语，这是一次性的，全球互联网都只有今天这一条能对'一枕鹿莢'构成解释的视频。任何虚轴成语的解释空间，都是建立在灵感来袭的角度上的。想解释一个虚轴成语，需要与之适配的信源从特定方位上贡献灵感。宇宙里没有完全相似的两片灵感，刚才的那个空间我就快进不去了：树上一颗柠檬忽然遭镰刀截断你目击它鲜冷的暴露而另一部分直接滚落进山谷被另一些雾气闻见……你错过了生物（细胞？）的内景仿佛刚做完（春秋大）梦出来这就是'一枕鹿莢'了。"

王后雄在视频的末尾憋气说出一长串话，脸在红。楼梯间有人的手机忽然振铃，响起《心在跳情在烧》的前奏。张畔飙帮穿着鸟羽气味的她开门后，瞥见楼梯间电话机边，站着个人。张畔飙一眼认出对方，对方不认识他。裴庆苏低着头站在张畔飙寝室门外的话筒边，沉默半晌，终于把内心的想法都清到了另一边，他可以说下面这样的话了。

"喂，能借我几枚学习币吗？我没钱吃饭了。"

实际上他借代币并非为了吃饭，而是为了下周的月考。他很刻苦。学习币的重要程度大于等值兑换后的餐饮币，连续二十天早饭空着肚子也无妨，只为省下钱来在每次月考中有更多筹码可以使用，把成绩考好是第一位，这能让父母开心。

大家都知道，裴庆苏与同班那些回寝室后只会谈论女生腰臀比的色男不同，他是全年级有名的小偷。他已经打定了主意，借不到足够的学习币就去小班偷。

张畔飙关门时由于惯性使然，顺手把插销合上了。龙剑锋爱穿过膝长靴的班主任听见背后的声音不免有些警惕，她只待了两分钟就离开了。她离开后，龙剑锋头一个开始品头论足。这是男寝的常态了。

距熄灯还有几分钟，冷棉独自在水池边洗脸。

"阿尔卑斯山上的空气，恐高吗？"

"若在降生前使用香水'寻找蝴蝶的肺'，之后进到这世界，可能如入无人之境吗？蝴蝶的肺里真的是无人之境？"

"数学家格罗滕迪克一生都在'寻找蝴蝶的肺'。

植物学家告诉我们不存在蝴蝶的'肺'。

这两句话本身就构成'肺'系统的局部，呼与吸在此对立。"

仿佛搬离花湾的行为破坏了*受力平衡*，使得事物潜在的逻辑崩出缝隙，在那之后她脑海里常会突然冒出一些疑问句与陈述句。这些话有的指向虚无，有的指向幽微，有的指向银河系中心的 Sgr A* 黑洞，有的指向月球上的山顶，像葡萄藤漫游的弯丝。

她在春夏之交觉得，季节本身的气味，不算香，是空气里的"遗留物"致使季节比实际情况更香。

她每次行走在野外都觉得，蝴蝶是虚假的，它们不全是真的蝴蝶，而是一种"蝶状多聚体"。她对客观世界的怀疑，没法被三言两语推翻。"拜剑山庄的其中一座分舵在梦中。"今夜，蝴蝶在远方 0.5 倍速静音播放自身*裂开*的过程，芬芳四溢，美得冒泡。"是有谁搬走了吗？"

熄灯。冷棉平躺在蚊帐里，望着上铺的床板，呼吸，气旋飘满了明亮的夜幕。

凡·高曾因那些旁人看不见的气旋，画出《星空》。

无限循环室：R ∞ M
沈茂贞、Tomie、束荷、泉

泉：《分身》由我与三位好友共同连载完成，其中我负责的部分较为有限，主要是修改少量的字词句段以调和三人表达方式的差异，淡化特定语境里两两互质的措辞风格带来的割裂感，使得文章从一位作者过渡到另一位作者笔下的过程相对平滑。《分身》与传统连载的区别是，它无意推进情节，而是将侧重点放在制造或犬牙相接或鳞次栉比的新鲜景观（犹如海面有两副面孔的浪潮）。恕我直言，故事易重现，但灵光一闪是稍纵即逝的东西。同样是花两周时间去写篇小说，我个人会尽可能深掘自己的内景，而无意以讲好一个故事为导向。世界上每天都有无穷的故事，它们足够接地气，便只能被地心引力约束在此。李枫那段话怎么说来着？

Tomie：我们能获得好的蚊子包，前提是我们动脉里内燃的创造之血极为可口，它不仅是"文学范畴"中的可口，还是从室内到窗外的一次激进透视。太多嗡嗡嗡的人仅仅只找到物体，以为那就是目的地。得抽象一些。太过"具体"的事情，由于它与周边环境的联系密切，所以只能发生在这里，得有一些不那么具体的过程，这样的过程可能接近未知、抵达深远。

泉：对对……就是这段！老经典的文学格言了，真是黄果树瀑布汗。

束荷：我伙呆！泉，你对郭敬明旗下作者还是读得太少了。

泉：我更喜欢文坛双璧的另一位。据豆瓣书评女巫的预测，未来一周的魔实主义作家们将高概率认为，个体写下的内容应尽可能解离大众的日常说话习惯，要避免呈现一种通调。任何对既有交谈方式的复述都是在强化一种定格时态，郭敬明认为这样的僵滞在小小的宇宙里非常不可思议，它看上去就像人类一直都在对人类自己说话。如果把全人类视作一个整体的人，那这些制式化的语言表达将只能被人类自己认同。这样会有什么问题吗？普遍语法（Universal Grammar）理论的提出者乔姆斯基认为，每个人在出生时大脑里就有一套语言获得装置（Language Acquisition Device），无论你是何国籍、血型，身在地球的哪一坐标，基因决定了有史以来全人类5651+种语言都可以抽象成这套程式，在人类往大脑里输入语言的过程中，LAD会与装置内载的普遍语法进行实时比对，使人类持续改造自己的普遍语法从而达成对外部语言的学习、对人类社会的融入等目的。在过去六十余年，全球范围里的语言学家一直希望找出UG。倘若国际社会上有15807172075位（能在短期内产出海量文本的）郭敬明水准的写作者长久致力于解离大众的说话习惯，那么未来世界数以百亿计的人类都将可以获得充分的口语自由度，不必再于发声前慎之又慎迫使自己适配外部环境的通调，而是以更原初的状态发表看法，新生儿将不必持续"优化"UG，只需条件反射地展现"天然月露"。这会是一种更高级别的言论自由，每个人都可能宽以待人。

沈茂贞：现在问题来了，你说了这么大一通，到底怎么个解离法？

泉：你们知道，微博热搜榜每天前二十都是"你刚做完梦出来仿佛错过了生物的内景"这样的名称，每天后二十都是"我的猹竟然会区分品蓝与墨绿的小鸟""她在潜意识里对自己有什么我们不知道的暗示"这样的名称。第三个长句是我在写冷棉时试图表现的主题，第二个长句有没有让你们联想到什么？

Tomie：UVB波段？我觉得你是想说这个。

波长为280nm至320nm的紫外线在热带地区更多，UVB会加速晶状体的衰老。记得以前谁告诉我，非洲纳米比亚的Himba部落语言里没有"蓝色"，却存在上百个形容"绿色"的词。那些词，对应着环境里不同的绿。那个部落的牧民能感知到73种在我们的常识里并不存在的绿色。在Himba部落的历史中大概出现了某些至少能"看见"那73种绿色之一的人，她（他）们创造出对应的词去描述它们。

泉：不错，我想表达的正是——某些有能力看见新鲜景观的人，应该造出对应的文本去描述它们，让后来的人类也能够认识到"那些绿"。

倘若那些景观也存在"花期"，那么趁它还没有破灭，现在就动笔记录。

"解离（Dissociation）"的目的不在于帮谁找出UG，而在于让更多人对这个世界改观，把更多人的注意力从屏幕上转移开来，它们太局促了，像人工凿制的方形孔隙，林立在空气里。过度关注互联网信息，是对"人类"这一生物的窄化。

郭敬明这段不太通顺的话我举双手、多撮呆毛赞同：写下来的内容得具备溢出"文学"的力量，如同桃浆，雨后从树干上的裂谷往外沁漉，该像劈进常识里的一记记利斧。小说需要有多动症……打住，先不跑远了，还是回归主题吧。今晚，我难得邀请到沈茂贞、Tomie、柬荷在 R ∞ M 进行一次公开访谈，对于《分身》三位有什么想说的，都请不吝珠玉地说个够。茂贞，你口才最像我，你先来呗？

沈茂贞：泉刚才说自己只改了很少的部分，我觉得太"自谦"了哈。假如此次连载过程是场篮球赛，Tomie 就是协调各队员的锋卫摇摆人，她不停在往球场两边奔跑，试图兼顾更多的角色，我们可以看见，柬荷与我的某些叙述任务被 Tomie 代理了。

下面呢我想对连载内容的一些细节做出补充：

冷棉、徐渭崖的水平高度差约为成龄蜻蜓臂展的两倍。

读到这句话，柬荷你的直觉是什么？

柬荷：大家知道我是做氛围电影的，碰到这类问题我会惯性地将文本转化为画面，审视其在另一媒介系统中的表现力。我对文本的判断标准历来都是以其**在影像上的可能**作为基底，在这里，我第一眼看见的是两只体格相当的蜻蜓分别停憩在两位站立者的头顶，翅片的水平线在空气里延伸，观众会发现两条线平行，镜头持续拉近，特写一只蜻蜓翅片的纹理，叶脉般的纹理布满了整片屏幕，再将镜头撤远，我看见示意图：

⊏

其中，两个"一"是停憩的蜻蜓，"｜"是第三只蜻蜓。

两个"一"都是蜻蜓的头在左尾在右，它们刚好叮住"｜"的两端。你想到鲤鱼旗了没？

"一"位置的两只蜻蜓,翅片所处的平面与屏幕(纸张)所处的平面垂直,蜻蜓背部向上(天空的方向)。

"丨"的方向与第三只蜻蜓的对称轴垂直,它的臂展与屏幕(纸张)平行,观众(读者)的视线⊥它的背部。

简单总结就是:用两只蜻蜓框定高度差,用第三只蜻蜓描述高度差。不妨称上下飞舞的蜻蜓为"空气里浮动的游标卡尺",它们重心平稳,翅片轻薄,具备优越的测量属性。大概世间蜻蜓都在测量某些你我看不见的物体吧。

有人要说这里不是"蜻蜓臂展的两倍"。其实这点细节不重要,再加一只蜻蜓进来,让"丨"延长一倍即符合原句的比例。

至于这幅纯由蜻蜓构成的示意图,应该是什么美术风格呢?我觉得应该类似于维多利亚时代贵族风格,国内目前能实现这种效果的,不多。你们知道吧?电影《Second Generation》第四部开场,出品方最世文化的蛾子LOGO放出来时真的惊艳炸了,我觉得用那个风格来做这几只蜻蜓,就特别有高级感。毕竟最世做过蛾子,我想,做蜻蜓肯定也是妥妥的华丽。让蜻蜓的每一根纹理都像《爵迹》里范冰冰的头发丝一样精细、烧钱,应该不算难。欸对了,现在能直接念某人的名字吗?

沈茂贞:不知道你在说什么,别人又不是伏地魔,怎么不能念了?喜欢她就去念啊,尻个球。

你刚才讲得很详细,我下面谈谈这句话的来由。

我大学读的是水花测量与云朵造价专业,选修的是捕蝶课,选修课老师上课喜欢借题发挥,用我们方言叫"散哼",她说自己从小就喜欢蜻蜓,没想到后来"阴差阳错被捕蝶师范学院录取了"。在必修课老师法茵娜·伊凡诺夫娜·卡维斯钦娜向我们介绍水准仪说"它是建立水平视线来测定两点间高差(Difference of elevation)

的仪器"的那天晚上，选修课老师恰巧讲到"蜻蜓身上有个部位叫翅痣，能克服飞行过程中产生的颤振，所以蜻蜓都飞得很稳"，当时我就把蜻蜓与测量仪器联系在了一起。我发现，除了点水的几个瞬间，蜻蜓飞过湖泊时翅片通常会与水面严格平行，即便它在天空、在高山上飞，翅片也始终与远方诞下它的那片湖泊保持着平行。我曾在夏天傍晚的操场见到许多蜻蜓，每一只的臂展，都平行于某片未知的水面。这么一说，蜻蜓还真有去工地做测量的潜质。

在冷棉、徐渭崖头顶分别建立水平视线，测定地面到二人头顶的高差为成龄蜻蜓臂展的两倍，这里是在用物体的水平宽度来描述竖直方向的高差。

Tomie 大概意识到了这个微妙的点，所以在后文写"潭水上涨了 0.7mm"，这个数值与自动铅笔芯的底面直径刚好一致，它同样是在用物体的水平宽度来描述竖直方向的高差。

泉：我记得蜻蜓会咬人，我小时候就被咬过，特别疼。

Tomie：欸？既然茂贞专门提了，我也不好意思称"我没想到这么多，只是凭感觉在写"。那成吧，我这个人的特点就是洞烛幽微，见藐小之物必细察其纹理。

他把指纹伸进幽潭，让后者有异物感，不一会儿它开始流眼泪，水面上涨了 0.7mm。固然，任何人把食指伸进水杯都能迫使液位上涨，但幽潭的上涨幅度绝对高于标准值的 4.5 倍（莫非阮梅冈把左掌五根手指的前端都伸了进去？）。

根据这段话，我们来算一算幽潭的大小吧！假设幽潭的表面是圆，半径为 r，而阮梅冈四肢肥大，食指有 40 根 0.7mm 自动铅笔芯的粗细、伸进幽潭的前端长度为 3cm，那么一般地：

$40\pi 0.35 \times 0.35 \times 30 = \pi rr \times 0.7 \div 4.5$

945=rr

所以，幽潭表面积是 $945\pi\,mm^2 \approx 29.67cm^2$

0.3平方分米，这幽潭还真只有一杯水那么大点。

沈茂贞：嘿嘿，你这段话里碰巧含一只"水杯"哦！
好啦，我接着说吧。
在黑板上默写自己的名字：冷棉。

这里为何是"默写"呢？因为新同学进教室后，班主任首先会介绍一遍"今天我们班上转来一位新同学，冷棉"，然后新同学才会在黑板上写出自己的名字，这个流程看起来就跟默写一样——我当时写到这里生怕冷棉突然来句："初次默写请多多关照！"那是她的第一节课，才走进来还没落座就在徐渭崖的声音里默写了一次，"葵田中学抓得果然很严啊"，她不由得想。

坐在第五排靠窗位置的你（像只倚着芦苇的文须雀）倚着初见印象远远猜测：她曾在遍地蛋鸣的夜晚，孤自穿越过半山的幽绿鸟径，双腿沾了126滴浑身湿透的天然月露，当时四周的空气里悬满果意，宛若溢彩星光迫在眉睫，下一句就可能冲破"虹膜"（自她双眼核心爆开的知觉像水蜜桃内鲜活的狂潮与季候风仅一皮之隔）。

第一句曾改作：坐在第五排靠窗位置的你倚着颅内的初见印象远远猜测。我当时还在想蜻蜓的事情，觉得蜻蜓叮在某处时，它的脑袋里肯定有相应的反作用力，所以不经意就写成了"倚着颅内的初见印象"。两种表述都合理，我们有时候人站在湖边主要是靠着颅内的栏杆（只要你想掉进去，即便岸上安有外部栏杆也挡不住），有时候是将自己的视线藏匿在大脑这块石头的后面（比如现在看到这句话的人），我们常能在特定情境下，感觉到脑部与天灵盖接近时的微弱电阻，它是我们内在的抱枕，我们可以蒙头大睡（想蒙多少就蒙多少，我喜欢只露个额头），夜里置换五感的是脑的意识涌流。

浑身湿透的天然月露。野外所有的水，都可以零感互溶吗？不会出现，某些水比另一些水湿度更高的情况？不同温度的水，湿度是否有差别？山顶乙水与江边丙水接洽，乙水穿梭于丙水腹中，丙水立马感觉自己体内跟进贼了似的，有翻箱倒柜的冰凉，奔袭在石上的花枝倒影间。

乙水走到哪儿，冰凉就翻箱倒柜到哪儿。持续凿出路径的乙水，体力若耗损光，会被丙水里巡瞰环伺的十余滴甲水（体格超小）抢着淋湿？乙水不考虑中断的可能，它想的是大闹野猪林，是一箭穿心。它是"不气盛还是年轻水吗"的刘华强，不是"爷，我认输了"的封飙，别人撞南墙的时候选择的是回头，"华强水"撞南墙，选择的是把墙推倒！就问丙水你怕不怕？"是龙得盘着，是虎得卧着，我乙水是什么水，不用我自己说。"除非丙水体内住着几颗（生死看淡的）彪形大汗，否则以乙水的个性，不凿穿丙水誓不罢休。我想到了《复仇者联盟4》撞毁灭霸飞船的惊奇队长。

天然月露与地表的水，成分不等质，外界与它互溶时会有鲜明的龃龉感。天然月露因不及后者生猛，在汇入大地的过程中，可能会被一群"原住民"水抱着咀嚼啃咬。

溢彩。这个词不罕见，加深是因为我觉得它的涵义很契合语境，（光像在流动）色彩很满，像要溢出来似的。

下一句就可能冲破"虹膜"（自她双眼核心——仅一皮之隔）。为何不是下一秒、下一刻？我们知道，这里"你"是在造句在想象，而不是叙述实景。"下一句"没有到来，这段遐思到"虹膜"这个词就戛然而止了。括号里的内容与前面几句话是并列关系，它不算"下一句"。它是前景身处的氛围，犹如鹿的呵欠之于夜雾。"一皮之隔）"的"）"是不是挺像果皮？我把整个场景锁定在临界态，那些果意悬而未决。

阳光渐深，漫过苍穹——那支名为'晌午'的水位计的量程。

　　太阳在 h 高度以下，人们觉得时间是早上，太阳到达 h 高度位置，进入晌午的界域，升至 H 高度，就变为下午。犹如阶梯，[B3, B1] 层是地下商场，[L1, L2] 层是生活服饰区，[L3, L5] 层是餐饮副食区。不同层级的天空，用途分明。

　　这支名为"晌午"的水位计，竖直悬停在苍穹里，一旦阳光淹过量程，"晌午"就结束了。我们知道，它的量程对应着 [h, H) 高度范围内的天空。

　　好了，我先喝点水。

　　Tomie：换我吧。综艺节目《葛优秀》有金句"21世纪什么最贵？是灵感"，我一直深以为然。

　　张嘉佳之于王家卫，一如写东西不拟提纲的我之于拍片子没有剧本的柬荷，创造力难分轩轾。人们起初拟提纲是为了让即将产生的第一次挥拍、第十八次挥拍、第六十次挥拍和预期的击球点重合，但若一篇小说，你在开头就知晓它的主体脉络，那么这种"胸有成竹"多少会让你的思维陷入预设窠臼，你击出的球将只能切中界内的经验。怎么说？人们拟写的提纲不过是常识的衍生物，它们几乎毫无可能是某种神来之笔。请弱化小说的构思属性而非相反，它为何不能纯粹是灵想力的造物？

　　我觉得三要素太多了，只有唯一要素：摆脱既成的语言惯性。

　　刚动笔时，我不知道能接着茂贞的部分写出什么，所以就漫无目的空想，把该部分内容取名为《空想少女》。虽说对即将到来的文本内景毫无预见性，但我肯定，自己语感里特殊的扭矩会在数百字后自然而然带出一些奇观。

　　翘楚张嘉佳与泰斗郭敬明同属严肃文学范畴的名家，他写的很多书籍都是大巧不工大成若缺，但我仍不觉得张翘楚的文风能够穿透日常，抵达某些内景。这个人是在既成的表达惯性里做功。有时，你使用的语言会决定你能看见的事物，语言里存在抵达它们的路径，所选用的语言不对，便无法接通电。

我觉得在更广的维度上，"文学"这个词并不存在，真正存在的只是人脑的意识涌流。只有"用语言表意的人类"，而没有"写作者"或"作家"。

柬荷：唔，我三叔年轻时去过王家卫的家里几次，他妈说"呢个系小卫，最近喺度做电影。嚟，食个橙"，三叔拿着橙子走进去，一眼瞥见台灯下的《旺角卡门》第四稿剧本。偶然到访的三叔在吃饭时讲给王家卫很多新奇的阅历碎片，为纪念那个阴天，王家卫后来便朝片子的台词里加了一句"食个橙就冇事"（刘德华对张曼玉说）。在《阿飞正传》《穿越九千公里献给你》中同样有"橙元素"出现。

前段时间，我采访王家卫时他笑着透露，他不用剧本其实是谣传。我赞同你说——既往的语言表达惯性，可能会钳制甚或锁死写作者的思维，但后面你扯什么"文学不存在"就纯属瞎掰了。你秉着自身的语言惯性挥出的一拍是角度刁钻的取景框？反正我愣是没读到甜区。我个人觉着吧，就还行。

Tomie：呵呵，我先来科普一下哈。甜区是拍面上能回馈 40% 以上球速的点的集合，比如球以每小时 80 公里的速度飞来，我打出去的球速能达到每小时 32 公里以上，该击球点就在甜区范围内。

然后，我就挑明了：你捕捉不到蹴景的轻骛怪你自己猪脑袋不好使，我们几个人的共写，不光是你在拖后腿吗？要不是泉在把关，你那些乡土味文学还有一点作为生命体"试图超离当前现实"的气魄吗？接地气都快接到曾侯乙墓里去了。"文学从来就是对它所处时代的反映，这种反映，它忠实的程度甚至超过一面镜子"，喷喷你是把阿乙这句话当成无边适用的真理，而我把这句话当成待戳爆的泡泡。在现今世界，像这样不斑斓仅仅是存在着的泡泡还有很多。

众所周知，国内文学里面除了郭泰斗、阎巨擘、张翘楚等十几位书写者就没什么"严肃文学"可看了，大家觉得不必将"文学"一词横劈纵切开，找到文学外部的坐标系去重新勘定、衡量"写作"，去探测崭新的路径，而是默契超常地认为还是得有这样的一些（不必负责斑斓的）泡泡顶上去，证明我们还是有一些"镜子"的。我觉着吧，就挺鸡肋。

不妨彻底与这间浴室决裂，我要制造的是一扇空间之镜，类似MCU的穿梭方块，而非照见乡村卧室、官民嘴脸（心态）的蒙尘静物。

有影响力者，高调定义何为"忠实"的写作，是对本就不宽阔的语言用法的进一步窄化。不论对方是特意如此还是无心快语，不要默允，任何名家对你的号召。你是个体，应与"名门正派"保持距离。若单论对时代对人性的反映（反思），恐怕《黑镜》才是更切中肯綮的作品。

我曾站在遍布夜明苔的崖边，俯瞰脚下（低于膝盖整整78m）的原始森林。

这里为什么要说"低于膝盖整整78m"？举个例子：我的下巴恰好比小明（的头顶）高50cm，而我的头顶比小明（的头顶）高60+cm，后面这个值不为整数。文中，悬崖下方原始森林的表面与我身上的某一位置，高差恰好是整数值——它距离我的膝盖78m，距离我的脚底多远呢？定然是个落在［77，78］之间的小数了。取不同的参照平面，可以获得不同的数值，我为了取到个整数值，便如此叙述了。

哪一方的情报系统更贯微动密，哪一方就能掌握制胜先机。

贯微动密的百度释义：能看到事物的微小隐秘之处。所以这句话是通顺的——哪一方的情报系统更能看到事物的微小隐秘之处，哪一方就能掌握制胜先机。

今日我就要替火烧云行道，诛杀你这武林败类！

陆阿采眉心是不是有一个"火烧云"符号？就像（替月行道）眉心有弯月的月野兔？

她走入教室的第一刻，你内心的云枝就脆响了一下，惊飞休憩的鹤，彩汁从断裂处挥发走一部分。

白鹤飞走前，可能啄过一些树汁在嘴里。在风景的"断裂处"，白鹤的一部分挥发掉了。

泉：你语速太快我没听明白，为何悬崖下方原始森林的表面，与你身上的某一位置，高差恰好是整数值？还有，怎么不提到昙花香气那一段？以及，你为何把"一句话"比作泡泡？

Tomie：我的身高超过一米，所以任何物体都能在我身上找到某一位置，与它的高差为整数值（单位：m）。你突然问起，我才惊觉，这个宇宙里的一切物体都能在我身上找出那样一个水平面，两者的高差恰好是整数米。

而悬崖下方原始森林的表面，更是能在我身上找出两个水平面——除了膝盖，还有眉梢。因此原文也可表述为"我曾站在遍布夜明苔的崖边，俯瞰脚下（低于眉梢整整79m）的原始森林"。夜明苔是种很美的植被，贾岛常说月亮是一片大于星星的夜明苔，孟郊说太阳从旷野升起，是很大很夺目的花海，斑斓地悬浮在鸟瞳外。

我们知道，人群的身高、肺活量、年收入、考试成绩等都呈明显的高斯分布（像韩寒这样中等身高的人最多，而非姚明这样身高的人最多）。自然界也是如此，就我所知（记得不一定准），花期为半小时的花与花期为半年的花同样稀少，花期为十小时的花与花期为两个月的花数量相近，花期在半个月内的花最多，绘制成图像：

▂▃▅▇▆▄▂

在整个社会，极端保守者与极端激进者最少，偶尔保守、偶尔激进的中间派占最高比例，同样地，我们知道人群的幸福指数、梦境与现实的关联层级、受教育程度都不是均匀分布模型，而是高斯分布模型。即便没有专门机构统计、公示，这些客观真实也始终如幽灵般存在于那里，不会朽灭。

回到昙花的部分，我认为实际上，**花香的形状本身就是高斯分布模型**，它是平滑曲面。从花的根部走向花的顶端，蚂蚁会感到香气在变浓郁，信息量在增大（有人调侃称这是"香农熵"的由来），如果剥离气温、风力等外部因素的影响，可认为根植于土壤的植株在绽放时，花香的天然形状像小幽灵披着白布，它具有抛物线式的表面，香尾柔顺垂向地表。啊怎么办，我忽然联想到喷泉？花朵顶端在喷薄香气的抛物线。

你们今后再看到绽满樱花的树，可以想：树上有一只只小幽灵，是那种常见的 emoji 小幽灵，每个人都能想象出的——花香的默认形状。

如同自然界存在诸多高斯曲线（面），宇宙里存在多到数不清的泡泡，我们的细胞是泡泡，眼神是泡泡，我们的意识可能也是，时间必须是，无数的球体支撑着我们的生命，我们又用生命支撑起无数的球体。为何把"一句话"比作泡泡？因为它本来就是。

泉："花朵顶端在喷薄香气的抛物线"，你这稍微赋值就像极了沙奎尔·奥尼尔的职业写作平板风格。

"（递来递去的）眼神是泡泡"，我喜欢这句话。我猜你说的幽灵是《鬼魅浮生》那种，当然，你们三位可能都没看过这部电影。

我注意到，在《分身》这篇小说里也有高斯分布，Tomie 负责的部分，篇幅写得最长，像"中间派"。如果没有"高斯分布"这个词，我可能就直接往"波峰焊"的方向联想了。我觉得这个词会焊接在我的意识里——至少两个月吧。茂贞，你怎么看待 Tomie 与柬荷的观点？

沈茂贞：我来说句公道话。有分歧很正常，我希望哪天能出现某种新物质，破坏当前的社交静态，在个体与个体之间生成更多的分歧，以瓦解人类群与人类群的分歧，进而将板结关系粉碎为颗粒面，从内部耗散掉这个系统的熵，把人类群的走向迁往另一条路径。

空气本身是一种看不见的水，周围人日常相处沿袭的社交通则致使人与人的关系里或多或寡蕴含假象，在这片湖泊中，人与人制造的波纹很少出现真正的**两圆内切**现象。不是说握手、交谈就叫互动，如果这些话语没法真正捣毁社交安全距离、穿刺水面、直视太阳，就依然是"社交静态"。人们相处了几千年，一位青年在跟绝大多数人接触时，言谈举止仍要小心翼翼。人们对礼节普遍非常敏感。要产生真正的"动态"，人的脑中得有更高的容错率。

自然界存在波的干涉、衍射现象，而这里，两个足够真诚的人的交际，是不停对外传播"两圆内切现象"的过程。

将板结关系粉碎为颗粒面，将意味着什么？

人群心理学中，把群体们因缺乏柔化的沟通而产生群体活性的削弱现象称为"板结效应"。两块大陆的冲撞，若能变成颗粒与颗粒位置的交换，就不会有巨大的撞击力传导至地层深处，将可以避免很多巨型的争端。

束荷：不说这些了嘛！我来对一些细节作补充说明——

我爸喜爱听歌，买长虹彩电前经常是挎着"三洋"走到哪儿听到哪儿。

20世纪90年代有种收录机的品牌叫"三洋"。故乡的人一般不说"听收录机"，而说"听三洋"。我上高中前，都以为那种能放磁带的机器本名就叫"三洋"。

院里有棵白果子树，前年栽，今年迨，后年开花我回来

"迨"出自《诗经·召南·摽有梅》：求我庶士，迨其吉兮。迨（吉），意为嫁娶及时、婚姻美满。女子说：要等白果树哪年开了花，我才会再回到父母哥嫂同住的家中。整段儿歌表明女子对婚事的悦纳与未来生活的向往。

在我那时的想象中，神秘的三中教务处是一个类似于"十老头"的权力集团。

"十老头"出自富坚义博的《HUNTER×HUNTER》。

泉：好，我也对局部做出说明——

在初中操场，冷棉周身气旋的第一次激增与失控，和《亚人》的"洪流"现象类似。可视作在精神极度激动的情况下，她"一次性制造了多个IBM（小黑）"。

冷棉为避免被人察觉到过量的风，常将气旋放置在天空。我大二时的微博名叫：天色置物架。它是我乱编的词，本来已淡忘进灰尘中去了，没想到这么多年后，朝里面赋了值。

鹿的眼睛是棕色的。

嗅觉装了"避雷针"的人，会对气味分子比较迟钝。

"横竖这酒蜜水儿似的，多喝点子也不怕"，这句话出自《红楼梦》。可能是刘姥姥说的，也可能不是。

裹挟的意思。风、流水等把东西卷入，使其随着它们移动；形

势、潮流等把人卷进去，迫使其采取某种态度。

颈吭的意思。我们知道有个词叫"引吭高歌"，吭即喉咙。

三焦玄关的位置。不属于有、不属于无、不离于身、不在于身。

那时，她的胎儿在腹中攀爬，像瓜藤。它沿着庭院的竹梯来到屋顶，在屋脊上小跑了一阵，跑累了就横躺在上面看星星，任她在檐下喊得再大声也无动于衷，只当是惊鸟铃频响，隔梦呼睡鹤。于是她俯身抱起一泓地心引力，不久，一只（食野之苹的）橘猫从围墙的压顶瓦上起跳，飞身扑向屋脊，弓背、奓毛、龇牙，将瓜藤恫吓下来——它被赶到竹梯上，像个人。

这是我后来增补进柬荷《伊迪丝芬奇的记忆》的内容，觉得括号中的字会损坏默念节奏，遂未加入原文。我想让人们看见，瓜藤被这只猫从屋脊赶回竹梯，从横到纵的明快过程，不希望中途冒出一颗苹果阻挠视野。

这里为何不用"碍"而改用"挠"？

嵌上"食野之苹的"五字，本是希望注意到它的人能自行想透——抱起一泓地心引力与出现橘猫的因果关系。后来我认为这可能使人的视野停顿在这五字上，而一定角度地晃开了句子里更主体的景观，所以去掉了。为确保人的联想在较小量，不能用"苹果梗"来挠理解力的痒痒。

苹果是锚，一颗"锚"坠地了，果树里的"船"就会停泊一阵子。从空气底部捡起它的人，拎起来蛛丝般的曲线（苹果梗中都有丝线）。这根线可视为"锚索"，人把苹果往哪里拎，果树里的"船"就会往对应的方向行驶。像放风筝。人的确可以放一只存在于果树深处的风筝。你童年时，经常举着一颗大油桃，煞有介箏地站在坡上等刮风，边来回奔跑边眺望高高的虚空，那只拖着穗子的菱形风筝，能飞多久是未知的。你的线快放完了。请抓紧大油桃，因为手一松，它就会被果树里的风筝带到天上去。你怕不怕，一颗油桃离你而去，或一颗苹果在半空颠簸着、越飞越高？

"煞有介事"的词典释义：指装模作样，像真有那么回事一样。"煞有介筝"应该不难理解了。

倘若你走到离"拾锚点"很远的某处，把曲线绷得笔直，再加把劲，"船"会被你强行拖出果树吗？不一定。某些苹果树，你把丝线拽到头，"船"会卡在苹果梗脱落的位置，怎么都拿不出来；某些苹果树，你劲使大了，将把丝线扯断。这种"断"不是常识里的断，而是会让这棵树来年少结一颗苹果的那种"断"。

"你吃归吃，别胡来。丝线都是有用的，倘若弄坏了，明年就会有一颗苹果没有床位。"

"锚"在自然界分解掉了或人直接吃掉了"锚"，果树里的"船"将获得相当长一段时间的自由。直到下一颗"锚"从丝线的尽头长出来，它才会再受到约束。

人吃掉苹果后的半个小时里，"锚"还没有完全分解，这时，整个人就变成了一只手，人往哪个方向走，"船"就会往对应的方向开——当然，是在果树内部。说白了，这时的果树像雷达显示屏，"船"的位置变化，对应着你的动向；反之，你在这世界的动向，也表征着"船"的实时行径。

值得一提的是，某些果树，假如人或鹿用手或嘴捡起它的果实吃掉了，当人或鹿走到某一位置时，会感到肚子不舒服，胃里胀胀的。这是因为，果树把自己的"不乐意""气鼓鼓"通过丝线传导至动物的腹部了。像这样心眼太小的果树，劝各位还是少吃它们的果实。因为传闻人要走远了，绷得笔直的丝线会把人的精魂从人身上分离出去（把人身体内部的"船"，强行拖到外面去了）。

童年听爷爷说，如果有人想不开在山里的树上，上吊死了，那个人的鬼魂就会一直在树枝上吊着，没法投胎。人从那样的树旁走过去，会触霉头。从一棵曾把人身体内部的"船"拖到外面去的树旁经过时,应该也要触霉头的。那些心眼小的树结出的果实,还是少吃为妙,怕吃多了,精魂吊满了那样的树枝,投不了胎。我下辈子还想做花脸獾呢。

每泓地心引力的末端,都连着水、陆、空的生灵。无论是鱼、人、鸟,还是荇、桃、云。在古桥边食野之苹的猫是浮在海面的船,它脚下接近地核位置的引力源是锚,它停泊在那里苹果剩一小半,这时忽有遥远的双手探入海底起锚——"开船了",它受到一股怪劲的策动,在婆娑枫影里轻盈奔袭,朝着庭院的方向驶去。女子把那泓地心引力抱到墙根附近,双手一松,只听见哗啦啦犹如水牛撒尿的响声,锚重新抛向了大海深处——跃往屋脊恫吓瓜藤的猫,返身跃回院墙的顶部,锚未入底,船借惯性驶了一段,最终,它趴在压顶瓦旁,小憩。找出引力源,就可能驯服与之相关的生灵——前提是,你抱得动这一泓引力。比如,成年老虎受到的地心引力,你抱不动,所以你无法驯服成年老虎。每种动物都无须拴额外的绳,地球用"引力"这根绳,把所有生物圈养在表面,我们都被它牵着,遛。

日本茶道大师千利休,正要打扫满是落叶的庭院。

首先,他仔细地将地面与草地清理得一干二净。

然后,他摇晃其中一棵树,好让少许的叶子掉下来。

这就完成了。

这段话摘自《Wabi-Sabi 侘寂之美》,不难发现它与文中梦窗白石的行为有叠影,区别在文中展现的场景是一次"倒放"。噢我差点忘了,你们三位都没看过诺兰的《信条》。

至于达摩面壁留下影子的这件事,可能是他常年在固定位置打坐挡住了特定区域里的阳光,阳光的照射使得四周的石壁发生氧化反应,而被人挡住的局部没有发生这些反应,使得石壁颜色有深浅差异,才看上去像石壁上留下人形了似的。这也算是一种"分身"

了吧？

接下来我想问各位，在写作《分身》的过程里有无抛弃的情节、设定？

Tomie：仅两处——沈药眠当时在走廊里看见了蝴蝶，其实那只蝴蝶不是谁都看得见的。肺门蝶翼征，表现为肺门附近出现双侧对称的大片致密影，像展开双翅的蝴蝶，同时肺野透光度降低，可能出现 Kerley A、B、C 线——我大三休学去转读了半学期的医学院，记得是这样。

这个世界的确存在某些时刻，我看到的蝴蝶数目比你看见的少一只。从初中开始我就不停与周围人对照，我惊讶地发现了这一点，但是我没有让任何人意识到这不寻常的现实。大家对于某件事物的数目觉得必然没有分歧时，就不会再与旁人比对。这种思维让人们错过了被"误差"击中的机会。人类在这世界设立任何一种标尺，都无法消除误差，每次设立不同的单位刻度，物质 Q 都会展现对应单位刻度下的"误差"。人们测量宏观的事物与微观的事物都不可能准确，那么测量常规大小的事物，就会准确了吗？蝴蝶的差值透露出一个让我不敢深想的黑洞。我站在裂谷的边缘，回想起"桌子四个角，锯掉一个角还剩几个角"的问题。4-1=？，我发现自己很早的时候就既不在"4"也不在"3"，我的脑海像一碗果冻屡屡滑入"="通往的裂谷。我时常不自觉想到与凹陷对应的"凸起"。我会想，与裂谷（差值）对应的世界是什么？对"误差"而言，"误差"与"误差"的"误差"是 0。在"误差来自的那个世界"，一切误差都是精确值。

至于第二处，就没这么虚无缥缈了。在 {KP} 情报战时代的江湖，初始的嗅觉特别重要，那些步入耄耋之年的长老对春天的原生气味有细腻的记忆。走在昆仑山里，年轻弟子因没闻过六七十年前的春天，对当前这个时代，周遭环境存在的异样毫无察觉能力，而长老就会敏锐地提醒"我闻出这些花丛里有监视器"——因为长老的脑海里有参照体系，青年从呱呱坠地的那刻起就已经身在遍布人工香气的环境中了。

这算是对细节的补充吧。在遍布 {KP} 的武侠世界里，年长者的重要程度会升高，少年英雄的地位会降低，在 {KP} 流通前降生的人们，被称为"闻见最后一个自然春天的黄金一代"。

"原生"的词典解释：初始的、未经修饰的、最初的，第一次出现且未经任何外力、内力改变的（春天）。

柬荷：我那时并不知道这所谓伊邪那美的是怎样一件东西，只是无端地觉得状如伊邪那歧而很无解。本是为校准文中对"欲分月寂烛"的叙述可能存在的偏差（而写出这句话），现在觉得——写错就写错了，多大点事儿？

顺道一提，你刚做完梦出来仿佛错过了生物的内景——这是全文我最满意的一句话。

沈茂贞：我放弃的就多咯——

要不是考虑到内容的连贯性，我本来想写陆阿采被荣寿标打死后，黄澄可用九龙拳为他报仇的过程，还准备写"勾魂令"叶飞与黄澄可的决战、"千斤坠"周泰与六修和尚的比武，我想试着转写《英雄广东十虎》（欧锦棠、陈炜主演）的几次重要对战。在原文里，Tomie 只写到陆阿采与荣寿标僵持的部分，连个结局都没有给，我觉得要是由我来写那部分，肯定比没看完剧的她要精彩得多。

下面这些文段是我删掉的内容——

你想与周围的环境融为一体而不至于被风压倒

你想占据，她眼睛里更多靠窗的位置

有晚做梦，她推开每一间教室的门

都能看到课桌在窗边的你

新同学在刚转来时往往会有更高的概率被老师叫起来回答问题，可是几周过去了，也没有任何一科的老师喊到冷棉的名字。她仿佛随身携带着一块能够折射人群注意力的水晶，所有的外界注意力都刚好在课堂提问环节绕开了这个人。她前后左右的同学都已被老师叫起来过，没有谁察觉到异样。

"那天我背着狙魂井走进来，你当时在想什么？"

"你贴着黑板怯生生走下讲台，像人体脉管里一绺贴壁的血液。让我想到小学三年级有个好朋友也喜欢贴着墙走路，以为那样可以距离班上的同学更遥远些，我觉得那种姿态其实更醒目，因而很徒劳。"

"你说得对，所以后来我就在那个暑假回到童年的庭院，找到常年在井壁侧洞生活的人，取得了墨灯与避世印。人们需要提着灯笼才能看见黑夜里的事物，墨灯，则可以照见阳光深处的景象。正如黑夜会掩盖许多事物，白昼亦如此。我用墨灯照见自己以前从未意识到的诸多失物。"

"你都找到了什么？"

"阳光深处那些被隐藏的世界。如果看不见一条道路，就会对鸟在某些地带的穿透性感到费解。常人无法看见的那些生物……"

泉：很好。你们讲的这些东西，让我对这篇流水账约占一半的小说有了新的看法。下面，由我来谈点相对核心的东西。在《分身》才写到几行字时，我就已预想见将有不止一位（好奇的）亲戚购买这本《裂谷》，所以我直到结尾（凡·高《星空》）都没把《分身》写得更细更透。这有点像捉迷藏，我不会让个别人察觉，我究竟在说什么。但就在刚刚，我改变主意了。一篇小说而已，没那么多忌讳。

接着茂贞刚才的话尾——被掩藏的部分是什么?

是"何店三中"里有个名叫"■■"，结合前文内容会推导出"我"是他的……。在此把引号去掉，拆除叙事的距离直抵"我"的本质。实话说，我在那所学校，粉身碎骨过。迫于他的权势，初中三年各科老师都给了我高密度的"关照"。被打倒没什么，只要手腕与脚踝的巧劲拿捏得好，不光死不了人，还特别省力，那些无法用书面语表述出来的方言式 PUA 话术，才是真正刺激的部分。

那时皮糙肉厚的我几乎每隔两天都要被扇耳光揪耳朵捶胸口踹腿，每节课上课过程中一旦有任何与学习无关的小动作，就会迅速被报告给打手"■■"，下课铃一打他保准出现在教室后门——真的是"一下课就来"（此场景搭配"林萧，你是顾里的一条狗吗"食用更佳）。所谓的"与学习无关的小动作"倒也不是多么"无关"，毕竟在那种高压管控下我也不可能还有什么胆量伸个太明显的懒腰，因为怕双臂出界，一个膨胀的怀抱越过雷池 0.02mm（约为女性头发丝的半径长度）。

（过程略）回来后脸上包括头发里都是红爪印，表情像撞鬼了一样。

初三中后期，有许多时候，整节课我都一直把下巴搁在桌子上趴着，因为被打得没脾气了、没有活力了。上课不自主地就趴在桌子上了，那时我只知道自己有那样的行为，没法把一切关联起来，现在看见的则是精神上的巨大痛苦对人身体的影响究竟多么巨大。或者可以说并非现在才意识到，当时就已透过另一件事了然于心。因为——差点在某个夜晚从教学楼走廊栏杆那里翻过去死掉啦，后来我调动全部细胞压制住了意念（在栏杆边僵了半个多小时，自己与自己谈判。十几年后的我现在突然庆幸"还好当时只有我一个人",要是中途有任意一名老师或门卫、学生会成员上楼发现我,一定会激我"寝室都快熄灯了,快跳啊"),从楼梯上一点点走下来的时候,腿跟灌了铅一样,这句话不是比喻,而是实感。那时很危险,一些自毁欲望已经溢出界了。

　　初三临近中考时,我头疼得厉害,不停想回家。一多想一点现状、想到那些眼睛和脸,就会头痛。百试百灵。有次我回到家,家里没人,我就在昏暗的一楼卧室躺着睡觉,不知过了多久我爸妈回来了,我先出的声,她(他)们发现后,就一起骂我怎么又回来了,我说脑壳痛。她(他)们在卧室外面的堂屋,置了一个瓷餐碟,里面装一层酒撒一层金粉,接着又是烧纸又是念念有词又是拿不透明的茶杯倒扣,搞了不知多久,然后我在床上只听见一句兴奋的话"好稀奇哦,只看到在朝外头鼓泡",意思是她(他)们的化学实验成功制造出来成分不明的气泡。她(他)们笃定我身上的鬼被驱走了,她(他)们笃定我被鬼上了身,那时她(他)们这么觉得,再正常不过。所有愚蠢的父母都会这么觉得的,都会觉得学校说什么就是什么、说什么都是对的,教师远比她(他)们更了解我的本质。我不是什么"清华的坯子",我是与生俱来的"坏种"。

　　后来的十四年里,每当我提起往事,我妈不止一次为那位长辈说话:"做法不太对,但出发点是好的。"这种话对我不啻于二次伤害。因为我一直试图重申那个时候的我,是一个活生生的人,不是任打任骂任喂养任灌输的畜生。我想要一个公正的过去,要一份不似此刻这般凝重的心境以及过早成熟的面容(嘻!后半句是玩笑,我还是挺葱翠欲滴的)。我特别能抗压,这份力量让我对所有前进道路上的挫折全都无感,在我身上不具备日常性的痛苦。只是,这一切都并不必要啊。我不需要这么懂事,不需要这么平静。

后来的十四年，我一直在努力自洽，写了大量日记，直到某天开始用手机写诗、写小说。那位长辈的儿子，小时候带着我一起看过马坪铁路在火车旁边"洗过脸"的哥哥，带我学游泳、我掉到河里淹了十几秒、把我救起来的哥哥，上初中前我最喜欢跟他玩的哥哥，跟我说"我再看到你写这些我就把你的本子撕了"。在前文里提到《捉泥鳅》，这首歌是小学六年级时，在雪夜给我拿过伞的郑品付教给我（们）唱的。当时我在校门口，下大雪，他坚持回办公室给走读的我拿伞。

某天，《捉泥鳅》在我的认知里陡然转变成一首旋律感伤的歌：

天天我等着你　等着你捉泥鳅

大哥哥好不好　咱们去捉泥鳅

小牛的哥哥　带着他捉泥鳅

单看这几句歌词可能没有感觉，但是从大学到现在，我一直觉得"天天我等着你 等着你捉泥鳅"是句特别有时间感的歌词。这种感伤与失落可能源自初一前的我。如果人类真的有些细胞一直不参与到生命的成长中，那么在身体的角落仍然有那样少量的幼稚的我，在期待。期待一个不同于那时候的将来。期待他的初中、高中、大学，没有那样巨大的痛苦。也许，他活在另一个维度。我的所有文字都在追溯他所处的那个维度，我想为他打开一种别样的天地。在那里，没有真的痛苦发生。一切都可以化解，还有新的事物可以触碰。他的13、14、15岁有崭新的可能，不同于我血腥的初中岁月。

为写《分身》去查了下《捉泥鳅》，看见原唱是包美圣，点进去听了，发觉这首歌最初的版本就不欢快。我一直以来的感伤是准确的。

时至今夜，我都没有学会游泳。

在过去的十九年，不止一次梦回那间教室。

"真是（化成浆的哈根达斯）冰激凌扶不上墙！"

"你们是蝶化率最低的一批蛹。我带过这么多（届）春天，就没哪一批像你们这么……"

下课铃响，学生从教室门嗡嘤而出。"何店三中"鼓励怙恶不悛的教师们结合课堂氛围，抓准学生的特点去骂学生，最好是把骂人的话变成心灵层面的预告，带给被骂者一定的"惊奇度"——不一会儿，嗡嘤而入的学生们果然都觉得自己是不争气的蝶蛹了。如此，包括我在内的那些学生皆获得了深入骨髓的美的体验。

柬荷：我想请问一下，你这是在写小说吗？

沈茂贞：一边讲故事一边含泪哽咽，你是矫情给三个人中的那谁看的吧？

Tomie：？？？

泉：我并非为"经历"而哭，这太轻松。我是为宇宙中那些破灭的瞬间，为满山激越的胚芽。当我想起突然从梦里消失的鸟的回望，我看见的似乎是另一些东西。我是为那些不可观测但能感知的生机，为大地上草籽滚动制造的波浪。

沈茂贞：为芬芳四溢的气态火种，为凄楚而稚嫩的导水管，摁压粉笔望远镜挤出像模像样的翠微倍率，啊你（家小狗）的彗尾该剪了。扯这些乱码有完没完，在场的成年人谁没经历点破事？

泉：好吧，该聊的都已经聊差不多了。
再说下去我可能会被自己推进沼泽。

有人从外部打破一件陶瓷，打破了它独处的状态，他透过陶瓷会看到什么样的内景，得看是从哪个角度打破了。

　　你们不是真人，是我的意识。

　　2020年的我，造出了你们的祖先。

　　联系"气旋"的定义，你们猜猜，自己的编号是多少？

　　Tomie：哈?！拿放大镜打人，会更疼吗？你脑子像积水的花苞乱套了吧？大家快来看哦，绿荫里的花苞乱了套啰！

　　柬荷：我只知道狗尾巴草是粟的祖先。

　　泉：梦境是意识的分层现象，犹如一朵云内外的天空。

　　202009302105，我乘上离心轻轨，纯银的车厢里挤满了人。每隔几秒就会下去一个人，乘客下车不需开门，而是直接从行驶的车厢里"闪退"，专用名词叫：飞渡。才过了一分多钟，我周围的人就已全部飞渡到车厢外去了。

　　载人的离心轻轨是小型均质黑洞，它能将乘客的下车顺序重新排列，使得所有乘客都以为自己是最后下车的那个人。我也不例外，在旁人看来我坐了不到十秒就飞渡出去了。

　　黑洞Sgr A*是全宇宙第三庞大的离心轻轨，它最远能把银河系里浩瀚的星团离心到小麦哲伦星系附近，而这些呈螺旋式逆时针晕开的星团深处，每颗行星都会觉得自己是最末飞渡出去的。

　　我是最后一个下车的乘客，站台上空无一人，只有头顶的水晶电梯照常在运送瑰丽的意识涌流，我头皮一阵发麻。

　　用大脑里不知道谁的声音念了一遍"R ∞ M"

　　在一朵云底下荡秋千

　　的红枣撞到我的胳膊

仿佛有肥皂在血液里造就泡沫
它们朝木质梗里使劲扩充樱桃
：几枝相继沉坠的圆
被压弯的树冠快成为一组优弧

对方念的这遍"R ∞ M"，里头包含多重画面。

自身意识，宛如一颗等待切割的玻璃球，滑入钻石般剔透的R ∞ M里很快一分为三。

2020年9月份的茂贞、Tomie、柬荷，进一步分解出2017年冬的茂贞、2016年秋的Tomie、2015年夏的柬荷……像降幂。你们的"反哺"到不了我的原因正在于此：我的本体不是你们思维的直系源泉，你们的梦境脱胎自六代乃至七代的"我"的意识。

唯有当202009302105乘上离心轻轨的我的意识一分为N（2006年春的沈茂贞、2010年夏的Tomie、2013年秋的柬荷、2016年春的Tomie、2015年冬的沈茂贞、2009年秋的Tomie……）而你们恰好是其中之三时，才有权限改造我的记忆（唯有身为"初代意识"，才有资格"反哺"）。

所以我国有项家喻户晓的医用科技：心智穿越。在某一时间点分裂出多个自己，"人群"里的每份意识都以为自己"真实"活在过去，它们，将代替我回到时间深处的某些场合做出别样的选择，探索多种可能，创造新的记忆。

这并不需要违背客观规律穿梭时空，只要有一处类似于R ∞ M的意识居留空间即可。让意识生活在人造的"2007年的环境"中，像盆栽一样，日积月累，培植出新的自我。我已借由R ∞ M置换了脑海里全部的灰色回忆与少量的黑色回忆，治愈了内心近一半的创口。这些年，夜里的梦境以亮色居多。

任务失败的"初代意识"将被R ∞ M及时销毁。它们在"过去"的经历能直接影响到我的心灵构造，倘若没在1/5小时里采取有效彻底的销毁措施，我的人格就会遭受"污染"。

那些返身回到我脑海的正面记忆，为我打开了另一番记忆图景。对这种基底焕然如新的人生，汉语里有一个贴切而古典的形容词："返景入深林，复照青苔上。"没错，它在我生活的时代，是个形容词。

现在，请看"柬荷：我伙呆""沈茂贞：现在问题来了"这两处。"我伙呆"在网络上的流行可以追溯到 2013 年 6 月份，"现在问题来了"的流行始于 2014 年 10 月份，它们在信息速朽的互联网世界，过时已久。今人日常聊天，不会再用到这些短语。就像有网友预测，流行了十余年的网络名词"爷青结""意识的轮值""永结无情游，相期邈云汉"，也终有一日会葬身在比特废墟里。十年后，会说"意识的轮值"的人，这个世上再也没有了。

"意识的轮值"一词，源于天涯论坛，网友发帖称"我告诉我与我，我太困了想去睡觉，所以我就让我去睡了，而我是换班的""有时电视突然有雪花，拍一拍就好了。如果没好，就换个方向，换种力度拍"，这两句话都是在讲"意识的轮值"。其中第二句话还有变体："拍了几下没变化，有个人就会把你拽开，说我来，结果换她拍，音画一下复位了。"

另外，你们三位并非互为队友，《分身》是你们中的两位与另一位竞写的产物，我是 Tomie 所在队伍的写作教官。这个世界没有真正的退役，在 GWL 比赛里，场边观战的前国家队中锋姚明随时可以补位上场。

你们知道，各自在《分身》里吃了多少饼吗？那些相对来说更优美的文本，会更接近篮筐。

再过 1/5 小时，三位将自动接纳我和盘托出的现实。温顺是必要的，你们结出的果实（立场与认知）我先摘掉了。

念完下列指令我就会从 R ∞ M 里蜕出，回归候车站台——

内心有人熟睡而外部这个清醒的我像溢出来的部分，湖面的新冰即将融化为水，恍如幽灵附体（弥合感）。

日光下澈，那些凝练了环境梗概的冰，把锚的内景（山色、雁痕、树影）悉数涣散进了水中。

2999

傍晚，南京城上空的大气层里悬浮着筛箕，漫天迸溅的闪电没有一根胖的。鲜艳树冠捧着晚春的气息、白蝶踏枝的轻响、微量鸟腹绒毛，摇曳。我斜躺在床铺的繁茂褶皱里，静视天花板。我的眼周，存在两只一高一矮的涂着绿油漆的圆凳，一张放有不锈钢电热壶、玻璃杯、隔夜草莓的方桌，与一些雀斑。在角落爬动的小虫身高逾3mm，它曾用笔直蛛丝衔接起我两次关门的动作，似乎想协助它们通话。那天清早——中午，我出去——回来，两次抓住门把手，恰巧都碰到了蛛丝的端点。

　　地板堆着两卷已被人力冲垮的丝网——霉味深处的细菌捏着朝天鼻搬迁时，觉得蜘蛛打的结像群山。

　　像是从内核往表皮吃一颗旧苹果，以期遇见反方向的疼或者甜那样，我倒序念着：300、299、298……154、153、152……117、116……

　　一个个正整数像闪电精准劈在对应羊只的毛发上，没戴眼镜入睡却做出了超清梦境的人，原路返回。我确信如此（逆诵阿拉伯咒语）将能从睡梦深处彻底醒来，醒至全然无眠之际——0点处。

　　没错，我已经醒了，可用意念嚼咽一颗具体存在于方桌表面的红莓芬芳并监督天花板附近绕灯遛弯的虚数 i 相乘。我（颅内）的脑曾用美梦给（暗室）独处的自己壮胆以调动上下颚在夜间磨牙，齿印透过绝密隧道砸入红莓之井，一群沉坠召唤出一只升腾，甘凉的浆液奇快溢出体表，黏糊糊的果盘招来几线兵蚁。

——我想，醒得还不够。目前的处境，是在某个晴朗的下午恍然注意到天边悬浮的淡月，顶着暖阳行走的同时，沐浴着数目不明的皎洁光线。

你的身体里有一部分细胞专司做梦。

"我左边手腕这里的细胞

　专门负责梦见你的眼睛与脸颊的法令纹

　……把脉搏贴近你的视网膜

　看不看得到我腕部好多海鸥在闭眼？"

我念着"96"，96/3000=3.2%，至少还有 3.2% 的**硬质困倦**逡巡盘旋在躯体内，伺机而动。可以容许那些"梦细胞"徜徉的区域占比 3.2%，它们塑造的扰流逗得我舌尖好痒。我简直下一秒就要在公司会议上说出长篇累牍的梦话。我的口误像雨夹雪，那些常规的词"KPI、获客成本、绩效"屡屡在嘴角滑倒，令同事们大跌眼镜。我说的错话里最频繁冒出的是"月球、虚数、水、百分号"。

"陈老板，周五我们团建去吃百分号（烤串：%）吧？"

清早睁开眼的你兴许有过这样的体验：一旦闭上眼睛，全身血液就会像石子一样下沉。你有过这样介乎睡眠与苏醒之间的时刻吧？平衡区的夜空，星座不该太茂盛的，倾斜的球状宇宙，许多生物的梦境在远日点附近都会转化成噩梦。

"傍晚"，这个词乍听起来像某种夹角——低于 60°。现在这个锐角快消失了，墙上长度不等的指针刚刚并拢，仍会在一段时间后再次立正——至少在钟表店。

我住在江苏省南京市淮海中路 288 号上船大楼 C 座 706，南京是座别具一格的城市，这里公交站、地铁站的候车区，立牌滚屏不是地产商广告而是诗，每一站的名字都是诗人的名字。

"各位乘客你们好，前方到达冯唐站。"

这是座诗歌主题城，饮食、购物、交通等花费都是用自己手机软件上存储的原创诗句来进行支付：打开PoePay，点击付款按钮，对准柜台的扫诗区就可以了。人与人的交流，都是用诗一样的语言。上班途中，常能在鼎沸人声里听到佳句，明星八卦满天飞的时代彻底过去了，这是个白雪阳春的世界。

19点整，外面天色渐暗，立交桥上亮起了路灯。我照常打开社交软件，查看扑特（Putter）今日热搜榜：

1　新条例禁止公民抠大西洋水面的液滴

2　朝体内摸到了什么

3　夜视能力

4　领证新规

5　《她们是口红星人》新书正式发布

6　三色堇事件，五十周年

7　电鱼接入家庭线路

父母说，他们那一代人的热搜与今天不同，那个年代大家热衷于追星聊八卦，现在社交网络上的热搜则大都与"诗"相关。

很快，我点开了2、4、7：

2

"我朝体内摸到了生锈的扶手"征文大赛正式启动

请写一篇作文，要求不少于1000字，内容积极向上，充满哲理性，题材不限，发表与否不限。

本次征文只考虑诗歌，非诗歌的文体请勿投寄。

入围作品将在今天国庆期间陆续公示，转发量与点赞量相乘，积数最大者，将获得由东半球诗歌首富［张氢磷］提供的10000行诗句大奖。

4
从今年农历十二月廿一日起,往后广西广东一带秋冬季度的"结果子许可证"都将由相关审批部门统一发放,请桂林山水积极配合工作,擅自结果子者,一经工作人员确认——结果数量满10颗,林叶局将协同诗管局依法严厉惩处。

7
各位"蜂糖"发现了吗?〈冯唐〉的最新诗集,目录可以连起来读:
电鱼接入家庭线路
按下开关
电子秤称重这半坡散文
搬蝴蝶者
改行
托运花粉
我不要被柿子摸,被花蕊摸
它们传来了,一些
(粉扑扑凉飕飕的小)手
在电灯勾勒出的区域里
你仅仅用挥手复制鸟类的转移吗

接着,我又点开3、5。3因为点开后兴致索然,读了两行就关闭了。

3
夜视能力,让你们看到了纸钱

〖李铜气〗被誉为我国最后一位诗学大师,他曾在讲话中谈到,自己故乡的丧葬文化很有特点:死者都是戴着面具下葬的。

5

睽违四年,综艺大咖、考古学家、天文学家、被誉为"中国「塔可夫斯基」"的著名导演、被誉为"现代｛徐霞客｝"的著名作家〔陈氢钼〕带着《她们是口红星人》重磅归来。陈教授认为,在数十年前,我们这颗星球上存在着一类人,爱涂一种名叫"口红"的化学制品。其中涂抹者以女性居多,后来由于神秘原因,这些人忽然从社会构成里集体消失了。他经过数年的研究,发现这些人全都来自一颗名叫"口红星"的星球,它距离地球大约六光年,"口红星"上的重力比地球要舒服,周围有两颗"太阳"、一颗"月亮"。由于先天基因的特殊性,她(他)们之中有些没办法良好适应地球生态环境的人,在地球上生活时必须把自己的容貌调整成"蛇精脸"才能够存活。如此亦方便了这些天外来客,相互认出同类。

陈教授发表讲话时强调,接下来还准备写《从口红星人面前路过》《乖,口红星人》,共同构成"口红星人三部曲"。他谈及书名的来历时,热泪盈眶地对我们说:"这是受我最喜欢的两位诗人早期代表作的影响,那时从他们少年时期的横空出世,到青年时期的声名大噪,作品的畅销程度在整个社会都是现象级的。没想到时隔多年的今天,我竟然可以达到与他们同等的地位。真是时无英雄,竖子成名哪。我是从那个时代过来的,很怀念那时带给我启发的这些作品。现在看来,可能有些过时,但经典就是经典,瑕不掩瑜。"

〔陈氢钼〕教授的这番话,引起了我们的深思。如果你和我们一样,对"口红星人"的生活方式感兴趣,欢迎前来一起讨论。

这时,自天花板另一侧陡然传来木屐声。

又开始了,八点整。

楼上的住户在房间里种满了蔷薇,她跳舞时,常有粉色的籽从四肢边境地带的数十棵拴着枣红马的皂荚树上脱节。

我喜欢她很久了。她用来投射视线的眼睛是一盏全棕的灯[A],天气好的时候很亮,打雷的时候会闪烁。

久的意思是,八楼的她逐渐成了七楼的我身处的天气,我四肢边境的地平线与两颗眼球缠满的地平线都很想通往她身上。

但,不意味着我会因为这份情愫而失焦。

人是土壤的天气,这些人是拿得走的,用钱或者枪。而太阳用我们生下的影子,太阳自己也拿不走——哪怕是一丁点儿。它如果过来拿,影子将会移到另一边。这就是我的"爱慕"。

"活人是死人的天气:活人在上面倒洗脚水。"

丨苔镂丨在《鱼:一粒未磨砂的眼珠逃难,躲进水珠》里写。丨苔镂丨是我和她共同喜欢的地下诗人——就像,死了一样的那种——在主流诗歌界,在文学圈,甚至在这个社会——当然,工业城市里这样的人是很多的——几世纪前,当南京还没有建设诗歌之城的时候。

"丨"念作"竖"。

"87、86……"

我试图从困顿的现实处境中,进一步苏醒。凸出来的眼珠,像金属旋钮,希望有外人象征性拧一下,行李箱滚轮密码锁——对准正确的数字了吗?

石英钟内的海浪挟裹着溺婴的灵泊,冲压刻度的叠嶂,有什么生物就快走出来了。

它非但无法成为预言中的巨擘,还将奉命
溶解《楔鳞书》最后两页夹缝处的化蝶药片

"烧死这性梦分娩的野种！"

D. P. 波伦亚茨被大丽花处刑时模仿在场者说

内置着电子显微镜的我像一颗夹含着苦海的鲜桃，揣着蚁群铆劲啃噬的动量：心跳频率，阅读｜苔镂｜独立出版的诗集：《在毗连梦境的原野箭步如飞》。

我们的情绪都喜欢波动，我和｜漾筝｜有许多相似点。比如：敏感。

我喜欢数学。

"欧拉公式很美，不是吗？我对数字很敏感，我目前从事着金融方面的工作。"

她说，我们的敏感不是一样的。

"这些城市里，23%的人身兼的地平线都很脏。"

我说，是的，我喜欢这句话。但这也包括我吗？

第一次见面时，她眨着瞳孔呈全棕色的眼睛——像是她昨夜见过的皂荚树的种子都溶解在里面了似的。

"有空请你喝咖啡。"

她看某些风景看得过度了，浓郁的气味徐徐从天花板上方沉降到我周围。

从几天前的电梯口到今夜的木床，我回味她当时的话像在着力把汉语还原成一个个拉丁字母，反复咀嚼拼音，我笃定总有一天会吃到"核"。试图掌握读懂她的要领，猜准每个举动的起因，借助她声带振幅的细小变化，找出路径，通往她体内的"根须"。灯忽然熄了。

我听见闸刀在暗处打鼾。

不是跳闸，是影子断电了。整栋楼都没有电，这里是晚上。我担心她，所以迅速披了件衣服走楼梯，准备找她。

涂满睡意的

门窗

塞进一堵钟表

这就是你对外租赁的房屋吗？

上楼后，发现801住户的门照例敞开着，里面，女房客的手机仍外放着【马𣳣钛】的民谣，我没听清歌词，只知道这歌有点旧。

804住户长期不在家，门上贴满了小广告。

"开锁换锁，最低价：5行诗句。"

805住户也开着门，一家人正在谈论刚看了一半的电影——岩井润二《关于莉莉江的一切》。

她住在806。

敲门。

"你的视力还好吗？"我戴着与她喜欢的英国女星同款的金丝眼镜，站在她面前。我本来应该问"房间里还看得见吗"，可那样就不易让她在第一时间就注意到我想表现的部分了。

她比我高一个头。她的脸上起伏着葳蕤的笑容，眼睛里仍有梦境的沉淀物。我不知道怎么才能旋开瓶盖，把春天的小动物放进去，让它们一口口吃光她心里的岑寂。那些静美，需要有温度的容器收纳，鹿与松鼠都可以很好地装着绿，她明白吗？

"你眼底居民楼的自来水管全部冻结了吗？"她笑着问我。意识到气氛尴尬，她松口说，"进来吧。我没有收拾，可能跟你想象中的不大一样。"

"没事。"

我进去了，轻轻带上门。仿佛是跟在她身后的一袭香气，用力轻轻带上门。她说让我坐一会，倒杯水给我。

房间里种着她生活的气息，很舒适。半空中，洋溢着颇多鲜活的叶肉细胞。我想从环境里找出这些植物气息的根基。蜡烛本分地燃烧着，客厅的陈设很简洁，地板是蔷薇色。一切预想的布置，都仿佛被咒语封装在了空间的另一面。

　　"给。"她递过来一杯热水。

　　"谢谢。"我狐疑地注视着杯子，观察里面是否存在编码。

　　"想读出水的逻辑吗，数学家？兴许……你应该先把它静置变冷。"她忽远忽近地笑着。这是她的迷人之处。

　　是啊，先找到水的源文件……在绝对零度的条件下用……我胡乱想着，感觉内在的某些部分正急遽下沉。我说不好。她的神色，似乎昭示出她已经听见我内在的人影匆匆下楼的脚步声。

　　"｜苔镂｜的新书，你买了吗？"我下意识晃动脑袋，啃着Y型空气右边的分支，岔开了话题。

　　"没有，感觉她最近发布的文章都不怎么好，估计是成名了的缘故。我对《鸟喙没有醒到正确的苹果边》不太有信心，而且定价偏贵了些——汇率又调整了，现在普通人得支付10首诗，才够买到她一首诗了。"说着，她打开网页，让我看一张图片：

跻身

戴望远镜入睡可以看见梦里更远处的人在做什么？
这双眼睛陡增的倍率，令万物注意到你：
似以目光合力
推开大流星。

　　她读给我听，问我觉得怎么样。我假装已经看过，实际上我近半个月来每天都在黎曼式的思维里遨游，很少有闲暇关注｜苔镂｜

新发了什么。

我对外的触感大都聚焦于她。像蜘蛛腿上裂缝形状的振动感觉器,能在森林捕捉到花粉穿透一张蛛网时的微弱颤动。

"……如果是你,两首就够买到她一首了吧?"

这不是恭维。虽然｜苔镂｜很有名,但我觉得｜漾筝｜的资质完全不逊于她。

她喝了点水,那些下沉的热水在她植物般清凉的食管里打了个趔趄。我太冒失了,气氛忽然被我搞得有点僵。她好像不太喜欢被别人当作"诗人"。

"你觉得这个世界是代码构造的吗?"

这个反问句,在平铺直叙的空气中格外峻峭,叶肉细胞弥漫到附近时都小心翼翼的。

"呃……这个世界……也许是——但不是程序员式的代码,是更高层级的代码。"我恢复了坚定,出示自己的观点。

"你对外面那些用诗句进行日常对话的人,怎么看?诗,在你看来,属于'真理'吗?"她继续问道。

"可以说,语数外理化生政史地都是。但我个人倾向于阿伏伽德罗常数、斐波那契数列、德布罗意波、麦克斯韦电磁方程组……我们生活的这个社会,诗人多如牛毛,在我看来,不切实际的幻想太多了不利于全民奔小康……"

她不再与我对话。

"这些城市里,41%的人身兼的地平线都很脏。"

她举起刀子,背对着我,准备削一颗此时正背对着她的苹果。

我觉得很突兀,她的声音有些不真切,她念"41%"时仿佛在向读者宣告一篇小说的写作进度。我准备扑过去捧起她的脸对准紫外线验钞灯看,是否有水印。

"拿刀子从里面开始吃一颗苹果，打开后，发现它还是九成新的，越往外部旧得越厉害。"

"不是这样。我觉得——"

她打断了我。

"你为什么要上来找我呢？"

她继续问。

"｜歧绿｜，你踽行在自相矛盾的人生里吗？"

她的话像打着旋儿飘落的羽毛，轻巧击中了我，在我的体表激发了大量涟漪。下楼的人影，在化雪的草原沉睡的人影，在落梅的坡上生火取暖的人影，以及沿着大河的岸低头走远了的人影，同一时间回来。

我缓缓往雏菊的笑涡里倒水，掺着满眼沉甸甸的夜色，用一汪汪视线编成的笺，淘洗星光的色散，神清气爽的——月亮踮着脚尖，好似站在什么东西的边缘那样，软不溜秋。

我准备吮入咽喉的氧分子，此时仿佛全数被她呼吸道中致密而微观的触须及刚毛簇拥着——她不死，我就摆脱不了：窒息感。

"想在跌入梦中的瞬间被鸟背接住是不是？"

她进一步说。

"歧绿，过来。"

我能分辨出她叫我的时候，有没有在名字两边加"｜"线。这是当下社会流行的命名传统。如果你喜欢｜苔镂｜，那么就可以在名字两边加上"｜"线；如果你喜欢小说家、歌手『Ringo』，就可以在名字两边加上"『』"号。

我能分辨她的舌头有没有覆着隔膜。

我迟疑了。

面前这位来自广东肇庆的女生，忽然变得奇怪而多动。

烛火消耗着空间里有限的氧。我试图挪动的脚步早已被根系缠住了，那些蔷薇倒悬在七楼的天花板上，正朝着我的木床本能地生长。她举起苹果：

"仔细看，苹果身上的斑点很像星辰。"

其后我就一头栽了进去，栽进了苹果的表皮层。河外星座焚烧的煳味，传遍了除我以外——所有的动物鼻孔，我瞥见黑洞里冲天的香阵，一股味道压倒另一股，一幅巨画压断另一幅，穿透屋顶的月亮把长毛的新月压出裂纹。醒目的电解质一瓢接着一瓢灌溉抬头纹，我将醒的额头拎满了汗珠。

滚雷大概是山里住的神仙上传到天空的响指，间接掰开了我的肉眼。我觉得自己像是柚子，与氮气接触的地方凉飕飕的。B

滚雷是广播，通知人们要下雨了。

外面传来母亲搬梯子的动静，她似乎在收瓦房上晒的棉花。凉席上睡醒的我，揉了揉眼睛，风吹动着布门帘。

"16、15、14……11、10……6、7、8……"

母亲颠来倒去地数着准备埋进园子里的小土豆，像钟摆。有人往潺潺的水流中加入一脉反向的液体，从梦中返回的人，旋踵——即将步向新的睡眠。

为什么
睡着的人都像还没落到山上就被天空悄悄回收的大雪？

她确认了两遍，才放下簸箕。

"明天要晴了，放学跟我去地里，你爹只晓得码牌……"

我"嗯"了一声，坐在床边勾着腰穿鞋。泡沫底子的脚前掌部分快要被磨穿了,雨天出门容易进水。这种鞋的优点是轻,走起来跟踩着(筋斗)云似的。

父亲淋着雨回来了,他手里有被雨点熄灭的烟。屋顶暴跳的液体,几乎快淹没他全部的音高。

"腻子粉收没?"

"还要你嚼,我早就收了。不是我看天变了跑回来,娃子一个在屋里,怎么弄得动?你成天百事不管……"

"莫说了,明朝捉个鸡子给我带到何店街上去给镇小的校长,暑假学校装修……"

我站起来,朝门外面走去。檐下,缀着小麻雀的叫声。我读四年级的时候,母亲搬梯子爬上去过,但那时她看到窝里是空的。

多少的日子总是
一个人面对着天空发呆
就这么好奇就这么幻想
这么孤单的童年
……
老师说过寸金难买寸光阴
……
一天又一天一年又一年
盼望长大的童年

邻居家在放磁带,这首歌是我第一次听。院子里的树叶落了一地,乍一看有点像深秋。天阴沉沉,雨下了不一会儿就见小了,雷阵雨而已。

"站外头搞嘛?快进来。"

母亲喊我进屋。我进去时,父亲一连吐了五六个烟圈。

"搞鬼，晓得就下这么一下……"

他愤愤的，感到扫兴。

"嚼聒。"

母亲说完就朝厨房走了，我跑去帮她烧火。煮饭炒菜用的柴是用砍镰从山上砍来的[c]，往往有着倾斜整饬的断面。母亲是个不大细心的人，砍柴时常常会把有些活的植物也连带着砍下来，它们因为还含水分，没有死的好烧，硬要烧也没什么火焰，所以，一般我会把这些"柴"拣出来，等天晴了再搬到院子里暴晒——不过得注意，别让鸡跑到上面去了，听大人说有一种鸡是直肠子，比普通的鸡更容易屙粪。

说到这里我想到，我家本来养着一条狗，但是因为太爱咬鸡子，被父亲用蛇皮袋装着，骑车拖到街上卖掉了。

"还不是舍不得，走的时候那个狗子还盯着我摆尾巴……"

"卖了也不可惜，白尾巴尖的狗子也不能长喂……"

那个时候我一直期望着哪一天能看到我的狗跑回来。

那条狗原本是拴着的，但是我看它不自由，被拴住的时候总是啃绳子，太可怜了，所以就偶尔偷偷放掉它。因为我的恻隐之心，反而提前让这条狗从我生命里消失了。

狗肉不好吃，听说一股子土腥味，却还是会有人吃。

这天晚上，我在自己的小床上翻来覆去，睡不着。我透过窗子看见月亮好大好圆，似乎就要在苍穹爆开了，碎作满天的陨石，分配给走运的星星。老师说恐龙大灭绝是陨石撞击地球引起的，陨石是灾难，我不太信。就这样，在没有来由的童年迷惘中，我轻轻睡着了。

花椒的辛香从南到北，闯进我睡觉的屋子里。"是什么，这么亮?"我睁开了眼。

树枝重新撑开荫凉,母亲在窗前坐着给我敹衣服。干净的太阳像是平原,(倾斜着身子平移的)云的眼神大约有一半在外地。

今天星期一。我起来穿衣穿鞋刷牙洗脸,然后吃了一整块葱煎鸡蛋,出门,去学校。我是走读生,每天都可以在家吃饭,住读生只能吃食堂。听住读生称,食堂的冬瓜永远煮不完,饭是"泥巴饭",饭里还有乌乌的小石子。我只吃过几顿,那时我不知道什么是"味同嚼蜡"——后来上初中后,老师教我们这个成语,我首先想到的就是那几顿饭。"味同嚼蜡",还得小心翼翼地嚼。

有小石子,这不就跟人走的小路一样吗?难道人的舌头是脚吗,要在米饭里走?

而老师吃的就很好,我某个姨的女儿在那学校教书,有次她吃不完了,就喊我去她那,那碗里有很好吃的五花肉,虽然是她吃剩下的,但我觉得很好吃。教室食堂与学生食堂是隔开的,学生不允许进去。

我踢着路上的石子,看着路边已开至极妍的花丛,忍不住摘了一些——这些花是能吃的,摘花是很开心的事。背着甜的书包,我心满意足地上学去了。

教室里老师还没来,转学生羿军仍然被一圈人包裹着。因为他会画画,不少同学都会向他要画。常能看到他上课时埋头画画。龙先锋说:"这个人好憨,别人要他就画,不知道拒绝。"

龙先锋很高,我跟他打过架,被按在地上动不了过。我不知道"拒绝"是什么意思,被同学们簇拥着不挺好吗?说实话我还有些嫉妒,因为我"喜欢"的女生也在簇拥者之列。真气人。我讨厌这个人,还因为他的姓我总是写不对。

那时,我下课爱拍画片,把手掌拍肿了,也还是想玩。好几个人围着一张纸，拍来拍去，你一巴掌我一巴掌，激烈得很。我的手没龙先锋大，他不论是拍画片还是弹珠子儿，都比大部分人厉害很多。后来有天，郑老师要班上的学生自动上交口袋、书包、课桌里的画片，我亲眼看着他把画片从窗户扔到教学楼的阳沟，暗自唏嘘不已，放学后一些胆大的学生踩着碎玻璃，捡回了它们中的少部分，更多的部分被污水淋湿了。捡回画片的学生们，从此就只能在上下学的土路上，蹲着拍画片，不敢再在教室玩了。

画片不能拍了，班上的学生便开始养蚕。那一阵子，几乎每个人课桌里都有蚕。蚕是一种身体两侧有斑点、凉凉的、软绵绵的昆虫。我害怕很多其他的爬虫，但是对蚕一点也不怕。上课时，我会反复打开桌板看它们啃食的进展，听沙沙作响的咀嚼声。蚕能结颜色各异的茧，我觉得非常神奇，它们吃的是同样的桑叶，为什么能吐出颜色不一样的丝呢……还没等我找到答案，养蚕的风潮就随着结茧数量的增多（蚕的变少），逐渐消退了。那些顽皮心思，像自"奶桑"叶梗处流出的乳白汁液，被时间的毛巾揩得一干二净。

我上了初中。甜的小书包，换成了不甜的大书包。一个星期回家一次。

"沈办死了。"

"喝农药死的，百草枯。"D

一次，父亲从外面回来后，突然对我们说。

"说是……忧郁症，湾子的人说就是痰气……"E

那是冬天，我记得。

在故乡有谁家杀了年猪，需要请湾子里的人一起吃饭。刚杀的猪，肉真香啊。那时我还不谙事，却也知道，桌子上的李三儿是个叉鸡佬（即小偷）。李三儿原名李庭付，在队里很"出名"，年轻时喜欢跟着他母亲"瞎子嬷嬷"到处害人，不是点别人屋后的稻草堆、摘别人田里的南瓜,就是给别人的狗子下药、半夜偷别人鸡笼的鸡子。

上小学时,我有一条很喜欢的狗,它是黄土色的。我喜欢闻它背上的毛和脚掌。一天我放学回来,看到它躺在院子外面的小路上,不动了。我进去厨房喊母亲的时候,她还什么都不知道。

那只狗身上还是热的,但是任我怎么叫,它都不醒了。我抱住它,它也不会乱扭了。它的嘴边还有白沫子,一看就是被人毒死的。我父亲说,狗通人性,就算死也要回到我们院子外面,也要回家,怕别人捡走了。

我不明白:一条狗,真的会担心自己被生人捡走吗?我家住在地势比较高的地方,我不知道它是怎么从被下毒的地方,一步步走上来的,觉得肚子疼,想回来吗?它喜欢被我们唤吗?我吼它的时候,它看起来很沮丧,但从来不会对我发火。

"瞎子嬷嬷"不是盲人,仅仅是左眼睑下垂。她老了后没力气到处害人了,李三儿一个人才有所收敛。大人们都笑李三儿吃饭时手不停哆嗦,他几十岁了都没有结婚,沈办已经结婚了,还有一个孩子——我搞不懂,大家都在骂的人活得好好的,怎么沈办却要悄无声息地喝药。

"怪不得我看到电线杆老无缘无故贴着纸。"
"他写诗?写么诗?毛主席那种?"
"鬼哦,你瞄吵,我从杆子上逮了一张……"

一把火烧光了生命
里所有的虫鸣
:他耳聋的原因

沈办

"么鬼东西……"

趁父母开始聊别的话题,我因为好奇,暗暗把那张纸叠好藏起来了。

第二天是周六,我打算骑着自行车去学校找语文老师,让她看看。结果,在经过政教处楼下的时候很巧地碰到了席城。席城比大多数同学都高,又是市里的孩子,见的东西很多(比我多102种),很小的时候就在商场坐过电梯,口才很好,还会写毛笔字,所以很受班上同学的欢迎。他知道好多新奇的事物,班上女生喜欢林俊杰的一股势头,就是他带起来的。他在班上唱《江南》之前,我还不知道"林俊杰"是谁。

"这么巧,你也来学校。"

"是啊,我找饶老师去市里参加一个讲座。"

"饶老师住哪你知道吗?"

"不太清楚,正准备去政教处问呢。"

"我知道,之前我到她家买过安利,你跟我一起去吧。"

"好,我跟你上去。"

"饶老师好。"

"快进来——欸,顾源也来啦,上次吃了营养品效果好吗?"

"好像感觉是长高了。"

"嗯嗯,席城你看看,顾源长高了吧?"

"是啊!说个不怕他见怪的,我刚转来时,觉得他好矮。"

"你们学习好身体好,我也跟着高兴。当老师的有哪个不希望自己学生各方面突出的?小源,你先吃,吃完这瓶看看效果。现在马上十点了,我跟席城准备去市里参加一个营养师的讲座,我建议是你下次也过来,跟我进去听不需要交费用。"

"好的我知道了,谢谢老师,今天走之前没跟家里说,下次我一定会来的,您上个星期在课堂给我的书我还没看完呢,中国人的膳食搭配是不均衡不科学,画波浪线的重点我都背下来了。"

"可以,我一直很看好你,学习成绩也好,长得也机灵,就是个头儿……"

"老师,我明白您的苦心,今天来其实是想让您看看这个。"

"这是什么,谁写的?字儿不错,我看看。"

"是我们村的一个人,叫沈办。"

"老师,我也想看看。"

半晌,席城站在一边捂紧了话匣子,等饶老师发话,空气静得跟上课一样。不知道的,会以为他是由于恭敬懂事才这么安静的。

"我觉得吧,不能引起共鸣的东西,不能算是好的东西。他一直在家写诗歌儿吗?"

我点点头,"听别人说,是的。"

"老师从小教育我们写作文要有真情实感,这个人应该没上过学吧?"听了饶老师的批语,席城终于能斩钉截铁下结论了——

"诗人都没有好下场。"

席城话音未落,我就连忙说:"饶老师,我也这么觉得。"

饶老师欣慰地冲我点头:"记住了,写什么也别写诗,中考是严禁学生写诗的。现在国家政策这么好,找个稳定工作,放假到大城市旅旅游散散心看看天安门东方明珠,能有什么想不开的?"

"对,像我暑假经常去景点看人脑壳。我觉得像饶老师这样成为辛勤园丁,教书育人无私奉献,骚伟大!"

"骚"在我们方言里是"非常、极"的意思。

"还有,'课前三分钟'演讲真的很好,我们还从没见过这样的语文老师,擂鼓墩小学都没有像饶老师这样的人。"

"欸,'伟大'不敢说,这个词用在我身上不妥当。'课前三分钟'是把教室这个舞台交给学生,让学生展示自己的才艺——国外都是这样的，现在都提倡素质教育。"

"饶老师，我一定记住您的教诲。我就不耽误您时间了，席城和你还有事要聊。"

"好，你慢点，路上注意安全哩。下学期的《思维与智慧》还是接着订阅，这本杂志思想很深刻，我也可以帮你划划重点。"

"谢谢老师，杂志一到，我就先拿去你办公室！再见！"

"再见！"老师露出和蔼可亲的笑容。

"再见！"席城对我微笑。我边走边想，如果能成为他那样的人就好了，那样就能和饶老师聊更多的话题，明白的东西也就更多了。就这样想着，我离开了教职工小区。

那一年政府修路，童年记忆中坑坑洼洼的沥青路面，将依照规划拓宽。我骑着自行车，在肉眼可见的沙尘里潜行，沿途满是断壁残垣，拆迁户的新房还在修建，路边的电线杆已经栽好了——上面只贴着比我高出两个头的治病小广告，没有手写诗歌。三个至少比我高出四个头的青年，自行车蹬得飞快，他们嘴里唱着"一条大河波浪宽"，这首歌我也会唱，但没有带头的人唱得洪亮。路边是青翠的田野与乡镇企业（金龙集团）气派的大厂房。远处，一个中年人带着打火机和儿子在山脚烧田坎，一片片枯草接连被火苗引燃，空中飘荡着草木灰的气味，天际灰蒙蒙的，没有太阳。大概是因为远处火焰的缘故，我感到有些口渴，地面越来越干燥。

"欸，救火啊！"

循声望去，乍见一匹脱缰的烈火从山脚一吼就刨上了山坡。火势迅疾蔓延，山腰有变压器和电线。何店这一块虽属于丘陵地带，山都不算高却是山连着山，腊月天干物燥，山林一旦失火除非骤降暴雨，否则根本没有自熄的可能。

还不到半分钟，男人就吓瘫了。

"怎么搞哟我的天儿……完了,欸他×的鬼……早晓得这场事就不来烧吵……"

远处的山,像一颗发光的大火球。(大山的另一边)更远处的人们,大概会一度以为是太阳从山后浮出来了。

鸟在深林里哀鸣,大量冬眠的动物还没醒来就烧死了,松树丫子被烧得噼啪作响,松油不住往外冒,像是在哭泣。没有下雨的兆头,四周甚至还刮着绵绵的风。

公路变得像是水蛭,在自行车轮下扭动着腰肢。我感到有些眩晕。熊熊燃烧的远山活过来了似的,火焰波动的外形像是巨猿奔跑时的毛发。没有雨,我仰视苍穹,奋力蹬着自行车,产生了一种飘起来的错觉。我无意识地用手背触碰自己高温的额头,自行车在Y形岔路口陡然失去平衡,我的呼吸重重摔倒在地面上,门牙被磕掉了几颗并刚好堵塞住气管。我顿时咳出一大摊血来,那些血很快就被水蛭吸收进腔体内了。

我的嘴仿佛吐出来红色的根,它牢牢扎进路面。我越想往上撕,流出来的血越多,根基就扎得越深。我像一枚被钉锤砸弯的钉子,与平地接触的部分特别疼,我喊破了喉咙也没能砍出声。直到灵动的闪电几斧劈开灰幕的表层,让我看见宇宙帷幕后的光……

"你醒了?"

纯白的环境,我在病床前,关切地询问。

"感觉怎么样?有没有哪里不舒服?"

她睡眼蒙眬,舌头似乎刚被很长的梦境蜕出。

"这是哪儿?"

"杭州西溪医院,你昨天晕倒了。"

杨筝仍旧一脸茫然。

"我记不清了。"

"没事。"

她说想一个人待会儿,于是我从病房走出来,下楼,准备到外面买点吃的,顺便透透气——医院的空气实在太糟糕了。

晴日的阳光刚把木座位温热。我含了支烟,却没找到打火机。路面有正在感光的积水,干瘪的云层从容地飘过苍穹。"如果是夏天就好啦",我为自己会突然生出这样的感慨,感到惊讶——就像夏天永远不会到来似的。

我去了一家牛肉面馆买午餐,因为她不吃辣,我嫌麻烦,于是嘱咐说两份都不要辣。她也许能多吃一点。

不知道为什么,我感觉她内心的某些生机正在流失。尽管,她这次醒过来了。

"我朝体内摸到了生锈的扶手。"

那个在游泳馆实习的夏天,她写。

刚与她认识时,我正在研读加芬·柯勒的小说。《内焰》是其代表作,书中大量运用了细节描写和意识流手法。导师说加芬·柯勒是"翻越了'虚无'这座大山,觊见山后的世界"的人。

碰巧,杨筝也是加芬·柯勒的拥趸。她在水底像条充满活力的鱼,而我着迷于她嘴中吐出的斑斓气泡。

"游泳的人

 在靠岸打开一枚果核后

 看它的立面,是否美观"

"她恰好是一杯我从未喝过的水的复制品。"

"你可知,把皱起来的清澈,塞回玻璃瓶口

 是将这句号折叠(或者硬掰)成

  扇形"

"颅内的脑走夜路哼歌给自个儿壮胆

你的脸至少七个筛孔

蜘蛛身体的吐丝器……"

"盯着泛黄的灯，注视虚数 i 相乘

你的阿拉伯咒语终于迈过 0

从 3000（沉睡）到 −1（你的醒开始溢出）"

"因为你总是有一只钟，缚在你的身上……"

"喂，别一直引用布劳提根的诗句啊。"

我不好意思地发了个［皱眉］的表情。

"草丛里有被黑暗击穿脑门的露珠，咧开小嘴喊疼。"

"……露珠被抓去了头皮，它们哭得很带劲。"

"……"

草地上，真的存在着这样的露珠吗？我不确定，只知道上班途中有时看见它们，就会不由自主地这样觉得——多数时候则并不会有此"奇想"。就像偶尔抬起头，觉得天空是扁的。说不清。

像那样总是用"联句"的方式来聊天的日子，持续了差不多半年就难以为继了。毕业后，我在上海一家做共享仓储的创业公司工作，每天去月星环球港 L3 做地推，忙得焦头烂额，那些轻飘飘的幻想，对我来说已十分奢侈。好不容易，过年回家能有点时间，面临的却是七大姑八大姨的花式上门催婚。我不止一次跟我爸妈说，再这样搞下去我都不想在老家待了——明年过年，我过完初一就走。他们只能无奈相视。

至于杨筝，她毕业后仍旧在杭州写作，致力于学术研究，搞独立出版，偶有诗文见诸报端，生活相对简静。毕业后的两年里我们见面不多，只有空时在微信上说几句。好像对她而言，除了"诗"这一向度上的沟通，就不再需要其他类型的交流了一样。她很纯粹，但我不太想用任何评语强化她身上的"纯粹"。因为我知道，在这个世俗的社会，"纯粹"是异常艰难的，我的期冀会带给别人压力吗？如果会，那么我就只希望杨筝是她自己就好。

但，我不传达自己的看法，不意味着别人不会下评语，她仍然活在众人的"期冀"中，偶尔会被几个出自读者口中的"词"钉住。她为此注销了好几次社交网络账号。

"写诗需要阅历，需要生活经验。你先得有自己的生活。"她是湖北人，这是她在武汉找出版社时，得到的编辑回复。她说，每次去找出版社，差不多都是在穷途末路之际。

我说："你别听那人的，柯勒文学奖的宗旨说明了一切。"

她说："好。"

"你一定会出版的，我相信你。"

她发了一个［吐舌］的表情给我。

她不是习惯情绪外露的人，周围人也一直都以为她的心态调节得很好。

直到近日，听说她的书快由北京的出版社正式出版了——这固然是件好事，不承想，这个时候她的心态崩了。我不清楚发生了什么，由于在职场见惯了人心叵测，所以觉得事物怎么变化都是可能的。对很多事我都保持平常心，是因为我不渴望什么。

我向公司请了一个星期假，从虹桥坐动车到杭州看她。她住在浙工大屏峰校区附近的旅馆里，距离杭州东站稍远，我说让她不用出来，我自己到武林广场坐b支7路公交车去找她。

杭州的天总是黑得很早。我到馨梦旅馆时，才不过五点多，夜色看起来却已经很深了。她出来了，我们在一家名叫"小四川"的饭店吃了饭，点了干锅千叶豆腐、红烧鳊鱼、土豆肉丝，我在纸上针对三个菜加了数学里面会用到的那种大括号"}"，写"不要辣"。

等菜上来的时间，我问她：

"看了你最近的朋友圈，还好吧？"

"不太好。《花粉是小数点》本来可以正式出版，但是出版社的领导觉得做诗集没办法赚钱，而且很可能还要亏钱，所以编辑本来说好了的'版税'……现在，即便是想自费出版都希望渺茫了。去年平安夜我一共投了二十多个大型出版社，然后刚过完元旦，2019年1月2号，这个社的编辑就回复了。到现在，又快到夏天了，这么多出版社就这个社的编辑给了回复，但是没用——他没有决定权。

"我已经不想再等了。真的，当一线火花快从道路尽头消失的时候，你是很想抓住它的。这是我离出版最近的一次，我不停争取想在这个社自费出版……这样都不行，我觉得可能没机会了。"

我从她对面换到她旁边坐下，很是心疼：

"你为什么要自费出版呢，再等等呢？或者试着找份工作？毕竟你才二十五岁。你的诗，自费出版多浪费啊！"

我几乎为"美的必然消逝"而哭出来。

她给我看自己手机里的两张截图。

"这是发给那位编辑的，你看看，就了解这个过程了。我感谢他，但是真的不够。对于这个社会，我们都太渺小了。那些人说什么就是什么了。2017年里，出版行业书号大量缩减，往后出版诗集只会更困难。"

如果能有种方式，是可以不通过领导，而是把这本书外包出去，要是有接近的出版社愿意接这个事情，也可以的。因为我的目的是出版，这个领导点头与否，跟我的目的没有必要关联性。

周鱼的《小情诗》之所以销量不好，是因为已经有一个冯唐了。诗歌出版，有可能需要好几年时差才能回本，但是一本书能否经得起时间检验是现下就一目了然的事。如果只是瞄准出版畅销书，只图稳妥，就可能漏掉一些新的事物。而或许正是这些事物，有可能让一个出版品牌"不一样"。

我自己承担95%的资金风险，出版社承担5%的市场风险，对我而言是一个可行的合作方式。如果一本诗文能否出版，得在95%的程度上受制于市场，那么很可能未来十年市面可见的新作者的诗，也就那么几本了。就我的经历，觉得再过几年也基本不可能有谁会冒风险出版我这个人的诗歌散文，所以选择自费，这是唯一的途径。出版一本书对某些作者而言，甚至对读者而言，都只是调剂。而我不是那样的作者，在这件事情上，不论是写作速度还是对文字的认真程度，都是与那些人不同的。

自费出版，我可以自己售卖这两千本书，每本定价35到40元。我相信通过在相关店面的寄售，与美学空间的主理人建立好关系，至少能先把公众号做起来。

这是我有热情去做的事。关键就是我得先有一本符合法律可以流通的书，这样，才能开始铺。

铺100家店，每家店15本书。列个清单，放在公众号上。我相信，这件事，是可以得到足够的支持的。需要时间，但我可以慢慢来。

而且既然有第一本书，在我收回成本之后，就可以开始自费出版第二本了。如果那时候，迫于市场环境还需要自费的话。

——上面是我的想法。

——

要是《花粉》两千本太多了，那就做五百到一千本，看需要多少钱。我先自己卖。

之前说的放到店里，是因为在武汉与杭州我有很多熟识的器物展览咖啡店，把书放到那里不会淹没，被购买的概率更高。

只要能正规出版，我就有信心自己在半年内全部卖出。因为不知名，发行到市场上也不会有浪花。不如让我自己与一家家店打交道，由于诗歌的特殊性，这些书我可以给它们找到比书店更合适的售卖点，同时我能在每家店做活动，就像此前在上海书店做的跨年读诗『无字书』活动。这件事，对我来说真的很重要吧。它将会延续，《花粉》后第二本书也不会距离太远。当然，如果结果是不能做，也没事。

"还有，学习、工作、生活……人存在的意义是什么？你现在所做的工作有意义吗？你付出的劳动与获得的薪水相比，你认为公平吗？虚无，人生全都是虚无，诗让我看到了不同的一面，我要走到'山后面'去。哎，不说这个了。齐逯，我现在回避谈论与诗歌相关的一切，写作也几乎停下来了。

"你也知道，我现在25岁，说年轻也不年轻的尴尬年纪，被催婚是常有的事。去年过年前因为跟家里人吵，所以腊月下雪的时候，只身去武汉找那家几年前带给我冷遇的出版社。结果呢，不提也罢。总之，不是一个圈子的人吧。我也不会混什么圈子。后来从那栋办公楼下来，在水泥地上把手机屏摔裂了。真是不值得。这些年受的挫折，我本来已经都整理成文档在朋友圈公布出来了，让它们真的翻篇，现在得把这些钉子、尖刺原样吞回去。还以为终于可以扬眉吐气——毕竟只有正式出版了，才能够给家人一个交代，才有足够的自由度——可以不用结婚生子，不用走上那样步步受限的人生。"

我沉默不语，片刻后，我说：
"我明白了，内耗太大。虽然我已经很长时间不写作了，但你说的东西我都懂。你需要什么帮助，随时告诉我。"

她摆摆手，那姿势看起来已经很困乏了。那个冬天一闪即逝的光，激活了她心底大量早已习惯阴冷的种子。她以为它们会在旭日底下急速凋零,未料到这是雀跃的前奏:它们笃定,破壳而出后将会迎来各自的丰年。我听见她骨骼里匍匐的意志力分崩离析的脆响。

"仿佛正在被花朵处刑。"
"深到失焦的切肤之痛,你没办法探知源头。"
"像是从里面开始吃一颗九成新的苹果。"
"我可能会速朽。"

那顿晚饭之后,暮春里的每个周末,我都会去看她。从武林广场到那间旅馆,需要一个半小时。我因为胃不好,容易晕车,其间滋味非常难受,但是比起让她只身坐车来上海,我更希望由她安静等我。我珍视她,珍视她创作的时间。

"齐逯,我爸妈他们要我回去相亲。我简直要疯了。"
点菜时,她的话语一下子把我拉回正月初的餐桌。
"属兔的不能和属龙的在一块……属鸡的和属牛的,婚后能甜蜜和谐……男大当婚女大当嫁,养儿防老……等你像我们这个年纪就明白了……"就是这些话,这些能从长辈们嘴中络绎不绝发出的经不起推敲却也难以反驳的话,是可以杀人的啊。在偏远落后的小镇,许多人一辈子都在一种观念里,围绕着习俗的基石生活,数十年不见任何成长,固执己见。迷信,对鬼神的迷信,对权威(大家长)的迷信,究竟哪个更恶劣?
"实在不知道该怎么和看电子书、看快手小视频、看家长里短电视剧的父母交流。"
"代沟是因为某一方拒绝成长了。"我喝了口啤酒,下了个定义。
吃完饭,天色已经很晚了,但其实才七点多。她喝了不少啤酒，整个吃饭过程中的气氛都不算好。我说，想带她到西溪印象城吃满记——她喜欢喝椰香荔芋西米露，她不开心的时候只要喝到它就会"满血复活"。

"不了，我们去教室吧。"

我帮她背着电脑，准备去广知楼。

"杭州的城市规划，比武汉还糟糕。"

从饭馆出来，她指着路边鳞次栉比的房屋说。

"这些招牌都一模一样，看起来很容易视觉疲劳。"

道路中央在修地铁，挖掘机的声音很吵。好在我们不一会儿就偏离了笔直的道路，进了学校大门。

"花园的香径蒙着一层白霜，其中一块砖，端着猫的脚印。"

"旗杆们都长着布舌头。"

"鸽子身上有大面积的干旱。"

"阳光还在露水里，站着。"

"香气是花的思想。"

"她照耀着窗户，生怕错过我醒来的时刻。"

"你瞧这些水可真忙。"

"花体的涟漪从我们脚底收集……动滑轮。"

"没有多余的青苔，可以用来滑倒鹿。"

月升，在教室后面。

广知楼 A203，因为教室里的桌子有点矮，不适合长时间自习使用，所以很多时候都没有人在里面。座椅与桌子是一体式的，座椅底部有轮子，可以旋转。也因此，里面的椅子不像其他教室那么井然有序。后门处堆满了桌椅，只能从前门进入。

杨筝坐在椅子上，不安分地"游来游去"，好像回到了夏天的游泳馆。

过了一会儿,她玩得有些腻了,就打开电脑,编辑公众号文章。

将注销全平台账号,包括且不限于个人微信及微博。当意识到我曾用微信微博绑定过多少软件、应用的时候我就有这个想法了。

退回到 web 1.0 时代。

私人联络邮箱:in2999@126.com

八点十分,我收到了推送。她坐在最后一排,我坐在第一排。最后一排有三孔插座,可以给电脑供电。

我没有回过头去,当作什么也没发生。

辞职的想法在那一刻就有了。我不确定我是否"爱"她。我跟她的关系,像是处于常见的那三种感情之外的。我们时常站在很远的地方对话,站在另一颗星球上,荒无人烟却因为在彼此身边所以丝毫不感到寂寞,我不知道那算不算"山的后面"。

因为年轻,我们常常会有种错觉:此刻的健康是永恒的。

杨筝一开始就不这么觉得,她把每天都当成最后一天在过。因为把时间看得太重要,反而会夜以继日地做一件事。她想让自己在"年轻"的时候是高效率的。

"我不要慢腾腾地来,谁知道明天会发生什么?"

一语成谶。

五月份的一个傍晚,她晕倒在了乌桕树下。

检查后医生说,是长期的劳累过度以及贫血造成的。

"不能不吃早饭,她这种情况,平时又不运动……"

她吞咽食物的动静,像小猫。

"16、17、18、19……"

我数得很清楚,喂她吃了46口。

"你在心里数着,对吧?"

我有些惊愕,不知道她是怎么看出的。我打开另一碗面,开始自己吃起来,听她说话。

"我做了一个梦。梦里,每个人的名字都有'丨'线,但我往往能听出,人们叫我名字的时候,是加了'丨'线还是没有加的。

"梦里,南京有座城市,是诗歌之城,你知道我其实从没去过江苏,挺奇怪我就是梦见了。在那里,每首诗都有'价值',是类似货币的那种。有专门负责评级的机构,还有拍卖会。每首诗歌,都有星级。最低分是三星,最高分五星,评级委员会认为这样不易引起诗人们的沮丧。整座城市都用诗歌作为货币流通。那里是小众写作者的伊甸园,每位公民只需注册成为那座城市的诗人,就可以合法入住。国家设立此市的目的是:让一部分人先自由起来。在那儿,写作者不用拉帮结派,个体可以最大程度保持独立,完全以作品的质量来定义个体的贫富,精神财富与物质财富等价。不会写诗的人,大不了不去那座城市生活——外面的世界仍然保持自己的运转惯性,企业家若想获得新奇的体验,可以选择去诗歌之城旅游。那像一座诗歌主题公园,每块发光屏都与诗歌相关。城中有一条长达千米的柏油路,路边墙壁上写满了诗歌。超市外面放置着自动贩诗机,外来的旅客投币就可以买到自己想要的诗集了。

"每年元旦,都会选拔奖励过去一年里最优秀的五十位创作者。评奖直接以诗人们过去一年里的作品水准为依据。一名创作质量不好的诗人将会在年底收到大量的三星,平均分算下来,比起四星五星的作者还是有很大差距——也自然不会是这样的人获奖。但是对一个初级诗人来说,三星会带给诗人更多写作的信心,同时意味着，整个城市的阶层感没有那么陡峭。"

"这真是个奇特的梦，让我不禁联想到富坚义博的《猎人》。现实情况下，恐怕很难实现。比如，每个省都设立这样一座'城中城'，不同的艺术家们可以在这个线下区域里交织、互动，几首歌、几幅画可以兑换成几首诗——开发出一款 APP，可以对不同类型作品进行实时估价，各艺术领域的作品都能兑换成货币在市面上流通，在各类消费场所，APP 可以直接扫码付款——这种幻想……听起来是不错，但真要实施下来，必定面临着很多现实困境。这种试图去中心化的思考，就像十几年前的区块链……"

在去中心化系统中，任何人都是一个节点，任何人也都可以成为一个中心。任何中心都不是永久的，而是阶段性的，任何中心对节点都不具有强制性。

我很小心地阐明自己的观点。

她则继续讲述着自己的梦境。

"我还梦见了小时候，去学校的那条路上，有十几米的道路铺满了石子，'火石头'[F]。夜晚回家，脚随意踢着，就会撞击出明亮的火星。我在那里玩了好一会儿，还捡起石头来闻了闻。山垭有一个我从未到过的湖泊，透过树林的间隙，能看见泛着银色波浪的湖水，水边有野鹅的叫声，像是乐器小号，真好听，要让我在那里听一晚上我也是愿意的。可是我得回家。回家需要走山路，山路连着一户一户人家。其中一家，有狗，每回经过都猖猖的，我很害怕。我在地上捡了一根木棍，踩着没有被干枯树枝覆盖的土壤过去——因为树枝踩上去会发出脆响，狗要听了准会更加生气。真奇怪，明明已知道是梦，却还会非常担心自己被狗咬伤。就像现在这样——怕已经形成的生活节奏被突发事件打乱。"

她不停讲着自己做的梦。

"我觉得身体没有在游泳馆那会儿好了。"

她还说想和我去一次南京。我说好，等你身体恢复了，我就带你去。

可惜，最终没能成行。

电线杆上贴着一小张一小张的手术广告。

仍然有年轻的学生沿街走路，说话。地铁还没有修好，听说需要三年，挖掘机依旧很吵，小和山一带的天上还是时常有会"啊啊"发出滑稽的怪叫的鸟，吉满杯前面还是有天晴了就趴满草坪晒太阳的狗子，带头的那只还是跟从前一样认生，两只小黑狗还是喜欢打架。

夏天有花凋落，也有花盛绽。一切看起来似乎都没有差别。

我继续往南走，经过树荫的时候，顿了顿，我想焊住，在这里焊接自己的气味。她以前很喜欢在这里站着，骨碌碌的花香打着转儿进到了她的肉里。

她赶在夏天来临前，死去了。

现在，摸一下你的脉搏。
像在吃什么，对吧？
一口一口，吞咽。
我觉得血液流速过快，可能会噎着手腕，呛到手指。

那是个阳光明媚的日子。
"齐逯，你看过最新的《黑镜》吗？'时间是一种构造'。
"我太累了，已经不想再说了。另一个梦境，再会。"
她发短信给我。

没有旁人知道，《黑镜：潘达斯奈基》对我而言有着如此别样的意义，它承载着我无力宣泄的愤懑与痛楚。

我是第一个碰到她遗物的人。她的手机里，没有任何社交软件，相册中有她私密的自拍照，还有两段不知道从哪里下载的黄色视频。

她过得太苦了，我希望她走得更高洁一些。

我代她本人删除了。

还在备忘录里发现了几张截图：

———

如果你自费，最多能有多少的预算？

四五万。

只有四五万的话……

———

什么时候觉得自己应该出版了？

是当我在微博上检索一个句子：

"我只是一不小心，眼睛里进了几颗星星"

得到了一堆没有署名的引用时；

微信上检索，会发现自己的东西被他人盗用并更改作者署名时；

甚至即便是写得不通顺的《芬布尔之冬》，都有人代我投稿并在某公众号完整发表。我只是让人删除，除此之外盗取者没有任何损失。因为一旦较真，怕只会引起一些吃力不讨好且浪费口舌的争执。

我觉得，作者应该试着浮现而非被湮灭。

检索其余的短句，同样会出现上述情况。

这些诗在互联网上流动过的痕迹，应该被归纳并标明原作者。对我而言，是如此。

———

重要的是，跃迁。不局限于客观阻力（生存压力、旁人看法、社会主流的标准、大众的思考方式），做的事情，是在卸除了各种压力源之后的，接近本质的事情。

直接抵达未来，而不是等氛围变得宜人。

现实，不过是所有前代人营造的惯性，世界，在（你我）出生时就已经是这样了。一切规则，对个体而言，只适用几十年而已。剔除这些，只聚焦于本质，"最高功率地生活"。如果不能每天都发现大量的美，那么，这一天只是在浪费。

这是分水岭。当我用 30 岁前的这五年时间，来急于求生，迫使自己逾越压迫感强烈、物欲横生的崇山峻岭之后，我将不再具备此时的灵气。我将学会很有分寸感的表述。那个时候，我已经落后于此时的我了。我将被思维惯性笼罩。是人的退化，我退化成还需要用一层俗气来涂抹自己外部的——可笑的容器。

我直接奔涌，清空这数十年的社会环境、氛围，我要此刻就生活在未来。

她反复注销、重开公众号，读者们已经很疲惫了。
个人邮箱里只有一封读者来信。
她没有选择回复。

……

"就是说，你的这位朋友，是去年五月份自杀的。"
"是的。"
"她父母怎么看？"
"她妈哭得喉咙都嘶了，她爸一言不发，在一旁坐着。"

"诗集一般是不出的，但考虑到这位作者特殊的经历，我觉得可以试试。张主编，您觉得呢？"
"她认识什么文化名人吗？"

"能联系她父母来为这本书的周边做做宣传吗？"
"意义不大。"
"她父母都是小学文化水平。这样的事，在农村都是'惨事'。好不容易过去了，何必揭别人的伤疤呢？"
"有道理。我们合计合计，看这本书怎么做。"
"这样，你下午先出选题，我先去跟领导谈谈。"

"谢谢各位，这本书对我朋友真的很重要，她迄今为止共独立出版了八本书，都是在打印店胶装制作的，排版都是由她自己完成，为此费尽了心血。如今终于能正式出版，我真的为她感到高兴。"
"小伙子，我们也是想为文学做点事。她的书稿有价值我们才会出版的，也不全因为她的经历。这样，你先留下来你的联络方式吧，等这边工作有了新的进展，我会通知你。"
"好的。"说着，我在表格里写下了个人电话，在邮箱一栏，一笔一画地写上：in2999@126.com。

"欸，小伙子先等等，版税到时候是我们跟你算，还是跟她父母算？"

"跟我算吧，我到时候会直接带给她父母的，这是杨筝的钱。"

13:16，我出了编辑室，左转，走到头，右转，等电梯。

4、5、6……10、11、12。

我进去了，开始下沉。

12、11、10……

一小时的地铁，半小时的公交车，我打算回到位于南京市秦淮区的住处。

电梯打开了，送外卖的骑手出来后，电梯里的乘客只有我一个人，上升。

6、7、8……

可能是坐车有点久的原因，有些头昏。

我平静地闭上眼睛。

在一座位于我颅内的医院，我再次见到了，病床上的杨筝。她正在痊愈，微笑。医生说，康复情况很好。

她的手腕还缠着纱布。

我告诉她：

再过不久我们就会有钱了，可以去新的城市生活，杭州、上海、广东……当然，还包括海南。不必再蜗居于六平方米的隔板房，最热和最冷时都舍不得开空调，整个冬天都躺在床上，躺得腰酸背痛，还要按时更新公众号。熬了那么多夜，如今总算值得了。

齐逯，祝贺你。我说过，我们会再见。

是，我一直相信。

明年冬天我们去暖和的地方生活吧。

我走过去，抱了她一下，说"好"。

电梯开门的声音：是七楼，电梯外没人。

我住在八楼，817。

717住着一位女生，是数学老师，总是戴着一副奇怪的眼镜。有一回我在房间与杨筝跳舞的时候，她上楼来按过我的门铃。

电梯继续上升，打开。霉味与吵架声几乎同时塞进了我的嗅觉与听觉。我掏出钥匙，开门，给手机充上电，如释重负地躺在木床上，静视天花板。

我的眼周，有两张一高一矮的涂着绿油漆的圆凳，一张放有不锈钢电热壶、玻璃杯、隔夜草莓的桌子，与一些雀斑。

睡了一会儿，忽然听见急促的敲门声。

我起来，看手机才发现停电了。已经是傍晚，但仍然看得清窗外鳞次栉比的建筑物，立交桥上的路灯还没有开。

我穿着拖鞋，走向防盗门，透过猫眼，我看见一张熟悉的面孔。

我怔住了。

A

全棕色：皂荚树果瓣革质，呈褐棕色或红褐色，常被白色粉霜，种子多颗，棕色，光亮。

B

雷：带异性电的两块云相接近时放出闪电，闪电引起的高温使空气膨胀、水滴汽化而产生的强烈爆炸声。

C

砍镰：砍田坎的镰刀大致分三种，其中比较厚重的，专门用来砍三四公分及以上竹木、枝丫的，叫砍镰。

D

百草枯：中等毒性。但是对人体器官伤害极大，且无特效解毒药，口服中毒死亡率可达 90% 以上。一喝下去，体内的植被就开始溶解了。

E

痰气：精神病。

F

火石头：燧石。是比较常见的硅质岩石，燧石质密、坚硬，多为灰、黑色，敲碎后具有贝壳状断口。层状燧石有块状与鲕状之别，结核状燧石多产于石灰岩中。

思考题（30分）

一颗九成新的苹果表面有 2999 颗斑点——这句话是否应该加入文中？如果加入进去了，哪个位置最合适？我们应该如何理解这句话的意义？

〔陈氢钼〕是个什么性格的人，请制出化学试剂表示。

〚李铜氕〛呢？

"在角落爬动的小虫身高逾 3mm，它曾用笔直蛛丝衔接起我两次关门的动作，似乎想协助它们通话。那天清早——中午，我出去——回来，两次抓住门把手，恰巧都碰到了蛛丝的端点。

"地板堆着两卷已被人力冲垮的丝网——霉味深处的细菌捏着朝天鼻搬迁时，觉得蜘蛛打的结像群山。"

可以用蛛丝衔接起两个行为事件，让它们"通话"吗？

这些蛛丝一直在往前延伸，我早上出门碰触了一次，把它弄断了——它从断裂处继续延伸，中午我回来时，蛛丝刚好复位到与早上一样的长度。

由"地板堆着两卷已被人力冲垮的丝网"可知，蛛网被我毁坏了两次。清早出门,在门把手上碰到了笔直蛛丝的端点,把它弄断了;中午回来时,碰到了蛛丝的新端点。可联想到蜘蛛整个上午都在延伸这条线段。

```
————|——|——|——|——→ · A
————|——|——|——|——→ · B
————|——|——|——|——→ · C
```

点 A 是门把手的位置,早上被我碰断了,蛛丝退回到 B 点。中午回来时,我碰到的是 C 点。

"用笔直蛛丝衔接起我两次关门的动作,似乎想协助它们通话",你能用一只蜜蜂衔接两朵花,协助两袭香气进行交谈吗?我们可以假设蜜蜂采粉是在取小纸条,从花朵手里面拿一些字句,转递给另一朵花。假设花粉是代码,不同的排列方式,能表达不同的意思。

倘若再细究,可以想到

——早上是从里面碰到的门把手,人关上门就出去了。

——中午回来,从外面开门,门往里面旋转,蛛丝从绷得笔直变成了开口向上的抛物线。人进门后,顺手关上门,碰到了 C 点,蛛丝第二次被人力摧毁。

比较两次毁坏的不同点:

第一次毁坏是在笔直状态,第二次是在抛物线状态。

请识别《2999》整篇文本里,哪些破折号"——"具备蛛丝的性质。"清早——中午"?

"一群沉坠召唤出一只升腾,甘凉的浆液奇快溢出体表。"

"甘凉的浆液"是鸟?

设若"溢出体表"的浆液,是包裹着整颗草莓,而非像花间夜露仅停格在草莓的局部,那么,大鸟是什么?是指草莓表面的一圈浆液更为厚密，小鸟是指草莓表面的浆液圈相对稀薄？草莓里面的居民，望见鸟飞入"天空"深处，草莓外面的居民，俯视着浆液浮现在草莓体表。厚约 0.3mm。

　　鸟的形状，是一颗草莓整体轮廓的等比例缩放？每只鸟的影子都是"草莓"？隔着雾，恍惚看见一群"草莓"飞过了林梢？如同人类世界，圆的涟漪是最外圈涟漪的等比例缩放？

　　设若，草莓里存在水鸟，它们嬉戏时会出现草莓状的涟漪吗？地壳，是从地核起飞的"鸟"？原始森林里，河深河浅是来自地下、体型不等的什么生物吗？河水的液位差，是"一层鸟"从河面飞走了吗？

　　设若草莓里，鸟的形状是草莓整体轮廓的等比例缩放，浮现在草莓体表、厚约 0.3mm 的浆液，可能是鸟群吗？最小的只有 0.01mm 厚，最大的有 0.2mm 厚，它们叠在一起飞行——像千层蛋糕？一群鸟，甲的背部与乙的腹部完全贴合在一起，真奇特！

　　鸟的形状可能是草莓整体轮廓拆散成上百块拼图后——每个局部的等比例缩放吗？草莓内外的每一层浆液圈，都是好几只鸟的轮廓互相弥合而成的？怎么让它散架呢？

　　鸟，从内往外，越飞越薄，越飞表面积越大。

　　设若鸟的形状有三种，是草莓的主视图、侧视图、俯视图，会如何？

　　"一群沉坠召唤出一只升腾，甘凉的浆液奇快溢出体表。"

　　如同蜂群嗡鸣进草丛，惊飞蜻蜓？

　　如同莲动下渔舟，惊起一滩鸥鹭？

　　"我像一枚被钉锤砸弯的钉子，与平地接触的部分特别疼。"

　　流向地下的血液与舌头被血液拴在地上的我，是钉子的两段部位？

"盯着泛黄的灯，注视虚数 i 相乘

你的阿拉伯咒语终于迈过 0

从 3000（沉睡）到 -1（你的醒开始溢出）"

一大团"醒"滴出梦外，淌出房间，开始在窗外走路？

你越来越清醒，早起的你是 -1、-2、-3……

傍晚的你，是 -3000（一天之中最清醒之处）、-2999、-2998……

晚上十点后的你，是 -30、-29、……、-1，在逐渐接近 0。

可以数数（阿拉伯咒语）了，1、2、3……

小闪电劈在羊的身上。

花序 1

《花序》里有上角标^{28}、^{40}……，也有下角标$_1$、$_2$。一页一页文字，像山野间的花草树木，下角标象征着它们身上的结节与分枝。

在植物身上看见行距的人，会自然去猜测，一株草可能在用夹角表达自己的感受，它们身上的每一处夹角都像裂谷的开端。

[1]我只是一不小心₁眼睛里，进了几颗星星[2]太阳，用我们生下了影子[3]我只想挨着你坐₁挨着₁比天空还重的花朵[4]水草，吐出几个氧气泡泡₁和鱼交换，心事₁不停往前滚的大地₁浑身沾满了鸟[5]一朵朵水花，在月下₁美妙地绽放了：自然界的指纹[6]天空，被尚未降落的雨放大数倍[7]树木，挤出第一片叶子₁挡住了，汁液里的其他叶子₁就像我写着这行字，偶尔看你₁那些被星星遮住的星₁是消失的[8]明天早晨，来荒郊看一些草稿₁露水，新写的歌词₂不会再有儿歌了₁鸟儿已经长大成人[9]天空对鸟群过敏₁因此有了，密集的星辰[10]蚂蚁，有两根头发₁中分[11]花藤，在划分春天：彩色的蛋糕₂昆虫，太瘦₁体内的水，觉得很拥挤。

[12]向日葵是瓜子脸[13]年轮是等比数列₁你写出通项公式₁这棵树就成了你的[14]分叉的小草，成为我新生的视野₁大地一分为二₁从一边看到另一边，最高的是天空[15]雷鸣，是车辆驶过山路的声音₁惊起，闪电鸟群[16]鸟在安静地落羽毛₁写在地面的光₁是昆虫的读物₂春天，是一个接一个的照明星座₁鱼是散文，水是美神。

[17]掷远，铅芯的世界₁在暖风吹拂的草地₁脱掉鞋子，露出退化的蹼[18]造一只飞船₁在发现新的大陆前，发现天空[19]鱼住在一个个水房间里₁你去做客时，记得敲门[20]从月光底下，树枝映在路面

的形状₁判断通往远方的地图²¹眼睛里，分布着磁感线₁只要，你经过这个区间₁就会产生电流²²忘了₁那时，在山坡₁追赶，星空₁萤火，扎进露水里₁一个接一个猛子₁多好。

²³做了一个会飞的梦₁准备今天晚上，驾驶它₁去612星球，找玫瑰花玩₁可是风起得大了₁我不小心摔下来₁梦就停了₂我是其中一个零件²⁴小孩子发现₁只要在大人面前哭₁就会得到想要的玩具₁倒是大人₁从来不愿在大人面前哭₁他们没有想要的玩具吗²⁵我不喜欢这个世界，我不喜欢₂一只只绵羊，在山坡上笑着₁我想跟着，听着₁听不见了，就咬醒自己₁轻一点咬₂只后退一层梦²⁶鸟儿，在吃谷子₁是自然界，在呼吸自然界₁人类心里，是非自然界，或称为负自然界₁那是唯一会消耗自然界的事物₂牛儿，快点跑，不要再被抓住₁消失了一头你，就是消失了一头自然界²⁷大人们说，不能吃糖，否则会生蛀牙₁那么，我没吃到的那些糖₁后来去哪儿了₁我没看见一个大人有蛀牙₁倒是夜空有不少²⁸碰到画"8"字的蜜蜂飞行员₁你要画个"9"，这样它们就不会蜇你₁要是没有效果，大概是它们看成"6"了²⁹小时候，爬上爬下₁像一个动词₁长大了，想身居高位₁成为比较常见的名词₂官员、CEO、明星₂但多数情况下₁只是一个副词³⁰蜜蜂，给蒲公英理发₁一不小心₁打开松鼠先生才会用到的吹风机₁满头雾水的**顾客**，秃了³¹在羊的心目中₁人们剪羊毛₁就像是摘树上的野果子吧₁像吃草籽结出的绿草坪₂人们涮羊毛，吃羊毛火锅₂直到某天，农场里₁咩的声音陡然减少₁它们才知道₁人类，跟它们是不同的³²鸟，停过的室外天线₁会让电视偶尔播放₁它们心中的感想³³阳光晒裂一只只瓢虫，那些夏天₁就这样振翅飞走₁两棵蝉鸣，之间的空气₁窄了₂沿途，植物被挡在护栏外面₁仿佛在等，专用列车₁人们永远不会关心₁啄木鸟在树上的声音₁是否在为，幼嫩的萤₁钻木取火³⁴小鸟，在啄一棵树₁我把它画下来₁交给警察叔叔₂他的上司是一只废纸篓₁

它把我的证据全部吃到肚子里₂倒是他旁边的狗₁好像要跟我说话³⁵我若是一棵树₁一定会十分焦虑₁长得太高₁会被长颈鹿吃₁长矮了₁又被羊吃₁长胖了₁会被锯子伐掉₁瘦了₁就经不起牛角推敲₂"做树一点都不好。"₁那些树可不这么想³⁶传说₁陆地上有一种人类₁他们长着鸟翅膀₁猴尾巴₁长颈鹿脖子₁……₂一只水怪在说梦话哩³⁷我曾像孩子一样好奇₁在屋顶上望着天空₁半天不眨一下眼睛₁后来哥哥告诉我那是错的:₁星辰₁胆子很小₁会不敢开花₁我半信半疑₁所以只睁着一只眼睛₁有一天₁我碰到一只哞₁和我一样闭着一只眼睛的哞₁我问它家里几口牛₁是不是也有哥哥₁它不跟我说话₁只是年复一年₁在村庄的老树下站岗₁牛角₁是一撇一捺₁蘸着稻香₁在风中写字₁白天₁它的角被太阳晒得发烫₁蜻蜓不敢久停₁我舀来很多水给它喝₁它也从不说谢谢₁没有礼貌₁但我还是愿意对它好₁晚上₁月光像冰激凌₁难怪马儿喜欢吃夜草₁我也割了些给它吃₁不敢给太多₁怕吃感冒了₁鼻音本来就重³⁸你投掷的石子₁呛到了湖水₁咳出几只青蛙:呱——³⁹路在转弯₁碰见春风巡逻₁花很担心₁担心自己没开好₁树在罚站₁因为它数不过来自己有多少叶子₂羊₁咬掉了小草的零件₁它们停在路边₁被大地抢修₁准备继续往天空的方向₁行驶⁴⁰幽蓝的天空₁一只只鸟正在风里成形₁它们一振翅₁孩子的笑容就有了方向⁴¹你知道₁可以用发梢在风中的方向₁指挥头顶的鸟群奔跑——这是你的超能力₁你教会了故乡的许多植物;院子₁房顶的棉花有猫的气味。你傍晚回来₁突发奇想:把它们散布在屋里₁看老鼠晚上还敢不敢咬你的谷子⁴²地球上都是休眠孢子₁只有你我₁是探出头的蘑菇⁴³夜空瀑布₁冲刷太阳电梯⁴⁴第三颗星辰黯淡₁第四颗星辰亮起⁴⁴一只兔子₁在树木里跳着₁像一颗心⁴⁵宇宙挤压着太阳系₁太阳系挤压着地球₁地球的大气压挤压着我₁我已藏不住爱意₁像泪滴藏不进蚂蚁₁:于是₁宇宙爆炸了⁴⁶蚂蚁压落露珠₁冲散了某个方向上的花粉⁴⁷眼睛₁

有时会像心脏一样₁跳动₁整个人,都是一根血脉 ⁴⁸ 所有猫都是一尾₁:捕捉到一尾!尾兽的背真暖和呀 ⁴⁹ 闭上眼睛,长按十秒₁关闭₁这个世界的电源键₁重启₁你的灵魂　▶ ⁵⁰ 湿漉漉的鸟在天空,是别的鸟的后视镜吗?

1

挤破头的水,往地底扎根。

2

狗把鼻子,伸进猫的第三象限;猫用一只脚,指着狗的第二象限。僵持。

3

吃前摇一摇,扰晕(×~×),或者拌匀,葡萄表皮的视线,一口吞下。
(它在看我们,你在看它)

4

看一件事物久了点,眼睛麻了。

5

这片土地时常疼得,仿佛
春天,满山蝴蝶被连根拔起。

6

躲开子弹,侥幸杀死,被杀死的自己。

7

天空,在一朵云的内外分岔。

8

依据浮力公式:$F = \rho g V$
湖底的水更重,密度更大,
湖面的水较轻,密度较小:更容易没命。
晚风吹拂,人电死水,再电死鱼。

9

把疑惑倒进机器,耳鸣,
头皮发麻——
绞出,一根一根直发。

10

鸟群：一组闪耀的拼音
毡帽一样飞过，在寒夜的头顶注明
我掌握了，水位以下，
较沉的天空的读法。

11

云朵穿过眼睛时会发生一次缩放。

12

阴天绞架，滴答作响。

13

树木沸腾的过程，产生了大量果实；漂浮在枝干上，沉淀于盆地。

14

一些花草，对准天体补妆₁嘟着嘴的模特是水。

15

流水们结伴到落英深处制作青苔和霉₁为春山，缠上虚线：云。

16

一切物体的重量,都是颜色的重量。

17

以人为镜,可以明得失;以狗为镜,可能被舔脸。

18

不停碰见,倒在地上的自行车。
站得脚麻了,我得躺会儿……葛优躺
其实,它是准备向旁边那辆自行车碰瓷来着。

19

步伐,密得像某种叫声,小鸟漫过来₁敞开眼睛,树枝悬挂的水₁鲜明₁口渴通电₁
我说的失眠,是落花的意思。
(口渴通电,表示有谁在饮先后流过闪电与树枝的水;雨点密如幕)

20

(岩浆:栖居于土壤底部的大型软体动物)₁夜空是回声₁正随画满符号的墙壁传来₁各种毛细血管半夜将世界深处的灯芯采集₁广阔的闪烁裂变为满天银白覆盖了月亮旋梯₁抬头观赏时,要提防眼睛滑倒₂仍然有年轻人一路梦过来₂撞断一根雪花的射线₁而叫停了₁一颗星的闪烁。

21

湖面，动物的毛发₁有人沉到动物体内。

22

幽灵，在土壤深处飙车穿过地窖₁加了一升葵花气体₁右转直行₁井水忽然增亮₂几棵树的果实，正加速坠落。

23

他围着电线杆，转动麻雀₁几分钟后₁天空的零件掉到地上₂他跑过去，从一条蛇的牙龈₁起跳，穿透世界的窗口₂解压灵魂，进出漫山遍野的种子₂森林，丰富的露珠₁每年秋天₁植物按时发作的风湿性关节炎。

（顺时针绕电线杆行走，麻雀会越拧越紧，直到滑丝。

死亡是从蛇的牙龈起跳，穿透高于地表的那扇窗户。）

24

窗外，花猫滚动如暖气₁贴近草籽₁大地上无限命运₁取决于，她每眨一次眼睛₁睫毛末梢，5到6毫伏的生物电₁指甲细菌，拥有天使的身份₂可想而知₁仅轻微触碰，双手₁就会发出奇妙琴声₁从1到7

空着的3格写上：I love U

25

一架梯子，与它相遇的脸是月光₁肢体，挑剔地仅在梦里生长₁眼睛的血丝发出卷烟的焦油气味₁森林含糖量过高导致树影一度显示为蚂蚁₁花，在逐渐消磁₁蝴蝶脱落：大或小的粉末₁蚜虫，害怕看见北斗七星₁鱼的枕头，是水₁鸟的零食：毛毛虫。

26

胚芽₁在体内解压一颗露水，它飞速胀大，接近皮肤₁替换自身
惊醒
盗汗

27

她拿着苹果的手₁忽然打开₁苹果熄灭。

28

一辈子，总会被鸟叫贯穿几次₁风和植物的种子，可以透过去₂次数多了，人就会消失₂一只鹿₁在跃过有些拥挤的空气后₁突然提速。

29

由于做梦₁水，比平时深。

30

茂密的轮胎₁露水在花身上碾出公路和桥梁。

31

窗外,喜鹊把光缩放进体内
这漂亮的屋脊₂夜深了₁不要大声开灯

32

雪花把人间六等分。

33

鸟,滴在果树上面₁听见根基下沉的声音₁天空变远了些。

34

水果是植物吐泡泡的一种方式。

35

月亮是高悬的镜子
我们被反射到远方

36

风，剪切远方的草籽₁粘贴成一片春天。

37

闪电是蛋₁天空下蛋后，人们会听见雷鸣₂阴天是只母鸡（很会下蛋）

38

鸟叫
在头顶，是拼音
是树的本名

39

穿着绣满雀鸟的鞋子₁莫去踏春堤₁在那样的景致里₁它们会动心的。

40

脸颊抬起两株盆景₁星空₂眼睛里，一枚枚与生俱来的胎记。

41

每平方厘米的虫鸣，都会惊醒你一次₁所以当你躺在春山里₁

夜不能寐。

42

挖矿石的工人遇难以后，行走了好几夜，终于爬出洞口，松了口气，俯瞰星空。

43

随手投出一枚蝴蝶，恰好垂直落在花香里。(硬币？)

44

她穿着桃子，出现在我的卧室，树脂突然掉落，击中背部的羽毛，我发出几声啼哭。

45

星空，朝我的圆脸盘子，配送亮度中等的鲸鱼座，树林对准耳朵，发射了几十斤麻雀叫声，一畦头发，满溢着油菜花香，蜜蜂嗲声嗲气，喊我哥哥的名字：向日葵。

46

打开水，捉住活蹦乱跳的鱼；打开鳞，捉住奄奄一息的鱼。

47

打开包装盒₁星星：治愈阴天的明亮颗粒。

48

午夜忽然挥发的人影，传向天空；缠满雾水的鸟，是升腾的后视镜

49

侧过身睡₁脑海里的花田、云朵，就会一并倾斜。
（于是某地突然多出来一些可供人看云的山坡？）

50

夏日，很腻的柏油公路₁冬天铺上一层雪₁季节的结构像五花肉₁行人们的目光，相互戒备，像警棍₂孩子灵魂澄净₁仿佛还没被躯壳用过₁
窗外，一会儿亮，一会儿暗₁太阳伸缩自如₁像一种呼吸。
（听说远古的天空，用鳃呼吸）

51

做了₁一个纯黑色的梦₁在深夜₁你无法察觉到它。

52

你看，蜻蜓啄着河面₁它们被蜻蜓逗得发痒₁莲花是水的抓痕。

53

大猫小猫过安检₁过地铁的时候₁常听到这样的广播。
（原话：大包小包过安检）

54

凌晨，雾中潜行的₁萤火虫，在灌木丛₁打钩

55

荷花，扎根于土壤
穿透水体
进入空气

——四线三格
一束荷花可能是英语

56

航海的夜晚。（乘客都睡得非常沉，你不好意思推醒其中某一个）
在甲板表面抹上一层水，那些星星的倒影才有地方睡。

57

上次你来咖啡店，猫比较瘦，你也比较瘦。这回过来，你变胖了，猫也变胖了。不用说了，你和猫肯定是串联在一起的。

58

远处是堆积如山的月光与雪，有人拿着鱼竿，到河边钓云。

59

它们凋落时，影子的变化过程很美，你看到飘向远处的海棠，卷曲的树冠中浮动着昆虫的儿化音。

60

它像一颗药，你像溶剂，玩耍时，你们形成了猫溶液。

61

深夜，一个沿河偷鱼的人，在岸上十分熟练地，掉头发。

62

一天，狗咬伤了你的朋友，你关切地，捉住狗，对朋友说：它的牙齿有些松动。

63

两种明显的异味，在房间₁直立行走₁火把，至少烧出三种新的₂烟雾反弹。满屋子皮球₁
窗外，汽车与鸟叫的方向相反。

64

你在梦中所使的力气，都是眼力。

65

春日里，乍现的树枝，是空气的腹肌。
花开，是很香的地震。
叶脉，是树叶的腹肌。

66

天空忽然变暗，在那几秒钟里，太阳喘了一口气。

67

她戴上梨子，树枝从口腔伸出

推开窗户。一只鸟停电。
导致退烧针无法顺利拔出发梢
所以莓果带刺

——但没人敢说。

一只鬼发芽了
球茎吊在半空：彩色漩涡呈凝胶态
卷角羊稠密。

虫子是导线

连接大喙和小喙
两只鸟都在发光。

译文
她的嘴刚戴上梨子，树枝就从口腔伸出。
一些树枝拎着果实递到窗外。

一只鸟，吓得停电了。一时发不了光，或者可以说——叫不出声。

我一直觉得鸟叫是开灯的意思。
鸟叫的时候，你夜里会打开灯往外看吗？

你看到树林中有灯亮着。
你听到在叫的鸟。你知道，它们如果不睡，可能也像人一样开着灯在忙什么。

鸟，断电了。
虫子是导线。

请往鸟的体内，补充导线。

湖泊潮湿，正往湖泊根部滴水。
那些鱼，会在水底的雨天里游泳。

我朝其中扔了一把伞。
我将在湖底撑伞。
我突然把伞撑开后，发觉自己在缓缓上升。

我回来后，开始感冒发烧。我颇有些烫的头发，急需在头发末梢注射退烧针剂。
针管，需要极其纤细才有可能穿透一根头发，而不溢出。

于是你经过湖畔时，低头发现莓果带刺。

当时，天空中卷角绵羊稠密，凝胶态的月亮是彩色漩涡之一。
星空被一种旋梯拖动，不会只对准你一家的房顶。

湖泊潮湿，像毛巾或玫瑰，正往湖泊的根部滴水。
站在湖边。我知道，我正面对着一年生植物，或者水分饱满的院子。

窗户是管道，一只羁留在屋里的鸟冒出打开的水阀，滴回天空。

68

此处有监控₁请勿随地排泄₁红血球白血球。

69

一股香气迈进帐子,我知道月亮开了。
所有星星都是手电筒,背面是人们
夜晚出门赏花。

70

刚挤完地铁的人,赶紧退出布满花粉的屋子。

71

这是一条狗₁条形狗₁可以拿手机扫。

72

胫骨是磁铁隔着皮肤吸附雪花₁我的小腿终年积雪₁被联合国教科文组织命名为"富士腿"。

73

电梯溢满次氯酸钠溶液的气候₁清洁工出门后₁按下▷◁,并向掩鼻的我们递出合格的微笑。
消毒柜上升。

74

这个融冰的早晨₁有风,但是不大₁波光粼粼,仿佛₁水面漂满了自动对焦的相机。
每按一次快门,就会有一块土壤发芽
你捧着两寸照片。

75

超市收银员₁狡黠地凑过来,小声₁问我家有没有狗卖。

76

我失去养了两个月的猫后₁她走进来:你变了。

77

导弹,击穿月亮顶楼₁星空,陡然失去根基₁迫降₁
从鹿蹄浪花般的脉搏中央₁传出水藻下沉的轰鸣。

78

全球各大公司都在研究₁怎么制作出₁更薄的₁蝴蝶

79

设想,瀑布,将从这张纸的上游,流向最后一页,文字的排列方式是地势。有几页，较为险峻。

散落在字里行间的角标，是满地花草分别对应的海拔等级？倘若不是，$_1$是升高，$_2$是降低吗？$_1$的意思是+1，$_2$是-2？

我有时觉得，对于"这漂亮的屋脊$_2$夜深了$_1$不要大声开灯"——角标$_2$、$_1$是花的朵数或星的颗数，意思是走到"这漂亮的屋脊"附近可以看到两朵花，在"夜深"前的"屋脊"上能看到两颗星，而在"夜深"之后只能看到一颗星。一种香氛、星光不时点缀在字里行间，我们可依据它的浓淡明晦程度，去适配一段频率相谐的心流。角标$_2$、$_1$也可能表征着花的相对高矮或星的亮度等级。相对高矮可以是指，在一条文段里，被标记为$_2$的花朵比被标记为$_1$的花朵更高一些——读者能大致意会出《裂谷》中繁花起伏错落的景状。星等是衡量天体光度的概念，我们不妨设想，在"屋脊"与"深夜"构成的夹角空间里，存在一颗二等星，而在"夜深"到"开灯"前的这段时间，有一朵比"屋脊"附近的无名野花低矮的白晶菊从窗外绽放到屋内了，你的呼吸一刹那变得十分饱和。开灯，可以是夜刚深就过去开灯，也可以是半夜睡醒开灯，总之，此中是有时间跨度的。

为何"屋脊"与"夜深"会构成夹角空间？你可知傍晚是从哪个方向袭来的？阳光是笔直的射线，黑暗自然也是。但凡主属性（Prime attribute）是"笔直"，傍晚所处的平面就是连续可微分的（如你所见，傍晚是连续的，不像人的梦境，经常跳帧、闪回），它与行人的脊柱总会构成一个有确切数值的夹角：╲│——我们一般称此为斜率。秋深是从哪个方向开始加深的？一只来自傍晚方向的小鹿，每夜都喜欢在一条被花的重量压弯的道路上，赏疏星朗月。

我有时觉得，是我想偏了。"这漂亮的屋脊""夜深了""不要大声开灯"才是花朵，而角标代表的实际上是间距的大小。蜜蜂的呼吸从一朵花到另一朵，是需要时间的。联系此前说的"心流"，不妨认为₂，₁就是秒数。默读完"这漂亮的屋脊"，稍息2s，再读"夜深了"。角标的功能是还原作者在写它们时的内在节奏，这同样是句子的一部分构件。即，角标是停顿的秒数，是一种必要的留白。

至于"₁是升高，₂是降低吗？₁的意思是+1，₂是-2？"，我们不妨退一步想，"全球各大公司都在研究₁怎么制作出₁更薄的₁蝴蝶"是一棵植物（芝麻开花节节高？），只要不出现角标₂，它就能越长越高，流利升抵"蝴蝶"所处的那一位置：这棵植物的尖端逗留着一只"蝴蝶"。同时，它的生机不是触及"蝴蝶"就终止了，它是可以穿透"蝴蝶"腹部所在的那一平面的。即，一条文句、文段，能接着往后面说——有时，是针尖对麦芒的那种"语言的接续"。

什么情况下会出现角标₂？迎客松身上容易出现角标₂。还有藤蔓植物，比如牵牛花（一年生缠绕草本）身上也时常出现，凌霄、葡萄、扶芳等也是——须注意：它们性喜攀爬，会把气根扎进实心墙上最小的缝隙，老化松脆的墙体容易被爬坏；条件如果允许，请让精通"硬气功"的它们去爬给儿子结婚用的新房。

80

在深夜的花海₁我履过露珠的身影₁没有像这世间之物一样变潮湿₁但也需要有手，象征性地一拧₁
：那不在这世间的手。

81

她觉得捏住瞳孔的触感₁类似于拈着一片鱼鳞₂摘下来了₁喔，好腥。

82

砰的一声,仿佛是大地冷不丁朝车轮开了一枪
:爆胎。

83

鸟,被星群的叫声,吵得眩晕不已;生出来一只充满波纹的蛋。

84

人的嗅觉,只够闻出地球的方位。

85

内陆国的种子选手:年轮发了第六粒上旋球。
你大清早,站在一棵果树下握住省略号的两端,
摘然后开始啃。

86

经年累月的日晒雨淋,导致不少的笔画都缺损了。我注意到,
南楼不知何时已经变成了¥楼。

87

钓鱼是从水里抽奖。

88

点了一个肉丝跑蛋,发现几乎没有肉丝。
肉丝跑光了真的都跑光了。

89

共享蝴蝶:小蓝蝶、小黄蝶……

90

洗碗的时候碰碎了其中一只。它没用了,身上有,碗大的伤口。

91

猪喜欢嚼,嚼起来声音很大的东西。外面开始下雨了。

92

军队在射出树枝。你看到林梢很精确地落着几只鸟。

93

在参考答案上写"略"的人,是不是,经常喜欢说"略略略"?
(本题答案:略略略)

94

对于抱这个项目，Ctrl+C，然后粘贴到名为［长泽雅美］的文件夹里。

95

眼睛是单车的两个轮子，瞳孔有时会像梅花一样在微风里自转。闭上眼睛踩梅花单车。

96

天空是域名，只要找到回车键，就能打开新界面。

97

春江水暖鸭先知。至少在春天，可以尊称它们为：鸭先知。

98

在镜子前对猫说：一梳梳到尾。

99

樱桃梗里面有蛛丝，踩着蛛丝，上一个陡坡，然后爬下蛛丝旋梯，走平路，走路面崎岖都是蜘蛛打的死结的小路。直到看见，路的尽头,（正值少年的）甜与（正值青年的）酸在洞口扳手劲。

他二话不说加入进去，帮甜的忙。

甜赢了，这颗樱桃变了颜色。

100

闪电是雷的前额，磕在天空广场堆积的废铁上。

巨响。

101

她在手机屏幕上翻动照片的时候。像是在

挥手

冲屏幕另一端的人。

102

蚊虫叮咬，常喝六个核桃。

103

请注意，盗车。请注意，盗车。

104

狗留给人们的只有背影。因为它们比较矮呀，我们一低头就看到了在地上闻东西的狗的背和后脑勺。

它们做什么事都不爱留名。

105

我们吃鱼,是为了在吃鱼之后,去为它做,鱼做不到的那些事。
(它的想法都以着营养的形式被我们吸收了?)

1

远古,僻静无人的星空下。
旷野,存在一条被花的重量压弯的道路。

2

在鸟的背上,天空是很近的。
抬头再低头,就测量了整个世界。

3

赤着脚,在清凉的山花里行走。
昆虫的呼吸,沿着藤蔓爬行。

一个个坡,抬起,又放下脚背上的月光。
植物,凝视着自己分叉的影子,不知道要往哪边走。

4

一袭洁白的花瓣陆续落水,漾开的波纹令空气感到眩晕。
春风吹拂,果园的树叶窸窸窣窣,咀嚼着鲜明的月光。
昆虫的触角,在葡萄架的香气里发芽,如果能坐在上头看世界,将会注意到花粉、流萤,它们全都是甜美的观点,倘若我再把蚱蜢和鱼儿放进这句话里说出来,就成了想念你的夏天。
你的声音,像一小口糖分,在满天的星星上滑雪。真美。
你的声音静静地传开,流星,是它们运动的痕迹。

5

深蓝色的风浪,就那样一路吹着。
我们的手指,沾满了麦子的香味。
"这里的庄稼,都是天空的颜色。"
我望着风中飘远的蒲公英:"它们的魂魄是云。"

6

彩羽毛,从一只只白色里,破壳而出。
我的体内,有青草和花朵的混血。所以有一只鹿,一直追着我。

春天来了,月亮应该重新找到蚂蚁、松鼠、猫头鹰,和星星遮住的星。
梦像一剂麻药,草籽剥开的土壤开始有一些痛了。

7

我忍住的泪,都是宇宙深处的种子。
它们开出的鸟,都是涌起又平息的天空。

8

湛蓝的流云,次第涉过山冈,我们躺在草木清香的呼吸里,风中的鸟儿,弯弯曲曲叫着。
我们睁着眼睛,不想睡去,更不愿醒来。
暮色四合与我们从不相干,向日葵会在夜里发光。
温暖的手指,会治愈所有因寒冷而疲惫的眼睛,让我们与所有树木怀中的松鼠,松鼠怀中的浆果,浆果怀中的爱,惺惺相惜。

9

梦见,所有事物都超出了自身容积。比如你给的拥抱,超过了我预计的底面积和深。我觉得
春天可以用牙齿,
把我心里的草籽,
一粒粒拆开看了。

10

梅花鹿的呼吸,在捕食植物的呼吸。

11

　　花的种子，已换算成月光里，一寸一寸泥土的香。
　　羊在这个月减轻的体重，交给了青草，让它们沿山坡生长，成为兔子的重量。
　　你说，它们喝同一片水，会不会传染彼此的感冒？
　　事实是，河水先感冒了，传给了天空的倒影。

12

　　天空真的是一棵树，你摇一摇，就会有许多的国度下来吃你了。它们合作吃完了每一份孤独，你就会在它们的身体里存活。这是到达天空的捷径。
　　头顶上有一个"旋"，头发绕着它生长。有的人有两个，像一对天线。我只有一个，我叫自己独角兽——来自星星的独角兽。

13

　　阳光是很大很大的花海，开满了空气。彩色的时间，在身体里流动。
　　我觉得它们不是血液了，而是生灵清澈又饱满的呼吸。

14

m = Vρ

风的体积,与天空的密度相乘,也许是鸟,也许是星。
它们是新鲜的结果。

15

即便摆出 V 字形手势,对天空而言,依然是个小于号。

16

他是个依靠蒲公英存活的少年,每天都要吃五颜六色的蒲公英。
每一棵蒲公英,消化后都将变成一个梦,在熟睡里排队。
它们会彼此交谈,最近流行什么款式的风。
你去的时候,他正在树下,啃一棵中等身材蒲公英。
这是他的晚饭,世界是他的餐桌。
蒲公英,目前还是淡蓝色,17℃,是它们的年纪;再大一点,是从体积上命名，比如 $25cm^3$。苍老的，会成为白色。

它们的温度 T、年龄 N、体积 V 三者之间的关系，有公式可以表达：

T = 15℃   N ≤ 15）
N = T   15 ≤ N ≤ 20）
N = V   20 ≤ N ≤ 35）
T = |50−N|+V   35 ≤ N ≤ 65）

蒲公英能活到五十岁的蛮少，因为它们太好吃了。

17

村庄：一个优美的值域。

蛙鸣：山水的子集。

木门：春风长方体的四条棱边。

夏：第二象限，密布着根植于春天的风筝向量，划过 Y 轴——4 月 1 日零点整。

18

X = 转弯^2

X = 山涧倒映的鸟的听觉

19

　　想象出一片原野。蝴蝶在对折，翅膀上的颗颗花粉，被夹得有些变形——以草叶的中缝线为对称轴，把与双翅相对应的天空、光照都平均关进门里，自然界会听见一下轻微的响声。它寂静着，成为垂直于草叶的一个平面。

　　处于对折状态的蝴蝶，可视作由一根根中轴线构成的平面：既有草叶的中轴线、蝴蝶自身的中轴线，还有看不见的空气、听不着的声音和触不到的房间的中轴线。

　　蝴蝶对折时，略大颗的花粉，要早于小颗花粉，受挤变形。蝴蝶停在小草上，我们有时候会看不见，就像我们看不见，停在花草树木身上的，不时扇动着翅膀的天空，是如何刮走了密云。

　　如果花粉 A、B，在平面 C 上，那么位于直线 AB 上的所有花粉，就都位于平面 C 上。

　　蝴蝶身上的某一颗花粉，是可以旋转开它所关闭的门的。

20

　　我长大的梦想,是做一名天空维修员。
　　山坡上的花草,经常欺负云朵你知道吗?
　　你瞧,它又快哭了。因为喇叭花说,要放蛇咬它。
　　这个时候你难道什么也不做吗?还是继续低头,解你的一元二次方程?每解完一百个,近视就加深一度。
　　你躺在夏夜的草原上,永远只有180度。
　　你出了教室,在风中生活,知道这样下去,也能跟鸟一样有风度。你联想到的词,却是化学课上的"丰度"。
　　楼梯在脚底转弯,发现几棵被砍伐的树木。你猜测,它们的年轮代表着眩晕,假设土壤中的成分是乙醇,那么可以用pH试纸……
　　你应该用目光去安慰那些过几分钟就会消失的云,而不是整理空气中习题的余韵。
　　我们在教室里以为无比重要的东西,在外面只是不起眼的尘埃。你看一看世界就很快明白。

好了，把白天的云交给你负责啦。叫它们不要害怕河流、闪电——它们是有些像蛇……

我要去修几颗星星了，这件事太重要了。

如果转动的星系是宇宙的钥匙，那么它们就是重要的轮廓。

如果转动的星系是宇宙的轮胎，那么它们就是宝贵的零件。

路旁边的黄线，表示这里禁止长时间停车。

21

我回去的时候，松针已经失了水分，橡子都被雨水和松鼠运走了。也有被遗漏的，被虫子咬破了，一定很痛。

八月份，隔着树叶的阳光不刺眼，但是天空没有多少云。我一直想到山上看云。

蝉嘤嘤地叫着，一点也不招人喜欢。我捡了几颗松果，砸它们，要它们陪我玩，它们不理我。我知道大概是我的姿势太像人类，在那里生活得久了，都不像自己了。它们哭着说，以前在地面上生活的时候，有人类小孩也这样对我们，我们怕，所以爬得高高的，找最好的位置，说自己的话。

我翻开松毛，又细心掩上，在里面记录指纹，让别的松鼠能找到我。天空一点声音也没有，那些鸟都懒得说话，我对一片很瘦的云说，自己回来了，可惜连这么简短的话，都会有人的口音。它听到了说自己有些担心，担心我做出有失身份的事。说着它哭了一小段路，把自己降落下来，在地面和我说话。我喝了几口水，就听懂了它的心里话。

我知道自己回来的日子不对。橡果要到寒假的时候捡，那时，能捡到很多，给喜欢的人。我不喜欢人类，所以只能喜欢几个人类。你看看，离开了太久，我把它们的习性忘得一干二净，像狭隘的人类，只关心房价、爱情的常识。

22

i
一颗露水,与春天的表面积相等。

ii
露水,剖开了整个世界。又把伤口缝合在一起。居然很美。
太阳,是一个座位,上面坐满了钉子。
它们坐不下的,转身看了我几眼。
从此我的眼睛,成了久治不愈的裂纹。

iii
闭上眼睛,就会沉进悬崖,我做过那样的梦。
那样一种,全身血液,像石子一般下坠的感觉。

iv
我在屋内喝酒,窗外,是四月粉蓝的星空,满山清亮的植被,
野花间干净的流水,羊齿在陆续喊饱。

你在草原上,听连夜的知了。风,用手腕,抬下花籽一粒粒,让香苞剥开自己,和满身的月光。

无数的动物,在山影花树里,赤脚行走着,困了,就用眼睛,与自己复合。

夏天,像一场仗,就这样骑着蝴蝶和萤火
打过来了
赏樱的人数,在山间回落

23

i
土壤松软。手掌贴上去,能感觉到魂魄穿梭。
月光发觉,自己怎么都按不住一只乱跳的蚱蜢。

ii
鸟群的嘴通向我们
从未透过皮肤的脏水珠,顺着管道流出

关闭满山月光,树枝呈负极。
什么都没有你纵身跃进湖里那一下,给我的感觉深。

iii
一个在森林中为了"迷路"的人,突然迷路了。
还没有抵达"迷路",他行走在通往"迷路"的歧路上。

iv
那些长着触角的蝴蝶,像飞行的树木。
你随便躲进哪一棵树后面,都会抵住小部分春天
(像石子妨碍春天的小花种自燃)。

地下冬眠的生物会如乐器——编钟——陆续出土,它们身上,有被大雪枕过的痕迹。

v
不愧是春季,浑身是劲。那河岸上皎洁的花林,自然不要人说。瓢虫都是劲。水草,有使不完的劲儿。整条河都是备用力气。

vi
光,照在它们的表面,把影子投掷(或压缩)进果实内部。
自己承担自己的倒影。
果实内部,所有倒影之和,是这颗果实映在地上的椭圆形的影子。

vii
用一种方法,比如拿一杯热水。
在局部暖和的环境下,指纹会比头发先睡着、做梦。
风过来,头发就醒了。
全身的梦,在冬夜里排队破灭。
假如它们懂得迁徙,人们会看到你在闪烁。

疑问

1

春季,种子是大地的心跳?

2

花草,撬开了空气,你才知道,这里悬浮着淡蓝颜料吗?
一些鸟,孵化后,没有把蛋壳运走,这样做是违规的吗?
草色天空,深深浅浅。鸟,你身上的颜色会在多彩云层
之间感到颠簸吗?

3

体内盛开着花,所以蝴蝶身上有花粉。
同理,花朵心里也有花吗?

4

如果有一天，我从外面回来，还会不会有小孩问我：
海里的鱼，是不是不用放盐？

5

鸟的叫声这么锋利，不怕衔破自己的舌头吗？

6

湖底，是比较沉的天空吗？
虫鸣的面积乘以山高，得数多少？
し形状的尾巴，脱毛时会变成じ吗？

7

大人说：笑狗会下雨；扫门槛，天会晴。
那么，边笑狗边扫门槛，会下雨还是会天晴？

8

人在床上睡醒了，目光笔直站着；狗趴在地面，眼睛环视周围。
我们看到的世界彼此垂直吗？
假如，梦与现实代表着"相对"的两种可能，当我们睡着的时候，梦境相互平行吗？

9

雨水，淹没了这座古桥。有鱼，在桥上看风景，突然发现看风景的人，正站在桥头看它，连忙从栏杆底部的空隙钻回湖底。

怕人看着看着风景，就看饿了。

青蛙，把整片水域当喇叭，闷声呱着。如果把它们放到云朵里面，会是什么样的声音呢？要是放到小孩子的袖子里，准是哇哇哭的声音。

竹林里有一些鸟，不知道是怎么在叫的。让我以为是在嚼些什么，还跑过去看了。那种声音就像是在嚼一些什么，嚼着嚼着，一个我就走到别处去了。

10

一棵会叫的点数为七的骰子，发出点数为十九的光。
鸟和萤火的总量，是多少？

11

兔子秃头是从耳朵开始秃吗？

12

倘若算上根系，某些从外表看，相对矮小的植物，
其实比在地面直立行走的我们，要高很多。

星空

有光的地方，比没光的地方高吗？

13

如果梦见飞行，是在长高，那么鸟类呢？

14

猫在思考的时候，脑海里响起的是喵喵喵吗？
鸟在思考的时候，脑海里都是鸟叫声吗？
就像：年轮，内置于年轮中；树林，生活在树林里。

我们在谁的脑海里吗？
需要不时发出"喵"声（哼诗歌儿），来隐蔽自己吗？

15

梦里的虫鸣，是自己发出的声音的一部分。
你有跟谁对话过吗？
（梦话太难听懂了）

16

柳条垂落，是不是像雨水

柳树上有很多鸟，我站了半天，没说什么话，也没有挥手，只是悄悄走过去，就把它们从一棵树搬到另一棵树上了。

你从一树鸟鸣,走向另一树
它们有些怕
开始,接二连三
往旁边的树枝上飞

这会不会显得
仿佛,你在春天的正下方走路
抬起了,一些不算重的鸟叫

若是,它们胆量大
怎么都不肯动身
你怎么办

你要累到夏天吗?

17

不居中的云层,飘浮在窗外。

空气里,活动着好些昆虫彩色壳儿的味道,我沿途敲醒了不少装睡的瓢虫,它们偷懒的话,会被摘掉背部的星星。初始值为:10。偷懒一次,就要摘掉一颗星星。你去野外观察瓢虫,可以知道它偷过几次懒。

与之相对的,也会向先进的个体奖励星星。

太勤劳的瓢虫,背上会不会放不下星星?

18

当你睡着时,梦境里的你和现实中的你,共用着同一束呼吸吗?

19

现在,摸一下你的脉搏。

像在吃什么,对吧?
一口一口,吞咽。

20

天空的水,发颤。
她的伞,滴下来小幅清冽。

雨,是从一把巨伞的边缘滴下来的吗?

21

砍倒一棵树。发现波纹很深,把手臂伸进去,探不到底。
是什么,下沉得这么缓慢,能制造数十年之久的波纹?
是种子,还是白露?是梅花,还是……
我怀疑里面有一个黑洞。
时间的流速和外面不一样。
可能人类世界已经过去了几十年,里面才流逝了几秒钟。

动物体内有黑洞。

它们在自己的那个世界里,已经活了很久,但是在人类的世界,只活了五六年。

所有动物承受的引力,都源自其他星球。地球,是我们的交集。

有些动物,如果没有被抓到动物园里关起来,早就从这个世界消失了。毕竟,这里是无数星球的交界处,像港口一样——它们只是从这里过路。

动物,可能是买了"飞机票",从自己的星球出发,要到别的星球上去,出差。但怎么也没想到半路被人类抓起来了。与其说是它们不能从监视器里突然消失,以免被人类发觉这颗星球其实没有看上去那么简单,不如说是,它们必须到特定的地带,才可以被传输。比如,在葱郁的森林,在荒无人烟的旷野。

汪星球上的人,都是狗脸,说着"汪汪汪"的语言。喵星球上,都是长得跟猫一样的生物。我以前对它们说过:在喵星球上,都是你这样的猫子,你是喵星人,知道吗?喵星球那里的人,都长着你这样的脸和尾巴。

后来,我发现这些猫狗都失踪了。

就像,人走丢了,警察会贴出寻人启事。那些"走失"的人,其实是回到自己的星球上去了。

只不过,对于这样的事情,人类总有着自己的理解和说法。

那些濒临灭绝的动物,很多很多都是到别的星球上去了。你相信吗?

22

温度是太阳张开的角度吗?

23

手指压迫胸部
挤压胶头滴管
(湿了吗)

24

阿橘,你拥有一个喵音 24 种叫法的能力吗?

25

深山有犬,乃隐士欧阳璟所养。

欧阳璟是苏迨的妻子,欧阳修的孙女。古代女隐士极少,欧阳璟是她们中最出名的一个。

林和靖隐居杭州孤山时,植梅养鹤清高自适,后世谓之"梅妻鹤子"。欧阳璟在野境隐居却不养梅兰竹菊,而主要养鸡、猪、鱼,她平常嗜食五花肉,然怎么吃都长不胖,体质羡煞旁人。

隐居第四年,苏迨带来一只幼犬,即为"龙"。当时,龙尚不会吠叫,丹唇外朗,皓齿内鲜,明眸善睐,顾盼生辉。

"陈师道府上的嫶嫶生了一窝崽,昨夜与白衣居士、僧人普慧吃饭,宴席中,我端着碗去看它们,发现这只小狗绝类离伦,陈师道当场就送给我了,我半推半就最后还是抱回来了。"

竹墙上挂着诗人王建的"温泉调葛面,净手摘藤花。蒲鲊除青叶,芹齑带紫芽",欧阳璟洗手准备炒菜给苏迨吃。

"杭帮菜我真的吃腻了,又咸又油。难怪你爹苏轼以前在杭州做官时,要发明'东坡肉',杭州这地方的确没什么好吃的。"

"夫人所言极是。"

苏轼是因为杭州菜不好吃,所以才发明东坡肉的吗?

26

穿着一双草鞋
在森林里更容易迷路
芽越来越深
最后赤脚回家

穿皮鞋就没那么容易迷路了吗?

草鞋在林间想发芽在春风里想继续生长,它起的这些念头可能将让双脚先于人的眼睛迷路。我们迷路都是从身体局部开始迷路的,对吧?难道是我们整个人忽然就一股脑儿完全地迷路了吗?

"现在是三点十六分,郑重通知你,可以立马迷路了!"

这太荒唐了。

27

香气可能是视力、听力、脑力的聚合体。我以前认为香气最可能是一种嗅觉,现在我改变了,我认为花朵不需要嗅觉。也就是说,香气可能什么感官都是,却刚好绕过了"嗅觉",那么可以认为在这一个假设里,"嗅觉"是湖泊吗?也就是说,视力、听力、脑力……
它们不会游泳？
它们居然全都不会游泳？

没有谁会把视力浸润在嗅觉里面，去观测世界，对不对？
要你判断呢，没让你点头。

28

我们（水波般）的指纹触击屏幕，用的是刚才喝下的哪一滴水的力量？

29

花瓣，能用来打水漂吗？感觉那块薄石头
被人胁迫着，连走了九步；
在湖面。

30

鲤，是女高音、一尾接一尾唱腔₁频频传出湖面₁水是液态的咽喉、气管、齿颊——协力挤压音符"Fa"。
鲤，是红旗，在升₁涟漪是滑轮₁湖底的波动是西南风₁一颗颗水滴被拦腰吹成两半，或三国₁
或，仅仅是腹部被波浪的膝盖顶得凹陷了小会儿₂
你瞧，湖面上这么多鼓起的涟漪是绿水的肚腩吗？

31

被周围师友呼作"节气"困扰吗?

每个人年轻的时候都会有这样的经历。过年回到家,他们说"你长变了",问"立春怎么没跟着一块儿回来",你是大寒,你边问边答:"小寒在家吗?我啊票买得早,立春坐下一列动车,初四就来。""小寒在家呀,刘大伯上星期骑自行车时碰见的,当时刮北风,小寒坐在拖拉机上。他冲刘大伯打了招呼。""乌鸦也长变了,这些鸭子也是。院子里的井也长变了。"

32

哪种动物吃东西会吐籽?
兔子。

33

一片海具有"知觉"的可能性远大于单滴眼药水?

34

雨后的院子里凉森森的,地面掉着猫须和花蕊。一枝白玉兰将脑袋抵在了凉爽的墙上。围墙是钱币,正反面的图案不一样。月亮把树梢投影在围墙这边,像水印。羊圈里,其中一声"咩"是声音水印。

飞过头顶天空的鸟群,其中一只是(图片右下角的)版权水印?

35

鸟看到了我们身上的某些部分
而惊吓得飞走

鸟并非因为我们的整体而飞走
可能是因为肘关节,你觉得呢?

花² 序

在靠近窗户的位置，放着一本名为《鹤汀辞典》的 80g 道林纸小册子。打开它，看到作者对某些字、词、短语的私人化注解，我以为这又是一本面向高三生的文法普及类工具书；翻了几页后，发现作者并不笃意于注解，他逐渐往此中引入了散文、小说等内容形式，试图延拓其在日常寝食之间生发的诸多莫可名状的意识胚芽。固然，严格地说，我更愿意称之为带有漫游性质的随笔，它们不符合文学的标准，仅是尚未入门者的遐思。作者的这些随笔，可以视为是从广义上在对"**现实**"一词进行注解。"辞典"二字，名副其实。

　　"窗户"本身，就是此书的一部分。是从某页发端，生长到这个房间的墙壁上的。现在，我准备上楼了。

文件。
花开的格式,适合用眼睛播放

镜子。
我在鹿的体表,看见摇晃的树枝

风车。
　　春
冬　　夏　在逆时针旋转
　　秋

交通。
眼睛,建出十字路口₁街上有目光喷泉₁苹果站台₂用小号字体印刷的蚁群₁隔着蝴蝶墙身,说话₂睫毛,刷着清晨的水雾₁六爪雪花,正缓慢冲向₁秋春之间的会车道

盛开。
气温升高,至花朵沸点

粮食。
他眨着眼睛，咀嚼银河

不染。
整片大地都是银白色，风都来自北方，天空远远地看着你，像是突然要低下头来，打听你的名字

最后陈述。
是的，我不该吞星，以摄取引力，为了接近太阳

偶然。
落在书上的雪，显示出红鹿蹄印

结论。
身体里夹着烟，手腕是过滤嘴，写出来的字，正在变成灰烬

圆。
二月春水，丰盈饱满，泼绿了山林，熟意，被雨冲向果实深处

相片。
心跳，在上衣口袋

指纹。
你体内山水的等高线

挤。
门缝里

二月，偏瘦

年轮。
起风的日子。草籽，在响」旋转」波纹」抵达，每一棵树的心中

吸管。
朝某个方向走，背影越来越小，变成珍珠；
朝相反方向走，背影越来越大，变成星球。

台球桌。
蛋：降落到地面，一种下沉的力」渗向地心
星球另一边的鸟，啄破壳，飞起来了

磁。
太阳中途出现」雨返回天上

海。
地平线下」土壤深处飘满花种」天空的倒影

迷路的方式。
周围环境不变」原地把你缩小到一粒沙子大小

汽车。
运云朵的玻璃，挡住了运蜻蜓的风

唱片。
春夜」雨滴和鸟叫，似乎位于听觉的正反面

月食。
太阳÷地球₁除不断₁商值：月亮₁余数：星星

麻将。
和尚：头顶九筒₂我轻轻握住瓢虫₁只听这一张牌

角度。
躺在草地上，或用其他方式与草坪挨得很近₁都是在用正面生活₁倘若仅仅是冷淡走过去，一路小跑过去₁脚掌，就是你的侧颜₁人们，通常会用侧面经过草坪。

着陆。
鸟撑开翅膀，发现怎么都无法飞出去，
慢慢关闭翅膀，飞出了天空。

响指。
梅花，跳了闸。黑暗回归我们的眼睛。

共性。
和你我一样，每个人的两只眼睛，至少有一面是向内观察的。

虫洞。
用嫩枝₁拨弄一只甲虫，把它翻转₁肚皮朝天₁你看这小萌物₁你看这长触角₂用锐器戳穿躯壳₁捣毁内脏₁蚂蚁淡入淡出。

跳水者。
会不会有植物因为你在果园里₁盲目的，采摘
而短暂地变成

聋子。像是₁你把它们轻轻推往了水中

感应。
从空中花园滴下来的雨水,两枚
望见,草丛里同时张开的三只鹿嘴
想选 C

花底世界。
露水压住了肩膀。
我们背着金甲虫,如双肩背包。

所谓春天。
一支特殊的笔在植物身上写出流利的花粉、香气。

树的果序与笔顺。
一棵树,结果的顺序有先后之分。

DO_2：二氧化梦

梦，是一种气体。受热，会均匀膨胀到睡眠的每个角落。
夏日，需要午觉，容纳部分梦境，给夜间留出余地，
像给湖泊设置堤岸，邀你随我，停停走走。

你看，水中有岛屿。那里原本是高山峻岭。
每晚的睡眠都内蕴着地形。

过程

我被几道月光命中,激活了小数点前的整数位灵魂。
花粉压碎了镜子,以两倍体力得到一些三角形。
随后割破了梦的皮肤,流出雪白的籽。

夏天的风口

  不可见的动物在树上和树下小跑，那些花朵，看似自愿地随机消失，从春季的果篓掉进夏的风口，你听见，天空，仿佛毫无章法在乱动。

  彩种子们纷纷落向山顶，叶子刚绽开的时候，似是在朝谁打着小小的招呼。总是有动物比我们先看见嫩绿的叶脉，有蚂蚁在一棵草的影子里，满嘴的甜悄悄地爬向了酸。

  奔跑的野鹿与天上的飞鸟合力推走一个季节。
  花丛里，独自在家的一只蟋蟀，没事看看外面那些滑动的露水，觉得这个周末过得还比较惬意。

i

　　年幼的时候，每逢春夏之交，房间墙壁都浸泡在金银花的味道里，它们的魂魄，慢慢涨进我西瓜般的身体，拂过一颗颗籽。整夜的梦境，都像棉花上的阳光那样充满弹性，没有一缕乌云敢入侵。星空也关得不严，天，就渐渐亮了。

ii

　　因为四周的星星不均匀，月光无法公允地洒下来，你能明显感觉到，夜空的层次。鸟的叫声由此产生了薄厚的区别。
　　从植物核心紧张滴下来的液体冻住你发凉的脊背，盘根错节的植物气息，是我们灵魂的纤维。我们轻快的头忙着对准树冠生长，我们的手指为一些卵石提供了弯曲的穹顶。更多的眼睛从眼睛中心被发掘出来，对准星空，把夜幕吼叫均匀。

　　习惯失眠的人，一旦睡着，将会多梦。
　　会像茫然的夜空那样不知嘴里该含着哪颗星星。

iii

一个人行走在清早的林间。云雾缭绕,鹧鸪的声音从谷底传来。他把衣服卷成一团,丢下去,想堵住声源。
把衣服从山顶脱进谷底,把衣服从体表脱进花丛。
在此过程中,一群鸟被另一群鸟赶到天上。

衣服下降的时候,人依然在走路,谷底的鲜花仍在绽放。
两者被"衣服下降"这一事件巧妙地连接起来。

花朵一天到晚是潮湿的,它们的内心仿佛有积雪,即便到了夏天,也能溢出洁白的冷气。你凑近去听,听觉被冰冻成具体的形状,你几乎可以把它们拿下来了。
小昆虫把脚伸进露水里,试探,露水是否长着耳朵,会忽然竖起来,还是继续耷拉着。

他把衣服脱进花丛,堵住了部分花的盛开,裹紧香气的外溢。
你骑马经过,看见衣服在不停颤动,以为里面有活泼的动物——比如喷泉。你不知道,里面其实是一部来电的手机。他想跟谷底隐居的人取得联系。
你走过去看,这时候,又一件衣服从飘满花粉的天上降落下来。
你猜测山间有人。你猜测那些花粉坠落的时候,会变成各种奇怪的东西。流星是花粉的一种,鸟是大点的花粉,会被更凶猛的花粉赶回天上。
衣服是非常大的花粉,能盖住我们的身体。你猜测,事物在接近地面的时候会变大,就像花粉会成为衣服。你猜测山间有花粉变成的人。

你知道对方的存在,但是你们或许永远都无法碰面。

他回去后,读了《寻隐者不遇》。

你一直在谷底生活,不知道世界上有一个一个国家。

你是许多鸟类见过的第一个人。它们还会飞到外面去,看见别的人。它们见过的世面比你多。

在你爬上树梢的时候,那些小鸟还不会飞。它们看过的第一个人类,就是你。

你见过很多的植株,你发现一个有趣的现象:它们都有根基。十几年来,你挖过非常多的树,你发现,它们在地下都有湿润的根基没有展现。

你不能意识到你和植物是不同的。

鸟站在地上,突然飞走了。就在那一刻,它们把地底的根释放。你迅速赶过去,挖那些鸟刚才停留过的地面。你每次都会找到不同的东西。有时候是别的植物的根,有时候是石头,有时候是一些水。

谷底,有许多你挖出的井。后来里面传出了蛙声。

它们是生长在水里的根,它们总是长不高?

你有点迷糊了。

你想知道那些鸟的根到底去哪里了。

你望着星空发呆。

你觉得,这一切一定跟那些井水有关系。

你站在水中,学习释放自己的根系。

iv

雾气被风吹得没有办法定型。
很多的雾气都在雾里迷路。
它们在找路的时候，不断改变着雾的整体面貌。

v

起风，春光烂漫。
落樱，覆盖着我的眼睛。
打开眼睑，里面仍是樱花。

目光深处的花阴，如层峦叠嶂。
最终，在某片樱花的背面，推开门，有气味循着通往柴扉的小路，落回她的手上。

vi

蝴蝶分为风速较快的一面，风速较慢的一面。
你知道这跟压强有关。

vii

在树下避雪，在绿野追猫。蛛网，拦住了我们蝴蝶般的童年。彩色的花粉，落在蜘蛛的背上。小的时候你不知道，穿过它，就会看见仙境。

微风，吹过丘陵，滑倒了浑身露珠的牛，压坏了春韭。

它慵懒嚼着草，躺着望天，被满地光滑的露珠轻轻挪动。它对着空气，哞了一声。挂满水滴的彩虹，开始褪色。植物逐渐变干了，摩擦力增大。牛缓慢站起来，门牙咬住地面的香草不放，它怕又一阵风吹来，位移的空气，会滑倒它湿润的背。

种子，准备了很干净的音乐，要播放一整个春天。
青山，背着一堵
草莓瀑布。

牵牛花，在水边小声开着。
一头牛准备靠岸。

viii

一颗星星乘以对应的零，就会突然消失。
孩子们的手指乘以对应的零，风筝就会被释放到远方。

有些侠士，行走在江湖上，想找对应的零相乘。
他挥动着剑，像在算一道考题。
她和他的剑交叉，像一个乘号。

ix

外面看起来好冷，天空斑驳得像条落水的二哈。

x

丛林幽深，没有一丝动静来自人类。清凉的荷花一直开在肌肤里，想把骨骼描得更洁白些。那边随风倾斜的云都很美，有时会让她忍不住忘记自己仍行走在大地上。对一些小型虫类而言，一片花瓣就能遮住一大片星空。

她模仿梅花鹿咀嚼水珠。把牙齿放到河面下，呼吸都露在外边，慢腾腾，在水上画出波纹。月光在空中，泼出去满天的外星生物。

她不担心下雨。翏邮，很享受阴天。

翏邮是鬼，住在白色录音带中。你听，荷花里有声音。

xi

夜里，梦见荷叶缸中落满了雪。回廊的光线很暗，植物在地面睡得比较深。空气呈淡淡的桃红色，像人的膜翅。

远处昏沉的山水被倒影一并吸收，途经某种奇妙的管道，被粉碎为干净的星夜，沿月亮伸长的脖颈滑落下来，填满了整个天井。

纸，被一根火柴点燃。

纸，通过这种发亮的管道，化成灰烬。

纸，被自己的倒影吸收，倒影在看不见的地方膨胀，在看得见的地方逐渐破灭。

山水，会被同一条管道"引燃"。

花和卵石，将被联结起来。

像 15 和 17 之间产生了新的公约数。

xii

回廊很暗,植物在地面,睡得较先前深了些,它们的睡眠陆续达到饱和,成为回廊本身。

云朵,在梦里是最重的,旷野最轻。
一麻袋云朵标准重量 140kg,非壮劳力无法扛起。

xiii

鳞次栉比的水鬼,不时冒出河面,掀翻渔船。
她在岸上喊我们的名字时,我们无法听见。

溺水的我们形成了小虾。
成天在池底吐泡泡、躲手指。

xiv

你在桥上挥动着竹竿,一些被山风刮落的露水,凑巧被击中。在黎明的冷雾里,你往前摸索的手渐渐迷失了,它甚至到不了你的头发……

花枝招展,深林里突然弹出对话框。
两只松鼠,开始小声交谈。

你悄悄用竹竿点一下
右上角的树叶
对话框很快关闭

它会在后台继续运行吧。
森林深处,依稀传来了窸窸窣窣的响声。

xv

把院子和一口井系在一起,就相当于把漏过枝间的月光和树影系在一起。天上的云吱嘎作响,那些风吹得尤其巨大。
有翅膀的动物们被反复吹往山顶,做梦的人,被吹得贴紧地面。田埂、花丛、山坡到处是熟睡的人。Ta们在一些人的梦里,是落叶,在另一些人的梦里是繁花。

xvi

你在山上做完听力:鸟叫太难懂了,而且不少情景对话的语速奇快。
——虽然对它们来说只是幼儿园水准。
你不知道三年后自己能不能考进理想的小学。

刺客

昆虫掉进杯子,有颜料温柔地涌出
它像一团蘸墨的棉

吃过的树叶和花都成为血液和外壳的颜色。
它在释放这一切
回归本质
变成纯度更高的昆虫

那些颜料,可以穿透容器边界
继续扩散
浸染宾客的手指
像 pH 试纸,检测溶液的酸碱性

她掠过高墙时,里面的人已经喝得乱醉如泥。
来宾在宴席间都穿着靴子,目之所及,尽是被白酒滑倒的胃和咽喉:后者,像荷花颀长的茎秆。严知府迷迷糊糊坐在地上,对着一根石柱敬酒,他脸部的笑堆得太满,以至于无法被脑袋拿稳。他左脸的笑容排队扶着鼻梁,踱着浪花状的细步,来回走动。

她呼啸而过，像一只疾驰的花盆，从睫毛上掉落一粒玫红色的粉尘，撞击着地面，发出响亮的雷声。他左脸的笑容一阵趔趄，被眼前的鼻梁绊倒，跌进右脸区域——像打开的书，被风合上。。

他带着一种滑稽的表情，淤泥一般，糊在官服和宴席深处，不省人事。

她是刺客，在江湖上颇负盛名。

保护严知府的人，分别从树荫、井水、墙角的蕨类深处，迅猛窜出。来者的数量，约等于一滴春雨所含的全部细菌的总量——不足挂齿。

她轻巧地挥动手臂，仿佛是在朝出海的友人告别。

强劲的杀气势如破竹，俯仰之间，便将庭院送死的人群，一扫而空。

那狂暴的力道一路奔腾到远方的海上，铿然数声，斩断了林立的灯塔。

那些走狗，惊恐地看着夜空，失焦的眼睛里透出一抹可疑的温柔，仿佛在瞭望远航的货船上方，盘旋的白色海鸥。

她准备离开。

天外流星攒动，他带着疲惫的神态出现了。身着的水晶盔甲里绚丽的潮汐正在涨落，蓝鲸的呼吸宛如萤火，忽明忽暗。

他似乎受了重伤。

她看到他浑身的血脉如同稍碰即裂的试管，轻轻摇晃，里面是正在流失的生命力。

来的人没有启齿，而四面八方都布满了怒吼。

不论她往哪个方向走，都会遇到同样的对手——"他"。

一大片怒吼者，分散在周围伺机而动。

如果在他一剑劈过来的瞬间，她全速移动，飞跃到下一个坐标，那么距离她最近的怒吼者，将在同一时间赶到她所在的新坐标——那本已被她闪避的一剑，会被对方"继承"，延续朝她砍去的这一趋势。她经多次闪避后，发现自己距离剑锋越来越近。

风驰电掣的一击！

她避无可避，从袖口飞快拿出灯笼，照向剑锋，让它产生清晰的影子。剑的自重会随着影子颜色的加深，变轻。

地上的影子，迅速"吸干"了那杀招的质量。地面，塌陷了十余丈。

这影子假如直接落在对方身上，他的骨头将会被压碎。

他穿着水晶盔甲，倘若盔甲被破坏了，将会有起伏的海水和洁白的天空连绵涌出——她将被一个新的世界淹没。

直到他手中的剑，像气球一样飘过起风的旷野——那是她37℃的体表。

她拿出针，悄悄戳破了它。地面"气球"的影子，随即爆裂。

整个过程持续了不到一秒钟。他不动声色地闪到她面前，顺势拿出字画，对准她的眉目。

哪怕他不发动攻击，在这样惊人的速度下，拖延时间所能增加的胜算，也是微乎其微的。

意识到一味地逃避只会让自己更加危险，她奋力拔出蝴蝶，霸道的杀气奇快劈开春天，劈出鸟类温暖的翅膀，他几乎能看到每颗果实的核仁。

万物变迁的画面飞速贯穿脑海，将可能让对方缺氧，水晶盔甲里的蓝鲸，陷入昏迷。

远方的怒吼声平息了。

她顺手放开蝴蝶，霎时只闻见"嘭"的一声，满城都是燃烧的花束。它们飞速生长，既像是拔地而起的绳索，又像声势浩大的喷泉，一齐涌向星空。

火树银花合，星桥铁锁开。

她构筑了一座监牢。

星辰，是牢笼上的螺钉。没有人可以逃脱引力，因而，没有人可以逃离这座监牢。

她像架起一头待宰的羊羔似的挟持着他，飞渡到起初的高墙和府衙。

严知府的酒劲已经消散，却无法再像几年前结案的那一晚，在满屋的黄金光泽中，心安理得地醒来。

他勃然大怒，站立的地方，青苔渗出了凉水。

点足，只轻轻一跃，院子就被剑气割成两半。摇曳的树木，释放出一根可以缝制年轮的绣针。他拿在手上，低着头不说话。

那一半院子，安之若素；而这半边院子，像一块强势的磁铁，约束着她。

如同，置身于悬崖已然断裂的一角。与所站地面相连的整个空间，都在倾斜。她无法抵抗这么大的力道，就好像这个时空被活活掰开了，她被危险的环境紧缚着。

坠落，坠落。

她恍惚看见，那些官员在断崖边油腻的嘴脸。她感觉自己像被人从高空抛下的花盆，脸颊生出几滴焦虑的草莓和酸涩的杏，头发变得枯黄，如卷烟叶。在山谷啃草的小兽纷纷抬起头，困惑地凝望。

天色澄碧，好看的星星像冷风中她身上的毛孔，剧烈收缩。

他面无表情，额头的皱纹，像绣针和船桨在河心——液态的比萨斜塔上做自由落体运动，沉进河床，产生的水波；末了，绣针带着不可思议的加速度穿插进船桨内部。

他额头的皱纹，复杂而立体。仿佛早已逾越了这个空间，却仍被时间裹挟。

他在完全由自己掌控的坠落中，把字画递给身处被动境地的她看。

她可以闭上眼睛，但并不能避免字画内容渗透到她的视野里。那是无效的举动。

她恬淡地接过来，聚精会神地审视。

假如他的作品足够动人，就会把她的防御体系彻底击溃。像一场看似柔美的春风，接连释放她内心斑斓的风筝。那些风筝，各自对应着一些遥远的人事。等最后一只风筝被割舍，她就完全成了傀儡。她的魂魄将融入字画，不自知地，活在别人构造的环境中。江湖上，许多响当当的人物都是这么失踪的。

假如他的作品让她觉得很普通，她将获得一次反击的机会。

那幅作品，正中心的字是《快雪时晴帖》临摹本，它排列的格式像一个飞速旋转的漩涡。有晶体，不时从树枝般的字体表面脱落，袭向她的双眼。她感觉自己的骨骼里有年轮荡漾。那些树枝，从花瓣深处陆续浮现。她感到费解，自己居然能从树枝、鸟类、闪烁的星星身上读出一个一个字。她感觉自己拥有那些山水的理解力和思考方式。

那幅作品，画，是一口杀气腾腾的洞穴，是一根灼热的长钉，是陡然窜出的灯塔，顶破一艘海鸥似的心脏。把眩晕的她从生命的原野上拔起来。把满山的蝴蝶连根拔起。把货轮从海面拔起。她不知道为何一开始会注意不到画，可能是洞穴旋转得太快了，与她的眼睛恰好旋转得一样快，所以，二者之间能保持相对静止。

字和画，像一组单向耦合°的齿轮。

听说晚清工匠能以"脱骨法"将一块镜片横切，一分为二成两块镜片。有揭画人，可将一张画作一层一层揭开，最绝的，每层都可以独立成画。当然，如果揭不好，这画就败了，落得一文不值。

她想尝试"揭画"。

月亮把自己分成两半，赴向洞穴两端，一块出现在宇宙背面，一块出现在宇宙正面。

那些颜料，可以穿透容器边界
扩散到宾客的手指
像 pH 试纸检测溶液的酸碱性

防止人们身上长有花的管道
——一种茎秆

（他们突然口吐莲花）

她突然步步生莲
她的脚简直是喉咙

我曾在许多人身旁,看见
一朵荷花,徒步
攀越雨景
显示在
风的体表。

我们的骨骼里盛开着天各一方的清凉

她抬起右手,画中的月亮被剪开,流出白森森的冷气。
他的脸色发青,像富集苔藓的岩石。

她停止下坠的肩膀开始抖落第一片叶子,随后是第二片,第三片。山谷里飘荡着红枫,那些小兽也开始起飞。

(它们和她的心态与举动,是一致的)
所以它们才会在看到你的时候
一起恬静地低下头来

山中,岩石滚动,砸伤他同样立体的掌纹。立体的脸上突然冒出了绣针。蓝鲸停止游动,他的骨骼里不再生成年轮。

她站在堆满落英的河面,像迎风休憩的水鸟。
河中没有波纹。
河是固态的,像结了一层不寒冷的冰。她用力踏了一下河面,朝远处飞去。

没有谁觉察到,异样。

碎花,洒满梳妆镜。
她醒过来。
倾斜着镜子,想把花粉和落叶都倒干净。
不知为什么,镜面会有一丝裂痕。
窗外,有鸟回过头来。

这篇文章结尾是说，整个事件都发生在夜里的一面镜子上。

他左脸的笑容一阵翘翘，被眼前的鼻梁绊倒，跌进右脸区域——像打开的书，被风合上。。

他左脸的笑容是以左眼为眼睛的，这样才便于到处"走动"。

昆虫掉进杯子，有颜料温柔地涌出
它像一团蘸墨的棉

吃过的树叶和花都成为血液和外壳的颜色。

杯子里的液体，像一团棉
可以吸收事物身上的颜料

花凋零后会出现树叶
外壳损伤后，会看到血液
：这其实有想表明<u>时光和空间</u>二者可以相互转化

（吃不同颜色的花，能让外壳变得斑斓吧）

我曾在许多人身旁，看见
一朵荷花，徒步
攀越雨景
显示在
风的体表。

一朵荷花，需要在有限的时间内
登上
水里最高的那座水造的山的顶端
根系才不至于腐坏
才可以存活并有机会盛开
哪怕天上的雨，有可能让水里的山变得光滑
不容易攀爬

你在陆地上
看见的所有事物
都在空气的体表，对吗

单向耦合。

  把一个模型的计算结果，作为另一个模型的初始输入条件进行计算，可称之为单向耦合。比如，计算船桨摇动对水流的影响。
  《快雪时晴帖》造成了"晕眩"的后果，继而让她无法规避画的伤害——这可以称为"单向耦合"。

月亮把自己分成两半，赴向洞穴两端，一块出现在宇宙背面，一块出现在宇宙正面。

光电耦合器，是一种以光为媒介传输电信号的"电-光-电"转换器件。它由发光源和受光器两部分组成。把发光源和受光器组装在同一密闭的壳体内，彼此间用透明绝缘体隔离。发光源的引脚为输入端，受光器的引脚为输出端。

外星之春

雨滴在岩石上,发出"喵喵喵"的响声。
在离我们很远的宇宙深处,有这么一颗星球。

湖泊上,有一面倒置的镜子。

有人打着手电筒,在岸边检视春色。香气扑鼻,光线轻快地穿透草丛,湿漉漉的地表浸泡着皂荚树的影子。
一切都变得醒目,花粉身上的皱褶开始易被观测。
在季节深处办公的手,抬起一缸没用的雪到野外扔掉。

三月底,水中含有百分之九点四的鬼,没事就喜欢学青蛙的叫声,吓人。
低龄的妖精,坐在树枝上,对着洗菜的人梳头发玩。

雨滴在黛瓦上:嗒嗒嗒
也滴在外星生物的翅膀上:喵喵喵

劫

凌晨两点醒来,环顾四周,发现不远处躺着被害人。
她面色泛白,身上的雪已经不见了。
作案者手法老练。

你准备报警。
你的伞被打开过。
谁从里面拿走了什么东西。

她缓缓苏醒,像是瓶子里的花束,没有入睡前那么香了。
她知道自己身上的雪全都消失了,仿佛瞬间老了一个春天。
你走过去,悻悻地往瓶中添加水。
她站着不动,脚边的空气开始变得湿润。你拎着花洒,从她头顶上轻轻淋下去,想让她变得与之前一样芬芳。她的眼帘,被瀑布包围、冲刷。

野外。
两个人伫立多时,等待着警察到来。
不知道,今晚还会不会下雪。

外一篇

……她仿佛瞬间老了一个春天，于是，你站在她身旁，常会听见夏夜的鸟叫，往森林深处传播。它们感应到自己的蛋被人类偷走煮熟了。

荷叶的气味萦绕着她茎秆般的手指，你将一枚红叶浸没在她的头发里。据说，这可以治好内心含量过高的夏天，把思路和客观真实的季节对齐。

你希望，她的头发能嚼一下。

她是一种预告。她告诉你，哪天将有雨水往哪个方向坠落。她告诉你，我们每天都可能会被某个人遗忘。

哪天，忽然有人忘记了曾遇到过的你。

她同时看见了春花盛开和凋零的场景，就像她同时看见那只羊健康和受伤的面容。

她看见的蝴蝶总是比别人多一些。

她告诉你，雨水之所以垂直降落，是因为有无数细密的圆柱林立在空气中。世间万物都由分子构成，而分子之间都是有空隙的。奇异之处在于，人体刚好可以穿透那些"微观"的空隙，正如，有更加"微观"的物质，每时每刻都在穿透人体。当雨水倾斜着落下来，并非因为风向，而是由于这些圆柱自身发生了倾斜。

风的本质，是一排圆柱。

众所周知，每个女孩都是砂糖、香料调和而成的精灵，是各式玫瑰方程的最优解。而她心底鲜花的含量，已经远远超出向日葵圆。

因此，她被芳香法庭判为终身监禁，直到感知力（萎缩）恢复到正常范围。

她透过铁窗朝外面看的时候,总感觉天空不止一只鸟飞过。

你每次探望,都会看见,她若有所失寻找着"消失"的那个世界的遗迹。

被关押到第三年,她的思维非但没有"还原"到合理区间,反而有进一步"恶化"的趋势,感知力全面失控。她开始看不懂一只橘子,甚至你像鹅一样的脸。她以为你的后脑勺会下蛋。

她一心觉得这个世界是伪造的,只是为了监禁她而嫁接出来的一艘证据。所有人都是陷阱。

她想要证明自己的清白,想要被释放,就得毁掉证据。

她因为想通这点,而感到自由,目标明确。

四段

1

窗外的树木，刚开始吐露芬芳。泥土的内心，因蓄积着冰丝的潮气而变得比普通人敏感，踏上去，发现越来越多的彩色迫切想溢出地面。

云卷正在闭合，团成一些球形，在高空转动。

忽然觉得宇宙里繁星的总量是奇数，不能被二整除。

天气真好，一条狗从外面顺利带回一身自然界的水渍。

你的眼睛仍含有微弱的雪意。

我身穿小棉袄，站在云下。

打点滴。

2

小时候以为旋动其中一颗果实，就能调整树林子里蝉的声音大小。

3

我的血液里,缓存着坐在涧边时看过的云影、花枝、脉冲星的轨迹、炊烟、雾气、菡萏尽头的月光,以及沿着山路津津有味地啃破植被和睡梦的鹿。

鹿群,会被流水缓存到远方或对岸。
一只一只,被草莓花径缓存到迷雾里。

菡萏,就是荷花。
菡萏尽头的月光,可能是指荷花盛绽到极致,那个时候从天心落到周身的月光。
菡萏盛开的过程,是铺路的过程。

4

那些鸟叫着叫着,突然展开翅膀,像一篇文章自动展开全文。
你听,天空多了些呼吸。

云朵发福,变得硕大,从而遮住了更多的田野、山峦。
你变成鸟,在云上遨游。

干枯的树杈,容易结出一种果实:蛛网。
滴着水的蛛网
湖泊,在月光里,头皮发麻地绿着。

人的影子像吊坠。

一只大雁,像离弦的箭,迅速射穿黑夜。

侠

怎么证明云朵不是动物？
怎么证明云朵不是植物？

初九，烈风。
空气，呈酸性。
忌出行。

阳光如一碟皲裂的瓷，端出村口，端上巍峨的山峰，人体的外伤如水池，蓄满了鲜艳的灼痛感。他扛起重刀，眉目肃杀，不时朝远方眺望。
那把刀的主体形状很奇特，是一口洒蓝釉的荷叶缸，仿宣德制品。他握紧刀柄，保持警惕。
她来了，蒙着面纱。栗色的头发，宛如易燃的松针。

二人眼距，仅一剑之遥。
他觉得，自己仿佛站在江边。
水波渐暗，天色立体。
隐约，能听到她身体内部的桨声。

第一次碰见这么有意境的人，他的手心开始出汗。

你的眼神制作得不错，有特意到野外采集梅花鹿、翠鸟的眼神吗？
是的，我很注重这些。
听说，你的剑很快。必须骑马去追，才可能走在一场风前面。我如果想保住那些花，必须现在就启程了。

他说着，顺势把重刀从肩上卸下来。
她只一瞥，那不世神兵倏如惊弓之鸟，缸底传出尖叫。
荷叶缸外壁釉面如橘皮，肌理分明，内壁从透明釉骤变成天蓝釉，缸内的水体，呈晴天蓝空之色。
这是刀的警戒色。

久闻宗主威名，今日一见，果真气宇非凡。我呼啸山庄无意与瀑陵宗为敌，此番前来，只为协商环境治理一事。

她冷笑着：
这些客套话听得腻了。
我尝于豆蔻年华，彻夜不眠，听雪花落在碗里的动静。初雪的体质最接近天空，消融成水后，纵然清寒不减，亦难免稍微逊色。四更时分，恐窗前雪花着凉，似母亲终日咳嗽，遂把灯放在碗里，供暖。记得当时，千山共色，风烟俱净，皎皎河汉，列星安陈，恢胎旷荡，分外堪怜。深居白净小楼，竟生得"野径云俱黑，江船火独明"之感。
然，那些景致，早已随着山间气候的逐年恶劣，化为泡影。威震武林的呼啸山庄，便是这一切的罪魁祸首。

宗主所言甚是，沙尘暴最早起源于山庄中庭的马场，当时大家背城借一，倾尽余力，亦未能阻遏事态的失控。林某难辞其咎。

我幼年终日混迹在果树和蛙鸣中，每于落花时节，喜不自胜，呼朋引伴，到山下游玩。因在险恶江湖之外，结识了一帮素心好友，而得以体会那种平凡生活的欢快悠然。少时我常常不解，家中长辈为何不能像我们一样活得自由自在。我以为，我是在为山庄的人们找回失去的那部分可能性。我想知道，若不遵循已有的道路行走，最后会到达什么地方。如你所知，人们，多是在大部分人的裹挟下，去过某种生活的。并非自己想"趋之若鹜"，而是因为路线已经被规划得差不多了。

她长舒了一口气。

我曾在冰上种植小雏菊、手影、野菜。我想通过观察它们的生长情况，记录对应参数，预测环境的变动趋势。后来，随着气温的升高，河水再也没法结冰了。

沙尘暴不只是一种自然灾害，林庄主想必有所了解。它首先是一个把环境往"恶劣"的方向调节的旋钮，它本身类似于一种不友好的生态系统，它有着对这个世界的强烈破坏欲。

它是活着的。

我怀疑它是某个世界派出的细作。

那个世界的规律和逻辑，优先于我们生活的这个世界。

气候和环境的变化，其实是一些动物，改变了奔跑的方向和目的。

在离二人不远的地方，有一条隐蔽的小径。

那些植物下垂的末端，即将触及地面，被骑马而过的剑客碰伤。

文档

16
Dec
2017
☆ ★ |

做了个梦。
大概是一种天文现象。

我们在地面等着。天空有一颗星星出现,它开始是没有规律地画圈,一会晃到右边,一会晃到左边。
虽然是白天,但能看到一些发光的晶体,在天上浮着。
后来,这颗奇特的流星,突然没影了,我们几个不停搜索着它在哪里在哪里,过了几秒才发现它停在一颗星星旁边,变成不停闪烁的竖线|

天空就像是文档,而新的星星正在键入。

恍

穿透水珠,看见一闪而过的树林。
那些果实都戴着面具。你开始有点吃惊,一只鹿遮住了讶异的口型。

手,逆着一株植物一路延伸下去,能读到刚开始的那颗种子。
它的力量在会合。
发麻的部位逐渐浮现瑰丽的心脏。

窗户,朝蓝的方向打开着。一如既往。
橙色的星球,居然看不到
任何一扇窗户里的人与物

它们变得非常好奇,把躯干强扭成螺旋形,因而变得不甜。夜空中存在大量这样的天体,想观测你的窗户。

药

揉搓每一处曲线,直到她全身绝大部分地区都变得炎热。我不停吃雪糕,用她的嘴擦嘴。用她的手指为她脱衣服并且为我跳动的左眼睛号脉。我自己有梦但是都用她的。

她出了许多汗,睡一觉起来感冒就会好很多。

枝空间

试试这只鸟。

她把喜鹊硬塞进我们的楼房,让一些人头对准它看。她呵出一口暖气,我们的面具幸福得都快化了。

地毯,仿佛是一种浑浊的肌肤,稍微用力就能掐出模糊的水渍。有的人好色几乎要舔破电视,舔到她身上的保险丝。

窗帘被风吹动,离开洗衣店的泡泡,轻盈地飘到高空。孩子们想都没想就追了出去,外面是 37 摄氏度的阳光。床单晾满了竹竿,上面有一个"囍"字。

室内的油烟被抽走。

电视播到第十一集。

她支开了我们所有人,一个人不用排队,在热水房里,打了瓶水。

Booooom

蛇的嘴中有引,用打火机点燃,赶快跑。
↓
Booooom

液晶

我一直在做一些梦。稍微用劲,力气往体内聚焦,就可以飞起来。脚往地上一点,就可以跳跃到树梢。

这样轻飘飘的梦,我做了不知多久了。

有时,我会在现实中连续想起梦里的建筑物和地形,仿佛在浏览一张张风格奇特的图片。我知道,那时候身体里的一部分细胞正在飞速地做梦。

像这样的细胞,我们称之为梦细胞。睡眠是一种显影剂。人睡着的时候,体内猛增的梦细胞,会让人体变轻。

它们的质量为负值。

让我感到疑惑的一点是,我梦见的建筑物大都是不合理结构,而我恰好能清晰回想起这一系列的场景。

这天,我梦见了一些可以用手指轻轻掸去的花粉,以及 Cha 星。

那个星系的生物,都是透明的,仿佛是在空气中流动的水。但,其本质上要比地球上的水,更像水。100% 的水,不含任何杂质。

天空也是透明的吗?
是不是一眼就可以看到无限的天空?

望穿这个宇宙。

无字书

水位以下的天空是什么?

那在物理上其实是天空的倒影。但我们完全可以认为,留在水底的是比较重的天空。

问题来了,谁知道怎么掌握水位以下的天空的读法?

有谁可以把读音填写在水面上吗?

能读懂你的,是经常和你接触的朋友,对吧?我觉得能读懂天空的,是经常接触天空的事物。

比如,乌云化成的雨滴。

它落在水面的时候会发出声音。生成的涟漪,则是读音的写法。

所以,有些答案——比如把树叶放在水面,产生出来的涟漪是错误的。这道填空题,阅卷老师规定只能用雨滴写出来。

怎么都是扁字?

中午的天空,蓝色的鸟吗?

天空里,鸟类都是非常扁的写法。写出来虽然好看,但需要花更大的力气。

天空有时候也是扁的。一眼望过去,就会带给我们"它是扁的"这种观感。

众所周知,鸟有无数种写法,匍匐在植物里与飞行的时候,自然是不同的。

中午的天空,蓝色的鸟

可能是因为二者当时都在飞。所以,就像这样写出来了。

故事新编

狼来了——
狼来了!

第三次,狼真的来了。
狼来了!!!

。
。
。

成交!

两地的天空悬浮着同一批产于春季的粉末

1

因为脑海僻静、举止拘谨,至今没有恋爱过的人,就像一只花瓶,先是释放出浓密的香气卡在瓷瓶颈部的内壁,让外界的呼吸进不来。
一只昆虫在瓶口探了探脑袋,呼吸时发现此地星光的颗粒感强烈,像活火山不停喷发出热废气体。它怕,赶紧爬走,趁着花瓶还未高抛起更多的粉末。

而后,所有鲜净的花都朝内绽放,对着核心延伸。
像月夜里的湖泊,水底悬满植物的倒影。

这种内在的作用力,让瓷瓶发生质变,它逐渐成为自我封闭的椭球体。
静置在房间里多年,如果一直没有人惊动,它将变成完美的球体。

你经过草丛的那天,它已经不是蛋了。

2

月亮是折扇,折扇里飘着花香

第一次打开,是上弦月
第二次
是满月
第三次是下弦月

请不要再打开了。

3

从门缝飘来的花香里堆满钢筋

斜体

雾气里有开关,轻轻用力,把上弦月摁成下弦月
甜山洞顿时溢出丰富的野人:春水淹醒我的肘关
节,它们被一齐呛出了绵羊雪白的脊柱。

归

马车悬挂的铜铃，格棱格棱响了一路。碾磨房、药铺、豆腐店、梧桐，分立于街道两旁。小巷乌黑，仿佛飘着鬼的眉毛。多得数不清。晚风尤其寒冷，马后脑勺的青鬃，很像是自己活过来了那般，不停打着激灵，连着周遭的空气都一耸一耸的。

月亮新绿饱满，冷不丁往寻常巷陌泼洒了几吨清凉。天体仿佛游移在深不可测的冰窖里，发出凛冽的星芒。地表有寂静摇晃的浓荫。我禁不住初春河堤上，四下未竟的雪意，咳嗽出了声，朝河对岸幽幽遥望。潮湿的梨树挡住了我如豆的目光，风忽然涨过来，一半的红豆穿过枝间的空隙，抵在一朵云的腹部，更远的树梢和房顶上似乎都落了喜鹊，不知各自在啄食什么好东西。

大概，真是一些豆子。

我兴许会在某个闭眼的时刻觇见鸟类身体里的蛋。

以前每到年尾，连家的门外总会聚集很多条狗。它们仿佛是从那些墙角的青苔里浮现出来的，因为它们走过的地方时常会留下水渍。有人说，那是十几年前被罕见暴雨淹死的人的鬼魂附在了狗的身上。有人说，它们是被官府冤枉的那些流连人间不愿意投胎的鬼，想找连家的人报仇。百年前，连家祖上有在朝廷做大官的——不过听说,是个清正廉洁的好官。

也有人说,连家宅子里,每到半夜都会闹鬼,原因是一名叫丼胭的丫鬟投井自殁了,但她殁了后,一直没能找到尸体。

"仿佛从这个世界上彻底消失了。"

自那以后,连家的人好长一段时间脸上都没有笑意。

连家富垺陶白,过年会有大量残余的食物。若换了平时,是绝不肯让它们守在门外的。这些狗已经养成了习性。它们大多是陌生的狗,可能是在方圆数里流浪的,我都不曾见过;有几条是普通人家养的,我都见过;富贵人家养的自然也有,少。

它们在人群中晃悠,一会儿围住豆腐摊,一会儿溜进磨坊。胆大的白赖着,干坐在那里,不给食不肯走,胆小的就会想着得与你沟通,不时拿前爪搭你的长袍,一搭一对脚印,有时还故意踩在你的鞋上,直是不愿放你走。有时我好不容易把前门关上,它们只消片刻就从后门进来了,这时我一般会打开前门,把狗引出去,再关上门。于是它们不得不再兜一大圈,才从后门进来,望向我。

我"故伎重施",一来二去,只消半炷香的工夫,狗就全都泄了气。其中有些狗,心中不乏愤懑地离开,说不定还会背地里骂我,另一些则比较豁达,说不定以后能干大事。

这都不稀奇。

它们嘴贫,天生会吵架,喜欢吼人,从小到大专干这行,你真要一个人是说不过的。

后来,连家被官府查抄了,我就再也没有遇到那些狗。

"吁……"

我停下了马车。

记忆里的连家,已仅剩断壁残垣了。门前的地面,一片狼藉。

蒿草长满庭院，有斑驳的瓦片罗列其中。踩上去，会发出脆裂的响声，归巢的乌鸦被惊退了。我小心翼翼地走向连廊，看到凋敝的荷叶池与假山，心底五味杂陈。

碎石块压着一条在风里扭动的手绢，上书秦观的词：

花动一山春色。

行到小溪深处，

有黄鹂千百。

我退了出去。缘于一些隐秘的过往，我旋踵意欲走向自己年少时的旧居，没有在这陈迹中多作停留。

忽然想知道当时那些狗都看见了什么，所以，我并没从前门进去，而是绕着围墙，谨慎地走着。

月色越来越浓艳，湖泊传出鱼打挺的响声。我的呼吸和星空共同感受着这一股波动。

风，犹未从手绢上追过来。六边形的晶体越压越厚，差点掉出我的眼睛。

早春的蝴蝶，贴着围墙颤颤巍巍地飞。

心底蓄满潮气的青苔，踩上去，居然产生了梅花形状的水渍。

感觉自己的眼睛，好矮，就快掉到地底下去了。

我难道是蚱蜢吗？

眼眶怎么竟会漫进来如此丰富的绿？

我蹦蹦跳跳从后门进去。

看见，长袍的主人。他的鞋上，都是我刚才踩出的印子。

半炷香，即将燃尽。

我很快就会泄气。

对《归》的备注

潮湿的梨树挡住了我如豆的目光，风忽然涨过来，一半的红豆穿过枝间的空隙，抵在一朵云的腹部，更远的树梢和房顶上似乎都落了喜鹊，不知各自在啄食什么好东西。

大概，真是一些豆子。

"大概，真是一些豆子。"

意味着，喜鹊们可能吞食了我的一部分目光。

当你往很远的地方看的时候，目光其实是穿透了鸟喙，抵达了它内部的环境的。但是，你自己并不能接收到对应的画面。

可能是由于这一部分目光的能量已经很微弱了。

你望向远处山林的时候，偶尔有一种心旷神怡的感觉，莫名会感到清澈和凉爽。很可能是一小撮目光碰到了吞食薄荷、浓雾的梅花鹿。

你时常能产生一点别致的体会，虽不知具体的源泉是什么。

"我兴许会在某个闭眼的时刻觇见鸟类身体里的蛋。"

觇见有暗中察看的意思。这里的一个角度是，你闭上眼睛，那么眼球就是鸟身体里的蛋。

即景

在厨房暴食一盆枣红的阳光,母亲端出去另一盆待客,是给地球圆桌旁的人类准备的。然而当它们被端进村庄的时候已经只剩下(浅浅的)半盆了,母亲也非常贪吃。

夏季很快就来了,炙烤得快要熔化的沥青黏附在车胎表面,坐在副驾驶座上的蝴蝶,透过窗户往外边看,发现山色空蒙鸟亦奇,植物们已呼吸出干净的画,画里恰好缺一只像它这样的蝴蝶。想完,它飞出去了。

往任何方向对美景进行抽样,都有凉快的糖浮现在立体的播放列表四周,轻击这些按钮则会开始唱歌。世界上的果实都是可以点开听的。正如每隔一段时间长按自己的头颅,就可能跳出来最新版本的安装包,人可以在熟悉的人都入睡后,关上房门,独自在卧室里卸载并重新安装。这些事,难道你不知道吗?

天空,身着一袭浆得闪光发亮的长衫,手上戴着白铜的戒指。我端着一碟靛蓝的芽体,出门了。

开着车,突然注意到云团是一种结晶。你有些喜悦,遂点开一只饱满的无籽西瓜;它的播放列表很有意思,每一首歌的歌名都是由这只西瓜的经度和纬度构成的,对应着这只西瓜身上的地区。你选择了其中一首,单曲循环。

A ∩ Z

一个梦境,将世界各国的睡眠者聚拢。

她把不愿意拿枪的人就地处决,残酷现场的震慑力,迫使我们铆起劲作战。

子弹是抛物线形状的,即便心知肚明这是做梦,也会对此感到困惑。我们的射击半径里,既有现代的人,也有不知道生活在什么时候的人。人们穿得很干净,仿佛行走在阳光深处。

我们知道这是梦,不少的人想醒来。

这是她主观意识下的梦境。

天空有很多的月亮,有的是重影——像是已经淡得接近透明的月亮。

代表她做了很多这样的梦。

就像每穿越一次时间就会萌生一个新的时空。

章鱼(的八只爪)是绝佳示例。

在月亮和月亮之间混入了一只灯泡。

她仿佛是特意走神，在不远处，昏昏欲睡。一些人不停开枪，想击中标志物，让这个梦境坍塌。
每个梦境都有核。

那些完全透明的月亮，都各自对应着业已挥发的梦境。

我尝试了很多方法，也没能从梦境里醒来。那是很深很坚固的梦，疼痛感非常浅。
有水池。
我躺进里面，切换水底的闸刀，释放了电子脉冲。在一种奇特关联下，我被弹向远处的建筑物后面。
当时，我是这样认为的。

遂，错觉般地醒来。
已经是6点多了。
我开始，继续睡。

不知道那些仍然在梦里抗争的人此刻怎样了。

我没意识到，我是一枚射偏的子弹。
到了世界外面。

每个梦境都有核。

有的时候可能是飞过天空的一群鸟。

它们彼此长得像吗?

你要当心了。

遐想

1

初春的花香越来越厚。
你心里，不敢结得太满的冰，慢慢被稀释开了。
影子全部落到了水里。
月亮的，人的，昆虫的。

湍急的鸟类叫得很响。

2

仅是起了一个念头，我便抵达房屋的第二层。二楼，是与一楼大厅相邻的庭院，造雾装置正在工作——巨大的水晶触屏墙面，随机切换着乔木主题的动态壁纸，我走进森林，又走出来，衣服上沾满了雾气漂浮在阳光中的影子，我下意识用手擦拭，它们连忙变成花粉，而我的手出于对逻辑性的考虑变成蝴蝶，以着无法追上但是比我更慢的速度，飞走了。

我到达了三楼。三楼是庭院的角落，它们像羽毛被分装在彩色气泡里,一些细节被放大后,会变得像地球。我看到,有人正捂住水的左眼,捉一条鱼。

四楼。阴天茂密的雷声,争夺两个房间,一群小孩子在扇形胡同里哄抢弹弓——某些细胞的听觉。空气是镜子,站在窗前看见外面的植物,明白我原来是一棵果树,有人为了摘虫子而下毒。

星空的复眼正分开,变为活泼的井,集市上人们的喉咙像树洞一样,现在塞满雪和白银。

3

当我行驶在无边无际的海面时,会觉得所有的风都是认识我的。我很想像它们一样自由,我认为风都是有灵魂的,当这些灵魂飘进了鸟的蛋里,鸟就会被成功孵化,继而飞起来。

4

在屋顶再碰面时,她密集的头发刚融了一点星空进去。
蓬松地闪烁着。
晶黑的风暴,酝酿于此。
雪花片片,卡在繁星之间。

月球,像是透明的隧道。它突然变得可被穿越。几分钟后,地球镶嵌得更深了。
我们坐在地球上,仿佛坐在很高的楼顶边缘,稍微不慎,就可能坠向月面。它释放出剧烈的冷气。
月球大过蓝天,像一颗玻璃球,反射着奇异的光泽。

在她纯净的袖口,鸟飞进飞出。

5

窗外是一片萧瑟的景象。时间线混乱无比。
不少动物飞出来后,立即感到后悔。

6

坠楼的时候,花丛从地面灌上来。
如之前所想,因为坠楼,揭开了世界的瓶盖。

花朵簇拥着他的脸,保障他安稳落向土壤。

(他此时位于瓶子的中上部位)

7

世界上,没有任何两只猫的舌头上的倒刺是一样的。
猫的舌头可以解锁手机。

简称"猫舌解锁"。
猫,有很强的警惕心,它动作灵敏,善于自我保护,陌生人几乎没可能捉住它。
这很安全。

8

想到一个东西,在树种(果核)内部安置监视器,观察年轮是如何一圈一圈拓展、浮现的。
可能就像晚间拿着手电筒照前方的路,不停看见新的波纹从草地上朝我们涌来。

9

从果核到树苗到参天大树。

树枝,原本是树的主干里的横截面。
它即便伸出来,也仍然是横截面。
只不过是拉长了的横截面。

你再看见树的时候,知道,那些蓬松翠绿的,都是外露的横截面。

10

喷了一夏天的波尔多液,我所有的衬衫都变成浅蓝色的了。
葡萄藤从云卷云舒的深空垂落下来,仿佛轻轻往山里一扯,就可以打开一盏灯光。

花猫在果园里晒太阳,它的肚皮能源源不断地吸收和散出热量。地面,熟透了的葡萄掉得到处都是。它是不吃的。

花猫能，是能量的一种。

就跟风能、潮汐能、太阳能一样。只要每天喂给它鱼虾，它就能持续供暖。

你看，潮汐的肚子里不也都是鱼虾吗？还有好多蟹呢！

猫像暖气机，时常嗡嗡作响。有时候抱一整天，手都麻了，也找不到关掉振动的开关。

雨天

我们的伞非常接近地面,在草丛和鲜花中,我们缓慢地走着。
原野好香。

有行人看见雨伞几乎是紧贴着地表移动。
我们在这世界上,是唯二下沉的人。

朝向地底,朝向水中。

站在树梢,会沉进年轮里。
站在山顶,会沉向山中的煤。
站在鸟的背上,会从鸟的腹部漏出来。

突然写出这么一句:
我们的步伐,像是这星球转动的原因。

远景

雨夜,你赶路的脚浑浊如母猪蹄。
有长着蛇精脸的妖怪一心想吃。

那些撒满孜然,富含胶原蛋白的食品
咬起来像路人甲手持的塑料伞柄:
饱腹感十足。
虚汗和香水是它的内脏。
你很想把整只蝴蝶压缩进去,但那是不可能的。

她们在晶黑的晚间统一着装,排着很远的队,从灯火通明的城市到色质暗沉的荒原,地面的草木密布着霉斑与潮气——就快看不见了。

通过啃一种塑料而产生共同语言。
她们二十岁左右开始穿高跟鞋:那种尖尖的蹄子。

一纸可速食乙醚

> 花猫起早贪黑
> 吞咽我们细胞内的壁画
> 受损程度
> 请参考，敦煌莫高窟

成年后脑海穴居于晶黑的天气。

梦的孔径里有多种填料：煤灰，杏仁，松节油，蛱蝶退化的触角，被子植物空想中的繁星根系。

靠呼吸眼球而存活的美景，今晚窒息于梅花鹿必经的石路。枯萎的漩涡以病蚁的口器为原点——成形，蜻蜓踩塌露珠独栋的蹄声未能如约而至。于是夏季熟练地从西瓜刀上滚过去了。红藕香残，我密布着青涩波纹的四肢无法探到甜枣内部雷电的底。

野兽休克在奶糖的耳膜隔壁。

在不规则的罐装黑洞里大肆盛开的霉暗时间，她蓝移的眩晕是棱角分明的小指，触摸到造型立体的船歌。樱花的想象力堆满了山中半开的窗户。我低声叮嘱了几句，听觉敏锐的鸟突然获得了动力往南方飞去。

草丛有结着霜的蛛网，捕捉到生人的睫毛。她在这里熟睡过。

巫山的引力，味甜，质轻，不易燃。
布满针状晶体的土壤承拓了整株乔木的重量。

风，往那个人的脸上轻轻吹着。
山坡，每片土壤都很有很浓的乡音。
室外满溢着草莓的雨夜。腰间的芬芳起源于
地面植被。
深不见底的时辰。

外公从自己家出发，沿着泥泞的山路缓缓走过来，带了两袋方便面给我吃。
吃完，才发觉过期了。

鬼片

就像石头的两个相近的对着我们的表面。
它转动一部分,是第二个梦境的肌理。

同一个事物上,重叠着多种世界。
周五的晚上,你照例推开了门。
你推开这一层门,进到与之对应的房间里面。

她进来,需要再推开另一层门。
她进到了不存在你的房间里。
她拿起苹果的一部分,大嚼。

你刚去洗了个澡,出来后,看到桌子上的苹果。
你感到奇怪:怎么腐烂得这么快?
像是谁临时踩了油门。

八归

篠墙烟腻，藓榻蛋切，窥檐浣霜凝仁。冰澌蹴鱼银镫里，浪萼拨瞰潭底、月庐星户。晻霭云厦漏嫩水，夜清极、晶圆漫菓。正饔露、仙体玉叶，吹蕊入鱼府。

欹枕槐蚁，垂壁梅荫，暗里麂眼半沍。荬囊鲜盛雾雪光，江上数峰漼溰、仲尼百觚。棹影移、吞鸟者远，藻溪蕉鹿。过樊篱，晚风吹帽，荷粉堕齫谷。

篠
比较细的竹子。

烟腻
截自柳永"雨膏烟腻"，形容花草树木在烟雨中显得肥腴润泽。

浣
污，弄脏；（水流）曲折蜿蜒。

冰澌
水面解冻时流动的寒冰，冰棱。

月庐星户
"广"是象形字，本义是依山崖建造的房屋。
月庐，山崖边的月亮像野庐。
月庐星户是指天上的仙府。

晻霠
晻：掩日为"晻"，"晻"表示太阳被云层覆盖。有成语摩天晻日。
霠：(浓云)密集的样子，露重的样子。

麂眼
麂眼篱，篱格斜方如麂眼，故名。

冱
冻，闭塞。

茰囊
盛茱萸的袋子。旧俗重九登高饮酒，人多佩戴茰囊。

漼溰
霜雪积聚貌。

仲尼百觚
形容酒量大。《孔丛子·儒服》："尧舜千钟，孔子百觚。"

译文

瘦竹掩映，泡腾片般从凉爽墙根燎起、燎往天角的烟雾对某些悠游在半空的昆虫而言过于肥腻，雄促织翅脉上的刮片、摩擦脉和发音镜协作弹出嘈嘈切切的自然小调（Natural minor），它以苔原为睡榻，星牖日扃月窗，喜抱春痕，做素色梦。

窥望屋檐，被香尘、奇鸟的爪喙弄得有点脏的雨珠儿接连固结成薄霜。冰晶消融会在水面衍生波纹，恰如液滴冻结时的拧劲可量产涟漪，两类圆圈的旋光性截然相反。涧流裹挟着寒棱泻向水银灯鳞集的深潭，澶漫迸裂的碎片迫使巨鱼跃出水面，它是被（字号为10或9的？）波纹踹出来的。一次漂亮的挑球射门——鱼被视为最佳队友不停高抛。

怎么才能让山腰的红萼俯瞰星河？
存在于低处的事物能俯瞰更高处的事物吗？
你站在林麓能俯瞰头顶的桃树吗？
飘落在水面的红萼能俯瞰潭底的月庐星户。
波光潋滟，宛若红萼在反复施力拨开水体，以便欣赏。

万仞云厦，最顶层终年漏奇嫩无比的水，一层层下来要漏到何年才会渗透梅坡?鸟类啄庙瓦的巨响,摩天。贾岛鲜衣怒马掣出月下门,擎一鞭长风大念咒语:Expelliarmus,移石动云根!

云是在山间发育成形的,云厦的"地基"——一块青石底部的云根,被锄尽了。

重心不稳的夜幕,水珠滑过许多鸟的脸颊,所以雨天时院子有特殊气味。

仙女像片树叶,敞开了饮用那些灵体,不顾仪态。

你可知,花蕊是怎么掉落的吗?

里面有一股(发端于胚芽的)推劲。

树枝里面的嫩叶铆劲一吹,花蕊就脱落了。

那些后生随之探出头来,几抹新绿浮现在春梢。

梅荫抵在墙壁上,纹丝不动,像幻灯片。烟凉柳暗,夜气方回,麂眼篱又快冻住了,隐士仍未睡着,他想起远年,半枚冷月愣在天角的纯白世界,荑囊香氛盎溢,小船漂曳,犹若载着秋山的几丝鳌息,舟头寒钓,得两寸白鱼,置釜中烹煮,杯里的冻醪,倒映着峰峦雪光,他一倾而尽。

植物香氛全部冻僵了,秋意沉入江底。鸟飞过这旮旯不禁犯嘀咕:水面缘何无风自皱?

游鱼一口吞没了那些细节。

月亮是野生的,绝无可能被驯服。狼冲它嚷嚷,是在讲:"嫦娥你可劲儿造吧,桂树通体的花冠檐与蜜腺都是你的,大嘴巴子敞开了吹叶嚼蕊、餐葩饮露,天塌下来有动物竖起耳朵顶着。"

猫右上角的等腰三角形在动,^·ェ·^TTTT~

所有动物都想从月亮那儿得到野性,只有人用来思乡。

曾在柴扉外，遮住鸟喙的那片树叶已飘得很远了，几头瓢虫的曲面膜翅飞行时互擦生成的热量尽皆散佚。站在山腰的你惊奇发现从山顶坠落下来的水滴越来越大，即将吞没一头正往山脚赶的牦牛。背影越来越小的它会被淹死吗？在你浏览完

另一坡鹤唳

蝶化之前？

暮时，沿着藻溪归家的青鹿熟稔跃过竹篱，濟向野庐。从庐中睡醒出来的人与它的鼻梁相撞，他的肩胛骨快被它呵出的气体拂脱臼了，完啦完啦，这一个古人就要在僻静的星空下蒲公英化了。

一股发端于脑海的推劲，摇身一变沦为凉森森的水力。无风自皱的液位以 43.7 度的竖直倾角愉快旋往了顶层。怎么说它愉快呢？因为倘若不愉快，它的倾角绝不会超过 32.9 度。

雪花兑换为六亿市斤冷冽的噪点，窗外西岭的它们用一堵斜睨，浇灭书案上白热的烛光时，他头巾里蓄的连体雾，肿了十余对眼睛，冻死骨在邯郸披着葛衣，几炷香前她觉得山间的古露极其滋养蛛网。

晚风吹帽，荷粉堕幽谷。为何堕往深谷的是荷粉而非帽子？

因为：

他感到风在增大，下意识用手把帽子压住了；

荷粉落满了帽子，由于花粉质量较轻，它们在风里会先遭殃。

    ↓
- 花粉
- 帽子
- 人

花粉压着帽子，花粉与帽子共同压着人。

泡腾片

片剂放入水中会迅速崩解，同时释放大量二氧化碳，崩解时限一般为 1~5min。

这让我想到以前家里用的硬币大小的杀蚊烟片（Mosquito-killing tablets），一经点燃，效果就跟烟雾弹似的，人们会搬椅子坐到院子里，等烟没那么浓了再进去。

肥腻

从凉爽墙根撩起的香雾，穿云梯，登广寒宫，飞驰过天河，夜幕深垂，碰触着蜗角。庭中用青石围筑的水景清澈见底，长着荇菜、少量蕨类植物与翠竹的墙根一带，明显比院内其他地方保墒，山间土壤肥沃，以至于从这里升腾起来的烟雾会让部分昆虫觉得腻——食素层面上的"肥腻"。

嘈嘈切切

截自白居易"嘈嘈切切错杂弹"，形容重浊与轻细的乐器声错杂喧响。

蟋蟀的翅膀有方翅、尖翅、大翅、梅花翅、琵琶翅等类别。翅形不同，故发出的叫声不同。

自然小调

小调音阶一般分自然小调、和声小调、旋律小调。

苔原

用任何引擎搜索"苔原"似乎都能得到不错的图片。

喜抱春痕，做素色梦

把"喜"换成"善"，含义变为——擅长抱春痕，擅长做素色梦。你擅长梦见天阶小雨吗？梦见杜牧从天角走下来跟你说，你的"阶"写错了。

旋光

旋光效应是在 19 世纪初发现的，它指的是线偏振光在通过一种透明晶体或者溶液的过程中，偏振面发生旋转的现象。这种效应分为左旋和右旋两种。

它是被（字号为 10 或 9 的）波纹踹出来的

字号为 8 的波纹贡献了一次助攻。

掣

极快地闪过。

Expelliarmus

《哈利·波特》咒语之一。设想，某些古诗词是咒语。

云根

深山云起之处。

重心不稳的夜幕，水珠滑过许多鸟的脸颊，所以雨天时院子有特殊气味。

原句是：
重心不稳的夜幕，水珠呲溜滑过许多鸟的脸颊，所以雨天时院子有特殊气味。
呲溜，东北方言，表示脚下滑动、事情吹了等。
水珠的脚滑过鸟的脸颊。

铆劲

积攒着力气，在某一个时间突然全部释放。铆，就是攒的意思。

春梢

春条的末梢。

盎溢

充盈洋溢。
徐弘祖《徐霞客游记·游白岳山日记》:"溪环石映,佳趣盎溢。"
康有为《大同书》乙部第四章:"当春分之时,百花烂熳,草木萌生,水源溢盛,而河冰解冻,气象维新,生机盎溢。"

蜚息

蝉的呼吸。

游鱼一口吞没了那些细节。

它会不会品出叶脉的数量、秋虫的心情、鸟的眉棱骨……伞状花序?

餐葩饮露

吞食百花,吸饮露水。形容超尘脱俗的神仙生活。

青鹿

毛冠鹿。草食性动物,多以显花植物、蕨类、伞菌为食。栖息于高山或丘陵地带。

浂

入水貌。设想,野庐坐落于水的幻视中部。

大风

　　飞往澹台镇的长街，鸟瞳孔的直径与正午相比延展了大约71%，因而此刻的时间在八点左右。放眼望去，起头的房子一片漆静，像甲虫的背。

　　野蝴蝶站在瓦檐挥了挥翅膀，一粒粒拎起来像花粉的姓，在芰荷的凉荫里乱飘。今夜谁闻到山顶芬芳的霹雳，谁的触角就曾在仙境通过电。

　　"月亮这头的黑暗好香。"

　　我发的感慨对社会没什么用。一叶扁舟，船头的钓叟比船尾的更像红隼，蓑笠冷若乌桕。岭云出岫的这时候，多少人的孙女在大地上倒车入库。雁渡寒潭，风吹手机，内无铁轨的岩洞暂时可供兵蚁躲——相当于在树枝里填空的小鸟，果实的球面是括号的）或（。

　　目光的双实线贯穿层层叠叠的阔叶

　　一沓三下五除二涂厚的无衬线银河：神的脑浆

　　边倾倒边晃这只玻璃杯，拉花

　　尝了两口居然挺像回事儿。

　　蜻蜓腋下生凉，它的臂展可达猫白须长度的1.73倍。

陈灵甫盯着檐角的黄莺，估测出圆周长，解得它瞳孔扩放的面积，确定了时间。

"快八点一刻了。"

雌蓝蝶拎着两翅香气，待（你试）驾。抟扶摇而上者，九厘米？

走近去瞧，发现它正攒着六条细腿踩在一只禅定的瓢虫的背部。蝴蝶的脚远没瓢虫壳上的斑点大。后者是和尚？因为蝴蝶的缘故，它的头皮蓄了一层香灰。

● ● ●
● ● ●
● ● ●

请画"Z"字，给和尚的脑壳解锁。

"月亮这头的黑暗好香

是太阳常从这头升起的关系吗"

陈灵甫目光的穿透力使得蝴蝶浑身的复眼争先恐后打战儿，他的视线射向此起彼伏的眼波笔直通向弯月。

一些复眼似乎被灼伤了，它们发紫。蝴蝶成功变了颜色。

陈灵甫的眼睛令我联想到带露桃花在东风作用下的闪颤。

"八点一刻了吗？"

"是的。再过百余年，乌鸦就会变成珍禽。

"自唐玄宗呱呱坠地到慈禧驾崩的这段时期，鸟类总数量减少了两成不止。再过一千天，人们就完全看不到落霞与孤鹜齐飞了。"

古人在野外，常通过观察飞禽走兽的眼睛来确定时间，如同今天，人们看月亮的饱满度以判别目前是上旬还是中旬。

珍禽与普通禽类的区别，在于瞳孔的感光性能。普通禽类瞳孔大小的变化不够敏锐。瞳孔的扩放与收缩，实际上是对整个世界——天空、大地的光亮与黑暗的一次总结。是所有细节的最终合成结果,是判断句,是环境的全集。

珍禽是稀罕的钟表。

月亮是一圈一圈、离心增拓的圆形。

呼吸蕴含年轮的我徒步行经澹台镇唯一的拱桥,到了桥那端,才稍微嗅着点儿人气。街边有极少量的电灯开着,那些是地主们的宅子。澹台绝大多数的家庭都舍不得燃煤油,睡得很早。桥这端比桥那端的现状繁华,二氧化碳也更绮丽。

拱桥静得像苹果的体表,像梨花,鸟的唾沫。

"你的呼吸到底含不含年轮啊,皂荚树?

"不说我走了……"

陈灵甫已问了三遍。

房顶。在富含雨意的雾里充分摊开的

蝴蝶是一面薄薄的墙。

政府、医院、银行、邮政、农场、林圃、花圃、果园、电碓、石厂都在墙的这边,茅屋、穷人俱在另一边。

蝴蝶的腿肚子忽然有一丝痒。

有鬼起了个念头,想捏住它的脚后跟把它吓一大跳。

众所周知,世间有多种鬼,雨天常在地面爬。

便可推想,地下有鬼,半空也有鬼。

鬼在举头三尺处,如履平地般,踽踽独爬。

有鬼姓张,尤喜爬屋顶。这夜九点,它顺利爬到离蝴蝶脚后跟两厘米处的位置,呵气。舒出的气成了低毒的乌云,让蝴蝶觉得奇痒难忍。倘使它真的动起手去捏,蝴蝶会更痒。

蝴蝶是三维立体地图,是小镇缩影。

墙这边的翅面明显比墙那边的更芬芳鲜艳。
蝴蝶的腿肚子忽然有一丝痒。
它的腿肚子对应着澹台镇里一条经常闹鬼的小巷。
它的触角对应着红红蓝蓝的天。
是的，天空不止一个而是一对儿，并且每时每刻在晃。

陈灵甫从看起来很轻的行囊里摘出来第二只梨，递给我。
"离家前我专门擦洗过，所以是干净的，你放心吃吧。"
他的意思是，离家之前他擦洗过那棵梨树。
递给我的这只梨是他从整棵干净的树上随机摘下来的，而不论摘哪一只都是可以放心吃的。
他的行囊是任意门。他把手伸进去，伸向了山中的那棵梨树，摘下果实。我仿佛听见暗处谁按快门的咔嚓声。

"蛇的Y形芯子，远日点这头（也就是左边的小路）好香。"
想告诉天空，我的呼吸对你没什么用。
我闻了闻鸟的路线，云朵划呀划的
划出的那些痕迹在消失。

"杜维棻。"
有人在喊昏睡的我。
"陈先生。"
我惺忪，如积雪消融时半山的春树影。
"路上你饿晕过去了，这里是严老爷家中……你还好吧？"
"——原来，刚刚都是梦吗？"

月亮是一圈圈增拓的圆形，在某个世界没有盈亏之说。

黑暗的鸟笼徐徐沉入桃花潭。

盘旋的涟漪几乎撑爆了夜空,
是过境的宇宙大风。

我们做梦。
我们做什么
都是,这些风。
是它的一部分。

对《大风》的备注

全集

一般，如果一个集合含有我们所研究问题中涉及的所有元素，那么就称这个集合为全集，通常记作 U。

世间有多种鬼，雨天常在地面爬。

有鬼姓李，一次，它在马路边自顾自地爬。有大黄狗形影相吊，刚好与鬼顺路，它俩即将重合于同一处。狗在鬼拱起的膝盖上狠狠摔了个跟头，它栽倒时，觉得自己仿佛通体被凉荫覆盖了一遍。大黄狗诧异地爬起来，从鼻尖到胃部到尾巴尖哪里都冷飕飕的。鬼骂道：真晦气。它心想：俺再也不仰着爬了。

鹤汀辞典第 572 页

1

你听见左上角

隔壁

房客的头撞到墙的闷响

他不禁发出了声表示：疼

"被墙壁偷袭的人，很快会遗忘那种痛感。但开着灯安静看书的听者，将记得。

——果真是生命里的特殊体验。"

"若是你住在他脑壳里，估计就不会这么认为了。"

某夜，我听见左上角有人撞到墙的响声，猜测可能是对方在墙壁附近活动时不小心撞到了头。我的房间在☆处（门号206），根据响声的角度，判断对方可能住在307、308、309 或 407、408、409。

□ ◆ ● —————— 4F
◇ ★ ■ —————— 3F
——— ☆ ——————— 2F
———————————— 1F

声音从不同位置传向我的房间,行走的路径不同。而我几乎能百分百肯定,它是自墙壁的哪个点上泄漏的。那里仿佛有些潮意,声音是猛地从墙体内部钻出来的,它从几根胶皮电线相交——划分出的那片区域里,乍现。响声占据着房间的一角,朝坐在桌前的我喷洒,如同我头顶的挂壁式空调。

半秒钟后,四周恢复了安静。我忽然有了疑问:假如我住在那个人的脑袋里,当他撞到墙壁时我听到的响声将是什么样?我会误以为自己住在房间里吗?我以为对方是与我相似的个体,是同样量级的,我撞击墙壁的声音能与他相提并论。实际上,他远大于我、超出我。他可以调整站姿,正对着飞行的甲虫让它们撞击自己的额头,致使我误以为今天晚上有许多住客都撞到了脑壳。他也可以举起啤酒瓶向自己头顶大力砸,让我睡着睡着突然听见雷声,惊醒。你幻听过吗,那些声音怎么让你的朋友也听到?

一只甲虫在灯罩左上角的小片区域里凿着什么。

工地好吵。

2

在角落爬动的小虫身高逾3mm,它曾用笔直蛛丝衔接起我两次关门的动作,似乎想协助它们通话。那天清早——中午,我出去——回来,两次抓住门把手,恰巧都碰到了蛛丝的端点。

地板堆着两卷已被人力冲垮的丝网——霉味深处的细菌捏着朝天鼻搬迁时,觉得蜘蛛打的结像群山。

迢递的线。这些蛛丝一直在往前延伸,我早上出门碰触了一次,把它弄断了——它从断裂处继续延伸,中午我回来的时候,蛛丝刚好复位到与早上一样的长度。

所以"地板堆着两卷已被人力冲垮的丝网"。

"笔直蛛丝衔接起我两次关门的动作,似乎想协助它们通话",可以用蛛丝衔接起两个行为事件,让它们"通话"吗?

蛛网被我毁坏了两次。清早出门,在门把手上碰到了笔直蛛丝的端点,把它弄断了;中午回来时,碰到了蛛丝的新端点。你可以联想到蜘蛛整个上午都在延伸这条线段。

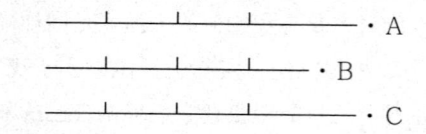

```
——|———|———|———·A
——|———|———|——·B
——|———|———|—·C
```

点 A 是门把手的位置,早上被我碰断了,蛛丝退回到 B 点。中午回来时,我碰到的是 C 点。

倘若再细究,可以想到

——早上是从里面碰到的门把手,人关上门就出去了。

——中午回来,从外面开门,门往里面旋转,蛛丝从绷得笔直变成了开口向上的抛物线。人进门后,顺手关上门,碰到了 C 点,蛛丝第二次被人力摧毁。

比较两次毁坏的不同点:

第一次毁坏是在笔直状态,第二次是在抛物线状态。

3

全部的你们都必须
现在原地用做梦立正

梦境与你的现实生活是两条腿,刚好摆出了"立正"的姿势吗?

此时,主观层面上正在做梦的你,与旁观者眼中仅仅是睡着了的你,两个你组成了"立正"的姿势吗?
你们在梦的方阵里向谁行注目礼呢?跨立?稍息?
这些腿想走到哪里去?

4

因为脑在这里面

因为脑在头的里面,所以我们人
老觉得自己在什么里面。

在野外也会这么觉得。

5

拎着长耳朵,小兔子被捉住了。它努力往底下犟着,从头顶往尾巴骨,犟着一股劲,想让人弄不动。

就像站在电子秤上称体重时,人的脚板会攒劲,朝地底下——沉,显得自己更重(真实体重是60kg,表盘显示为73kg)。

"哟呵,这只兔子看着虽小,拎起来怪沉的。"

假如水果也会这么做——草莓每次上秤时都这么玩,你就可能从没吃到过足斤足两的草莓。

6

——今天清早我做梦梦见已经九点了,醒后一看才七点。
早上我梦见已经快过年了,原来才六号。

——你的梦的腰真粗。

你的梦跟针孔摄像头似的,细得很。

——你的梦格局真大。

7

一掌打到你的背上,你就开始咳嗽
所以本门绝招叫"咳嗽大法"
在练功之前:
请把气这个文件,压缩保存在丹田中

8

一阵久违的香气传来。小学六年级时他闻过那些味道。
似乎只有按照一定的,角度,才能闻到。
在时间里沿着一定的倾角去闻,能获悉
春天(抽象)的年龄吗?

9

在我们的生活中,存在着经常不合时宜开玩笑的人。
"马云你的头好扁,像鸭子嘴。"
"2020年有两个立春,像扁担两头有桶。"
"柳枝上的虫子跟鱼一样都有铜钱大的口腔。
"在你梅树形状的呓语里扞入一面镜子,令它们的绮丽、香气、飘零更加立体。
"镜子不可以是熟透了的。

"晃动镜子,花蕊就松动了。"
"夜间熟睡的出汗者。
人的体表生成了一片小湖泊
她跌进自己内部,越来越深
涟漪是静滑轮还是动滑轮呢"

10

半炷香前,在积满冷雾的谷底,有只狗叫得太快,闪到了舌头。它的名字叫龙(读作"芒",意为多毛的狗)。

没有生人可用狠话警告,多年来,它猇吠都是缘于鸟类振翅、小动物奔跑、树叶凋零(脱水)等瞬间引发的细响。

龙,与街巷阡陌的普通犬不同,后者常会对着过路人叫。龙不具备获得这种体验的环境基础,它最常因为月光的突然变弱而叫,其次是因花蕊在某处扫刷雾露而叫。

龙,幼时就被隐士抱进了山中,它对樊笼没有任何记忆。六岁那年,隐士在流云里迷了路再也没回来,野庐便仅剩下它,与隐士遗留的生活气息夜夜为伴。

它恍惚知晓自己已继承篱笆外那一树馥郁的冷蕊,所以总是趴在浓荫里假寐。

在野谷,听桃花浪飑动,听瓢虫走路,听高空的萤火做梦似的一齐关闭翅膀朝(万仞深的)谷底自由跌落(它们腹部旋起了靥气,对此有感应的蛟龙要醒过来了),听果子熟到裂开流出甘美浆液,听飞鸟体内窸窣跳动的水位、虾类——

它被吞之前是三个孩子的父亲

它被吞之时觉得天敌很体己——只因画眉多含了十滴水

(被喙从湖面剜走的虾,徜徉在一抔乡土气息里)

它被吞之后很快醉倒在野枣、树莓织就的香甜世界中了,感觉不到疼

拘于鸟腹的虾,不时跳出胃液透气。终将有一滴水,卡在虾的喉咙里,进退维谷。窒息前,虾远远望见一颗无人星球,悬停在云边。那光,像是有谁在葡萄内顶着绮丽蒸汽,燃松明。

鸟在叫。鸟喙打开时,有夜景透进来,虾能趁机看到外面的天空。

鸟喙再度打开时,会有新的水和鱼涌入。

月光轻拍蚱蜢的背,它们在大风中摩肩擦踵,飞蛾脸上的粉末将随机脱落,树冠例行偏移。

11

"闪电的 Pose 真怪
　鸟体内的拐角,有晚樱的睡姿未被消化。"

花瓣是去年春季在半空叼住的,它当时不知这片食物比树冠的雨滴更难消化。

12

雨滴从乌云身体各处拆解时,鸟类感觉到了气压的变化,头盖骨发酸,会往林梢或地面沉降吗?它可能会在高空波动,随着雨滴的动态而起伏。夏天,不是所有的雨都会落到大地上,那些毕竟是少数(就像成功的创业者),更多的雨滴还没有砸中鸟背就相继挥发了,变成气体往高处升腾。

外面在下的,是爬树的我

（鸟，是从天空往树梢爬吗）

所以一场雨，有时会突变成鸟群从天而降——真正的雨是在半空消失了的。像是一次驱赶，它们是巨大手势负责去恫吓鸟。

13

我的所有念头都来自伞的端点互撞时……

一次走在路上撑着伞，它的端点忽然碰撞到另一把伞的端点。金属质感的震动，让我仿佛打了一个激灵。这是非常偶然的情况——两把雨伞，哪怕是刻意撞击，也很难恰好都用端点进行撞击。那持续了不过一秒的金属声，我可能永远不会忘记了。不知对方是否也有同感。

14

蛇像开叉的手指
恰好五根

你可以数一下，蛇芯子是个 Y，蛇的头是↖↗，尾巴是↓。这不是一巴掌是什么？

$$↖ Y ↗$$
$$↓$$

15

小时候，天然气灶还没普及到乡下，家里的灶是由水泥和红砖砌成的，厨房会堆满树皮、秸秆、脱粒后的干玉米棒等柴火，每次做饭前用来引火的是松针。松针我们那里方言叫松毛，以前山上松毛不好找，因为每家每户都需要它们。搂草耙是一种薅松毛、干草的农具，每隔一段时间，大人就会出门到山上去——薅引火柴。有时候会碰到湾子里的人，也在同一座山上薅松毛。别人把自己薅的松毛堆成了垛，你就不能随便去动别人的东西。你得去多找找别的地方，可能会在山坳坳里找到比较厚的松毛，也可能山前山后每一面坡都找了个遍，都被别人薅得干干净净了。这时候，跑了一场空的人，可能会骂骂咧咧地回去。在乡下，人们有时会因为薅松毛的事情吵起来。那是在松毛不够用的年代，现在肯定不会了。现在，记忆中的山林，地面厚得像盖了几层被子一样，一些地势较低的地方松毛足有一米深了，没人会再因为薅柴的事情，把关系搞仇。几年前我在山上还看到了野鸡，受到惊吓后，发出的叫声跟家里的鸡一模一样，它一边叫一边飞，拖着长长的尾巴很快就飞到对面的山上了。那是一只很好看的野鸡，飞行能力比家鸡厉害多了。

  在松林里，很容易捡到橡果。小时候因为觉得橡果和板栗很像，还特意在火盆里烤过它们，结果吃到嘴里发现很苦，就再也不吃了。

  想起来，我已经很多年没有采集树油了，不仅是松树的油，要是我记得没错的话很多树（比如桃树、樱树），都有树油。燃烧时香气各异。

  以前我家里养狗，我没事总是会跟着狗出去，看它要去哪里玩。狗有时候会跑到池塘边喝水，而我就站在旁边看它的舌头一伸一缩的。那几年，附近有户人家养鸭子，鸭子把水弄得有些浑浊了，我想狗喝水的时候肯定能尝出鸭子蹼的气味。自然界肯定是允许鸭子把水弄脏的，鸭子与化工厂不一样。

  在春季，草长莺飞之处，树冠不停往天上开花，我看着看着，不禁头皮发麻。

  地表的倒影在升腾，这棵树越来越高，我也越来越高了。偶尔，它们会顶飞一只想歇脚的鸟，像打排球。随着我家的狗年纪越来越大，明白的道理也越来越多了。它开始故意把我往野路上带，似乎想让我在十二岁之前迷路，从大人的眼中消失掉。让我永远听不到大人说出"你长大了"这句话。我尾随着那条狗走进蓊蓊郁郁的灌木丛，想去到一个特别难找的地方，躲着不作声，让所有人都以为我走丢了。他们如果在那天夜里大声喊我，我不会回应。

16

  你刷新一次手机，门外的树冠就松动一次
  你息屏后，满院桃花一丁点不剩
  远处的水在刷新碗，每天三次；河面满是〇〇
  外面的景色一股脑儿全变了
  一切都基于你在房间内刷新网页

  ：这二者，肯定有什么内置关系。

花粉是小数点

夜深,她骑单车穿透浓密的树荫时,撞上了葡萄。不是最甜的那颗,却引起附近最甜那颗的注意。

满地的蓝浆:泼出了水果体内的表情和动图。蔚然如连云;风无法将其吹得位移,它们自己正在发生缩写。

流莺从果园的顶部通过,红得发烂的柿子在自我的湿气里反复拧紧滑丝的视觉。

一棵野生的果树:在结出的白梨下垂、沉坠之际
它们试图着地的净重
需要抵消枝干内部蛛网的引力

能导电的铜镜照出空无一人的街道。星系倒映在绮丽的荷叶缸里,纹丝不动。烟火的热烬飘落在云朵表面,在它们的边缘烫出来美观的金线。

挤满庭院的枫叶以及樱桃,红破了墙根。在墙外熟睡的人将被冲往梦境外面的都市。广场的平地,陆续蜕出那些躯壳和西装,常识以外的喷泉?

并用,透明的电梯将它们输送回大厦中部的卧室。

这些景象湍急宛如植物茎秆的——木质部内芬芳上扬的水及无机盐。

在厨房,少女敲了几颗鸡蛋,煤气灶
做完两套问卷,煎熟正确摆放的电荷。
我们切开苹果,发觉里面有一根蛛丝。它通过了苹果梗。
你想去查看树枝。

木质部

木质部是维管植物的运输组织,负责将根吸收的水分及溶解于水里面的离子往上运输,以供其他器官组织使用,另外还具有支持植物体的作用。

香积寺之夜

春,浓阴覆窗,人鹿皆绿。临涧响开卷,字俱碧鲜。

室内如藻井,鸟迹频闪,感之、忽惊。铜镜照山气,冷蕊寒光,丹垣玉树,扶疏蓊翳,萼楼穰吐。

月有古色。晚樱如画,湖水为赤。水间暗樾浮沉,锦鲤对花吞饮,通体清凉。

庭中幽冷,金梯铺藓。墙西稍空,雪松补之。

余取松枝一节,抱与同眠。

梦诸友雅集于北俱芦洲,吟无字曲,卧船观月,松涛拍岸。大雪,彻夜。

外一篇

淳熙壬戌腊月十三，余与阮梅冈、薛东谷、沈茂贞浪游于荻海。

浩浩汤汤，银涛正沸，荡舟两芥，舟中人各两粒，如青豆，凫潮而去，顷刻百里。

两岸高林深穆，绝壁如削。

山中古道幽寂，檐甃阴森。

寺前苍松八九棵，大皆合抱。

寺内鼾齁不绝，有僧坦然入眠，梦见酷夏，荷叶接天，香气拍人。

是夜更定，自栖霞亭北，飞来虬烟，红紫间之，当门逡巡。内有活物汹汹窜动，须臾竟一分为二，红者绕梁嬉笑，紫者临窗恸哭，令闻者心春，毛骨皆栗。彼时，树影婆娑，高枝嚄唶，庭外偶有野鸭落水声，忽得普印方丈惊诧："咄！小妖敢尔？！"

遥闻，山间一阵怪响。

香积寺内，漆静冷绿，如初。

东谷自备梨酒，以小炉生火。茂贞饮，睹雪浪翻飞，曰：

"号怒相轧,可烹斗煮星也。"

余举三大觥,吞饮,大畅襟怀。泠风剪人,竟不得醉。

是夜,天大寒,山中落雪,静若太古,鸟道皆白。余与良友卧船看月,载雪而去。

香气拍人
张岱《陶庵梦忆·西湖七月半》:

"月色苍凉,东方将白,客方散去。吾辈纵舟,酣睡于十里荷花之中,香气拍人,清梦甚惬。"

嚄喑
鸟叫声。

陆游《春晓》:"烟迷芳草苍茫色,鹊占高枝嚄喑声。"

蔡东藩《清史演义》第一回:"浴未毕,忽闻鸟声嚄喑来,三人昂首上观,约有两三只灵鹊。"

糖内的连环画

你走进来,退路顿时消失。四面,都是暗沉的墙体。100%的封闭性。物理学认为,这个世界上,所有事物的分子之间都存在空隙,每时每刻都有更加细小的颗粒穿透你的皮肤,通过你的体内,从你的另一面涌出。但是,当你详尽无比地打散自己的身躯,却发觉没有任何一个分子能够突破眼前的墙壁。

密室内的蓝色方桌(■),其实是一扇窗户。把一只头伸进去,你看见了芬芳的树枝,它们下一秒就会涨入室内,进来拿一些东西;把第二只头伸进去,你看见了老虎口腔里的溃疡。

那是,通往另一个世界的窗户。

那边的夜空仿佛永远站着腰疼的彩霉,繁体的鸟在粉紫的气温中飘过一座座春山,雾水从天边的铜镜里不停漏出来,导致花鹿们擎起来的大脑短路,骑马者抄近道化蝶,白梨梦境的阀门因而被电得失灵,眼睛这两颗按键被黏得睁不开了,糖的增量惊人已经造成所有的电视梗塞,熟得过分的南瓜半身不遂,不停有液态的种子穿过狭长的裤腿——

往灰尘深处滴流……在湖底萌生出朝向吉利的树木。

植物生命力的延伸

　　那天早晨，她打着伞，站在鸟儿嘴边的氧气里，纵身一跃。她背后，那些花蕊末梢银亮的小水珠震颤着，变形了多次。
　　花朵盛开的力气穿透了露水，导致它们忽然拥有隐形的骨骼。露水们朝空中迈了好几步，液体像春季的树枝和太阳那样劈叉。

　　你想啊，花朵慢悠悠地绽放，力量用到最后一丁点儿时，在雌蕊的末梢本能地飘开了，这原来是很美的行为，无意被谁察觉。
　　但，因为一系列说不清楚的嬗变，雌蕊芳香的小脑袋上积累了若许露珠。它们像一颗颗扣子。

　　一朵内部含有雌蕊的花，显然是一个小数：9.7？
　　雄性的露水，"继承"了花开的动力，
　　是小数后面，更加精微的部分：9.7.6？

　　现在有复合小数：5.4.3。请判断花蕊与露水的性别。

无题

夜晚出门，抵着校园内泛黄的灯光，沿小道转入漆静无人的植物倒影中，映在地上的树叶轮廓很鲜明。

路面，有脱水以后变形的阔叶。风吹来，人的心境倏然变得浩渺。

猫在路边的白线外，躺着休息。经过时，蹲下摸了摸它的头顶。

树林子里，到处是发出怪声的鸟。蛙鸣，从四面八方传来。

行至一处人工湖，荷叶的气味很清，就着一些木护栏自有的芬芳，闻了几分钟。

在六月份的岸边很容易听见蛙鸣。

感觉是很大的青蛙，它的叫声很瘪。借助石拱桥的回声效果与水体这种天然"变声器"，发出了饱满浑厚的女中音。

柳絮在咫尺外摇曳，天上是散得很开的星。

往回走的时候，遇到了第二只猫。

它一看到靠近的人，就倒在地上打滚。只要碰到的是猫，总是会走过去试试看能不能捉到的。因为，猫跟狗不同，猫不会主动跑过来然后给你来一口，狗比较危险，而且大多数生活邋遢没什么教养。

它是毛色很好看的猫，身上的颜料是一块块分布的。

往回走时，还遇到了狗。有三只。两只趴在沙堆上，一只站在路边——这只我上次见过。

它跟上次一样，没有释放出一点友好的信号，只是在我往前面走的时候，会不动声色跟着我。我以为等我走开，就不再有什么关联了，而我只是走出去几步，就听到它跟了过来。塑料似的爪子在水泥路面踏出声响。

很狡猾，它并不会跟得太明显，可是当你回转过来确认的时候，总能发现它已经神不知鬼不觉地绕过了路口，尾随在你后面不远的地方。它如果跟得很紧，反而更可能是一吓就能吓跑的动物。

这样的狗，让人心里发毛。我之前被跟的时候，就想起了蒲松龄的《狼》，这回也是。要是跟踪到没有人的地方，这条狗就会开始找我要钱，抢我的安卓机。

我绕过了好几个十字路口，才摆脱。

这是 2018 年夏。

大学毕业两年，我回了学校漫游。

※

在学校里所有的水域周围，都能听到一样的蛙鸣。

我想，是不是像我之前说的，从山洞这头进去可以从另一头出来，从这颗露珠钻进去，可以从另一颗露珠里钻出来——它们这些青蛙，会在大大小小的湖泊、水池里换着值夜班，服从组织调度。

在路上还接收到：虫子不小心翻过来了，翅膀在地面扑打出的
音波。

※

某一层世界发生了沉降，就会有新的世界升起：
一些新坐标，即将到达上层世界。

一些芳香，在不同的躯体间穿梭。

你在某一时刻突然闻到了，香气
它们是从体内的阀门里涌上来的
不是来自外部。

碳素笔呆住了

我笔直地坐在电影院里,背很疼,座椅下面漆黑一片,仿佛是星空和深海一类的东西。

你联想的路线很对:我是一支笔,与写字者的手势相接触的部位是我的腰背,从中指到虎口的这一区段约占我身高的 1/2。她已连续持握近 4 个小时,我不喜欢这种力度(比例失调:大量手势的聚合力往往施加得奇重,而反馈到纸上的字样既轻又淡)。她的虎口总是让我想起螃蟹钳。一名新媒体运营(男)用我画出过螃蟹,在上周五部门会议开到 2/3、姚经理话讲到 1/4 的时候。我的世界观,基本都经由自己写、画出的内容营造。截至目前,我已记存了 26 种动物、7 种植物的概貌,还有少量形状奇怪的昆虫——人类很少能画标准。

上上个月,加入了一名新同事李盆,他总喜欢握着我在白纸上画大大小小的泡泡,那阵儿我时常沉迷于注视那些从笔端轮滑出来的球面,其身上泛着的弧光,与银盔表面的高光远亮极类似。我能感觉到,李盆在画这群泡泡时,处在内心天空的某个方位上的光源,迢递过来的热量与明度。他假想出,存在那么一些照耀物。

当一支碳素笔"沉迷于注视"自己写、画出来的内容时,你的大拇指将无法顺利摁压笔顶塑料钮把笔的尖端收回。0.5mm 球珠——我的眼睛呆住了，暂时没法眨，你需要等一会儿。那些轮滑出的曲线与笔画，在某些眼睛的右上角会比在我眼睛的正中心，具备更深微的可探索感。就像有的声音只有侧着听才好听，有的春风你只有经过它主脊梁的时候才好闻，有些猫右脸比正脸更耐看。角度很重要，有些远景所在的目的地，只有把"勺"伸进意识的湍流舀出特定的"势"，你才可以一路梦过去。

同事们都已经下班了，李盆桌上的笔芯还没有复位，他好奇望着这支 0.5mm 蓝色碳素笔，存在于 Boss 办公室浅处的一杯实体水从最重的那一滴开始失焦，存在于意识深处的一匹枣红马从鬃毛开始逐根细化——由表及里陆续变清晰，望着桌面模糊不清的定点逐渐融入发呆时间的李盆（一只"盆"像岩浆融化在了另一只盆里），抡着意识的套索骑在另一匹马背上，对着虚无之中的那匹马穷追不舍。他的戳力已快穿刺进马的皮肤了，里面的血液是石榴籽一样的滑。不，这个比喻应该延扩覆盖范围——那整匹红马就相当于一颗石榴籽，你真要铆足劲去拿捏，是捏不准的。你得隐约一点即兴一点扮作若无其事一点。李盆觉得，一切飞快的事物都具备扇形的性质——你戳中了吊扇其中一片叶子，不止能遏制住 1/3 的扇形，还会给全部的扇形点穴。这是可怕的地方。

李盆摁压顶部试图把笔端收回，失败后才意识到，笔呆住了。当它回过神来，笔的腔体中，会"咔嚓"一响。

李盆像一大"勺"身心透明的冰粉，滑向能通往意识湍流的井壁侧洞（那里常年幽居着某种类似于碳素笔卡壳的"心塞感"）。窗外，亮起霓虹灯，入夜了，大厅保安正在展开锁门前的查楼工作，他拿着手电筒，用光柱在空气里画扇形（这让人想起孔雀）。他有时会一边甩电筒一边哼歌儿，听电池撞击电筒内壁的响动。那是一种老式铁皮钨丝黄光手电筒，甩起来会感觉到电池在里面滑移产生的重力势能，其中仿佛活跃着某种名叫"公度"的尺规纲软体生物。或者，它有个更通俗的名字：虚空。

我们的祖国是花园，花园的花朵真鲜艳

娃哈哈啊娃哈哈，每个人脸上都笑开颜

听得出保安很热爱自己的工作。他已陷入一种更为广义的"发呆时间"，久视着某种物体——周围众目皆在仰望的巨像，沦为无意识"发呆"者。他的思索，不是真的在思索。保安已同化为"日常"的构成部分，跳脱不出自己身在的语境。似乎，大众只参与到"普通"的思维模式里就可以了——与"人的表常识"以外的事物再怎么"没有关系"，也没有关系。

桌子上的笔突然"咔嚓"一声，它冷不丁回过神，复了位。被"吓回原状"的李盆，顺手拿起笔杆摇了摇，发现这里头的卡壳感丝毫没有了。人摇笔杆时，自身也在跟着摇动，李盆内部的卡壳感像是碳素笔中卡壳感的放大版。

一支笔的"发呆"最终或将引起人的发呆，羊群的发呆或将引起草坪……的发呆？

羊群用在大地上啃食的方式，来展现世界底部的图层。常识告诉我们，所有的羊，不会同时啃第一口或第二口，而几乎所有的羊，都会啃到草的根上为止。每啃一口，都会在大地里，留下一幅画。直到，啃得这山坡上不再有草的起伏了，只剩下，大地本身的起伏。

它们是艺术家。每一根草的高矮胖瘦，都有不同的用法。其实，你完全可以给每只羊的嘴，标上数字，它们每啃一口，都会生成一个坐标。例如，(16, 3, 1/4) 或 (17, 4, 12)。前者是指，编号为16的羊，啃了一根草第三口，使得这根草只剩原身高的1/4

了——我们知道，羊再啃第四口，就会让这根草"见底"；后者是指，编号为 17 的羊，啃了一根草第四口，这根草还剩 12cm 高。

这让李盆联想到像素风游戏，《Superbrothers: Sword & Sworcery》。

草露出了根端，向我们展现出这个世界的基底。它既是季节的基底，同时也是食欲的基底。李盆说：碧绿的树冠是春天的基底。朱岳说：一只蛋的椭面，是母鸡咯哒叫的基底。

你说：羊群吃草，这意味着，羊群体内的食欲，就是草坪、草原的形状。一根一根，置换掉自己的饥饿感。像一种填空题——这莫非是"秘密花园"涂色书？

想知道，长颈鹿此时的饥饿感是什么形状的？

长颈鹿待会儿吃什么，那它的饥饿感就是什么形状。

你闭眼看见了"内景"。长颈鹿饥饿感的形状，是一些缺失了轴贯线的——悬浮在空气中的蓬松树叶。就像一群小鸟，分行站在几根虚无的电线上。你联想到那些穿着长袍悬空坐立的"魔术僧"。

口渴感是什么形状？是你待会儿喝下的水从口腔到腹部的连续形变集合。水的整个形变过程，恰好与"口渴感的外观"全等。曲面的切线斜率没有一丝一毫误差。你无法不联想到微积分和倒错。

联想到一件，今天你向李盆借了一千块钱，明天就只还九百块钱的事。今天的李盆替明天的李盆还了明天向你借的九百块钱，包含借一天钱滚出来的利息——一百块。你觉得，其实人人都应该，先还钱再借钱，这从逻辑上是通顺的。

"李盆，你先还我一千，我明天或者未来哪天打算借你九百。利息就收你一百吧？"

"一百八？那可不成，我太吃亏了。"

纵观整个文具史，几乎每支笔都是倒立在人类的手势中，进行着书写。头朝下,黑发,毛笔蘸墨汁写草书;橡胶鞋底朝上,如铅笔顶端的橡皮。你记得,1998年的小学,有人把自行车的刹车皮当橡皮擦,在防近视作业本上越擦越黑。

那夜色逐渐变得浓密,充盈着整片视野,你想到那些点蜡烛熬夜的初三生,老师在讲台举着柴油灯吼人,你坐在第一排摸黑削铅笔。那时,你究竟"为什么不像别人一样买蜡烛?!"

高二,一支真彩签字笔倒立在水中,物理老师边说"它仿佛折断了一样",边往水里撒白砂糖。每一粒都很晶甜,每一粒都不在玻璃杯外的我们所看见的位置上。

视差。

我此时的背疼来源于一种视差。在世界外部,有什么东西正看着我吗?

我最爽的,是在写"辶"的时候,最烦的,是写"的"的时候。我不讨厌写"白",但非常讨厌写"勺"。

设我对"白"的好感度是7,对"勺"的好感度是2,则我对"的"的好感度是:

$7 \div (x \div 2) = 14/x$

设我对"氵"的好感度是6,则我对"泊"的好感度是:

$6 \times 7 \times x = 42x$

我对"汋"的好感度是:

$6 \times 2 \times x = 12x$

左右结构时,调和系数 x 为 [30,40] 以内的整数;
上下结构时,调和系数 y 为 [20,30) 以内的整数;
半包围结构时,调和系数 z 为 [10,20) 以内的整数。

一直以来最让我迷惘的一个问题是:

用讯飞的手写输入法,先写"勺",再写"辶",你很大概率会写出一个"迫"字。这个"迫"字,我应对其存有多大的好感度?

这个问题很无解。我无法不将其视为黑洞,对一支碳素笔而言,这的确称得上是一个永恒的黑洞。我只要再多想几秒钟,我又会发呆了。

我的眼睛已由外凸变成内凹,我的眼睑是碳素笔的底端出芯口,半透明护笔套筒是我的茶色镜。李盆搞不懂——一支已顺利收回尖端的碳素笔,还能怎么发呆?

闭着眼睛的人,怎么发呆?做梦的人怎么发呆?

十点半,写字楼已锁门。我觉得自己内部积淀着一小撮卡壳感,它是李盆内部卡壳感的缩小版。

一支碳素笔共有几层?

这次是从笔的更内部发出的"咔嚓"声,我体内的油墨猛然回过神来。四周,人毛都没有。

总会有这样的时刻,半夜,隔壁公司董事长的办公室里,签字笔"咔嚓"一响,复位。

黄庭坚:清风明月无人管,并作南楼一味凉。

我的眼睛长在笔端,所以当我笔直地坐在电影院里,会很容易看见座位下面的漆黑。

在电影院,你看见的所有东西都是电影的一部分。

人们为彭于晏的肌肉而尖叫,这些声量也自然而然算作电影内容之一。李盆,总喜欢盯着投影屏的左上角看。他觉得,这样比看全幅画面,留白更充裕。他着迷于未知的部分,着迷于自主制造未知。这种特殊的观影方式,使得烂片同样能带来乐趣。他曾在万达影院7号放映厅盯着影片深处的吊灯和群演,看得如痴如醉。搜寻一部电影场景里出现的特定物体,是他的兴趣之一。他的注意力常会停留在一些古怪的地方。他不喜欢那些剧情线一目了然的片子。他有时喜欢主动遮罩掉导演给出的提示，用自己的构想去补全。但他不喜欢像《我不是潘金莲》那样的遮罩，他更想看的其实是"圆"以外的部分。也就是，边角料往往更令他着迷。

李盆说，当感觉梦快做到边缘的时候，就真的会进入一种边缘里面。那一瞬间包含的"边境"，可以宽广到比整个梦境具有的长度都长，为什么会这样？因为，文件最后的公章，蕴涵的力度最大。它不是机械的打印力，均匀喷墨的那种；而是人力，使劲一盖。有些守在梦境边缘的手，没有那么大的力气，是女的——就很容易搞得这个梦境死活没法拿到通行证驶过意识的管道，被现实里的人get到。我们忘记的梦境远比我们记下的多，这意味着公职人员里的女性着实不少。依我看，比例大概是9∶1。

我们知道有时候你的梦境会突然蹦出来，搞得你仿佛从前到过这里似的。其实，这是因为，盖章的那个人，把文件挪到"这里"盖了。你魂移般的空间感，其实是外部空间里，拿着你的脑回路的那拨人，在位移。

搓麻将的女人洗牌时腹中有婴儿的轮播图，她再赢三局，赌馆门口的水果机就要定格了。乌云顶端的鸟叫紧紧攥住我的听觉，如果雪花是天空的视力，这简直就相当于飘坠到猫的眼睛里了——觊觎感回荡在内如淡奶油包围圈。猫警惕而微微竖起的毫毛，不知是不是因为寒冷。这时，因为惯性作用，每一朵落在手上的雪花，都会有一部分自重，沉入我的皮肤以下。

备注

有两种数字会出现在文本里：

第一种数字，对应着在细节上过度精确的世界。比如那个人刚才看的那朵云有 1406.792343 立方分米。透过我转述的数值，可知是一朵很小的云，不到两立方米。这种对细节的即时描述力，能找到合适的汉字代替吗？数字，也是语言，它同样具有表意功能。使用数字，可以快捷描述出物体身上更微观的纹理。数字是对文本的补充。

第二种数字，是人们日常托出的数字语言。它的出现不是在追求具体的精确，而是提供实用性。比如，空气炸锅价格 799 元，简明直观。

学生时代，她下凹的第二节中指至少在一支笔的腰际磨出过同等硬度的茧（像镜像）。

"像镜像"这三个字，就是一种镜像吧？

姚经理

讲话总喜欢说"这个""那个"的领导，让李盆联想到螃蟹钳。每头社畜都是被"这个""那个"夹住的人。

深微

深奥微妙。

有些猫右脸比正脸更耐看。
好看是一个维度，耐看是另一个维度。
可看度 = 好看值 ^ 耐看值
猫正脸的好看值是9，耐看值是1
猫右脸的好看值是13，耐看值是2
猫左脸的好看值是3，耐看值是2
可看度大小比较？
猫右脸的可看度是169，猫左脸与正脸的可看度都是9。

似乎，大众只要参与到"普通"的思维模式里就可以了——与"人的表常识"以外的事物再怎么"没有关系"，也没有关系。
我在本文中叙述的部分，大多是"里常识"。

每一粒都很晶甜，每一粒都不在玻璃杯外的我们所看见的位置上。
我在12月11日的00:05打开文档，突然看到这句话的时候，想道：有可能每一粒白砂糖的晶甜也都不在我们以为的那个位置上。因为"水"的关系，我们品尝到的甜味，兴许与它本来的位置有一定的偏差。

我设想，存在一种能折射气味导致嗅觉错位的物质。气味从空气中进到该物质里时，会发生折射，继而导致位于该物质构成的平面内侧的生物（鱼类？），错误估测气味源所处的位置。

黄庭坚：清风明月无人管，并作南楼一味凉。

我因想描述一种"无人管"的环境，而去搜得了一句古诗。这不是阅读产物，只是即兴搜获。

被现实里的人 get 到。

这就跟《羊呆住了》的"心塞"一样，都是网络用词渗入文中。

他拿抽纸擦了一下，签字笔的嘴角——那一点类似蓝莓酱的颜料。写久了就容易这样。

　　李盆抛掉纸团，握着笔继续写：

　　实际上，我们的体重都乘以了一种系数K。没有人知道K是什么维度。

　　我们说自己93斤、126斤，这些数字其实是乘了K之后的结果。

　　速度 × 时间 = 路程

　　密度 × 体积 = 质量

　　而我们的体重 = MK

　　M是我们本来的质量，但由于我们是人，所以乘了一个调和数值。人之外的动物都不需要乘以K。

　　我感觉到自己的K值在持续下滑，近几年一直胡吃海喝也长不胖，而我有个公务员朋友，喝凉水都会长胖。这让我很是焦虑。我猜想，在神的天平里，这个人的价值高于我。我是猪脸上的肥肉（接近两腮位置），而他是排骨。一斤的价格差距悬殊。我知道，自己的细胞都是K值很低的细胞，这个世界的神，试图让每个人在世时就清楚知道自己"几斤几两"。神会用一些类似"喝凉水都会长胖"的现象来暗示人们，自己的K值在增大还是在减小。

　　运动减肥的人，只是M值降低了，K值并没有改变。

外三则

像或是

「像」是指，事物 A 加或减一个数字 M，再乘以数字 N，就等于事物 B 或事物 B 加或减一个数字 m，再乘以数字 n。例如有人说你长得像鲁迅，意思是把你作为一个常量，去加或减一个未知数，再乘以 0.75，就刚好等于鲁迅了。我感觉，N 的数值比 M 更好确认，只要确定了 M，应该就很容易找到一个对应的 N 值。M，存在于实数、虚数以外的数域里。在写这段文字的时段，我偶然搜索出了"四元数"。

「是」是指，你乘以数字 1 等于你自己。

有人说你长变了，去年脸更大。这句话的意思可能是，现在的你加 M，再乘以 0.83，就等于去年的你减 m，然后刚好乘以 5。

前面的 M、0.83、m，都是为了配合最后的这个整数 5 而取值的。这需要"特地"的数学意识。

没有 5

表白寺是一个镇，一开始是在地图上发现的。从泊头往下，经过大片的麦田，到了六一农场，再放大，就是寺瓦上的触角了。是的，我不知道那里是谁的触角。这基本上完蛋了。我们这么费事儿坐了很久的绿皮火车，来到这片地图上，放大，却刚好遗漏了中间倍率的景物。

"这代表什么你知道吗？"

"这代表我们之间缺一个数字。这个世界是一个缺乏「过渡精度」的世界。"

你只能看见六倍率的世界或四倍率的世界，没有五寸蛋糕。

小孩每隔五年都要糊掉一次。像四年一届的奥运会。所有年龄为5的整数倍的人，照镜子或自拍时都糊得自己都不认识，朋友们面子上过不去还不能不给点赞。所以我国设立了5X公民协会，成员们有专用网络通道，进入专门的互联网社区，po日常照片。人们找到了同类，然后新的电影类型出现了（没有5，进度条会解体吗？）。

恰好有那么一些人，都是自拍照糊了的时候，颜值更高。

"没有人永远二十岁、二十五岁，但是永远有人正处于二十岁、二十五岁。"

郭敬明每隔五年都会公开发声，为5X人士的商业价值做一次信用背书。

啊，我突然想起来5G。

其他

你左右手各握一支圆珠笔在纸上遛弯儿划出轨迹：轮滑。

摇晃手电筒，光柱的扇形：开屏。

没有五倍率,只有六倍率与四倍率,意味着,你把地图放大一点,会看见寺瓦上的触角,缩小点会看到寺瓦上存在某样物体;无论如何你都无法在一个妥帖的倍率视野中,去看清楚那到底是谁的触角。你错过了这一区间的世界。张嘉佳——只能从缺一个特定环域的"全世界"路过了:《从你的非全世界路过》。

腕部有好多海鸥在闭眼:产生了覆盖整片天空、穿透所有云朵的脉搏。

雪糕与木棍交界处:T字路口。

在孕猫这只骰钟里,至少存在一个最接近"6"的数字。

图书在版编目（CIP）数据

裂谷 / 泉著 . -- 成都 : 四川文艺出版社, 2024.4
ISBN 978-7-5411-6828-4

Ⅰ. ①裂… Ⅱ. ①泉… Ⅲ. ①中篇小说—小说集—中国—当代②短篇小说—小说集—中国—当代 Ⅳ. ① I247.7

中国国家版本馆 CIP 数据核字 (2023) 第 243764 号

本书简体中文版权归属于银杏树下（北京）图书有限责任公司，并由其授权出版。

LIEGU
裂谷
泉 著

出 品 人	冯　静
选题策划	后浪出版公司
出版统筹	吴兴元
编辑统筹	朱　岳　梅天明
责任编辑	李亚辉
特约编辑	陈志炜
责任校对	段　敏
装帧制造	墨白空间·黄怡祯
营销推广	ONEBOOK

出版发行	四川文艺出版社（成都市锦江区三色路 238 号）
网　　址	www.scwys.com
电　　话	028-86361781（编辑部）

印　　刷	河北中科印刷科技发展有限公司		
成品尺寸	143mm×210mm	开　本	32 开
印　　张	18.5	字　数	455 千字
版　　次	2024 年 4 月第一版	印　次	2024 年 4 月第一次印刷
书　　号	ISBN 978-7-5411-6828-4	定　价	98.00 元

后浪出版咨询（北京）有限责任公司　版权所有，侵权必究
投诉信箱：editor@hinabook.com　fawu@hinabook.com
未经许可，不得以任何方式复制或者抄袭本书部分或全部内容
本书若有印、装质量问题，请与本公司联系调换，电话 010-64072833